三遂平妖傳

于天池	周明鑒	楊東方	馮夢龍	羅貫中		

羅貫中　　中　編次
馮夢龍　　夢龍　增補
楊東方　　東方　校注
周明鑒　　明鑒　校閱
于天池　　天池　校閱

三民書局

三遂平妖傳　總目

引言

三遂平妖傳全稱北宋三遂平妖傳，又名平妖傳，為我國明代時期的一部長篇小說。演述北宋時王則於貝州起義，文彥博得「三遂」（馬遂、李遂和諸葛遂智）之力加以鎮壓之事。宋史明鎬傳載：

> 王則者，本涿州人。歲饑，流至恩州，自賣為人牧羊，後隸宣毅軍為小校。恩、冀俗妖幻，相與習五龍、滴淚等經及圖讖諸書，言釋迦佛衰謝，彌勒佛當持世。初，則去涿，母與之訣別，刺「福」字於其背以為記。妖人因妄傳字隱起，爭信事之，而州吏張巒、卜吉主其謀，黨連德、齊諸州，約以慶曆八年正旦，斷澶州浮梁，亂河北。……亟以七年冬至叛。……則僭號東平郡王，以張巒為宰相，卜吉為樞密使，建國曰安陽。……旗幟號令，率以「佛」為稱。……及文彥博至，穴通城中，選壯士中夜由地道入，眾登城。賊縱火牛，官軍以槍中牛鼻，牛還攻之，賊大潰，開東門遁。……總管王信捕得則，其餘眾保村舍，皆焚死。檻送則京師，支解以徇。則叛凡六十六日。

可見，小說據歷史加以演義，但由於王則起義的宗教色彩，小說為此增加了很多妖狐變幻的故事，從而使小說的幻化色彩沖淡了實事的痕跡，成為了神魔小說的典型之作。

平妖傳現存兩個版本系統。其一為四卷二十回本。首武勝童昌祚撰「重刊平妖傳引」，卷一至卷三正文前題「東原羅貫中編次，錢塘王慎修校梓」，卷四正文前則題「東原羅貫中編次、金陵世德堂校梓」。現藏北京大學圖書館，被收入「北京大學圖書館館藏善本叢書」，由北京大學出版社於一九八三年排印刊行。其二為四十回本。據孫楷第日本東京所見小說書目，明刊有兩種：一為天許齋批點本，目錄、引首書名均題「天許齋批點北宋三遂平妖傳」，引首葉上題「宋東原羅貫中編」、「明隴西張無咎校」，首泰昌元年（西元一六二〇年）張無咎序。一為崇禎墨憨齋批點金閶嘉會堂刊本。內封題「墨憨齋手授新平妖傳」，有識語云：「舊刻羅貫中三遂平妖傳二十卷，原起不明，非全書也，墨憨齋主人曾於長安復購得數回，殘缺難讀，乃手自編纂，共四十卷，首尾成文，始稱完璧，題曰新平妖傳，以別於舊。本坊繡梓，為世共珍。」末署「金閶嘉會堂梓行」，有二章，右下曰「穎川陳氏」，左上曰「勗吾發兌」。首張無咎序，不記年月，序中已明言龍子猶補作及重刻之故。目錄葉題「墨憨齋批點北宋三遂平妖傳」，引首前題「天許齋批點北宋三遂平妖傳」，撰人名題「宋東原羅貫中編，明東吳龍子猶補」。這兩種明刻本均藏在日本內閣文庫，清刊本似皆從金閶嘉會堂刊本出。對於二十回本與四十回本的先後關係，學術界頗有爭議，但大部分學者認為四十回本係增補二十回本而成。我們和大多數學者的觀點一致，尊重金閶嘉會堂本的「識語」，認為二十回本先出，馮夢龍增補而成四十回本，初刊為天許齋批點本，再刊為墨憨齋批點金閶嘉會堂刊本。至於天許齋本題為：「明隴西張無咎校」，可能是故意隱匿重編者姓名，因為金閶嘉會堂本和天許齋本書前均有張無咎的序文，但序文稍有不同。金閶嘉會堂本在「茲刻，回數倍前」後多出「蓋吾友龍子猶所補也」一句，明確指出了馮夢龍就是四十回本的增補者。

二十回本自胡員外得仙畫產女永兒起，以此演述聖姑、卜吉、張鸞、任遷、彈子和尚事，至十三回以後始記王則起義，訖文彥博平定叛亂終。故事簡單，情節突兀，人物關係糾纏不清，正如明泰昌元年刻本張無咎所言「昔見武林舊刻本止二十回，首如暗中聞炮，突如其來；尾如餓時嚼蠟，全無滋味，且張鸞、彈子和尚、胡永兒及任吳張等後來全無施設；而聖姑姑竟不知何物，突然而來，杳然而滅。」四十回本則大有改觀，增補了得畫前十五回，記袁公受道法於九天玄女，復為彈子和尚所盜，及妖狐聖姑姑煉法事。三十回以下記王則事，略依原本。情節完整，敘事轉密。故本叢書採納四十回本，鑒於泰昌元年的天許齋本文字多有模糊，故以上海古籍出版社影印日本內閣文庫所藏金閶嘉會堂本（古本小說集成本）為底本，并參考天許齋本（北京中華書局古本小說叢刊本）。

平妖傳在中國小說發展史上占據一席之地。魯迅先生在中國小說史略明之神魔小說（上）中說：「歷來三教之爭，都無解決，互相容受，乃曰『同源』，所謂義利邪正善惡是非真妄諸端，皆混而又析之，統於二元，雖無專名，謂之神魔，蓋可賅括矣。其在小說，則明初之平妖傳已開其先，而繼起之作尤夥。」明確指出了平妖傳開神魔小說之先，為明代中後期神魔小說的高潮的出現做了必要醞釀和準備。神魔小說是魯迅提出的小說類型，得到學界的普遍認可。這種小說產生在三教同源的背景下，以神魔二元對立結構小說框架，內容題材呈現出學道、鬥法等神怪內容，藝術上呈現出奇幻的特徵。王則利用宗教造反，本身就具有神秘色彩，當時的民間藝人為此創作了很多的話本，醉翁談錄小說開闢中就有貝州王則的名目，並認為「此為妖術之事端」。二十回本平妖傳承襲此「妖術」特徵，以「焚畫產永兒」、「試變錢米法」、「剪草為馬」、「撒豆成兵」等一系列神奇故事加以串聯，使小說初步具有了神魔小說的意味。馮夢龍增補本繼續加大它的神魔色彩，增寫了許多奇幻情節，如「處女下山」、「狐精訪道」、「蛋僧盜法」等等。這些修煉鬥法的描寫除了增加小說的神幻色彩外，還為整個小說設置了一個宏闊的神幻背景。故明可觀道人在新列國志敘稱讚道：「墨憨氏補輯新平妖傳奇奇怪怪，邈若河漢，海內驚為異書。」儘管馮夢龍使平妖傳的神魔特徵更加成熟，但由於社會大環境的變化，關注現實已成為小說界的共識，馮夢龍增補的平妖傳卻成了神魔小說的殿軍。陳大康曾言：「這部北宋三遂平妖傳的問世，標誌著有較深的文學修養的文人開始參與通俗小說的創作，然而對神魔小說流派來說，它的繁榮歷程卻快走到了盡頭。」（明代小說史，上海文藝出版社，二〇〇〇年，第四三九頁）同一部平妖傳，二十回與四十回不同的版本，一個引導了一個小說類型的興起，一個標誌著這個小說類型的結束，由此可見平妖傳在中國小說史上的地位。

就平妖傳本身而言，也是一部非常不錯的小說。特別是馮夢龍所增補的四十回本，藝術上達到一個很高的程度。張無咎在四十回本平妖傳敘中言：「始終結構，有原有委，備人鬼之態，兼真幻之長。」「堪與水滸頡頏。」指出了它具有結構完整、塑造人物生動、藝術與現實完美結合等特點。結構上，二十回本採取了早期白話小說通用的短篇聯綴的結構模式，以人物的出場帶動情節的發展。這種結構頗為鬆散，馮夢龍增補本在此基礎上加邃加密，以彈子和尚、胡永兒為主要人物，前者以「天書」為線索連接天界與人界、後者以「再世姻緣」為線索連接人界與妖界，使整部書渾然一體。人物塑造上，平妖傳成功塑造了聖姑姑、蛋子和尚、胡永兒等一系列血肉豐滿、性格鮮明的人物形象。聖姑姑對兒女的那份母性、蛋子和尚正直率真、胡永兒狐性逐步壓倒人性的過程都使人印象深刻。在藝術與現實的結合上，平妖傳所塑造的聖姑姑等行徑雖有神幻色彩，但都顯示出他們都是有血有肉的人物。最重要的是，小說的創作目的並不是為了講述一些神奇故事，而是有深厚的現實關懷。張無咎評價道：「余尤愛其以偽天書之誣，兆真天書之亂，妖由人興，此等語大有關係……非近日作續三國、浪史、野史等鴟鳴鴉叫，獲罪名教者比。」

此外，平妖傳還保存了大量的世情描寫，文字具有當時口語素樸生動的特點。這對於我們瞭解當時的民俗、語言都具有不可忽視的價值。

圖一　第一回授劍術處女下山

圖二　第二十回永兒夜赴相國寺

圖三　第三十五回包龍圖應詔推賢

圖四　第三十八回文招討失路逢諸葛（以上插圖選錄自明刊天許齋本收圖）

敘

小說家以真為正，以幻為奇。然語有之：「畫鬼易，畫人難。」西遊幻極矣。所以不逮水滸者，人鬼之分也。鬼而不人，第可資齒牙，不可動肝肺。三國志人矣，描寫小工；所不足者，幻耳。然勢不得幻，非才不能幻，其季孟之間乎！嘗辟諸傳奇：水滸，西廂也；三國志，琵琶記也；西遊，則近日牡丹亭之類矣。他如玉嬌麗、金瓶梅，另闢幽蹊，曲終奏雅，然一方之言，一家之政，可謂奇書，無當巨覽，其水滸之亞乎？他如七國、兩漢、兩唐宋，如弋陽劣戲，一味鑼鼓了事，效三國志而卑者也。西洋記如王巷金家神說謊乞布施，效西遊而愚者也。至於續三國志、封神演義等，如病人囈語，一味胡談。浪史、野史等，如老淫吐招，見之欲嘔，又出諸雜刻之下矣。王緱山先生每稱羅貫中三遂平妖傳堪與水滸頡頏。余昔見武林舊刻本，止二十回，開卷即胡員外逢畫，突如其來，聖姑姑不知何物，而張鸞、彈子和尚、胡永兒及任、吳、張等後來全無施設。方諸水滸未免強弩之末。茲刻回數倍前，蓋吾友龍子猶所補也，始終結構，有原有委，備人鬼之態，兼真幻之長。余尤愛其以偽天書之誣，兆真天書之亂，「妖繇人興」，此等語大有關係。即質諸羅公亦云：「青出於藍矣！」使緱山獲睹之，其歎賞又當何如邪？書已傳於泰昌改元之年，子猶宦遊，板毀於火。余重訂舊敘而刻之。子猶著作滿人間，小說其一斑，而茲刻又特其小說中之一斑云。

楚黃張無咎述

天許齋批點北宋三遂平妖傳引首

宋　東原羅貫中　編
明　東吳龍子猶　補

詞

國泰時平，月白風清。興來時，酒盞頻傾。茫茫今古，一局棋枰，看幾人爭，幾人敗，幾人成？休逞英雄，莫弄聰明。生一事，一害還生。滿盤算子，交付黔嬴，只得順他來，順他止，順他行。

這篇詞名為行香子，大概說人窮通有命，只宜安分，不可強求。且如讀書等輩，有高才絕學，辛苦一生，未遇知己，終於淪落。又有小小年紀，纔學謅得幾句，尚未成章，便聯科及第去了，千人喝采，萬人誇強。若是不達的，就說試官沒眼睛，皇天沒耳朵。卻不知那小小年紀的，或是前生讀書行善，積下今生，早享榮貴。所以古人說得好：要知前世因，今生受者是。又道：一飲一啄，莫非前定。若是數合承當為王稱帝，也是等閒。比如宋太祖陳橋兵變，一朝黃袍罩體，不費絲毫氣力，子子孫孫安享三百餘年天下，豈不是箇天命？若是命中沒有時節，眼盼盼看著一箇銅錢，到拾起時，還要變了箇柿蒂。可笑那一種最沒撻煞，歪肚腸，空腦子的人。癡心妄想。如唐末進士黃巢，一箇及第也掙不來，卻想要做皇帝，殺人百萬，流血千里，後來被其甥林言所誅，貽臭於萬年之下；又如漢末黃巾賊首張角，依著左道，招引三十六方之眾，一時俱叛，自稱「天公將軍」，亦為皇甫嵩所破，弟兄三人俱死無葬身之地。那兩箇人便攪壞了漢唐兩家的社稷：漢家天下，分為三國；唐家天下，變做梁朝。這也是兩家國運將終，天使其然，不在話下。還有不達時務的，遇國家全盛的時節，也去弄一場把戲，不能箇稱孤道寡，只落得身首異處，把與後人看樣。則今三遂平妖傳這本話頭便是。有詩為證，詩曰：

飲啄由來總是天，須將行素學前賢。
飯蔬飲水真吾分，食祿乘車亦偶然。
紙虎狗形空費筆，井蛙龍勢豈安眠。
請看三遂平妖傳，禍福分明在簡編。

引首畢

回目

第一回　授劍術處女下山　盜法書袁公歸洞

生生化化❶本無涯，但是含情總一家。
不信精靈能變幻，旋風吹起活燈花❷。

話說大唐開元❸年間，鎮澤❹地方，有箇劉直卿官人。曾做諫議大夫❺，因上文字打宰相李林甫❻

❶ 生生化化：即萬物相生不絕，變化不已。
❷ 燈花：燈心燃燒時結成的花狀物。
❸ 開元：唐玄宗李隆基的年號，從西元七一三年十二月至七四一年十二月，共計二十九年。開元年間，唐朝國力強盛，史稱開元盛世。
❹ 鎮澤：當為「震澤」。震澤，江蘇省歷史文化名鎮。唐開元二十九年（西元七四一年）設鎮，因瀕臨太湖而得名於太湖別稱「震澤」。
❺ 諫議大夫：官名。秦代始設。為郎中令之屬官，掌論議，有數十人之多。後多經變革，唐初復置。
❻ 李林甫：（西元六八三－七五二年）唐代奸相，善音律，會機變，善鑽營。開元二十二年（西元七三四年）拜相，居相位十九年，專政自恣，杜絕言路，助成安史之亂。舊唐書卷一〇六、新唐書卷二二三上有傳。

不中，棄職家居。夫人曾勸丈夫莫要多口，到此未免搶白❼幾句。那官人是箇正直男子，如何肯伏氣？為此言語往來上，夫人心中不樂，害成一病。請醫調治，三好兩歉，不能痊可。忽一日夜間，夫人坐在牀上，喫了幾口粥湯，喚養娘❽收過粥碗。只見銀燈昏暗，養娘道：「夫人，且喜好箇大燈花。」夫人道：「我有甚喜事！且與我剔去則箇❾，落得眼前明亮，心上也覺爽快。」養娘向前，將兩指拈起燈杖，打一剔，剔下紅燄燄的燈花蕊兒，落在桌上。就燈背後起陣冷風，吹得那燈花左旋右轉，如一粒火珠相似。養娘笑道：「夫人好耍子❿，燈花兒活了。」說猶未了，只見那燈花三四旋，旋得像碗兒般大一箇火毬，滾下地來，咶的一響，如爆竹之聲。那燈花爆開，散作火星滿地，登時不見了。只見三尺來長一箇老婆婆，向著夫人叫：「萬福⓫。老媳婦聞知夫人貴恙⓬，有服仙藥在這裏，與夫人喫。」那夫人初時也驚怕，聞他說出恁樣話來，認做神仙變現，反生歡喜。正是：藥醫不死病，佛度有緣人。當時喫了他藥，雖然病得痊可，後來這婆子纏住了夫人，要做箇親戚往來。擡著一乘四人轎，前呼後擁，時常來家咶噪⓭。遣又遣他不去，慢又慢他不得。若有人一句話兒拗著他，他把手一招，其人便撲然倒地，不

婦人愚而易信，多此類也。

❼搶白：當面說責備、訓斥、諷刺與挖苦的話。
❽養娘：婢女，如丫環、乳母之類。
❾則箇：語氣助詞，表示委婉或商量、祈使、解釋等語氣。用於句尾，有時無意義。
❿好耍子：即好玩兒。
⓫萬福：古代婦女行的敬禮，一面作揖，一面說萬福。
⓬貴恙：敬辭，動問他人的病情。宋代洪邁容齋五筆何恙不已：「而世俗相承，至問人病為貴恙，謂輕者為微恙。」

知甚麼法兒，血瀝瀝一副心肝早被他擎在手中。直待眾人苦苦哀求，把心肝望空一撇，自然向那死人的口中溜下去，那死人便得甦醒，因此一件怕人。劉諫議合家煩惱，私下遣人蹤跡⑭他住處，卻見他鑽入鶯脰湖⑮水底下去了。你想鶯脰湖是甚麼樣水？那水底下怎立得家？必然是箇妖怪。屢請法官書符念咒都禁他不得，反喫了虧。直待南林菴老僧請出一位揭諦尊神⑯，布了天羅地網，遣神將擒來，現其本形，乃三尺長一箇多年作怪的獼猴。那揭諦名為龍樹王菩薩⑰。劉諫議平時供養這尊神道，極其志誠，所以今日特來救護斬妖絕患。詩曰：

人家切莫畜獼猴，野性奔馳不可收。

---

⑬ 咶噪：說話瑣碎，聲音喧鬧，令人煩躁。江湖上打招呼用的習慣語。猶言打擾了，對不起。多見於早期白話作品。這裏泛指打擾，煩擾。

⑭ 蹤跡：追蹤；跟蹤。

⑮ 鶯脰湖：位於江蘇吳江市平望鎮。相傳是吳越春秋時范蠡所遊的五湖之一，以其形似鶯的脰（脖子）而得名。

⑯ 揭諦尊神：亦作「揭帝」，佛教的護法神之一。

⑰ 龍樹王菩薩：印度古代佛教哲學家、邏輯學家，印度大乘佛教中觀派（空宗）的奠基人，在印度佛教史上被譽為「第二代釋迦」，又譯龍猛、龍勝。關於他的生平，龍樹菩薩傳和其它一些佛教傳記均有記載，但都不足徵信。龍樹原係西印度（一說南印度）婆羅門，受迦毗摩羅論師的影響改信佛教，後遊南印度，接受了具有大乘思想萌芽的大眾部學說，在原始佛教緣起說的基礎上，發展了大乘緣起性空說，創立了空宗哲學系統，即後來所謂中觀派哲學。其核心部分是「緣起性空」、「二諦中道」和「八不」辯證模式。

莫說燈花成怪異，尋常尀耐是淫偷。

那獮猴似人之形，性最靈巧，就是尋常爬窗上桌、開盤倒甕、扯袖牽衣、搔蝨子弄雞巴，氣質十分不雅。況且多年，豈不作怪？又有長大一種，其名為猿，尤為矯捷。那猿內又有一種通臂的，兩臂相通，隨他伸那邊一隻臂，這邊一隻就縮進去，做一條臂膊舒將出來，所以善能緣崖登木。人若把箭去射他時，右來右接，左來左接，近來近接，遠來遠接，全然不怕。還有年深得道的，善曉陰陽，能施符咒，神通廣大，不可盡述。怎見得？但見：

生居申位⑱，裔出巴山⑲。生居申位，申陽官子孫聚居；裔出巴山，巴西侯宗族繁衍。柔腸易斷，嘯月明誰不含悲；長臂能通，登樹杪何愁善射？數學傳風后，誰知是前代曆師；刀法授雲長⑳，錯認做人間劍俠。神通卻似降龍祖，變化平欺弼馬溫㉑。

⑱ 申位：十二生肖順序排列與十二地支相配合，為子鼠、丑牛、寅虎、卯兔、辰龍、巳蛇、午馬、未羊、申猴、酉雞、戌狗、亥豬。十二生肖中，猴屬十二地支中的申位。

⑲ 巴山：大巴山，泛指巴蜀一帶。

⑳ 雲長：即三國蜀名將關羽，字雲長。

㉑ 弼馬溫：這裏指孫悟空。西遊記中孫悟空曾官封「弼馬溫」。歷朝官制並無此官，明人趙南星在所撰文集中曾云：「馬經言，馬廄畜母猴辟馬瘟疫，逐月有天癸流草上，馬食之永無疾病矣。西遊記之所本。」

話說春秋周敬王㉒時，吳越㉓交爭，吳王夫差㉔圍困越王勾踐㉕於會稽山㉖之上。虧得下大夫㉗文種卑詞厚禮，去請行成。吳王依允，將越王夫婦摘去冠服，囚於石室之中，替吳國養馬三年，方始放回。越王一心要報此讎，想吳國有魚腸之劍㉘三千，難以抵敵。有上大夫㉙范蠡㉚獻計，挑選六千君子軍，朝夕訓練。訪得南山有箇處女，精通劍術，奉越王之命，聘請他為教師。那處女收拾下山，行到半途，

㉒ 周敬王：姓姬，名匄，東周君主，卒於西元前四七七年或前四七六年，諡號敬王。他是周景王的第二子，周悼王弟。悼王病死後繼位，在位四十四年，病死，葬於三王陵（今河南洛陽西南十里處）。

㉓ 吳越：春秋吳國與越國的並稱，吳越兩國積有仇怨，互相攻伐。

㉔ 夫差：春秋末期吳國國君，西元前四九五－前四七三年在位，吳王闔廬之子。登位之初，勵精圖治，大敗勾踐，使吳國達到鼎盛。在位後期，生活奢華無度，對外窮兵黷武，屢次北上與齊晉爭鋒。黃池之會，勾踐趁虛攻吳，吳國一蹶不振。西元前四七三年，勾踐滅吳，夫差自縊。

㉕ 勾踐：春秋末越國國君，西元前四九七－前四六五年在位，曾敗於吳，屈服求和。後臥薪嘗膽，發憤圖強，終成強國。西元前四七三年滅吳。

㉖ 會稽山：地處浙江省中東部，西南－東北走向，春秋戰國時期，會稽山一直是越國軍事上的腹地堡壘。

㉗ 下大夫：古代的職官名。周王室及諸侯各國卿以下有上大夫、中大夫、下大夫。下大夫為大夫中的最低官階。

㉘ 魚腸之劍：古寶劍名。吳越春秋卷一：「使專諸置魚腸劍炙魚中進之。」意謂極小之匕首，可藏置於魚腹中。一說謂劍之文理屈襞蟠曲若魚腸。

㉙ 上大夫：大夫中的最高官階，比卿低一級。

㉚ 范蠡：春秋末年政治家、軍事家。字少伯，楚國宛（今河南南陽）人。出身微賤。仕越為大夫，擢上將軍。他與文種協助勾踐著手重建國家，並滅吳。後遊齊國。至陶，改名陶朱公，經商致富。晚年放情太湖山水，愛好養魚。著計然篇、養魚經。其言論還見於國語越語下和史記貨殖列傳等。

逢著一箇白髮老人，自稱袁公，對處女說道：「聞小娘子精通劍術，老漢粗知一二，願請試之。」處女道：「妾不敢隱，但憑老翁所試。」袁公覷著樹梢頭透出一竿枯竹，踴身一跳，早已拔起，撇向空中墜下。那根竹迎著風勢，咶喇一聲，折作兩段。處女接取竹梢，袁公接取竹根。袁公就勢去刺那處女，那處女不慌不忙將竹梢架住，轉身刺著袁公。袁公飛上樹梢頭，化為白猿而去。原來處女不是凡人，正是九天玄女㉛化身。因吳王無道，玉帝遣玄女臨凡，助越亡吳。那袁公是楚國中多年修道的一箇通臂白猿，因楚共王㉜校獵㉝荊山㉞，他連接了共王一十八枝御箭，共王大怒，宣楚國第一善射有名百步穿楊之手，喚做養由基㉟前來射他。白猿知養由基是箇神箭，躲迭不及，一溜煙走了。共王教大小三軍圍住山頭，搜尋無跡，把一山樹木放火都燒了。至今傳說楚國亡猿禍延林木，為此也。那白猿從此躲入雲夢山白雲洞中，潛心修道。今日明知玄女下降，故意變作袁公試他的劍術。後來處女見了越王，教練成了六千君子軍，也不回復范蠡，也不拜辭越王，逕自飄然而去。有詩為證：

玄女神機豈妄投，六千君子只凡流。

避養由基，避玄女，知進知退，以弱為強，此正袁公得道處。

㉛ 九天玄女：道家傳說中的女神，謂為黃帝之師，聖母元君弟子，曾助黃帝滅蚩尤。見雲笈七籤卷一一四。

㉜ 楚共王：名羋審，楚莊王之子，西元前五九〇－前五六〇年在位。

㉝ 校獵：遮攔禽獸以獵取之，亦泛指打獵。

㉞ 荊山：山名。在今湖北南漳西部。漳水發源於此。山有抱玉岩，傳為楚人卞和得璞處。

㉟ 養由基：生卒年不詳。姬姓，養氏，名由基，一作繇基，楚國平輿邑（今安徽臨泉）人，戰國策西周策中記載：「楚有養由基者，善射，去柳葉者百步而射之，百發百中。」百發百中、百步穿楊二成語即出自此。

要知天上些須妙，已是人間第一籌。

話說處女下了南山，來於越國。那時有越王差來迎接人眾，香車寶馬自不必說。今日不辭而去，未免獨自一身，半雲半霧。行至舊路，只聽得茂林之中一聲叫：「玄女娘娘」，一聲叫：「師父」。處女按住雲頭，將慧眼打一看時，原來正是袁公，雙膝跪於路傍，手捧著一箇石盤，盤中列著四般長命果，口中只叫道：「師父，可憐弟子一片誠心，收留教誨則箇。」且說那四般果子？是：榛子、榧子、核桃。假如東南橘柚楊梅，西北林檎梨棗，此等並為佳品，要之只算時新，不堪長久。只有那四般，藏在殼中，風吹不乾，雨打不濕，久而如新，所以謂之長命果，永為山家之積糧也。後來丹青家有箇白猿獻果圖，正此故事。當下袁公放下石盤，連連磕頭。又喚道：「師父，是必收留弟子，生死不忘。」處女被他識破是九天玄女娘娘化身，道這畜生眼睛倒也利害。又見他十分志誠㊱，將他所獻四般長命果每件取他一箇，這是領他的情處，其餘都向空中拋散，做箇布施功德。當下，袁公就茂林中端端正正拜了八拜，玄女受了，向袖中取出圓眼般大兩箇彈丸兒，付與袁公。袁公將雙手接著，安放掌中。看這彈丸時，白色，如鉛鑄成，不甚光彩。袁公口雖不語，心中疑惑，想道：「若是粉做的兩箇團子，倒好充饑。便是銀打的，也不上二兩多重，不值甚事。若只是兩箇鉛彈兒，我老袁又不學打彈，要他甚麼？」這裏心下躊躕，那邊玄女早已知道，便向那彈丸上吹　口氣，叫聲「疾」，只見放起光來，須臾之間，左一跳，右一躍，如兩條金蛇，纏繞盤旋，只在頭上頸下，一往一來，迸出寒光萬道，冷冽難當。耳中如聞

□□不識好人的，便是畜生不如矣。

㊱志誠：虔誠；誠懇。也常常含有老實的意思。

千刀萬刃擊刺交加之聲。唬得袁公緊閉雙眼，口中只叫：「好師父，弟子已知師父神威，饒恕俺則箇。」原來這兩箇彈丸就是仙家煉成雌雄二劍，能伸能縮，變化無窮。若攝了光時，只如兩箇鉛彈相似。倘然動撣起來，能於百萬軍中橫行直撞，來如箭，去如風。所以仙家飛劍斬妖，百發百中。今日玄女只是小小弄箇神通，恐唬袁公。雖然利害，只削去了些頭毛、眼毛，其他並無傷損。若心不志誠時，一萬顆頭也取下來了。玄女當時把袖一拂，攝了劍光，依然兩箇鉛彈丸兒，收入袖中去了。袁公纔敢開眼，唬出了一身冷汗，半晌開不得口。從此死心塌地，跟隨玄女，直至南山，終日摘花獻果供養。玄女憐他小心謹慎，把劍術盡傳與他。袁公依樣鍊成雌雄二劍，收藏袖中，亦能變化，歡喜不盡。此時越王已將君子軍六千直入吳國，滅了夫差，獨霸江東。思想起處女前功，再遣人於南山尋訪，更無蹤跡。即命建仙女祠於南山之上，歲時祭祀不絕。你道為何尋訪不著？這裏越國成功，那邊玄女已自上天回復玉帝去了。況且神仙妙用，要現便現，要隱便隱，亦非凡人之可測也。且說玄女帶袁公上天，朝見了玉帝。玉帝見袁公好道，封為「白雲洞君」，教他掌管著九天秘書。何謂秘書？但是人間所有之書，不論三教九流，天上無不備具。則這天上所有之書，人間耳未聞，目未見的，也不計其數。所以總喚做「秘書」，有金匱玉篋收藏。每年五月端午日，修文舍人來查點一次，此乃修文院之屬官也。袁公雖然掌管，奉有天條禁約，等閒也不敢私自開發。忽一日間，正值西天金母㊲蟠桃勝會，玉帝引著一班仙官將吏都往崑崙山瑤池赴宴。怎見得？有古風一篇為證：

㊲ 西天金母：古神話傳說中的女神。俗稱西王母。

崑崙乃在赤水陽，古稱地首天中央。
星辰隔輝挂天柱，日月引避行其旁。
瑤房積石開玄圃，寶樹琪花顏色占。
中有蟠桃萬丈高，含蕊千年纔一吐。
千年結實千年熟，渥丹斗大如紅玉。
此時王母開壽筵，十萬仙真共懽祝。
壽筵高啟碧琳堂，鳳鈞鸞舞紛迴翔。
玉童前驅執羽蓋，靈妃後列吹笙簧。
瓊漿飲罷顏婀娜，玉盤托出神仙果。
食之壽與天地齊，安得偷嘗一二顆。

袁公雖云修道，未證仙果㊳，且是天宮有執事㊴的人員，因此不得隨行。他本是箇好喫果子的，聞說蟠桃如斗之大，三千年方始開花結果，一次喫此桃者，壽與天齊，如何不口內流涎，心中納悶？袖中取出兩箇彈丸兒，吹口氣，喝聲「疾」，化成雌雄二劍。左一跳，右一躍，戲舞了一回。將袖兒一拂，攝了劍光，依舊收藏袖內。正在無聊之際，猛然想起：「自家掌管著許多秘書，未曾展翫㊵，今日且偷看

㊳ 仙果：道教語。謂成仙的結局。

㊴ 執事：差事；工作。

一會，便怎地？」一頭說，一頭便把雙眼溜去。只見那金匱玉篋都編得有三教九流門類字樣。袁公覷著許多儒字號，口中喃喃的道：「那秀才買賣，莫去纏他。」指著佛字號，又道：「那黃臉老兒，也不好相處。」看到道字號，道：「這是我老袁的本業。」中間一箇小小玉篋兒，面上橫著無數封記，原來這篋兒每年修文舍人來簡視時，加上御封一道，只見封不見開。袁公暗忖道：「這重重封記，必有妙處。」扯開御封，把雙手去揭那篋蓋時，卻似一塊生成，全然不動。袁公連叫作怪：「若是鐵打的篋兒，只恐年遠鏽結了。這是美玉琢成的，直恁牢緊，不知那箇玉工做下的？若與老袁商量，再細細光去一層，便好開閉了。」說罷，抖擻平生的精神，又去狠揭一下。那玉篋兒恰似重加釘，釘再用金鎔，休想動得半毫。看官聽說，若是別箇猢猻兩番揭不起，未免焦燥，拿起手，一丟一去，腳去踏，頭去撞，都是有的。那袁公畢竟多年修道，火性已退的，如何肯造次？當下慌得他雙手兒捧著玉篋，屈下兩隻毛腿，叫道：「吾師九天玄女娘娘，保佑弟子道法有緣，揭開篋蓋，永作護法，不敢為非。」連叩了三四箇頭，爬起來把玉篋再揭，那篋蓋隨手而起。內有火餤般繡袱包裹，打開看時，三寸長，三寸厚一本小小冊兒，面上題著三箇字，叫做：「如意冊」，裏面細開著道家一百單八樣變化之法。三十六大變，應著天罡㊶之數；七十二小變，應著地煞㊷之數。端的有移天換斗之奇方，役鬼驅神的玅用。袁公心下大喜道：「只

㊵ 展翫：仔細地觀看。展，審視；察看。翫，觀賞；研討。

㊶ 天罡：道教稱北斗叢星中有三十六個天罡星，每個天罡星各有一神，共有三十六位神將。道士在齋醮作法時，常召請他們下凡驅鬼。

㊷ 地煞：星相家所稱主兇殺之星。

迷時師渡，悟時自渡。到手時畢竟是自家。

反坐玉帝一箇不是，妙甚。

此一書，勾我老袁受用矣。一世從師受道，今日到手時，還是我自家箇得。正是：早知燈是火，飯熟已多時。手中捻著本如意冊兒，長嘯一聲，飛下雲端，徑往雲夢山白雲洞中鑽去。那裏猿子猿孫，和著一班猴猳猻玃之類，跳舞歡欣，都上前拜見。袁公道：「我今日得了天書，做箇傳法教主。得道之日，你們一箇箇都做真仙。」便教：「把洞中兩邊峭壁與我削平，我有用處。」眾畜聽說傳法與他，那箇不踴躍向前？鑿的鑿，磨的磨，霎那之間，把兩壁弄成一片鏡面相似。袁公取出筆墨來，就石桌之上，磨得墨濃，蘸得筆飽，向西邊壁上寫著三十六天罡大變法，又向東邊壁上寫著七十二地煞小變法。卻教眾畜動起磓鑿，刻成三分深字樣。袁公笑道：「人說天上無私，緣何也有箇秘書？你做三十三天43老大皇帝，直恁私刻？我老袁且與人為善，你們眾弟子孩兒要學法的，儘著去學。」眾畜道：「苦也，俺們怎得理會？全仗老公公教導。」袁公道：「了頭做媒，自身難保。我老袁但能記誦，尚未得手哩！且慢消停，等他半月十日，玉皇老頭兒不言不語時節，我老袁給箇寬假，到於本洞，逐節與你們演習。」說猶未了，只聽得轟轟的一片聲響，眾畜道：「雷鳴了，想是天變也。」袁公道：「這不是雷鳴，乃是天門上報鼓響。凡天宮有刑獄問斷之事，便鳴著報鼓，儒書上所謂『鳴鼓而攻』也。你每緊守洞中，我老袁且上去點箇卯44，探聽箇消息。」說罷，湧身一跳，早出洞口，冉冉望天門而上。只此一去，有分教：袁公犯

43 三十三天：梵語忉利天的意譯。即欲界六天之二。小乘有部認為是欲界十天中的第六天。法苑珠林卷五：「欲界十天者：一名于手天，二名持華鬘，三名常放逸天，四名日月星宿天，五名四天王天，六名三十三天，七名炎摩天，八名兜率陀天，九名化樂天，十名他化自在天。」

44 點箇卯：點名。舊時官署辦公從「卯時」（現在五至七時）開始，官員要查點吏役人數，謂之「點卯」。

一款不赦的天條，設一重不輕的法願。正是：會施天上無窮計，難免今朝目下災。畢竟不知此去吉凶如何，且聽下回分解。

第二回　修文院斗主斷獄　白雲洞猿神布霧

茅山❶萬法總虛浮，如意從來不可求。
寶冊誰人能會取，刻時羽化❷上瀛洲❸。

話說玉帝在瑤池宴回，守天宮的執事人員都來接見，單單不見了袁公。有修文院舍人彌衡❹，字正

❶茅山：山名。在江蘇句容東南。原名句曲山。相傳有漢茅盈與弟衷固採藥修道於此，因改名茅山。
❷羽化：舊時迷信的人說仙人能飛升變化，把成仙稱為羽化。
❸瀛洲：傳說中的東海仙山。山海經記載，海上有三座仙山，蓬萊、瀛洲、方丈，山上是仙境，有長生不老藥。而蓬萊海域常出現的海市蜃樓奇觀，更激發了人們尋仙求藥的熱情，秦始皇、漢武帝等古代帝王紛紛到蓬萊開始了尋仙活動。
❹彌衡：即禰衡（西元一七三—一九八年），字正平，平原般縣（今山東臨邑）人。東漢末年名士，文學家，與孔融等人為好友。後因出言不遜觸怒曹操，被遣送至荊州劉表處，後又因出言不遜，被送至江夏太守黃祖處，終為黃祖所殺，終年二十六歲。明朝徐渭在劇本狂鼓史漁陽三弄中，寫禰衡死後閻王因其氣概超群，才華出眾，待以上賓。上帝召請禰衡為修文郎。

平,起奏道:「白雲洞君私發秘書,竊了如意冊,下界已七日矣。」玉帝大驚道:「這如意冊乃九天秘法,不許洩漏人間。只因世上人心不正,得了此書必然生事害民。那畜生獸心不改,有犯天條,不可恕也。」當下鳴起天門報鼓,百神俱至。玉帝傳旨,命雷神豐隆遣本部雷公、電母火速下界,擒袁公赴修文院,仰本院舍人會同北斗真君鞫問正法。卻說袁公正到天門打探,聞知此信,自言自語道:「那箇多嘴饒舌的,閒在那裏不去打瞌睡,卻去報新聞,搬起這樣是非?我且把如意冊包裹停當,仍舊放在玉篋裏面,臨時與他白賴❺則箇。」一頭走,一頭伸手去摸那袖兒,卻是一箇空袖,喫了一驚。原來放在石牀上,不曾帶來。慌忙撥轉雲頭,回到白雲洞中。這夥猿子猿孫見袁公轉回得快,一擁前來問信。袁公此時那有心情回答他一言半字,舒著雙臂拉開,逕奔石牀上,取了如意冊兒,覆身復上天門。正撞著雷公、電母一群聖眾駕著雷車飛奔前來。電母便將閃電亂掣,火鞭飛舞,金蛇走躍。袁公大驚道:「這婆子好利害哩!」也倒曉得幾分劍術,正要探取雌雄二丸與他賭鬥,只見雷部謝仙❻等眾擊起連鼓,如山崩地塌之聲,四圍雷火焰焰燒著,把袁公分明困在火城之中,險些兒燎去了皮毛。唬得袁公掩著耳,閉著眼,口中叫道:「列位有話好講,不要出粗。」雷公道:「奉上帝法旨,與你取討如意冊。有無自到修文院中回話。」袁公連聲應道:「有!有!有!」心中暗想道:「既是上帝有旨來拿我,如何卻到修文院去?想是著我尋取原書。這修文院自我老袁自家屋裏,只消我出諸袖中便了。」此時十分驚恐已自放下了七八分。況且眼見得雷部神通,怎敢違抗?當下謝仙取鐵鏈套在袁公頸上,乘著雷車頃刻進了天

說著了。

像!像!

以己度人,凡自家得意之境,無不如此。

❺白賴:抵賴;不認賬。

❻謝仙:亦作「謝僊」,雷部中神名。主行火。

門，逕投修文院來。正是：青龍共白虎同行，吉凶事全然未保。且說那修文舍人彌衡早已升座，怎生品格？有西江月為證：

作賦平欺時彥❼，挾才敢傲王侯。懷中刺❽敝不輕投，只有孔楊❾好友。鸚鵡洲❿前夢慘，漁陽鼓⓫裏聲愁。一生剛正表清流，天府修文職受。

不多時，只見旌幢寶蓋簇擁著北斗星君⓬到來。怎見得？亦有西江月為證：

修文舍人顏回、卜商之職，彌先生不愧。

❼ 時彥：當時的俊傑；時賢。

❽ 刺：名帖。

❾ 孔楊：指禰衡的好友孔融、楊修。

❿ 鸚鵡洲：在今湖北武漢西南長江中。相傳東漢末江夏太守黃祖長子射在此大會賓客，有人獻鸚鵡，禰衡作鸚鵡賦，故名。後禰衡被黃祖所殺，即葬此。

⓫ 漁陽鼓：鼓曲名，即漁陽參撾。禰衡被曹操謫為鼓吏，正月半試鼓，衡揚枹為漁陽摻撾，淵淵有金石聲，四座為之改容。相傳此曲是禰衡所創，取名漁陽，是借用東漢光武帝時彭寵據漁陽反漢的故事，諷刺曹操有叛逆之心的意思。後來漁陽鼓成為著名的典故，既有名士之風流，又有叛亂風起等意思。

⓬ 北斗星君：與南斗星君並稱，是道教中重要的天神，掌管北斗星。據說，北斗星君能夠決定人的死期，而南斗星君專掌生存，故民間又稱南斗星君為「延壽司」。干寶的搜神記就記載了一則北斗星君與南斗星君增添凡人壽命的故事：管輅要一個注定要早夭的年輕人，趁北斗星君與南斗星君下凡對奕時，用酒肉向之求助，最後得以延壽。

七政樞機有準，陰陽根本寒門。攝提隨柄指星辰，斗四杓三一定。天道南生北殺，七公理獄分明。
招搖玄弋擁前旌，不數人間法令。

當下修文舍人降階接入行禮，讓星君坐於上首。這裏雷公、電母將袁公解進修文院來交割。一面繳還帝旨，自回本部去了。卻說袁公被一番雷電鬧炒得不耐煩，到得本院，如醉如夢。左右吏卒押他跪於階下，高聲稟道：「拿到偷書賊當面。」袁公擡頭一看，只見兩行擺列得旌旛齊整，棍棒森嚴。覷上面時，端端正正坐著兩位問官。右首修文舍人是本院職掌，還不在意。左手皂衣玉簡，分明認得是北斗星君。這一驚非小，原來南斗注生，北斗注死。隨你顏回⑬、楊烏⑭這般壽夭⑮，若求得南斗星君⑯添上幾豎幾畫，便活到一百九十，閻羅天子也不敢去想他會面。儻惹著北斗星君性氣，把筆尖略動一動，登時了卻性命，便是玉帝御旨降一千道赦書，也休想他起死回生。今日這一番多凶少吉，如何不驚恐？當時袁公不等上面開言，雙手擎著如意寶冊獻上，連連磕頭，只稱「死罪」。北斗星君喝道：「業畜，你擅

無此段敷演北斗星君，無□□處。

⑬顏回：孔子弟子。字子淵，春秋時期魯國人，生於魯昭公二十九年（西元前五二一年），卒於魯哀公十三年（西元前四八一年），享年僅三十二歲。他十四歲即拜孔子為師，此後終生師事之。在孔門諸弟子中，孔子對他稱讚最多，歷代文人學士也對他推尊有加。

⑭楊烏：即揚雄的兒子揚信，字子烏，七歲（一說九歲）的時候就對揚雄著太玄有所幫助。法言問神：「育而不苗者，吾家之童烏乎。九齡而與我玄文。」據華陽國志先賢士女總贊論言楊烏：「年九歲而卒。」

⑮壽夭：壽命短促。

⑯南斗星君：詳見本回注釋⑫。

第一要緊事。

此理甚長，上帝亦當肯首。

又奇。

啟天封，私偷秘法，比監守自盜加等，合當⑰擬斬。」袁公只叫「饒命」，磕頭不已。彌衡舍人問道：「你有無洩漏天機？從實說來！」袁公道：「我老袁一生不作誑語⑱。那如意冊上諸般變化之法，已整整齊齊鐫在白雲洞兩傍石壁上了。若說洩漏，委是⑲不曾見箇生人之面。」星君暗暗想道：「這畜生到也老實。」又喝問道：「你把秘冊鐫在石壁是何主意？」袁公道：「常聞說上帝無私，偏不信有箇『秘』字。既說箇『秘』，便不消留下文書。既留下文書，便是要流傳萬古。玉帝匣藏，我老袁石刻，同是一般意思。」舍人喝道：「畜生，休得強辭奪理！」袁公慌忙叩頭，連稱「死罪」，道：「我老袁一生愚直，只是據理自陳，豈敢強辨？」舍人道：「聞得這玉篋是天庭法寶，有三不開：無混元老祖⑳法旨不開，無九天玄女娘娘法旨不開，無玉帝法旨不開。你這毛畜如何開得？」袁公道：「起初時實是三番兩次展開不得，末後志心㉑皈命吾師九天玄女娘娘，保佑弟子道法有緣，永作護法，不敢為非，這篋蓋就登時揭起。若到底揭不起時，我老袁也罷了，終不然喚箇碾玉匠㉒碾開來看？早知天條如此嚴禁，玄女娘娘

---

⑰ 合當：即應當，應該之義。

⑱ 誑語：騙人的話。

⑲ 委是：確實。

⑳ 混元老祖：道家認為宇宙在鴻蒙未辟，萬物未生之前，乃太空中一團混元之氣，由於不停旋轉生化，靈氣內聚而凝結為「混元規」，有一靈體內坐者，即道家尊稱的「混元老祖」，其合陰陽為一體。「混元規」再化「天規」和「地規」，「天規」道家尊為「昊天老祖」，「地規」道家尊為「鴻鈞老祖」，此三位尊稱為宇宙三太老祖。

㉑ 志心：專心；誠心。

㉒ 碾玉匠：打磨雕琢玉器的工匠。

以文字獲罪，盛世決無此事。

點綴得好。

師父要緊。

也不該作成㉓我這箇罪名。往時常恨著世路狹窄，每每在一封柬帖㉔、一篇文字㉕上坐㉖人罪過。不道天庭浩蕩，為這三寸長短小小冊兒，不鑒我好道之心，翻坐以偷書之賊。悔之無及，死不甘心。」彌衡舍人聽說到「世路狹窄」幾句，愀然㉗動色㉘。想著自家得罪於劉表，也只為著孫策一封書上。況且生性剛直，見袁公情辭慷慨，涕淚交下，心中十分不忍。向著北斗星君道：「這毛畜所言儘自可聽。論起道法流傳，也有因緣在內。況是九天玄女娘娘高弟，有煩真君同在玉帝面前保奏，許他改過自新。不知真君意下如何？」星君道：「原是先生屬下人員，但憑裁決。只是這番鞫問，百神盡知，也須成箇招詞，以便覆奏。」舍人道：「真君之言甚當。」便教左右將紙筆硯墨付與袁公。袁公此時已知舍人有心出脫㉙他罪過，懽喜不勝，連忙取筆寫道：

供狀：袁公不知年歲，向在雲夢山白雲洞住居修道。因本師九天玄女娘娘舉薦，蒙帝恩封為白雲洞君，掌管九天秘書，屬修文院。典守㉚多年，並無過失。近因九天仙真俱赴蟠桃壽宴，自念道

㉓作成：成全；照顧。

㉔柬帖：泛指信札、請帖等。

㉕文字：指文章、文書、公文等。

㉖坐：定罪；由於、因為某種事而犯了罪。這裡作動詞，科以罪名的意思。

㉗愀然：形容神色變得嚴肅或不愉快。

㉘動色：臉上顯出受感動的表情。

㉙出脫：開脫罪名。

微德薄，不得從行，不合㉛私發天封，欲窺秘冊。兩遍揭取篋蓋不遂，志心祝禱本師玄女娘娘保佑，方始開篋見書。妄意天上無私，欲作人寰不朽，輒將冊文鐫於白雲洞壁。緣法自信，專擅難辭。然皆好道本心，並無私毫邪念。儻蒙赦宥，情願專心護法，不敢妄洩凡人。如有違心，天誅甘受，所供是實。

北斗星君看罷供招，笑道：「倒好，說得身上十分乾淨。」袁公跳將起來，說道：「我老袁不但身上乾淨，心裏也乾淨。說一是一，說二是二，不比他人言三語四。」舍人和左右都笑起來。當下星君和舍人起身，引著袁公逕到靈霄寶殿，回奏玉帝道：「袁公罪犯雖深，情詞可憫。況且混元老祖曾遺下四句，云：『玉篋開，緣當來；玉篋閉，緣方去。』緣者，袁也。或者袁公有緣，所以玉篋自啟。他既無邪心，宜看九天玄女面上從寬釋放為便。」玉帝准奏，免其死罪，革去「白雲洞君」之號，改為「白猿神」，著他看守白雲洞石壁。先發下天符一道，著本境城隍㉜土地㉝逐去猿子猿孫一切黨類。十里之內不許停留，單單只容一箇袁公居住。如若妄傳凡人，生災作耗㉞，一體治罪。袁公謝恩已畢，玉帝傳旨，

心裏乾淨，得道之本。

㉚ 典守：主管；保管。

㉛ 不合：不應當；不該。

㉜ 城隍：道教傳說中守護城池的神。唐以後各郡縣均祭祀城隍，故所建廟宇特多。

㉝ 土地：神名。指掌管、守護某個地方的神。

㉞ 作耗：作亂；叛亂。也指妖物作怪，任性胡為。

奇。

又奇。

將御前白玉寶爐賜與袁公。這爐名為「自在爐」，若袁公在洞修行時，爐中香煙繚繞自然不斷，直透天門。倘或袁公離了洞門，香煙便熄。分明把爐中這點真火降住袁公的野心，使他不敢散亂。袁公又謝了恩，奏道：「臣所居雲夢山白雲洞雖則險僻，卻與塵世未嘗隔絕。聞仙官張楷㉟能作五里霧，願乞天恩，借來遮掩洞門，庶免外人窺瞷。」玉帝准奏，道：「若要霧，不須煩仙官矣。」便喚掌天庫的取一件希奇無價之寶出來，這寶名為霧母。原來上界有四母，都是天生至寶：第一是氣母，藏著先天一氣，大千世界轉輪其中，即今彌勒㊱祖師手中提著的布袋便是。有詩為證：

和尚肚皮如甕，眼兒笑得沒縫。
布袋早暮提攜，手中不知輕重。
問渠㊲袋有何物，一氣陰陽妙用。
笑他世界眾生，袴內早虱亂動。

第二是風母，藏著八方風氣。怎見得？東方滔風、南方薰風、西方飈風、北方寒風、東南方長風、

㉟張楷：字公超，通嚴氏春秋、古文尚書。門徒甚多，隱居於弘農山的住處因之成為集市。累有辟舉，皆不應。范曄後漢書張楷傳言「性好道術，能作五里霧。」即在五里範圍內能使雲霧迷漫、籠罩。

㊱彌勒：著名的未來佛。中國的彌勒塑像胸腹坦露，面帶笑容。傳說五代時布袋和尚是其化身。

㊲渠：方言，他。

東北方融風、西南方巨風、西北方厲風，這八風消息㊳於風囊之中，風伯飛廉掌之。亦有詩為證：

人間尚有司風史，況是天庭豈無主。
鹿身蛇尾號飛廉，風伯從來功配雨。
少女前驅孟母狂，折丹㊴指點封姨㊵忙。
縱使扶搖千里勢，不離噓吸一風囊。

少女、孟母、折丹、封姨皆風神也。

第三是雲母，乃混沌初分時山川之氣所結。團團如華蓋㊶相似，其雲五色不一。若歲時豐稔，雲色則黃；有兵寇，雲色則青；有死喪，雲色則白。黑雲主水，赤雲主旱，若五色葱菁，此為祥瑞之徵。雲師屏翳掌之。亦有詩為證：

白衣蒼狗㊷雖無意，紅蕊金翅亦有徵。

㊳ 消息：指生滅、盛衰。

㊴ 折丹：傳說中的風神名。山海經大荒東經言：「大荒之中，有山名曰鞠陵于天、東極、離瞀，日月所出。名曰折丹。」郭璞注：「折丹，神人」。

㊵ 封姨：亦作「封夷」、「封家姨」、「十八姨」、「封十八姨」，古時神話傳說中管颳風的女神。

㊶ 華蓋：帝王車駕的傘形頂蓋。

㊷ 白衣蒼狗：縮用杜甫「天上浮雲如白衣，斯須變幻為蒼狗」詩意，以風雲變化無常，比喻世事莫測。

假使雲師無職掌，保章㊸雲物辨何因。

第四是霧母，狀如一幅布帘，約長八九尺，亦名霧幙。纔展開些子，分明是初啟蒸籠一般，熱騰騰噴將出來。若展盡時，瀰漫百里，把箇乾坤都昏罩了。及至捲起，卻似水中吸桶，那霧氣即漸收藏。當先軒轅皇帝㊹在位時節，有一箇諸侯㊺，最為無道，名曰「蚩尤」。他得了這箇霧幙，能致大霧，又創造刀戟大弩，自恃天下無有敵手，鼓眾造反，要奪黃帝的天下。黃帝與蚩尤大戰於涿鹿㊻之野，一軍都被霧氣迷惑，東西不辨，三日三夜不能取勝。賴得九天玄女下降，授黃帝陰符秘策，造成一車，名指南車。車上站一箇木人，木人伸一隻手，手伸一箇指，隨你車兒左旋右轉，這木人一手一指準準的對著南方。當下遂破了蚩尤追而斬之。其血流地，變而為鹽。只今陝西慶陽府城北鹽池便是。因他創造兵器，罪業深重，故今萬世百姓食其血也。這霧幙是九天玄女收得，獻上玉帝收藏天庫。亦有詩為證：

黃帝神靈是聖君，蚩尤狂惡亦兇星。

尋根問蒂，說得活龍活現。又出九天玄女其地有軒轅，□想亦彈壓蚩尤之魄耶？

㊸ 保章：鳳晝鳴之稱。明楊慎鳳賦：「昏鳴曰固常，旦鳴曰發明，晝鳴曰保章，舉鳴曰上翔，集鳴曰歸昌。」

㊹ 軒轅皇帝：傳說中的古代帝王黃帝的名字。傳說姓公孫，居於軒轅之丘，故名曰軒轅。曾在阪泉戰勝炎帝，在涿鹿戰勝蚩尤，諸侯尊為天子。後人以之為中華民族的始祖。

㊺ 諸侯：古時帝王所轄各小國的王侯。

㊻ 涿鹿：地名。故城在今河北涿鹿南，傳說中黃帝在此戰勝蚩尤。

不將霧幞歸天庫，安得天開日月明。

後人又有詩云：

四母珍奇古未聞，誰知天界假和真。
風雲聚散陰陽理，不道成形各有神。

此詩是駁那氣母、風囊、雲蓋、霧幞四件奇寶乃荒唐之說。不知此乃坐井觀天，淺見薄識之輩。假如鏡能取火、蚌能出水、猛火生風、蜥蜴致雹，在世間的多有奇奇怪怪不可思議，何況天界事情。則今閒話休題。且說玉帝見袁公一心護法，並無虛誑，且是九天玄女弟子，就取這霧幞交與袁公，以為洞口永鎮之寶，囑付道：「此幞只可展開尺餘，便有十里霧氣。不可全展，恐於世人不便。」又道：「你自今改過遷善，專心修道，還有上昇之日。不然天誅不赦，永墮無間地獄㊼矣！」袁公不住口的唯唯㊽，拜辭了玉帝。當下修文舍人再拜，奏請御封，仍將玉篋封記，供養本院。北斗星君亦拜辭而出。袁公又往修文院拜謝了舍人，往北斗司拜謝了星君，右手擎著白玉寶爐，左腋下夾著霧幞，離了天界，望著雲

㊼ 無間地獄：佛教語。即阿鼻地獄。據俱舍論卷一一稱，造「十不善業」的重罪者墮入之，「受苦無間」，是地獄的最底層。

㊽ 唯唯：恭敬的應答聲。

語多透骨。

布置不漏。

□□見袁公，□力處與孫行者大不同。

夢山白雲洞中鑽去。那一班猿子猿孫猴玃之屬已被本境城隍、山神、土地奉著天符，驅逐已盡。袁公單單一身，不勝淒慘。且喜有了性命，又得了兩件至寶。正所謂：一悲一喜。便將寶爐陳設於石室之前，只見香氣氤氳，直透九霄雲外。又將霧幙展開尺餘，懸於洞口，果然白氣騰空，須臾之間散成十里濃霧，把一箇山洞如白麪包裹，看不見洞外一些些子。想洞外看著洞中亦如此矣。袁公大喜道：「世上事多半是有名無實，只這洞名向來亦是虛傳。今日纔不枉喚做『白雲洞』也！」說罷，復身到寶爐前磕了四箇頭，以謝天恩。從此日日如此，不敢懈怠。每年五月端午日午時，便把霧幙捲收，到天庭朝見玉帝，謝罪一次。過了午時仍舊還洞。又將霧幙展掛，內外隔絕，別是一箇世界。那洞中到也寬大，各色名花異果四時不絕，也勾袁公一身受用。袁公自此只在洞中修真養性，閒時探取雌雄二丸戲舞消遣。兩壁雖鐫著一百單八條變化之法，仔細參求，都是偷天換日、追魂攝魄的伎倆。其中卻有豆人紙馬、鬼刀神劍種種害人之術。袁公道：「怪道玉帝十分秘惜，不許洩漏人間。這般法術分明是金剛禪外道，與自家心性無與[49]。早知如此，便不開得玉篋也罷了。」心下懊悔無及，取筆添數行字於石壁之後，云：「此係九天秘法，上帝所惜。儻後人有緣得之者，只宜替天行道，保國佑民。每年臘月[50]二十五日夜半子時[51]，銜刀被髮，登屋跨脊，向北斗設誓：『弟子某持法於今若干年，並無過失。倘生事害民，雷神殛[52]之』。」

---

[49] 無與：不參預；不相干。

[50] 臘月：農曆十二月。

[51] 子時：舊式計時法指夜裏十一點鐘到一點鐘的時間。

[52] 殛：誅；殺死。

共七十六字，照前鐫就。說話的，這是甚意思？只因袁公在修文院成招，立下誓願，恐後有得法之人心術不正，帶累53非小。他自己曾經雷神擒拿，北斗星君勘問。所以說，持法者通陳北斗，生事者受報雷神。臘月二十五日乃玉皇下降之辰。到此纔見袁公本心好道，並無邪念也。然雖如此，依我說來，還是鐫在石壁多了這一番事。想緣會54當然，所以天庭亦不曾教他銷毀。只因這般，有分教：白霧巖中，再遇偷書之賊；紅塵世界，忽生弄法之殃。正是：有事不如無事好，人心怎比道心閒。畢竟後來何人盜法，生出甚麼事來，且聽下回分解。

53 帶累：自己遭不幸牽連別人，使受損害或連累。

54 緣會：相會的緣分。

第三回　胡黜兒村裏鬧貞娘　趙大郎林中尋狐跡

橫生變化亦多途，妖幻從來莫過狐。
假佛裝神人不識，何疑今日聖姑姑。

話說諸蟲百獸多有變幻之事，如黑魚漢子、白螺美人、虎為僧為嫗、牛稱王、豹稱將軍、犬為主人、鹿為道士、狼為小兒，見於小說他書不可勝言。就中惟猿猴二種最有靈性。算來總不如狐，成妖作怪，事跡多端。這狐生得口銳鼻尖，頭小尾大，毛作黃色。其有玄狐、白狐，則壽多而色變也。按玄中記❶云：「狐五十歲能變化為人，百歲能知千里外事，千歲與天相通，人不能制，名曰『天狐』。性善蠱惑，變幻萬端。」所以從古至今，多有將狐比人的，如說人容貌妖嬈，謂之「狐媚」；心神不定，謂之「狐疑」；將偽作真，謂之「狐假」；三朋四黨，謂之「狐群」。看官且聽我解說「狐媚」二字。大凡牝❷狐要哄誘男子，便變做了美貌的婦人；牡狐要哄誘婦人，便變做美貌的男子，都是採他的陰精陽血，助成

❶ 玄中記：晉代郭璞撰寫的神怪小說，記載的是古代的神仙魔怪的神話傳說和地理知識。
❷ 牝：雌性的鳥或獸，與「牡」相對。

修煉之事。你道甚樣法兒變化？他天生有這個道數。假如牝狐要變婦人，便用著死婦人的髑髏頂蓋，牡狐要變男子，也用著死男子的髑髏頂蓋。取來戴在自家頭上，對月而拜。若是不該變化的時候，這片頂蓋谷碌碌滾下來了。若還牢牢的在頭上，拜足了七七四十九拜，立地變作男女之形。扯些樹葉花片遮掩身體，便成五色時新衣服。人看見他美貌華裝，又且能言善笑，不親自近，無不顛之倒之。除卻義夫烈婦，其他十個人到有九個半著了他的圈圚，所以叫做「狐媚」。不止如此，又能逢僧作佛，遇道稱仙，哄人禮拜供養，所以唐朝有「狐神」之說。家家祭祀，不敢怠慢。當時有諺曰：「無狐魅不成村」，此風到五代時稍息。然其種至今未嘗絕也。詩曰：

世間事事皆成假，那得妖狐獨認真。
若使人情無假偽，妖狐應自得天嗔。

話說大宋咸平改元❸，真宗皇帝❹登極。那時民安國泰，自不必說。卻說西川安德州，有個梓潼村。村中住個獵戶，姓趙名壹，原是敗落大戶人家。為他行一，人都稱他趙大郎。那趙壹有個妻子，姓錢，是府中錢員外家生女兒❺。年方二十二歲，頗有顏色。趙壹靠打獵為生，那錢氏只在草堂中做些針指幫

❸ 大宋咸平改元：西元九九八年，宋太宗駕崩後，宋真宗趙恆繼位，改元咸平，此年便是咸平元年。

❹ 真宗皇帝：即宋真宗趙恆（西元九六八－一〇二二年），原名趙德昌，後又改名元休、元侃，宋太宗病死後繼位。在位二十五年，病死，終年五十五歲，葬於永定陵（今河南鞏縣東南蔡家莊）。

凡受魅者，自己先有個魅根。

家過活。稟性貞潔，人人敬重。一日出門汲水，誰知被一個妖狐窺見。那畜生動了邪心，要去引誘他。變做個俊俏秀才模樣，穿一身齊整的衣服，每日只等他丈夫出門，便去到他門首，或立或坐，或時假裝饑渴，討漿討水，引得婦人開口。他又故意插幾句風話❻，那婦人心堅如石，全然不動，因此魅他不得。趙壹一連兩日在自己門首撞見了那秀才，見他蹤跡有些奇怪，問他姓名，秀才答應道：「在下姓胡，名黜。在前村看書，閒步至此。」趙壹有心到前村訪問，並無此人，愈加疑惑。忽一日，錢氏早起梳粧，不見了一隻定髻的銀簪。衫兒、袖兒、箱兒、籠兒、減粧兒❼、被窩兒各處都翻遍了，只墻角下有個老鼠穴，也點著燈照過幾遍，那有些影像？到午上煮飯熟了，揭開鍋蓋，這枝簪不歪不邪，插在飯鍋中心。拔起看時，卻又作怪這，滾熱的飯鍋裏面，簪兒還是冷的。錢氏恐丈夫不信，瞞過不題。又一日，早起下牀，正要穿繡鞋，不見了一隻。趙壹道：「想是貓兒銜去了，另換一雙穿罷。」那日趙壹出門不多時便回，袖裏摸出一隻鞋兒與妻子看，問道：「可是你的？」錢氏道：「正是。那裏拾來？」趙壹道：「在三里之外，一株石榴樹上掛著，卻不是怪事！」錢氏方纔敢把銀簪之事對丈夫說。趙壹道：「此必山魈野魅所為。常言道：『見怪不怪，其怪自壞。』莫倸他便了。」自是趙家怪異不絕，亦無傷損。夫妻兩箇無可奈何，只不理他。後來慣了，越不在意。其時重陽節近，風高草枯，正是射獵的時候。趙壹和幾箇一般的❽獵戶駕著鷹犬，掛了弓箭，各執使慣的器械，出了梓潼村，到山中打獵。但見：

❺ 家生女兒：舊稱奴婢在主家所生的女兒。

❻ 風話：指男女間戲謔挑逗的風情話。

❼ 減粧兒：亦作「減妝」，古代婦女所用的盛裝化妝品的梳妝匣子。

人人逞勇，箇箇誇強。逞勇的道一箭可貫雙鵰，誇強的道一人能斃二虎。嗥的嗥，叫的叫，聲音悽慘，驚駭的無非是野獸飛禽；死的死，活的活，血肉淋漓，束縛的總只是披毛帶角。鷹犬媚人偏作勢，刀鎗遇物本無情。只圖多獲作生涯，一任傍人呼鳥賊。

趙壹和眾獵戶打圍將晚，得了些麞豝鹿兔之類。眾人均分了，卻欲轉身，忽然山凹裏趕出一群獾來。眾獵戶道：「我們各逞本事，趕取那獾。先得者眾人出采相賀。」趙壹道：「說得是。」叫幾箇沒本事的莊戶守著鷹犬，趙壹提一柄鋼叉，同五六箇好漢各執些鎗棒，飛奔上去。那一群獾被人趕急，四散走了，眾人分頭追趕。趙壹覷定一箇絕大的豬獾，盡力趕去。約莫二三里路，那獾已不見了。趙壹心中不捨，跑上高處望時，只見那獾還在前山坡下亂草中東跳西鑽，要尋個孔洞藏躲。趙壹儘力又趕轉過了幾箇山坡，那獾走得沒影，只見一頭大角鹿在坡下喫草。那鹿覺得人來便跑，趙壹道：「雖趕獾不著，若得此鹿也好遮羞。」慌忙脫下布衫，拴在腰裏，飛奔下坡。趕了好一程，那鹿又不見了，只聽得泉聲亂響。趙壹跑得口渴，正要尋口水喫，看著幾處澗水，都是小小去處，不甚潔淨。依著流泉來路，捱尋上去，又行了一程，直到那山凹之中，一股清泉如珠簾噴薄下來。下面有箇水潭，潭內都是石子，一清徹底。趙壹放下鋼叉，將手掬起，呷了幾口，道：「勾❾了！」覺得天色已晚，提了鋼叉，回身便走。卻不知已來了二十多里之地。此是九月初八日，日光纔退，早現著半輪明月。正是乘興而來，敗興而去。

一路描寫，逼真不讓水滸。

❽ 一般的：一樣；同樣。

❾ 勾：通「夠」。

一步懶一步，約莫行不上一二里。月光之下，遠遠望見前面樹林中有些行動之影。趙壹站住腳頭，定睛看時，趿❿原來是一箇野狐，頭上頂了一片死人的天靈蓋，對著明月不住的磕頭。趙壹道：「奇怪！常聞人說狐能變化，莫非這業畜弄這道兒？我且悄悄看他怎地。」只見那狐拜了多時，趙壹望去看看像箇美男子，與先時所見胡黜秀才無異。趙壹道：「原來如此。」不覺心中大怒，輕輕的放下鋼叉，解下弓來，搭上箭。弓開的滿，箭去的疾，看正狐身，颼的射去，叫聲「著」。正是明鎗易躲，暗箭難防，正中了狐的左腿。那狐大叫一聲，把箇天靈蓋掀將下來，復了元形，帶箭而逃。趙壹一來天晚，二來心中也不免有些害怕，打箇寒禁，不敢追趕。掛了弓，把布衫展開，披在身上，倒提鋼叉，飛奔舊路而回。卻說眾獵戶向村中沽了些濁酒，煮熟了些野味，在山下涼棚內團坐喫著，等那趙壹的消息。一人說：「大郎來得遲，一定被他得手了。」一人說：「兩隻腳趕著四隻腳，也把穩不得。」一人說：「趙大手腳原自了得⓫。」又一人說：「此時不見回，莫非趕不著獾，反被獾趕了去。」眾人都在耍笑，內一箇眼快的指道：「這不是他來了！」眾人都走出涼棚迎著，只見趙壹空手而回。眾人道：「我等已趕得兩箇狗獾，烹煮在此。大郎何故許久方回，眼見得出采有分了！」趙壹道：「我雖趕不著這獾兒，卻也撞著一裝異事，釋了一段大大的疑惑。」就把狐精拜月被箭之事說了一遍。眾人道：「虧著老兄除了地方一害。」似此說，我等反該出采相賀。」中間多有不信的道：「趙大郎趕不著獾，卻裝⓬這篇鬼話來哄我。我如

□如片景，情景宛如目睹。

❿ 趿：「趿」的訛字。音ㄐㄧˊ，急行。

⓫ 了得：能幹；有本事。

⓬ 裝：裝作；假裝。

事稍奇。雖夫婦亦不能相信。世人眼孔大抵相似。

何肯信？除是我親眼看見方准。」又有箇年長的道：「寧可信其有，不可信其無。」一面扯著趙壹進涼棚內坐著，把大碗斟酒送他，一面又引著幾箇狐狸精故事，與眾人閒說，眾人到底疑信相半。趙壹道：「我一箭射中他後腿，大叫而去。想必地下血點尚存可驗，我等明日同去，就依著血跡尋取狐穴，料不是一箇兩箇。盡數拿來，剝他皮，做件襖子過冬卻不好麼！」眾人道：「如此，再沒話說。若果有些證見，我等出采相請。沒有時，便是說謊，少不得擾你大大一箇東道。」趙壹應允，當晚喫了一回，大家拿些野味回家去。趙壹到家中，把前項事說與渾家。渾家口雖答應，心中也不十分決然⓭。趙壹一夜無眠，巴得⓮天明，便跳起身來。只聽門前樹葉亂響，趙壹道：「今日是初九日重陽，信到風起了。」推窗看時，只見絞得水出的一天烏雲。趙壹性急，道：「天變了！趁這未下雨時，我且扯眾人去走一遭，回來早飯未遲。」忙忙的梳洗完了，穿上布衫，走到東鄰西舍去敲他門時，一箇箇都還在牀上翻身。叫得他起身，東家又等洗臉水，西家又等點心喫，把趙壹等得不耐煩，看看等下一天大雨。趙壹起初還只指望雨止，一口說「不妨事，不妨事。」過一會兒，一發下得大了，料是行走不成，只得轉回家裏喫了早飯。在草堂中坐著，兩隻眼睛呆看著天。這雨自朝至晚，何曾住點。有一篇苦雨詞，單道那雨下得不稱人心意：

雨兒雨兒，下得好沒撻煞⓯。又不要你插秧，又不用你澆花，又不等你洗臉，又不消你煎茶。急

⓭ 決然：形容堅決果斷。

⓮ 巴得：即盼望。

忙忙不住點為著甚麼？簷前溜緊一番，慢一番，細一番，大一番。聒得人耳朵裏害怕，心兒裏愁緒如麻。把箇活動動的人兒都困做了籠中之鳥，就是跨下箇日行千里的馬兒，也討不得出腳。日宮天子，你在何處閒耍？恨風伯偏不起陣利害的風兒刮刮。雨師呵，你費盡心力有甚奢遮⑯？只落些兒咒罵。索性你下箇無了無休，我到也無說話。只怕連你也有厭煩的時節，這些濃濃淡淡的雲兒少不得收拾還家。勸你雨師呵，何不早一刻收拾了罷。

好詞。

奇思極似無聊。

趙壹那時恨不得取一根幾萬丈的竹竿，撥斷雲根，透出一輪紅日。又恨不得爬上天去，拿箇幾萬片絕乾的展布⑰，將一天濕津津的雲兒展箇無滴。渾家見丈夫晚飯懶喫，只是納悶，蓄得兩瓶好酒，打開煖下，把煮下的野味搬來與丈夫喫。趙壹不覺喫得爛醉，進得房來，衣也不解，襪也不脫，倒身便睡。直至四更方醒，擡起頭來已不聽得有雨聲，想是晴了。又捱一箇更次，牕上漸有些亮光。趙壹起身便去推窗看天，還是烏洞洞的，且喜雨卻住了。趙壹道：「這些害睡癆的，此時還未醒，索性喫了早飯去不遲。」忙催渾家起身，燒湯梳洗，安排早飯喫了，出門看時，又下著濛濛的細雨。趙壹道：「這些狗毛雨卻不濕衣服，怕怎地。」行上幾步，見地下十分泥濘，趙壹復轉身來，脫了襪，套上一雙蠟底的腳屐⑱。

⑮ 撻煞：猶言結局。明顧起元客座贅語方言：「南都方言……事之有隙可指曰窟窿，其有歸著曰撻煞。」
⑯ 奢遮：猶言了不起，出色。
⑰ 展布：抹布。
⑱ 腳屐：木屐。

走到東鄰西舍家去拉他時，一箇箇都不肯動身，道：「什麼緊要，拖泥帶水跑許多路去？若果有野狐被你射著，此時正在害瘡，料不連夜搬去。忙他怎的？」趙壹見去不成，又悶了一夜。到第三日，天色晴明，趙壹道：「今日料無推托了。」侵早先到各家去約了一聲，回家早飯過了，又去東邀西拉。有幾箇老成的回了不去，道：「這般半濕不乾的地下，讓你後生家走罷。」眾人道：「我們跟大郎拿得狐精，卻來回話。」一行二十餘人，各執器械，趙壹當先領路，彎彎曲曲走過了多少山坡。眾人已自走得箇不耐煩，比及到了林子裏面，各處搜尋，並無半點血跡，原來被這日大雨衝沒了。趙壹也是這般解說，眾人那裏肯信，道：「這茂林之中，上有樹枝遮蓋，終不然雨衝得這般乾淨？就是血跡衝沒了，少不得他的穴洞也在左近，如今那裏箇影兒。」趙壹引著眾人，見神見鬼的尋覓了半晌，只管走遠了去。眾人道：「呸！青天白日，打這樣鬼官司，我等不去了，轉去擾你的東道⑲罷。」氣得趙壹頓口無言，到得村中，你也道：「趙大調謊⑳。」我也道：「趙大亂說，清平世界什麼狐精狐精？則趙大便是箇說謊精。」至今人遇說謊的，還說是精趙，又說亂趙，都為此也。有詩為證：

妖狐拜月本為真，趙壹原非說謊人。
雨洗血蹤無覓處，世間屈事有誰論。

忠臣孝子，良友貞婦，其心事有終身不能自明者，皆趙壹之類也，可

⑲ 東道：也叫「東道主」，請客的人或接待別人的人。

⑳ 調謊：說謊。

怜！可怜！

狐姓見廣異記。

撣，音彈。

趙壹回來，眾人都到他草堂上坐定，要他出采做東道。趙壹無可奈何，只得將渾家幾件衣衫向解庫㉑解些錢鈔，備酒與眾人喫。連幾箇長年的都請得來，眾人咬嚼了一番，臨起身道：「既擾了大郎，今後別人問時，我們便答應一聲有狐精也罷。」趙壹愈加不忿，從此更不提起射狐一節。話分兩頭，卻說被箭射的牡狐是箇老白牝狐所生。那老狐也不知年歲，頗能變化，自起一箇美號，叫做聖姑姑，在這雁門山下一箇大土洞中做箇住窟。這山東西兩峰突起，其高接天，北來南去之雁都從兩山中間飛過，所以喚做雁門。這聖姑姑生下一牡一牝，牡的叫做胡黜兒，牝的叫做胡媚兒。原來狐精但是五百年的多是姓白姓康，但是千年的多是姓趙姓張，這胡字是他的總姓。當夜聖姑姑同媚兒在月明之下，講些丹術。只見黜兒拐著後腿，一步一顛，叫嘷而來。到得土洞邊，便倒在地下，打滾亂嘷。老狐上前觀看，已知左腿上著了一箭。慌忙去拔時，這箭頭入得深了，落得痛苦，全不動撣。聖姑姑心生一計，叫一聲：「兒子忍痛者！」屏一口氣，將牙關緊緊的咬住箭幹，用雙手把他的腿盡力一推，撲的一聲，這箭幹便離了皮肉，抽出來撇在一邊，那牡狐發昏去了。原來這箭剛剛射中在腿彎裏，筋絡已被射斷了兩條，又且捨命掙回跑了許多路，如何不死？聖姑姑對著流淚，喚媚兒一同擡他到土牀上放下，經兩箇時辰方醒。這老狐也識得幾味草頭，煎湯洗治，全無功效。兩日之後，看看待死。正在悲傷，忽然想起益州城中有箇太醫㉒，姓嚴，諱名㉓嚴三點，此人有起死回生手段，若求得他藥來時，有何虞㉔哉？分付媚兒好生伏侍

㉑ 解庫：就是典當鋪。解，典質的意思。宋人吳曾能改齋漫錄事始二：「江北人謂以物質錢為解庫，江南人謂質庫。」

㉒ 太醫：本是官名，古代宮廷中掌管醫藥的官員或御醫，宋元以後用為對一般醫生的敬稱。

哥哥，自己扮做有病的老丐婦，提一條百節竹杖，逕望成都府而來。只因這番，直教老狐平添一段的見識，重啟無限的事端。正是：法若有緣終到手，病當不死定逢醫。畢竟嚴太醫如何用藥，救得那小狐精否，且聽下回分解。

㉓諢名：綽號；外號。

㉔虞：憂慮。

第四回 老狐大鬧半仙堂 太醫細辨三支脈

從來子母錢無種，且喜君臣藥有方。
若欲養生兼積德，虛心問取半仙堂。

話說益州有箇名醫，姓嚴，名本仁，乃嚴君平❶之後裔。他看脈與人不同，用三箇指頭，略點著便知病源，所投之藥無有不愈，故此傳出一箇諢名，叫做嚴三點。原是太醫院御醫，因景德年間❷，蒙召看李宸妃之疾，他伸著三指，只一點便走。宸妃只道他不肯精細用心，訴與真宗皇帝知道。真宗要治他不敬之罪，賴得眾官保奏道：「他得箇異人傳授，非常醫可比。」雖然饒他的計較，畢竟不用他方藥，逐回原籍，以此他就在益州行醫。每月初五十五二十五這三日施藥不取分文，就是平日取藥的，有藥錢

❶嚴君平：西漢道家學者（西元前八六—前一〇年），思想家。名遵（據說原名莊君平，東漢班固著漢書，因避漢明帝劉莊諱，改寫為嚴君平），蜀郡成都人。漢成帝（西元前三二—前七年在位）時隱居成都市井中，以卜筮為業（以占卜著龜給人看相），「因勢導之以善」，宣揚忠孝信義和老子道德經，以惠眾人。

❷景德年間：是宋真宗的年號，指西元一〇〇四—一〇〇七年，共四年。

□□好人每□□舌絕高□難為真。今來不□眼古知冤枉了多少人，可歎！可歎！

也不拒，無藥錢也不爭，所以其門如市。更有一件奇處，別人看脈，只看得本身的病患，就是精通得太素脈理❸，也只看得本身的貴賤壽夭。偏他三指一點，闔家爹兒、娘兒、妻兒、女兒，但係至親有災無災盡能懸斷，便算命先生排著十二宮❹星辰，細細推詳，也沒這樣有準。只是他怕洩了天機，不十分肯輕易說。一日州守相公傷了些風寒，接他去切脈。他點著了脈，便道：「尊官所患不須服藥，只消濃煎六安茶一碗，乘熱服下，到三更出汗，自然沒事。且喜令正❺大人目下當有生男之慶，但令長子婦秋間主有產厄。」州守相公大笑，想道：「我夫人果是懷胎，或者衙內人露了箇消息，他就撮文❻一句，奉承箇男喜，也不見得。只是我兒婦在襄州家中，三千餘里之外，有孕無孕連我也不知。況且媳婦的禍福，如何在公公脈息內看出？萬無是理。」當夜知州只一碗熱茶病便好了。後來夫人果產一男，知州也還道是偶中。十月內寄到一封家書，是他大公子親筆，說他媳婦八月廿七日小產身亡。知州從此敬之如神，呼為半仙。以此外人又號為嚴半仙，其名天下聞知。有一篇詞名臨江仙，單道嚴半仙的好處：

---

❸ 太素脈理：是一種通過人體脈搏變化來預言人的貴賤、吉凶、禍福的方術，因為是通過中醫診脈方法來達到這個目的，所以被看成是一種特殊的相術。

❹ 十二宮：原為天文術語，用以標明太陽與月亮沿黃道運行，每年會合十二次的位置。相學家套用這一術語，指顏面的十二個部位，並把人生經歷的主要內容及關涉命運的主要因素分成十二個項目，分別賦予十二個部位，以此來測斷一個人的吉凶禍福，命運前途。十二宮分別是：命宮、財帛宮、兄弟宮、田宅宮、男女宮、奴僕宮、妻妾宮、疾厄宮、遷移宮、官祿宮、福德宮、相貌宮。

❺ 令正：舊時以嫡妻為正室，「令正」即對對方嫡妻的尊稱。

❻ 撮文：摘取文句；咬文嚼字。

世人切脈皆三指，輸他一點仙機，閭家休咎盡皆知。回生須勺飲，續命只刀圭❼。問切望聞俱不用，隔垣見腑非奇。從來二豎避良醫，若教人種杏花滿錦江西❽。

卻說老狐扮做有病的老丐婦，晝夜行走到得益州城內，已知嚴半仙住在海棠樓相近。這日正是九月十五，輪該施藥之期。恰好是知州生日，半仙備幾箇盒子，往州裏賀壽去了。紛紛的看脈求藥之人何止百數，都四散等著。也有在海棠樓上去遊玩，帶看州前動靜的。這座樓在州衙之西，乃唐時節度使李回❾所建，為僚佐燕遊之所。四圍遍植海棠，至今茂盛。每次新官到任，葺理一番，極是整齊。那婆子也無心觀看，一逕到半仙門首。只見門面是一帶木柵，柵內有一座假山，四五株古桂，裏面三間小小堂屋，匾上寫「半仙堂」三字。這匾乃是知州所送，兩旁掛板對一聯，云：「切脈憑三點，服藥只一劑。」婆子眼快，都看在肚裏了。他拄著一根竹杖，只在對門簷下站著，直等到午牌時分。只聽得人說道：「來了，來了！」走到街上一望，只見半仙騎箇白馬，家僮捧著一套大衣服和幾箇空盒子，從東而回。因知州留他早飯，所以回得遲了。眾人等得不奈煩，三停❿裏頭也散了一停。又有一多子在州前伺候，隨著

❼ 刀圭：中藥的量器名，也指藥物。

❽ 從來二豎避良醫二句：二豎，兩個小孩，後以稱病魔。若教人種杏，相傳三國吳董奉隱居廬山，為人治病不取錢，但使重病癒者植杏五株，輕者一株，積年蔚然成林。後因以「杏林」代指良醫，並以「杏林春滿」、「譽滿杏林」等稱頌醫術高明。

❾ 李回：字昭度，宗室郇王禕之後。曾任劍南西川節度使。死後贈司徒，謚曰文懿。舊唐書卷一七三、新唐書卷一三一有傳。

馬尾來的。半仙到柵欄門首下馬，也不進宅，逕在堂中站著。眾人捱三頂四，簇擁將來，一箇箇伸出手來求太醫看脈，也有傳說家中病源的。半仙捱次流水⓫般看去，一面口中說方，一面家童取藥。也有煎劑，也有丸劑，也有內科、外科。十來箇家童分頭打發，不勾兩箇時辰，都已散完。那半仙早是切脈憑三點，若依著平常醫者調起息來，糖餅般撞起日子，也看不了許多脈。又早⓬是用藥只一劑，依著時醫動了藥箱，便是兩三袋、十來劑，還未收功，隨你茅柴一般堆起藥料，千人刣萬人配，也打發不開這起病人。半仙平日施藥，只以午時為限，過午便不發藥了。因今日出去回遲，特地忙到申時方畢。有詩為證：

神隱無如西蜀嚴，仙醫仙卜一家兼。
只因乞藥門如市，也學君平早下簾。

婆子見眾人捱捱擠擠，明知自己有些蹺而蹊之，古而怪之，不敢搶前，且暫在假山下打盹。比及眾人散了，急跑上前，半仙已自進宅去了。那婆子還望他出來，呆呆地靠著柵門口死等。看看到晚，只見老管家手中拿一巨鐵鎖出來關柵門。婆子著了，忙迎上前去，深深道箇萬福。老管家道：「你抄化⓭也

⓾ 三停：停，是部分的意思。三停，就是三股、三分。
⓫ 流水：急忙；趕快。
⓬ 又早：又已經。

須趕早，如今關門閉戶的時節，誰家這等便當拿著錢米在門口等你布施？」婆子聽說，雙眼吊淚道：「老媳婦不是抄化的，是求藥的。」老管家道：「就是求藥，也有箇時候。俺老爺忙了一日，纔討得半箇時辰清閒，終不然為你一箇老乞婆壞了俺家的規矩？俺就是進去稟話，也乾討老爺嗔責。」婆子道：「老身安德州居住，來路甚遠，趕遲了些兒。只因有箇奇症，求太醫救療，望老公公方便則箇。救人一命，勝造七級浮屠。醫家有割股之心⑭，老公公若肯稟知太醫一聲，或者太醫可憐見，肯出堂來也不見得。」說罷，一手撐著竹杖，一手扯住老管家的衣袂，屈著一隻腿，跪將下去。老管家焦燥⑮起來，發作道：「你這老乞婆⑯好不睹事！這般與你講明了，還要歪纏做甚！你便有奇症，料今晚也不死。就是皇帝老官兒敕旨⑰宣召，好歹也等明日動身。」說罷便把手扯起那婆子，攙他出去。那婆子雙腳跳地叫起屈來，驚動了裏面嚴半仙，教箇書童傳話出來，問道：「何人喧嚷？」婆子正待上前分訴，被老管家一手拉開，向書童說道：「這老乞婆人不像人，鬼不像鬼，這般時候卻來問老爺取藥，教他捱過一夜也不肯。好意勸他出去，到叫起屈來。」書童道：「那裏走來這老婆子，直恁⑱不達道理！你又不是三次兩次的好主說着了。

---

⑬ 抄化：舊時指求人施捨財物，募化。

⑭ 割股之心：為了治好病人，不惜犧牲自己的精神。原是封建階級所宣揚的一種愚孝行為。後泛指醫家全心全意為病人診治。割股，割下自己的大腿肉。

⑮ 焦燥：同「焦躁」，著急、煩躁；坐立不安的樣子。

⑯ 老乞婆：討飯的老婆子，多用為詈詞。

⑰ 敕旨：帝王的詔旨。

⑱ 直恁：竟然如此。

顧，作成俺們近過錢的，又不是什麼夫人小姐。便死了，只當少了一隻老母狗。州守相公是一州之主，他取藥也須按箇時候，不敢敲門打戶。你卻如此撒潑放刁！快快出去便休，不出去時，惹惱我家老爺，寫箇三寸闊的帖兒，送你到州守相公處，只怕病到病不死，打到要打死。」一頭說，一頭幫著老管家將手劈胸攙那婆子。那婆子發賴起來，大叫一聲，把拐杖抛在一邊，驀然倒地，面皮漸黃，四肢不舉。正是：

身似三秋⑲墜葉，命如五鼓⑳殘鐘。
縱然未必便死，目下少吉多凶。

老管家見勢頭不好，到埋怨起書童來，道：「我老人家數說了他一番，你出來收科㉑便好。也來助興罵他一場；又去推推搡搡。這病怯怯的婆子如何當得？你自去稟復老爺，不干我老人家事。」書童也慌了，只得去報與半仙如此如此。半仙正在書房內靜坐，聽說大驚，慌忙走出前堂，到假山邊看時，那

⑲ 三秋：秋季的第三個月，即農曆九月。
⑳ 五鼓：即五更。是中國古代流下來的一種夜晚計時制度，把黃昏到拂曉的一夜長度分為五個更次，每個更次相隔兩個小時，一更指晚上八時左右，二更指夜間十時左右，三更指夜間十二時左右，即夜半時分，四更指夜二時左右，五更指夜四時左右，即拂曉時分。
㉑ 收科：收場；圓場。

婆子已被老管家喚醒，睜著雙眼呆看，只不動撣。半仙教老管家扯起他右手，用三箇通靈入妙的指頭向他寸關尺三支脈上一點，又教扯起他左手，一般點過，叫聲：「怪哉！此脈不比尋常！」便回身到後面公事廳裏坐下，叫書童去喚老嬤嬤㉒：「扶那婆子進來，我自有話說。」老嬤嬤出堂，對婆子說道：「老爺道你脈氣有些古怪，喚你進後堂來，有話和你細講。」那婆子起先還直僵僵的倘在地下，一得了這箇消息，分明似木做的跳虎，撥動機括，一跳跳將起來，就地下拾起拐杖，也不用人扶持，把三步并做兩步，鬧鬆鬆的走進後堂去了，連老嬤嬤到趕他腳跟不上，落後了幾步。老管家看著笑道：「這老乞婆原來會詐死，嚇壞了人也。」卻說嚴半仙在後廳明晃晃點著一枝蠟燭，坐著見婆子進來，慌忙屏去眾人，喚他近前問道：「你那裏居住？」婆子道：「老媳婦德安州人氏。」半仙道：「你休要瞞我。我看你人之形，獸之脈，其中必有緣故。」婆子暗想道：「好箇先生，料是瞞他不過。」見四下無人，慌忙跪下道：「實不相瞞，身是雁門山下老狐。因慕半仙大名，特求診脈。」半仙道：「你的脈我已知道了。你不害別病，只害些救兒女的病。」慌得婆子連磕幾箇頭，方爬起來道：「太醫是真仙，何止半也？老媳婦親生止存下一男一女，今兒子被人射傷左腿，只要死不要活。」便將黜兒箭瘡利害㉓備細說了一遍。半仙道：「瘡卻不妨事，只是筋骨已傷，便好起來，這左腿已比不得右腿，只怕要做箇瘸子。」婆子道：「若得了性命，便損卻一隻腿也是小事。待兒子瘡口合時，老媳婦還要率領他到恩官宅上拜謝。」半仙道：「這箇斷不消得，我還有句話說。據你脈氣，你女兒也有災厄。」那婆子心頭又像被棒槌槌了一下，

㉒ 嬤嬤：老年婦女的通稱。

㉓ 利害：嚴重。

他見半仙已前語語靈驗，又說出這句話來，如何不慌？婆子連忙道：「我女兒災厄當在何時？有煩恩官做箇大方便，索性救取他則箇，老媳婦生死不忘。」半仙道：「你女兒的災厄卻有奇奇怪怪，連我也推詳不出，也只在這一年半載上便見。大抵你們將獸假人，哄弄愚民，上無超形度世之學，下無驚天動地之術，一旦數窮命盡，鷹犬皆為勍敵矣。比如你兒子早是射了左腿，若中著要害之處，雖盧醫扁鵲㉔也只好道箇『可憐』兩字，似此卻不枉了一死。我看你右手尺脈命根牢固，左手寸脈心竅靈通，大有道緣。況你等生於山谷，入世不深，七情六慾牽累尚少，何不趁此精力未衰，求師訪道，一家兒脫落皮毛，永離苦厄，豈不美哉？」只這一席話說得婆子淚下如雨，又磕下頭去道：「多謝恩官指教。」半仙喚一箇掌外科藥的家童出來，分付取一丸九靈續命丹，又取兩箇膏藥，各將紙來裹好，把與婆子道：「此丸用好酒調服，自然沒事。只是箭既入骨，只怕箭簇還留在內，若不取出，一生在裏面作痛。可將溫水洗淨瘡口，將此拔毒膏貼上，待他紫血流盡，倘出鮮血來，然後換這神仙接骨膏，百日之外便可行動。」又道：「我方纔囑付之言都是好話，你須記取。」使喚老嬤嬤送他出去。那婆子接了藥，謝了又謝，隨著老嬤嬤出得前堂，撞見老管家還在那裏守門。婆子又對他道箇萬福：「起動㉕莫怪。」出了柵門，歡天喜地介去了。這裏半仙心中也自駭然，更不向人說知。噫！此其所以為半仙也。有詩為證：

回生起死未為奇，獸脈人形那得知。

二教中總來，口戒第一。我有志而未逮也。

㉔ 盧醫扁鵲：春秋有名的醫生扁鵲，是盧這地方的人，所以稱他為盧醫扁鵲。

㉕ 起動：敬辭。麻煩；勞頓。多見於早期白話。

心話一番終不洩，始知醫術即仙機。

卻說那婆子連夜踰城而出，路上買了一大瓶無灰的好酒，直到德安州雁門山下。這裏黜兒呻吟不絕，媚兒寸步不離的伴他。哥妹兩箇懸懸而望，一見婆子鑽進土洞，欣喜無量。婆子將瓶酒燒得滾熱，把這九靈續命丹用酒薄薄的調在磁甌㉖裏面，扶起黜兒，將藥灌下，又把些酒與他過口，如法將拔毒膏貼上患處。只見黜兒對著土牀裏面一覺睡去，足足有三箇時辰不醒。婆子和媚兒守著看他，都道他有好幾日不曾合眼，這一番睡著，想是不疼痛了，這就見得藥力。看他腿彎裏流下一堆膿血，膏藥已自浮了，怕驚他睡不敢動撣。少停，黜兒醒來叫道：「瘡上好生奇癢難過。」婆子揭開膏藥看時，膿血裏面隱隱露出一件東西。婆子將細草展淨齷齪，把指爪去撥時，一箇鏇頭箭鏃隨手而出。原來趙壹用的是箇鏇頭箭，起初只拔出得箭簳，那箭鏃刺入骨中，未曾出得。當時心忙意亂的不及細看，到此方知半仙識見之高，亦見拔毒膏的妙處。婆子煎些解毒的草頭湯，輕輕的與他洗淨。只見骨損筋傷，肉開皮爛，淋淋的流出鮮血來，慘不可言。忙將神仙接骨膏烘開貼上，用些布絹之類緩緩札縛。過了一夜，明日又解開收拾一遍，如此七日，膿水便盡，從此不去動他。調養到四五十日，裏面長出新肉來，筋絡也就和順。勉強闒㉗得起，半眠半坐，不敢出土洞之外。到百日滿足，去了膏藥，全然不覺。只曾經膏藥貼處，赤光光的精肉，半根毛也不生出來。行動之時，左腿比右腿已自短了二寸。婆子兀自㉘歡喜道：「嚴半仙說只

㉖甌：小盆。
㉗闒闒：即「掙揣」。掙扎。

怕不免做箇瘸子，今果然矣。可改姓名為左瘸兒，以識半仙之功。」自是喚做左瘸，亦名左黜，去了胡姓不用。一日左瘸兒出了土洞，閒走一回，走到林子裏面，正是舊時中箭之處，想起一箭之讎，如何不報？特地跑回洞中，與母狐商議其事。那婆子正倚箇土案坐著，聞說此語，忽然掉下淚來。你道為何？這便是母狐道緣深處。正是：富貴場中，反召陰陽之患；災殃受處，翻開道德之緣。畢竟婆子說出甚話來，這瘸子的讎還報得成報不成，且聽下回分解。

㉘ 兀自：還；猶；仍然。

第五回　左瘸兒廟中偷酒　賈道士樓下迷花

讎報讎時冤報冤，冤冤相報枉牽纏。
請君莫作冤讎想，處處春風自在天。

話說左瘸兒想起自家五體具足，只為一箭之故，做了箇瘸子，行動時，右長左短，拐來拐去，好不像樣，此讎如何不報？婆子道：「冤讎宜解不宜結。你自不小心，把箇破綻露在別人眼裏，受這一場苦楚。天幸與嚴半仙有緣，救得性命，就損了一足，不過外相。當初七國時孫臏軍師❶，唐朝婁師德丞相❷也都是箇跛子。便說上八洞神仙也有箇鐵拐李❸在裏面。我兒這箇不足為恥。」因提起嚴半仙三字，猛

❶ 七國時孫臏軍師：「七國」指戰國時秦、楚、燕、齊、韓、趙、魏七國，這裏代指戰國時期。孫臏（？—西元前三一六年），戰國時期軍事家，曾與龐涓同學兵法，後龐涓為魏惠王將軍，騙孫臏到魏，用刖刑（即砍去雙腳），齊國使者偷偷救其回齊國，被齊威王任為軍師。馬陵之戰，身居輜車，計殺龐涓，大敗魏軍。著作有孫臏兵法。

❷ 唐朝婁師德丞相：婁師德（西元六三〇—六九九年），字宗仁，鄭州原武（今河南原陽）人，唐朝大臣、名將。婁師德跛足，其貌不揚。舊唐書卷九三、新唐書卷一〇八有傳。

然想著他囑付之言，不覺淒然流淚。瘸兒道：「娘，我依著你說話，不記懷便了，你卻為何掉淚？」婆子道：「凡得道者，神不能制，鬼不能禍，人不能傷。我等身無道術，只是粧點人形，幻惑愚眾，少不得數❹有盡時。萬一此後再有三長兩短，終不然靠著太醫活命？況且嚴半仙說我兒女俱有災厄，不知到底做箇甚樣散場？」因把半仙勸他尋師訪道的一席話細述一遍，說得兩箇兒女毛骨悚然。當下婆子便要離卻土洞，出外求道。瘸兒、媚兒都願跟隨。三箇商量道：「打那路去好？」瘸兒道：「只有東京汴州❺乃當今皇帝建都之地，花錦世界，人煙湊集，多有異人❻在彼。」婆子道：「這般繁華去處，怕你們心神不定，惹出什麼是非來。我聞得郢州一帶，有三江七澤❼之勝。你家祖公公傳下四句道：『要做法中王，除非到沔陽❽；要去法中弄，除非問雲夢。』雲夢是兩箇澤名，正在沔陽，萬山連繞。聞得其中有箇白雲洞，乃天書所藏，有白猿神守之。我等道法因緣若到，到彼必有所遇。」瘸兒道：「常言：出處不如聚處。東京是三教❾聚集之所，若到那裏時，便不能箇傳道得法，看也看些好景致，喫也喫些

❸ 鐵拐李：傳說中的八仙之一，相傳姓李，曾遇太上老君得道。神遊時因其肉身誤為徒弟火化，遊魂無所依歸，乃附一餓死者的屍身而起，蓬首垢面，坦腹跛足，並用水噴倚身的竹杖，變成鐵杖。故稱鐵拐李。

❹ 數：宗教迷信的說法。定數；命運注定的。

❺ 東京汴州：北宋首都，在今河南開封。

❻ 異人：不尋常的人；有異才的人。也稱神人、方士。

❼ 三江七澤：泛指江河湖澤。

❽ 沔陽：現改為湖北仙桃。夏、商、周為荊州域，春秋、戰國屬楚，梁天監二年（西元五〇三年）始置沔陽郡設沔陽縣，因郡治在沔水之北而得名。

好東西。」婆子道：「說恁樣❿話，就不是專心求道之人了。」媚兒道：「此去鄆州甚遠，哥哥現在一隻腿不方便，要他跑許多路，不知何年可到。依我說，不如打永興一路去。那裏有西嶽華山，是陳摶⓫先生修行去處。我們一來在聖帝前燒炷香，二來就訪陳先生，求他的五龍蟄法⓬。其餘終南、太乙、石樓、天柱幾箇名山都是神仙來往所在，次第⓭去遊玩，尋訪一番。就是東京那里，也七八近了。到了東京，又商議鄆州路道，卻不是一舉兩得？」這瘸子聽了此言，正合其意，連聲道：「妹子說的是。」一力攛掇⓮婆子點頭依允。當下瘸子扮箇村農，媚兒扮箇村姑，老狐慣扮做老貧婆的，自不必說。離了土洞，望西京一路而進。此時正是二月初旬天氣，但見：

真山真水，名艸名花。灣環碧浪，幾行嫩柳舒眉；森聳青峰，數樹夭桃露頰。雙雙粉蝶翩翻，對對蜻蜓點水。乍晴乍雨養花天，不煖不寒遊玩日。踏青士女歌連袂，選勝遊人醉解貂。

❾ 三教：指儒教、道教、佛教。
❿ 恁樣：如此；這般。
⓫ 陳摶：字圖南（西元八七二－九八九年），號扶搖子，賜號希夷先生（希指視而不見，夷指聽而不聞），常被尊稱為陳摶老祖、希夷祖師等，五代宋初道士，相傳他活了百餘歲，善睡，常百日不起，世稱「隱于睡」。
⓬ 五龍蟄法：原名華山睡功，傳說為陳摶發明。蟄，動物冬眠，這裏指修煉人的睡眠方法能像人蟄一樣。
⓭ 次第：依一定順序；一個挨一個地。
⓮ 攛掇：慫恿；促成；勸誘。

鋪張一段閒話，最有情致。

卻說媚兒雖扮做村姑，自是妖靨。這瘸子行步不便，別人兩步，他只一步，不時的落後去了。走不上十來里便要歇腳，娘女兩箇只得隨他。每遇歇息處，村中女眷們張姑李嫂互相呼喚，聚集觀看，都道這一箇老貧婆到有恁般⑮好女兒，若肯把與人家做媳婦，百來貫⑯錢鈔也肯出。這瘸子不知他甚麼人？也有說這瘸子必是老婦人的親兒，這女子一定是養媳婦⑰。又有多嘴的上前問他，纔曉得是哥妹。便道：「一箇店兒搬出兩樣貨來。同是這老婦人肚皮裏出來的，男的恁醜，女的恁俊。」亦有輕薄子弟故意盤問搭話，捱捱擦擦。媚兒也到老成，總不理他，只低著頭走路。以後纏得不耐煩了，只揀靜辦所在方歇，一日只好行得五六十里。他三箇本是箇狐精，饑餐花果，渴飲清泉，夜間揀長林茂艸中便住宿。路上就擔閣⑱幾日，不為大事，不比做人的出門便有許多費用，就是日裏一碗稀粥，夜間一條艸薦⑲，若沒有幾文錢鈔在腰囊裏，也盼不得到手。說到此處，反是畜生便宜。三箇狐精行了數日，且喜都遇卻晴和天氣。忽一日刮起大風，濃雲密布，降下一天春雪。原來這雪有數般名色：一片的是蜂兒、二片的是鵝兒、三片的是攢三、四片的是聚四、五片喚做梅花、六片喚做六出。這雪本是陰氣凝結，所以六出應著陰數。到立春以後，都是梅花雜片，更無六出了。這瘸兒好天好地兀自一步一攧，況遇恁般大雪，越發動撣不

⑮ 恁般：這樣；那樣。

⑯ 貫：本來是古代穿錢的繩索。把方孔錢穿在繩子上，每一千銅錢為一貫。

⑰ 養媳婦：童養媳，從小被婆家領養，等長大再跟這家的兒子結婚的女孩子。

⑱ 擔閣：耽擱；遲延。

⑲ 艸薦：艸墊子。

得，只管叫苦叫屈。婆子道：「此去離劍門山不遠，那裏好歹有箇菴院可以安身，說不得再捱幾步。」當下摘些樹葉頂在頭上，權當箬笠⓴遮蓋，瘸子也不免把著滑逐步捱去。約莫又走了兩箇時辰，看看望著劍門山相近。這劍門乃五丁力士所開，有西江月為證：

大劍插天空翠，嵯峨小劍連雲。天生險峻隔西秦，插翅難飛過嶺。一自五丁開道，至今商賈通行。蜀王空自鑿凶門，畢竟金牛沒影。㉑

未到山下，只見前面林子裏面隱隱露些紅墻頭出來，婆子指道：「到這箇所在暫歇卻不好。」三箇努力走上前去，看那金字牌額，原來是座義勇關王廟。前面門道三間，中間朱門兩扇，半開半掩。捱身進去，再看時，右一間塑箇猙獰軍漢，控㉒著一匹赤兔臙脂馬㉓。左一間豎起一道石碑，兩旁都有柵欄。

⓴ 箬笠：用箬竹葉及篾編成的寬邊帽。

㉑ 西江月九句：講的是當時強大的秦國，常想吞滅蜀國。但是蜀國地勢險要，易守難攻。秦惠王便想出一條妙計：叫人作了五頭石牛，每天在石牛屁股後面擺上一堆金子，謊稱石牛是金牛，每天能拉一堆金子。蜀王聽到這個消息，想要得到這些所謂的金牛，便託人向秦王索求，秦王馬上答應了。但是石牛很重，蜀王就叫國內五個大力士（五丁力士）去鑿山開路，把金牛拉回來。五丁力士好不容易開出一條金牛路，拉回這些所謂的金牛，回到成都，才發現它們不過是石牛，方知上當受騙。

㉒ 控：節制；駕馭。

㉓ 赤兔臙脂馬：亦作「赤菟」，駿馬名。赤兔馬先是跟隨呂布，後來又跟隨關羽，從此和青龍偃月刀成為關羽的

乜，邦也切。

第二層正殿三間，極其宏麗，一帶朱紅槅子閉著。殿前右邊砌一座化紙的大火爐，左邊設一座井亭㉔。四圍半墻，朱紅欄杆，只留箇打水的道兒。婆子道：「殿內必有道流居住，我們莫驚動他，只在井亭上安歇些時也好。」三箇走進亭子，只見中間是箇人角琉璃井，兩旁都設得有石欖。三箇剛纔坐定，看這雪越下得大了。瘸子道：「這天也會作弄人，又不是臘雪報豐年，沒要緊㉕下著許多做甚麼！我們也好沒來由，那見得死期就到，尋甚麼師，訪甚麼道？如今受這般苦楚。」婆子道：「當初達磨祖師面壁九年，藤蘿穿膝㉖，他只不動。那九年之內，不知受了多少雨雪，終不然有房子蓋著他？這雨雪是大概天時，那在為你一箇？你卻抱怨他，不是罪過！」說猶未了，只聽得大門呀的一聲開響，瘸子把眼向欄杆漏空處張時，只見外面走箇人進來。頭上裹著破唐巾㉗，身穿百補褐襖，腰繫黃繩，腳曳艸履。你道是誰？正是本廟管香火的乜道人㉘。那人一隻手拿箇雨傘，一隻手提著一箇繩絡的大瓦罐子，約莫容得五

代表形象。

㉔ 井亭：遮蔽水井的亭子。

㉕ 沒要緊：不重要；無關輕重。

㉖ 達磨祖師二句：達磨祖師，即「達摩祖師」。達摩，全稱菩提達摩，南天竺人，婆羅門種姓，自稱佛傳禪宗第二十八祖，中國禪宗的始祖。南朝梁武帝時航海到廣州。梁武帝信佛。達摩至南朝都城建業會梁武帝，面談不契，遂一葦渡江，北上北魏都城洛陽，後卓錫嵩山少林寺，面壁九年，傳衣缽於慧可。後出禹門遊化終身。

㉗ 唐巾：唐代帝王的一種便帽。後來士人多戴這種帽子。形如幞頭，但兩角橢圓，上曲作雲頭。明時進士巾也叫「唐巾」。

㉘ 道人：舊時對道士的尊稱。

攮，音拴。

趣。

渦，音倭。

六斤酒，口中喃喃的道：「出家人卻把酒當性命，這般大雪，要我村裏去買這膿血。跑上了許多路，老天有眼，只教他喫了肚疼。」一頭說，一頭把傘和瓦罐子放下，卻擡那大門攮子去撐門。瘸子心裏想道：「正在寒冷，得些酒喫也好。」這瘸子常時只是懶走，到此偏健，說時遲，那時快，出了井亭，做三四步拐去，早把那酒罐兒提起，嘴對嘴，骨都都咽將下去，喫一箇不亦樂乎。道人聽得聲響，回頭看見，大喝道：「那裏窮鬼，來這裏做賊偷酒喫！我辛辛苦苦向村裏多少路買得來，你卻見成受用！」瘸子忙把酒罐放下要走，被道人劈臉打上一掌，打箇翻筋斗，爬起來，拐著腿，向井亭亂跑。道人趕到井亭裏面，只見娘兒女兒一窠子㉙坐著。那婆子慌忙起身道箇萬福，說道：「我娘兒三口往西京省親的，路中遇了大雪，權借此躲一時。我這村兒是箇憨子，看老媳婦陪禮，莫計較罷。」道人正變著臉，還要發作幾句，一眼睃見婆子背後遮遮隱隱站箇俊俏的女兒，心腸就軟了，把這股熱騰騰的氣撇向爪哇國㉚裏去了，忙改口道：「你兒子忒不通理，做出恁般手腳。既是憨子，也罷了，只是喫去好多酒哩，怕裏面師父問時，你老人家照樣答應則箇。」出了亭子，復身向前面柵欄邊取雨傘拍乾夾著，提了酒罐望大殿東廊下嘻嘻的帶笑而去。這裏婆子向瘸兒埋怨道：「你直恁貪嘴惹禍，天罰你帶箇殘疾。若生下兩隻快腿，連這石井欄子都偷去換酒喫了。」媚兒取笑道：「只這翻筋斗的本事也換得酒喫。」瘸子笑道：「雖然翻箇筋斗，落得肚子裏比你們煖和。」正在說話，只聽得廊下腳步響，裏面走箇後生道士出來。原來這廟中有箇老道士，姓陳，道號空山。年紀雖不上七十，得箇痰火症㉛，終日靜養，喫飯屙屎都只在房裏，

㉙ 一窠子：一窩子；一家老小；一夥。

㉚ 爪哇國：古國名，即今南洋群島的爪哇島。因遠在海外，迷迷茫茫，故多借指遙遠虛無之處。

再不出門。只這後生道士便是廟主，他姓賈，道號清風，年方二十四五。雖是羽流㉜，平生有些毛病，專好的是花酒。因這劍門山是箇險僻去處，急切要見箇婦人之面也不能勾。聽得乜道說有箇俊俏村姑在井亭內坐著，這罐子內酒多酒少也不去看，連忙走出殿前，踏著雪地，一逕到井亭內來，問道：「你這一家眷屬那裏來的？」婆子道：「老媳婦是劍門山下居住，至親三口因欲往西嶽華山進香，途中遇雪，到此打攪。適來村兒不知進退，偷了些酒喫，老媳婦已埋怨他半日了，望法官休責。」賈道士道：「這小事何妨？不勞掛懷。」兩隻眼睛谷碌碌覷定背後的小牝狐，魂不附體。怎見得？有詞名駐馬聽為證：

堪羡村姑，兩鬢烏雲㉝巧樣梳。生得不長不短、不瘦不肥、不細不麤，芙蓉為面雪為膚。看他衣衫上下皆濟楚，曾否當鑪相如，若遇錯認了卓家少婦㉞。

㉛ 痰火症：中醫術語。體內痰濁與火邪互結或痰濁鬱久化火的病理變化。多表現為喘息、咳嗽、怔忡、昏厥等。

㉜ 羽流：謂道人、道士。

㉝ 烏雲：借指婦女的烏髮。

㉞ 曾否當鑪二句：指司馬相如之妻卓文君當鑪買酒典故。當鑪，亦作「當壚」，意即賣酒。古時酒店壘土為鑪，安放酒甕，賣酒的坐在鑪邊，叫「當鑪」。卓家少婦，即卓文君，漢代臨邛人，卓王孫之女，適新寡，司馬相如以琴挑之，遂私奔。因家貧，復回臨邛，盡賣其車騎，置酒舍賣酒。相如身穿犢鼻褌，與奴婢雜作、滌器於市中，而使文君當壚。卓王孫深以為恥，不得已而分財產與之，使回成都。事見史記司馬相如列傳。

賈道士又道：「這雪天出路，極是難為人的，你娘兒受過辛苦了。」瘸子跳起道：「便是辛苦，再得口酒兒下肚方好。」婆子嗔著眼看他，便住了口。道士又道：「這井亭也不是安身之處。日裏還好，夜間風呫呫的，怎過得？殿後有潔淨房子，來往客官常來借寓的，請老娘到裏面去，煨些炭火烘烘這些打濕的衣服也好。」婆子道：「不消得㉟，胡亂過了一夜，明日便趲路的。」賈道士道：「這天道還不像晴的，況這裏山路，不比別處，極是崎嶇難走。便晴了雪，路上也還泥濘。我們兀自害怕，教這小娘子如何行動？這廟宇是箇公所，就住上十來日，那箇要你房錢？只管等天晴了，日色曬幾日卻上路也未遲。」婆子道：「多謝法官㊱，只是打攪不當。」道士道：「說那裏話？誰箇頂著房子走？常言道：『與人方便，自己方便。』就是枯茶淡飯，小道也供給得起幾日。若不嫌怠慢，胡亂喫些，不用打火㊲。」瘸子道：「娘，難得法官如此好善，我們便在房子裏住去，夜裏睡著也做箇好夢。」婆子看著媚兒道：「我兒心上如何？」媚兒道：「但憑娘做主。」賈道士見他依允，歡喜無限，便道：「小道引路了，隨我進來。」當下娘兒三口隨著道士從東廊下去，轉過正殿，又過了齋堂，打廚下穿過，直到後邊，只見兩間新造的小小樓房，天井裏種幾株花木。三口兒到樓下站定，道士重新講禮，一箇箇都作揖過，方纔看坐。問道：「老娘高姓？」婆子道：「老媳婦姓左。這村兒原名左黜，為他損了一足，喚做左瘸兒。這小女喚做媚兒。」道士道：「小道姓賈，賤號清風。今日不期而會，也是有緣。」婆子道：「有掌家

㉟ 不消得：不須；用不著。
㊱ 法官：對道士的尊稱。
㊲ 打火：旅途中做飯或吃飯。

的老師父，請來相見則箇。」道士道：「家師老病，幾年不見客了。方纔殿後西邊這小小角門裏面便是他的臥房。如今只是小道掌家。」婆子道：「法侶共有幾位？」道士道：「還有箇小徒，正月裏喪了父親，往俗家去了，未來。方纔買酒的道人，姓乜，也是新進廟門不多時的。廚下還有箇老香公㊳，單管燒火煮飯，此外並無他人。三位一路來的，怕肚裏餓了，有見成素齋可用些。」婆子道：「不消得，帶有乾糧。」道士道：「乾糧留在改日路上喫。」道士連忙到廚下去，亂了一回，弄了些素肴麪飯，叫乜道捧出，擺上一桌子。又向自房中取幾楪乾果，也擺著。婆子謝道：「何勞盛設。」道士道：「山中乏物款待，休笑。」只見乜道旋了一大壺酒來，把四箇磁杯、一套子放著。道士擺開三箇杯兒，滿滿斟酒，對婆子道：「請老娘居中坐了，小哥居左，小娘子居右，寬心請一盞消寒。」婆子道：「老媳婦母子大膽相擾，也請法官坐地。」道士道：「怕小娘子見嫌，不敢奉陪。」婆子道：「但坐何妨。」道士道：「既蒙老娘分付，小道禮當執壺。」使取箇杌子㊴，在這瘸子肩下抹角兒坐了。媚兒害羞，還站在婆子背後。婆子道：「在客邊，比不得家裏。我兒只管坐下，休虛了法官的盛意。」媚兒方纔坐了。不坐猶可，一坐之時，道士斜對著，看得十分親切，比前愈加妖麗，把這三魂六魄分明寫箇謹具帖子，盡數送在他身上了。有詞名黃鶯兒為證：

㊳ 香公：寺院裏照管香火雜務的人。

㊴ 杌子：指「几」、「櫈子」一類的東西。

仔細覷妖嬈，轉教人神思勞。看他不言不語微微笑，貌兒恁嬌。年兒尚小，不知曾否通情竅？小
身腰，若還摟抱，不死也魂銷。

婆子教黜兒也斟一杯酒，回敬道士。四箇坐下，又飲了幾巡，說了些閒話。只見乜道也精精緻緻的帶了一頂新帽子，身上換了一件乾淨布襖，又旋著一壺酒，到樓下來說道：「熱酒在此，多用些兒。若要喫米飯時，廚下也有。」婆子道：「勾了，不消得。」道士便將壺內餘酒斟上一大磁甌，拈箇火燒把與他喫，取他手內這壺熱酒放在桌上，換這空壺與他，教拿向廚下去。這分明嫌他礙眼，打發他開去的意思。誰知這乜道年紀不多，也是箇不本分的。原是劍州一箇宦家的幸童㊵，因偷㊶了本家使婢，被鄉宦打箇半死，趕出叫化。他父親乜老兒在日與本廟老香公曾做過舊鄰，所以老香公在道士面前多了這嘴，收留他在廟裏答應。他的舊性尚存，見了花撲撲的好女兒㊷怎肯轉腳？當下一眼睃定了那小鬼頭兒，站在道士背後，只是不走。道士也忘懷了，只顧其前，不顧其後。大家又坐了一回，只見婆子起身道：「蒙賜酒食，俱已醉飽。天色晚了，告止罷。」道士覷著媚兒，正在出神，聽說告止，便道：「再請一杯兒。」慌忙取壺斟酒，卻不知酒壺已被瘸子在他手中取去喫箇罄盡了，端的㊸是心無二用。當下娘兒三

道士乾折，便宜，瘸子落得受用。

㊵ 幸童：貼身的童僕。
㊶ 偷：偷情；私通。
㊷ 好女兒：即漂亮女子。
㊸ 端的：果真；確實；果然。

趣。

口下席稱謝，道士也起身答禮。只見乜道手中捧著一把空壺，兀自呆呆的站著。道士問道：「你幾時來的？」乜道答應道：「我幾曾去的？」道士一肚子氣，又不好發作，只得忍住，教他快快收拾，便向婆子說道：「這兩間樓房是小道春間自家造的，雖說蝸窄，極是幽靜。就是過往客官借宿，也只在前面齋堂兩廂房住下，並不曾到此。因怕小娘子要穩便㊹，特地開來奉借。」婆子道：「多承過愛，我娘兒們無可為報。」道士又道：「這樓上有涼牀，這裏也有箇小木榻，儘你們隨意自在。」指著天井側裏一箇小門說道：「這裏面便是小道的臥室，倘或少東缺西，只煩小哥呼喚一聲就是。」婆子見他十二分㊺殷勤，甚不過意㊻，便道：「法官請自便，來日再容相謝。」道士去不多時，忙忙又取箇燈兒，放在桌上，又潑些茶來，道：「請三位喫了茶，安置㊼。」又教乜道到老道房中借箇淨桶㊽，放在樓上，恐怕他娘女兩箇夜間要起來解手。原來這賈道士有箇的親姑娘，年紀五十餘了，也在涪江渡口淨真菴為尼，去這劍門不遠。這老尼隔幾箇月便來看他姪兒，或住一日兩日方去。每遍來時，借慣淨桶用的，所以今日老道更不疑惑。卻說賈清風也防乜道有些饞臉，直等他下樓去了，方纔轉身。婆子道：「難得這法官如此用心，處分得恁精細。明日若沒雪時，我們快走罷，顧不得路滑難行了。出家人的東西，一箇便是兩箇，

㊹ 穩便：穩當；妥善。這裏用作方便的意思。

㊺ 十二分：形容程度極深。

㊻ 甚不過意：即良心上過不去。過意，良心上過得去，心安理得。

㊼ 安置：敬語。請休息，睡前的問候語。

㊽ 淨桶：婉辭。馬桶。

莫要太蒿惱[49]他，不當人事[50]。」瘸子道：「有心打攪他了，便老著臉再住幾日，索性等箇晴乾好走。莫待走不動，又退轉來，反惹他笑話。你們若執性要去時，我只在這裏等你。」媚兒笑道：「哥哥喫得快活，不肯去了。」瘸子道：「閒常趕你們腳跟不上，你只是焦燥。此去劍門這一路好不險峻難走哩，拖泥帶水的，弄甚把戲？我也是從長計較，可行則行，可止則止，你卻說我喫得快活了，不肯走。終不然在此處朝朝寒食，夜夜元宵？這法官今日也只是敬著新客，難道日日如此壞鈔[51]？我喫得快活，偏你不曾動口？」媚兒道：「我是耍子[52]，你便認真起來。」婆子道：「你兩箇休鬥口[53]，到天明我自有箇計較[54]。」那瘸子趁著些酒意，便向榻上倒頭而睡。婆子攜著燈，和媚兒上樓去了。道士在房中暗想道：「天生這般好女子，若肯嫁我時，情願還俗。」又想道：「這女子初時害羞，以後卻熟分了。老天若肯再降幾日大雪，留得他多住些時，不怕他不上手。明日料行不成，我且再陪些下情，著實釣他一釣。人心是肉做的，難道是鐵打的？這老娘又是箇貧婆，瘸子只貪些酒食，都不是難處之事。」那賈道士準準的想了一夜，眼縫也不曾合。這還不足為奇，誰知那乜道也自癡心妄想，魂顛夢倒，分明是癩蝦蟆想著

[49] 蒿惱：猶打擾、麻煩。
[50] 人事：餽贈的禮物。
[51] 壞鈔：花費錢財，指請客、送禮、資助人等，是一種客氣的說法。
[52] 耍子：玩耍；遊玩；鬧著玩。
[53] 鬥口：鬥嘴，指爭吵或互相耍嘴皮子，開玩笑。
[54] 計較：策略。

天鵝肉喫，怎能勾到口？正是：癡心羽士，專盼著握雨攜雲55；老臉56香童，也亂起心猿意馬。劍門不是巫山廟，錯認襄王57夢裏人。畢竟這些道家與小狐精弄出甚事來，且聽下回分解。

---

55 握雨攜雲：指男女歡合。出自戰國楚宋玉高唐賦：「昔者先王嘗游高唐，怠而晝寢，夢見一婦人，曰：『妾巫山之女也，為高唐之客。聞君游高唐，原荐枕席。』王因幸之。去而辭曰：『妾在巫山之陽，高丘之阻，旦為朝雲，暮為行雨，朝朝暮暮，陽臺之下。』」

56 老臉：厚臉皮。

57 襄王：即戰國楚襄王。

第六回 小狐精智賺道士 女魔王夢會聖姑

從來色字最迷人，烈火燒身是慾根。
慧劍若能揮得斷，不為仙佛亦為神。

話說賈道士因看上了胡媚兒，心迷意亂，一夜無眠。不到天明，便起身開了房門，悄悄的踅❶到樓下打探。只見瘸子在榻上正打齁哩，樓上絕無動靜。回到房中，又坐不過，一連出來踅了四五遍，好似馬蟻上了熱鍋蓋，沒跑一頭處。跑到廚下，喚起老香公來，教他燒洗臉水，打點早飯。廟中只有一隻報曉公雞，教乜道宰來安排喫罷。乜道已知這道士的心事，忙忙的收拾。老香公還是夢哩，便道：「阿彌陀佛！留他報曉不好，沒事壞這條性命做甚？」乜道笑道：「師父新學起早，不用報曉了。」且說婆子和媚兒兩箇在樓上商議道：「我們出外的日子多，行走的路程少，都為這瘸子帶住了腳，不得方便。這箇法官甚好意思，不如把瘸子與他做箇徒弟，寄住此間，我門自去。倘然訪得明師，有箇住腳去處，來喚他也不遲。」到天明，先叫瘸子上樓，對他說了。瘸子正怕走路，恰似給了一箇免帖，懽喜無量。三

踅，寺劣切。齁，阿勾切。趣。

❶ 踅：折回；旋轉。

□之所屬色亦自覺日新，原非有異。

話頭八門處次第可味。

□得好。

箇商議已定，只聽得樓下咳嗽響，是賈道士的聲音，說道：「婆婆可曾起身？我教道人送洗臉水上來。」婆子應道：「起動了，待癇兒自來擔罷。」癇子下樓擔水，沒拐得四五層梯子，那乜道早已送到。癇子接上，約莫梳洗了當，賈道士走上樓來作揖，問道：「昨夜好睡？」婆子道：「多謝。」這番看媚兒容貌又與昨日不同。昨日冒雪而來，還帶些風霜之色。今番丰采❷倍常，正是：桃源洞裏登仙女，兜率宮中稔色人❸。道士看了沒搔著癢處，恨不得一口水咽他在肚子裏頭。當下殷殷勤勤的問道：「婆婆高壽了？小娘子青春多少？」婆子道：「老媳婦齊頭六十，小女一十九歲了。」道士道：「是四十二歲上生的？」婆子道：「正是。」道士道：「這小哥幾歲，緣何損了一足？」婆子道：「村兒二十三歲了。這隻腳是幼時頑耍，跌損的。因是他跑走不動，帶遲我們多少腳步。」道士道：「昨日雪下得大了，要銷鎔乾淨，也得四五日後纔好走哩。既是小哥不方便，多住些時也無妨。」婆子道：「老媳婦正有一句不識進退❹的言語告稟。」道士道：「有話儘說。」婆子道：「老媳婦亡夫，當先原是箇火居道士❺，與法官同道，只是法術不高。這村兒雖然醜陋，到有些道緣。去年一箇全真先生❻會麻衣相法❼，說他是

❷ 丰采：丰度姿態。

❸ 桃源洞裏二句：傳說晉時劉晨阮肇二人，在天台山採藥，於桃源洞遇見了兩個仙女，配為夫婦。兜率宮，佛家所謂欲界六天之一，兜率為梵文音譯，意思是受樂知足而心生歡喜。稔色，美色；美貌。

❹ 不識進退：不知進退。指言行舉止沒有分寸。

❺ 火居道士：成家結婚的道士。

❻ 全真先生：即全真教的道士。全真教是道教的一派，金代王重陽主張儒、道、釋三教合一，創立了全真道，成為道教中一個重要流派。凡信奉全真教的，稱為全真道士。

出家之相，要他去做箇徒弟，是老媳婦捨不得，罷了。今見法官十分憐愛，意欲教小兒拜在門下伏侍，焚香掃地，不知肯收留否？」道士有心要勾搭那小狐精，正沒做道理，這一節非親是親，正合其機，便應道：「得小哥在此做箇法侶，甚好。只是小道也有句話。小道從幼父母雙亡，沒箇親戚看覷。若蒙不棄，願拜婆婆為乾娘。」婆子道：「老媳婦怎當得起？」兩下謙讓了一回，道士拜了婆子四拜，瘸子也拜了道士四拜，從此瘸子稱道士做師父，道士稱婆子為乾娘。道士又與媚兒重見箇禮，道：「今後就是哥妹一家了。」卻說乜道煮熟了雞，切做兩碗，又整幾色❽素菜，將早飯擺在樓下。道士同婆子娘兒三口下樓，照先坐定。只因瘸子這番做了徒弟，卻讓道士坐於上首。道士道：「雪天沒處買東西，只宰得箇雞兒，望乾娘賢妹隨意用些。」便揀下席碗內好的，將箸夾幾塊送上去。婆子道：「老身與小女都是奉齋的，只這村兒用葷。不知法官這等費心，不曾說得。」道士道：「奇怪！賢妹小小年紀，如何喫素？」婆子道：「他是箇胎裏素❾。」道士道：「改日嫁到人家去好不便當。」婆子道：「那裏嫁甚麼人家？他是箇有髮的尼姑，時常想著出家哩。」道士想道：「這箇又有機會了。」便道：「出家是好事，只怕出不了時，反為不美。孩兒有箇的姑，見在淨真菴做主持，乾娘賢妹若肯離塵學道，逕到那裏去修行。這菴離此為止四十多里，小哥又在這廟中，相去不遠，又好照顧，免得兩下牽掛。」婆子道：「如

來了。

來了。

□家幫襯。

原有親戚往來，但少箇賢妹耳。

❼ 麻衣相法：五代、宋初麻衣道者流傳下來的相術。以人的面貌、五官、骨骼、氣色、體態、手紋等推測吉凶禍福、貴賤夭壽。

❽ 幾色：幾種。

❾ 胎裏素：有生以來就吃素的人。

□得就。

安放得瘸子甚好。

此甚好。只我媚兒許下西嶽華山聖帝的香願，必要去的。老身伴他去進香過了，轉來時，還到廟中來商議。」道士道：「這箇卻容易。」喫過早飯，婆子見道士好情，已是骨肉一家，也不性急趕路了。道士將自己身上一件半新不舊的道袍與瘸子穿了，教眾人稱他是瘸師。又把自房間壁一間空屋與瘸子做臥室，喚箇木匠收拾，做些窗槅，卻教瘸子監工，夜來瘸子也不到樓下來睡了。又整些茶果擺設自家房裏，請乾娘賢妹到房中閒坐。說話中間，捉箇空就把箇眼兒遞與那小妖精。媚兒只是微笑，因此這道士越發迷了。有詩為證：

一腔媚意三分笑，雙眼迷魂兩朵花。
只道武陵花下侶❿，卻忘身是道人家。

□情真景。

道士托熟了兄妹，緊隨著媚兒的腳跟，一步不離。兩箇眉來眼去，也覺得情意相通。再過些時，捏手捏腳都來了，只礙著婆子沒處下手。正是：折腳鷺鷥立在沙灘上，眼看鮮魚忍肚饑。一連的過了三日，天已晴得好了，婆子打點作別起身。道士苦留再過一日，婆子被央不過，只得允從。道士回到房中悶悶而坐，想著只有這一日了，若不用心弄他上手，卻不是枉費無益。走來走去，皺眉頭，剔指甲，想了三箇時辰，忽然笑將起來，道：「有計了！」慌忙在箱籠裏面尋出兩箇絕細的綠色梭布⓫，抱到樓下來，

❿ 武陵花下侶：武陵人即晉人劉晨、阮肇，參見本回注釋❸。

⓫ 梭布：家庭木機所織之布。

又□他
一日。
好智。

對婆子說道：「乾娘、賢妹，這一去不知幾時回轉。揀得兩匹粗布，各做件衫兒穿去，也當箇掛念。」已喚下裁縫了，明日做完，後日行罷。」婆子道：「重重生受⑫，甚是惶恐。」教媚兒謝了師兄。道士轉身出去，就教乜道村中去喚兩箇裁縫，明日侵早⑬要趕件衣服。乜道答應了就去。那乜道一點淫心也不輸與那賈清風，因見那道士手慌腳亂，討不得上手，自己明知不能了，卻也每日留心去覷他的破綻。這番喚裁縫已定又做出甚麼把戲，且冷眼看他怎地。話分兩頭，卻說賈道士那日又白想過了一夜，到得天明，又著乜道去催取裁縫。不多時回覆道：「裁縫已喚到齋堂了。」道士慌忙跑到樓上，教婆子將這布出去，又道：「不知合長合短，須乾娘自去看裁，就分付他如何樣做。我這村裏的裁縫沒有高手，若隨他弄去怕不中意。」婆子真箇捧著兩疋布，隨著道士出去。一到齋堂，道士忙覆身轉來，跑到樓下，趁著媚兒獨自一箇在那裏，便上前抱住道：「賢妹，我留心多時了。乘此機會，快快救我性命則箇。」媚兒道：「青天白日，羞人答答的，這怎使得？我娘就進來了。」道士道：「你娘處分⑭裁縫還有好一會，一刻千金，望賢妹作成做哥的罷，休要作難。」便偎著臉去做嘴。媚兒也把舌尖兒度去，叫道：「親哥，做妹子的也不是無情，怎奈不得方便。日間斷使不得，今晚下半夜，母親睡著，我悄悄下樓來，在這榻上與你相會，切莫失信。」道士便跪下去磕箇頭，道：「若得賢妹如此，此恩生死不忘。」說猶未了，

⑫ 生受：就是十分受苦，多多受累。生，有很、十分的意思。生受你們，乃慰勞道謝的話，猶如說，你們多受累、多多辛苦你們。
⑬ 侵早：亦作「侵曉」，天剛亮；拂曉。
⑭ 處分：處理；安排。

只見老香公叫聲：「賈師父，前面老媽媽問你討線哩。」道士慌忙答應，又叮囑媚兒道：「適纔所言，賢妹是必休忘。」道士到自房取線去了，不隄防乜道止在樓上擔淨桶，聽得賈道士的聲音，悄悄地伏在樓梯邊聽著。雖然兩箇說話不甚分明，這箇肉麻光景都已瞧在眼裏，料是有箇私約了。專等道士出去，便走下樓來將媚兒雙手抱住，道：「你與俺師父有情，我都知道了。不說破你，只要拈箇頭兒便罷。井亭上是我起手，少不得謝一謝媒人。」媚兒終是心靈性巧，眉頭一皺，計上心來，便道：「你放手，恐怕人來瞧見，不好意思。包你有好處。」乜道真箇放了，便道：「你怎生發付我去？」媚兒道：「恰纔被你家師父纏不過了，教他夜間開著房門，我到半夜到他房裏去。你今夜等師父進房去了，悄地先到樓下榻上睡著。我下樓時，先與你勾帳⑮，纔到他房中去，卻不好？」乜道也磕箇頭道：「小娘子果然如此，便是救度生命了。」說罷乜道出去了。媚兒暗笑道：「機關洩漏，大家不成了，我且耍他一耍，教他今夜裏一場沒趣。」卻說婆子分付裁縫了當，喚瘸子到樓下囑付他道：「你在此間須要學好，我與你妹子明早定是行了。若有些好處，便來挈帶著你。你休只貪圖酒食，討他厭賤，下次做娘的到此也沒光采。」當日道士又來陪喫晚飯，兩箇裁縫趕完了衣服，送了進來。道士又向婆子道：「乾娘，明日准行了，也不須十分早起，用些早飯了去。」婆子道：「多感厚意，來朝總謝。」道士有了媚兒的私約，十分快活，回到房中煖起一壺好酒，自家喫箇三分醉意，且坐在醉翁牀⑯上打箇盹，養些精神，到下半夜去行事。卻說乜道收拾完了，捉箇空先踅在樓下天井裏芭蕉樹下蹭倒。窺見道士房門已閉，娘女兩箇也

⑮ 勾帳：用筆購銷賬目。

⑯ 醉翁牀：一種可以倚可以睡，專供酒飯後休息的牀。

上樓去了，便悄地走在榻上眠著，只等樓上的消息。等了半箇時辰，不覺睡去。這裏道士打了一回盹，不知早晚，只恐失了期約，急急的將雙手擡著房門輕輕扯開，做箇鶴步空庭，一腳一腳的捉步兒⑰走去。到得榻邊將手向榻上摸時，知有箇人在榻上睡倒，心裏想道：「這冤家⑱果然有情，已先在此等了。」慌忙脫了鞋兒，倒身做一頭睡去。那乜道被他驚醒，也只想這小娘子不失信，果然來了。兩箇並不說話，抱著先做了箇甜嘴，彼此慾火如焚，你手插向我腰裏，我手插向你腰裏，大家去摸那東西。這道士摸去是件鐵硬的行貨，喫了一嚇。那乜道也摸著道士的硬物，心中疑道：「這姑娘莫非是二行子⑲，如何也有那話兒⑳？」只聽得道士低低問道：「你是那箇？」乜道已認得是道士聲音，便應道：「師父，是我。」道士也認得是乜道了：「他如何也在這裏？一定這賊精曉得了些風聲，在此打斷我的好事。」然雖如此，怎奈慾火動了，一時禁遏不住。又聽得樓上婆子唧唧噥噥的說話響，料不成了，便扯開乜道的袴兒，把他後庭戲弄起來，權做箇望梅止渴。那乜道也動了火，纏著道士討箇還席。道士幼年曾被老道弄過，是熟慣的，也不拒他。當夜做了一場交易。有隻小曲兒道得有趣：

□奇絕靈，可喜可笑。

更奇，不如此沒箇收煞。

小狐精使乖弄巧，直恁的推調。白白裏送些補藥與你，你卻不要做箇金蟬脫殼，躲去九霄。卻教

⑰ 捉步兒：加快步伐。
⑱ 冤家：男女相戀時的暱稱。
⑲ 二行子：即「二性子」，兩性人的通稱。
⑳ 那話兒：不便明言的事物的隱語。這裏是對於生殖器的替代說法。

好詞。

兩箇出家人，頭對頭，腳對腳，做箇鸞顛鳳倒，當下把火兒殺了。早知一箇是賈清風，一箇是乜道，你兩箇朝暮在廟裏做蜪，卻緣何半夜三更擔驚受怕，到這樓兒下榻兒上，急忙忙的弄著這把刀。到明朝，你看著我，我看著你，可不羞殺了老曹。到明朝，雌的是雌，雄的是雄，可不乾折了這遭。

真好笑。

一心牽挂這着。

此道士亦可怜。

兩下行事了畢，依先悄悄的各自去睡了。這道士分明做了一箇魘夢㉑，自己也不信有這事，那時到放下了心腸，一覺睡去。看看天曉，衆人都起身了，道士看著乜道只管笑，乜道看著道士也只管笑。這小狐精看著道士和那乜道也只管笑。正是：今日相逢無一語，想來都是會中人。那道士雖然夜來失望，還想他西嶽進香轉回，尚有相會之日，這箇相思擔兒不肯拋下。當時叫乜道安排早飯，陪他娘兒喫了。婆子把新做的兩件布衫與媚兒各穿了一件，收拾起程。又囑付瘸子幾句，教他耐心。瘸子答應道：「我都曉得。」道士和瘸子送出廟門，婆子又殷勤稱謝。道士道：「乾娘轉來，是必到我廟裏來看看小哥。孩兒明日便寄信到淨真菴姑娘那裏去，倘或發心修行時節，無如那裏清淨。」又對媚兒說道：「賢妹保重，相見有日。」不覺兩眼墮淚，險些兒哭將出來。怕人知覺，背地掩著眼，急急裏跑進去了。媚兒心裏也覺慘然。看官牢記話頭㉒：這左黜白在劍門山下關王廟裏做道士。再說娘兒兩口離了廟中，望劍閣而進。此時沒有瘸子帶腳，行得較快。一路無話，看看永興地方相近，天色已晚，遠遠望見前面有箇林

㉑魘夢：惡夢。

㉒話頭：說話的端緒。

子，約去有十里之程。婆子道：「媚兒，趕到這樹林裏面歇宿，此去到西嶽不遠了。」娘女兩箇行不多幾步，忽然對面起一陣大黑風，刮得人睜眼不開，立腳不住。那風好狠，正是：

無影無形寒透骨，忽來忽去冷侵膚。
若非地府魔王叫，定是山中怪鬼呼。

風頭過處，只見兩箇戎裝力士㉓上前躬身道：「天后有旨，教請聖姑相見。」婆子道：「天后何人？」力士道：「唐朝武則天㉔娘娘也。」婆子道：「則天娘娘棄世㉕已久，如何還在？且與老媳婦素不識面，有何事相喚？」力士道：「娘娘見居此地，與聖姑有段因緣，數合相會，便請同行。聖姑到彼處自知端的㉖。」婆子心下有些害怕，欲待不去，兩箇力士左右的來幫著，不由你不走。纔動身時，腳不點地。不一時，來到一箇所在，古木參天，藤蘿滿徑，陰風慘慘，夜氣昏昏。過了兩重牌坊，現出一座大殿宇來。力士都不見了，又見兩箇宮妝侍女提著紫紗燈籠前來引接，道：「娘娘候之久矣。」婆子

㉓ 力士：職官名。職掌金鼓旗幟，隨駕出入，守衛四門。

㉔ 武則天：中國歷史上唯一的女皇帝（西元六二四－七〇五年）。唐高宗時為皇后（西元六五五－六八三年）、唐中宗和唐睿宗時為皇太后（西元六八三－六九〇年），後自立為武周皇帝（西元六九〇－七〇五年），改國號「唐」為「周」。

㉕ 棄世：離開人世，指人死亡。

㉖ 端的：底細；緣由；詳情。

進殿看時，中間卻虛設箇盤龍香案，並無人坐在上面。侍女道：「聖姑姑在此少待。」去不多時，便出來道：「天后有旨，請聖姑姑到後殿相見。」婆子隨著侍女進去。但見朱簾高捲，裏面燈燭輝煌，天后居中坐下，兩傍站著幾箇紫衣紗帽的女官，口中唱拜。婆子朝上依唱拜罷，方纔平身。天后傳旨賜坐，婆子謙讓道：「天顏之下，怎敢大膽？」天后道：「不須過遜。今日之會，亦非偶然。朕方欲與卿細論因緣，豈一立談可盡也？」便教取錦墩㉗，相近御手相攙而坐。婆子又道：「山野醜類，人所不齒。過蒙娘娘俯召，有何見諭㉘？」天后道：「卿勿以非人自嫌。卿乃狐中之人，朕乃人中之狐。讀駱生檄㉙，至今寒心。朕反愧卿耳。」遂吟詩一首，詩曰：

朕本百花王，權門人間帝。
應運合龍興，作態非狐媚。
國法豈不伸，文人亦可畏。
不敢照青銅㉚，對面還知愧。

㉗ 錦墩：用錦裝飾的一種坐具，其狀略似長鼓。

㉘ 見諭：猶見教。

㉙ 駱生檄：駱賓王寫的討伐武則天的檄文。駱生指駱賓王（約西元六二六－六八四年），婺州義烏（今屬浙江）人，曾任臨海丞，後隨任徐敬業起兵反對武則天，寫就討武曌檄，兵敗後下落不明。與王勃、盧照鄰、楊炯齊名，譽為「初唐四傑」，有駱賓王文集。檄文，軍中文書的通稱，用以聲討敵人、宣示罪狀、徵召等。

㉚ 青銅：這裡指銅鏡。

又道：「朕那時甚惜駱賓王之才。獻俘時，聞有他的首級，不忍視之。誰知首級是箇假的，駱賓王逃去為僧。從來做官的欺蔽朝廷都似此類，外人猶以朕為誅戮太甚，公道何在？」又歎口氣道：「駱生做了和尚，反得生天，朕今猶滯於幽冥。黃巢之亂㉛，百年朽骨重被污辱，金玉之類發掘一空，致朕今日冠珮殘缺，誠羞見卿之面也。」婆子擡頭看時，果然天后頭上挽箇朝天髻，絕無簪珥，身上有袍無帶。婆子道：「黃巢草寇無禮，娘娘神靈何不禁之？」天后道：「凡殺運到時，天遣魔王臨世。朕生在唐初，黃巢生在唐末，男女現身不同，為魔一也。朕當權之時，天下誰能禁朕，朕獨能禁黃巢乎？」婆子道：「聞天后在位日，鑄像造塔，廣作佛事，功德不小，為何尚滯於冥途也？」天后道：「凡人先發清淨心，後獲布施福。朕居心不淨，修成魔道。當時享盡女福，單恨不得為男，佞佛祈求，無非為此。今因緣將到，已蒙上帝遣作男身矣。」婆子道：「娘娘此番托生，富貴還如舊否？」天后道：「既成魔道，必乘魔運而生。若無權勢，魔力安施？朕前是女身，且為帝王，何況男乎？卿女媚兒冥數㉜合為朕妃。即今已托之沖霄處士㉝，卿勿慮也。」婆子道：「娘娘既轉男身，復得稱孤道寡，豈少三宮六院，美麗妖嬈，而擇取異類之女乎？」天后道：「卿有所不知。媚兒前身乃張六郎㉞，當時稱他貌似蓮花者。朕與六郎

為王則、胡永兒、張鷟張本。更奇。

㉛ 黃巢之亂：即唐末黃巢起義。黃巢（？—西元八八四年），唐末農民大起義領袖，曹州冤句（今山東菏澤）人。私鹽販出身。西元八七五年起兵響應王仙芝起義。王仙芝戰死後，被推為領袖，稱「沖天大將軍」。率起義軍南下進入福建，攻克廣州，又回軍北伐。西元八八一年初進入長安，建立政權，國號「大齊」。後被唐軍包圍，缺糧無援，被迫撤出長安。因腹背受敵，屢戰失利，不久退至泰山狼虎谷，兵敗自殺。

㉜ 冥數：舊謂上天所定的氣數或命運。

㉝ 處士：本指有才德而隱居不仕的人，後亦泛指未做過官的士人。

恩情不淺，曾設私誓云：「生生世世，願為大婦。」不幸事與心違，參商㉟至此。今朕為君，彼復得為后，鴛鴦牒㊱已注定，豈可變哉？朕之發跡當在河北，從今二十八年後與卿於貝州㊲相見。卿宜琢磨道術，以佐朕命。」婆子道：「吾母子正為求道而來，不知道術在於何處？」天后道：「朕有十六箇字，卿可記取，必有應驗。」道是：

逢楊而止，遇蛋而明。
人來尋你，你不尋人。

天后又道：「卿三年之內必有所遇，行住一般，不須性急。若得道之後，可往東京度取卿女。雖然改頭換面，卿亦自能認矣。天機宜密，不可輕洩。儻八十翁聞之，為禍不小。」婆子問道：「八十翁何人？」天后道：「漢陽王張柬之㊳也。他為五王之首，與朕世世作對，卿宜避之。」說猶未了，只聽得

為文彥博張本。

㉞張六郎：即武則天男寵張昌宗。定州義豐（今河北安國）人，行六，美姿容，人稱六郎美如蓮花，後被崔玄暐、張柬之等人率羽林兵以謀叛罪誅之。

㉟參商：參星與商星。兩星不同時在天空出現，因以比喻親友分隔兩地不得相見，也比喻人與人感情不和睦。

㊱鴛鴦牒：舊謂夙緣冥數注定作夫妻的冊籍。

㊲貝州：貝州即今邢臺清河，位於河北東南部。

㊳漢陽王張柬之：張柬之（西元六二五－七〇六年），字孟將，唐朝襄陽人，位至宰相。神龍元年（西元七〇五年）正月，與桓彥范、敬暉等乘武則天病發動政變，復辟唐朝國號。因功擢天官尚書，封漢陽郡公，後升為

又奇。

前殿一片聲吶喊，侍女驚惶傳報道：「漢陽王聞娘娘復有圖王之意，統領大軍十萬殺將來也。」天后慌得面如土色，起身向坐後便跑。婆子道：「娘娘挈領㊴老媳婦一路躲避則箇。」心忙腳亂，把錦墩踢倒，蹼地絆了一交，驚出一身冷汗，原來臥在一箇大墳墓下。殿宇俱無，身邊已不見了媚兒。四下叫喚，全無蹤影，正不知那裏去了。哭了一回，想道：「嚴半仙說我女兒有厄，果然有此不明不白之事。」看看天曉，只見墓前荊棘中，橫著一片破石，石上鐫著：「大唐則天皇后神道㊵」字樣。婆子道：「原來夢中所遊乃天后幽宮㊶。他分付許多言語，一一記得。此事甚奇，我且看這十六箇字有何應驗。」雖然如此，想起初離土洞時，母子三口。劍門山留下了黜兒，到此又失去了媚兒，單單一身好不悽慘。既道是行住一般，不須性急，且到太華山下，尋箇僻淨處，住下幾時，再作道理㊷。因這一節，有分教㊸：老狐精再遇一箇異人，重生一段奇事。正是：踏破鐵鞋無覓處，得來全不費工夫。畢竟胡媚兒何處去了，這聖姑姑有甚人來尋他，且聽下回分解。

漢陽王。不久，遭人排擠，被流放邊疆，氣憤致死，終年八十餘歲，故稱「八十翁」。舊唐書卷九一、新唐書卷一二〇有傳。

㊴ 挈領：帶領。

㊵ 神道：又稱「墓道」。墓前或墓室前的甬道。

㊶ 幽宮：墳墓。

㊷ 再作道理：再作商議；另想辦法。

㊸ 有分教：也作「有分交」。話本及章回小說中的常用語，用來提示事態發展的趨向和後果。

第七回　楊巡檢❶迎經逢聖姑　慈長老汲水得異蛋

座有聞人堪說鬼，曾無奇字莫唫詩。
但將談笑消清晝，閒是閒非總不知。

話說聖姑姑似夢非夢，見了武則天娘娘，說起一段因緣。原來媚兒是張昌宗轉生，那一世則天娘娘為男，張昌宗為女，相會在貝州，復得配合，稱士稱后。則今媚兒已不見了，又不知托與那一箇沖霄處士，好生奇怪。他既說道行住一般，明明教我歇腳。我如今想來，那裏是住處？思量一會，道：「有了！這華山嶽廟的香願原是媚兒說起，我且到西嶽聖帝前進炷香，保佑媚兒，就便看那裏有甚僻靜之處，可以棲身。好歹等他三年，再作區處❷。瘸子既把與道士做徒弟，看這道士十分美意，諒不至於失所，到是放得下的。」當下婆子隻身獨自往華陰縣太華山去進香。怎見得太華山景致？有西江月為證：

❶巡檢：官名，始於五代後唐莊宗。掌訓練甲兵，巡邏州邑，捕擒盜賊，職權頗重。
❷區處：處理；籌劃安排。

峭壁插天如削，危崖仙掌遙擎。蓮花湧地燦明星，屈曲蒼龍臥嶺。太白攜詩欲問，昌黎賈勇先登❸。不如收拾利和名，睡箇希夷❹不醒。

婆子到得山上，向西嶽聖帝殿前撮土為香，拜了幾拜，磕了幾箇頭，通陳了一回。無非是祈求道緣早遇，母女重逢的說話。下得殿來，觀看景致，訪問陳摶先生。有人指道：「這箇希夷峽，便是他尸解❺的去處❻。」方知陳摶已仙去❼了。婆子愛這箇希夷峽幽靜，夜間就在峽下存身，日裏只借化緣為名，來山前山後行走。看這來往男女，雲遊僧道，觀其動靜。若化得幾分錢，換些素酒素食受用，也是常事。一日同著一般樣的貧婆閒站了半日，不曾撞見箇肯布施的香客。看看午牌將過，只見兩乘小轎擡著一箇婦人、一箇丫鬟上山燒香。眾貧婆等他出殿，燒紙過了，便去上前抄化。婦人道：「今日沒帶得錢來。」婆子聽得他這話，便閃開一邊。那些眾貧婆因早起到今，不曾討得一文錢，算定這女眷定肯開手的，如何放過？抵死纏住，要他發心喜捨。你說一句，我說一句，道：「明中去了暗中來，今生布施來生福。

❸ 太白攜詩二句：太白指唐代詩人李白，昌黎指唐代文人韓愈，二人都曾登華山。傳說李白曾遊華山，寫下了西嶽雲臺歌送丹丘子和西上蓮花山等詩；韓愈曾偕數人同遊華山，登上蒼龍嶺時，只見下面萬丈深淵，白雲繞路，不堪回首，頓生絕望之念，便寫了一封遺書投崖下訣別，後來被華山所在地的官員救下山來。

❹ 希夷：即陳摶。

❺ 尸解：道家用語，指修道者遺棄形骸而成仙。

❻ 去處：場所；地方。

❼ 仙去：成仙而去。是去世、死的婉辭。

那見海龍王沒寶？」婦人焦燥道：「我又不是楊老佛、楊奶奶，你有本事到他那裏享用他大請大受❽，纏我怎的？」分開眾人下了階，上轎擡著飛奔去了。眾貧婆歎聲悔氣❾，沒興沒致的，四散走開。婆子看箇老實知事的便去問他道：「方纔說甚麼楊老佛、楊奶奶，是甚意思？」貧婆答道：「這裏華陰縣裏有箇楊春巡檢，出名叫做楊老佛。大富之家，夫妻兩口都好道，各處燒香布施，不拘僧尼道士，但是有本事的，與他說得來，講得合，他便准年介供養。這奶奶一年也到這山上兩遍，見了我們，每人整十來箇錢這樣捨，又把大食籮擡著火燒饃饃給散我們喫。今年二月中，來過一遍了。到秋間，定是又來，你少不得看見的。」婆子聽在肚裏，當晚過了一夜，明日早起，打扮箇貧乞老道姑的模樣，下山到華陰縣前問了楊巡檢家，逕到他門首去。只見門前帖著「謹慎出入」四字，又有兩行告示，上寫道：「一應僧道尼姑，止許於每季首月初一日西園赴齋，本宅門首例不布施。」婆子暗想道：「卻又作怪！」只見鎮門的石獅子上靠著一箇老門公，解開布衫，在那裏捉虱子。見了婆子進門，慌忙把布衫披上，喝道：「快走出去！」婆子上前打箇問訊，道：「貧道是西川人氏，發心來朝西嶽，經由貴縣，缺少了回去的盤纏❿，特求布施則箇。」這管門的張公道：「老道姑你沒造化，十日前來，還沒有這告示。如今不布施了。」婆子道：「久聞巡檢老爺夫婦好道，四方那箇不傳說好箇楊佛子、楊奶奶。如今怎的就灰了這善心？」張公道：「本宅老爺奶奶當初果是歡喜施捨，四方僧道若能講經說法的，便把房子與他住下，

❽ 大請大受：豐厚的薪給。請受，本來是受封受祿的意思，也往往用以指官俸、糧餉。
❾ 悔氣：即「晦氣」，壞運氣。
❿ 盤纏：路費。

每每大盜中有遊方野僧。此一段點醒世人不少。

不論年月供養。臨動身時，又齎助❶他盤纏衣服之類。這門首時刻有人募化，不是這般冷靜。只為一月前，南路來一箇尼姑，約莫四十多歲，會說些因果。奶奶好聽的是那因果話兒，留在宅內住了半箇多月。又有十四五箇遊方和尚，做一班兒念佛抄化，也有頂包❷的，也有燃指❸的，也有點肉身燈❹的。本宅也齋了他一遍，布施他些錢帛。誰知那一班是大夥強盜，這尼姑正是箇引頭，暗暗裏漏箇消息，夜間裏應外合，明火執杖，打劫了若干東西去。老爺和奶奶走得快，躲了這性命。他兩箇老人家商量，說是前生欠下那和尚尼姑的債，莫去告官帶累地方鄰里了。從今為始，也不布施，也不許放進門來相見。只每年正、四、七、十這四箇月的初一日，在西園設齋一遍。如今四月初一日又過了，老道姑你不如別處去罷。我這縣裏除了本宅，也少箇慷慨施主，就化一兩箇錢來，也濟得甚事。」婆子道：「出家人裏面好歹不同，只為他歹的帶累了好的。」張公道：「正是。」婆子道：「貧道也不指望布施了，只聞得老爺奶奶是兩位現世的菩薩，特求一見，他日西方路上也做箇相識。」說猶未了，只聽得宅裏有人開那第二重門出來。張公道：「老爺出廳了，你快些躲避，莫累我們受氣。」慌忙向自己腰袴邊一箇破纏袋❺裏

❶齎助：資助。
❷頂包：謂服勞役、當苦差。
❸燃指：自燒手指，以示虔誠。一種假借或誤解佛教的「無義苦行」。
❹點肉身燈：又作「燃肉身燈」，為苦行法之一。據資治通鑑後周紀所載，世宗顯德二年（西元九五五年），禁僧俗捨身、斷手足、煉指、掛燈、帶鉗之類。注釋言，煉指者，束香於指而燃之；掛燈者，裸體以小鐵鉤遍鉤其膚，凡鉤皆掛小燈，圈燈貯油而燃之，俗稱燃肉身燈。
❺纏袋：束腰的寬帶，上有口。

頭拈出箇銅錢來，放在石獅子頭上，道：「我自把這文錢捨你去罷。」婆子那裏肯走。只見裏面一箇安童⑯牽一匹高頭白馬，到大門前，帶住繮繩站著。隨後楊巡檢出來，頭帶金線忠靖冠，身穿暗花絹道袍，腳踹烏靴，手執一柄川扇。背後一箇安童打傘，一箇安童抱著交牀⑰，一箇安童捧箇盒子，盒內無非香燭之類。盒子上又放箇紫檀空匣兒，又有一班家用的吹手，各帶樂器，隨著出門。那巡檢老爺踏著交牀，跨上雕鞍，眾人一擁望西而去。張公埋怨道：「你不見老爺出去了，早是他沒瞧見你。若瞧見你時，又嗔怪我們上人不遵他的告諭。我捨你這文錢，你不收了還要怎地？」婆子道：「那要你老人家壞鈔？沒有得布施便罷，這錢貧道決不敢受。」兩下裏正在你推我辭，只見慣賣山亭兒⑱的壽哥挑著擔子，打從門首經過。側首門房裏跑箇四五歲的小廝⑲出來，扯住張公叫道：「老爹爹，我要箇山亭兒頑耍。」張公見這婆子不肯收受，便喚住壽哥擔子，在石獅子頭上取下這文錢來，買了一箇山亭兒把與小廝，道：「好好頑耍，不要弄壞了，再不買與你。」那小廝笑哈哈的跑向門房裏去。壽哥挑著擔也自去了。婆子道：「這小廝是你老人家甚麼人？」張公道：「是老漢第二箇孫兒。方纔抱交牀跟隨老爺的，是大孫兒，就是那小廝的親哥。」婆子道：「怪道一般嘴臉，生得伶俐，你老人家好善積下來的。」張公道：「老爺身邊許多安童，只歡喜我的大孫兒。出去不拘遠近，定要他跟隨。」婆子道：「方纔老爺在那裏去，

⑯ 安童：侍童；書童。
⑰ 交牀：胡床的別稱，一種有靠背、能折疊的坐具。
⑱ 山亭兒：泥製風景建築人物等小玩具的統稱。
⑲ 小廝：通常指年輕僮僕，這裏是對小孩的一種蔑稱。

惟其又啞又聾，故能享此高壽。

卻用著一班吹手？」張公道：「西門外迎取梵字⑳金經哩。」婆子道：「這經是那裏來的？」張公道：「是箇哈密僧帶來的。這哈密僧又啞又聾，在這裏西門外觀音菴內借住，活到九十九歲，無疾而逝。身邊並無一物，存留下這部梵字金經。菴裏長老說有人造箇龕子㉑斷送㉒了他，就將這部經把與他去。是我家老爺替他造龕燒化㉓，又請僧眾做些法事與他。今日到那菴內請這部經供養在西園佛堂裏去。」婆子道：「是甚麼經？」張公道：「知道他是佛經、道經、竈王經，誰識得半箇字來？」婆子道：「若是梵書，貧道或者到也辨得出。」張公笑將起來道：「聞得此經是西域天竺國㉔來的，一片泥金寫就，與世間字體不同，所以叫做梵字金經。先在菴中，經過了許多人的眼睛，並無人識。你這老婆子調這樣謊，罪過，罪過！」婆子道：「不瞞你老人家說，貧道曾跟普賢菩薩㉕受過一十六樣天書，所以諸經梵字無有不識。」原來這老狐精多曾與天狐往還，果然能辨識天書。說普賢菩薩乃是鬼話。張公聽了，大驚道：「普賢是觀世音一輩，你如何看見得他？」婆子道：「貧道與這位菩薩有緣，不時相會的。你老爺要瞻禮他，也極容易。」張公道：「是真也還是假？」婆子道：「千真萬真。」張公道：「若果然如此，等

⑳ 梵字：古印度文字。
㉑ 龕子：僧徒的塔狀盛屍器。
㉒ 斷送：就是送，包括：餞送、葬送、嫁女的配送、人死了的發送等等。
㉓ 燒化：指燒掉屍體、紙錢等。
㉔ 天竺國：中國古代對印度的稱呼。
㉕ 普賢菩薩：中國佛教四大菩薩之一，是象徵理德、行德的菩薩。同文殊菩薩的智德、正德相對應，是娑婆世界釋迦牟尼佛的右、左脅侍，合稱為「華嚴三聖」。

老爺回時，老漢即便稟知。只不知女菩薩尊姓，安歇何處？今恐怕老爺回得遲，你等不及去了。倘或要尋你時，那裏相請？」婆子道：「貧道喚做聖姑姑。若老爺要請我時，向東南方叫『聖姑姑』三聲，貧道即便來也。」這婆子說罷，飛也似跑去了。常言道：一人喫齋，十人念佛。因這楊巡檢夫妻好道，連這老門公也信心的。見婆子說話有些古怪，便認真了。當日楊巡檢到菴中，拜了佛像，請出梵字金經來，解去舊繡袱，揭開細看，喝采了一回。重換箇大紅蜀錦袱兒包了，放在紫檀匣內，自己捧著坐在馬上，一班吹手笙簫細樂迎入西園中佛堂內面，供養在觀音菩薩面前。燒香點燭，又拜了四拜，打發吹手先回，自己又在園中遊玩了一番。臨去分付園公：「莫放閒人到佛堂裏去，恐不潔淨。」四箇安童跟著騎馬而回。有詩為證：

笙簫一隊擁雕鞍，手捧金經心裏歡。
識得如來真實意，唐書梵字一般般。

這裏張公見楊巡檢下馬，跟進廳來，稟道：「老爺賀喜了！今日請得金經，就有箇能識梵字的到此求見。」楊巡檢問道：「是何等樣人？」張公道：「是箇女菩薩，法名聖姑姑。他說是普賢菩薩的徒弟，能識一十六樣天書。老爺若要請他相見，只向東南方喚他三聲，他立地便到。」楊巡檢似信不信，道：「有這等事？且待明日，看他再到我門首來不。」楊巡檢進了內宅，把這迎取金經和那聖姑姑這班說話一一對奶奶說了。奶奶道：「適纔有件怪事，正要說知。我到天井中去看石榴花，只見東南方五色祥雲一朵冉冉而來。雲上現一位菩薩，金珠瓔珞，寶相莊嚴，端坐在一箇白象身上。我心裏道是普賢菩薩出現，慌忙禮拜下去。擡起頭來，就不見了。我只道是眼花，這般說起，真箇是普賢菩薩同著聖姑姑來的。這聖姑姑定不是凡人，據這菩薩出現，的是他徒弟也不見得。明日只依他叫喚，他若來時，把這梵字金經教他識認，看他怎地。若果是普賢菩薩的徒弟，定不說謊。」說話的，這雲端裏的菩薩是誰？就是聖姑姑變來的。第二回書上曾說過來，他是多年狐精，變人變佛，任他妖幻。只沒有甚麼大神通，所以成不得大器。有詩為證：

藤蘿牽就為瓔珞，樹葉披來當道衣。
堪笑世人皆肉眼，認真菩薩便皈依。

當夜無話，到來朝早起，楊巡檢喚當直㉖的，備下香燭，擺在廳上。自己穿著一身潔淨新衣，走出廳前，對著東南方，志心的叫了三聲「聖姑姑」，聲猶未絕，管門的張公來稟道：「昨日的老道姑已在門外了。」楊巡檢心中驚異，便道請進。這「請進」兩字還說不完，只見廳上站一箇老道姑，到向下邊打箇問訊，道：「老檀越㉗，貧道稽首㉘了。」楊巡檢已知是聖姑姑，又不見他走進門來，如何的反在廳

㉖ 當直：值日當差的；管事的人。
㉗ 檀越：佛教稱施主為「檀越」，指以財物、飲食供養出家人或寺院的俗家信徒。平時出家人也用來尊稱一般的在家人。

只有鬼話嚇人動，假文字亦然。

上？心下又疑又怕，慌忙磕頭下去道：「我楊春有何能德，敢煩聖姑下降，有失迎接。」婆子道：「不須老檀越過禮，你夫妻都有佛緣的。貧道承普賢祖師分付，特來求見。」楊巡檢看那聖姑模樣雖然髮白面皺，兩眼如星光，比凡人精神不同。身上藍縷，卻也乾淨。當下楊巡檢分明見了箇活佛，歡天喜地，接入後堂，請奶奶出來相見。夫妻兩口拜為師父，整備素齋款待。聖姑姑上坐，他老夫妻坐於兩旁。席間題起金經一事，婆子道：「不是貧道誇口，任你龍章鳳篆，貧道都知。」當下齋罷，楊巡檢教安童備起轎馬，自己夫妻兩口和那婆子共是兩箇轎，一箇馬，少不得男女跟隨，直到西園。這西園雖不比金谷㉙繁華，端的也結構得好。但見：

地近西偏，門開南面。行來夾道，兩行官柳間疎槐；步入迷蹤，一帶竹屏盤曲徑。前面設五間飯僧堂，中間造幾處留賓館。樓窺華嶽，那數他壘石成山；水引渭川，不枉了築亭臨沼。迴廊雅致，到書房疑是仙家；淨室幽閒，傍佛堂如遊僧舍。開徑逢人宜置酒，閉門謝客可逃禪。

楊巡檢和奶奶讓婆子先下了轎，分付園公引路，逕到佛堂。三箇同拜了佛像，楊巡檢教安童擡過一張黑漆小桌兒，抹得乾乾淨淨，親手捧那紫檀匣兒安放車上。開了匣蓋，將經取出，解開紅錦包袱，請聖姑觀看。這婆子合掌念了一聲「阿彌陀佛」，便將經文展開，前後看了一遍，說道：「原來是一卷波羅

㉘ 稽首：古時的一種跪拜禮，叩頭至地，是九拜中最恭敬的。這裏指出家人所行的常禮，一般在見面時用。

㉙ 金谷：即金谷園。位於河南洛陽西，晉代石崇私人園第，石崇嘗於此廣儲歌妓，宴請賓客。

蜜多心經㉚，卻是天竺梵書。又後面脫了『菩提薩摩訶』五箇字，所以世人不能辨認。」楊巡檢不信，教取一卷唐本心經，把與聖姑姑逐字配對分說，果然少了五字。楊巡檢夫婦自此愈加敬重，當下楊奶奶要請聖姑姑到家中去，同房住下，早晚講論。這婆子不願，就在佛堂後邊三間淨室打掃潔淨，收拾鋪陳器具，日逐三餐供養這聖姑姑在內。這婆子只是獨自一箇住著，夜間也不要箇丫鬟婆娘作伴。又對楊奶奶道：「素齋素酒，有便送些來喫，若不便也不消，貧道可以十年不飲不食。」楊奶奶道：「這飲食可是一日少得，便束緊了肚皮，怎過得十年？我且推箇事忙，不送他幾日供給，看如何。」分付園公只說有事家來，鎖了園門，一連七日，影也沒人走去。第八日，楊奶奶乘箇小轎，親到西園，開著鎖望他。只見聖姑姑在淨室中安然不動，坐在蒲團上念佛。楊奶奶道：「聖姑可饑麼？」婆子搖首道：「正飽哩。」楊奶奶回宅對丈夫說道：「聖姑七日不喫東西，全不妨事，越有精神，有恁般奇異。」夫妻兩口越發道是活佛了。從此華陰一縣都傳箇遍，說楊巡檢家供養箇活佛在那裏。論起理來，若是活佛，他也何求於人，受人供養？到底有見識的少，縣裏若男若女，每日介成群逐隊，都到西園去求見，也有願拜做師父的。過了一兩箇月，沸沸揚揚，隔州外縣都知道這話，來的人越發多了。楊巡檢恐怕惹是招非不便，對聖姑姑商議，只說閉關㉛三年，一概不接見外客。把佛堂前門鎖斷，貼下兩層封條，卻在後邊通箇私路，

白蓮教禍始，大率如此。

㉚ 波羅蜜多心經：即摩訶般若波羅蜜多心經，是佛經中字數最少的一部經典著作，因其字數最少、含義最深、傳奇最多、影響最大，所以古往今來無數藝術家都傾注極大精力和虔誠之心，把心經創作成為異彩紛呈的藝術品。波羅密多，佛教用語，指到彼岸。也譯作波羅蜜。

㉛ 閉關：佛教中指僧人獨居，一個人專心修煉佛法，與外界隔絕，滿一定期限後再外出。

魆，音倅。

唔，吞上聲。

通，音通。

彎彎曲曲的，魆地裏㉜送東送西。楊巡檢又向本縣知縣說知，討一道榜文張掛，禁絕外人混擾。眾人見了縣家禁約，再也不來纏帳。只本宅老夫妻兩口，有時來園上遊玩，私到淨室，整日整夜的談論些因果佛法，眾人也不好去管他。自此這老狐精只在華陰縣裏受楊巡檢家供養。他也自家想道：「則天娘娘所言『遇楊而止』四字已應驗了，只不知『遇蛋而明』這四箇字又是如何？」說話的，忘了一樁要緊關目㉝了。那胡媚兒還不知下落，緣何不見題起？看官且莫心慌，只有一張口，沒有兩副舌頭，怎好那邊說一句，這邊說一句？如今且丟起胡媚兒這段關目，索性把「遇蛋而明」四箇字表白起來。單說泗城州界內有箇迎暉山迎暉寺，寺中住持老和尚法名慈雲，只一箇房頭，大小到有三四眾徒弟。又有一箇老道㉞，叫做劉狗兒。這慈長老年近六旬，極是箇志誠本分的。一日州裏有人家請他看經，慈長老想道：「身上衣服有箇把月不曾漿洗了，又沒得脫換，且燒鍋熱湯淨一淨也好。」拿箇桶，到寺前潭中去汲水。只見圓的溜的一件東西在水面上半沉半浮，看看唔到桶邊。乘著長老汲水的手勢，撲通的滾進桶裏來。慈長老只道是蛋殼兒，撈起來看，到是囫圇蛋兒，像箇鵝卵。慈長老道：「這近寺人家沒見養鵝，那裏遺下這箇蛋兒？且看他有雄無雄。若沒雄的，把與小沙彌咽飯。若有雄的，東鄰朱大伯家雞母正在那裏看雞，送與他抱了出來，也是一箇生命。佛經上說，好喫蛋的，死後要墮空城地獄。倘或貪嘴的拾去喫了，卻不是作業。」把蛋兒向日光下照時，裏面滿滿地是有雄的。忙到朱大伯家教他放在雞窠裏面，若抱出鵝

㉜ 魆地裏：亦作「魆地」，暗地裏；不使人知道。

㉝ 關目：泛指事件、情節。

㉞ 老道：本指道士，這裏借代為僧院尼庵裏的老年雜役。

小事弄做大事六個字說得極痛切。在官□非不自謂。認真做事，卻不知，無益有損，無事為福，真千古格言也。

來，就送你罷。朱大伯應承㉟了。不抱猶可，抱到第七日，朱大伯去喂食，只見母雞死在一邊，有六七寸長一箇小孩子，撐破了那蛋殼鑽將出來，坐在窠內。別的雞卵都變做空殼，做一堆兒堆著。朱大伯慌了，便去報與主持知道。慈長老聽說，喫了一驚，跑去看時，連呼：「作怪，作怪！是老僧連累你這窠雞卵都沒用了。等明年蕎麥熟時，把幾斗賠你罷。」朱大伯道：「不消得，這也是各人的命運。只怕東鄰西舍傳說開去，鬧動了官府，把小事弄做大事。前村王婆家養一窩小豬，內中有一箇豬前邊兩隻腳全然像箇人手，被保正㊱知道，報了州裏，說民間有此怪異，州裏差幾箇公人押了保正到王婆家要這箇豬去審驗。這一夥人到時要酒要飯，又要詐錢，連母豬都賣來送了他，還不勾用。如今老師父快快拿這怪物去撇下了，休得要連累我家。」慈長老聽了這般說話，嘿嘿無言，只得脫下皁衫，連窠兒蓋著，帶回寺裏。也不對徒弟們說知，逕到後面菜園中，拿柄鋤兒，鋤開墻角頭一搭地，就把雞窠做了小孩子的棺木，深深的埋了。正是：一坏濁土，埋藏不滅的精靈；七日浮生，斷送在無常倏忽。死生二字皆由命，禍福三生總是天。若是蛋中的小孩子死了，也到絕了箇禍根，只不知能遂長老的意否。且聽下回分解。

㉟ 應承：應允；承諾。

㊱ 保正：一保之長。

第八回　慈長老單求大士[1]籤　蛋和尚一盜袁公法

伊尹空桑說[2]可疑，偃王卵育事[3]尤奇。
書生語怪偏搔首，不道東鄰有蛋兒。

話說慈長老在菜園中埋了小孩子，方欲回身，只見那孩子分開泥土，一箇大核桃般的頭兒鑽將出來。慈長老慌了手腳，急將鋤頭打去，用力過了，撲地跌上一交，把鋤頭柄兒也打脫了。爬起來看時，那孩子端端正正坐在雞窠裏面，對著慈長老笑容可掬。慈長老心中不忍，便道：「小廝，你可惜討得箇人身。

❶ 大士：佛教對菩薩的通稱，這裡特指觀世音菩薩。

❷ 伊尹空桑說：伊尹，生卒年不詳，商初大臣。傳說，他的母親是居於伊水之上採桑養蠶的奴隸，因為她違背了神人的告誡，所以身子化為空桑。巧遇有莘氏採桑女，發現空桑中有一嬰兒，便帶回獻給有莘王，命名為伊尹。

❸ 偃王卵育事：偃王，即西周徐國三十二世國君徐偃王，建都泗水，生活在西元前一〇〇〇年左右。相傳第三十一世徐君的宮人，十月懷胎，分娩時，產下一肉卵。徐君認為是不祥之物，命人將其棄之水濱。徐君家有犬名鵠蒼，將棄之水濱的肉卵銜回，咬破卵皮，卵內有一男孩，就是後來的徐偃王。

若投在求男求女的富貴人家，夜明珠也賽不過你。如何鑽在蛋殼裏去了？你自走錯了路頭，不干老僧之事。今番聽老僧分付，別投生路，休得成精作怪，恐誤老僧。」便把鋤頭柄兒按倒，將雞窠翻上冒著，添些泥土，堆得高高的。又取幾塊亂石，壓在上面。料是出不得頭，方纔轉身。又想道：「倘或走箇狗子進來，爬開石塊怎麼好？我且把園門關上幾日，這怪物不是悶死，也是餓死。」當下帶轉門兒，搭上鐵鈕，回到房中，取一具留鑚的新銅鎖鎖上。分付僧眾：「直等我來自開。」這長老生性有些固執，眾僧不知他甚麼意思，也不去問他。一連過了十來日，慈長老心下終是掛欠❹，想道：「眼見得這孩子不活了，我且看他一看，終不然鎖斷了門，抛荒了這片園地，菜也不要喫一根。」當下取匙鑰去開了鎖，曳開園門，走到西邊墻角頭看時，只見亂石四散抛開，雞窠兒也翻在一邊，內中不見了小孩子。慈長老喫了一驚，四下尋看，只見那小孩子赤條條❺地坐在一棵楊柳樹下，身上並無傷損，已變做二尺長了，生得清秀，只是不能言語。見慈長老近前，笑嘻嘻的一手扯住他的布衫角兒。慈長老沒奈何，把他擘開轉身便跑，再也不敢回頭。離了菜園，心頭還突突的跳，暗地想道：「我恁般埋了他，又是甚麼神鬼弄他出來，終不然一點點小廝許大力氣，自會掙扎？便泥裏鑽出來時，這些石塊如何運得開去？況且十來日裏頭，就長了一尺多。若過二三十年，怕不撐破天哩！恁般怪事，古今罕有。這禪堂中觀音大士靈籤極準，我且問箇吉凶。若是該留下撫養，或者到是箇聖僧，不是我們滅得他的。若不該留時，再做商議。」原來禪堂中供養的是一尊檀香雕就的觀音大士，案前設箇籤筒，多有人來求籤，吉凶有驗。慈長老那時

擘，音湯。

❹ 掛欠：賒欠。

❺ 赤條條：光著身體；一絲不掛。

大，音待。

也是無計可施，只得取了籤筒，跪在大士前磕頭，祝告道：

弟子出家多年，小心持戒。不合潭邊汲水，把箇蛋兒攜帶，送與鄰家老母雞。誰知抱出箇小無賴，埋之不死，餓之還在。忽然一尺二尺，恁般易長易大。來歷甚奇，蹤跡可怪。不是妖魔，定是冤債。若還天遣為僧，留下並無災害。乞賜靈籤上吉，使我不疑不駭。特地祈求，誠心再拜。

口疏已畢，將籤筒向上搖了一回，撲地跳出一根籤來。拾起看時，是箇第十五籤，果然註箇「上吉」二字。那籤訣上寫道：

風波門外少人知，留得螟蛉❻只暫時。
來處來時去處去，因緣前定不須疑。

慈長老詳看籤中之語，道：「螟蛉乃是養子。我僧家徒弟便是子孫，這籤中明明許我收留，料也沒事。」當下就喚老道劉狗兒來到禪堂，分付道：「不知村裏甚麼人家養多了兒子，撇下一箇在我家菜園裏。方纔我到那邊，看見他在楊柳樹下，到好箇小廝，可惜他一條性命。我們僧家不便收養，你可領他

❻ 螟蛉：螟蛉是一種綠色小蟲，蜾蠃是一種寄生蜂。蜾蠃常捕捉螟蛉存放在窩裏，產卵在牠們身體裏，卵孵化後就拿螟蛉作食物。古人誤認為蜾蠃不產子，餵養螟蛉為子，因此用「螟蛉」比喻義子。

在身邊撫育。倘或成人長大，剃度為僧，你老人家也有箇依靠。」原來這劉狗兒是本處一箇莊戶❼，家中也有得過活。因年老無子，老婆又死了，別著一口氣，到賠幾兩銀子，進入本寺，做箇香火❽。因自己沒兒，平日間見了人家小孩子，便是他的性命。聽得慈長老這話，一腳跑到菜園楊柳樹下看時，果然好箇清秀孩子。連忙抱在懷中，把布衫角兒兜著，剛轉身到門口，只見慈長老也走將來了。慈長老見老道抱著孩子，心下也到歡喜，對他道：「你抱進自房裏去，我就來。」老道忙忙的去了，慈長老拽轉園門，取下這副銅鎖，帶回房中，便向牀邊衣架上揀一件舊布衫，一條破裙子，拿到老道臥房裏來，把與他包裹孩子。老道道：「舊衣舊裳到也有幾件在這裏了。還存得幾尺藍布，恰好與他縫箇衫兒穿著。只是沒討乳食處，怕餓壞了。」慈長老道：「乳食那裏便當❾？早晚只泡些糕湯餵他。若是他該做你兒子，自然有命活得。倘然沒命，也沒奈何。強如撇他在菜園活活的餓死。舉心動念，天地皆知。你老人家肯收養他時，也是一點陰騭❿，神明也必然護祐。我先前在觀音大士前求下一籤，是箇上吉。明日長成，喚他叫做吉兒罷。」老道道：「且喜這小廝歡喜相，只會笑，不會哭。從菜園裏抱進來，直到如今也不見則聲⓫。」慈長老道：「是不哭的孩子好養。」兩箇正在講話，只見走進箇小沙彌來，看見了小廝，

❼ 莊戶：農戶。
❽ 香火：即「香火道人」，寺廟中照管香火雜物、打雜的人。
❾ 便當：容易的；簡單的；不需要作多大的努力就能辦到或對付的。
❿ 陰騭：原指上蒼默默地安定下民，轉指陰德。
⓫ 則聲：則，同「作」。則聲，就是作聲、出聲。

同一錫也，夷曰可以養老，跖曰可以□戶。人之相去，豈不遠哉。所以性善性惡之說決不可廢。

便去報與師父師兄知道。三四箇和尚都跑將來，把老道半間臥房撐得滿滿裏。眾僧問道：「這小廝那裏來的？」慈長老道：「不知是張家兒，李家子，撇在我家園裏頭。我見他好箇小廝，又可惜他一命，因此教老劉收養做箇兒子。」只這幾箇和尚中也有好善的，也有惡的。那好善的便道：「阿彌陀佛，養得活時，也是我寺中陰德。」那惡的便道：「誰家肯把自養的孩兒撇卻⑫？一定是沒丈夫的婦女做下些不明不白的事，生下這小廝怕人知道，悄悄地拋棄了。我們惹甚麼是非，卻去收他。」那好善的又道：「莫說這般罪過的話！知道是那家生的？多有年命刑尅⑬爹娘，不肯留下，或是婢妾所生，大娘子妬忌，將來⑭拋卻，也不見得。那小廝額上又沒有姓張姓李字樣，有甚是非？」那惡的又道：「撫養他也罷，只是寺院裏房頭哭出小孩子聲響，外人聞得不當雅相。」老道道：「這小廝只有這件好處，再不哭一哭兒。」眾僧便不言語。慈長老道：「我出去讓你們在牀鋪上坐坐，莫要擠倒了這間房子。」說罷走出房去了。眾僧見慈長老有些不悅之意，也各散訖⑮。有詩為證：

收養嬰兒未足奇，半言好事半言非。
信心直道行將去，眾口從來不可齊。

---

⑫ 撇卻：拋棄；丟開。
⑬ 刑尅：星相術語。謂三刑相害，五行相剋。
⑭ 將來：拿來。
⑮ 訖：用在動詞後表示動作已經完成，相當於「了」。

再說老道自收了這小厮愛如己子，早晚調些糕湯餧他，因不便當，就把些粥飯放他口裏，這小厮也咽下了，又沒病痛。自此老道每日的省粥省飯養這孩子。過了三五箇月，外人都知道寺裏老和尚在菜園裏拾箇小孩兒，交與劉狗兒養著，把做箇新聞傳說。東鄰的朱大伯聞這句話，暗想道：「菜園裏那有甚麼孩子拾得，莫不是鵝蛋中抱出來的這箇怪物？老和尚沒有安排殺他，撫養在那裏。當時因壞了我一窠雞兒，曾許下賠我幾斗麥子，不見把來與我。我如今只說少了麥種，與他借些麥子做種，只當提頭他一般，料他也難回我。順便就去看那孩子是甚麼模樣，是那怪物也不是。」當下朱大伯取箇叉袋子拿著，走進寺來，正遇見慈長老在廊下門檻上坐著，手中拈箇針兒在那裏縫補那破褊衫⑯。朱大伯道：「老師太⑰，多時不見了。」慈長老一見了朱大伯，便想起舊話來，慌忙放下褊衫，起身問訊道：「老僧許你的麥子還不曾相送。」朱大伯道：「怎說這話！老漢不是來與老師太討債的。自家藏下些做種的蕎麥子，被一起親眷到我家住下幾日，都喫去了，少了麥種，只得與老師太借些去。待來年種出麥來，做饃饃送老師父喫。」慈長老道：「我許下了，少不得送你的，那論你有麥種沒有麥種？你且回去，一時閒我教人送來。」朱大伯道：「不消送得，老漢帶得有叉袋在這裏。若方便時，老漢自家背去罷。」說罷，便把叉袋子提起與慈長老看。慈長老接得在手，便道：「既如此，你且在這廊下暫住，等老僧進去取來與你。」朱大伯道：「老漢還要尋劉狗兒說句閒話。」慈長老恐怕這老兒進去看見了小孩兒，口嘴⑱不好，

餧，音喂。

⑯ 褊衫：一種僧尼服裝。開脊接領，斜披在左肩上，類似袈裟。

⑰ 老師太：本多指有較高地位、受人尊崇的尼姑，這裡用來稱呼慈長老。

⑱ 口嘴：亦作「口觜」，指言語。

路形容如。

講出什麼是非來，便道：「狗兒在園上鋤地哩，待老僧喚他出來罷。」慈長老左手拿著叉袋，右手去檻上檢起這件補不完的破褊衫，也放在左臂上，對裏頭便走。朱大伯劈腳跟也隨進來，慈長老著了急，連忙閉門，已被老兒踹進一隻腳來了。慈長老焦躁道：「這裏禪堂僧院，你俗人家沒事趲進來做甚！止無過要幾斗麥子，我又不是不捨得與你。教你廊下等一時兒，你卻不依我說。」朱大伯扯開了口，笑嘻嘻的道：「老漢聞得劉狗兒領下箇小廝，要去認一認，看他是胎生卵生。」慈長老聽得「卵生」兩字，說著了筋節，面皮通紅，發作道：「你這老兒也好笑！胎生、卵生干你屁事！他自在路上拾來一箇小廝，初時便有二尺多長了，難道卵生是大鵬卵裏頭抱出來的。你瞧他怎的，終不然瞧中意了，認做你家的孫兒去罷。」便把叉袋子撇在地下，又道：「你既要認你孫兒，我也沒氣力與你擔麥子。」朱大伯見慈長老發怒，便道：「不要我看這小廝便罷了，直得恁地變臉。只怕這野種子做不成你徒子徒孫哩！」拾起叉袋子，抖一抖，抱著轉身便走。慈長老道：「不要麥子也由得你，難道教老僧央你帶去不成！」冷笑一聲，把門閉了。朱大伯走出寺門，口裏喃喃的道：「再沒見這樣出家人！許多年紀，火性兀自⑲不退。便問得這句胎生卵生也只當取笑，你便著了忙，發出許多說話，好不扯淡⑳！」眾鄰舍見朱大伯氣憤憤的從寺中出來，便問道：「大伯你討甚麼東西不肯，直得如此著惱？」朱大伯道：「告訴你也話長哩！去年冬下，這慈長老拿箇鵝蛋兒到我家來，趁我母雞抱卵，也放做一窠兒抱著。誰知蛋裏抱出一箇六七寸長的小孩子。」鄰舍道：「有這等事？」朱大伯道：「便是！說也不信。抱出了小孩子還不打緊，這

⑲ 兀自：還；仍然。

⑳ 扯淡：胡扯；閒扯。

母雞也死了，這一窠雞卵也都沒用了。我去叫那長老來看，長老道：『不要說起，是我連累著你。明年麥熟時，把些麥子賠你罷。』把這小怪物連窠兒掇去。我想道不是抛在水裏，便是埋在土裏。後來聽得劉狗兒撫養著一箇小厮，我疑心是那話兒。今日拿個叉袋去寺裏借些麥種，順便瞧一瞧那小厮是甚麼模樣。你不與我瞧也罷了，恁般發惡㉑道：『干你屁事！』又道：『認做你家孫兒去罷。』常言道：樹高千丈，葉落歸根。這小厮怕養不大。若還長大了，少不得尋根問蔕，怕不認我做外公麼！」眾鄰舍道：「到底是你老人家口穩，有恁樣異事，再不見你題起。既是這老和尚做張做智㉒，你只看出家人分上，耐了些罷。老人家著甚麼緊事，討這樣閒氣。再過幾日，我們與這老和尚說討些麥子還你，你莫著惱。」大家三言兩語勸那朱大伯回家去了。有詩為證：

現成外公，那个不去做了。

別家閒事切休題，題起之時惹是非。
麥子不還翻鬥氣，何如莫問小孩兒。

再說慈長老因朱大伯這番毆氣，分付老道再莫抱小厮出來。到了週歲，便替他在佛前祝髮㉓，從此廢了吉兒的小名，合寺都喚他做小和尚。只因朱大伯與這些鄰舍說了鵝蛋中抱出來的，三三兩兩傳揚開

㉑ 發惡：產生惡感；發怒。
㉒ 做張做智：裝模作樣；故意拿腔拿調。
㉓ 祝髮：削髮出家為僧尼。

去，本寺徒弟們都知道。慈長老也瞞不過了，因此又都喚他做「蛋子和尚」。俗語說得好，只愁不養，不愁不長。光陰似箭，這蛋子和尚看看長成一十五歲。怎生模樣？有西江月為證：

鮮眼濃眉隆準㉔，肥軀八尺多長。生成異，相貌堂堂，吐語洪鐘響亮。葷素一齊不忌，勇力賽過金剛。天教降下蛋中王，不比尋常和尚。

又且資性聰明，諸般經典雖不肯專心誦習，若是教他一遍，流水背誦出來。有人不識起倒與他賭記問時，乾自把東道折了。老道將他愛惜自不必說，則這慈長老一條心也未免偏在他身上。看官，你道為甚的？一來愛他聰明，二來可憐他沒有俗家看覷㉕，三來還有一件，這蛋子和尚從幼不忌葷酒，好的是使鎗輪棒，雖則寺中沒這家火，時常把大門杠子舞上一回。若教他鋤田種地，做一日工，抵別人兩日還多。只是性氣不好，觸著他便要廝罵廝打。且喜聽人說話，或是老道和這慈長老隔壁喝一聲時，氣也不敢呵了。有這幾件上得了住持之心，喫的穿的，每事加倍的照顧他。那起徒弟徒孫漸有不平之意，常時合計商量，要撚他出去，只是沒箇事頭。便有些無禮之處，老道又一口埋怨，下情陪禮，那慈長老又說他是箇孤身異種，勸眾僧讓他一分，所以眾僧只得耐他下去。這蛋子和尚聽得人說是蛋殼裏頭出來的，自家也道怪異，必不是箇凡人，要在世上尋件驚天動地的事做一做。眾僧背地裏都叫他是畜生種，又叫

能強能弱，此人是得道之本。

肯做驚天動地的事，便不□

㉔ 準：鼻子。

㉕ 看覷：看顧；照料。

凡人。此是□一生主意，福在此禍□亦在此。也說得是。收拾亦是，然眾僧之忌愈深矣。惡甚。

他是野和尚，雞兒抱的，狗兒養的，心中不美。常想走出寺門，雲遊天下。只為慈長老看待得好，又老道有父子之恩，所以割捨不下。忽一日老道得了一箇危症，在牀數日，蛋子和尚衣不解帶，看湯看藥的伏侍，不痊，嗚呼哀哉死了。蛋子和尚哭了一場，少不得棺木盛殮，又與慈長老討菜園傍邊一塊空地埋葬。慈長老許了，眾僧都有些不像意，唧唧噥噥的說道：「老師太越沒志氣了，一箇香火道人㉖也把塊葬地與他。若是死了箇和尚，必須造箇大塚。傳下兩三代，休想剩半畝菜園。終不然把這寺基廢了，都做墳墓罷。」慈長老只做耳聾，由他們自言自語，只不則聲。不一日，擇吉入土，眾僧們也有推傷風的，也有推肚疼的，都不肯來幫助，只一箇老和尚把鐃鈸響著送葬。當晚慈長老就收拾蛋子和尚到自房裏去安歇。到第三日，蛋子和尚要做老道的羹飯㉗，念老道是奉齋的，特地買一塊豆腐，把碗盛著，放在廚下。又去買些紙錢。轉來取豆腐時，不知那一箇移在燒火的矮櫈上，被狗子喫去了。蛋子和尚明知是眾僧們故意如此，又惱又苦，對著竈下哀哀的啼哭。眾僧出來攬事道：「這廚房須不是劉氏門中祠堂孝堂，只管哭甚鳥。早知這塊豆腐恁地直錢時，老師太也該替你看守好纔是。如今也不消啼哭，左右不是張狗兒喫，也是李狗兒喫，與你親爺差不多。」蛋子和尚被眾僧一人一句數落一場，也不回言，撇卻紙錢，一逕走出寺前，向水潭邊一塊搗衣石上氣忿忿的坐著，想道：「這夥禿驢，欺得我也勾了。我如今死了養爹，更沒箇親人了。老和尚雖好許多年紀，也是風中之燭，朝不保暮，到底是箇不好開交㉘。不如半

㉖ 香火道人：見本回注釋❽。
㉗ 羹飯：特指祭奠死者的飯菜。
㉘ 開交：（只用於否定）解決；完結。

夜三更放把火，燒死了這夥禿驢，方出得這口氣。只慈長老這條命要留下他的，怎的哄他出得寺門便好。」千思百量，心頭火按納㉙不下，提起拳頭向那搗衣石上只一下，把一邊角兒打箇粉碎。此時東鄰的朱大伯也故了，有箇兒子喚做丑漢。大伯死後，老和尚念其前因，把五斗麥子去助他喪事，又領著蛋子和尚到他靈前磕頭，所以蛋子和尚與丑漢一向相識來往。這日丑漢正在潭邊埋著頭洗菜，只聽得石頭碎響，擡起頭來看時，認得蛋子和尚。問道：「蛋師為甚在這裏試力？」蛋子和尚坐著，只不做聲。丑漢道：「你與誰鬥寡氣來？出家人戒的是酒色財氣四件，酒是沒要緊，雖說色財兩字，那裏便有甚麼婆娘與你偷錢鈔兒與你搬？只這氣是日日有的，第一要戒的是他。」蛋子和尚聽了這話，十分氣已降下三分了，便道：「老哥好話。我別無他事，只受這一夥禿驢欺瞞不過。」丑漢道：「我父親在日，常說你是不落血盆㉚的好人，怎的與他們一般見識？自古道：欺一壓二。他先進寺門一日大，你又是單身，除非別處去，不住這寺中罷了。若要同鍋喫飯，後日慈長老去世，還要在他們手裏討針線哩。思前算後，總不如耐氣為上。」說罷，提著一把菜向東去了。蛋子和尚因這一席話，把放火燒寺的念頭撇開，決意出外遊方。想著：「慈長老待我甚好，不對他說一句如何使得？」又想道：「若對他說，一定不放我去，不如硬著肚腸，就今決撒開罷。」依先進寺，到廚下去看時，紙錢還在碗櫃上。取來就焚在竈前，踅到

㉙ 按納：抑制；忍耐。

㉚ 血盆：血盆經的省稱，即目連正教血盆經，又名女人血盆經。舊時在民間流傳甚廣，但不載於大藏經，載於唐建陽書林范氏版本大乘法寶諸品經經咒和諸經日誦。相傳謂婦女生育過多，會觸汙神佛，死後下地獄，將在血盆池中受苦。若生前延僧誦此經，則可消災受福。一般為婦女難產或罹患婦女病時念誦祈禱。

慈長老房中，魆地裏將隨身衣服被單打箇包裹放著，等到天晚溜出寺門，趁著月光，拽開腳步便走。有詩為證：

不分南北與西東，大步行來去似風。
未必前途都稱意，且離此地是非中。

不說蛋子和尚去後。且說慈長老當晚不見蛋子和尚進房，問著眾僧，都推不知。過了一夜，明日看他的衣服被單都沒有了，心下疑慮，對眾僧道：「你們那一箇與小和尚鬥口來？他衣服被單都收拾去了，也不對我說聲，定是賭氣去的。」眾僧那箇肯認，都說我等並無口面，他立心要遊方久了，只牽掛著劉狗兒。昨日燒些紙錢，是打帳出門的意思。長老不信，分付眾僧四下裏尋訪他回來。眾僧口裏答應，那箇去尋，只在寺前寺後閒蕩了箇把時辰，回覆道：「沒處尋，想他去得遠了。」喫了早飯，慈長老又催并眾僧分頭再去，自家拄箇竹杖，也去村中走了一回。轉到寺前，見這些徒弟徒孫們在水潭邊一行兒擺著，箇箇些瓦片兒，賭打水跳耍子。慈長老發箇喉急㉛道：「我老人家也自家去奔走了一遍，虧你後生們看得過。在這寺裏相處幾時，全沒些情分，就不去訪他箇下落。」眾僧見慈長老認真，越發不在意，一箇道：「不消尋得他，想著老師太恁地牽掛，決不去遠的，只兩日三日自然來看你。」又一箇道：「老師太，你便牽掛他，他到不牽掛你。若是他心地好時，不走去了，就去也對你說聲。」又一箇道：「他

描寫熱心冷面，如畫如錦。

㉛ 發箇喉急：發怒，說話氣粗。

長老可憐。在蛋子和尚自是顧他不得。

將來是一寺之主，我們都沒用的，怎教老師太不牽掛。」又一箇道：「他又沒有俗家，原是箇倘來㉜僧，老師太有處尋他來，還有處尋他去。又不是我們作中過繼到寺內的，認得他何州何縣？向海底下撈針去，老師太你必定曉得些蹤跡，對我們說知，待我們寫箇長帖請書，請他到來便了。」慈長老被眾僧七張八嘴，氣得開口不得，回到房中落了幾點眼淚，以後也不教眾僧去尋了。每日鎖了房門，自家各處捱問。每遍回來，眾僧背後做手勢，裝鬼臉，慈長老只做不見。過了月餘，毫無音耗㉝。慈長老又在觀音大士前求了好幾遍籤，都是不吉話兒。想著起初求的籤訣上說道：「螟蛉只暫時」，又道：「來處來時去處去」，一定是尋不著了。那籤是第十五籤，剛剛撫養到一十五歲，想是天數已定，無可奈何，歎口氣，也只得罷了。正是：世上萬般哀苦事，無非死別與生離，天下無有不散的筵席。這段話繳過不題，再說蛋子和尚出了寺門，立心要遊各處名山，訪箇異人，傳箇驚天動地的道法。一路化緣前去，到全州湘山光孝寺㉞中拜了無量壽佛的真身㉟，又往衡州朝了南嶽衡山㊱，把七十二峰、十洞、十五巖、三十八泉、

㉜ 倘來：不應得而得或無意中得到。

㉝ 音耗：音訊；消息。

㉞ 全州湘山光孝寺：全州，廣西東北部。中唐以後，佛教中之小乘宗開始傳入桂林地區，唐肅宗至德元年（一說唐元和年間）有湖南郴州人周全真，自號「無量壽佛寂照大師」，到全州創設湘山寺，亦名光孝寺，住持其中。他宣傳輪迴因果說，借魔術顯其靈異，信徒甚眾。

㉟ 真身：神仙或佛祖的本體、正身。這裏指神道雕像。

㊱ 南嶽衡山：衡山，是中國五嶽之一的南嶽，位於湖南衡陽南嶽區，風景秀麗，是著名的佛教聖地。環山數百里，有寺、廟、庵、觀等二〇〇多處。歷代帝王南嶽祀典，除漢武帝遷祀安徽潛山外，均在此山。

二十五溪都遊箇遍，逢山看山，逢水看水，遇箇遊方僧道便跟他半月十日。看他沒甚意思，又拋撇了，如此非一。忽一日，同幾箇僧家來這沔陽雲夢山下經過，到箇所在，絕無人煙，都是亂山。貪著僻靜，只顧走，只見白霧漫漫，前途不辨。心中正在驚疑，內中一僧在後面把手招道：「快轉來，走錯路了！」蛋子和尚隨著僧伴轉去，問道：「這是甚麼所在？」那僧一頭走，一頭說道：「聞得這裏有箇白雲洞，乃白猿神所居。因有天書法術在內，怕人偷去，故興此大霧以隔絕之。一年之內，只有五月五日午時，那一箇時辰，猿神上天，霧氣暫時收斂。過了這箇時辰，猿神便回，霧氣重遮。內有白玉香爐一座，只香爐中煙起，此乃猿神將歸之驗。曾有箇方上㊲道人，趁著這箇時辰進去，將到洞口，看見一條石橋甚是危險，情知走不過，只得罷了。這霧氣不知許多里數，若誤走進去，被霧迷了，四面皆無出路。就是跑得出時，受了這霧氣在肚裏，不是死也病箇勾。這雲夢山共有九百里大，本地還有不曉得白雲洞的？」蛋子和尚聽了，心下想道：「原來真有這箇法術在此。我若沒緣時，更與那箇有緣。」過了幾日，撇卻了同行僧伴，獨自逕到雲夢山舊路來。傍著近霧之處，折些枯木摘些松枝，低低的搭起一箇艸棚。日裏出外投齋化飯，夜間只在棚中歇息，專等端午日，要到白雲洞中盜取白猿神的天書道法。若是一偷就偷著了，那一箇不去走一遭兒？也不見得天書妙處。正是：受得苦中苦，方為人上人。畢竟蛋子和尚怎麼樣去盜法，且聽下回分解。

㊲方上：猶方外，世俗之外，舊時指神仙居住的地方。

第九回　冷公子初試厭人符　蛋和尚二盜袁公法

道法緣流各一宗，白雲洞裏最神通。
有緣千里能相會，無緣對面不相逢。

話說蛋子和尚在雲夢山下艸棚中棲身，專等五月端午日霧氣開時，便去白雲洞中盜法。此時已是四月初旬❶，算來端午只有一箇月了，心下十分焦燥。雖然求法的念頭甚誠，還在半信半疑，恐怕那僧伴所言道聽途說，未知是真是假。若是假時，這霧氣那裏來的？時常跑在山頭上打箇探望❷，只見茫茫蕩蕩❸的一片白，正不知中間是甚樣光景❹。一日喫飽了飯，又買些酒來喫箇半醉，說道：「聞得醉飽之人霧氣傷他不得，我頭頂著天，腳踏著地，怕甚麼袁公袁婆？等甚麼端午端六？只管問他要這天書罷了！」

❶ 初旬：每月的第一個十天。
❷ 探望：張望，向四周、遠處看。
❸ 茫茫蕩蕩：遼闊深遠而又模糊不清。
❹ 光景：風光；景象。

乘著酒興，冒霧而行。約進去還沒有一里，那霧氣漸濃，眼也開不得了，只得轉身出來，方知僧言不謬。守得到端午日，看看巳牌❺時分，霧氣漸開。交了午時❻，天氣清爽。蛋子和尚道：「慚愧❼！果有此話。今日被我守著了。」腳穿一雙把滑的多耳麻鞋，手提一根檀木棍兒，抖擻精神，飛也似一般奔去。行過二三里外，高高低低都是亂山深澤，艸木蒙茸，不辨路徑。只中間一線兒略覺平穩，似曾經走破的。依著這路行去，約莫十里之程，果然有箇石橋，跨在闊澗之上，足有三丈多長，止一尺多闊。橋下波濤洶湧，亂石縱橫，如刀鎗擺列。蛋子和尚初時看見，未免駭然。一念想著：「既到此間，如何生退避心。死生有命，怕他怎的？」把雙眼只看著前面，大著膽，索性跑去，不覺一溜煙的走過了。那邊便是石洞，洞口上面鐫「白雲洞」三字。進得洞時，好大一片田地，別是天日。但見：

平原坦坦，古木森森。奇花異艸，四時不謝長春；珍果名蔬，終歲非栽自足。楚王遊獵馳騁未經，司馬詞章形容不到❽。避秦假使居斯地，縱有漁郎難問津❾。

❺巳牌：巳時；巳刻。就是上午九時至十一時。古代把一晝夜分為十二個時辰，用子丑寅卯等十二支表示。古制太史以牙牌報時。宋代官衙打鼓報時，稱為衙牌，又叫報牌。所以習俗相沿，稱時刻為牌。

❻交了午時：即到了午時。午時，指上午十一點至下午一點，為舊式計時法。

❼慚愧：表示驚喜、難得、僥倖的口氣，和一般作羞慚的意思不同。

❽楚王遊獵馳騁未經二句：西漢司馬相如子虛賦，通過楚國的子虛先生講述隨齊王出獵、齊王問及楚國，極力鋪排楚國之廣大豐饒。這裏用以說明白雲洞的廣闊。

❾避秦假使居斯地二句：事見陶淵明桃花源記。該文以武陵漁人進出桃花源的行蹤為線索，按時間先後順序，

蛋子和尚觀之不足，玩之有餘。行到前去，見一座太石峰，峰上供著一箇白玉爐，瑩潔可愛。蛋子和尚道：「且莫論天書法術，只這般景致，這般寶貝，都是世人夢想不到的。今日到此也是宿緣⑩有幸。」爬上峰頭正待飽玩，忽聞得香氣觸鼻。剛說得一聲奇怪，早見爐中一縷香煙裊裊而起。蛋子和尚大驚道：「莫非午時過了，白猿神歸來也？」撲地的跳下峰頭，也不回顧，一心照著來路狠跑，連這根檀木棍兒也忘失了。到得石橋邊，只見霏霏霧霧霧氣漸生。這和尚著了忙，在橋上打箇腳蹉，險些兒落在下面去。且喜過了石橋，膽便壯了，放開腳步，十來里路須臾走到。方纔回頭看時，一天濃霧把洞門依舊遮藏。回到草棚中，坐了一箇多時辰，喘息方定。心中納悶道：「特地⑪這遍辛苦，只看些景致，討不得一點兒消息。還不知天書真箇有也沒有？正是：貪看天上中秋月，失卻盤中照夜珠。到那一箇端午，整整的還有三百六十日，怎生樣捱得過？」又思想了一回，道：「一遍生，兩遍熟。再等一年，我也不看甚麼景致了，一口氣跑到那白猿神的臥室，隨他藏得天書多多少少，滿擔的挑他出來，任我揀擇取用卻不好？」從此息心息意⑫做箇長久之計，把這草棚兒權當箇家業，整日整月的四處去閒遊募化。一日行到一箇地方，名曰永州。其地有箇石燕山，有箇浯溪，都有些奇處。那石燕山上堆滿的零星碎石，狀如燕子。若

把發現桃源、小住桃源、離開桃源、再尋桃源的曲折離奇的情節貫串起來，描繪了一個沒有階級，沒有剝削，自食其力，自給自足，和平恬靜，人人自得其樂的世外桃源。這裏用以說明白雲洞的幽深難尋。

⑩ 宿緣：佛教指前定的因緣。

⑪ 特地：特意；特為；專程。

⑫ 息心息意：息心，除掉雜念，專心致志。息意，不再有意；絕意。

嵌，音欠。

風雨時節，其石亂飛，就像飛燕一般。人若走近也撲在身上來，及至拿到手中看時，還是一塊石頭。風息雨止，便不飛了。那浯溪石崖上，天然嵌下一塊鏡石，高一尺五寸，闊三尺，厚三尺，其色如漆，明澈異常。雖比不得秦時照膽鏡⓭，把五臟六腑都照出來，卻也一根根鬚眉朗然可數。蛋子和尚因愛這兩處古跡，在永州多住些時。一日又到石崖邊去看時，不見了石鏡，單單留下箇窟窿。正當驚訝之際，只聽得山坡上鑾鈴聲響，一群人眾飛奔前來。蛋子和尚伏在一株大松樹後，偷眼覷時，為首馬上的是一位年少郎君，生得唇紅面白，頭帶唐進士巾⓮，身穿吳綾道袍，騎下一匹瓜黃馬兒，後面跟著十來箇家童。那郎君下了馬，步到崖邊，看著這箇窟窿，指天畫地，不知與家童說些甚麼。隨後四箇莊戶，牽繩帶索的扛著一塊黑色大石頭來。蛋子和尚心下想道：「一定是這郎君取了那石鏡去了，把石頭照樣做一塊來嵌著哄人。」只見莊戶擡到崖邊，眾家童道：「趁這繩索方便，不要歇手。」眾人一齊上前助力，也有在上面牽的，也有在下面推的，也有將扛子幫襯的。不一時，將那塊石頭弄到窟窿跟前，相著體勢，安頓停當，慢慢的抽起繩索，那石頭恰好嵌下。眾人發起一聲喊來，原來那塊黑色石頭就是石鏡。這郎君姓冷，是本處冷學士⓯的公子。雖然生得標致，為人刻薄，諢名叫做冷剝皮。有箇田莊，只在這五里之

⓭ 照膽鏡：傳說秦始皇有一面寶鏡，能見人肝膽，偵測忠奸，名為「照膽鏡」。

⓮ 唐進士巾：即唐巾。

⓯ 學士：官名。南北朝以後，以學士為司文學撰述之官。唐代翰林學士亦本為文學侍從之臣，因接近皇帝，往往參預機要。宋代始設專職，其地位職掌與唐代略同。明代設翰林院學士及翰林院侍讀、侍講學士，學士遂專為詞臣之榮銜。清代改翰林院學士為掌院學士，餘如故。

太阿紫珍終不作人間玩好，況強取者。

內，叫做冷家莊。這冷公子一心愛那石鏡，驀地教人偷回莊上去。誰知此鏡有神，離了石崖就如黑炭一般，全無半毫光彩。方纔送還舊處，剛剛嵌入，明朗如故。蛋子和尚聽得眾人發喊，伸出頭來看時，冷公子早已瞧見，喝道：「兀那和尚獨自一箇在此探頭探腦，莫非是剪徑⑯的毛賊麼？」蛋子和尚只得出身向前，打箇問訊道：「貧僧稽首了。貧僧是泗城州人氏，發心要朝各郡名山。經遊貴地，不知貴人到來，失於迴避。」眾家童道：「這行腳僧⑰無禮！見了大爺，頭也不磕箇兒。」蛋子和尚卻待回言，到是冷公子說道：「出家人不須行禮。動問⑱長老尊姓何名，到敝地幾時了，掛搭⑲在於何處？」蛋子和尚道：「貧僧在迎暉山迎暉寺出家，叫做蛋子和尚。到貴地雖然將及一月，並不曾落箇寺院，只是風餐露宿。」冷公子便道：「難得有緣相遇，敝莊不遠，欲屈長老到彼素齋，是必勿拒。」蛋子和尚道：「多承大檀越厚意。」當下冷公子上馬先行，分付兩箇家童跟隨長老，隨後慢來。卻說兩箇家童在路上對長老說道：「我大爺好的是道家，不信佛法，從不曾齋一箇僧，布施一文錢的。今日見了長老便請莊上赴齋，是十分敬重，破格相待了。」蛋子和尚道：「你大爺姓甚？」家童道：「姓冷，白家姓上『冷訾辛闞』的冷字。家老爺在朝，官拜翰林學士，止生下這一位公子，留在家中讀書。新近娶了箇小主母在莊上，以此這幾日只在這莊上住。」說話之間，已到莊前。蛋子和尚看時，果然好箇冷家莊。但見：

⑯ 剪徑：攔路搶劫。
⑰ 行腳僧：指步行參禪的雲遊僧。
⑱ 動問：客套話，即請人告訴自己。
⑲ 掛搭：遊方僧人投宿寺院。因懸掛衣缽於僧堂的鉤上，故稱。

門迎黃道，山接青龍。路列著幾樹槐陰，面對著一泓塘水。打麥場平平石碾，正好蹴毬；放牛坡密密草鋪，又堪馳馬。層層精舍，似齊孟常養客之居⑳；處處花臺，疑石太尉娛賓之館。定是官家良別業，非同村戶小莊園。

蛋子和尚到得堂中，冷公子出來重新講禮看坐，問道：「長老出家幾年了，青春多少？不像有年紀的。」蛋子和尚道：「貧僧虛度一十九箇臘了，從幼出家的。」原來僧家不序齒，只序臘㉑。冷公子道：「俗家端的姓甚？難道真箇姓蛋不成？」蛋子和尚道：「貧僧在佛門長大，並沒有箇俗家相認。只這『蛋子』二字，姓也是他，名也是他。」冷公子道：「聞得命犯華蓋㉒的，定要為僧為道。長老從小入空門，是十二分的硬命了。今年十九歲，是那月日生？」蛋子和尚道：「貧僧是月內㉓領進寺門的，說起來像是十一月的光景，日子時辰都不曉得。」說罷只見一箇家童出來問道：「素齋已完，擺設何處？」冷公

⑳ 層層精舍二句：精舍，佛道修行者所居的廬舍。孟嘗君，即田文，戰國齊貴族，孟嘗君是他的封號，為戰國四公子之一，以善養士著稱。石太尉，指石崇，晉代人，曾官荊州刺史、衛尉，因作海外貿易致富，和王愷、羊琇等人以奢靡豪華互相誇耀。

㉑ 不序齒，只序臘：序齒，本意為按年齡大小的順序依次排列，這裡是按年齡計算之意。臘，歲末之意，用以計算僧人出家得度的年數，以受具足戒之年為始。僧臘若干，即謂為僧幾年或受戒幾年之意。

㉒ 命犯華蓋：華蓋，即「華蓋星」，是中國天文中的星官之一。舊時迷信，以為人的命運中犯了華蓋星，運氣就不好。

㉓ 月內：此處指嬰兒未滿月。

子沉吟了一會，答應道：「擺在採蓮舫裏罷。」冷公子先起身道：「請長老到後園赴齋。」蛋子和尚道：「多謝了。」冷公子道：「方纔失問了，敢也用些葷酒麼？」蛋子和尚道：「葷酒到不曾戒得。」冷公子笑道：「怪道長老這般雄壯。恁地時，小莊到也便當。」分付家童把些見成魚肉之類，煖一大壺好酒，一同素齋送去。又道：「在下有些俗事，不得相陪了。」蛋子和尚道：「不消費心，少停拜謝。」當下別了冷公子，隨著家童灣灣曲曲，走到後園。這園中有箇魚池，約莫數畝之大。正中三間小小亭子，彷著江南船樣，一順兒造進去的。亭子四圍種些蓮花，此時深秋天氣，雖沒花了，還有些敗葉橫斜水面。亭上有箇扁額，寫「採蓮舫」三字，傍注「探花馮拯㉔題」。池南邊三間大廠廳，兩旁都是茂竹。廳前大石條砌就一箇玩月臺，臺下繫一隻小小渡船。家童請長老下了渡船，解了纜，把箇單槳兒撑著，頃刻到那亭子邊，送和尚進那採蓮舫內，依先撑著渡船去了。蛋子和尚看時，果然與船舫無異。一間間都有照壁隔斷，都是開關得的。第一層是箇小坐起㉕。第二層又進深些，擺列有桌椅等件，傍邊都是朱紅欄杆，掛下斑竹簾兒。第三層四圍煖窗，中設小榻，分明是箇臥室。蛋子和尚心裏暗想道：「要請我喫齋，到處喫得，如何送我在這水池中間，敢是怕我走了去不領他的盛意麼？終不然難道他不信佛法，怪我們僧

㉔探花馮拯：探花，唐朝的進士及第之後，在杏園宴會，名曰探花宴，在同榜中選出年最少者二人，遍遊名園，探採名花，謂之探花使，亦曰探花郎，此風俗延至宋初。南宋及明清兩代稱科舉殿試考取一甲（第一等）第三名的人。馮拯（西元九五八－一〇二三年），字道濟，孟州河陽（今河南孟縣）人。太平興國進士，景德間除參知政事。祥符東封，以拯為儀仗使。卒謚文懿。宋史卷二八五有傳。據稱謂錄載戴埴鼠璞載：本朝故事，吳且榜、馮拯為探花，太宗賜詩云「二三千客裏成事，七十四人中少年」。

㉕坐起：指房屋內裝修成的一種隔間。

家，哄我到這絕路餓死不成？」正在徬徨之際，只見兩箇家童擡著食盒，下了渡船，送到亭子中間桌上擺著。是一碗臘鵝、一碗臘肉、一碗豬膀蹄兒、一碗鮮魚、一碗乾筍和那香簟煮的、一碗油炒豆腐、一碗青菜、一碗豆角，共是四葷四素。一大壺酒，一錫掇子白米飯。蛋子和尚叫聲起動，也不謙讓，恣意飲啖。眾人等他喫完，收拾過了，抹淨了桌子，卻待轉身，蛋子和尚問道：「你家大爺在那裏？貧僧作別了好去。」眾人道：「大爺還沒有主意，想是要留長老過夜哩。」說罷，眾人下船，又撶去了。蛋子和尚道：「留我過夜是甚麼意思？我且耐心住著，看怎地。」看看天晚，又是兩箇家童，一箇抱著一副鋪陳，一箇拿些茶食點心之類，下了渡船，到亭子上。一面擺著茶食請師父用茶，一面鋪設臥具，叫聲安置，他兩箇又下船去了。蛋子和尚道：「且快活睡他一夜，明日卻又理會。」當夜無話。到得天明，兩箇家童又來送湯送水，擺設早飯，整整齊齊的兩葷兩素。蛋子和尚喫罷，便道：「貧僧無功食祿，今日是必要去了。」家童道：「大爺還要與長老面會，講些甚麼說話。這幾日不得工夫，只教我們好生管待長老，莫要怠慢。你且寬心住下幾時，怕他怎地？」蛋子和尚道：「你大爺有甚說話，索性說箇明白，我住在此也安穩。」家童道：「大爺肚裏的事，我們手下人怎曉得？長老莫非夜間怕冷靜，要箇人作伴麼？若是要時，莫說別的，就要箇婆娘也是容易。去年大爺養箇全真道人，也在這箇亭子上講甚麼採陰補陽的法兒，每夜少不得婆娘相伴。大爺曾喚過了三四箇娼妓陪伴他來，作成我們也鬼混了一箇多月。如今往洛陽去了，約道今年又到，還不見來。」蛋子和尚道：「貧僧從不曾破色戒，也不怕冷靜。只是一件，既承你大爺美意相留，放我在這園上閒走閒走，散澹一時也好。」家童指著南邊廠廳道：「這廳後一帶樓房就是娶的新姨住下，常有丫鬟們下樓採花，恐怕外人行走不便。」蛋子和尚聽得這話，便不

花酒自是公子本等，何妨師巫邪術卻使不得。

開口。話分兩頭，卻說冷公子生長富貴之家，迷花戀酒之事，到也不在其內。只有一件不老成，好的是師巫邪術，四方薦來術士無有不納。恰好這幾日前，鄰縣王樞密㉖的公子薦一箇人來，叫做酆淨眼，自言眼淨，能見神鬼。更有箇厭人之術，且是利害。漢時巫蠱之事，刻成木人，手持木棍，埋於地下，夜間祀鬼咒咀，使木人往擊其人。唐時呂用之在高駢門下用事㉗，專權亂政，將銅鑄就高駢一箇小小身軀，眼耳俱用物蒙著，藏於篋中，埋於自己臥牀之下，使他耳目昏亂，惟我所制。則今酆淨眼之術又自不同。要厭那人時，在僻靜處設立祭壇，供養神將。壇前畫一大圈，圈內放一箇磁罈，將那人姓名、籍貫、生年生月生日生時開寫，置放罈內。他在壇前書符念咒，攝其生魂。二日攝不來，到五日。五日攝不來，到七日。生魂來時，止長一尺二寸，面貌與其人無異。若走進圈內，把令牌一下，攝入罈中，書符封固，埋之坎㉘方，其人立死。有詩為證：

㉖ 樞密：樞密使的簡稱。唐代宗時始置樞密使，以宦官任之，職掌表奏，干預朝政。僖宗時尚無樞密院之名，至五代後唐始改後梁崇政院為樞密院，成為執掌國家軍務的機構。樞密院為宋代最高軍事機關，其長官為樞密使。

㉗ 呂用之在高駢門下用事：呂用之（？—西元八八七年），江西鄱陽人，方士，唐末淮南軍閥高駢的智囊，小人弄權，禍亂一方。高駢（？—西元八八七年），字千里，南平郡王高崇文之孫，晚唐名將，曾於西元八六六年率軍收復交趾，後歷任天平、西川、荊南、鎮海、淮南等五鎮節度使。高駢晚年昏庸，信神仙之術，重用術士呂用之等人。呂用之專斷獨行，上下離心，致使高駢下屬畢師鐸反叛，高駢被囚，後被殺。

㉘ 坎：八卦之一，代表水。

當年老耄㉙說高駢，太子曾含巫蠱冤㉚。
若使咒人人便死，誰人不握死生權。

這四句詩言人死生有命，就是魘魅之術弄得死時，也是本人命盡祿絕。俗語道：得好棺材頭邊那有咒死鬼。然雖如此，又有一句話道是：寧有屈死，沒有冤生。若是那人後祿正旺，便遣箇天雷也打不殺他。若是庸常之輩，一般也有屈死的，終不然陰司設立枉死城為著甚麼？閒話休題，且說冷公子聞酆淨眼有這家法術，急欲學他，但未曾試得真假何如。見這蛋子和尚是箇遊僧，又不曾落箇寺院，一心哄他到家裏，要將他試法。已問得他名字、籍貫了，只這生辰單有年月，卻沒有日時。便著人到酆淨眼下處，請他到來商議此事。淨眼道：「若沒有生辰，須得本人貼身衣服一件，及頭髮或爪甲也是一般。」冷公子道：「這卻容易。」便喚家童取疋新布，做成衫兒送與那和尚，道：「大爺恐怕長老身上不淨，教送這件布衫換下舊的來漿洗。」又喚箇待詔㉛與他淨頭㉜，分付暗地收拾他剃下的頭髮來回話，莫抛失了。

但聞學醫廢人，不知學法廢僧。

㉙ 老耄：七、八十歲的老人。

㉚ 太子曾含巫蠱冤：巫蠱，為一種巫術，當時人認為使巫師祠祭或以桐木偶人埋於地下，詛咒所怨者，被詛咒者即有災難。西漢征和二年（西元前九一年），因公孫敬生巫蠱咒武帝案，漢帝命寵臣江充為使者治巫蠱，江充與太子劉據有隙，遂陷害太子，皇后衛子夫和太子劉據相繼自殺。久之，巫蠱事多不信。田千秋等上書訟太子冤，武帝乃夷江充三族，又修建「思子宮」，於太子被害處作「歸來望思之臺」，以誌哀思。

㉛ 待詔：奉命供奉內廷的人。唐代不僅文詞經學之士，即醫卜技術之流，亦供直於內廷別院，以待詔命，因有醫待詔、畫待詔等名稱。宋元時成為對一般手藝人的尊稱，如篦頭待詔、碾玉待詔。

那和尚只認做好意，那知就裏，便是家童也不曉得主人之意。當下哄得他脫下貼身布衫一件，又收拾得剃下的一頭短髮，獻與冷公子。冷公子不勝之喜，就同酆淨眼到東邊一箇收米的倉廳上來，如法擺設壇場，辦下些紙馬香燭之類，只留兩箇極小的安童答應，將倉廳門兒下鎖。每日辦下三餐，家人們都在門口聲喚，安童開鎖接進，並不許進來窺看，真箇雞犬不聞，甚是秘密。卻說酆淨眼巴不得魘死那和尚，顯他術法有靈，傳授與冷公子，得他一主大財，怎不用心？當下取一幅黃紙，寫下：奉法追取生魂一名蛋子和尚，泗城州人氏，迎暉山迎暉寺出家，今遊方到本處緣由。將他頭髮裹做一箇包兒，又將他貼肉布衫書下許多追魂符在上邊，總做一束，放於淨罈之內，壇前將石灰畫箇大圈，圈中安著淨罈一箇。酆淨眼一日行香三遍，夜間在壇前焚符念咒，步罡踏斗，每夜弄到二三更。到第三日，這裏全無影響，那邊蛋子和尚已覺有些頭疼身熱。到第五日，看看病倒，爬身不起。酆淨眼見圈子外微有黑氣往來，已知游魂蕩漾。次日教冷公子問取和尚消息，得知臥病不起，越加用心做張做智的施設。到第七日黃昏以後，那團黑氣往來愈頻，不住的在圈邊打旋。交至三更，果然聚成一尺二寸一箇小和尚之形，或退或進，徘徊圈外。被酆淨眼圓睜怪眼，把令牌向案桌上狠擊一下，喝道：「直日天將，城隍土地，這時候不奉吾法旨更待何時？」說猶未絕，那小和尚一滾滾進圈來，對著罈中便鑽下去。不鑽時猶可，一鑽下時，忽壇前起陣怪風，空中如霹靂之聲，罈兒迸開七八塊。那酆淨眼口吐鮮血，死於壇前，可憐做了一世的術士，到此未能害人，先害自己。有詩為證：

㉜ 淨頭：謂出家人剃去頭髮。

邪術有驗害他人，無驗之時損自身。
圈外游魂仍不滅，壇前淨眼總非真。
法隨甕破兒童笑，咒與人空公子嗔。
萬事勸人休計較，舉頭三尺有明神。

後人又有詩云：

毀人還自毀，咒人還自咒。
譬如逆風火，放著我先受。
咒咀禍如靈，祈禱福宜厚。
冥冥司命者，大權寧倒授。
願發平等心，相安庶無咎。

冷公子驚倒在地，半晌方纔甦醒，兩箇十來歲的安童嚇得啼哭不止。當下冷公子慌忙自去開鎖，喚起家人收拾壇場尸首，到來朝買下棺木盛殮。一面寫書與王樞密公子，只說中惡身死，一面教人打聽蛋子和尚時，那和尚出下一身冷汗，病已好了。冷公子十分沒趣，雖然機關不曾漏洩，卻也無顏見他之面，封下二兩銀子，教原伏侍他的兩箇家童，打發他起身，自己只推遠出不與相見。蛋子和尚只道見他有病，不留他居住，卻不知借他試法，險些兒送了殘生。當下蛋子和尚接了銀子，千恩萬謝道：「多承布施了。」剃著光光潔潔的頭兒，貼肉又換了一件新布衫，歡歡喜喜離了冷家莊而行，依先四處遊方去了。卻說王樞密公子接得冷家書信，打發回書，也免不得報與酆家家小知道。他家也有妻兒、女兒、親兒、眷兒，聞知此信，趕上一大隊，過這冷家莊來，守著棺木，哭哭啼啼。冷公子沒奈何他，自知事不正氣，央箇主文先生㉝出來，處些殯葬之費與他，又把些盤纏銀兩送與眾人。內中有箇出尖的奸猾老兒，與主文先生私講得了些偏手㉞，於中一力擔當攛掇，擡回棺木方纔清淨，也廢過百十兩銀子。冷公子一生刻薄，慣要算計別人，不道這一番做了折本的買賣。地方鄰里見是宦家，又是有名的剝皮公子，誰敢出頭開口？只背地裏暗笑。正是：大風吹倒梧桐樹，自有旁人說短長。不在話下。再說蛋子和尚閒遊度日，光陰似箭，不覺又是一箇年頭。閒話休敘，看看花枝變綠，梅子翻黃，已是五月節氣。蛋子和尚一月前便回到雲夢山下，將艸棚添蓋完好，依舊住下。預先積下乾糧，從初一日起，便不出去化緣，只在棚中打坐，蓄養精神。到第五日早起，便扎縛停當。一條搭膊，將布衫兒緊緊拴住，穿下雙多耳麻鞋。約莫午時將到，冒著霧氣就走。比到橋邊，剛剛霧氣斂盡，蛋子和尚喜不自勝。這是第二遍了，越發膽大，信步行去。早過了那三丈長一尺闊的不測飛梁，進得洞門，無心觀看景致，望著那座供白玉爐的大石峰一直走去。原來石峰對處是箇天生石屋，約有民房五六間之大，中間空空洞洞，並無鋪設。穿過石屋，後面又是箇小小石洞，蛋子和尚道：「這洞內想必白猿神藏書之所矣。」低著頭鑽進洞去，正是：不施萬丈深

㉝ 主文先生：掌管文書的人員。

㉞ 偏手：隱瞞他人而私下得到的好處，如錢財、物品等。

潭計，怎得驪龍頷下珠？只因這一番，有分教：蛋子和尚再費一片精神，重受一年辛苦。畢竟幾時纔盜得法來，且聽下回分解。

第十回　石頭陀❶夜鬧羅家畈　蛋和尚三盜袁公法

休將懶惰負光陰，鐵槍勤磨變繡針。
盜法三番終到手，世間萬事怕堅心。

話說蛋子和尚暗想：「這小洞內必是袁公藏書之所。」低著頭鑽進去時，只見裏面彎彎曲曲，或明或暗，或寬或窄，有好幾處像屋的所在。內有石牀、石欖、石椅、石車之類，亦有石筆、石硯、石碗、石甕諸般家火，俱生成形像，拿不起的，並不見有甚麼書籍。再進去時，洞漸小了，地下低窪，約有一二尺深的水，料是盡頭處了。覆身轉來再看一回，已知天書不在其內。鑽出洞來，到前面石屋內，周細看，叫一聲：「阿也！」遠不遠千里，近只在目前。這兩邊石壁上鐫滿許多文字，不是天書又是何物？只是一件天生石壁，掇又掇將不去，要抄錄時，紙墨筆硯又不曾帶來，如何是好？且憑著自己記性看他幾條下肚，也不枉辛辛苦苦走這兩番。方纔站定腳頭，抹一抹眼角，仔細從頭辨認那字腳，忽聞得一陣香氣撲鼻，走出屋外瞧時，白玉爐中早已煙起。慌得蛋子和尚不敢回頭，拽開兩腿，腳不點地，一口氣

❶ 頭陀：雲遊各地以行乞為生的僧人，可蓄短髮。「頭陀」為梵文音譯，俗稱「行腳僧」。

直跑過了石橋。到了松棚裏面，打坐良久，喘息方定。自古道痛定還思痛，想著兩遍到白雲洞中擔了多少驚怕，受了多少辛苦，不曾掏摸❷得一些子在肚裏，不覺的放聲大哭。一連哭了三日三夜，兀自哀哀不止，只聽得外面大聲問道：「棚中何人如此悲切？」蛋子和尚聽得人聲，抹乾了眼淚，鑽出棚外看時，卻是箇白頭老者。怎生模樣？但見：

眉端抹雪，頦下垂絲。聲似洪鐘，形如瘦鶴。頭裹著一幅青絹巾，腦後橫披大片；身穿著四鑲黃布襖，腰間緊束細絛。腳踹方舄❸，飄飄直欲凌雲；手執藤條，步步真堪扶老❹。若非海底老龍，定是天邊太白❺。

蛋子和尚見他形容古怪，連忙向前打箇問訊。那老者又道：「長老不多年紀，緣何獨自一箇住在這荒山之中？有甚苦情，啼啼哭哭？試向老夫訴說則箇。」蛋子和尚道：「好教長者得知。小僧從幼出家，並無親屬。只因一心好道，要學箇驚天動地之術。聞知此山有箇白雲洞，內藏著天書道法，因此不辭辛苦，欲求一見。誰知兩遍端午到得洞中，全沒用處。」便把第一次尋不見天書，第二次見了又不能抄寫，

❷ 掏摸：也作「淘摸」，本來是偷竊的意思，凡用不正當的手段取得錢財，往往都稱為掏摸。
❸ 方舄：方形覆底之鞋。
❹ 扶老：即手杖，因可供老人憑藉扶持而成為手杖的別名。
❺ 太白：即太白金星，神話傳說中的天神。

天書來歷既奇，其出世無一不奇。為精力未衰，人猛下一鞭。

備細說了一遍，說罷又哭起來。老者勸道：「長老不須過哀，聽老夫一言。這白雲洞，老夫少年也曾到過。」蛋子和尚轉悲為喜，忙問道：「長者既曾到過，必見天書，不知抄錄得多少？」老者道：「雖則看見，無計傳取。後來遇著方上一箇仝真道人，對老漢說：『此天庭秘法，不比凡書，可以抄寫。要傳法時，也不用筆臨，也不用墨刷，只用潔白淨紙帶去到白玉香爐前誠心禱告，發箇誓願，替天行道，不敢為非。祈禱過了，便將素紙❻向石壁有字處摹去。若是道法有緣的，就摹得字來。若無緣時，一字也沒有。』」蛋子和尚道：「長者可曾摹得？」老者道：「老漢精力已衰，就摹得來也做不及了，故此不曾。」蛋子和尚道：「長者高居何處？若小僧摹得來時，好來請教。」老者道：「老漢離此不遠，閒時又來相探。」說罷，策著一根藤條，望東路一直去了。蛋子和尚似信不信的，道：「一不做，二不休。拚得功夫深，鐵槍磨了針。再守他一年十二箇月，好歹要掏摸些兒本錢到手。終不然這秘法不許人傳，又鐫他在石壁上怎的？」從此息了念頭，又做著下年的指望。一連四五日內，留心訪那老者住處，並無蹤跡，心腸又放慢了。這松棚中怎過得一年四季，少不得打疊箇衣包，提一根防身短棍，仍向外方遊行化齋。不一日，來到辰州地方。且說辰州是甚樣去處：

複嶺重岡，控溪扼洞。山有二酉❼五城之雄，水有黔江武溪之勝。羅公❽隱處，鳥鳴占雨無差；

❻ 素紙：白紙。

❼ 二酉：指大酉、小酉二山。在今湖南沅陵西北。二山皆有洞穴。相傳小酉山洞中有書千卷，秦人曾隱學於此。

❽ 羅公：指漢朝人羅臣恭，字舒泰，新建縣人。於漢平帝五年避王莽亂，隱新建縣西山，託跡仙遊，在辰黔山

辛女⑨化來，石立與人不異。明月洞泉澄巖上，桃花山春滿峰頭。齊天秀色每連雲，龍湄腥風嘗帶雨。

蛋子和尚在辰州往來遊食，非止一日。無事不題，卻說這日偶行至黔陽縣界上，到一箇曠野所在，高低不等，四望都是亂冢。此時八月下旬天氣，艸深過膝，甚是荒涼。走了多時，並無處化一口齋飯喫。看看日色晻西，肚中饑餓，正沒擺佈處⑩，忽見高岡上四五箇樵夫，挑著柴擔忙忙而走。蛋子和尚趕上一步，扯住箇老成的，問道：「貧僧要到黔陽縣中，那一條路去近些？」樵夫指道：「向南只管走，下了這岡子，便是羅家畈大路。那裏有幾家莊戶，你再問便了。天色已晚，喒們還要趕過界口去，沒工夫與你細講。」說罷，招呼一聲前面夥伴慢走，挑著擔飛也似去了。蛋子和尚不好阻當，遙問一句道：「這裏喚做甚麼地名？」聽得那邊答應箇「亂葬岡」三字。蛋子和尚點頭道：「怪得丘冢纍纍，原來是土人埋骨之所。人生一世，艸生一秋，不學些本事做些功業，揚名於萬代之下，似此一坏黃土，誰別賢愚也！」歎了一口氣，向南而行。又去了好多路，地勢漸平。見有幾處田畦禾黍，想是羅家畈了，只不見箇居人。也有幾間零星艸房，都封鎖著門，沒人住下，只得忍餓又走。看看日落天昏，望見隔溪一林樹木，那裏

修煉。傳說羅公多道術，士民祈禱即應。

⑨ 辛女：即神話傳說中的高辛公主。因思念丈夫盤瓠，淚乾氣絕，化做岩石。後人把這裏叫做辛女岩，在山頂上修有辛女祠。

⑩ 沒擺佈處：沒辦法處置的時候。

像有箇人家。欲待渡溪而去，不知深淺，走近灘邊，把這防身短棍豎起，向水中一按，打箇探子。誰知水深丈餘，那棍頭直到水底，跳將起來，便半橫半豎的向下流溜去了。蛋子和尚打撈不著，只得捨了這棍。沿溪走去看時，約莫又是一箭之地⓫，溪面稍狹，有兩根雜木將艸繩綑著，橫倒水面做箇浮橋。蛋子和尚性急，便把雙腳踹上。不隄防艸繩日久朽爛，這邊身勢去得太重，把兩根木頭一腳蹬開。好箇莽和尚，收腳不迭，蹋地躺將下去。喜得是箇淺處，剛剛渰到乳旁，並不曾喫半口水兒，只是衣包都打濕了，左腳陷在深沙裏面。掙得脫時，一隻麻鞋已失了。當時無可奈何，不管三七二十一，拖泥帶水走過那一岸去，將濕布衫和那裙兒褲兒脫下，絞乾了水，依舊穿上。把右腳麻鞋一發脫下拋去了，赤了雙腳，提了濕衣包，遙望著樹林而走。約莫離那林子還有半里之遠，早見有數間茆舍。近前看時，也閉著門在那裏。門外茆簷邊側鋪著一窩亂艸，一箇頭陀盤著雙膝在上打坐，面前擺一卷經典，左首安放包裹，倚著一根兩頭鐵裹的齊眉短棒兒。蛋子和尚向前，叫聲：「老師父，貧僧是失水逃命的，求慈悲救護則箇。」那頭陀垂著眼皮，全然不倸。蛋子和尚又叫道：「貧僧饑餓了，老師父帶得有乾糧，望布施些兒，見在功德。」那頭陀只是不倸。蛋子和尚道：「啐！是木的，是石的？只不開口。莫待纏他，我且去敲門。敲得開時，化碗熱湯水喫也好。」又猛然想道：「這屋內不知有人住，沒人住？那頭陀同是佛門中出身，尚然如此。黑夜敲門打戶，知道人心喜怒如何？打熬也只一夜，且喜不是箇寒天，這濕衣濕裳在身上熯過一夜好歹也乾了。衣包便慢慢的整理，也不打緊。」把搭膊將腰束緊，也來簷下向頭陀對面打坐。那頭陀見這裏和尚坐下去時，便罵道：「死禿囚，這簷下是老爺要伸腰倘腳的，恁般不達時務⓬，不管濕

⓫ 一箭之地：謂距離不遠。

□無情人訴□緩急何異□此賊頭陀□。□害。

又是能強能弱處

踛，音陸。

衣濕裳，胡亂擠來，教老爺怎得安穩？」蛋子和尚想道：「那裏有這箇樣出家人？開口便罵，直恁粗莽。」沒奈何，耐了氣⑬，又對他說道：「貧僧走錯了路頭，一日沒討得口齋飯，又失腳落在溪中，渾身打濕了。夜晚沒處去，權借這簷下捱過一宵，明早就行，與老師父沒甚妨礙，望乞相容則箇。」那頭陀愈加發狠，罵道：「死禿囚，你不認得老爺麼？老爺叫做石頭陀，異名石羅漢的便是。一生遊方，行也是獨行，臥也是獨臥，不慣與人合夥。你這禿驢，知是好人歹人，來此諢帳！走便走，不走時一棍就結果了你性命。」說罷，便站起身來，將手去摸那棍棒。蛋子和尚又餓又冷，身邊又沒器械，只怕那頭陀了得⑭，敵他不過，慌忙立起道：「老師父息怒，貧僧迴避便了。」那頭陀又罵道：「死禿囚，怕你不迴避！須是遠遠的與我閃開，若在近側時，老爺一眼瞧見，休想恕饒。」蛋子和尚連聲道：「不敢！不敢！」提著衣包，望屋後便走。黑暗中正不知那裏去好，信步走去，到得樹林中間。只見一株大松時，亭亭直上，約有百尺之高。心下想道：「這樹上到好棲身，只是怎得上去？」心生一計，將搭膊解下，連衣包拴在腰裏，向那松樹旁一株小樹踛上去。一手攬著松枝，將身就勢躍過那樹，又盤上幾層，揀箇大大丫叉中，似烏鵲般做一堆兒蹭坐著，方纔安身得牢。忽聽得下面聲響，蛋子和尚眼快，在星光下仔細一看，只見那頭陀提著齊眉短棍在樹林左右行來步去，東張西望，口裏哼道：「死禿囚，真箇那裏去了？」穿過林子，又走去一段路，纔縮轉來，倒拖著棍棒，向舊路徐徐而去。蛋子和尚看了，叫聲慚愧，「且喜不遭他

⑫ 不達時務：指不認識當前重要的事態和時代的潮流，現也指待人接物不知趣。
⑬ 耐了氣：壓住怒氣。
⑭ 了得：能幹；有本事。

轉折處節節相生，妙絕。

精細非常。

攛，音悚。

毒手。只是一件，那頭陀獨自一箇坐在人家門首，好不冷淡，得箇人作伴也好，為甚抵死不容？比及讓了他罷了，又來東尋西覓，只恐我還在左近，放心不下，其中必有緣故。終不然，要做打家劫舍的勾當，怕我礙眼？這箇荒村艸舍，料有甚大財鄉，動了他火⑮，好生難解。且莫管他，自己安息一時，再處。」方欲閉眼，不覺肚中餓得疼痛，腸鳴起來。蛋子和尚道：「這一夜好難過！就熬過了今夜，來朝怎得氣力跳下樹去？便跳下時，跑走不動，倘遇了那賊頭陀乾折箇性命與他。聞得仙人餐松茹柏，我且學他一學。」把松枝上嫩毛摘來試嘗著，雖不可口，卻也清香。喫了些兒，引得性起，不耐煩不論老的嫩的，滿把的放在口中亂嚼，嚥下了許多，也覺得腹中充實了些。忽然一陣風來，遠遠的聞得號呼哭泣之聲。蛋子和尚道：「奇怪！這裏又不是熱鬧村坊，此聲從何而來？」側耳再聽時，其聲哀急，又像箇婦女聲音，分明在前面茆屋那一搭兒。蛋子和尚猛省道：「是了！一定是那賊頭陀幹甚不公不法的事出來。欲待不理，心頭氣憤憤的，怎忍得住？我且悄悄地去探箇下落，也得放懷⑯。」當時解下腰間衣包，縛在樹上，重把搭膊拴緊了腰，分開松枝，望下湧身一跳，兩腳點地，毫無傷損。將身抖一抖，走出林子，照前來路一步一步的捱去。約莫茆房相近，悄地舒頭去望那簷下，略無動靜。再走上幾步，向前看時，已不見了頭陀。走上簷頭，左右細看，端的不見了。側耳聽時，裏面哭聲也住了。蛋子和尚心下疑惑，輕輕的推那門兒，原來是兩扇舊白板門。這石頭陀在裏面用棍撐著，撐得不牢。初時推不開，以後用力一攛，撲的一聲，棍兒倒地。左一扇門兒早開，這茆房原來是小小三間開闊，兩進一披。頭一進，兩邊

⑮ 動了他火：動火，謂惹動情欲或貪欲。

⑯ 放懷：開懷；放寬心懷。

安放些做屋的土磚木料，更有幾件粗重家火，中間空箇走路。第二進，做箇內室，左首披屋裏面，安排鍋竈。石頭陀脫得上身赤剝，正在竈下燒火煮飯喫。聽的開門響，慌忙起身來看。說時遲，那時快，蛋子和尚一腳踹進門來，正踹著棍兒。便曲腰下去，綽棍在手。知道裏面有人出來，急向木料堆裏一閃，閃過。石頭陀黑暗裏急切不辨，見大門開著，便鑽出外去探望。蛋子和尚乘著披屋下有些燈光透出，到對著裏面天井一溜進去。這邊進去的還不曉得裏面詳細，那裏面暗處有箇老婆婆，先已瞧見和尚，叫聲：「阿呀！又是一位羅漢來到，死也！死也！」蛋子和尚聽得聲音，情知有些蹊蹺，卻待進步盤問，只聽得大門右扇鬨的一響，是那石頭陀作勢⑰推開。蛋子和尚慌忙退出，仍伏在木料堆邊。只見那石頭陀踏進門內，復身向外，發狠的鬼叫道：「有誰大膽的敢進來麼？」喊了一聲，便矬身下去，摸那地下的棍兒，誰知這棍落在蛋子和尚之手。和尚有了器械，早壯了三分膽氣。那時看得仔細，就他蹲下去時，做箇水面撈衣勢，將棍頭對著他屁股狠力向上一挑，那頭陀出其不意，精頭皮倒垂磕下，橫身臥地。蛋子和尚怕不了事⑱，舉棍又打下去。那邊把右手來撐，正迎著棍兒。棍去得重，只一聲響，打折了兩箇指頭，連皮兒掛著。石頭陀負痛便叫：「好漢饒命！」蛋子和尚已知得了便宜，左手持棍，右手查開五指，一把抓去，連腰胯連肚皮做一堆兒提起，到天井裏面高高的向下一攧，那頭陀殺豬也似叫喊。蛋子和尚上前一步，將右腳劈胸踹定，捻起升籮般大的拳頭，在他臉上晃一晃，喝道：「賊頭陀，你要死要活？」那頭陀方纔認得就是落水的和尚，只叫：「師兄，是俺得罪了，饒命罷！」蛋子和尚罵道：「賊頭陀！

鬨，音□。

撐，音堂。

⑰ 作勢：裝模作樣；裝腔作勢；假裝模樣。

⑱ 了事：辦妥事情；使事情得到結束。

蹇，蒲鑾切。

我只道你是江湖上有名的好漢，少林寺出尖的打手。原來恁般沒用的蠢東西，叫甚麼！石羅漢，你便是鐵羅漢，我也會銷鎔你起來！迎暉寺前偌大一塊搗衣石，我也只一拳打箇粉碎。先前我再三讓你，是我出家人本等⑲，你又到林子裏面來尋趁⑳我。你實說，在此做甚勾當㉑，惹得他家啼啼哭哭？快快說來，還有箇商量。若半句含糊，我也不用棍打，只教把你做箇搗衣石兒，試我拳頭一試。」說罷，左手便把棍兒撇下，右手捻起拳頭待打。那頭陀心慌，又被蹬緊了胸脯，好不自在。儘力叫道：「佛爺爺，佛祖師！你放俺起來，待俺細說。」蛋子和尚道：「賊頭陀，便放你起來，料你也不敢走。」卻待鬆腳放他，只聽得屋裏黑暗中有人叫道：「師父與我家仲冤則箇！莫放鬆他！」蛋子和尚認得就是先前一般的聲音，定了腳看時，只見箇白頭老婆婆腰馱背曲，半蹇半走的，摸將出來。到天井中，朝著蛋子和尚跪下，連連的磕頭，只叫伸冤。蛋子和尚道：「老人家，不要多禮，你有甚冤情，快說來，我與你做主。」老婆婆道：「這天殺的，壞了我家媳婦母子兩口的性命。」只這一句，引得蛋子和尚心頭火起，將腳跟向那頭陀的心坎裏狠的蹬上一下，那頭陀大叫一聲，口中鮮血直噴出來。有詩為證：

僧家淨業樂非常，何事芒鞋走千方。
做賊行淫遭惡報，分明好肉自剜瘡。

---

⑲ 本等：指分內應作或應有的事。
⑳ 尋趁：尋覓；尋找。
㉑ 勾當：營生；行當；事情，一般指壞事。

蛋子和尚方纔收起了腳，扯起老婆婆問其緣故。老婆婆啼哭起來，指著披屋裏面說道：「師父去看便知。」蛋子和尚還怕那頭陀奸詐，再要加他幾拳，只見他直挺挺的不動，踢他一腳，也不做聲了，方纔放心，走到披屋裏去。把壁上掛的燈兒剔明，那鍋中兀自熱騰騰的氣出，揭開鍋蓋看時，噴香的一鍋熱飯，是那頭陀纔煮下的。蛋子和尚正在要緊之中，便道：「我且喫他兩碗，卻又理會。」向竈前簡起一把茆柴點著，去照箇碗兒來用。剛剛的在破櫥櫃內取得一隻磁碗，一雙柳木箸兒，猛看見墻角頭又是一箇人睡著，到喫了一嚇。仔細打一照，原來是箇婦人，剝得赤條條的，死在血泊裏面。卻好老婆婆帶著哭也摸進來了。蛋子和尚問道：「這婦人是你甚麼人？為何而死？」老婆婆道：「一言難盡！」拖著櫈子頭兒：「教師父請坐，聽老身㉒慢慢的告訴。」蛋子和尚道：「你莫管我，儘你說，我都聽得。」盛著飯，一頭喫，一頭聽那老婆婆的說話。老婆婆坐在門檻上，從頭至尾告訴道：「老身家姓邢，這死的是老身的媳婦。我的兒子叫做邢孝，在這羅家畈種田為生。因本縣縣令老爺貪財，責取里正㉓要百來擔好丹砂㉔。這丹砂雖說出在辰州，卻不是黔陽縣土產，都在沅州老鴉井內。這井好不寬大，四圍生成的青石壁，須要積下乾柴，放起火來，燒得那石壁迸開，方纔有砂現出。這裏羅家畈莊戶種田空閒時，都慣做這行生意。里正科歛百姓的銀子，顧人去到那邊納了地頭錢，採取丹砂，奉承縣令。這畈裏幾家莊戶都接受得工錢，但是有老婆的都寄在親眷人家去了。只我家媳婦有了五箇月身孕，出門不得，又且

㉒ 老身：早期白話中老年婦人的自稱。

㉓ 里正：鄉官名，掌管督催賦稅，排解鄰里事務等。宋時里正由鄉村第一等戶輪充。

㉔ 丹砂：同「丹沙」，一種礦物，煉汞的主要原料，可做顏料，也可入藥。又叫辰砂、朱砂。

老身七十多歲，兩口兒做伴，在這房子內看守。一月前，邢孝還在家的時節，媳婦患箇肚疼的症，急切沒有箇醫人。剛遇這頭陀上門化齋，兒子回他道：『見有病人在家，沒心緒齋得你。』他問是甚麼病，兒子不合對他說道：『媳婦有四箇月身孕了，見今患肚疼，只怕小產。』那頭陀道：『我叫做石頭陀，石羅漢。不但會看經，也曉得些醫理。有箇艸頭方兒，依我喫了，肚疼便止，又能安胎。』兒子也是沒奈何，只得憑他。解開包裹，把幾味艸頭藥煎來灌下，果然肚疼止了。當日請了他一頓飽齋，又不要錢，竟自去了，只道他是箇好人。昨日又到這裏化齋，媳婦回他道：『男子漢不在家，改日來罷。』他不肯去，就把言語調戲我媳婦起來。媳婦閉了門，進來了，不理他。他坐在門首念經，只是不去。到更深時分，老身睡了，媳婦還在中間績麻。那頭陀曉得家裏沒人，悄地把門弄開，竟走進來，將媳婦抱住，恐嚇他道：『若聲喚，就殺了你。』當下被他強姦了。這還是小事，又教媳婦去燒下一鍋滾湯：『我要洗箇熱澡。』媳婦只得與他燒了。又教傾一半在桶裏。那天殺的㉕原來不要洗澡，把包裹打開，取出一丸白藥，教媳婦喫了後來易產。喫下後，便覺有些肚疼。他又解出兩隻新艸鞋來，浸在鍋內，對媳婦說道：『我要與你借件東西，合箇長生不死之藥，藥成時送些與你喫了，大家升仙。』媳婦問是甚麼東西，他道：『要你腹中五箇月的血胎。』媳婦慌急了，哭拜告饒。那天殺的雙手抱定，剝箇寸絲不掛，將他綁住手腳，按在桶上，把熱湯揉他的肚皮。媳婦痛極了，再三哀告，只是不允。又將鍋內兩隻熱艸鞋輪番在肚皮上揉捺，可憐血胎墜下，我媳婦當時血崩而死。老身嚇壞了，伏在後面不敢則聲。只聽得那天殺的說道：『到是箇男胎。』他又在布袋內取米造飯，只待喫了便走，不期遇著師父到來，奈何了他。正

㉕ 天殺的：詈詞，猶言該死的。

此和尚著邪處。

是天理昭彰，惡人自有惡人磨。」蛋子和尚也笑起來，問道：「他取下血胎在那裏？」老婆婆道：「想收拾在包裹裏面了。」因這老婆婆話長，蛋子和尚也不知喫了幾碗飯，把鍋裏喫箇罄盡㉖，只剩箇鍋底。和尚放下碗箸，向櫥櫃上層尋著他的包裹，就在鍋蓋上打開看時，裏面又有小小布包兒，解開來，是一條布裙子，正裹著血團團的小廝，和那胎衣㉗在內。又一包是十多兩散碎銀子，又是一疋㉘細白布，包著一件烈火袈裟。也有件直掇子㉙，及零星衣服。另有箇布囊，盛下二三升雜米。蛋子和尚覷著血胎，心下想道：「不知他那長生不死的方兒，是真是假，配甚藥物，怎麼取用？可惜造下這罪業，棄之無用了。」念聲阿彌陀佛，將血胎連布裙子遞與老婆婆。老婆婆看見了，重復哭起肉來。蛋子和尚開了銀包，只揀幾塊大的，約莫到有五六兩，把與老婆婆道：「這銀子你將去斷送了媳婦。」其餘自家收拾起了。此時天已漸明，走出天井，看那頭陀面皮發黃，已自沒氣。腳下穿的，到好一雙青布僧鞋。蛋子和尚剝來穿了，將這根齊眉鐵包頭的棍兒挑了包裹，叫聲：「老人家，那賊頭陀已死了，太平無事，我去了也。」老婆婆道：「師父你去不得。」蛋子和尚真箇住了腳，問道：「為何去不得？」老婆婆道：「你雖然替我除了這害，撇下這兩箇屍首，教我七十多歲的老婆子如何擺布㉚？」蛋子和尚道：「也說得是。

㉖ 罄盡：全盡無餘。

㉗ 胎衣：亦稱「胞衣」、「衣胞」，胎盤和胎膜的統稱。

㉘ 疋：同「匹」。

㉙ 直掇子：直掇，古家居常服，俗稱道袍。這裏指僧袍。

㉚ 擺布：安排；布置。

我且把賊頭陀的屍首撇在荒僻處，再來計較。」放下棍棒包裹，一手抓著那死頭陀的腰褲，恰似小雞兒一般提起出了門，直到林子裏面。此時天已大明，認得夜來這棵大松樹。正待撇下屍首，跧上去取那衣包，只聽得遠遠的有人喝道：「清平世界，那裏和尚殺了人撇在這箇地方？」蛋子和尚定睛看時，林子後面七八箇莊家，一箇箇背著包裹，跨口腰刀，提口朴刀，飛也似奔將來。蛋子和尚不慌不忙，撇屍在地，早跧上樹去，取得衣包在手。眾莊家把這株大松樹團團圍定，蛋子和尚在樹上叫道：「貧僧不是殺人的，是殺那殺人賊的！列位閃開，待貧僧下來相見。」說罷，撲地一跳，跳出眾人圈外。眾莊家又把和尚圍住，盤詰來由。蛋子和尚道：「列位且說從那裏來？」眾莊家道：「我們奉縣令老爺差委，往沅州採取丹砂。昨晚到縣，和里正交納㉛，今早起箇五更，走到這裏。」蛋子和尚道：「列位中可有邢孝麼？貧僧要報他箇信兒。」眾人裏面走出箇矮黑漢子，上前道：「在下便是邢孝。」蛋子和尚指著這死屍道：「則這箇賊頭陀便是你七世的冤仇。」邢孝聽罷這句，好似一千箇榔槌在他心上亂敲，面色都變了，一把扯住和尚道：「還我箇明白。」蛋子和尚道：「如今我說時，你也不信。高居去此不遠，列位休散了，大家去做箇證見㉜。」眾人道：「邢大哥莫慌，既然同到宅上，自然有箇分曉。」當時大眾隨著和尚一路走，雖然腳尖兒同向前，腳跟兒同向後，卻有三種情況不同。蛋子和尚的心下欣欣喜喜，好像撐船的，逆風收港，有箇結束了。眾莊家心下疑疑惑惑，好像看把戲的，不知搬出甚故事來。只邢孝的心下驚驚恐恐，好像解察院的訪犯一般，有罰無賞，正是背人偷酒喫，冷煖自家知。卻說老婆婆見和

㉛ 交納：向有關部門或團體交付規定數額的金錢或實物。

㉜ 證見：指見證人。

尚去了，心中害怕起來，勉強去鋪上拽一條被單，將婦人的屍首就地蓋了，摸到門前兩頭看著。又不知那一條是來路，東一張，西一望，只等和尚到來區畫[33]這事，夢裏也不想兒子回來。這裏老眼模糊，還未分明，邢孝先走一步，早已看見，叫道：「老娘，你緣何獨自一箇在門外看誰？媳婦在那裏，不陪伴你？」老婆婆一見兒子，扯住放聲大哭，道：「我兒，你早歸一日，也不見得。好端端的媳婦被甚麼石頭陀石羅漢弄死了！」邢孝道：「怎麼說？」老婆婆哭道：「他死得好苦！」邢孝搶進門來看時，眾人隨後都到了，一擁上前，到把老婆婆擠在後面。只見邢孝連被單抱起媳婦，放在後屋中間，對著搥胸大哭。眾莊家人人淒慘，問蛋子和尚道：「這事怎的樣起？」蛋子和尚道：「等邢大哥哭過了，自問老娘便知。」邢孝道：「我娘年老之人，須是長老與我剖箇明白。」蛋子和尚便把自家落水借宿，直到打死了頭陀，後面你家老娘與我說如此如此，這般這般，備細述了一遍。邢孝止不住腮邊吊淚，眾人無不咬牙切齒。老婆婆埋怨兒子道：「都是你聽信了那天殺的鬼話，喫甚麼艸頭方，安胎藥。引得那賊頭陀上門上戶，弄出這事來。如今一命便是兩命，卻不是你自家害了妻兒一般。」眾莊家勸道：「老娘，如今說也是無益了，且喜得遇這位長老報了冤仇，死者也得瞑目。只是如今林子裏倘著一箇，家裏倘著一箇，不是箇道理，也該作速[34]計較[35]。家裏有米麼？可煮些飯來喫了，相煩長老同到縣令相公處首明。等他差官相驗，順便就帶口棺木下來盛殮。省得過些時，被做公的看見林子內屍首，又造言生事，在地方上

---

[33] 區畫：籌劃；安排。

[34] 作速：從速；趕快。

[35] 計較：計劃；商量。

做一場生意。」蛋子和尚道：「聞得縣令是箇贓官，告訴他怎的？要埋時，自家埋下便罷了。」邢孝道：「卻使不得。」當下敲火煮飯，眾人各剩得有些乾菜，都將出來，等飯熟，大家喫飽。老婆婆把銀子遞與邢孝，說其緣由，邢孝又向和尚致謝。眾人道：「也要老娘去走一遭。」邢孝安排箇羊頭小車㊱，教老娘坐上，鎖了門，央一箇相厚的莊戶同推著車兒。蛋子和尚提了棍，把兩箇包裹打并做一箇背著，跟了眾人一擁的到黔陽縣來。等不多時，侯縣令正升晚堂，眾人將血胎一包當堂呈上，首告地方人命事。縣令把一干人逐一審過，錄了口詞，當委縣尉一員，下鄉相驗。到次日晚堂回話無異，官批：石頭陀係無籍遊僧，所犯雖重，已死不究，其尸責令地方埋訖。沈氏著邢孝自行殯葬。蛋子和尚因義憤殺傷，免罪。餘人都發回寧家，單留蛋子和尚在縣有話分付。退堂之後，侯縣令教喚和尚到後堂書房中，屏去左右，誇獎了他幾句，次說道：「我有封緊要㊲書信禮物，要寄到慶元府親戚那邊。路程遙遠，沒箇可托之人。適纔聞得你恁般義氣，又且英雄了得，肯與我幹這件功勞㊳，回來之日重重酬謝。」蛋子和尚道：「貧僧遊方之人，那一處不去？既然相公尊委，不敢有負。」縣令大喜，喚心腹吳孔目㊴送長老到城隍廟居住，庫上支兩貫足錢，發與道士，著他供給。等候修書完日，標撥㊵起身。不題縣令進衙收拾金珠

㊱ 羊頭小車：一種獨輪小車。明姜南瓠里子筆談羊頭車：「自鎮江以北，有獨輪小車，凡百乘載皆用之。一人挽之于前，一人推之于後，雖千里亦可至矣。謂之羊頭車。」

㊲ 緊要：緊急重要。

㊳ 功勞：博得尊敬或增添聲譽的事。

㊴ 孔目：官名，專管稽核文牘、簿籍。宋代秘書諸館，鹽鐵、度支、戶部三司，都轉運司等，都設置孔目官或都、副孔目。

銀兩，打疊箱籠之事，卻說蛋子和尚和吳孔目到城隍廟中，先有官身報知。道士迎進客座裏坐下，蛋子和尚看見廟宇傾頹，房室敝壞，道士衣衫藍縷，便問道：「這神廟香火可盛麼？」道士道：「神道極靈，香火也不絕的。」蛋子和尚默然無語。茶罷，吳孔目將兩貫錢交付與道士，便起身分付好生管待。道士就把三百文錢送與吳孔目折箇東道，送他出門去了。道士問了蛋子和尚喫葷用酒，忙忙的分付廟祝㊶買東買西，安排停當，擺設在臥房裏面，請他來坐。又把自己鋪蓋搬了出來，讓這房與和尚安歇。蛋子和尚飲酒中間，問起道：「既然神道又靈，香火又盛，為甚廟宇恁般狼狽？」道士歎口氣道：「然雖如此，在小道有損無益。」蛋子和尚低聲問道：「莫非縣令難為你們？」道士臉都紅了，不敢答應。蛋子和尚又道：「貧僧與這縣令素不相識。只今日要貧僧到慶元府走一遭，相留在此。貧僧一時應承了，不知是甚麼書信。聞得縣令是箇貪官，刻剝百姓，足下必知其詳。你休疑慮著我，但說不妨。我們出家人難道到與贓狗做一路㊷不成？」道士見他語言出於至誠，便把兩指做箇錢圈兒說道：「縣令老爺愛的是那箇東西。莫說別件，只這城隍廟裏，不論月大月小，要納還他香火錢十貫。不足數時，小道還要賠補。若布施得些木料在這裏，縣中便來取用去了，所以門面廊廡都無力修整。他戴了幞頭㊸，神道也是勢利他的。雖說威靈顯赫，只在小百姓上做工夫，撞著做官的全無報應。」蛋子和尚道：「他是那裏人氏？有

說得透徹。

㊵ 標撥：猶分撥。

㊶ 廟祝：寺廟裏管香火的人。

㊷ 做一路：結成一夥。

㊸ 幞頭：古代包頭軟巾，有四帶，二帶繫腦後垂之，二帶反繫頭上，令曲折附頂。也稱四腳、折上巾。

甚親戚在慶元府？便一封書信打甚麼緊，是必用著貧僧？」道士道：「他正是慶元府慈谿人氏，姓侯，雙名明宰。在此做過四年官了，每年積下若干贓物，運至家中。恐有疎虞，定要箇有本事的護送將去。去年用人不當，到洞庭湖中被劫去了。聞得今番要走旱路，他留著禪師一定為此。他原是窮儒出身，只這任官，家中解庫也開過好幾箇了，貪心兀自不止。禪師，你道狠也不狠！」蛋子和尚道：「原來恁地！」道士道：「適纔禪師盤問小道多口了，路途中在他們管家或公差面前是必休題。」蛋子和尚道：「不消分付。」當晚酒飯已罷，道士別去了。蛋子和尚在房中思想道：「這些詐人的錢財，到教我替他送去，這事不成不成。」睡到五更，只推解手，取了包裹棍棒，出了廟門，一溜煙走了。明日道士不見了和尚，慌了手腳，稟知縣令。縣令道：「早是不曾托他幹事，這遊方和尚全無信行。」也不責備道士，只追他這兩貫錢完庫。道士又去生錢借債，補完這項，到折了三百文錢，一頓酒飯。後來侯縣令多用賄賂，得陞京職，自家建箇生祠㊹在縣。去任後，被眾百姓夜半時，擡那祠中的土偶打折了腳，撇在糞坑裏面了。縣令在中途被馬驚墮地，折足而死，可見天道不爽。此是後話。有詩為證：

儘人喫著亦無多，苦苦貪求卻為何？
試看墨吏㊺終當敗，縱免人誅有鬼訶。

□□未嘗無□。

㊹ 生祠：舊時指為還活著的人修建祠堂。
㊺ 墨吏：貪官污吏。

卻說蛋子和尚那日出了黔陽縣，離了辰州，又往湖北荊南一路遊去。逢山看山，逢水看水，留連光景，不覺又過了一年。看看李白桃紅，又早梅黃杏紫。蛋子和尚切記著本等前程，預先買下一百張潔淨純綿大紙，帶歸雲夢山下艸棚中來。將紙預先編箇一二三四的號數，把石頭陀這疋細白布縫箇袱包兒包著，又去清水潭中洗箇淨浴。到端午日早起，在地竈中煨飯喫飽，正待扎縛停當，只見雲暗山頭下著一陣大雨。蛋子和尚道：「卻不是悔氣！這雨日日不下，偏是今日與我送行起來。」只得在松棚內望空磕頭禱告道：「某今日若有緣得見天書之面，望乞斂雲收雨，速現紅輪46。」看看捱到巳牌時分，雨已停止，和尚喜不自勝，取了綿紙，提了齊眉棍棒便走。此是第三遍了，路逕已熟，只山地艸濕，高下崎嶇，況且冒霧而行，只恐遲悮，忙忙的向前。比及霧氣將散，石橋也到了。蛋子和尚看時，喫了一驚。這橋是天生成一條青石，經雨後其滑如油，隨你筋節小心，如何把得腳住？有人問道：「那三百六十日的濃霧，難道石橋上沒些濕氣，直等這番大雨？」看官有所不知，但是尋常的霧都為地氣上升，天氣不應，其氣氤氳迷亂而成，所以沾衣則濕，觸石則潤，久而不解則雨。這白雲洞的霧是霧幙中噴出來的，只是乾霧，分明是蜃樓海市，望之有形，就之無跡，所以前兩遍石橋全無濕氣，今番雨後難行也。若是三尺四尺不多步兒也還好處，這三丈多長哩，下面不測深淵，可是取笑得的！除非插翅飛將去，動腳之時必墜傾。是這般說時，第三番又丟空了，卻不道風急雨至人急計生，畢竟用著甚計來，且聽下回分解。

---

46 紅輪：比喻紅日。

第十一回　得道法蛋僧訪師　遇天書聖姑認弟

跳丸雙轉疾如梭，瞥眼年華又早過。
有事做時須急做，誰人挽得魯陽戈❶。

話說蛋子和尚第三遍端午，遇了天雨之後，石橋濕滑，行走不得，心生一計，放下齊眉短棍，將這綿紙包袱緊緊的縛在背上，倒身下去，將雙手抱定石橋。那石橋的兩旁底下未免有些稜角，不比橋面光滑，兩腳可以做力，逐步挺去，霎時間過了。蛋子和尚爬起身來，合著掌叫聲：「謝天謝地！」急急的進了白雲仙洞，來到白玉爐前雙膝跪下，磕頭通陳❷道：「貧僧到此第三番了，望乞神靈可憐，傳取道法，情願替天行道，倘作惡為非，天誅地滅。」發罷願，走到石屋中，解下包袱，取出紙，就地展開，逐張撿起，照一號二號順去。先從左壁上起，將手捺定，通前至後，凡有字處次第拂過，共一十三張。

捺，欽，去聲。

❶ 魯陽戈：力挽危局的手段或力量，事見淮南子覽冥訓：「魯陽公與韓構難，戰酣，日暮，援戈而撝之，日為之反三舍。」

❷ 通陳：禱告；禱祝。

每張摘去紙角記認了，轉向右壁，逐一按摹。右壁字又密又長，摹到二十四張，覺得香氣來了，後邊還有一段摹不及了。忙將摹過的共三十七張亂亂的卷做一束，用包袱裹了提著，餘紙棄下，不及收取。急走出石屋時，白玉爐中煙氣大發。慌忙跑出洞來，將袱包照前縛在背後，仍用腳手做力，像猴猻跬樹一般，跬過了那三丈長、一尺闊、光如鏡、滑如油的一條石橋。大凡走路的，去時覺遲，轉時覺快。蛋子和尚喜得這番到手，又且險處已過，撿起地下棍棒，拽開腳步，沒多時走到艸棚之中。不等喘息定，便解下紙束，展開來看。原來在洞中時，手忙腳亂，心神恍忽，只像黑隱隱的有些字跡一般。如今看時，原是一張素紙，何曾有一點一畫？每張撿看，都是如此。弄得蛋子和尚目瞪口呆，手癱足軟，這場沒興❸不可形容。想著見神見鬼❹這許多時，都是瞎帳❺。受了三番辛苦，險些兒誤了性命，直恁無緣，一兩行兒也僥倖不得。前兩番雖是空行，還是箇不了之局，今番絕望，再沒箇題目做了。發箇惱，把這紙張撇做一地，轉思轉苦，心下酸痛起來，淚如珠湧，不覺放聲大哭。哭了一場，要往清水潭邊尋箇自盡。出得艸棚，行不多步，剛遇見去年的白鬚老者，迎著問道：「長老求道辛苦。」蛋子和尚滿面羞慚，答道：「不好向長者告訴。命裏無緣，一束紙白去白來，全沒半字在上。似此薄命，不如死休。」說罷，淚下如雨。老者道：「長老且莫傷悲，有緣無緣也未可定。這天書既不繇筆臨墨刷，字跡從何而來？」蛋子和尚大驚道：「去歲長者分付不用筆墨，如何又恁般說話？」老者道：「天書不比凡跡，況明授者

留個有餘不盡，乃是天數。

作書者好作話柄。

三盜法凡三轉，此又第四轉。

❸ 沒興：亦作「沒幸」。晦氣；倒霉。

❹ 見神見鬼：形容猜疑畏懼的樣子。

❺ 瞎帳：比喻白費心力毫無功效的蠢事。

此又第五轉。

學得蛋子和尚恁般專心，何事不就。

屬陽，私竊者屬陰。日光之下陰氣伏藏，自然不見，此陰陽相剋之理也。要辨得有緣無緣，須於戌亥子❻三箇時辰，擇箇月盈之夜，在曠野無人處，將紙向月照之，隱隱有綠字現出，這便是機緣已到。若沒字時，便是無緣了。」蛋子和尚如夢方醒，如死復生，道：「多承長者指教，只今晚不知有月否？」老者又道：「初旬月光未足，直待至十一至十五這五日內，月漸盈滿，如法照之，若見字跡，便將筆墨依樣描出。老漢臨期又來相會。」蛋子和尚稱謝不盡。老者別了和尚，打灣去了。蛋子和尚不勝歡喜，轉到艸棚中，把地下紙張重複撿起。照依東西暗記，各順號數，做兩宗兒卷著，藏於布包之中好生安放。依了老者的分付，直到十一日，預先磨下一甌墨汁，黃昏時分帶到一箇最高的山頭上面，揀箇平穩處，將布包打開鋪在地下。先將左壁上摹過的紙，一張張對月照著，依然半字俱無。蛋子和尚這一慌非小，定了心想，又將右壁上摹過的紙月中照看，果然隱隱現出綠色字樣，細字有銅錢大，粗字有手掌大，但都是雷文雲篆，半點不識。且喜有了字跡，傳下時再作計較。當下將筆醮墨就原紙上照樣描寫，到下半夜來月色倒西，便不甚分明了。收拾回去，次晚又來，一連五日天氣晴明，也是數合如此，到十五日二十四張紙都已描完，收放布包裏面。到草棚中，一夜不睡，想著：「這天書文字不知何人識得？老者約我臨期相會，又不見來，好生悶人。」到五更時纔合眼去，只聽得草棚外似老者聲音說道：「欲辨天書須尋聖姑。」蛋子和尚夢中跳將起來，便問：「聖姑是何人？」此時天已黎明，趨出棚外看時，並無人影。蛋子和尚道：「奇怪，明明有人說話，如何不見？」想了一會，道：「是了，這白鬚老者一定就是白猿神化身，因我求道心誠，感動了他，兩番到此指迷，今又在夢中喚我。若果如此，定然真有箇聖姑，能

❻ 戌亥子：分別指十九點至二十一點，二十一點至二十三點，二十三點至次日一點的時間。

燺，音著。

辨天書的在那裏，只不知住居何處？天涯海角怎得相逢？不免四處去尋訪他，在此守株待兔料是無益。這艸棚也用不著了。」當下將天書布包一併打疊在衣包之內，煨飯喫了，取了衣包棍棒，將他竈中火炊起，用松毛❼引在草棚上燒燺，只看棚倒在那一方，便向這方走路。是他心無主意，把這艸棚只當聽憑天數一般。有詩為證：

三遍求真喫盡苦，到頭不辨雷文古。
這回捹得走天涯，識字之人在何所。

這一日是東北風，火勢被風刮起，必必剝剝❽把草棚上蓋都燺完了，一聲響亮，那幾根柱子向北帶西而倒。蛋子和尚道：「風頭向南，那棚柱反倒北去，也好古怪哩。北方帶西正是關中地面，那裏是帝王建都之地，多有異人，或者聖姑在彼未可知也。」便遙對白雲洞去處磕了一箇頭，謝別了白猿神，大踏步望北行去。後人有古風一篇，單表蛋子和尚三番求道之事：

洞天深處濃雲鎖，玉爐香繞千年火。
中有袁公飽素書，石壁鐫傳分右左。

❼ 松毛：乾燥的松針。
❽ 必必剝剝：狀聲詞。爆裂聲。

畸僧原是蛋中兒，忽發驚天動地思。
掉臂出門不返顧，天涯遊遍求明師。
迷津偶爾來雲夢，行人指示神仙洞。
年年端午去朝天，香沉霧捲些時空。
奇書靈蹟神魂奪，餐風宿月何精虔。
絕壑千尋甘越海，危梁三丈輕登天。
貪看景物爐煙起，一番辛苦成流水。
再來繞洞覓天書，覓得天書無筆紀。
天書不用兔毫❾傳，空摹石壁愁無緣。
堪憐血淚神翁導，十驚萬恐剛三年。
三年驚恐幾捐命，空山獨守心堅定。
分明綠字現雷文，夜半峰頭月如鏡。
欲辨雷文有聖姑，愁懷誰向夢中呼。
一別山靈作行腳❿，孤征遙望長安途。
長安自古繁華府，名山長駐神仙侶。

❾ 兔毫：用兔毛製成的筆，亦泛指毛筆。
❿ 行腳：即「行腳僧」，僧人為尋師求法而游食四方。

此去逢師萬法通，不負三年立志苦。

話說蛋子和尚行至兖州內鄉縣，此時五月中旬，天氣炎熱。想著得把扇兒用用纔好，走不多步，恰好見箇扇鋪。那時摺疊扇還未興，鋪中賣的是五般扇子。那五般？是：紙絹團扇、黑白羽扇、細篾兜扇、蒲扇、蕉扇。蛋子和尚道：「羽扇倒好，只是寫不得字，團扇又不像出家人手中執的，買柄細篾兜扇，寫箇訪聖姑三字在上，倘或路途之間遇箇曉得來歷的，他也好指引。」走上街頭，叫店官取兜扇來看，揀選一柄中意的，講就五分銀子買了。原來店面後半間設箇小坐啟，排下一張桌兒，幾把椅兒。靠桌處是箇半窗，窗外小小天井，種幾竿瘦竹。桌上擺得有筆研之類，蛋子和尚一眼瞧見了，便道：「有心蕁惱寶店，告借筆研一用。」店官道：「主人不在，外面但用不妨。」慌忙取出，放在店櫃上。蛋子和尚纔磨下墨，還未曾動筆，只聽得裏面問一聲：「誰取了筆研去？」店官答應道：「有箇長老在此，借來寫箇字，就拿來了。」便對和尚道：「快寫罷，主人出來了。」說聲未絕，只見裏面走出箇人來，頭裏萬字頭巾⓫，身穿單掛兒。看見和尚扇上寫著「訪聖姑」三字，拱一拱手，便問：「長老那裏來？要訪這聖姑怎的？」蛋子和尚道：「貧僧是泗城州迎暉寺來的，聞得聖姑廣有道行，特地訪他。」那人道：「泗城州是嶺南地方，這般遠處也曉得聖姑哩！」蛋子和尚暗暗裏驚訝道：「果然有箇聖姑了！」便問：「施主曾會過聖姑麼？」那人道：「曾會過來。」蛋子和尚道：「見今在何處？有煩施主指引。」那人道：「且請到裏面坐下，容某細講。」蛋子和尚走進坐啟，那人又道：「熱天，恕無禮了，請坐。某去

⓫ 萬字頭巾：也稱「萬字巾」，一種頭巾名。宋製萬字巾下闊上狹，形同萬字，故名。

潑杯茶與長老喫。」那人進去了，蛋子和尚見桌上有幾冊雜書，內一本是破損不完的，偶然取看，其書名抱朴子⑫，內一條云：

丹水出丹魚，先夏至十日夜伺之，魚皆浮水，赤光如火，取其血塗足，可步行水上，不溺。

蛋子和尚道：「這內鄉縣有箇菊潭，又有箇丹水，只聞得菊潭兩岸都是天生甘菊，飲此水者多壽。卻不知丹水又產此異物，早得此法，怎見得羅家畈落水之苦！」正思想間，只見那人自家拿箇托盤，盤中放著兩碗炮茶，放在桌上道：「長老請茶。」蛋子和尚道：「相擾不當。」兩下坐了喫茶。那人開口道：「在下姓秦，單諱箇恒字。去年往華陰縣西嶽華山進香，聞得街坊上人都說道：『本縣楊巡檢家供養箇活佛在那裏，叫做聖姑姑。』我問他：『怎見得是活佛？』他說：『楊巡檢家請得梵字金經，無人識得，只有聖姑姑能識。楊巡檢敬之如神，供養在西園。』合縣的人多多少少去拜他為師，在下也去隨喜了兩番。後來因四處聞名，人越去得多了，便閉關不接見外人。如今聞得還在那邊，算來住箇一年有餘了。」蛋子和尚道：「他單識得梵字，還別有甚道法麼？」秦恒道：「聞得也有些異處，能整月不食也不饑餓，又時常與菩薩們往來，我們卻不曾試他。」蛋子和尚道：「施主親見過聖姑是甚麼模樣？」秦恒道：「也只是箇老婆子，但神氣不同，像有些仙風道骨。長老此去，只怕他還未出關，不能相見。」

⑫抱朴子：東晉道家理論著作，葛洪撰。抱朴子總結了戰國以來神仙家的理論，從此確立了道教神仙理論體系；又繼承魏伯陽煉丹理論，集魏晉煉丹術之大成；它也是研究中國晉代以前道教史及思想史的寶貴材料。

倘相見時，乞道賤諱，說不日又來參謁。」蛋子和尚道：「當得⓭，當得。」謝了攪茶，當下問了華陰路程，作別去了。尋至菊潭邊，果是一潭清水。蛋子和尚道：「雖不是菊花時候，不可當面挫過。」將手掬水來喫了幾口，脫得赤剝，又洗了箇浴。穿了衣服，問路到丹水那邊去。這一年是閏七月，該六月初二日夏至。此時五月二十一日了，蛋子和尚記得分明，在左近處艸宿一晚。到二十二日，恰好是夏至前十日了，蛋子和尚來到水邊，見是一條大河，問著土人，方知原是箇通渠，只這二三里河面內所出之魚都帶紅色，更不雜亂，所以喚做丹水，可見水族也有箇界限，此乃造化之奇也。因這丹魚又少又小，又不中喫，所以丹水中絕沒箇打魚的船兒。蛋子和尚特地往下流頭雇箇小小漁船，移來住下。多買些酒食，和漁翁同喫，對他說道：「今夜要煩你下箇網，取得幾箇丹魚時，我教你箇戲法作耍。」漁翁道：「甚麼樣戲法？」蛋子和尚道：「取這丹魚的血塗在腳底上，念箇咒語，呵口氣，往水面上行走，如履陸地。」漁翁道：「此法惟我漁家切用，千萬傳這口訣與我。」蛋子和尚道：「有了魚，傳你卻容易。」漁翁乘酒興，忙去艄頭取網。漁婆見他醉了，不肯與他，兩下廝鬧了一場，奪得網來，整理停當，便要撒將下去。蛋子和尚道：「且住，我還有箇咒語，停一會兒等魚自浮水，方可取之。」兩箇且在船頭上敘些閒話，漁翁帶醉，不覺睡去了。蛋子和尚眼睜睜看著水面，亦聞得游咏唼咂之聲，並不見有赤光。候至夜深，月從東起，照見水面，果然魚皆浮起，那丹魚映著月光，其色如火。蛋子和尚急急的喚醒了漁翁，那漁翁酒還未醒，呼么喝六⓮的望空⓯打下一網，拿不多幾箇小魚兒。再下網時，魚都驚散了，

唼，音接。咂，音□，俗作匝。

⓭ 當得：應該；理所當然。

⓮ 呼么喝六：么、六為骰子點數。呼么喝六形容賭博時的喧嘩聲。也用來形容舉動浮躁，盛氣凌人。

趣。

八字考語最當。

共取得十來尾，殺起來血又不多。蛋子和尚心下想道：「有心使這遍乖⑯了，且把漁翁來試一試。若有驗，下年來多取些備用也未遲。」教漁翁舒過雙腳來，把些魚血塗在那腳心裏，口中假做念咒，呵口氣，喝聲：「疾！」教漁翁下水快走。那漁翁老實，真箇望水面雙腳跳下，撲通的一聲沒頭沉下。漁婆在艄頭看見，叫起屈來。蛋子和尚也著忙了，把船上木板竹篙亂撇下水去。喜得漁翁識水性的，在船頭下水，卻在船艄上爬起。老夫妻兩口纏住蛋子和尚，絮聒箇不了不休。蛋子和尚無言回對，只得招箇不是，情願陪禮。到次日天明，包裹中取出一塊銀子，約有一錢重，與他買酒喫壓驚，方纔罷手，放和尚起岸，那漁船自去了。蛋子和尚歎口氣道：「古人云：『盡信書則不如無書』，世上傳留術法都只捕風捉影，有假無真，即如白雲洞天書，須是三番親到，方信其真，然未曾辨識試驗，尚不知其何如也。」只因蛋子和尚好奇太過，求道太急，偶見抱朴子書上有這一段話，便要試他，及至不驗，連白雲洞天書都疑心起來了。有詩為證：

世間戲法本無真，載籍傳來也哄人。
何事癡僧偏易信，漁翁落得壓驚銀。

又有人駁這首詩，道古人之言，定然有據，人自不得其傳，不可直謂其妄也。詩曰：

---

⑮ 望空：向著空中。

⑯ 使這遍乖：使乖，賣弄聰明。

世間變幻儘多奇，抱朴傳來未必虛。
自是奉行無秘訣，見今丹水出丹魚。

蛋子和尚見天氣炎熱，因過秋林山，見其泉石秀麗，心下歡喜，道：「據秦恒所言，聖姑閉關，未必便能相見，到那邊時進退兩難。我且住過六月，等秋涼走路未遲。」這山寺中和尚們見他扇上「訪聖姑」三字，也有不曉得的，絮叨叨的盤問他，也有曉得的，道便是華陰縣那箇老婆子。蛋子和尚聽見僧眾聞名，一發放意⑰了。話分兩頭，再題聖姑姑在楊巡檢西園住起，是去年五月中。今年又是七月，一載有餘了。猛然想起：「媚兒不知下落，天后說道自有人來尋你，又不知何年何日，在此內外不通，便有呂純陽⑱、張道陵⑲出世，那箇半夜敲門，三更打戶，把這仙機妙法特地尋你則甚⑳。還是與外人相接，庶幾㉑便於尋訪。聞得楊奶奶冒了風寒㉒，十分沉重，諸醫不效。楊巡檢正在著急，乘此機括，勸

點綴好。

⑰ 放意：放心；寬懷；不牽掛。

⑱ 呂純陽：著名的道教仙人，八仙之一、全真派北五祖之一，全真道祖師，鍾、呂內丹派代表人物。原名呂巖，字洞賓，號純陽子。

⑲ 張道陵：中國道教的創始人，字輔漢，沛國豐（江蘇豐縣）人，是張良的八世孫。傳說他一生致力於創設中國道教，並得道成仙，一二三歲仙化而去。被後人尊為「祖天師」和道教教主。

⑳ 則甚：就是做什麼，幹什麼。則，是作字的音轉。

㉑ 庶幾：或許可以，表示希望或推測。

㉒ 風寒：風邪和寒邪。中醫謂為致病的兩個因素。亦指因感受冷風寒氣引起的病。

趣。

他起箇無遮大會㉓，保禳㉔奶奶安康，那時僧道畢集，必有所聞矣。」當晚送供給的家童來，便將建會保禳的話對他說了，又道：「若是老爺肯發心時，貧道只今晚便求普賢菩薩的聖水，來救取奶奶，管情沒事。」家童回去述與楊巡檢聽了，楊巡檢頓足道：「正忘了聖姑姑！有這箇良醫倒不去求他。」便教掌房的老嬤嬤快到西園，求他聖水，所言保禳道場，但憑開規起建。老嬤嬤到西園見了聖姑姑，把楊巡檢分付的話一一說了。那老狐精那裏有甚麼聖水，魆地裏到臥室中，把箇磁碗溦一潑尿，做張做智的擎出房來，交與老嬤嬤。老嬤嬤接在手中，分明捧了玉杯甘露，戰兢兢只怕損了一滴，討箇盒兒盛了，拿回獻與楊巡檢。楊春平日信奉到此，豈疑其詐？真箇認做仙丹妙藥，教丫鬟扶起奶奶的頭，親手把這碗狐尿灌在他口裏去。原來藥性本草上一款狐尿，主治寒熱瘟瘧，偶然暗合了。楊奶奶到半夜來頓覺清爽，討湯水喫。楊春喜從天降，稱讚聖姑姑不絕。那時就有箇親知灼見的，對他說是老牝狐溦的臊溺㉕，他家如何肯信？這也是狐精的法緣將到，自然有恁般造化，世間萬事皆如此也。有詩為證：

運如未至真成假，時若通時假亦真。
莫向人前誇本事，還愁造化不如人。

㉓ 無遮大會：佛教舉行的以布施為主要內容的法會，每五年一次。無遮，指寬容一切，解脫諸惡，不分貴賤、僧俗、智愚、善惡，一律平等看待。

㉔ 保禳：調祈求鬼神保佑，消除災病。

㉕ 溺：尿。

假髻女兒先入宮，真正秀才窮到底。人謂眼迷日色，我謂□習狐□。

極肖女姑妄語。

次早，楊春巡檢親到西園，從後邊私路進去，見了聖姑姑，再三稱謝，就問他保禳道場如何規則。婆子道：「這箇道場名為無遮大會，或是講經，明心見性。或是念佛，專修西方，世人根器㉖，鈍多利少。如今還是說些因果，勸化世人念佛。不論善男信女、在家出家，願來者聽，本宅施主備齋管待。別箇有頭髮的喫去不算，只光光和尚要齋滿一萬之數。數滿之日，做箇迴向功德，其福無量。不但老檀越夫妻長壽，還要觀音菩薩送子，文昌帝君填祿，世世富貴，纔表貧道的一點報效之意。」原來楊巡檢夫妻兩口極過得好，真箇是如魚似水，百縱千隨，雖然偏房有子，卻不喜歡，只要奶奶有箇親生，方纔心滿意足。聞了此言，如何不喜？當下取曆日看了，擇於八月初三日啟請聖姑出關，十一日道場起手。先去稟通了縣尹，自己寫箇告示，張掛西園門首，寫道：

本宅因家眷不安，發心啟建無遮大會。以八月十一日為始，一連七日。四方善男信女、僧尼道眾，真心願來念佛者，本宅例有齋襯。如有棍徒㉗乘機囉唣㉘，擾亂佛場，定行送官懲治不恕。特示。

天禧㉙二年七月　日

㉖ 根器：佛教語，指人的稟賦、氣質。

㉗ 棍徒：惡棍；無賴。

㉘ 囉唣：吵鬧；尋事。

㉙ 天禧：宋真宗的年號，北宋於西元一〇一七－一〇二一年使用這個年號，共五年。

哄，音閧，眾聲也。

卻說楊奶奶自服過聖水之後，病勢漸退，雖然精神未復，且喜沒事了。感聖姑姑活命之恩，做下青紵絲道兜一箇、紫花細布道衣一件，將白綾做箇夾裏、梅綠暗花錦裙一條、雲頭道鞋一雙，到初二日，差兩箇丫鬟跟著老嬤嬤從西園後邊私路進去，送與聖姑姑，說：「奶奶多多上復㉚，感謝聖姑姑救命之恩。明日出關不得自來參見，特具拜佛新衣一套，幸勿棄嫌。」聖姑姑道：「日逐擾宅，如何又要奶奶費心。」推辭不過，只得收了，便道：「回去時致意奶奶，耐心保重。十一日道場起手，奶奶那時也康健了，請早過拈香。功德滿日，還保扶奶奶添箇公子哩。」老嬤嬤道：「奶奶諸般稱意了，只少一件兒，男男女女也生過五胎，只是不育。」聖姑姑道：「奶奶今年幾歲了？」丫鬟道：「老爺四十一歲，奶奶小二歲，今年三十九歲了。」聖姑姑道：「這場病症也是明九年分的悔氣，應過便沒事。看奶奶不是箇孤相，命中定有好子，只是招得遲些。」說了一會，你謝我我謝你的辭別去了。到初三日，楊巡檢自去西園前門揭封皮，開鎖。一面著人打掃飯僧堂，修理鍋竈，一面請出聖姑姑到佛堂中，商量安排道場，合用家火。除卻菜蔬、茶水臨期每日備辦，其他米麥、豆粉、油、鹽、醬、醋，及桌櫈、碗楪件件預先運到。此時哄動了華陰縣裏，那箇不傳說楊老佛家齋僧。有等無籍㉛的花子、串街的婆娘，平昔不曾喫一日素念一聲佛的，也學裹頂唐巾，戴箇道兜，整備起齋之日來道場中趁口㉜和哄㉝。到了十一日，天

㉚ 上復：稟報；奉告。
㉛ 無籍：亦作「無藉」。無所顧忌；無賴。
㉜ 趁口：糊口；混飯吃。
㉝ 和哄：猶言趕熱鬧，湊趣。

色方明，便有人一出一進的觀看。但見：

> 園門洞啟，佛室弘開。琉璃燈下，燭臺上油燭成行；獅子爐前，香案間牙香滿盒。念佛場，高裝法座，起號，專待佛頭；飯僧堂，雜擺春臺，放鉢，任從僧侶。劈柴煮飯，火工亂叫斧頭來；洗菜熬油，廚子只嫌幫手少。可惜富家齋一日，堪充貧戶費終年。

少停，楊巡檢帶了一班家樂，到西園前後左右點簡了一回。這些僧徒道友，男男女女，源源而至。又有一等閒漢兒童，雖不念佛投齋，都來趁鬧觀看，此等最多，越顯得人山人海。只聽得靜室中共是三遍鐘鳴。第一遍：聖姑姑起身梳洗。第二遍：聖姑姑早齋更衣。第三遍：樂人一齊吹打。但見堂中晝燭齊明，香煙繚繞。好幾箇丫鬟養娘簇擁著聖姑姑，齊齊整整穿著一身新衣，搖擺出來，向佛前拈香膜拜。楊巡檢隨後也拜了。一班吹手迎出前堂，那婆子全不謙讓，逕往高座上坐了。楊巡檢口稱師父，倒身下拜。眾人中也有去年拜過他的，也有新來的，不分男女，但是佛會中一齊隨著磕頭，那婆子端然不動。原來這念佛會上，為首者謂之佛頭㉞，他若開談，眾都靜聽；他若念佛，眾都齊和。其人妄自尊大，旁若無人，從來有這箇規矩，這婆子也只蹈襲而已。拜罷，聖姑姑分付男左女右分班而坐。楊巡檢看見人眾嘈雜，避在旁邊一箇書房中，坐了一會先回去了。這夥老少婆娘，張姨李姨，你扯我拽的，各尋伴侶向右首坐下。但是僧流居士都在左邊。也有說是女僧，捱向右邊坐的，急忙裏辨不得真假。亦有捱擠不

□是蹈襲的，哄得人動。諺云不蹈不襲，沒人識

㉞ 佛頭：講經的主講者。

得。

下，只在兩旁站立的。其他投齋行腳都在外邊四散，或坐或立。聖姑姑將界方在案上猛擊三下，分付眾善友「不許揚聲，各宜靜聽，無常迅速，時至不留，要免輪迴，作速念佛」，偈㉟曰：

西方有路好修行，阿彌陀佛。
勸你登程不肯登，南無佛阿彌陀佛。
你若登程吾助你，阿彌陀佛。
只須念佛百千聲，南無佛阿彌陀佛。

每稱揚佛號，眾人齊聲附和。畢，聖姑姑道：「貧道從西川到此，感承本宅官府相留，一年有餘。今日出關，啟建這箇道場，一來要保國治年豐，民安道泰；二來要保本宅官府人口平安，福祿綿遠；三來要保十方大眾道心開發，早辦前程。貧道今日也不講甚經說甚咒，且把諸佛菩薩的出身敘與大眾聽著。你道觀音菩薩是甚樣出身？偈曰：

觀音古佛本男人，阿彌陀佛。
要度天下裙釵化女身，南無佛阿彌陀佛。
做了妙莊皇帝三公主，阿彌陀佛。

㉟ 偈：梵語「頌」，即佛經中的唱詞，簡作「偈」。

不享榮華受苦辛，南無佛阿彌陀佛。

那婆子將觀音菩薩九苦八難，棄家修行的事跡，敷演出來。說一回，頌一回，騙得這些愚夫愚婦眼紅鼻塞，不住的拭淚。到午齋時分，聖姑姑收了科㊱，下座赴齋。眾人也有住下喫齋的，也有竟自回去的。只飯僧堂僧眾，齊齊的坐下，每人一大碗飯，碗上頂著一簇乾菜、兩片大豆腐、兩箇大饃饃、一索長壽綿線，線上穿三十文䞋錢，做七八路的隨頭派去。這是第一日，來的還少，止有二百餘眾，管家登記明白了。剩下的飯，大籮裝著，憑這起黃胖道人、癩皮花子儘意大碗介喫飽，到明日又是如此。來的人一日多似一日，供給的支持不來了，稟過楊巡檢，又出箇曉示：「但是遊方僧眾，俱於各處菴堂寺院支領齋䞋㊲，本宅預先派開錢糧，差人分頭主管登記。其飯僧堂，專待四方道友。」又分付各菴院主細心察訪，僧道中果有德行超群，術法驚眾者，即時稟知本宅，另行優待。這是聖姑姑的主意。話休絮煩。

再說蛋子和尚在秋林山住兩箇月，見天氣已涼了，收拾包裹望永興一路進發。免不得日間化齋，夜間投宿，路上便有人傳說華陰縣楊鄉宦家啟建無遮大會，勸人念佛。蛋子和尚猜道：「一定是聖姑倡首。」趲行前去，不一日，到了華陰，正是八月十七，這裏是第七日道場了。婆子逐日的將文殊普賢諸佛化身隨他演說，那箇親眼看見的，敢與他質證，道箇不字？蛋子和尚到時，已知備細，他一心要見聖姑，誰耐煩到菴院中支領常例齋䞋？待到西園，又怕門上拒阻，沉吟半晌，逕到楊巡檢宅門首去，在石獅子邊

㊱ 收了科：收場；圓場。
㊲ 齋䞋：即「齋襯錢」，做佛事布施與和尚的錢。

□節絕處逢生。

盤膝坐著念佛。管門的張公道：「你那長老想是沒耳朵的，本宅見今齋僧，卻不到菴院中去領受，在此閒坐則甚？」蛋子和尚舉扇道：「貧僧沒耳朵，老菩薩是有眼睛的，怎不看扇上寫的字麼？貧僧是求見聖姑的，不是討齋瞡的。」言之未已，只見宅門裏面走出兩箇有年紀的婦人來，背後安童捧箇雙撞的食盒兒跟著。你道那婦人是誰？一箇是掌房的老嬤嬤，一箇是女陪堂㊳。如何叫做女陪堂？比如男子家讀書的有箇伴讀㊴，頑耍的有箇幫閒㊵，則這女眷們廝伴㊶的叫箇陪堂。又不是女教學，又不是針線娘，日逐只清話閒耍，或是喫茶飲酒下棋投壺㊷，遇著好佛的就陪著燒香侫佛，大人家往往有之。張公指著道：「長老你要見聖姑姑時，只央這兩箇老人家引進，便得相見。」蛋子和尚慌忙起身，打箇問訊道：「女菩薩，貧僧稽首了。貧僧要見聖姑，相煩引進則箇。」老嬤嬤先立住腳，那女陪堂和安童也住了。老嬤嬤問道：「長老那裏來的？要見聖姑姑則甚？」蛋子和尚道：「貧僧泗城州迎暉寺出身，去年得了箇不起之疾，夢中虧著聖姑姑救好，特地相訪，不期在此聞知貴府告示，凡遠方行腳逕赴各菴院支領齋瞡，並不許到佛場纏擾，莫非會中都是女菩薩麼？佛門廣大，如何挈帶得貧僧也去磕一箇頭，也是一場緣法。」老嬤嬤道：「一般也有男人在彼，起初長老們也都在一處散齋，後來人眾，所以派開了，如今

㊳ 女陪堂：女幫閒陪客。
㊴ 伴讀：舊指陪同富家子弟一起學習的書童。
㊵ 幫閒：一些專門陪著大貴族、大官僚、富人等消遣玩樂的人被稱為「幫閒」，也叫做「清客」。
㊶ 廝伴：陪伴。
㊷ 投壺：古時宴會時的娛樂活動，大家輪流把籌投入壺中，投中少者須罰酒。

只一位去時，卻也不妨。」女陪堂便道：「喜得奶奶不在那邊，沒甚妨礙。」老嬤嬤道：「奶奶近日有病，也虧著聖姑姑救好的。這箇道場也為保禳啟建，因是奶奶身子還不健旺，去不得，不然也在彼拈香拜佛了。這食盒內是點心茶果，奶奶著老身送去與聖姑姑用的。」蛋子和尚見那婆子又和氣又健談，便問道：「聞得聖姑識字最深，曾在貴府辨甚麼梵字金經，果有此事麼？」老嬤嬤道：「千真萬真的，這本經經過許多名僧都不曉得，偏有他婦道家字字能識。老爺為此上敬重他起。」口裏自說，腳下自走，不覺到了西園。只見門內門外，鬧烘烘的，往來何止千人，都道在佛地上走一遍，過世人身不絕。有這般邪說，所以佛會聚人極易。老嬤嬤道：「長老且在飯僧堂暫住，待老身稟過聖姑，方來喚你相見。」走了幾步，又縮轉來，說道：「不曾問得長老甚麼法名？老身好去說話。」蛋子和尚道：「貧僧沒姓沒名，從小只叫做蛋子和尚。」老嬤嬤道：「到是箇光頭的諢名。」帶笑的走進去了。這一日，聖姑姑說的是那羅卜救母㊸的因果，說了又念佛，念了佛又說，到午牌時分完了。老嬤嬤將送來茶果擺在淨室中間，無非是白糕、油餅、蒸酥麻團及榛、松、棗、栗之類。等候聖姑姑進來，女陪堂迎著相見，便道：「連日辛苦，奶奶十分掛欠。特地備下些粗點心，請老菩薩用些。」聖姑姑稱謝過了，女陪堂推聖姑姑坐了客席，自家坐了主席，也去扯老嬤嬤同坐。老嬤嬤再三不肯，聖姑姑道：「佛門中更無大小，只管

㊸羅卜救母：即「目連救母」，講的是祁門縣環砂村員外傅相是一位樂善好施之人，後得道升天，其妻劉清提卻不信佛，不但飲酒吃葷，還殺害生靈，閻羅王派小鬼捉她，在陰曹地府受盡了罪。傅相之子傅羅卜（法名目連）孝順父母，不忍母親在地獄受苦，削髮出家，去西天求取真經，取得法力，打開地獄之門，經過六道生死關，尋遍十處閻羅殿，終於找到母親，並勸母親改惡從善，最終把母親救出地獄，得成正果。

荒唐。

西園的假兄弟，強如關廟的

坐著不妨。」老嬤嬤方纔取箇小杌兒放在傍邊，叫聲人膽，坐下去了。殷殷勤勤的送茶送果，說話中間，提起奶奶求子之事，女陪堂問道：「老菩薩你當初曾有兒沒有？」聖姑姑道：「貧道有箇兒子，在遠方出家做道士。」女陪堂道：「緣何不做和尚，卻做道士？不是老菩薩本等。」聖姑姑道：「萬法初無二理，三教本是一宗，就是老身佛法也講，道法也講。」老嬤嬤就插嘴道：「老菩薩，你醫法也講，不然如何能救人的病症。」聖姑姑笑道：「奶奶貴恙是虧了聖水。」老嬤嬤道：「你又會夢中去救人，有恁般事麼？」聖姑姑道：「沒有。」老嬤嬤道：「方纔有箇長老，是泗城州人，道你夢中去救了他病，特地尋訪，手中拿一把細篾兜扇，上寫『訪聖姑』三字。他名字又叫得奇怪，叫甚麼『團子和尚』。」女陪堂道：「差了，是叫做『蛋子和尚』。」只這箇「蛋」字，直觸在聖姑姑心裏，那老狐精最有急智，忙扯箇謊道：「這和尚是我前世的兄弟，平生最是孝順，我曾有病，他割下腿上一片精肉煎湯我喫，我就好了。今世我合去救他，正是恩恩相報。如今他在那裏？便引來見我則箇。」老嬤嬤應承去了。卻說管西園齋飯的，本是不打發遊僧，因見是掌扃老嬤嬤與女陪堂同引來的，一般有齋有䞋。蛋子和尚喫了齋，正靠在門上閒看，只聽得叫聲：「蛋長老，是你前世姐兒喚你。」蛋子和尚回頭，見是老嬤嬤，問道：「誰是貧僧的姐兒？」老嬤嬤便把聖姑姑的說話述了一遍，如今喚你相見。蛋子和尚明曉得是科諢[44]，只得將錯就錯，把直裰整一整，隨著老嬤嬤直至淨室。聖姑姑先起身招架，蛋子和尚一見便放下棍棒、衣包，磕頭稱謝。聖姑姑慌忙扶起，認做兄弟。再取箇杌子，就教他對著老嬤嬤坐了。兩下裏並沒半點相干，未免敘幾句鬼話。只因這番相會，有分教：盜法的黠僧兼辨天文蝌蚪，坐關的妖嫗頓成地煞神通。

[44] 科諢：插科打諢的簡稱，指戲曲中穿插的笑料。

假兒子。

破楊巡檢幾分的家私，費趙官家一番的心計。正是：一莖儘有千尋勢，尺水能興萬丈波。要見分明，且聽下回分解。

第十二回　老狐精挑燈論法　癡道士感月傷情

千般算計心如渴，不是姻緣總迂闊。
無心栽柳柳成陰，著意種花花不活。

話說蛋子和尚與聖姑姑認做前世的骨肉，何等荒唐！老嬤嬤與女陪堂偏認做真事，回去報與楊春夫婦知道。他夫婦也只說奇異而已，並不疑其妄也。向來聖姑姑在淨室中，原是一箇獨住，因這幾日啟建道場，楊奶奶撥幾箇丫鬟養娘到彼答應❶。蛋子和尚見左右有人，不敢細談，只問：「那梵字金經是甚樣體製？聖姑如何識得？」婆子自誇曾遇異人，受過一十六樣天書，龍章鳳篆❷，無有不識。那梵書出自天竺，是佛門中之一體。當先大藏真經❸都是梵書，陳玄奘❹與鳩摩羅什❺等譯過，換了唐字唐音，

❶ 答應：伺候；服役。
❷ 龍章鳳篆：指道教的符籙。
❸ 大藏真經：佛教典籍的總稱。南北朝時稱「一切經」，隋以後始有此稱。原指漢文佛典，現泛指一切文種的佛典的叢書。

方有今本。至今名山古剎，還有梵本留傳得在。蛋子和尚道：「劣弟也遇箇異人，傳與二十四紙異樣文書，把與人看，一字不識。今帶得一紙在此，聖姑看是甚樣說話？」婆子道：「願借一觀。」蛋子和尚預先抽取一幅另放著，當下在包裹中取出，展開放在桌上。婆子一見了大驚，假說道：「這又是海外異國字體，我也不識。」一眼瞅著蛋子和尚，和尚會意了，連忙收摺，依舊包過。晚齋後，只見園公❻引著院子到來，氈包❼內取出新布直裰一件，新布夾被一條，道：「老爺聞得老菩薩遇了前世的兄弟，也是奇緣。這兩件粗物，送與長老，權表薄意。明早自來相見。」婆子與和尚同聲稱謝。院子又分付園公教打掃前堂耳房❽內，與這長老做臥房。和尚將所送直裰、夾被放包裹上，一手抱著，取了棍棒，也隨著院子出來，就在耳房中安歇，心下想道：「那婆子瞅我一眼，必有緣故。欲待等箇更深再闖入淨室去

闖，丑禁切。

❹陳玄奘：原名陳褘，洛川緱氏（今河南偃師）人，唐代高僧，通稱三藏法師。十三歲出家，西元六二九年從長安西遊，歷盡千辛萬苦，到達印度。西元六四五年回到長安，帶回經書六五七部，十年間與弟子共譯出七十五部一三三五卷，還著有大唐西域記十二卷，記述他西遊親身經歷的一一〇個國家及傳聞的二十八個國家的山川、地邑、物產、習俗等。

❺鳩摩羅什：（西元三四四—四一三年）音譯為鳩摩羅耆婆，又作鳩摩羅什婆，簡稱羅什。東晉時後秦高僧，著名的佛經翻譯家。與真諦（西元四九九—五六九年）、玄奘（西元六〇二—六六四年）並稱為中國佛教三大翻譯家。另說還有義淨（西元六三五—七一三年）（又說為不空（西元七〇五—七七四年））並稱為四大譯經師。

❻園公：管理花園的僕人。

❼氈包：氈製的包兒。

❽耳房：堂屋左右兩旁的小房子。

婆子議論大有見解。

問他，又恐被伏侍的人看見，不是箇理。」左思右量，懷疑不決。看看黃昏以後，聽得遠遠石磬三聲，料是淨室中安置的常規了。步出耳房，悄悄的直到佛堂之中，只見冷冷清清一碗瑠璃燈火，半明不滅。佛堂後一帶就是淨室，兩扇門兒緊緊閉著。側耳聽時，裏面並沒聲響，放心不下，徘徊了半箇時辰，纔轉步出來。只見佛堂中燈火暗而復明，聖姑姑到在外面走進，叫聲：「賢弟，那裏去來？」蛋子和尚喫了一驚，想著這婆子果非常人，拱手答應道：「正來尋聖姑請教。」婆子道：「方纔所言二十四紙，都借一觀。」蛋子和尚不敢隱瞞，便道：「其實都在。」婆子道：「此乃九天秘法，雷文雲篆，賢弟從那裏得來？」蛋子和尚見他說著了，便將白雲洞三番求道之事，及夢中神語一一敘過。婆子亦將所夢則天皇后一段說話述了，合掌道：「謝天謝地！遇蛋而明，今日方得明白也。此書非賢弟不能取，非我不能識。彼此各無隱蔽，同修至道，以應奇徵。」當時取下瑠璃燈火放在地上。蛋子和尚在耳房中抱進包裹，就蒲團上打開，取出天書二十四紙，遞與婆子。兩箇席地而坐，婆子從頭至尾揭了一遍，道：「此書名如意寶冊，乃七十二地煞變法。還有三十六天罡變，如何不取將來？」蛋子和尚道：「兩壁都曾摹過，只左壁一十三張紙半字全無。」婆子歎道：「緣也，命也。」蛋子和尚道：「天罡與地煞有何分別？」婆子道：「天陽地陰，天虛地實，天尊地卑，天簡地煩。地煞法成，但能役使一切有情有形之物，只儘著人世間的變化，終未免為天數所囿。若天罡法成，神遊天府，名壓仙班，雖上帝亦不得而制之矣。」蛋子和尚道：「一般能驅神役鬼麼？」婆子道：「神鬼亦有情之物，如何不能？」蛋子和尚道：「天罡想亦只如此。聖姑既未經目，何以知其勝於地煞也？」婆子道：「天能包地，地不能包天。據今第十六條為壺天法，壺中之天，非天上之天，此不過遁甲縮地之意。第七十二條為地仙法，不曰天仙，而曰地

到此不得不下跪磕頭矣。

仙，以此度之，其不如天罡明矣。雖如此說，神通亦非小可。你我今日得遇，乃非常之福也。」蛋子和尚道：「地煞變化，這二十四紙已完全否？」婆子道：「完全了。」蛋子和尚道：「後面尚有一段字未曾摹得，又不知何法？」婆子道：「正語已完，餘亦不必問之矣。」蛋子和尚道：「前面有許多大字，何也？」婆子道：「此乃七十二法作用之符，非字也。」蛋子和尚道：「符前先有數十行字，又不在七十二條數內，何也？」婆子道：「凡修鍊此法，必先立壇召將，此乃總要之語。」蛋子和尚向來做夢，到此方纔大醒，不覺下跪磕頭道：「劣弟若不遇聖姑指教，枉費了三番辛苦，如璞不知琱，蚌不知剖，何所用之？今日千萬挈帶同行修鍊則箇。」婆子雙手扶起，道：「此自然之理，何用叮嚀。但修鍊之事，說時只一句，做時不容易。第一要擇地。地須極寬敞，又極幽僻，雞犬不聞，人跡罕到，方能秘密，使神鬼往來而無礙。第二要聚財。如修鍊之時，經年累月，供給須是預備。這還是小可，其合用東西，如五金百貨，諸品藥料，各項家火，必須無物不備，臨時便於取用，也費得若干錢物，非千金不可。第三要齊心。假如兩人同去學道，其心不齊，一人中道而廢，連那一人也做不得事了。」蛋子和尚聽說，流淚起來，道：「我千般辛苦弄得天書到手，萬分僥倖求得聖姑見面，不指望做天仙，便做一日地仙，死亦瞑目。據聖姑說起，第三件齊心，不難。第一件擇地，或者深山窮谷，還有幽靜之所。則這第二件聚財，不做官、不做盜，這千金從何而來？多管又是箇畫餅充饑，望梅止渴了！」婆子道：「且莫慌，俗語云：一客不犯兩主，等這裏做過圓滿功德，少不得這箇東道仍要在楊巡檢身上設處❾。」蛋子和尚合掌作禮，道：「全仗聖姑提挈。」直起腰來早已不見了那婆子。蛋子和尚把眼睛一擦，四圍介看，道：

❾ 設處：安排；處置。

「莫不是夢麼？」又到淨室門首看時，寂然如故，想起許多說話，一句句有條有理，方省得婆子原有術法，他要攝去這二十四張天書，獨擅其美亦有何難？明明收放我處，所以安我之心，聖姑真異人，不可及也。當下將天書收拾，依舊包好，裝入包裹裏。把瑠璃燈扯起高掛，提了包裹，復身往耳房內安歇去訖。有詩為證：

瑠璃一盞光不滅，蒲團細論神仙訣。
千金仍欲費東家，法成不把東家挈。

到天明，楊巡檢親到西園，請蛋子和尚相見，問其來歷，稱讚了幾句，便同他到淨室中見了聖姑姑，謝他七日說法念佛之勞。因說各處齋僧，總來尚不滿四千之數，不知何日圓滿？婆子道：「老檀越發心之頃，便是圓滿。只將萬僧齋䞋之費，派在各菴院去，便了卻老檀越的心願。明日修齋吉日，這裏只管做迴向⑩功德。」楊巡檢道：「如此甚好。一應齋醮⑪文疏⑫，已曾分付觀音菴中預備，令弟長老必然道行清高，就相煩主行則箇。」蛋子和尚道：「小僧年幼，只可隨班效勞而已。」婆子道：「貧道受貴府之恩無可報答，到明日還要請普賢祖師降臨道場，與老檀越夫婦祈福。」卻說楊巡檢自初見聖姑姑時，妙論。

---

⑩ 迴向：佛教語，謂回轉自己的功德，趨向眾生和佛果。
⑪ 齋醮：請僧道設齋壇，祈禱神佛。
⑫ 文疏：祝告上蒼之文。

□精假佛，唐后也被哄，何況楊春。

聞得奶奶說了普賢菩薩出現，便想慕一見。也曾幾次對聖姑姑說，只是口中答應，不能如意。今番聽說降臨賜福，喜自天來，便道：「我楊春若得瞻禮菩薩寶相，足滿平生矣。」當時忙差隨身的家人到西門外觀音菴分付來日回向，只請六眾長老。楊巡檢起身去後，當晚觀音菴裏將辦下文疏、樂器、家火⑬預先教道人送至。其佛像園中自有，不消請得。聖姑姑只說要室中清淨，方好屈菩薩來會，將幾箇伏侍的丫鬟養娘都打發回去了。來日黎明時分，觀音菴中請到六眾長老與蛋子和尚相見，共是七眾。一齊擊鼓鳴鐃，誦經宣號，一依功德常規，不必細說。楊巡檢也早到，穿起大衣服拜佛。楊奶奶病體新愈，聞說菩薩降臨，也要瞻禮，勉強乘箇小轎，親到園上來拈香。看見淨室緊閉，已知就裏⑭，不去纏擾。楊巡檢教老嬤嬤等送奶奶往書房中靜坐，自己往來觀看支分，眼巴巴的只等普賢菩薩下降，便請奶奶一同瞻禮。眾僧們共行了三次香，赴過兩遍齋，看看日光西墜，燭燼香灰，並不見一毫消息。瞧那淨室，緊緊的閉著雙門，聽裏面時，絕無動靜。楊奶奶等得不耐煩，雖是好佛，捱了一日，自覺身上困倦，只得先回。楊春分付添香換燭，重復穿著了幞頭圓領⑮，向佛前再三叩首，通陳哀懇。眾僧見主家如此，一箇也不敢懈怠，直亂到三更，連楊巡檢也道是不能勾了，便教將文疏紙扎燒化，打點辭佛散場。眾人正在庭中化紙，只見一陣風來，將紙帶火捲入空中。楊巡檢和眾人擡頭觀看，火光散處，化為五色祥雲，雲上現出一位菩薩，金珠瓔珞，寶相莊嚴，端坐在一箇白象身上。楊巡檢到喫了一驚，一字也通陳不出，

⑬ 家火：又作「家伙」。日用器物。

⑭ 就裏：內情；其中奧秘。

⑮ 圓領：圓領長衫，是舊時官員的禮服。

忙忙的倒身下拜。蛋子和尚也認做真了，隨著眾僧磕頭不已。其餘走使答應之人，那一箇敢不跪拜的。那菩薩也不開口，冉冉而行，逕到淨室中墜下而去。此是八月十九日，月光尚盛，看見分明。楊巡檢想道：「菩薩今夜必然與聖姑姑敘話，我等凡人又不敢敲入淨室中求見。只這雲端出現，也是非常之喜。」眾僧都道：「全是老爺貴府平昔好善，所以感動了世尊，挈帶小僧們也得瞻仰一番，實乃三生有幸。」楊巡檢謙遜了幾句，又在佛前叩首作謝，別了眾人，上馬先回。眾僧到前堂喫齋方散，香火們收拾家火，回菴去訖。蛋子和尚依舊在耳房安歇，到第二日侵早，蛋子和尚答拜楊巡檢。楊巡檢留坐喫茶，稱謝昨日有勞。又題起菩薩現身之事，道：「下官回家與拙荊⑯說了，拙荊深恨無緣，身子不健不能久待。」蛋子和尚道：「今早蒙聖姑分付，要得奶奶到園中一會，有話商議。」楊巡檢道：「下官正要來見聖姑，問其夜來菩薩相會之事。既如此，下官不去了，長老到在寒舍素齋，等拙荊去聖姑處領教卻不好？且屈長老東廳寬坐⑰一時，下官就來相陪。」說罷，起身入內，對奶奶說知了，奶奶欣然收拾，丫鬟伏侍上轎而去。蛋子和尚本不戒葷酒，因見連日楊巡檢一門奉齋，只得假說喫素。這日在東廳，楊巡檢陪著素飯不在話下。且說楊奶奶來到西園，逕入淨室，算來與聖姑姑有兩箇月不曾會面了，這番相見加倍歡喜，寒溫也敘了好多時。楊奶奶道：「夜來蒙聖姑請到菩薩真身，弟子無緣，不得參謁，深為懊悔。」婆子道：「普賢祖師說奶奶已曾會過一次了。」楊奶奶道：「是去年五月中，未曾會聖姑的時節。」婆子道：「祖師說你夫妻兩口原是金童玉女降生，只因佛會上兩箇把幡幢⑱相擊戲耍，謫下塵寰，配合為夫婦。

---

⑯ 拙荊：舊時謙稱自己的妻子。

⑰ 寬坐：留坐的敬辭。

因是好處出身，所以今生好道。若功行完滿，仍得超昇⑲。貧道欲就本處建箇普賢佛院，鑄成金身供養，貧道常住看經念佛，保佑你夫妻拔宅飛昇⑳，不知意下如何？」楊奶奶道：「多感聖姑美意，寒家東莊到有塊空閒山地，約有四五十畝，舊時原有箇尼菴，多年費了。只是興工鑄像要費許多錢糧，寒家就竭力布施㉑，恐不勾用。」聖姑姑道：「不費貴府一分錢鈔，貧道有箇兒子叫做『左黜』，見在劍門山關王廟中出家做道士。他從幼傳得箇丹法，善能點白為黃，只不曾遇著箇有福之人，所以不敢輕試。這箇福不是尋常之福，乃是仙福。假如點就黃金，上等者，將來打做飲食的器用，令人顏色㉒不老，百病消除，頭頂上有靈光發現，久之便能升舉。下等者，將來倒換與人，還是十倍。貴府只出些本錢，待貧道母子點化㉓黃金來用，興造贏餘，還要添些利錢納還。若多點得些，把來布施貧人也好。昨貧道已將此事問過祖師，連稱『善哉！善哉！無量功德。』你若無此仙福，祖師亦必不輕許。但此事全要秘密，倘或泄漏，事既難成，反為不美。」楊奶奶道：「容弟子與拙夫商議奉復。」楊奶奶歸家對丈夫說了，楊巡檢五臟六腑向來已被聖姑姑攪渾，見了這假菩薩，一發死心蹋地，便要他割下頭來哄他說不痛的，他也就

---

⑱ 幡幢：幢幡，指佛、道教所用的旌旗。從頭安寶珠的高大幢竿下垂，建於佛寺或道場之前。其中幢指竿柱，幡指所垂長帛。

⑲ 超昇：佛教指人死後超脫凡塵，還於極樂之世。

⑳ 拔宅飛昇：古代傳說修道的人全家同升仙界。拔，拔起。宅，住宅。

㉑ 布施：將金錢、實物布散施捨給別人。

㉒ 顏色：女子的姿色。

㉓ 點化：道教傳說中指神仙能使用法術使物變化。後借指僧道用言語啟發人，使其悟道。泛指啟發開導。

割一刀了，况且點化乃仙家常事，豈有不信？當時出廳，在蛋子和尚面前應承過了，教他先去回話。自己乘馬到東莊去看了一回，逕往西園見聖姑姑，問其點金建院之事。婆子道：「別的不難，只要一所淨房，在曠野去處，雞犬不聞，人跡罕至的，在內作用方妙。」楊巡檢道：「弟子適到敝莊看了，地面儘寬，足可啟建道院。如今緊要一所淨房，除非就在敝莊住下。這莊房去處，相傳原是唐朝郭令公㉔的別業㉕，還存得有幾株古柏，房子也有三四十間，儘著聖姑姑揀中意的幾間關斷了就是。莊僕自在外邊一帶，與裏頭絕不相干。分付了他，自然不放人來混擾」。婆子道：「待等小兒左黜到日，同往擇便而用就是。」楊巡檢道：「令郎在何處？星夜差人接取。」婆子道：「我兒子一隻腿有病，諢名叫做『瘸兒』，在劍門山，離此頗遠，他行走不便，須要箇腳力㉖。還有一件，那關王廟中全靠小兒一箇有些道術，撐持房頭㉗，若聽說貴府接他到此，眾道士決是不肯放的，只老身親筆寫箇字去，分付管家如此如此，小兒脫身方快。」楊巡檢大喜道：「有煩聖姑快寫家書，只明早便差人送去。一路腳力不打緊，有錢可以雇得。」兩下別了，聖姑姑慌忙寫書封固，教蛋子和尚送到楊巡檢處。楊巡檢喚箇慣打差的楊興到來，

㉔ 郭令公：令公，為中書令的尊稱。郭令公，指中唐名將郭子儀。安史之亂爆發後，任朔方節度使，率軍收復洛陽、長安兩京，功居平亂之首，曾為中書令，封汾陽郡王。唐代宗時，又平定僕固懷恩叛亂，並說服回紇酋長，共破吐蕃。郭子儀戎馬一生，屢建奇功，史稱「權傾天下而朝不忌，功蓋一代而主不疑」，舉國上下，享有崇高的威望和聲譽。舊唐書卷一二〇、新唐書卷一三七有傳。

㉕ 別業：別墅。

㉖ 腳力：指代步的牲口。

㉗ 房頭：家族分支。

將聖姑姑這封家書細細分付了他的說話，限他明日便要起身，與他二十多兩銀子盤纏，教他一路雇馬與左法師乘坐，小心伏侍，早去早回。楊興領了家主之命，連夜收拾。老婆見了一大包銀子，抵死纏住要他做件新布衫，買朵翠花。楊興被纏不過，只得拈一二塊與他，約去了五六錢。到明早往解庫中贖取自己衣服被窩等件。人都知道他匆匆遠行，又聞得盤纏付得有餘，有些零星欠帳都來取討，也只得還他，又去了幾兩銀子。只恐使用不來，路上咬姜呷醋㉘，件件省縮。一去一回，還想落得些兒，別在腰裏做私房。這也是人情之常，不在話下。有詩為證：

燒丹情願費貲財，只等功成脫九垓。
遙望天涯左瘸子，不知何日拐將來。

話說關王廟道士賈清風，自從去年二月中與胡媚兒分別之後，眠思夢想，如醉如呆。每日向那瘸子討信，問道幾時轉回。瘸子只胡應他道：「進過香便回。」以後只管多問，一日常兩三度，連瘸子也不耐煩了，發箇喉急道：「師父你也好笑。我與你同在這裏，那箇是順風耳、千里眼，曉得他方外郡的事。兩隻腳生在他們肚子底下，要緊要慢繇得他，終不然我把箇細麻繩兒牽得他來的。你道是乾娘、乾妹，偏我嫡親的心上不牽掛？就是你朝暮問他，他那裏也不知道，可不枉了。」賈道士現在心緒不樂，又被他數落一場，又沒得回答他。念他是媚兒的瓜葛㉙，又不敢十分衝撞，只得忍耐。過了幾日，三不知又

無字不酷肖，妙絕。

㉘ 咬姜呷醋：形容生活清苦。

卜卦命相，大率如此。

問起來，瘸子竟不答應，好生沒趣。看看半年十箇月毫無音信，賈道士心中委決不下。待說來時，去了許多時，也該轉了。待說不來，他一箇親兒在此，難道老婆子的肚裏也全不掛念？私下各處去問卜打卦，也有說來的，也有說不來的，也有說行人遲慢的，也有說得快，約時約日的。說得賈道士心下喜一回、愁一回、望一回、想一回、猜一回、恨一回。有一班輕薄子弟聞得這樁故事，製就幾篇小詞兒，唱得有趣：

去年暫見多嬌面，勾去魂靈呀，勾去魂靈。覷定花容不轉睛，喜殺人，愛殺人。忙獻慇懃呀，忙獻慇懃。

新樓不許凡人寓，特借多情呀，特借多情。朝暮饔餐咱管承，放寬心，慢登程。且待天晴呀，且待天晴。

乾娘認了為兄妹，添分親情呀，添分親情。日漸相知事可成，他有心，咱有心。不用冰人呀，不用冰人。

瘸兒使去監工了，一半功程呀，一半功程。只惱虔婆[30]礙眼睛，眼中釘，厭殺人。不肯開身呀，不肯開身。

---

29 瓜葛：瓜和葛都是蔓生的植物。比喻輾轉相連的親戚關係或社會關係，也泛指兩件事情互相牽連的關係。

30 虔婆：虔，這裏是賊的意思，虔婆就是賊婆，罵婦人的話，指用動聽的話去取悅人而圖利的年老婦女。往往也專用以稱老鴇。

油絲梭布聯衣服，聊表微誠呀，聊表微誠。只怕裁縫不稱心，哄娘親，自監臨。私下偷情呀，私下偷情。

忙來樓下把多嬌抱，一刻千金呀，一刻千金。肯作成時快作成，且消停，到黃昏。捉空㉛應承㉜呀，捉空應承。

隔墻有耳機關破，拆散張鶯呀，拆散張鶯。明日多嬌又遠行，送出門，痛難禁。珠淚偷零呀，珠淚偷零。

燒香約定重來至，專盼回程呀，專盼回程。等待來時續舊盟，感恩情，叫一聲。救苦天尊呀，救苦天尊。

清明別去重陽到，辜負光陰呀，辜負光陰。再一遍燒香也轉程，小妖精，為何因？全沒風聲呀，全沒風聲。

此情難語他人道，只自酸辛呀，只自酸辛。索性回咱箇決絕音，罵一聲，放開心。也到歡忻呀，也到歡忻。

關王不管私情事，也去通陳呀，也去通陳。夢想朝思為此人，說無憑，話無憑。全仗神靈呀，全仗神靈。

道人害了相思病，天下奇聞呀，天下奇聞。妄想癡心欠婦人，沒正經，老腳跟。難見天尊呀，難

㉛ 捉空：趁空。

㉜ 應承：應允；承諾。

見天尊。

大凡不上手的私情有二等：一等郎才女貌，你貪我愛，傳書遞柬，千期萬約，中間有人隔礙，不能成就，花前互想，月下同憐，這謂之相思。一等或男欠著女那一邊，女全不掛在心上；或女欠著男這一邊，男全不放在肚裏。一般情牽意亂，短歎長吁，卻是乾折[33]了便宜[34]，這謂之單思。今日胡媚兒的精魂不知那裏去了，賈清風還眼盼盼的指望他來，重訂鴛鴦之約，滿償雲雨之歡，卻不是箇單思！這癡道士自犯了單思的病，百事無心，坐如睡，眠如醉，也不誦經，也不打醮[35]。連每月初一、十五日，關帝前香燭都不去看了。家中食用，到只憑乜道胡亂扯拽。乜道支持了幾日，做起喬家公[36]來，與瘸子漸漸有些口面不和。這癡道士也管不得了，有時節心猿意馬禁遏不住，又只得把乜道來瀉火。一箇十三歲的小徒弟是鬍鬍[37]頭，也生把他後庭弄過，千方百計，無孔可鑽。一年之外，漸覺骨疼身熱，肌瘦面黃，弄成一箇癆怯症候。原來這症候不痛不癢，不死不生，最難過日子的。涪江渡口有箇淨真菴，那老尼正是賈道士的親姑娘，聞知姪兒有病，特地來廟中看他，帶一箇極醜的女香童來伏侍。賈道士慾心如熾，

---

[33] 乾折：白送之義。

[34] 便宜：對某事物有利益的事。

[35] 打醮：道教徒設壇念經做法事。

[36] 喬家公：假冒的家長。

[37] 鬍鬍：方言。禿髮瘡；黃癬。

又與他調戲，不幾日就括上了。姑娘知道大怒，罵了姪兒一頓，臨去時說誓再不到廟中來了。莫說癡道士害病，單表瘸子。初時道士奉承他，好酒好食喫得歡喜，以後漸漸嬾散了。到得道士害了癆怯，一發沒人照覷他。有些飲食時，先儘乜道背地裏受用，便有得到口，也是殘盤剩水，著實不敷。況且少一缺二，連瘸子的衣服，也把幾件解了錢米，那箇取贖？瘸子見光景不好，也未免想起娘來，道：「娘呵，三口兒出門，只為我腳腿不便，權留在此。說過一有安身之處便寄信來喚我，如今一年半了，不成你還在中途飄蕩？我這裏茶不茶，飯不飯，沒人疼痛，你那知道。我若是手腳便當㊳的，跑出廟門做箇雲遊道士，也度了這張嘴。怎見得不上不下，進退兩難。」正是：人無千日好，花無百日紅。又道：人心若比初相識，到底終無怨恨心。莫說瘸子抱怨，再說楊興奉了主命，在路打扮做箇官差下書的承局㊴，夜宿曉行，不一日來到劍門山，取路逕投關王廟來。只推口渴問廟裏討湯水喫，乜道先看見是箇公差，怠慢不得的，賈道士又病倒了，慌忙舀了一碗米湯，將托盤盛了，教小鬅鬅捧著，唆瘸子出去陪侍。世間只有瘸子最好記認，楊興一見，便曉得了。瘸子作過揖，便問：「尊官何來？」楊興道：「是華州奉差來的。」瘸子將米湯送上，道：「荒山乏茶，怕不中喫。」楊興道：「救渴足矣。」小鬅鬅收碗進去，楊興便起身，瘸子送出廟門。楊興道：「法師可姓左麼？」瘸子道：「正是。」楊興道：「借一步說話。」瘸子跟他離了廟門，約有百步之遠，楊興道：「小人是華州華陰縣楊巡檢老爺家差來，有令堂聖姑姑家書在此，教法師星夜與小人同行，不可遲滯。」瘸子接書拆開看時，原來是四句詩，詩曰：

舀，音咬。

㊳ 便當：順手的；易於操縱、使用的。

㊴ 承局：官差。差人的尊稱。

我在華陰楊府住，主人賢達真難遇。
要汝同修大道丹，火速登程莫回顧。

瘸子認得婆子筆跡，喜出望外，卻待轉身收拾包裹，楊興道：「不消得，少甚東西，只問小人就是。便路上不甚整齊些，到家中自有。」瘸子道：「華州許多路，我行走不便，趕你不上，如何是好？」楊興道：「捱到劍門山，一路自有騾馬雇得，不煩尊步。」瘸子想起廟中乜道可惡，賈清風又病倒了，也沒甚情意牽掛。若論初相會時，母子二人受他恩惠，今日母親書到，合該說知。只是一封空書，又不曾寄得一物謝他，怎好題起？到不如不見為高。就有幾件冬夏衣服，只揀好的又在解庫中去了。那漢子口稱小人，一定家主分付他來承應我去，我又遲慢怎的？歎了口氣，便道：「既是我母親教我火速登程，只今便走。恐家師們知道時，卻又擔誤。」當下楊興扶著瘸子飛奔劍門山，一路或騾或馬雇來與瘸子乘坐。楊興是慣走路的，急行急隨，緩行緩隨，望華州路道而進。話分兩頭，再說乜道這一日不見瘸子進來喫飯，心裏怪異。等到晚間也不見歸來，只得報與賈道士知道。賈道士問道：「幾時去的？」乜道道：「早間有箇承局到來討湯水喫，他送出門，就不曾見他回轉。」賈道士道：「承局是那裏來的？」小鬍鬍在旁答應道：「是我將托盤子送米湯出去，聽得說一句，像是華州來的。」賈道士聽得「華州」二字，癡心復起，便道：「華陰正是西嶽華山所在，乾娘和妹子正在那裏進香，如何不對我說，問箇信兒？」乜道笑道：「華州是大州大府，須不是三家村、獨腳鎮[40]。兩箇婦人去朝山進香，那承局那裏便保著他

[40] 三家村、獨腳鎮：泛指人煙稀少、偏僻的小村莊。

來？」賈道士病中容易焦燥，便罵道：「狗弟子孩兒，你曉得甚麼？常言道：『兩葉浮萍歸大海，人生何處不相逢。』他母子見在華陰縣進香，你道承局不能會面，這瘸子在劍州山僻去處，如何卻與承局相會了？見今這瘸子跟著承局一路去，必是有甚信息到來。或是他母子在這裏近處喚他，或是另在一所反來接那瘸子去都不見得。你自不用心盤問，倒說這沒氣力的話，卻不是放屁！」慌得小鬍鬍先跑出房去了，乜道見他發惡，故意道：「師父說的是。待我明日去尋那承局問他便知。」賈道士道：「上門時閉著鳥嘴不問，如今去了，又那裏尋他？」乜道道：「師父說的，人生何處不相逢。」賈道士見他還話，氣得面皮紫漲，在牀上豎起頭來，要扯乜道來打，忽然發箇頭暈，依舊跌倒。乜道口中唧唧噥噥[41]的走了出去，倒在外邊罵小鬍鬍多嘴饒舌，打了他幾箇栗暴[42]。小鬍鬍勞勞叨叨哭一箇不住，賈道士聽得十分惱怒，只恨頭昏體弱，爬走不動。到黃昏時，燈火也不點進來了。其時九月十八日，月起得快，賈道士含著一口氣，冷清清的倘在牀上，看見月上窗櫺，萬種思量，千般傷感。不知此一時媚兒妹子在於何處？只有這輪明月照見他亮亮的在那裏，怎得嫦娥方便寄我箇信兒。正在胡思亂想，忽見小鬍鬍跑來報道：「瘸師回了，和乾娘三口兒在門外。」賈道士聽得這句，把勃勃的氣變做一天歡喜，忙教請進。自己要睜扎下牀，終覺頭重腳輕，又復睡下。只聽得叮叮的說話響，三口兒走進房來，婆子問了病起的緣由，安慰了幾句言語，忙忙的出外道：「待老身收拾行李停當，再來敘話。」瘸子也跟出去了，只留胡媚兒笑嘻嘻的坐在牀沿上來，說道：「哥哥別來多時，不道有此貴恙。」賈道士見四下無人，訴出衷腸

描盡小人情狀。

叮，音烘。

[41] 唧唧噥噥：低聲說話而絮叨不休。

[42] 栗暴：用彎曲的指頭或拳頭敲擊人頭，被擊處腫塊如栗。

是箇夢景。

道：「這病是因賢妹而起，今得見賢妹，死亦無恨。」便把手去勾那媚兒的頸，媚兒低頭下去做了箇嘴，便捱身入被窩來。賈道士去摸那下截，原來只是單裙，不曾穿袴。賈道士慾心頓起，病都忘了，便要與他雲雨。剛剛膚肉相湊未曾行事，便覺渾身一陣通快，叫聲：「阿呀！」那精離了命門直倘出來。賈道士已醒，原來是箇夢泄。張開眼看寂寂空房，惟有半窗月魄，涼氣襲人。賈道士滿目悽涼，歎了一口氣，不覺淚如雨下。正是：尋常一樣窗前月，偏照愁人愁轉添。不知賈道士性命如何，且聽下回分解。

第十三回　閉東莊楊春點金　築法壇聖姑鍊法

古洞天書不記年，誰將半壁向人傳。
一從辨出雷文字，修鍊成時擬上仙。

話說賈道士留卻癩子，指望掛住那老婆子一條心腸，是與媚兒重會的大關目❶。不知甚麼緣故忽然而去，心上又惱又疼，神魂散亂，就做出這箇癡夢來。醒後短歎長吁，酸楚❷了一夜。次日問起癩子，衣服被窩都在，還道他不曾遠去，教人四下訪問。有人說他在劍門山下僱了生口，一箇遠方漢子隨著他去了。從此又著了一急，病勢轉添，夜夜夢見這小妖精來纏他，泄了幾遍，成了滑精的病。日裏三不知❸忽然火動❹，下邊就流出來了。以後合著眼便看見媚兒，看看骨瘦如柴，自知不濟，歎道：「媚兒，我

❶ 關目：特指男女之間的情事。
❷ 酸楚：苦楚；悲痛。
❸ 三不知：突然；意想不到；突如其來。
❹ 火動：惹動情欲或貪欲。

與你呵，今生不作吹簫伴❺，後世當為結髮親。」對了七道和小鬍鬍說的都是永訣的淒涼話兒。老道士從來不出房的，也來看了他幾次。病勢已是九分九厘❻的地位，少不得預辦後事。淹至交春，油乾火盡，嗚呼哀哉❼，剛剛二十七歲，正是：貪花不滿三十。昔人有小詞名清江引說得好：

百般病兒都可解，切莫把相思害。驀地痛鑽心，整日魂不在，到嗚呼，纔省得冤業債。

一念癡情，還得癡報。何況善惡輪迴，豈無報應。

這癡道士臨死還一心牽掛著小妖精，為此一片精靈不散，那一世媚兒托生胡家，叫做永兒；道士托生焦家，叫做憨哥。雖然不得到老齊眉，也筭做少年結髮，在姻緣簿上勾除宿帳❽，此是後話不題。再說瘸子同楊興趕路，饑食渴飲，夜住曉行，不一日來到華陰縣。先在楊巡檢門首經過，楊興留瘸子進宅，報與家主知道。楊春慌忙出來相見，敘寒溫中，也說幾句爐火的話兒探他。瘸子全然不曉，只把雙眼來睜，一字不答。楊春只疑他不肯輕易講論，也不窮究，獻茶後就叫楊興送瘸子到西園與聖姑姑相會。瘸子進得園門，先會見了蛋子和尚，心下想道：「我母親好沒正經，如何招箇野僧同住，難道許多年紀，

---

❺ 吹簫伴：漢劉向列仙傳蕭史載：「蕭史者，秦穆公時人也，善吹簫，能致孔雀、白鶴於庭。穆公有女字弄玉好之，公遂以女妻焉。」後遂以「吹簫」為締結婚姻，「吹簫伴」即夫妻。

❻ 九分九厘：形容程度深。

❼ 嗚呼哀哉：借指人的死亡。

❽ 宿帳：迷信稱前世的恩怨。

到打和尚起來？」一到淨室見了婆子，便問道：「妹子媚兒如何不在一處住？前邊那野和尚又是何人？」婆子道：「一言難盡！」先說樹林中躲風，夢見則天娘娘如此如此，醒來就失了媚兒，後來遇著蛋子和尚，正應了夢中「遇蛋而明」之語。「他帶得有天書，只我識得，乃是九天秘法。若修鍊時須得千金之費，我只推要建普賢祖師佛院，小兒左黜善能點化黃白❾，借這話兒，誘出他些財物來，就乘機接你到此同行修鍊，卻不是好？」瘸子笑道：「怪得楊巡檢一見面便說什麼爐火，又是我不答應，不然卻不露出馬腳❿來麼！」正說話間，楊巡檢來拜瘸師，送上新衣一套、鋪蓋一副，就約母子二人明日同往東莊看屋看地。婆子道：「要買辦些藥料及出入奔走，少不得托我家蛋子兄弟。若用別箇，恐怕口嘴不穩，明日也要他走一遭。」楊春答應道：「最好。」去不多時，教家人送晚飯來，擺下一桌子素菜。瘸子私對婆子說道：「娘怎的弄得些葷酒兒來喫便好。」婆子道：「有名的楊老佛家，葷酒不聞的，你休得慣了嘴，到明日修鍊時，整年月不許動葷哩。」瘸子呆了，把舌頭也伸一伸。當夜無話，次日早飯後，楊巡檢分付差一乘小轎、兩匹馬，去西園迎接他三位，自己先到東莊相候。婆子乘轎在前，一僧一道騎馬在後，管家引著飛奔東莊上來。一路看時，果然好箇去處。但見：

田連阡陌，樹滿丘陵。田連阡陌，零星住下莊家；樹滿丘陵，整隊行來樵子。山坳中，寬寬一片

---

❾ 點化黃白：指術士所謂煉丹化成金銀的法術。點化，道教傳說中說神仙能使用法術使物變化。黃白，黃金和白銀。

❿ 露出馬腳：喻真相敗露。

空閒田地，曾為比丘尼⑪道場⑫；高阜處，大大一圈精緻莊房，已非郭令公故業。倘建佛菴道院，儘教千門萬戶，怕做不下烏革翬飛；若作鬼窟神壇，便住半載一年，真箇不聞雞鳴犬吠。最喜主人能好客，深林飛鳥任安棲。

婆子見楊巡檢先在，謝道：「老檀越如此信心，都是夙因所致。」楊春道：「來路上曾看這片隙地麼？」婆子道：「已見過，十分稱意了。這貴莊外面也好箇形勢，只不知裏面房屋何如？」楊春道：「就同一看。」便引著眾人彎彎曲曲各處走了一遍。原來雖說莊房，造得甚有體製。牆門裏面一片大空場，是堆積柴穀之所。兩旁設下倉廒，中間三間大廠廳，左右幫幾間雜屋。那左屋就是管莊的住居，廳後開箇大大的魚池，以防火燭。右邊望去，都是亭臺花木之類，三株古柏橫斜半朽，用箇朱紅木架兒扶著。左邊一帶迴廊，迴廊盡處另有箇角門，進了角門，又是三間平屋。裏頭書室樓房，藥爐茶竈無所不具。楊巡檢每年看租筭帳，也到此十日半月介住，所以收拾得齊整。若閉上角門時，分明別是一座宅院。楊春道：「這幾間敝房可將就作寓否？」婆子道：「何消恁般精室⑬，罪過罪過！」又道：「只今晚就在此住下罷！一動不如一靜。只是所借母銀，望乞作速留意。」楊春道：「三日內便湊集送到。三位日用供給，就在這小莊支用。只怕炊爨⑭時，還用箇小廝。」婆子道：「更不消得。」楊巡檢臨別，喚管莊

⑪ 比丘尼：佛教出家五眾之一，指已受具足戒的女性，也即尼姑。

⑫ 道場：道士或和尚做法事的場所。

⑬ 精室：也稱「精舍」，指讀書、講學或供佛、誦經的屋子。

閂，音拴。

會說。

的老王來分付：「一應供給，要你支持，須是周備。每月只開帳來看便了。」又教將廠廳後面照壁閂斷，貼下封皮。若送供給時，就從老王家裏穿出迴廊，不許別人走動。又將角門裏面鎖鑰付與聖姑，任意開閉，就帶幾箇莊客去西園取三位的行李。婆子住下這房子，稱心滿意了。少停，園公同幾箇莊客將行李送到。蛋子和尚的包裹有天書在內，行坐不離，已帶在身邊，只有鋪陳⑮、棍棒在耳房中，也一齊取來了。日沒時，婆子教蛋子和尚將側門鎖斷，三口兒做一處商議。蛋子和尚遊方熟脫，一應買辦合用東西俱是他奔走。左黜腿不方便，專管看守法壇，燒香點燭，及煨煮三餐茶飯。婆子專主教導他們書符念咒，按時修鍊。預先分派已定，其柴米之類，老王處每月總支，免得日日纏擾。第二日侵早，楊奶奶差掌房的老嬤嬤擡箇小轎兒到東莊特看聖姑姑，敲門進來道：「奶奶聞知法眷同住，怕不方便，不好自來看得。教老身多多致意⑯。」婆子道：「足感奶奶掛念。」老嬤嬤看著瘸子，笑道：「此位便是令郎瘸法師麼？聖姑與普賢菩薩恁般識熟，何不央菩薩分付天醫醫好了這隻腿？」婆子道：「一人一相，不可更改。譬如觀世音千手千眼，何曾嫌多減卻幾箇？彌勒祖師一箇大肚子垂到膝上，何曾道不方便喫藥消他？」老嬤嬤道：「聖姑說的是。」又道：「轎子裏有隻小官箱，相煩蛋師一取。」蛋子和尚取進來，放在桌上，是箇描金箱兒，鎖上一巨白銅小鎖。老嬤嬤張神捉鬼⑰的道：「老身有句私房話兒，教兩位師父權且閃

⑭ 炊爨：燒火煮飯。
⑮ 鋪陳：被褥；鋪蓋。
⑯ 致意：表示問候之意。
⑰ 張神捉鬼：形容故作玄虛的樣子。

開。」袖裏摸出條豬肝紅的舊汗巾來，角上縛箇小鑰匙兒。將鎖開了，箱內取出幾包東西，做一堆兒放著，道：「這銀子共是二百兩，是奶奶的私房，教老身送與聖姑，聊助雜費。別的面前莫說。」婆子稱謝，收在一箇抽替桌兒裏頭。老孃孃又叮嚀道：「放在謹慎去處⑱纔好。」婆子道：「不妨事。」老孃孃道：「老身是恁般小心的，莫怪多講。」又道：「今後聖姑見普賢菩薩時，也替老身寄箇名兒。老身是孫氏，奉過二十多年齋了。」婆子道：「當得，當得。」老孃孃道：「老身只為死了老公，兒女又不孝順，所以孤身傍在奶奶身邊度日。那一世只求箇好兒好女足矣。」說罷依舊把空箱鎖上。婆子喚瘸兒拿著，送他出門上轎去了。瘸子鎖了角門進來，已自曉得奶奶送得有銀子，便熱鬧鬧的要買東買西。婆子道：「奶奶瞞著人來的，且慢些動撣，等楊巡檢送到，看多看少，再作區處。」有詩為證：

陰性從來吝嗇多，百般好事被蹉跎。
偏於佛面貪資福，肯把私財捨道婆。

話說蛋子和尚見事事湊巧，心中歡喜，便要將二十四紙天書求聖姑譯出講解。婆子道：「今番我三人在一處修鍊，你瞞不得我，我瞞不得你。這大紙上看字不甚方便，可將素紙釘成手掌大小本，貧道將唐音譯出，賢弟細細謄寫，庶幾作用時，便於翻閱。」蛋子和尚道：「如此甚妙。且說紙墨筆硯合用多少，做一起兒買下，這小事今日先做下不妨。」婆子道：「每人好紙要四十九張，筆十枝，墨五錠，小

⑱ 去處：場所；地方。

硯二箇，硃砂三兩。三箇人便要三倍，如今謄寫小本，費紙也不多，再加紙五張、筆一枝、墨一錠足以勾用。」婆子在西園上時，原有人送下些錢鈔，把來教蛋子和尚製辦這事。因是先前派定，瘸子也不敢攙越[19]。須臾之間，蛋子和尚將文房四寶買齊，婆子取餘紙五張裁破，每張裁做二十餘葉，除符形照樣描寫，其他文字俱將唐音譯過，寫成蠅頭細字。蛋子和尚寫一行，明白一行，快活一行，正是：雖然未得神通使，不作三心兩意人。一日一夜都寫完了。婆子對閱過，一字無差。第三日天明，將原來二十四紙用火燒化。這天書秘本可一不可二，亦恐留下人間，或致褻瀆，罪有所歸也。早飯後，楊巡檢自到東莊，擡著一皮箱銀子，足千兩之數，教與婆子收下，道：「點出黃金時，倒換銀子再點，便是無窮了。」婆子道：「正是如此。」楊春又道：「今番別了聖姑，不敢請見了。但不知丹成大約在於何日？」婆子道：「也看緣法遲早。多則一年，少則半載，那時定有好音奉復。倘或遲慢，也莫性急。」楊巡檢別去，婆子教蛋子和尚先取五方之土，就本莊權筭中央，餘者東南西北，俱在十里外取用。各將布囊盛下，其他世間動用之物，貴的如金珠，賤的如木石，喫的如豆麥，燒的如煤炭，粗的如缸瓮，細的如針線，清的如茶酒，雜的如藥材，色色都要買得完備。一面蛋子和尚製辦東西，一面婆子打掃樓下設壇。先期齋戒沐浴，擇六甲[20]日吉時，將土布囊按定五方之位，相去各尺許，周圍將新磚壘起，約高一尺五寸，空處用五穀填滿，上設明燈三盞，晝夜不絕。外用黃布製成神帳一頂罩下。前面設香案一座，供養著甲馬[21]

---

[19] 攙越：越出本分，如越職、越權等。

[20] 六甲：古時用天干地支配成六十組干支，其中以「甲」起頭的有甲子、甲戌、甲申、甲午、甲辰、甲寅六組，稱為「六甲」。

語都有本領，不比他小說胡謅。

雲鶴，每日設茶酒果三品，早起念淨口咒一遍，淨身咒一遍，淨法界咒一遍，安土地咒一遍，安魂咒三遍，然後依法作用。此是常規，不必細述。且說安壇次日，先將各人合用紙墨筆硯等排於六甲壇下。婆子起首，腳踏魁罡二字，左手雷印，右手劍訣，取東方生炁一口，念通靈咒一遍，焚符一道。蛋子和尚和左黜都依著婆子行事，雖然一般念咒燒符，這符形都是婆子動筆畫的。如此七七四十九日，紙、墨、筆、硯俱靈，然後商議召將。蛋子和尚要得自家書符，婆子道：「書符最是難事。須要以氣攝形，以形攝氣。假如此符是何作用，便要作此觀想。如要興雲，便想得一點陰氣起自丹田㉒，漸覺滿身都是雲氣光塞，從七竅㉓中噴薄出來，瀰漫乾坤。如要起雷，便想得一點陽氣起自丹田，漸覺一身都是雷火運旋，從七竅中搏擊出來，震動天地。想就時，急將此氣落墨，一筆而成，所謂以神合神，以氣合氣，正要把我的神氣與天地貫通，這符方有靈驗。初時尚費收攝，到工夫純熟，閉眼神便聚，書空符亦靈。此通天徹地之妙訣也。若只照著符形描畫，自己的神氣先自散亂，如何感動得神鬼？俗語云：『書符不效，卻被鬼笑；寫符不靈，到被神驚。』我今先寫與你們看，從何起手，從何結構，如何凝神運氣，你們看得爛熟，然後動筆。一法通萬法通，一法不通萬法都不通了。切不可粗心浮氣，自誤其事。」蛋子和尚和瘸子喏喏連聲，不約而同的問道：「書符之法已領教誨。今欲召將㉔，不知將便能來否？若來時，如何

㉑ 甲馬：也稱「紙馬」，迷信者所畫的神符，舊時祭祀所用，以五色紙或黃紙製成，上印神像。趙翼陔餘叢考卷三〇云：「昔時畫神像於紙，皆有馬以為乘騎之用，故曰紙馬也。」

㉒ 丹田：重要穴位，人體腹部臍下部位，舊時人們認為這是貯存精氣的所在。

㉓ 七竅：指人頭上的七個孔，即兩眼、兩耳、兩鼻孔和口。

漢高帝馭法。

相待？」婆子道：「正要與你細講。有內將方可召外將。鄧、辛、張、陶、苟、畢、馬、趙、溫、關，此外之十將也；眼、耳、鼻、舌、意、心、肝、脾、肺、腎，此內之十將也。先鍊就自己十將，統一不亂，存神定炁，儼如外將森列在前，然後呼之即應，役之即從。初時或先現半身，後現全身，若見神貌兇惡，不可畏懼；如其醜陋，不可戲笑。須是敬之如父母，親之如朋友，役之如奴僕。苟為不然，必取神怒。又凡欲召將，先預定所行之事、所問之語。若召至無用，其將不為准信，後次雖召亦不來矣。」兩箇和尚道士未曾見將，先聽了這段說話，分明像小學生初進學堂，還不知先生甚麼規矩，一肚子戰戰兢兢，毛骨俱悚。各自去虔心靜坐，凝神養氣。婆子到書符時，先教他兩箇看樣。蛋子和尚到底聰明，看了一遍便會了。瘸子時刻把手向空中摸畫，也是緣法已至，從來懶惰的，到此也精勤起來。當他用心不過㉕，畢竟也被他趕上。大家步罡踏斗，念咒焚符，鍊了一七、二七，到三七，微有影響。或聞劍珮之聲，或露衣袍之色，看來此尚非真將，乃將手下之人所遣來閱壇者也。四七、五七，始現真形，或半身，或全身，或獨行，或聯騎。跟隨人眾或多或少，只是竟往竟來，不向庭中停駐。說話的，卻是為何？這將的英靈無處不在，只為常人精氣與他不相感通，所以俗眼不能看見。今日為符咒所攝，遊行時未免從法壇經過，又撞著志心至意的目光凝聚，豈有不見之理？其竟往竟來，還是作用未滿，法力不到之故。到七七四十九日，眾將站立庭中，拱手受令，四圍簇擁，如有千軍萬馬之勢，全不覺庭中狹窄。婆子在

㉔ 召將：即「召役神將」，是法術施行的前提條件，道教法術的行持或曰施行的環節。道教相信可以運用特殊而神秘的手段如符咒、掐訣以及踏罡步斗等，召喚鬼神降臨，並且支配它們去執行凡人無法勝任的任務。

㉕ 不過：用在形容詞性的詞組或雙音形容詞後面，表示程度很高。

前，和尚道士在後，肅容端立。婆子開口分付道：「吾等三人乃上帝眷屬，奉九天玄女娘娘法旨，得九天如意寶冊，天文符籙，闡弘道法。特召汝等前來輔助，聽吾差遣。功成之日，奏聞上帝，紀錄超昇。」諸將鞠躬稱喏而退，一霎時庭中寂然。有詩為證：

盡道有錢堪使鬼，也知無術不通神。
試看神將庭中列，只為天書咒語真。

話說蛋子癩子見神將來往，初時不免矜持，到後漸漸也習慣了。只是每遍是婆子當前，兩箇隨著腳跟做事，雖只一般，偏有蛋子和尚性急，信心不過，欲得自試一番。悄悄地起箇五更，步入壇前，如法捻訣念咒，只聽得響亮一聲，庭中降下一員天將。怎生模樣？有西江月為證：

眼似銅鈴般大，面如紫蠏鬚剛。幞頭金色放毫光，繡襖團龍花樣。手執皁旗一面，招風喚雨行藏。
英雄猛烈敢誰當？使者姓張天將。

張使者鞠躬而前，問道：「吾師見召，有何法旨？」到慌得蛋子和尚面紅心跳，急急按定神魂答道：「這裏樓後北窗少幾株大樹遮蔭，只有西園上四棵梨樹絕大，可速移來，植於此地。」神將應聲去了，須臾，只聽得一陣大風，飛沙舞瓦，耳邊如軍馬雜沓之聲。到天明風息，蛋子和尚往樓下看時，四棵大梨樹做一行兒的種下，乃張使者差神兵所為也。婆子知道是蛋子和尚幹出這事，著實發作㉖了一場，說：「這天將非凡人之比，不該把沒要緊事輕易差遣。況今道法未成，又沒甚本事在身，倘觸其怒，性命難保。」蛋子和尚道：「偶爾試驗一次，今後再不敢矣。」卻說西園上園公因這番大風，失去了四棵大梨樹，慌忙去報與楊巡檢知道。楊春正在驚訝，只見東莊老王也來報，道：「今早五更風起，聖姑姑住下樓房後邊添下幾棵大樹。」楊春道：「角門鎖斷，你如何看見？」老王道：「這樹高出雲端，小人從外面望見，卻是自來沒有的，所以報知。」楊春情知又是聖姑姑的神通，暗暗稱奇，便道：「我曉得了，你們休得在外人面前傳播。」各賞了酒飯，打發回去不題。再說婆子和二人商議道：「如今將已鍊就，可將七十二般地煞變化次第修鍊。每鍊一法，必要經歷四十九日。其中有簡便的，只管并日做去，大約三年之內務期完事。」二人見說得快當，歡喜無限。從此加倍用心，步罡踏斗，書符念咒，時刻不虛。鍊過一箇七七，先能暗中搬運，連柴米之類，不去與老王支取。老王道：「他不來支，一定不是缺乏，老漢且落得些受用。」去查那柴米數目，依然按日減少。老王大驚，又去報與楊春，楊春只教莫說，看他怎麼。光陰似箭，看看三年將滿，婆子等三箇把七十二般道法俱已鍊成。且說神通變化大略如何？但見：

上可梯雲，下能縮地。手指處，山開壁裂；氣呵時，石走沙飛。匿形換貌，儘教當面糊塗；攝魄招魂，任意虛空役使。豆人草馬，戰陣上添來八面威風；紙虎帶蛇，急難時弄出一椿靈怪。風雲

㉖ 發作：發脾氣。

雷雨隨時用，水火鎗刀不敢傷。開山仙姥神通大，混世魔王法術高。

原來這白雲洞法，上等不比諸佛菩薩累劫修來，證入虛空三昧㉗，自在神通。中等不比蓬萊三十六洞真仙，准幾十年抽添水火，換髓移筋，方得超形度世，遊戲造化。他不過憑著符咒，襲取一時，盜竊天地之精英，假借鬼神之運用。在佛家謂之「金剛禪邪法」，在仙家謂之「幻術」。所以玉帝慎重，不許私啟天封，留傳人世也。然雖如此，高明之人借此法術，全身遠害，做箇仙家的津梁，入山採藥不怕虎狼，千里尋師不費車馬，也到是捷徑。為此白雲洞留下這一脈以待有緣之人。洞主白猿神又添一筆在後，要他每年向斗設誓：若生事害民，雷神不宥。只為玉香爐煙起早了些，蛋子和尚少摹了後面七十六箇字，所以不曾看著這一條利害的話。今日修鍊成功，便認做驚天動地的學問，長生不死的法門，到後來果然生事害民，動起河北一帶數載的干戈㉘，使人驚妖名千秋不滅，此是後話。且說聖姑姑這番修鍊，只用得楊巡檢的銀子，其楊奶奶二百金原封不動，遣箇靈鬼送還他去了。想起雁門山下初離土洞之時，母子共是三口，如今雖添了箇蛋子和尚，畢竟少了箇胡媚兒，是箇缺典㉙。少不得尋取將來，傳授與他，這是婆子心上第一件事了。那起菴鑄像的說話，原非本心，不須題起。只是還有一件：我等三人受了楊巡檢夫婦多時供養，又得他千金相助之力，一旦不辭而去，覺得恝然㉚。每人顯箇神通，留一箇憶念與他。

高明之人借富貴行方便，愚陋之人借富貴造罪業。一般道理可以類推。

三教諸書中多少利害說話，那箇作准？

㉗ 三昧：佛教用語，意思是止息雜念，使心神平靜，是佛教的重要修行方法。借指事物的要領，真諦。

㉘ 干戈：干與戈，古代常用兵器。比喻戰爭。

㉙ 缺典：猶憾事。

瘸子跳起來道：「我送箇虎與他看莊。」婆子道：「我原許他點化黃金，今將樓前這塊太湖石㉛點成與他，做箇鎮家之寶。」瘸子道：「正好我的虎就著他看守金子，使盜賊不敢動念。」蛋子和尚道：「劣弟不才，意欲召箇上好塑手，將我等三人形像塑此樓下，使楊家子子孫孫朝夕瞻禮。」瘸子道：「不好，不好。塑出我瘸腿來，你卻笑我。」蛋子和尚笑道：「恁地時，只塑箇坐像罷了。」當下婆子口中念念有詞，望石上只一噴，涎沫如細霧散落，急把手掌擦之，凡掌所到處皆成紫金之色。不一時，整千觔一塊太湖石明晃晃變成金山一座。瘸子翦箇紙虎，口中念念有詞，順風吹去，喝聲「疾」，只見這紙虎撲地跳兩跳，便成箇黃斑老虎，猛烈咆哮，與真虎無異。瘸子分付道：「老虎，老虎，聽我法語：鎮宅金山，不許攜取。有人攜取，老虎逐去。」說罷把袖一拂，依然是箇紙虎。瘸子看金山座下有箇空處，便放那紙虎在內。蛋子和尚攝三箇巧匠的生魂，閉於樓下，一夜塑成三箇渾身，極其相像。聖姑姑居中，蛋子和尚居左，左黜居右。蛋子和尚一見不勝之喜，便道：「是我塑下的像，我先磕箇頭兒起首。」瘸子道：「野和尚磕頭，誰來答禮？」蛋子和尚道：「若起身答禮時，只怕腿腳不方便的，被人看破。」瘸子也笑起來。婆子道：「休得閒講。想起今日得道緣由，『遇楊而止』、『遇蛋而明』都是天后夢中指點。他說二十八年後當在河北興旺，約我到貝州相助。此是天數，我等一來不可逆天，二來不可忘了指點之恩。自今為始，各人隨意逍遙。念想動時，立刻相見。若運數到日，切莫異心，以違天道。」說罷，婆子騰空而起，在空中把手招他兩箇。蛋子和尚把齊眉短棒撇向空中，化成萬丈金橋，大踏步上去了。瘸子道：

㉚ 愬然：漠不關心，冷淡的樣子。

㉛ 太湖石：產於太湖地區的一種多孔而玲瓏剔透的石頭，用作點綴庭院、堆棧假山。

「我且向壺天頑耍則箇。」牆角頭簡簡空酒瓶兒放穩在地，叫一聲：「我下來也。」雙腳望瓶嘴中一跳，不知那裏去了。正是：從來只有神仙樂，法術高時不讓他。畢竟他三人那處相會，胡媚兒又在何處番騰出什麼來，且聽下回分解。

第十四回　聖姑堂紙虎守金山　淑景園張鸞逢媚兒

仁慈勝似看經典，節儉何須點永金。
跨鶴腰纏❶無此理，堪嗟愚輩枉勞心。

話說聖姑姑初到東莊，原約楊巡檢一年半載便有回復。誰知一口氣鍊法，閉了三年的角門。楊巡檢已自十分信服的，又見移樹運米，如此神通，少不得有箇妙用，為此只分付管莊的老王暗地打聽消耗❷，自己再不敢來敲門打戶，討消問息。忽一日，楊奶奶開一隻衣箱，只見箱內堆著一多子東西。取來看時，原來就是三年前教老嬤嬤送與聖姑姑這二百兩私房銀子，原封不動在內。奶奶喫了一驚，忙喚老嬤嬤來認時，果然不差。這分明是靈鬼所為，就是搬柴運米的一箇法兒，他們那知就裏，只管胡思亂猜道：「這衣箱多時鎖下不開，為何銀子倒在裏面？又是幾時送來的？」不免教老嬤嬤到東莊上打探一遭。老嬤嬤

❶ 跨鶴腰纏：「腰纏十萬貫，騎鶴上揚州」的簡語。後世用「跨鶴揚州」指豪富冶遊繁華之地，「跨鶴腰纏」這裏指錢財眾多。
❷ 消耗：這裏是消息、音信的意思。

坐箇小轎，到東莊老王家來問其動靜。老王道：「以前半夜三更，常聽得院裏大驚小怪，叫喚呼喝之聲，如今好幾日不聞聲響，不知何故。」老嬤嬤道：「你且討箇梯兒，待我爬上屋去，偷望一望，看是怎的。」老王見是掌房的嬤嬤，自然奉承一分，又且奶奶差來，如何違拗？慌忙在廠廳上去掇箇長梯子，弄了半日，弄進屋來，靠在迴廊❸屋簷上。老嬤嬤先爬上去，望了一望，就下了梯，說道：「院裏靜悄悄地，絕無動靜，我腳軟站不住，還讓你老人家來。」老王真箇上梯去舒頭而望，並無一人，直爬上屋脊，仔細前後觀看。忽然見了明晃晃黃燦燦這座金山，心下❹又驚又喜，下得梯來，心生一計，瞞著老嬤嬤，只說：「不見甚的，想是從後門走了。」老嬤嬤轉身去後，老王一腳箭跑到城中，報與家主楊巡檢知道，如此這般。「想來是老爺洪福，特來報喜。」楊巡檢喝道：「誰教你去望來？」老王道：「是奶奶差老嬤嬤來，教小人去看，不關小人之事。因是好幾日院裏不聞聲響，想不在了，所以小人大膽，不然也不敢。」楊春心下沉吟❺，便教家僮備馬，親往東莊。把廠廳後壁封條揭了，開進去看時，裏面沒人來往，亂艸縱橫，迴廊下小角門依然緊閉。楊巡檢自去敲了幾下，不見答應。教安僮收起磚塊去打，打了一箇時辰，只如不打一般。楊巡檢發箇急性❻，教莊戶轎夫隨從人等一齊用力，把門撞開，楊巡檢分付眾人退後，只帶四箇安童跟隨，不往廳屋書房住腳，一徑串出後樓去看。只見樓下豎著這座太湖石，已變成一塊紫

❸ 迴廊：曲折環繞的走廊。
❹ 心下：心中；心裏。
❺ 沉吟：間斷地低聲自語，遲疑不決。
❻ 急性：脾氣急躁。

金。楊春暗想道：「聖姑神通果然非小！」掣轉頭來，猛見聖姑姑和蛋子和尚、左黜三箇端端正正坐於樓下，楊春大驚，慌忙上階拜倒，稟道：「弟子久失侍教，聞師父點化已成，特來拜謁。」安童道：「老爺莫拜，上面坐的是箇死的，不然怎不回禮。」楊春起身上前看時，原來都是塑的渾身❼，儼如生相，稱讚不已。看四下雜屋中，堆積百般貨物器用，尚直得四五百金，三箇的衣服行李都不見了，樓後四株大梨樹果然西園移來的，種得齊整。正不知甚麼緣故不別而行，想是普賢祖師不願造箇行宮在此，聖姑不好回話，竟自去了。楊春歎息了一回，便教安童快去迎接奶奶到來。不多時，楊奶奶接到，楊春引他見了渾身，說是聖姑姑自塑下的。奶奶拜了四拜，轉身見了這座金山，誇道：「人間金子怎的有恁般赤色！只可惜點化得忒大了，教人不便移動。」楊春道：「多著些人來，搬他家去，做箇鎮家之寶。」看見香案邊堆下黃布帳子一頂，自去取來，罩在金山上面。一面教安童喚莊戶轎夫隨從人等討了扛棒繩索，一齊進來，何止三四十人。這班人聞安童呼喚，問其緣故，已自曉得了。見帳子裏著，都去偷揭來看，那一箇不驚喜。夥裏自相議論，也有箇說眼見稀奇物，壽增一紀；也有箇說畢竟做官宦的福分大，財鄉跟著他走；也有箇說皇天心也不平，有這些金子不派點屑粒與我們窮漢，又與那財主做甚？有幾箇有氣力肯出尖的，將繩索向前，要去綑縛那金山。不動手時猶可，纔動手時，忽然金山下面起陣黃風，一隻黃斑老虎撲地跳將出來，諕得眾人叫聲「阿呀」四散奔走逃命。楊巡檢拖著奶奶一隻臂膊跑上樓去，將門窗都閉了。過了一時，不聽見樓下動靜，在窗子眼內偷看時，老虎已不見了。楊巡檢推開樓窗叫人，一箇也不答應，只得大著膽走下樓來。只見這些丫鬟養娘兀自在神像案桌下躲著，也有跑出去的，和安

❼ 渾身：方言，猶替身。渾，用同「混」。

童在門口探頭探腦，望著裏面消息。楊巡檢喝道：「虎在那裏？兀自見神見鬼的，做甚張智❽。」安童和養娘們方纔放心。楊巡檢教安童一面備馬，一面喚齊轎夫，送奶奶回宅。到家後夫妻兩口說道：「這聖姑有靈，既塑下渾身，必然要那金山供養，不許人移動，所以顯箇老虎出來嚇人。如今不去動他，自然沒事。」商議定了，把存下貨物器用一應搬回這三間樓下，叫做「聖姑堂」，每年正四七十這四箇月的初一日，西園設齋，楊巡檢自去燒香點燭一遍，便封鎖了，也不容外人進去瞧看。餘月，連本宅人都不進去。又分付安童莊客等不許向外人面前多嘴饒舌。常言道：「拿得住的是手，掩不住的是口。」家主恁般分付了，一般又有忍嘴不牢的，做新聞異事說將出去，滿縣人都亂嘈道：「楊巡檢莊上出了一座金山，又有箇黃斑老虎。」也有同輩親友特為此事來問楊春，楊春只推沒有。後來這箇聖姑堂，直待貝州反後，樞密院❾行下文書，各處捱查妖人蛋子和尚、左黜等餘黨，此時楊巡檢已故了，奶奶老病在牀，管家稟知小主人，私下喚莊戶連夜毀了這三箇土偶。看那金山時，仍是一座太湖石，老虎是紙剪的，已朽壞了。此是後話。正所謂：時來鐵也生光，運退黃金失色。有詩為證：

堪笑楊春識見莽，狐精錯認真仙長。
黃金不作鎮家山，險使兒孫作妖黨。

---

❽ 張智：引申為裝腔作勢，裝模作樣。

❾ 樞密院：封建時代中央官署名。宋代的樞密院與中書省分掌軍政，號為「二府」。

楊巡檢一段話表過不題。看官們，如今要曉得胡媚兒的下落，少不得打箇大寬轉，又起一宗話頭⑩了。話中單表一人，姓張名大鵬，西安府人氏，從小讀書，十二歲上沒了爹娘，跟隨箇全真先生出去遊蕩。在燕都⑪大房山⑫，偶染疫病，那全真棄之而去。幸遇箇外國異人救好了他，見他丰骨不凡，傳授他一家法術，能呼風喚雨、役鬼驅神，若與白雲洞法術比較，也是半斤八兩，差不多兒。平生與東京一箇人交厚，結為兄弟，常寓在他家。那人姓朱名能，有一身好武藝。題起那話，還是祥符元年⑬的時節。真宗皇帝惱那契丹韃子欺慢中國，有佞臣王欽若⑭奏道：「從來若非真命天子上不得泰山，所以秦始皇恁般英雄，也被風雨打將下來。我皇若要鎮服四海，誇示外夷，須徼福天瑞，東封泰山，方可稱一朝聖主。」真宗問道：「泰山曾封過幾遍了？」王欽若奏道：「七十二遍了。」真宗准奏。就在王欽若身上，要他三日之內報過七十二般祥瑞⑮，事事須要有據。王欽若退朝，面帶憂容，一時間多了這嘴，三日裏

---

⑩ 話頭：說話的端緒。

⑪ 燕都：指燕京，即今之北京。

⑫ 大房山：今北京市西南房山區，有上方山、石經山等高峰。上方山海拔八八〇公尺，山勢陡峻，古柏蒼鬱，有七十二庵、九洞十二峰之勝。石經山刻藏有隋代至清初各代佛經一千多種，共有一萬四千多塊。山中有上方寺、雲水洞、雲居寺塔及唐、遼石塔多座。

⑬ 祥符元年：即一〇〇八年。祥符是「大中祥符」的簡稱，宋真宗年號，西元一〇〇八－一〇一六年。

⑭ 王欽若：北宋大臣（西元九六二－一〇二五年），字定國。臨江軍新喻（今江西新余）人。宋真宗咸平四年（西元一〇〇一年）為參知政事，天禧元年（西元一〇一七年）為相。為人奸邪險偽，善迎合帝意。與丁謂、林特、陳彭年、劉承珪交結，時人謂之五鬼。宋史卷二八三有傳。

面那有七十二般祥瑞？便說靈芝、甘露、麒麟、鳳凰，見今世上都生得有，三日內也取不將來。那朱能正在他門下做箇館賓⑯，曉得王欽若有這件事在心，便道：「此事不難。依朱能說，只用一般祥瑞，便可抵當得那七十二般了。」王欽若欣然問計，朱能道：「艸木鳥獸之瑞，都是後來，不為稀罕。只有上古伏羲時，河中龍馬負圖而出⑰，天示陰陽卦象，謂之『天書』，此為祥瑞之祖。如今若得天書下降，把來宣布中外，泰山就封得成了。」王欽若道：「天書怎得降來？」朱能道：「不消相公費心，朱能自有妙策，來朝容稟。」當晚朱能回家，與張大鵬商議。張大鵬道：「不是劣弟誇口，仗平生學的道法，只今夜送箇天書信息到皇帝老兒宮裏去。」朱能道：「愚兄此番便是出身之階⑱了，全仗賢弟幫襯⑲則箇。」其夜張大鵬行箇嫁夢的法兒，真宗皇帝睡在宮中，夢見紅光曜室，一箇神人頭戴七星冠⑳，身穿絳衣，手捧文書一本，告道：「上帝有命，降天書大中祥符三篇。陛下宜虔誠受之，聖祚萬載。」正待舒手去接那文書，猛然驚覺。到五更鐘動，真宗皇帝上殿，正是：

---

⑮ 祥瑞：吉利的徵兆。

⑯ 館賓：指塾師或幕賓。

⑰ 河中龍馬一句：傳說上古伏羲時，有龍馬出於黃河，馬背有旋毛如星點，稱作龍圖。伏羲氏依其文畫八卦，稱為河圖。

⑱ 出身之階：指入仕之途。

⑲ 幫襯：在人力或物力上幫助。

⑳ 七星冠：道士所戴的帽子，上有七星圖案。

九天閶闔開宮殿，萬國衣冠拜冕旒。
日色纔臨仙掌動，香煙欲傍袞龍浮。

百官早朝已罷，便召宰相王欽若面對，把夜來之夢與他說了。王欽若奏道：「此乃我皇志一氣動，與天心相通，方有此夢兆。這天書自伏羲時龍馬負圖直至如今，不曾再見。若果然降下，便是國家之上瑞。休言七十二般禎祥，便千萬般也賽不過矣。乞我皇速出聖旨一道，九門傳諭，四下察訪天書消息。」真宗皇帝准奏，當下取龍鳳花箋，就御案上拂開，提起玉管兔毫筆，御手親寫道：

朕在深宮，恭嘿思道。夢有神人，星冠絳衣，傳說帝命，當降天書大中祥符三篇。如有人先得者，不拘軍民人等，詣闕速獻，即時擢用。如係職官，加秩進祿。欽哉無忽。

景德五年㉑正月　日御筆

王欽若捧了這道聖旨，辭朝而去，便仰文書房㉒一樣抄自了九張，差人向九門張掛。把御筆收藏，奉為至寶。左右報朱能候見，王欽若忙教請進。相見已畢，朱能道：「相公正要啟奏天書，恰好有這道

㉑ 景德五年：景德，是宋真宗的年號，西元一〇〇四－一〇〇七年。北宋使用這個年號共四年，故「景德五年」一說似有誤。

㉒ 文書房：應為明代職官機構。明宮廷掌握主辦敕誥等一應機密文書的機構，亦稱制敕房。

通了理就不妙了。

鼕，音同。

聖旨，可謂湊巧之極矣。」王欽若道：「據聖上此夢，敢是真有天書下降麼？」朱能道：「莫管真不真，只在朱能身上，包有天書還相公便是。但得權充巡官之職，庶幾便於察訪。」王欽若道：「只恐卑職不稱大才，有何難哉！煩足下用心，事成之日必當保奏重用。」當下便差人送名帖到樞密院去，將朱能充作皇城司巡官之職。朱能就相府掛了牙牌㉓出來，對張大鵬說道：「皇上果有異夢，此乃賢弟之神力，只是大中祥符三篇那裏求取？」張大鵬道：「天書左右㉔是箇名色㉕，劣弟已模倣老子道德經之意，胡謅三篇，不知可用得否？」在袖裏摸出艸稿，送與朱能看。朱能原不甚通理，滿口稱妙，便道：「就煩賢弟一寫，用甚紙張，我去取來。」張大鵬道：「劣弟前年在高麗㉖國去，帶得些皮紙，還剩得有。每一篇寫做一卷，用黃帛包裹。明日五鼓，仁兄逕去擊登聞鼓㉗，報承天門鴟尾上降得有天書，只依我說就是。」朱能道：「朝廷不是取笑的，倘或駕到承天門，沒有天書，獲罪不小。」張大鵬道：「劣弟必不擔誤仁兄之事。」次日五鼓，朱能先去敲張大鵬的房門，又去叮嚀這事。張大鵬在牀上答應道：「已停妥了。」朱能曉得張大鵬的手段，更不疑惑。一口氣跑到登聞院前，將鼓鼕鼕的亂撾。有直日鼓吏報與本院院使，審問來歷，帶去朝房，先見了宰相王欽若。王欽若聞說有了天書，不勝之喜。須臾淨鞭三

㉓ 牙牌：象牙或骨角製的記事籤牌。

㉔ 左右：反正；橫豎。

㉕ 名色：名目；名稱。

㉖ 高麗：朝鮮歷史上的王朝（西元九一八－一三九二年），中國習慣上多沿用來指稱朝鮮或關於朝鮮的事物。

㉗ 登聞鼓：古代帝王為表示聽取臣民諫議或冤情，在朝堂外懸鼓，許臣民擊鼓上聞，謂之「登聞鼓」。

響，官裏升殿受朝。王欽若引著登聞院院使奏道：「天書下降承天門，見有皇城司巡官朱能來報，在朝門外候旨。」真宗聞奏，便教宣朱能上殿。朱能拜舞已畢，真宗問道：「天書在何處？卿又何以知之？」朱能奏道：「臣自從前日見了九門聖旨，晝不敢寧，夜不敢睡。想得帝命天言必降於高嵬之處，又天機秘密必不是白日降下。今早臣從承天門下巡視，望見鴟尾上有黃帛曳出，料想必是天書，不敢不奏。」真宗天顏大喜，趨下帝座，龍行虎步，直到承天門下。驚得滿朝文武顧不得鴛班鷺序㉘，紛紛的下殿隨行。朱能指點鴟尾與真宗看了，真宗遣兩箇內侍取梯升屋。原來小小一箇黃袱包兒，兩條帶子縛在鴟尾之上。解將下來，王欽若接得在手，跪獻真宗。有詩為證：

星冠鴟尾總玄虛，聲臭俱無豈有書。
君相一時俱似夢，天言口代竟誰歟。

真宗對天再拜，御手捧著，步行到殿，把與翰林學士㉙陳堯叟㉚啟封宣讀。乃是大中祥符上中下三

有承天門假天書之妄傳，遂有白雲洞真天書之□傳。妖由人興，信然。

㉘鴛班鷺序：行列整齊，人多而有氣象、氣勢，一般形容朝堂之上文武會聚一堂。

㉙翰林學士：官名。唐玄宗開元初以張九齡、張說、陸堅等掌四方表疏批答、應和文章，號「翰林供奉」，與集賢院學士分司起草詔書及應承皇帝的各種文字。德宗以後，翰林學士成為皇帝的親近顧問兼秘書官，常值宿內廷，承命撰擬有關任免將相和冊后立太子等事的文告，有「內相」之稱。唐代後期，往往即以翰林學士升任宰相。北宋翰林學士仍掌制誥。

㉚陳堯叟：字唐夫（西元九六一－一○一七年），閬州閬中（今四川南充）人，是陳省華的長子。宋太宗端拱二

□不報從□可恨□□□軍州□□相安於無言之天。此朝廷好尚所以必慎也。

篇，篇中都似道家之語。讀罷，百官皆呼萬歲。真宗命內侍取金匱來盛了，權送在景靈宮聖祖案前供養，待興造玉清昭應宮，專奉天書。就命陳堯叟艸詔，宣播天下，改今年為大中祥符元年，擇日起駕，親往泰山行禮。加封王欽若為兗國公，朱能為荊南巡檢，三年之內直陞到節度使㉛之職，情知㉜這套富貴都是張大鵬作成的，相見之間，生怕他題起前因，頗有疎慢之意。張大鵬猜著這箇意思，也不說破他，只不來往便了。此見朱能薄德處。後來十五路軍州表章都奏得有天書，天子不知那一箇是真是假，到疑心起來。有參知政事㉝丁謂㉞，也為著諂佞主得寵，與王欽若兩箇爭權。訪出了朱能挾詐欺君，密地奏聞真宗。真宗就將丁謂替了王欽若之職，差使臣去拿那朱能問罪。朱能自恃武藝，把使臣殺了，統手下兵眾反將起來，戰敗被擒，到招得有張大鵬名字。聖旨將朱能碎剮，行海捕文書㉟各處，捱獲㊱奸人張大

年（西元九八九年）己丑科狀元。且是連中三元（即鄉試、會試、殿試中都獲第一名），陳堯叟中狀元後，授光祿寺丞，入值史館。宋史卷二八四有傳，附在其弟陳堯佐後。

㉛ 節度使：古代集地方軍政大權的官職。唐初在邊境設置，後遍設於內地，形成藩鎮割據的局面。至北宋初解除了節度使的兵權，成為一種榮銜。

㉜ 情知：深知；明知。

㉝ 參知政事：官名。又簡稱「參政」。是唐宋時期最高政務長官之一，與同平章事、樞密使、樞密副使合稱「宰執」。

㉞ 丁謂：字謂之（西元九六六－一〇三七年），後更字公言，江蘇長洲（今蘇州）人。宋真宗大中祥符五年至九年（西元一〇一二－一〇一六年）任參知政事（次相），天禧三年至乾興元年（西元一〇一九－一〇二二年）再任參知政事、樞密使、同中書門下平章事（正相），前後共在相位七年。丁謂奸狡過人，做事「多希合上旨」，因而被「天下目為奸邪」，人們將他與王欽若、林特、陳彭年、劉承珪合稱為「五鬼」。宋史卷二八三有傳。

鵬。因此張大鵬又向江湖飄蕩，改名張鸞，自號沖霄處士。他有了一身法術，那一處不去了？常言道：官無三日緊。過了幾年之後，這事便懶散㊲了。張鸞在江湖上打聽得真宗所生皇子今已長成，那皇子乃是赤腳大仙㊳轉生。怎見得？原來真宗三十一歲上登基，宮中尚無皇嗣。御製祝文，頒行天下，令各處名山宮院修齋設醮，祈求上帝。時玉帝正與群仙會聚，問誰人肯往。群仙都不答應，只有赤腳大仙笑了一笑。玉帝道：「笑者未免有情。」即命降生宮中，與李宸妃為子。生後晝夜啼哭不止，御榜招醫。有箇道人向內侍說：「貧道能止兒啼。」真宗召入宮中，抱出皇子，教他胗視。道人向皇子耳邊說道：「莫叫，莫叫，何似當初莫笑。」皇子當下便不哭了。真宗大喜，問其緣故，道人說此情繇已罷，出得宮門，化陣清風而去。這皇子是誰？便是四十二年太平有道的仁宗皇帝㊴。他在宮中只好赤腳，再不愛穿鞋襪，此其驗也。真宗因感齋醮㊵靈應，愈加信奉，各處修復道家廟宇。張鸞聞知此信，又且皇子是仙家轉世，

㉟ 海捕文書：是封建時代官府通令各地捕獲逃犯的公文，猶後世之通緝令。海，喻地域之廣大。海捕，即在全國範圍內追捕。

㊱ 捱獲：泛指擒獲。

㊲ 懶散：引申為不認真，不放在心上。

㊳ 赤腳大仙：道教傳說中的仙人，姓李。他總是赤腳，四處雲遊，民間傳說中他常常下凡來到人間，幫助人類剷除妖魔。

㊴ 仁宗皇帝：即宋仁宗（西元一〇一〇—一〇六三年），中國北宋第四代皇帝，西元一〇二三—一〇六三年在位，在位四十一年。

㊵ 齋醮：請僧道設齋壇，祈禱神佛。

必然與道流有緣。先在東京時曾與太監雷允恭相識，甚蒙敬重。那雷允恭寵幸用事，官拜宣政使㊶之職，與丞相丁謂又是內外交結的。張鸞為此再到東京，見了雷太監，告訴他前事冤枉，就便托他打丁丞相的關節㊷，希圖興隆道教，自己討箇賜號。大抵術士輩，任你神欽鬼服，要借重皇帝的敕封，方免得天庭責罰。雷允恭道：「遠年舊事不須掛念，先生只在家下淑景園中作寓。目今皇太子選妃，蒙皇太后懿旨分付，正在忙冗之際。待稍空閒，同去見丁丞相，再有商議。」張鸞謝了，手下官身㊸引至淑景園書房中寓下。按宋史所載，真宗皇帝共改了五箇年號：咸平六年、景德四年、祥符九年、天禧五年、乾興一年。此時祥符九年，二月中旬，張鸞一夜間見月明如晝，在園中閒步。忽然黑雲掩月，一陣怪風從西而來。張鸞道：「奇哉！又是甚麼神道過往。」捻了定風訣，定睛而看，須臾風頭過處，雲開月朗。只聽得一聲響亮，半空裏墜下一箇女子。有詩為證：

情知天上無人住，那得佳人墜九霄。
一陣暗風迷道眼，若非月怪即花妖。

㊶ 宣政使：宋官名。為高級官稱。宋淳化五年（西元九九四年），宦官昭宣使王繼恩鎮壓王小波、李順起義後，特置此官，以示獎勵。

㊷ 關節：舊時指暗中說人情、行賄勾通官吏的事。

㊸ 官身：承當著公事或差官的，叫做官身。

那女子非別，正是胡媚兒這小妖精。這回書直接上第六回的情節。他與聖姑姑離了劍門山，一路同行，到永興地方，因天色已晚，要趕到樹林中歇宿。正行走間，對面起陣黑風，刮得人立腳不住。那婆子是武則天娘娘請去幽宮中相會，這小妖精被風刮起半空，飄飄蕩蕩，直吹到東京雷太監園中墜下。天后所說「托與沖霄處士」，便是這話了。張鸞見這女子來歷蹺蹊，近前看時，已被冷風吹得半僵了。即便扶進書房，把熱湯灌醒，問其名姓。答道：「賤妾安德州人，姓胡，小名媚兒。同母親往西嶽華山進香，不期中途遇了一陣怪風，把賤妾吹向空中。那時昏迷不醒，耳中只聞得神語云：『胡家女兒王家后，送與沖霄處士受。』須臾，如捲殘雲，似飄落葉，正不知去了多少里數，墜於此地。望恩官救取則箇。」張鸞細看，那女子妖麗非常，況且應對之間有枝有葉，不慌不忙，情知不是人類。又聽說神語奇怪，暗暗地想道：「莫非這妮子到有妃后之分麼？則今雷中貴挑選宮人，似恁般美貌，料也難得。正所謂『奇貨可居㊹』也。」便道：「要問沖霄處士，只貧道便是。小娘子須認做貧道姪女，貧道方好相留。」媚兒忙拜下道：「蒙救命之恩，便伏侍尚且甘心，況為叔姪，敢不從命。」張鸞扶起，安放他在後面小房中歇了。次早去見雷允恭，說道：「貧道有箇姪女，小名媚兒，頗有姿色。近因父母雙亡無倚，貧道已取到寓所。太尉若看得中意時，也報他一箇名兒。萬一有幸，作成貧道做箇外戚㊺。」雷允恭大喜，便

㊹ 奇貨可居：珍貴的貨物，可收集起來，等有高價錢時才賣出去。比喻依仗某種獨特的技能或事物以獲取功名或財利。

㊺ 外戚：指帝王的母親和后妃的親族。

同張鸞到淑景園來。正是：得他心肯日，是我運通時。因這番，有分教胡媚兒輪迴海中，重投一遍胞胎；鴛鴦牒上，再結一宗眷屬。要知端的，且聽下回分解。

第十五回　雷太監饞眼娶乾妻　胡媚兒癡心遊內苑

才子佳人兩下貪，姻緣錯配總難堪。
不如意事常八九，可與人言無二三。

話說雷太監到淑景園中，張鸞引出胡媚兒來拜見了。雷太監看見生得十分妖麗，滿臉都堆上笑來，問道：「青春❶幾歲了？」媚兒道：「年方一十六歲。」雷太監雙睛覷定，沉吟了一回，連讚了幾聲好，上馬而去。少停❷，便差箇官身請張鸞到府敘話。雷允恭在廳上相候，報道張鸞到了，慌忙下階迎接。張鸞是箇鑒貌辨色的，心下想道：「他今日意思比平日倍加殷勤，必有好處。」上廳坐定了，便問：「恩官呼喚，有何台旨❸？」雷允恭道：「適纔見令姪女，甚好才貌。只是皇子年方十四歲，令姪女年庚❹

❶ 青春：指少年、青年人的年齡。
❷ 少停：過一會兒。
❸ 台旨：宋代以後稱太守以下官員的意旨為台旨。宋袁文甕牖閒評卷三：「本朝君相日聖旨，鈞旨；太守而下日台旨；又其次日裁旨。」

萬曆丁酉年間，京師有內臣闞院咬妓，遍體俱傷而死。以千金賄其家，免訟。可見此輩淫心一發，更倍常人。

反長，恐難充妃嬪之選。若只做宮人❺，可不骯髒❻了。鄙意到有一說，要與鍊師❼做箇親家，不知意下如何？」張鸞道：「對親的是令弟還是令姪？」雷太監笑道：「並非弟姪，就是下官本身。」張鸞道：「恩官是穿宮近臣，休得取笑。」雷允恭道：「鍊師有所不知。我們雖然淨過身的，七情六欲與常人一般，夜間冷靜不過，常想要箇對頭同睡。每當寒天冷月，教箇小廝抱背抱腳，沒甚意思。也有結識箇娼家外宅，時時做伴，到底不是常法，縱好而不妙。不如娶下一房，長久相處，豈不美哉！」張鸞道：「這事可做得麼？」雷允恭道：「內官娶妻，前朝都有故事。漢朝石顯❽有妻有子，唐朝高力士❾娶妻呂氏，李輔國❿娶妻元氏，見於史冊可據，鍊師休得推辭。下官看過曆日⓫，明日是箇結婚上吉之日。上午納

❹ 年庚：舊指用干支表示人出生的年、月、日、時。

❺ 宮人：妃嬪、宮女的通稱。西漢成帝制定的後宮制度中，整個後宮分九個等級，宮人排名第八位，北宋年間宮人被廢，宮人從此成為空虛。從南宋開始便稱作宮女。

❻ 骯髒：指不乾淨，引申為「糟蹋」。

❼ 鍊師：舊時以某些道士懂得「養生」、「煉丹」之法，尊稱為「鍊師」，起初多指修習上清法者，後泛稱修煉丹法達到很高深境界的道士。

❽ 石顯：西漢元帝時佞臣，字君房，濟南（今章丘縣西）人。年輕時因犯法受腐刑，據班固漢書言，石顯有妻子。

❾ 高力士：本名馮元一（西元六八四—七六二年），宦官，早年因協助唐玄宗平定韋皇后和太平公主之亂有功，深得玄宗寵信，權勢極大，官至驃騎大將軍，進封渤海郡公。高力士娶了刀筆吏呂玄晤之女為妻，舊唐書言：「女有姿色，力士娶之為婦。」

❿ 李輔國：唐肅宗時當權宦官（西元七〇四—七六二年），唐代宗時尊為「尚父」，進司空，封博陸郡王，擅權

些薄聘，晚間便來迎親，有煩鍊師做主。先與令姪女說知，過門之後，只圖箇富貴受用罷了。」張鸞見他十分執意，心雖不樂，口中只得應允。別了雷太監回到淑景園中，將此話對媚兒說了。媚兒道：「叔叔將奴嫁箇太監有甚出息？」張鸞道：「我也是恁般想來。只是他見在有權有勢，違拗不得。你但放心，去時我自有道理。」當日無話。到次日，雷太監家早上便掛起紅綵，大吹大擂，准備做親筵席。上午先去行聘，聘禮是金鳳珠冠一頂、大紅紵絲蟒衣一襲、小團花碧玉帶一條、金釵二對、金釧二對，其餘隨身一應新衣，件件成雙，花紅羊酒不必細說，把張鸞寓中擺得錦片一般。有詩為證：

花紅羊酒儘鋪陳，太監今宵喜結親。
有勢有財胡亂做，世間多少獨眠人。

至晚雷太監蟒衣玉帶，乘匹紫騮馬⓬，押著五綵花輿，笙簫鼓樂，往園中來親迎。張鸞將新汗衫一件，捻訣書符，口中念了些咒語，教媚兒穿了，就把這口訣傳與媚兒。但是要穿時，念箇鎖身咒，若要解時，念箇脫衣咒。媚兒都會了，當下粧扮得天人相似，上了花輿，隨雷太監去了。張鸞送出園門自回。卻說雷太監同媚兒交拜成親，也沒箇丫頭老嬤伏侍，無非是這些小內侍們，攜了花燭，雙雙引入洞房，

跋扈。後被代宗遣人刺死。唐肅宗親自做媒，為他娶了前吏部侍郎元希聲的姪子元擢之女為妻。

⓫ 曆日：曆書。

⓬ 紫騮馬：赤色馬，唐人謂之紫騮，今人稱棗騮。

好詞。

交盃飲酒。有一班好事的，做下小詞兒唱得好：

老太監看你渾身上下沒些兒陽氣，便做道畫屏前列了十二金釵，只好用著他搔背。我看你穿不少、著不少、用不少，只少了一般兒滋味。也是前生時偷婆娘誘小官，把那話兒用得過分了。今生箅帳罰你做箇沒水道的婦人，少雞巴的男子，也只索忍著悔氣。你不去燒些香、念些佛、施些財，多行些方便，少下些陰毒，積下那一世兒，做箇薛敖曹的徒弟。還要癡心癡想，癡想癡心，見人學樣，討好兒好女什麼的便宜。真癡！你是闍男，他非石女，怎與你做得一世的乾妻？真癡！枕兒邊你叫一聲小娘子，他叫一聲老公公，可不羞殺你金色的臉皮！

此時寒冬天氣，雷太監房中鋪下紅氍毹地衣⑬，張著貂鼠帳幔，綿衾繡褥，百事奢華。上牀時節，一般兒也會說幾句勾搭話兒，只有一件奇事：媚兒卸了花冠繡襖，解到貼肉汗衫，再解不開，分明似生成的皮膚一般。連下截小衣都被衫兒裹定，便是雷太監自來動手，也只看得。只得和衣睡了，討不得粘皮貼肉親近一番。此是張鸞的術法。次日侵早，合府的官身、私身⑭、閒漢都來磕頭，要參見夫人。雷太監都辭了，分付小內侍們且稱他是「新娘」，莫叫破⑮夫人，惹人笑話。少停，張鸞也上門賀喜。雷太

⑬ 紅氍毹地衣：氍毹，一種織有花紋圖案的毛毯，古代產於西域。可用作地毯、壁毯、床毯、簾幕等。地衣，即地毯。

⑭ 私身：宋時稱無役而幫傭的百姓為私身，相對於服役官差的官身而言。

監請入裏書房坐下，告訴出這段怪事來。張鸞道：「此是緣法不到，或者恩官尊造⑯第七宮⑰中別有良姻，舍姪女沒福伏侍。」雷太監道：「且看今夜何如。」當下留張鸞一席酒飯而去，到晚臨睡時，媚兒脫衣，依舊如此。原來雷太監最好受用，他在錦繡叢中滾出來的，線結兒也捱不得一箇在身上。捱著時，便是箇大疙搭。雷太監只為愛那媚兒容貌，陪他和衣睡過一夜，分明受了一夜苦楚，第二晚再成不得了，只得各被各頭。到第三晚，另收拾箇房戶，送媚兒自睡。張鸞也只道相處不來，必然退出。誰想他心下雖不喜歡，卻又不捨得打發回去。張鸞心下躊躇道：「這事我又不好開口，怎麼處？如今我且傳下媚兒一箇真容，以後覷箇方便，設箇法兒，就勸他獻與今上。倘得召幸，或者博箇封號，強如無名無目，做太監的乾老婆。」當晚行箇請仙傳真法。看官，你道甚樣法兒？如要傳某人真容，打掃一間潔淨房子，桌上豫備紙筆及各樣顏色，安設酒果供養，寫一道細細的情節疏頭⑱，和請仙符攝魂符焚了，念請仙咒、攝魂咒各一遍，將房門鎖閉，其人不拘遠近，能攝其生魂到來，畫畢方去。生者當時只如⿰口弇囈⑲一般，便是遠年死鬼，亦能攝其游魂，與生時不異。所以形容態度，傳得逼真，畫仙一到，便聽得筆墨亂動。到放筆聲響，此仙去矣。徐徐開門進去，真已傳就。大抵請詩仙者，來的多分是能詩之鬼；請畫仙者，

⑮ 叫破：大聲呼喊以使人得知。

⑯ 尊造：對人生辰干支的敬稱。造，舊時星命術語，即生辰干支。

⑰ 第七宮：指妻妾宮。十二宮分別是：命宮、財帛宮、兄弟宮、田宅宮、男女宮、奴僕宮、妻妾宮、疾厄宮、遷移宮、官祿宮、福德宮、相貌宮。

⑱ 疏頭：和尚、道士祈禱誦經之前，向神前焚化的禱詞。

⑲ ⿰口弇囈：說夢話。

幻。

偏說這椿故事投其所懷。

來的多分是能畫之鬼。若偶然遇得真仙下降，詩必入妙畫必通靈。那晚張鸞就在媚兒臥房之中，如法請下畫仙。到夜半聞得放筆之聲，張鸞開了鎖進去看時，畫得雙頰如花，秋波欲溜，儼如活的一般。上面草書「僧繇⑳筆」三字，乃知是晉朝張僧繇下降。所謂僧繇畫龍不點眼，點眼龍飛飛上天，便是此人，真仙筆也。張鸞歡喜。次日用絹紙裱箇小小軸兒，懸掛內室，只等雷太監再相會時，討他聲口，便進說詞去說他了。卻說胡媚兒在雷太監家沒偢沒倸，自從這一夜打箇讒掙，到朝來昏昏悶悶，自覺精神減少。問小內侍道：「這裏可有會說平話㉑的麼?」小內侍道：「有箇瞿瞎子最說得好。聲音響亮，情節分明。他就在本府簷頭居住。」媚兒道：「你與我喚來消閒則箇。」小內侍稟知了雷太監，將瞿瞎子喚到，扶入中堂，免他行禮，把一張小桌兒、一箇小杌兒教他坐於檻外。媚兒坐在中間，垂簾而聽。分付不用命題，只揀好聽的便說。瞿瞎子當下打掃喉嚨，將氣拍向桌上一拍，念了四句務頭詩句㉒。說人正傳㉓，原來是紂王妲己的故事。說起來，妲己是紂王聘來的一箇美人，迎至中途，一陣狂風，天昏地暗，從人都驚倒了，風過處掙扎起來看時，只有妲己端坐不動。紂王道他有福，立為正妃，十分寵幸，卻不知那妲己不是真的，是箇多年玉面狐狸精。起這陣怪風攝了美人開去，自己卻變做他的模樣，百般妖媚，哄

⑳ 僧繇：張僧繇，吳（蘇州）人。南朝梁的著名畫家，擅畫雲龍人物，多作寺廟宗教壁畫，成語「畫龍點睛」的故事即出自於有關他的傳說。

㉑ 說平話：就是「說書」。平活，一作「評話」。

㉒ 務頭詩句：即「悟頭詩」，即定場詩，說書人在開場時所念的詩。

㉓ 正傳：長篇小說的正文部分，說書中的主要故事情節。

弄紂王。紂王只為寵了這箇妃子，為長夜之飲，以酒為池，以肉為林，誅殺諫臣，肆行無道。其時萬民嗟怨，惹起周武王興師伐罪，破紂王於牧野，殺妲己於宮中。說罷，又念四句詩，詩曰：

盡道商王寵幸殊，誰知妲己是妖狐。
假饒狐智能賢達，還勝人間呂武無。

媚兒聽了，歎口氣道：「古人云：『人生不得逞胸臆，雖年百歲猶為妖。』若得意一日，死而無怨。」便教取一貫錢，賞了瞿瞎子去了。心下想道：「同一般狐媚，他能攘妲己之位，取君王之寵，我之靈幻豈不如他乎？」其夜獨宿房中，便夢見自家選入皇宮，蒙朝廷十分寵愛，冊為皇后。宮娥簇擁，富貴非常。母親聖姑姑封為國太，哥哥左黜亦拜大官，一門貴戚榮盛無比。猛然覺來，乃是南柯一夢㉔。紗窗上日色通紅了，只見小內侍捧著一箇洗臉銀盆，放在朱紅面架上，稟道：「今日是第三遍大選皇妃，老公公侵早便往禮部去了。請新娘起來梳洗早饍，小的們伏侍過，也要給箇假，去看一看。」媚兒道：「我身子困倦，且不梳洗，你們要去看時自去。」這班小厮們得了這句，分明村裏先生放學，一夥子都跑了。媚兒道：「既是第三遍大選，合城美色都聚在一處，我也去看看，是甚麼樣兒。」起來梳洗，對著明鏡道：「似我這般顏色，便人類中也稀少，卻困守此地，可不枉了我心靈性巧。」將一幅青布齊眉裹頭，

㉔南柯一夢：唐李公佐南柯太守傳云，淳于棼夢到大槐安國，國王妻以女，任為南柯郡太守。醒來尋覓，乃是槐樹下蟻穴。所以後人常稱夢境為「南柯」，用此典故比喻夢幻境界的事。

粧做村姑模樣，把房門拴了，使出舊時狐精伎倆，從房後踰牆而出，開了後門，一溜煙走去，直到禮部門首，也擠在人叢中來。只見衙門大開，遠遠的望見雷太監和禮部官員都坐在堂上，一班官媒婆引著各良家女子過堂。上面照冊點名，從東角門進，西角門出。也有貧戶愛女的父母自家跟隨在門外伺候，也有宦家小姐整隊家人養娘跟著，總來何止百人，都是十三四歲的。其間眉清目秀、唇紅齒白的也儘多，只沒有箇超群的嬌姿，出尖的美色。媚兒一一看了，道：「古來說：『佳人難得』，一箇花錦東京，人才也只如此矣。」眾人捱捱擠擠，下午方散。媚兒躲在土地堂中，至晚竟不回家，發箇癡念頭，要往朝廷大內，遍看三宮六院如何富貴。你道他為何發這癡念頭？一來被仙筆傳下他的真魂，因此精神顛倒；二來有「王家后」三字在肚中打攪㉕，聽了妲己的故事，一發心中發癢，按納不住，乘夜黑溜入皇城。雖然妖狐幻惑，來不知跡，去不知蹤，那皇城裏面比民間不同，不是耍處。他見前門侍衛嚴緊，也未免心懷恐懼，不敢闖入。轉到後宰門，原來一多子匠人修葺御花園，恰好放工完了。太監在那裏審問工頭什麼說話，打著兩碗紗燈、兩箇火把，照得白日一般。媚兒乘鬧中溜進，逕入御花園，行了多時，猛見宮中牆垣高峻，難以踰越，又打箇寒禁，且坐下躊躇則箇。忽然想起皇太子獨居東宮，血氣未定，倘然討得相見，必有憐愛之意。聞得他又是赤腳大仙轉生，骨器非凡，若取得他一點真元㉖，又落得一節便宜了。轉步向東迤邐而進，過了金水橋，想要在御溝中鑽去，一來怕他水深，二來有銅柱隔絕不便，只得又向前行。聽宮漏㉗正打初更，月尚未起，只見遠遠的幾點火光，急跑上前去望時，卻是四五箇小太監

㉕ 打攪：攪動。

㉖ 真元：指人的元氣。

提著紅紗燈兒，做夥出來出恭㉘。媚兒道：「他既有門而出，我不怕無門而入。」趁火光悄地看時，果然有箇角門開著。媚兒捱身進去，覷箇便處，爬上屋簷，過了幾層院宇，只聽得下面讀書之聲。媚兒且不下來，在屋上揭去幾片琉璃瓦，空開望板，向下張看。原來這去處叫做「資善堂」，是皇太子讀書之所。這皇太子生性聰明好學，雖然夜深，兀自秉燭而坐。幾箇內侍們四下倚檯靠壁，東倒西歪，都去打瞌睡。媚兒道：「此機失了，更待何時。」便從窗竉中飛身而下，瞧見後堂幾箇老宮人守著茶爐在那裏煎茶，桌上擺著剔漆茶盤及銀碗金匙之類。媚兒去了兜頭布兒，把臉嘴一抹，變做年輕貌美一箇絕色的宮娥，忽地偷得一箇茶盤、一箇銀碗，吐些涎沫在內，吹口氣變成香噴噴的熱茶。原來狐涎是箇媚人之藥，人若喫下，便心迷意惑。不拘男女，一著了他道兒，任你魯男子㉙，難說坐懷不亂。便露筋祠㉚中的貞女，也鑽人帳子裏來了。媚兒捧著茶盤，妖妖嬈嬈的走出後堂，恰待向前獻與皇太子，忽見皇太子背後閃出一尊神道。怎生模樣？有臨江仙為證：

眉似臥蠶丹鳳眼，面如重棗通紅。鋼刀偃月舞青龍，戰袍穿綠錦，美號是髯公。一片丹心懸日月，

㉗ 宮漏：古代宮中定時器。用銅壺滴漏，故稱宮漏。

㉘ 出恭：解大便。因古時士子離開座席上廁所需要領取「出恭入敬」牌而得名。

㉙ 魯男子：稱拒近女色的人為「魯男子」，也簡稱「魯男」，事見詩小雅巷伯之毛傳。

㉚ 露筋祠：據高郵州志載，唐時有一女子，姓名不詳，和嫂子在郊外趕路。傍晚，嫂子和女子投宿田舍，女子恐傷貞潔不從，露天坐在草中。秋天蚊子很多，被叮咬，第二天早晨，血竭露筋而死，後人因號露筋女，為立祠以敬祀之。俗稱仙女廟。

扶劉佐漢成功。神靈千古播英風，馘魔稱上將，護國顯神通。

這尊神道正是義勇武安王馘魔上將關聖。從來聖天子百神呵護，這日正輪著關聖虛空護駕。見媚兒施妖逞幻，看看上交㉛了，聖心大怒，顯出神威，將青龍偃月刀從頭劈下。媚兒大叫一聲，撇了茶盤，望後便倒。皇太子聽得狐嗥，喫了一驚。內侍們都驚醒了，擕著畫燭四處照看，只見一箇牝狐頭腦迸裂，死於地下，衣服如蟬脫一般，退在一邊。亂起眾人打著行燈火把，只怕還有狐黨在內，前後都照一遍，絕沒影響，正不知那裏來的。當夜將狐屍擡出後面，明早太子入宮奏過聖上，命司天監㉜占其吉凶。司天監奏道：「狐妖冒人衣服時常有之。但皇宮內地，何從竄入？此非常之妖也。昨日是尾火狐直日㉝，適有狐怪，宮中宜慎防火災。然狐死似有鬼神擊之，此乃皇太子千秋之福，亦不為大咎矣。」後來火災不驗，天子亦不追究。後人有詩云：

浪說司天據理真，其中裨竈是何人。
只將泛語尋常應，宣室何曾問鬼神。

□肯追究時，□不敢胡言亂道。

㉛ 上交：謂地位低的人與地位高的人結交。

㉜ 司天監：官署名。據宋沈括夢溪筆談象數二：「國朝置天文院於禁中，設漏刻、觀天臺、銅渾儀，皆如司天監，與司天監互相檢察。」

㉝ 直日：即「值日」，在指定負責的那一天執行任務。

話分兩頭。再說雷太監這晚從禮部回來，教請新娘陪伴飲酒。小內侍稟道：「新娘從早閉著房門，至今未開。叫喚亦不答應，不知何故。」雷太監自去敲了幾下，又喚了幾聲，裏面寂然。發起性來，教把房門打開，牀上牀下都看到，何曾有半箇人影。心下想道：「他見我待得不甚親密，或者逃走去了。只是女兒家弓鞋襪小，這般牆垣又沒箇梯子，如何去得？」躊躇了一回，又道他便去，也只在他叔叔那邊，教人去看就知端的。便差箇官身連夜往淑景園張鸞寓所，看新娘在否。張鸞見官身到來，道其來意。張鸞大驚道：「你家老公公差矣！我姪女既嫁了他，生死是他家的人了。女孩兒家往那裏去？少不得只在老公公家裏。終不然不見了一箇，又要我賠一箇不成？」官身領著言語，自回復去訖。張鸞當晚心下懷疑，把門閉了，即便書符念咒，要攝媚兒的靈魂到來審問。平昔間符到魂來，這番偏不應驗。張鸞叫聲怪事，向媚兒真容前重復凝神注想了一會，再焚一道追魂符。只見一陣冷風過處，畫中嚶嚶的似有哭聲，忽地走將下來，正是媚兒的妖魂，扯住張鸞大慟。張鸞勸止了他，問其緣故，告訴道：「妾今不敢隱蔽。實乃雁門山下狐精也。隨母親聖姑姑雲遊求道，中途遇風變，刮來此地。蒙仙官收養，視同骨肉，感恩非淺。不意為雷家強娶，擔誤終身。前宵唸囈一番，自覺精魂耗散。昨聞禮部選妃，偷身去看。自念紅顏不落人後，潛入皇宮，希圖蠱惑。不意陰中觸了正直關聖之怒，攖其刀鋒。欲將妾魂牒送酆都㉞問罪，妾再四苦求，蒙關聖簡閱簿籍，道妾冥數合得人身，他日發跡貝州，有中宮皇后之分。即今月內該往本地胡員外家托生，正待釋放，恰遇仙符幾番見召，遂至於此，方知妾之一魂已在圖畫之中。今三魂再得團聚，仗仙官之力，將畫送入胡員外家，便是妾之生路矣。他日貝州之事，仙官亦是有名人數。

㉞ 酆都：今四川豐都；舊時迷信傳說陰曹地獄即在這裏。

倘遇我母親聖姑姑，幸寄一信。」說罷，依舊走在畫上去了。張鸞因想起媚兒被風刮來之時，他曾聞空中神語兩句道：「胡家女兒王家后，送與沖霄處士受。」我只道他本姓是胡，原來還有胡員外家托生一節。據那「王家后」三字，已不是趙家媳婦了。不知貝州之事又是如何？我在江湖上也聞得有箇聖姑姑神通廣大，此時正不知在那裏。若會了聖姑姑，這話自然明白了。那晚想了一夜。次日侵早，雷太監親到園中，只怕張鸞尋他要人，自己先來與他陪話。張鸞不對他說明，只將套話兒支吾㉟答應㊱，求他用心尋訪。少停，滿京中傳遍說昨夜有箇牝狐死在東宮資善堂，今早畚出後宰門去了。張鸞肚裏已自了了，暗暗的稱奇。那雷太監如何想得到媚兒身上？只分付官身私身閒漢等四下尋訪，出一千貫文充賞。這些眾人當一場生意，見神見鬼的東挨西問，那有消息。好似水中撈月何曾有，海底尋針畢竟無。不在話下。再說張鸞早飯後，打扮得齊齊整整，頭戴鐵道冠，魚尾模樣，身穿皁沿邊烈火緋袍。將媚兒真容捲起，放在一箇荊筐籃中。左手提著籃兒，右手拿著鼈殼扇。聞知胡員外住在平安街上，逕奔這條路來。正是：

白雲本是無心物，卻被清風引出來。畢竟張鸞怎生把這畫送入胡員外家，且聽下回分解。

㉟ 支吾：用含混的話搪塞。

㊱ 答應：回答；答覆。

第十六回　胡員外喜逢仙畫　張院君怒產妖胎

君今不識永兒誰，便是當年胡媚兒。
一自妖胎成結果，凶家害國總由斯。

話說大宋盛時，東京開封府汴州，花錦也似城池。城中有三十六里御街，二十八座城門。有三十六條花柳巷❶，七十二座管絃樓。若還有搭閑田地，不是栽花蹴氣毬❷。那東京城內勢要❸官宦且不說起，則這財主員外也不知多少。有染坊王員外、珠子李員外、泛海❹張員外、綵帛焦員外，說不盡許多員外。其中有一員外，家中巨富，真個是錢過北斗，米爛陳倉。家中開三個解庫，左邊這個解庫，專當綾羅段

❶ 花柳巷：即「花街柳巷」，舊指遊樂的地方，也指妓院。花、柳，舊指娼妓。下文「管弦樓」同義。
❷ 蹴氣毬：即蹴鞠、蹴毬（球），中國古代的一種足球運動，用以練武、娛樂、健身。傳說始於黃帝，最初是用來訓練武士的。
❸ 勢要：有權勢、居要職的人。
❹ 泛海：乘船過海；渡海。

□此便非宜□子孫之道。

疋；右邊這個解庫，專當金銀珠翠；中間這個解庫，專當琴棋書畫古玩之物。每個解庫內，用一個掌事❺，三個主管。這個員外姓胡，名浩，字大洪，止有院君❻媽媽張氏嫡親兩口，別無他人。正是：眼睛有一對，兒女無一人。因這員外平昔間一心只對著做人家❼，盤本算利，得一盤十，得十盤百，全不想到兒女頭上。那院君又有一件毛病：專一喫醋撚酸❽，不容員外取妾置婢。還是十年前，員外偷了一個丫頭。院君知道，登時打個半死，就發與主管，教他召人賣了。又和員外鬧炒，伴唇舌❾，做面嘴，整整的有個把月不得太平。所以員外也不做這個指望，終日只在錢鈔中滾過日子。有詩為證：

世間只有婦人癡，喫醋撚酸無了時。
不想歡娛容易散，百年香火是孩兒。

光陰似箭，胡員外不覺行年五十。本家解庫中，三個掌事的一夥兒商量，打出錢來，備下一副羊酒❿公禮，侵早⓫進去捧觴⓬稱壽。那九個主管另做一起，其餘家人安童們又做一起，都來磕頭。城中一般

---

❺ 掌事：主管處理事務。
❻ 院君：即「縣君」，本為婦女的一種封號，宋元時代，一般富戶的妻子也可以稱「院君」。
❼ 做人家：持家節儉的意思。
❽ 喫醋撚酸：產生忌妒情緒，多指在男女關係上。
❾ 唇舌：口舌。指勸說、爭辯、交涉時的言語。
❿ 羊酒：羊和酒，亦泛指賞賜或饋贈的物品。

的員外及相識人家，也有親來捧觴的，也有差人送禮的，免不得分付當直的備下筵席，寫個顏色帖兒，請人喫麪飲酒。中間只聽得賓客裏面，你親家，我親家的，交盃酬酢⑬，都說些家常兒女的說話。員外轉想著自家無男無女，心中嘿然不樂。到筵席散了，眾賓作別而去，院君在房中另整個攢盒⑭，請員外喫三盃賀喜。員外覷著院君，驀然思想起來，兩眼托地淚下。媽媽見了，起身向員外道：「員外，你家中喫不少，著不少，百事豐餘，勾你受用。雖不比為卿為相的富貴榮華，也是千人欣、萬人羨的一個財主。況且今日壽誕，又是個好日，緣何恁般煩惱？」胡員外道：「我不為喫著受用。家私雖是有些，奈我和你無男無女，日後靠誰結果⑮！則今日酒席上，箇箇有親戚扳談，都是兒女面上來的，偏我孤身獨自。常言道：『養兒待老，積穀防饑。』明年就是五十一歲，望著六十年頭了。生育之事漸漸稀少，以此心中傷感。」媽媽道：「東村有個王老娘，四十八歲養頭生⑯。我今年纔四十七歲，還不算老，終不然就養不出了。或是命裏招得遲也未見得。我若也到五十歲沒有生育，那時少不得娶箇通房⑰與你。還有一說，聞得當今皇太子也是皇帝拜求來的，偏我庶民之家拜求不得！如今城中寶籙宮⑱裏，北極佑聖

妬婦之口鄙俚往往如此。

⑪ 侵早：天剛亮；拂曉。

⑫ 捧觴：捧杯獻酒。

⑬ 酬酢：賓主互相敬酒，泛指交際應酬。酬，向客人敬酒。酢，向主人敬酒。

⑭ 攢盒：盛各種果脯、果餌的一種分格的盒子。

⑮ 結果：引申指料理喪葬事項。

⑯ 頭生：頭胎；第一次生育的小孩。

⑰ 通房：舊時指名義上是婢女，實際是姬妾的人。

真君⑲甚是靈感，不若我與你揀箇吉日良時，多將香燭紙馬⑳拜告真君，求祈子嗣。不問是男是女，也作墳前拜掃之人。」便叫養娘們安排熱酒，我與員外解悶則箇。夫妻二人喫了數盃，收拾了家火，歇息了。又過數日，恰遇吉日良時，叫當直的買辦香紙，安排轎馬，伴當丫鬟跟隨了，逕到寶籙宮門首歇下轎馬。走入宮裏，來到正殿上燒香，少不得各殿兩廊都燒遍了，來到真武㉑殿上。胡員外虔誠禱祝生年月日，拜求一男半女，也作胡氏門中後代。員外推金山倒玉柱，叩齒磕頭。媽媽亦然，插燭也拜了幾拜，祝告化紙，出宮回家，不在話下。自此之後，每月逢初一十五日，便去燒香求子，已得半年光景。忽一日，時值十二月間，解庫中正當算帳的日子，又且逼著殘冬，當的要當，贖的要贖，那掌事的和主管又要應接主顧，又要打點清理帳目交割，好不忙哩。只有中間這箇解庫當古玩的，到底比那邊清閒一分。主管正在解庫中，把一年中當過贖過的木利帳目結算，托地布簾起處，走將一箇先生入來。那先生頭戴魚尾鐵道冠，身穿皂沿邊烈火緋袍。左手提著荊筐籃，右手拿著鼈殼扇。行纏絞腳多耳蔴鞋，有飄飄出世之姿，分明似神仙模樣。原來神仙有四等：

⑱ 寶籙宮：即「上清寶籙宮」，北宋末年徽宗崇信道教，道士林靈素以方術得徽宗寵信，並築通真宮以居之。請治宮禁怪，於政和五年（西元一一一五年）於宮城之東北建道觀「上清寶籙宮」與延福宮之東門相對。政和七年二月，林靈素受命於上清寶籙宮宣講青華帝君夜降宣和殿事，與會道士多達二千餘人。

⑲ 北極佑聖真君：即「北帝」，全稱北方真武玄天上帝。是統理北方、統領所有水族的道教民間神祇，又稱黑帝。

⑳ 紙馬：印有神像供祭祀時焚化用的紙片。

㉑ 真武：傳說為漢時淨樂國王太子，渡東海，遇天神授以寶劍，入武當山修煉，後來白日飛升，奉上帝之命，鎮守北方。本名玄武，宋真宗時改稱「真武」。

只見那先生揭起布簾入來，看著主管。主管見他道貌非俗，急起身迎入解庫，與先生施禮畢，櫈上分賓主坐了。主管道：「我師有何見諭㉒？」那先生道：「告主管，此間這箇典庫是專當琴棋書畫的麼？」主管道：「然也。」先生道：「貧道有一幅小畫，要當些銀兩，日後原來取贖。」主管道：「我師可借來觀一觀，看值多少。」主管只道有人跟隨他來，拿著畫。只見那先生去荊筐籃內探手取出一幅畫來，沒一尺闊，遞與主管。主管接在手裏，口中不說，心下思量：「莫不這先生作耍笑。這畫兒值得多少？」不免將畫叉兒叉將起來看時，長不長五尺，把眼一觀，原來光光的一幅美女圖，上面寫「僧繇筆」三字。畫倒也畫得好，只是小了些，不值甚麼錢。主管放了畫叉，回身問道：「我師要解多少？」先生道：「這畫非同小可，要解一百兩銀子。」主管道：「我師休得取笑。若論這一幅小畫兒，值也不過值五六百錢，要當百兩銀子，差了幾多倍數，如何解得！」先生道：「這是晉朝張僧繇畫的，世間罕有之物。」主管道：「張僧繇到今五百多年了，這幅美人圖還是簇簇新的，世上假畫也多，怎說得沒分付了。」先生道：「足下既認不真，只當五十兩去罷。」主管道：「便五兩也當不得。」先生定要當，主管只是不肯當，回他去又不肯去，兩箇說假誇真，嫌多道寡，正在爭論之間，只聽得鞋履響，腳步鳴，中間布幙起處，員外踱將出來。問主管：「燒午香也未？」主管道：「告員外，燒過午香了。」那先生看著員外道：「員外稽首。」員外答禮道：「我師請坐，拜茶。」員外只道他是抄化的，只見主管把畫

㉒ 見諭：即「見教」。套語，稱對方指教自己。

軸又起，呈上員外道：「此位師父有這幅小畫，定要當五十兩銀子，小人不敢主張。」員外把眼一覷，笑道：「我師這畫雖好，不值許多，如何當得五十兩！」那先生道：「員外你只知其一，不知其二。這幅畫兒雖小，卻有一件奇妙處。」員外道：「願聞。」先生道：「此非說話處，請借一步，方好細言。」員外與先生將著手，逕進書院內。四顧無人，員外道：「這畫有何奇妙？」先生道：「這畫不比世上丹青，乃是神仙之筆。於夜靜更深之時，不可教一人看見，將畫在密室掛起，燒一爐好香，點兩枝燭，咳嗽一聲，去桌子上彈三彈，請仙女下降喫茶。一陣風過處，這畫上仙女便下來。」那員外聽得，思忖道：「恁地時果是仙畫了，只怕未必如此。」先生見他沉吟，便道：「員外如若不信，且留畫在此，今夜試看，明日來領當價。」員外道：「我師恁地說，必非謬言。敢問我師尊姓？」先生道：「貧道姓張，名鸞，別號沖霄處士。」員外點著頭，即同先生出來，教主管當與這張先生去罷。主管道：「日後不來贖時，卻不干小人事。」員外道：「不要你管，只去簿子上註下一筆，說我自當的便了。」員外一面請先生喫齋，就將畫收在袖子裏，卻與先生同入後堂裏面坐定。喫齋罷，員外送先生出來。主管兌是了五十兩白銀，交付先生。先生作別自去不在話下。員外在家受了媽媽的制縛，等閑女子也不得近身，況且說是箇仙女，妖嬈美貌生平不曾見面的，如何不魂搖洛浦㉓，神蕩陽臺㉔。當日巴不能勾一拳把白日打落，

㉓ 洛浦：洛水之濱。始見漢張衡思玄賦：「載太華之玉女兮，召洛浦之宓妃。」這裏借指洛神，傳說中的洛水女神，即宓妃，後代詩文中常用以指代美女。

㉔ 陽臺：宋玉高唐賦寫楚懷王夢遇巫山神女的故事，其中有「妾在巫山之陽，高丘之阻，旦為朝雲，暮為行雨，朝朝暮暮，陽臺之下」的句子，後世於是以「陽臺」作為男女幽會合歡的處所。

譙樓㉕上立地催他起鼓。正是：眼望捷旌旗，耳聽好消息。未到天晚，先教當直的打掃書院，安排香爐、燭臺、茶架、湯罐之類。預思量定下一箇計策，向媽媽說道：「我有些帳目不曾明白，今夜要到書院中去算清，快催晚飯來喫。」媽媽信之不疑，真箇的早早收拾晚飯。兩口兒喫罷，員外道：「媽媽你先請歇息，我去去便來。」不覺樓頭鼓響，寺內鐘鳴，已是初更時分。但見：

十字街，漸收人影；九霄雲，暗鎖山光。八方行旅，向東家各隊分棲；七點明星，看北斗高垂半側。陸博㉖呼盧㉗，月下無非狎客酒人；五經㉘勤誦，燈前盡是才人學士。四面鼓聲催夜色，三分寒氣透重幃。兩枝畫燭香閨靜，一點禪燈佛院清。

胡員外逕到書院，推開風窗，走進書院裏面，分付當直的：「你們出去外面伺候。」回身把風窗門關上，點得燈明了，壁爐上湯罐內湯沸沸地滾了，員外打些上號龍團㉙餅兒放在罐內，燒一爐香，點起

㉕ 譙樓：本來是指城上的高樓，宋明間州縣的更鼓樓，多名譙樓。

㉖ 陸博：又作「六博」，是中國古代一種擲采行棋的博戲類遊戲，共有十二棋子，六白六黑，投六箸行六棋。因使用六根博箸所以稱為六博，以吃子為勝。

㉗ 呼盧：「呼盧喝雉」的簡稱，即賭博。古時博戲，用木製骰子五枚，每枚兩面，一面塗黑，畫牛犢；一面塗白，畫雉，一擲五子皆黑者為盧，為最勝采；五子四黑一白者為雉，是次勝采。賭博時為求勝采，往往且擲且喝，故稱賭博為「呼盧喝雉」。

㉘ 五經：指儒家的五種經典，指周易、尚書、詩經、禮記、春秋。

兩枝燭來，取過畫叉，把畫掛起，真個是摘得落的妖嬈美人。員外咳嗽一聲，就桌子上彈三彈，只見就桌子邊微微地起一陣風，怎見得這風？

善聚庭前草，能開水上萍。
動簾深有意，滅燭太無情。
古寺傳鐘響，高樓送鼓聲。
惟聞千樹吼，不見半分形。

風過處，只見那畫上美人歷歷地一跳，跳在桌子上，桌子上一跳，跳在地上。這女子腳到頭五尺三寸，身才生得如花似玉，白的是皮肉，黑的是頭髮。怎見得有許多好處？

添一指太長，減一指太短，施朱太赤，傅粉太白。不施脂粉天然態，縱有丹青畫不成。有沉魚落雁之容，閉月羞花之貌。

只見那女子覷著員外，深深地道個萬福，那員外急忙還禮。去壁爐上湯罐內傾一盞茶，遞與那女子，自又傾一盞奉陪著。喫茶罷，盞托歸臺，不曾道個甚麼，那女子一陣風過處，依然又在畫上去了。員外

㉙龍團：宋代貢茶名。餅狀，上有龍紋，故稱。

妬婦鬧夫偏多賊智。

不勝之喜，道：「這畫果然有靈。如今初次且莫纏他，等待第二遍細細與他扳話㉚不遲。」當時把畫軸自家卷過，叫當直的來收拾了家火。員外自回寢室歇息，不在話下。到第二日，又說要去算帳，忙忙的催取晚飯喫了，又到書房中來。卻說張院君思忖道：「員外昨夜算帳，今夜又算帳，我不信有許多得算！既然有帳算時，日裏工夫丟向那裏去了，卻到夜間恁般忙迫？」事有可疑，不免叫丫鬟提個行燈在前，媽媽在後，逕到書院邊。近風窗聽時，一似有婦人女子聲音在內。媽媽輕輕地走到風窗邊，將小拇指頭蘸些口唾，去紙窗上輕輕地印一個眼兒，偷眼一張，見一個女子與員外對坐了說話。這媽媽兩條忿氣從腳板底直灌到頂門上，心中一把無明火高了三千丈，按納不下，舒著手推開風窗門，打入書院裏來。員外喫了一驚，起身道：「媽媽做甚麼？」那媽媽氣做一團，道：「做甚麼？老乞丐，老無知，做得好事！你這老沒廉恥，連連兩夜只推算帳，卻在這裏做這等不仁不義的勾當。這沒來歷的歪行貨㉛，那個勾引來的，你快快說。」正鬧裏，只見那女子一陣風過處，已自上畫去了。那媽媽氣噴噴的，喚梅香來，「與我尋將出來，教你不要慌！」員外口中不道，心下思量自道：「你便把這書院顛倒翻將轉來，也沒尋處。」那媽媽尋不見這個女子，氣做一堆。猛擡頭起來週圍一看，看見壁上掛著幅美女。媽媽用手一扯，扯將下來，便去燈上一燒，燒燼放在地上。員外見媽媽盛怒之下，又不敢來奪，那畫烘烘地燒著，紙灰在地上團團地轉。看看旋到媽媽腳邊來，媽媽怕燒了衣服，退後兩步。只見那紙灰看著媽媽口裏只一湧，那媽媽大叫一聲，驀然倒地。有詩為證：

㉚ 扳話：攀談；閒聊。

㉛ 歪行貨：詈詞，猶賤貨，來路不正的人。

傳神偶入風流譜，帶焰還歸離恨天。
只為妖蹤消不盡，重來火宅作姻緣。

胡員外慌了手腳，教丫鬟相幫扶起來，坐在地上，去湯罐內傾些湯，將媽媽灌醒，扶將起來，交椅上坐地。媽媽道：「老無知，做得好事！」喚養娘，「且扶我去臥房中將息。」媽媽睡到半夜光景，自覺身上有些不快，自此之後，只見媽媽眉低眼慢，乳脹腹高，身中有孕。胡員外甚是歡喜，卻有兩件事心中不樂：一來可惜這軸仙畫被媽媽燒了，再不得會仙女之面；一來恐日後那先生來取贖，怎得這畫還他。不在話下。光陰似箭，日月如梭，經一年光景，媽媽將及分娩，員外去家堂面前燒香許願，只聽得門首有人熱鬧。當直的來報員外道：「前番當畫的先生在門前。」胡員外聽得說，喫了一個蹬心拳㉜，只得出來迎接，道：「我師又得一年光景不會，不敢告訴，今日我房下正在坐草㉝之際，有緣得我師到來。」只見那先生呵呵大笑，道：「媽媽今日有難，貧道有些藥在此。」就於荊筐籃內取出一個葫蘆兒來，傾出一丸紅藥，遞與員外，教將去用淨水吞下，即時便得分娩。員外收了藥，留先生喫齋了去，先生道：「今日宅內忙迫，不敢相妨，改日卻來拜賀擾齋。」說罷作別去了，亦不提起贖畫之事。且不說先生，卻說員外將藥與媽媽喫了，無移時㉞，生下一個女兒來。員外甚是歡喜。老穩婆㉟收了，不免做三朝㊱、

㉜ 蹬心拳：亦稱「蹬心拳頭」，打在心口的拳頭，比喻觸心的言語或行為。
㉝ 坐草：婦女臨產，分娩。
㉞ 無移時：不多時；一會兒。

滿月、百歲一週。取個小名，因是紙灰湧起，腹懷有孕，因此取名叫做「湧兒」，後來又嫌「湧」字不好，改做「永」字。時光迅速，不覺永兒長成七歲，生得十分清秀。素臉鬅髮，鮮眸皓齒，如觀音座前龍女㊲一般。夫妻兩口兒愛惜他如掌中之珠，櫝中之玉。員外請一個教授㊳在家，教永兒讀書，這教授姓陳名善，為人忠厚老成，是個積年句讀㊴之師。員外請得到家，夫妻兩口兒好生敬重。雖說慈親護嬌女，喜逢賢主對佳賓。這段話，且閣過一邊。再說雷太監自那日不見了新娘，差人四下尋訪，並無蹤跡。只恐張鸞發惡㊵，著實陪禮奉承。張鸞已知不干雷家之事，落得受他恭敬。只為丁丞相諂佞，與皇太子不甚投機，真宗皇帝晚年又得了個風疾㊶，不能視朝，所以雷太監十分有心要引薦張鸞，無處用力。張鸞又信了小妖魂一番鬼話，況且胡員外家見在投胎生女，眼見得有幾分靈驗，把自己進身一節也不甚上真聖嗣。

㉟ 穩婆：舊時以接生為業的婦女。

㊱ 三朝：嬰孩出生後的第三天為「三朝」，很多地區認為「三朝」適宜給嬰兒洗滌污垢，會見親友，因而三朝又作「湯會日」。

㊲ 觀音座前龍女：龍女，是「二十諸天」中第十九天之婆竭羅龍王的女兒，聰明伶俐，八歲時偶聽文殊菩薩在龍宮說「法華經」，豁然覺悟，通達佛法，發菩提心，逐去靈鷲山禮拜佛陀，以龍身成就佛道。為觀世音菩薩身旁協持。

㊳ 教授：職官名。宋、元以後府、州、縣學的學官，掌學校課試等職。後亦用為對教書先生的尊稱。

㊴ 句讀：中國古代文章中沒有標點符號，誦讀時稱文句中停頓的地方，語氣已經完的叫「句」，沒有完的叫「讀」，由讀者用圈（句號）和點（逗號）來標記。

㊵ 發惡：產生惡感；發怒。

㊶ 風疾：指風痹、半身不遂等症。

緊，只將淑景園做個下處，在東京城內城外散澹遨遊。一來要尋訪聖姑姑相會，二來要看取胡員外女兒下落。光陰似箭，不覺到了景德元年，真宗皇帝晏駕，皇太子登基，是為仁宗皇帝。因委雷允恭管造山陵，誤移皇堂於絕地，被學士王曾㊷劾奏，并發丁丞相內外交結許多惡跡，仁宗龍顏大怒，將丁謂貶去遠州司戶參軍㊸，雷允恭即時處斬，抄沒家私，連淑景園都沒入做了官產。張鸞因在這園中住久，怕有是非干涉，預先脫身遠去，浪跡江湖。忽一日遊至山東濮州地方，其時四月節氣，正值亢旱，各縣都出榜，廣召法師祈禱無驗。聞得有個女道姑，在博平縣揭榜建壇，刻期禱雨，張鸞心下思想道：「這一定是聖姑姑了，我且去看個動靜。」拽開腳步，逕投博平縣來。正是：管教久旱逢甘雨，賽過他鄉遇故知。畢竟張鸞這一去遇著聖姑姑否，且聽下回分解。

㊷王曾：青州益都（今山東益都）人（西元九七八－一〇三八年），字孝先。宋真宗咸平五年（西元一〇〇二年）王寅科狀元。景德初（西元一〇〇四年），知制誥，真宗大建玉清昭應宮，王曾力陳五害以勸諫，真宗命王曾判大理寺，遷翰林學士，知審刑院，對其甚為敬重。宋史卷三一〇有傳。

㊸司戶參軍：司戶，為州縣的屬官，主管掌戶籍、賦稅、倉庫交納等事。縣裏的司戶叫司戶佐，州裏的司戶叫司戶參軍。

第十七回　博平縣張鸞祈雨　五龍壇左黜鬥法

春三夏四好栽秧，萬目懸懸盼雨暘。
但願太平賢宰相，用心燮理❶免災傷。

話說張鸞聞得博平縣有箇老道姑登壇祈雨，心疑是聖姑姑在彼，一溜煙跑來。進得博平縣城門，只見門內懸掛著一道榜文，傍邊小机兒上一箇老者呆呆的坐著。雖然往來人眾，站住腳頭看榜的卻少。張鸞走上一步，從頭念去道：

博平縣縣令淳于厚，為祈雨事。本縣久旱，田業抛荒，多方祈禱無應。如有四方過往不拘何等之人，能設法降雨救濟生民者，揭榜前來，本縣待以師禮。雨降之日，本縣見斂就一千貫文在庫，即時酬謝，決不輕慢。須至示者。

天聖三年❷四月　　日示

---

❶ 燮理：協和治理。古代認為燮理陰陽是宰相的政務。

張鸞看罷，向老者拱手道：「貴縣幾時沒雨了？」老者見他道貌不俗，忙起身答應道：「自去年十一月起，到今並無滴水，將有六箇月亢旱了。」張鸞道：「聞得有箇遠方道姑揭榜祈雨，這信可真麼？如今在那裏？」老者把雙手一攤，癟著嘴說道：「在那裏？一萬箇也走了。」張鸞笑道：「卻是為何？」老者道：「這道姑姓奚，自號『女神仙』，有五十多歲的人了，跟隨的徒弟，男男女女共有十來箇。女的叫做『仙姑』，男的叫做『仙官』。據他說，是大萬谷樂總管府來的，善能呼風喚雨。初時揭了榜文，縣主相公好不敬重。他要離北門十里之外，擇高阜處，建立雩壇❸，名為『五龍壇』，裝成青、黃、赤、白、黑五色龍形，按方擺設。又逼勒縣主相公要地方上一千貫文酬謝，斂足了錢貯庫，方始登壇。縣主一一聽允❹。他行的是什麼『月孛❺』之法。各坊❻各里❼都要呈報懷孕婦人的年庚，憑他輪算一箇，指稱『魃母』，腹中懷有旱魃❽，不繇分說，教縣裏拿到壇前。這道姑上面坐著，指揮徒弟們鳴鑼擊鼓，噴水念咒，弄得這婦人昏迷，將他剝得赤條條地，躺在一扇板門上。雙腳雙手和頭髮共用五箇水盆，滿滿盛

癟，音鱉。

此法北方至今常用。

❷ 天聖三年：即西元一〇二五年。天聖是宋仁宗趙禎的年號，北宋於西元一〇二三—一〇三二年十一月使用該年號，共計十年。

❸ 雩壇：古時祈雨所設的高臺。

❹ 聽允：採納；允准。

❺ 月孛：月孛為星命家所說的十一曜之一，九日行一度。

❻ 坊：里巷，多用於街巷的名稱。

❼ 里：街坊。古代五家為鄰，五鄰為里。

❽ 旱魃：傳說中引起旱災的怪物。

搖旗招風，打瓦致雨，皆道□祈雨之法。

水浸著。一箇仙官對了北方，披髮仗劍，用右腳踏在他肚子上，口中不知念些什麼言語。其餘男女徒弟，也有搖旗的，也有打瓦❾的，紛紛嚷嚷，亂了一日。這懷孕婦人悔氣❿，弄得七死八活，天上絕無雲影。日色沒了，只得散場。托言龍王今日不在家，明日管教有雨。教縣主出三貫遮羞錢與那孕婦的丈夫，責領回去。到第二日，又輪一箇魃母，要拿到壇前行事。眾百姓憤氣不平，登時聚集起三四百人，丟磚頭擲瓦片，喊聲如雷，要打死他師徒們。這奚道姑慌了，和他一夥改換衣服，從壇後逃走了去。縣主也不追究，另命這道榜文各門張掛。老漢是本地方里正，怕有揭榜的前來，只得在此看守。」張鸞呵呵大笑道：「原來如此。貧道捹著一刻工夫，與你們祈一壇甘雨耍子則箇。」說罷，將榜文一手揭了。老者上前扯住道：「你大膽揭榜，敢是真正有些本事麼？休得要大話小結果，只有頭兒，沒有尾兒，學那女神仙壇前上去，壇後逃去。」張鸞道：「你們要多少雨？恁般大驚小怪。」老者道：「只要三尺甘雨，高低俱足了。」張鸞笑道：「我只道要倒翻江底，掠盡海岸，這還費貧道幾箇時辰的躊躇⓫。只這點點雨水，有何難哉。」當下老者將杌子寄放人家，就引張鸞從縣前一路而行，百姓們看見里正引箇道人進城，想情定是揭榜祈雨的。什麼歡喜，都跟來看。原來博平縣將有六箇月不雨，亢旱非常，怎見得？但見：

河底生塵，田中坼縫。樹作枯焦之色，井存泥濘之漿。炎炎白日，天如怒目之威；滾滾黃埃，草

❾ 打瓦：即瓦卜。古代一種占卜方法，擊瓦而視其裂紋以定吉凶。
❿ 悔氣：應為「晦氣」，指遇事不順利。
⓫ 躊躇：思量；考慮。

趣。

欲垂頭而臥。擔錢換水，幾家奪買爭先；迎客款茶，多半空呼不出。渾如漢詔乾封日，卻似商牲未禱時。途中行客喝如焚，泉底眠龍鞭不起。

本縣也有幾箇寺觀，僧道們各依本教科儀⑫設醮⑬修齋⑭，念經祈禱。縣令淳于厚每日早上往城隍廟行香一次，全無應驗。百姓起箇口號，道：「朝拜暮拜，拜得日頭乾曬；朝求暮求，求得滴水不流。」縣令也沒箇主意了，只得繇他。這日行香過了，早堂方畢，退在私衙⑮安息。只聽得堂上一片聲喧嚷，將堂鼓⑯亂撾，慌得縣令冠帶不迭，便服跑出後堂來。門子⑰稟道：「今有遠方道人揭了祈雨榜文，百姓簇擁前來。」縣令分付里正率領百姓們在門外伺候，單請道人後堂相見。張鸞左手提著荊筐籃兒，右手持鼈殼扇子，飄然而進。見了縣令，放下籃兒，道箇稽首。縣令慌忙回禮，問道：「先生高姓尊號？從何處來？」張鸞道：「貧道姓張，名鸞，別號沖霄處士。從海上到此。適見榜文祈雨，特來效勞。」縣令道：「先生行的不是『月孛法』麼？」張鸞道：「不是『月孛法』，是『日黑法』。不弄黑了日頭，怎得下雨？」縣令也笑起來，又問道：「北門外見築得有雩壇，不知可用得否？」張鸞道：「既有見成

⑫ 科儀：即「科式」。指法式，宗教儀式。
⑬ 設醮：道士設立道場祈福消災。
⑭ 修齋：會集僧人或道徒供齋食，作法事。
⑮ 私衙：指舊時官員私人所置的住所。
⑯ 堂鼓：舊時官府公堂上設置的鼓。皷，為「鼓」之異體。擊以聚眾，或申報緊急公務。
⑰ 門子：舊時在官府或有錢人家看門通報的人。

雩壇，便用他罷。」縣令道：「約莫幾日之內可以致雨？」張鸞道：「早上壇，早有雨；晚上壇，晚有雨。」縣令因奚道姑出醜了一遍，不甚準信，便道：「先生誇得好大口，只不知還用甚法物，好預準備。」張鸞道：「並不用甚法物，只教本縣各寺觀祈雨的僧道先去掃壇伺候。」縣令道：「這卻容易。下官今晚分付停當，先生暫在城隍廟中一宿，明早登壇便了。」張鸞道：「但憑尊命。只是一件隨分⑱空閒公館⑲，貧道暫歇一宵。若到城隍廟去，恐煩神道接見，彼此不安。」縣令道：「公館儘有。」口雖答應，心下不以為然。張鸞早已知覺，故意道：「貧道今早枵腹⑳而來，求些見成酒飯。」縣令道：「要酒儘有，只是素齋。」張鸞道：「貧道慣嗄酒㉑的，是鮮肉，卻不用素。」縣令道：「不瞞先生說，只為祈雨一事，有三箇多月禁屠。下官只是蔬食，要鮮肉卻不方便。」張鸞笑道：「官府斷屠，從來虛套。常言道：『官禁私不禁』，只好作成公差和里正。尊官若不信時，縣東第十三家呂屠家裏，今早殺下七十斤大豬。間壁孫孔目為兒子週歲請客買下十五斤，見今煮熟在鍋裏。又縣西顧酒店夜來殺羊賣，還剩得一隻熟羊蹄，將蒲草蓋在小竹籠裏，放在牀前米桶上。可依吾言語問他，說官府不計較你，平價買他的，必然肯與。」縣令道：「不信有此事。」當喚直日買辦的，依著先生言語問那兩家，要回買豬肉五斤，羊蹄一隻。當直的去不多時，把豬肉羊蹄都取得來，回話道：「那兩家初時抵賴不承，被小的如言說破，

虛套，不止禁屠。若只靠斷屠求雨，則天雨豈欲人開屠乎？

⑱ 隨分：隨便、就便、隨意、任意之義。

⑲ 公館：古時公家所建造的館舍。

⑳ 枵腹：空腹，謂飢餓。

㉑ 嗄酒：即「下酒」，適宜於和酒一起吃。

他便心慌，即便將肉送出，連價也不敢取。」縣令道：「先生是什麼數學㉒？恁般靈驗！」張鸞道：「偶中而已。」縣令方纔曉得先生不比常人，刮目相敬。少停當直的煖到一大鏇酒，約有六七斤，二十來箇大饃饃，和豬肉羊蹄一行兒擺在桌上。張鸞拱手道：「貧道不為禮了。」大碗大塊只顧喫，霎時間喫箇風捲殘雲，只剩三箇空盤子，一把壺兒。口裏說道：「蒙賜，已點過心㉓了。」到廟中卻又領飯。眾人都唬駭了，道：「沒見這樣會喫的，好副大腸肚！」縣令背後立箇俊俏小廝，便接口耍道：「不是這般大腸肚，怎配得這副大口。」張鸞聽見，便把這小廝一指，說道：「你的口也不小。」只見這小廝的兩點朱唇一時不繇自己做主，直張開到耳根邊，圓圓的好似一隻朱紅漆碗，開了再合不下，又說不得話，只是墮淚。原來這小廝纔一十五歲，髮方覆眉，生得清俊，是縣令相公極寵愛的一箇親隨㉔。縣令見他作怪，已知衝撞了先生之故，慌忙作揖謝罪道：「先生可憐他年小不知事，看下官薄面，饒恕他罷。」張鸞道：「貧道並不曾難為他。」縣令道：「這小廝原好副嘴臉。」張鸞指道：「如今原好副嘴臉。」縣令回頭看時，小廝的嘴照舊好了。一箇押司㉕在傍低低的說道：「這是障眼法㉖兒。」張鸞已聽得了，卻不說破，問縣令這押司何姓。縣令道：「姓陸名茂。」張鸞道：「好箇陸押司。」慌得陸押司躲在一

㉒ 數學：即「術數」。這裏指天文，星命，占卜等等。
㉓ 已點過心：即已吃過點心。點心，糕點之類的食品。
㉔ 親隨：親信隨從。
㉕ 押司：舊時地方衙門裏管理文書、獄訟等事的胥吏，多由當地有產業人戶中差選。
㉖ 障眼法：遮蔽或轉移別人視線的手法。

邊去了。縣令差人送張鸞到公館安歇，早晚酒食自有本館人供應。張鸞臨別，約縣令早起，同到雩壇行香。縣令道：「這是下官本等，自當陪侍。」當日晚堂，縣令分付各寺觀僧人道眾，將五龍壇打掃潔淨，鋪設齊整，明日五鼓都要先在壇上伺候，迎接法師。又分付本縣吏役，侵晨取齊，又標撥㉗官馬一匹到公館去伺候法師起身。當晚鬨動了博平縣裏。次日東方發亮，縣令出堂，方欲上轎，只見張鸞右手持鼈殼扇，左手持荊筐籃，搖擺進來。縣令相見了，問道：「先生何又賜顧？」張鸞道：「昨日有約，特來奉邀同步。」縣令道：「此去有十里之遙，已曾撥馬奉候，可曾到否？」張鸞道：「馬兒見在。只是貧道會走，不用著他。」縣令道：「用過早飯了麼？」張鸞道：「用過了。」縣令道：「既如此，請先行一步，下官隨後便來。」張鸞道：「貧道不認得雩壇，有煩陸押司作伴。」縣令分付陸茂好生替先生引路。陸押司奉了縣主相公之命，緊緊幫著同走。一箇眼挫，忽然不見了先生。慌得他手足無措，料然不是落後，趕上一步看時，那先生前去約有二三十步之遠。押司道：「在這裏還好，倘然遊方道人一時口出大言，不能取驗，臨時溜去了，教我如何回話？又或者真箇不認得路，走錯了，縣主先到雩壇，也顯得我的不能幹事。」發狠的趲步上前，要跟那先生。只見先生在前緩緩而行，這裏盡力只趕不上。不論緊走慢走，只差得二三十步兒。押司走得氣喘，只叫喊道：「先生慢一步，小人跟隨不上哩。」張鸞在前呵呵大笑道：「貧道走不慣慢步，你若不上前引路時，我走向天上去也，不與你祈雨了。」急得押司捨命又跑，眼盼盼看見在前再趕不著腳跟。有詩為證：

㉗ 標撥：即「分撥」，劃分出來撥給；劃撥；調撥。

遁甲之中縮地高，雖然緩步去程遙。
押司饒舌今勞步，耍得渾身汗似澆。

押司汗如雨下，喘做一團，只得高聲叫道：「小人已知先生神術了！饒過小人罷！」張鸞道：「貧道是障眼法兒，有什麼神術！」押司方纔省得昨日失言之過，磕頭謝罪。張鸞把手一招，分明似磁石引鐵一般，不覺立在先生背後了。押司一把扯住先生，死也不放，不勾幾步到了五龍壇上。那夥和尚道士已先在了，聞得新法師到來，分作兩班下壇迎接。張鸞看這雩壇甚是高爽，四圍樹木成林，那奚道姑擺設下的五龍尚在，都是竹胎紙糊的，塗抹著五色鱗文。中間大大架起箇油布幔兒，設得有桌椅之類。少停，只見城內城外百姓們紛紛而至，何止千數，還不見縣令到來。張鸞想道：「這縣令不肯陪我同行，卻做張做智叫我先走，自己要打轎來。你為百姓祈雨，便步行了這　遍兒也不見失了體面，直恁做格？我今番且耍他一耍。」便對著一箇年小的道士說：「縣主未到，煩你前往一催。」扯他左手過來，自己捻箇劍訣，在他手心中虛畫箇符形，急教握緊拳頭，分付道：「你見了縣主時，便傳吾言，請縣主快來迎雨，如若遲疑，開掌為信。不可私自中途開看。」又脫下他兩隻鞋兒，也畫箇符在鞋底上，教他穿了快走。如要住腳，高聲喝「咄退」二字。小道士剛把鞋穿上，兩足猶如有人搬運一般，不由自己如風而去，約有四五里之程，遇了縣主相公頭踏到來。喝一聲「咄退」，腳便輕鬆。由他收住了，只見縣主相公坐一乘青紗幔的涼轎，四擡四綽，打著青羅傘行來。小道士到轎前跪著稟道：「法師教請相公快來迎雨。」縣令道：「這般烈日，雨在那裏？」小道士捻起拳頭，對縣令道：「恐相公遲疑，命小道開掌為信。」

說罷，把拳頭放開。忽然一聲霹靂，從掌中發起，轎扛震得平斷。嚇得縣令掩耳不迭，面如土色，直跌出轎來。眾人七顛八倒，連小道士也驚呆了。停了一會，縣令正待差人去問四下左近人家或騾或馬借來乘坐，只見一班和尚們，又引看許多百姓到來，催取縣主上壇行香。縣令已喫了這一番驚恐，不敢遲慢，此時只得教左右扶擁，步行到壇，一面差人回縣取轎馬到雩壇伺候轉身。張鸞見縣令到來，迎接上壇，問道：「相公何不乘轎來？」縣令將雷震轎扛之事說了，道：「先生原來有此神通法術，今日祈雨不難，乃萬民之有幸也。」張鸞道：「不是貧道誇口，風、雲、雷、雨是貧道腰囊內的東西，且試箇戲術與相公看。乞借大傘一用。」縣令教傘夫將三沿青絹傘遞與先生。先生接傘在手，旋了兩旋，驀地望上一攛，喝聲「起」，吹口氣，這把傘兒漸漸升上到最高處，變成一朵烏雲，將日色罩定，紅光盡斂。眾人都仰面而看。張鸞把手一招，這朵烏雲托地墜下，仍是一柄青絹傘，便透出一輪烈日。縣令心中又喜又怕，便請先生上坐，要下拜相求，速賜甘雨以救一方之困。張鸞道：「不須過禮，貧道十日前從南岷山㉘過，遇著大雨，貧道把這些雨雲收得在此。今日捨與貴縣結緣罷。」便向荊筐籃中取出小小一箇葫蘆，擺在壇前，教縣令焚香拜禱。張鸞捻訣念咒，作用已畢，將葫蘆塞口拔去，輕輕用鼈殼扇一連幾搧。只見壇前起陣大風，一股黑氣從葫蘆中出，被風刮起，直透九霄，布成一天濃雲。張鸞將葫蘆收了，走到那竹胎紙糊的黑龍傍邊，分付道：「黑龍，黑龍，助我神通。乘雲宜速，行雨須洪。甘霖三尺，慰彼三農㉙。順我者吉，逆我者凶。」只見那黑龍鱗鬣俱動，忽然騰空而去，須臾之間，閃電亂發，雷聲激烈，拳頭

㉘ 南岷山：在今南充西充境內。

㉙ 三農：古時稱居住在平地、山區、水澤三類地區的農民，後泛稱農民。

又嚇得他們好。

從劉剛夫婦鬥法化來。

般雨點打將下來，嚇得百姓們四散都走了。縣令也要下壇，奈縣中取轎未到，只得同吏役及僧道們在布幔中住札。頃刻大雨如注，幸得布幔是熟油漬透的，又架在高阜。雖免得上漏下濕，四旁卻無遮蔽，眾人將桌椅都側下遮雨，也有帶得遮陽傘兒的，迎著風兒撐開。正在忙亂，只見金蛇亂掣，霹靂連聲，不離雩壇左右旋轉。縣令道：「敢問先生，今日雷神為何發怒？」張鸞道：「想是看中意了幾箇歹人哩。」當下張鸞高聲道：「雷部聽吾法旨：如有真正貪官污吏，破戒和尚，穢行道士，方許下擊。如無此等，速宜退避。」那霹靂愈加連聲不絕，慌得縣令先倒身下拜，自陳悔過。以下吏役及僧道們，那一箇說得嘴響的，都著了忙團團的拜做一堆，笑得張鸞眼花沒縫。約莫一箇時辰，雨聲方歇，雷電亦止。眾人方纔放心，爬將起來，向壇下一望，落得山鳴川響，池滿溝盈，足足有三尺甘雨。縣令剛在那裏稱讚先生之功，只聽得壇下有人厲聲喝道：「何處初學，敢在此施逞伎倆，恐嚇眾人。莫非要詐這一千貫賞錢麼？」張鸞看時，卻是一箇瘸足道者，生得身材矮小，衣服腌臢[30]，提著一根青藜杖，從大雨中一步步拐上壇來，渾身無一絲沾濕。到得壇上，放下藜杖，操著手，與縣令稽首，縣令和眾人俱各駭然。張鸞道：「貧道捨一壇甘雨，救濟生靈，你這乞道到此溷擾[31]，敢與貧道鬥法麼？」瘸子笑道：「諒你有何法，敢與師父賭鬥？」張鸞大怒，便把鼈殼扇子一丟，喝道：「快去打那乞道！」只見那把扇子冉冉而行，逕奔那瘸子頭皮上來。瘸子呵呵大笑，把頭一攧，這頂破頭巾望上趫兩趫，撲的脫了頭，去迎那扇兒。分明兩隻老鷹相撲，一上一下。瘸子喝聲：「拐兒何在？」只見地下橫著這根青藜杖忽然躍起，一

---

[30] 腌臢：髒的；不乾淨的。

[31] 溷擾：煩擾；打擾。

步步跳去打那張鸞。張鸞把袖一拂，身邊這隻荊筐籃兒離地相迎，如藤牌架棍，一來一往，眾人都嚇得躲在一邊，連縣令也不敢上前了。兩下賭鬥，各無勝負，都收了法術。張鸞大怒，抖擻精神，口中念念有詞，舉手向北方一招，大呼：「黑龍快來！」那瘸子聽得，便把壇上黃龍頭上打將一下，只見先前飛去行雨的那條黑龍半雲半霧，飛回壇來。這裏黃龍鼓鬣張鱗，就地騰起，迎住黑龍，空中相鬥。自古道，土能剋水，黑龍敵不過黃龍。張鸞又叫：「青龍，快去相助。」瘸子又把白龍一掌，那青龍纔飛起去，白龍又去迎住。惱得張鸞咬牙切齒，急喚赤龍幫助。五條龍向空中亂舞，正按著金、木、水、火、土五行互生互剋，攪做一團。狂風大起，布幔架子都吹倒了。眾人正立腳不住，忽然走出一箇和尚，耳墜金鐶，身披裂火袈裟，手裏托一箇水晶鉢盂㉜。這和尚正不知那裏來的，喝道：「二位同道中，休得自傷和氣。待貧僧與你勸解則箇。」將手中水晶鉢盂猛力望空中一拋，變成一顆五采明珠。那五條龍都來戲這顆珠，成團作陣而去。瘸子已認得是蛋子和尚，暗暗喜歡，彼此俱不說破。只見和尚舉手道：「二位賭法，沒有勝負。那一箇取得水晶鉢盂還了貧僧，就斷他是師兄。」張鸞和瘸子齊聲應道：「有何難哉！」兩箇嘿念咒語，都收了法術。那五條竹胎紙糊的龍形，依然復還舊處，恰似不曾移動一般，又不見他那裏飛回的。只見張鸞袖中取出一箇水晶鉢盂，送還和尚。瘸子道：「他是假的，那真的在我處。」果然向腰胯間取出一箇來，大小一般無二。那和尚都不接受，卻在自己袖中摸出鉢盂來，笑道：「貧僧的見在，二位休得相戲。」原來張鸞的鉢盂是袖中葫蘆變的，瘸子的鉢盂是腰間椰瓢變的。一見真鉢盂出來，二物都還本相，各各大笑都收去了。張鸞心下也自駭然，想道：「這乞道的本事不弱於我，又不

假人瞞不得真人，假貨敵不

㉜ 鉢盂：亦作「鉢釪」，僧人的食器，亦指傳法之器。

知那裏走出這莽和尚來，更是利害。」有詩為證：

孫龐鬥智㉝非為敵，楚漢爭鋒㉞未足誇。
爭似雩壇齊鬥法，大家看得眼睛花。

只聽得壇下人語嘈雜，百姓們絡繹不絕，人人執香來迎法師進縣。縣中轎馬也都到了，縣令方敢出頭開談道：「適纔下官見三位師父手段，俱有驚天動地之術，不相上下。依下官說，三教同源，休爭客氣，都請到敝縣，下官一同尊禮。備得有馬匹在此，各請乘坐，幸勿推卻。」瘸子見有馬在壇下，便要去乘。張鸞終有些不平之意，明欺他是瘸腳，一把抓住道：「我們不許乘騎，大家步行，賭箇遲快。」瘸子道：「足下莫非是騃子㉟？」張鸞道：「如何是騃子？」瘸子道：「不是騃子，怎的放了馬步行？」眾人都笑起來。縣令道：「既三位不肯乘馬，下官禮當陪步。」蛋子和尚道：「地下泥濘，官府們不可失了觀瞻。貧僧同二位道友先到貴縣相候。」說罷牽了兩箇道人的手，步下壇來。百姓們起初只認得祈

過真貨，此定理耳。

此是張鸞□處趣。

㉝ 孫龐鬥智：孫臏和龐涓各用智謀相鬥，為來源於東周列國志的歷史故事。孫臏，戰國時齊國人，和龐涓同在鬼谷子門下學兵法。後來，龐作魏將，嫉妒孫的才能，把孫騙去刖足黥面。孫用計逃往齊國。在齊國和魏國的一次戰鬥中，孫設計圍困龐涓，最終迫使龐涓馬陵道自殺。
㉞ 楚漢爭鋒：劉邦和項羽爭奪天下，最後，項羽在垓下戰敗，自刎於烏江。
㉟ 騃子：呆子；傻子。

雨的一位師父，如今忽然又添了一僧一道，正不知那裏來的，好生怪異，紛紛的分開兩邊，讓一條路與他們先行。蛋子和尚在前，張鸞居中，瘸子在後。走不多幾步，瘸子故意拐著道：「二位慢行，地下好不難走哩。」張鸞正中其意，扯著蛋子和尚越走得快了。只聽得後面叫聲「阿呀」，回頭看時，路傍有箇小小水潭，瘸子右腳陷入。提得起時，左腳把滑不住，撲通的倒撞下水去了。張鸞口稱慚愧，蛋子和尚道：「莫管他，且到縣裏等他便了。」比及兩人進得縣門，只見縣堂上一箇人拖著青藜杖，拐將下來，口中叫道：「二位如何來遲？」張鸞看了大驚。那人非別，正是瘸子，方知撞下水潭乃是水遁之法，張鸞到此心下纔服。到縣堂上，重新講禮，方纔動問名號。瘸子道：「貧道姓左，名黜，因為左腿損傷，改名左瘸。法侶中都稱貧道是『瘸師』。這位就是貧道師兄，號叫『蛋師』，幼名蛋子和尚便是。」張鸞道：「二位莫非是在楊巡檢家與聖姑姑一同修道的？」瘸子道：「足下何以知之？」張鸞道：「貧道曾到永興地方，多曾聽得人說起大名，只是無緣會面。今幸相逢，多有沖撞。」說罷，便拜下地去。蛋師和瘸師兩箇慌忙答禮，問道：「師兄是誰？」張鸞敘了名號，蛋子和尚道：「原來就是沖霄處士，聖姑姑甚想相會。」張鸞正待叩問，報道縣令回來。那縣令已知眾師父們先到，便下了轎，步入縣門，這班和尚道士及百姓們都隨進來。縣令教鋪下紅氈，先請張鸞拜謝，張鸞不肯。縣令道：「下官為萬民屈膝，禮之當然。」兩下再三謙讓，交拜了兩拜。次請那兩位相見，那兩箇教收起紅氈，賓主作揖。階下這班僧道及百姓們一齊拜倒，歡聲如雷。張鸞安慰了幾句言語，教縣主發放他去。和尚自去做回向功德，道士自去殺雞謝將，其餘百姓各自散歸。縣令預先分付備有桌席，擺在後堂管待三位。縣令尚不知蛋子和尚及左瘸師名號，到後堂一一動問，都是張鸞代答。縣令道：「先生如何曉得？」張鸞道：「原是平日最相慕的，恰纔說起，方知。」縣令笑道：「下官勸三位休爭客氣，正為此也。既然三位都是神交，今日之坐，下官不敢僭序㊱。請三位自定位次。」蛋子和尚道：「張先生今日有功之人，自宜首席。」縣令也是此意。張鸞謙不過，只得允了。瘸子讓蛋師坐了第二位，自家坐了第三位，縣令下面陪席。縣令道：「蛋師莫不奉齋麼？」蛋子和尚道：「葷素不拘。」縣令暗想道：「是不曾見這一般和尚道士。」當下酒過三巡，食供兩套，縣令起身把盞，教取一千貫文支帖，親手遞與張鸞，道：「此乃地方薄酬㊲，休嫌輕褻。鶴駕㊳行時，但憑支取，庫上即當賫送。」宋朝那時，一貫錢值一兩銀子，一千貫便值千兩。就是千兩銀子一箇人還帶不得，況且千貫銅錢如何領得？縣令也是有言在先了，盡箇人情，筭定那先生必然推辭的，就受也受不得許多。誰知張鸞正待推辭，瘸子向耳邊說道：「這錢財他日正有用處，可以受之。」張鸞點頭，便討紙筆過來，寫道：「暫寄博平縣城隍收庫。」就央本縣庫吏將這紙燒在廟中香爐之內，這一千貫錢擡至神座下放著。縣令嘿然半晌，只得教庫吏來分付。庫吏答應去了，心中想道：「那見城隍替人掌財？就是送去，也乾被人取用了。趁此黑夜擡回家中，看他怎地。」又想道：「這一千貫文非同小可，掩得誰人耳目？況且官府事情，倘在城隍廟中查問，卻不穩便。我且擡到廟中，與道士通同商議，大家八刀㊴。若官府問時，只說城隍爺收去了，那裏查帳？好計，好計。」當夜喚起人夫，

㊱ 僭序：僭越次序。

㊲ 薄酬：數量不多的報酬或補償。

㊳ 鶴駕：此處指仙人的車駕。

㊴ 八刀：「分」的隱語。

大扛小扛，擡那一千貫錢到城隍廟正殿中間。先對道士說知，把法師親筆焚過，然後將一千貫錢堆在香爐兩邊，如兩箇土墩相似。庫吏私與道士約定：黃昏後面，大家計較八刀。庫吏回復去了。道士忽動了欺心，想道：「常言『見物不取，反受其咎』，見送在我廟裏的錢財，如何卻與別人分用？廟後有箇大魚池，不免喚徒弟們相幫，陸續運去撇向池中，總算做城隍爺收去，無形無跡，卻不乾淨。等待久後，從容取出受用。」連忙關了廟門，喚齊了徒弟，收拾家火，准備扛擡。道士纔拿得一貫錢在手，覺得手中蠕蠕而動，提起看時，卻是一條赤蟀蛇㊵。慌忙撒手，徒弟們發起喊來，只見兩堆錢亂動，都變做蛇，成團絞塊，滾向神櫥中去了。此時五月十四日，雨霽後，月色倍明，只聽得敲門響。開來看時，正是庫吏。道士便將變蛇之事告訴了。庫吏那裏肯信？取火把向神櫥照看，並不見一條蛇影。庫吏認定道士將錢藏過，各處搜索無獲，兩下爭論相打，後來詰告在縣。縣令鞫出真情，各人責二十板，庫吏問革，道士逐出廟外，不許居住。這是後話。有詩為證：

庫吏心貪道士乖，欲圖千貫作私財。
八刀無分才丁有，不是天災是自災。

再說張鸞等三人直喫到月明時候，起身謝了縣令，作別要行。縣令道：「三位既蒙降重，屈在公館同宿一宵，來日還要請教。」蛋子和尚道：「貧僧有箇茅菴，敢屈尊官同往隨喜一回。」縣令道：「琳

㊵ 赤蟀蛇：蛇的一種。背部黑綠色，有赤色條紋和斑點，無毒，但性兇猛，好捕食蛙類。

宮❹何處？」蛋子和尚道：「離此不遠。」縣令送出前堂，蛋子和尚道：「告求淨水一碗。」小廝取水到來，蛋子和尚接得在手，口中念咒，含水向下一噴，只見階前一片水響變成江湖，波濤洶洶，印月如銀。左黜向腰間解下椰瓢撇下，變成一葉扁舟。只因這番，有分教：左道成群，敘出生死公案；冤家相遇，翻成貧富波瀾。正是：法當靈處重重幻，話若新時句句奇。畢竟這船是那裏來的，且聽下回分解。

---

❹ 琳宮：仙宮。亦為道觀、殿堂的美稱。

第十八回　張處士乘舟會聖姑　胡員外冒雪尋相識

五行生尅❶本常然，一氣靈通萬法圓。
噴水成江瓢可渡，更於何處覓神仙。

話說蛋子和尚噴水成江，瘸師將椰瓢擲下，化成一葉扁舟，要請縣令同登。縣令看這船時，從頭至尾沒八九尺長，如何容得多人？再三推辭不肯。蛋子和尚讓張鸞先下，坐在中間，蛋子和尚在船頭，瘸子在船尾，三人向縣令拱手稱謝。張鸞豎起鼈殼扇，如風帆一般，長嘯一聲，如飛而去。眨眼之間，船與水都不見了，依舊堂下階前甬道❷塞門光景。驚得縣令目瞪口呆，恰似做了一箇怪夢。雖然求了一壇甘雨，救濟萬民，卻擔了無限的小心驚恐。不知是仙術還是妖術，好難判斷。怕他們又來纏擾，分付將

快活極了。有如此靈通，南面王樂不如矣。乃作貝州舉動何耶？

❶ 五行生尅：五行之間相生相尅。相生，謂一物對另一物起促進作用。中國古代「五行」說所謂木、火、土、金、水五者互相生成其順序是：木生火，火生土，土生金，金生水，水生木。相尅，謂一物對另一物起抑制作用。水、火、金、木、土五者互相克制。其順序是：水尅火，火尅金，金尅木，木尅土，土尅水。

❷ 甬道：也叫「甬路」。院落或墓地中用磚石砌成的路。

偏會說。

五龍壇廢了。三日之後，各縣傳聞博平縣有箇遊方道士，立刻致雨，他都在亢旱之際，紛紛的備禮來迎，濮州知州也有文書下縣。縣令淳于厚瞞不過了，只得含糊將不識姓名僧道三人前後祈雨鬥法，及登舟而去，許多奇異事跡，備細申文❸回復。知州見請不來，甚不歡喜。各縣自家祈雨不應，見博平縣雨足，都懷妬忌，又來知州面前一口攛掇道：「據文書所說，分明一夥妖人。縣官不該與他相接，恐情熟生變，有累地方。」知州聽信，反將博平縣戒飭❹，著他體訪妖人姓名窟宅，一面將事情申報樞密院去。樞密院奏過朝廷，東京地方廣闊，恐有妖黨潛住為禍，出榜曉諭：遇有蹤跡詭異者，即便報官，不許隱蔽。從此東京傳遍，遊方僧道俱不敢入城。後人有詩歎淳于縣令之枉，詩云：

陰謀忌嫉起同寮，祈雨無功反坐妖。
只為畏途公道少，高人直欲老漁樵❺。

話分兩頭。再說張鸞等三人坐著小船，御風而行，霎時到岸。蛋子和尚引著張鸞先走，瘸師後隨，不多步，到了一箇所在。茂林修竹，鶴鹿成群，中間閃出一座精緻茅菴來。張鸞問道：「此是蛋師習禪之所？」蛋子和尚道：「生不習禪，亦無常所，閒雲去住，偶然而已。」張鸞歎服。蛋子和尚向瘸師道：

❸ 申文：行文呈報。
❹ 戒飭：嚴肅告誡。
❺ 漁樵：打魚砍柴，指隱居。

關目照應處處點水不漏。

「張先生在此，何不請聖姑姑來相會？」瘸子仰面對月，連叫三聲「聖姑姑」，只見月中飛出一道金光，忽地墜下，變成一箇老婆子。那婆子生得蒼形古貌❻，雪髮龐眉❼，頭戴星冠，身穿鶴氅，真箇有飄然絕塵之相。張鸞已知是聖姑姑，便上前道名稽首。聖姑姑口稱先生，慌忙答禮。兩下各敘相慕之意。聖姑姑看那張鸞身長七尺，偉幹修髯，面如噀血，目若朗星，丰神自與凡人不同，暗暗稱奇。當夜月白如晝，四人都進菴坐定。上邊聖姑姑居首，張鸞居次，瘸師傍坐，蛋子和尚在下相陪。聖姑姑問道：「小女媚兒，何處與先生相會？」張鸞便把一十三年前，淑景園中風吹媚兒下來，直到胡員外家投胎養育，備細敘了一遍。」聖姑姑稱謝道：「若非先生始終用情，吾女永絕人身矣。」又對瘸兒道：「可記得嚴三點之言乎？真神醫也。」張鸞道：「莫非益州嚴半仙麼？」聖姑姑道：「先生也曾會來？」張鸞道：「貧道曾在東京一箇宦家竊得一丸催生藥，送與胡員外家媽媽度其產厄❽。曉得是半仙堂嚴太醫家來的。但聞其名，實未會面。」瘸師道：「你們丟了正務不說，卻講閒話。」張鸞方纔問起貝州之事，聖姑姑也把夢中遇見了武則天娘娘一段說話敘過，又道：「此乃天數，不可違也。」張鸞又題起「胡家女兒王家后」之語：「今在胡員外家托生，上半句已應了。只不知『王家后』是如何？」聖姑姑道：「他日到貝州自有分曉。」張鸞道：「此事何時起手？」聖姑姑屈指道：「從此去一十五年，真人方出，先生乃第一起手❾之人。幫助的尚該有幾位，且看緣分如何。大家去用心招引，以成其功。」說話良久，蛋子

❻古貌：古樸的形貌。

❼龐眉：眉毛黑白雜色，形容老貌。

❽產厄：女性在生產子女中，遭遇不幸。

餘波亦妙。

和尚喚小沙彌⑩看茶。菴裏面走出一箇清瘦小沙彌，手捧朱紅托子，托出杏子一盤，比梨還大，比橘還黃。蛋子和尚道：「此臨淄⑪所出金杏⑫，漢武帝⑬最愛之，至今土人稱為『漢帝果』，聊當一茶之敬。」恰好是八枚金杏，四人各取二枚食之。只見小沙彌在傍看見眾人喫杏，口內流涎，把朱紅托子失手墜地，打得粉碎。蛋子和尚大怒，一手提起小沙彌步出中庭，拋向半天裏去，在空中打滾。張鸞方欲上前勸解，那小沙彌從空墜下，一聲響亮，直挺挺的在地下不動。張鸞看時，卻是一根齊眉短棒。再看朱紅托子，乃是石榴花一簇。聖姑姑喝道：「大匠面前何須弄斧！」這句話分明是說張鸞同是法師，不可相戲。張鸞道：「蛋師神通廣大，非某所及也。」此時月色西沉，東方將亮，聖姑姑起身道：「老拙今往東京看女了，不時相喚，便得會聚。」說罷騰空而去。張鸞等三人一時俱散，不知所之。有詩為證：

茅菴夜月清如水，偏稱幽人促膝譚。
自去自來真自在，如斯妙法幾人探。

---

⑨起手：起頭；開始。也有起事，起義意。

⑩沙彌：佛教出家五眾之一，指依照戒律出家，已受十戒的七至二十歲男性修行者。

⑪臨淄：即今山東淄博。

⑫金杏：果實名，杏的一種。唐段成式酉陽雜俎木篇言：「濟南郡之東南有分流山，山上多杏，大如梨，黃如橘，土人謂之漢帝杏，亦曰金杏。」

⑬漢武帝：名徹（西元前一五六－前八七年），漢景帝子。十六歲登基，在位五十四年（西元前一四一－前八七年），建立了西漢王朝最輝煌的功業。諡號「孝武」，廟號世宗。

若早知有變錢、變米法，富貴人愈加要學。

再說東京胡員外請箇學究⓮先生在家，教永兒讀書。這永兒聰明智慧勝於男子，讀過的便會，講過的便知。看看長成一十三歲，生得一貌如花，又且寫算皆通，伶俐無比。多少一般樣的員外人家慕他才貌，央人說合，欲聘他為媳婦。胡員外愛惜過了，揀來揀去，只是不就。正是：婚姻前註定，遲早不繇人。不在話下。且說聖姑姑自到東京，在胡員外家前前後後串了好幾遍，只是來無跡去無蹤，他家那裏知道。已自看見永兒長大聰明，心中歡喜，意欲把法術教導他。想：「他處這般富貴之日，深閨繡間，如何相見？便相見時，他如何肯信心⓯學道？不如使箇神通，把他萬貫家私攝去，弄得他流離顛沛，那女兒到十分窮苦之際，然後設法誘之，無有不從。」不題聖姑姑，再說胡員外家。每年八月中秋，整備筵席，請陳學究玩月飲酒。其年因永兒年長，陳學究辭去了，沒有外客。分付備酒在後花園中八角亭子上，至親三口兒賞玩。那一夜天色晴明，東方月色如一箇玉盤推起。但見：

桂華離海嶠，雲葉散天衢。彩霞照萬里如銀，玉兔映千山似水。一輪皎潔，能分宇宙澄清；四海團圓，解使乾坤明白。影搖曠野，驚獨宿之棲鴉；光射幽窗，照孤眠之怨女。冰輪碾破三千界，玉魄橫吞萬里秋。

⓮學究：本是唐、宋時代考試科目的名稱，凡應試學究科的士子，就稱為學究。後漸用作對於一般讀書人的通稱。

⓯信心：誠心。

胡員外早早打發各解庫掌事的及主管各人同家賞中秋，分付院子⑯俱各牢拴門戶，仔細火燭，自己同媽媽永兒三口，到後花園中八角亭子上來坐下飲酒，只用妳子侍婢伏事，並無三尺之童。看看坐到一更天氣，只見門公⑰慌慌忙忙來報道：「員外禍事！」員外道：「禍從何來？事在那裏？」門公道：「外面中間這箇解庫裏火起。」員外和媽媽永兒喫那一驚不小，都立下亭子來看時，果然是好大火。怎見得這火大？

初如螢火，次若燈光。千條蠟燭勢難當，萬箇水盆敵不住。驪山頂上，料應褒姒逞英雄⑱；楊子江頭，不弱周郎施妙計⑲。氤氳紫霧騰天起，閃爍紅霞貫地來。樓房好似破燈籠，土庫渾如鐵炮杖。

這火從解庫中起，延入中堂內室。若是一層層的次第燒將進來還好做整備，這火是聖姑姑使神通降來的天火，能穿牆透壁，倒柱崩梁，就是炮杖上的藥線也沒這樣傳遞得快。更兼刮起大風，風隨火勢，

⑯ 院子：舊時稱僕役。

⑰ 門公：看門的人。

⑱ 驪山頂上二句：即「烽火戲諸侯」事。西周時周幽王為博寵妃褒姒一笑，點燃了烽火臺，戲弄了諸侯。褒姒看了果然哈哈大笑。幽王很高興，因而又多次點燃烽火。後來諸侯們都不相信了，也就漸漸不來了。

⑲ 楊子江頭二句：即「火燒赤壁」事。赤壁之戰是指三國形成時期，孫權、劉備聯軍於漢獻帝建安十三年（西元二〇八年）在長江赤壁（今湖北赤壁西北）一帶大勝曹操軍隊，奠定三國鼎立基礎的著名戰役。

妬婦貽害如此。

火趁風威，必必剝剝，只顧燒著員外跌腳叫苦，呼神道，喚祖宗。一面教妳子侍婢開了後門，喚院子們傳話，願出重賞，倩人救火；一面教家中男女到內室裏面搶些細軟家私緊要箱籠。那夥地方鄰里初時也有許多人掮鐃鉤擔水桶，似馬蟻一般的緣梯上屋，那裏救得火滅？一時間火頭透起，如天摧地裂之聲。眾人發聲喊都走了，前後一周圍房子頃刻之間變做箇煙團火塊，男女們一箇也進步不得。媽媽和永兒慌得抱頭而哭，員外見他母子悲切，到去安慰他道：「你兩箇且不要慌，便燒盡了，也窮我們下半世不得。」只見火焰騰騰，越昌越熾，整整的燒了一夜。三口兒只得在八角亭子上權歇，等天曉，起來叫人去爬火地盤。眾人去爬看，開了口，合不得；睜了眼，閉不得。常言道：「人雖有千筭，天只有一筭。天若容人筭，世上無窮漢。」胡員外不想被這場天火燒得寸草皆無。前廳、後樓、過路、當房、側屋都燒盡了。只指望金銀器皿銅錫動用什物雖然燒洋了，也還在地下，收拾攏來，還有箇小小家私。教人爬看時，不料都被聖姑姑攝去。上半世有福受用，如今福退了，滿火地盤爬看，並沒尋一絲兒處。真箇是：百萬豪家一焰窮。胡員外家三口兒就在亭子上住下。那夥掌事、主管都辭去了，家中男女們沒屋住，沒飯喫，只得都打發出去。存幾箇丫鬟養娘，不免轉賣與人。因媽媽平昔喫醋撚酸，使喚的都是這些下等的花面⑳丫頭，就賣與人家，也不值大錢。況且財主性兒還在，受不得十分清淡，除了炔炭之外，其餘那一件不要買的。不多時，手中用得罄盡了。看看早晚三餐都不接濟㉑，親鄰朋友處好意的送了一兩遍，也索罷休，又不免去借些柴米，只好一遭兩次。一日三，三日九，半年週歲，口內喫的，身上穿的，件

⑳ 花面：指有疤痕或斑點的臉。

㉑ 接濟：以財物等資助他人。

這一段描盡世情。

張果老倒騎驢正為有此一着。

件皆無。央人作中㉒，情願將空地賤價賣與左右兩鄰，又道「天火燒過地，十年沒生氣；地經天火燒，十年害枯焦。」有這些俗忌，那箇要他？看看窮得藍縷，去求告舊時相識，在家裏的只說不在，日常裏認得的，只做不認得。街上撞著，也把扇兒遮臉，只當不看見。自古道：貧居鬧市無人問，富在深山有遠親，又道是：「行得春風便有夏雨」，胡員外平日間得一盤十，得十盤百，原是刻苦做家的人。說起窮似他的一輩不曾受他一分恩惠，若與他一般樣的財主，常時你知我忌，到今日還有喜談樂道的，誰肯道箇「可憐」二字？就是說舊時相識，不過為他有錢有鈔。相扳來往的，那裏是管鮑心腹之交㉓？所以有行止㉔的窮漢，反有人扶持他起來，沒下梢㉕的富家，往往一敗塗地。那胡員外住在亭子上，四下又無牆壁。遇著晴天還好，倘然風雨雪落怎地安身？不免搬去不斷求院子裏住，就似於今孤老院㉖一般。時逢仲冬，彤雲密布，朔風凜冽，紛紛洋洋下一天好大雪。怎見得這雪大？但見：

紛紛柳絮，片片鵝毛。空中白鷺群飛，江上素鷗翻覆。千山玉砌，能令樵子迷蹤；萬戶銀裝，多少行人腸斷。畏寒貧士，祝天公少下三分；玩景王孫，願滕六半添幾尺。正是：盡道豐年瑞，豐

㉒ 作中：即「做中人」。中人，在兩方之間調解、做見證或介紹買賣的人。

㉓ 管鮑心腹之交：春秋時，齊人管仲和鮑叔牙相知最深。後常比喻交情深厚的朋友。

㉔ 有行止：即品行端正。行止，指行為品德。

㉕ 沒下梢：亦作「沒下鞘」、「沒下稍」。結局不好、沒有好收場的意思。

㉖ 孤老院：舊時收容貧苦孤獨的老年人的機構。

年瑞若何？長安有貧者，宜瑞不宜多。

愛雪的，是高樓公子，嫌雪的，是陋巷貧民。在東京城裏這箇纔落泊的胡員外，原是大財主，只因天火燒得落難蕩盡了家私，搬在不厮求院子裏住。正逢冬天雪下，三口兒厮守著地爐子坐地，日中兀自沒早飯得喫。媽媽將指頭向員外頭上指一指，胡員外擡起頭來看見，道：「媽媽，沒甚事！」媽媽道：「怎的沒甚事？大雪下，屋裏沒飯米。我共你曾豐衣足食享用過來，便今日忍饑受餓也是合當。」指著永兒道：「他今年只得一十四歲，曾見甚麼風光來？教我兒喫恁般苦楚，做爹媽的於心何忍！」胡員外道：「沒奈何！教我怎生是好？」媽媽道：「你是養家的人，外面卻纔雪下，若一朝半日凍住了，急切出去不得，終不成我三口兒直等餓死？你趁如今出去，見一兩箇相識，怕告得三四伯文錢歸來，也過得幾日。」員外道：「近來世情你可也知道的。今番我出去，見兀誰是得？」媽媽道：「然雖如此，一日不識羞，三日喫飽飯。你不出去，終不成我出去？」胡員外喫媽媽逼不過，起身道：「且把腰繫緊些箇，不知是一日半日的事。如今的世界，只有錦上添花，那肯雪中送炭？卻不道『上山擒虎易，開口告人難』，你們且耐心著，莫要看得十分便易。」說罷含著一包眼淚開了門出去，走得兩步，到退了三步。口裏道：「好冷！」劈面寒風似箭，侵人冷氣如刀，被西北風吹得倒退幾步。欲待回身轉來，媽媽又把門來關上了，沒計奈何，只得盪風冒雪而行，走出不厮求院子來告人，不在話下。有詩為證：

彤雲四野雪紛紛，滿地瓊瑤路不分。

欲乞青蚨㉗贍妻子，眼前誰是孟嘗君。

胡員外要尋相識，顧不得羞，只得在舊宅左近街坊串走。這市上人多有認得的，見他來時，點點搠搠道：「這便是財主的下場頭了。」也有輕薄的低低唱道：「胡員外，天降災，好日去了惡日來。」又有曾在解庫內喫虧過的，便道：「出等輕，入等重；假紋出，真紋入。世間只有開典當的欺心，只願一箇箇像胡家老兒，見世受報。」胡員外低著頭，只顧走。劈面撞著一箇人，手裏拿柄小傘，叫一聲：「員外！這雪天那裏去？」胡員外看時，卻是舊時請在家內教永兒經書的陳學究先生陳善。胡員外滿面羞慚，作了揖，便道：「瞞不過學究。家中實是艱難，只得出來尋箇相識則箇。」陳善道：「既是窘乏之時，如何不去投奔四牌坊下那一箇人來。」胡員外問：「是那箇？」陳學究向他耳邊說了幾句說話，胡員外大喜，拱手道：「全仗學究扶持攛掇。」陳善道：「當得，當得。」就把胡員外扯向小傘底下一同遮蓋了。胡員外趁著傘，復身從舊路轉南向四牌坊大門樓下投那箇人來。原來那人姓麋，名必達，東京人氏。原是箇閒漢㉘出身，得了樞密院一箇官員的心，扶持他做箇提轄㉙。三年前，要謀陞遷，缺少些使用，因

此轉奇。

㉗ 青蚨：本是蟲名。淮南子上有「青蚨還錢」的說法：把青蚨的血塗在錢上，這種錢用出去了還會回來，以後「青蚨」就成了錢的代稱。

㉘ 閒漢：無正當職業，以幫閒為生的人；遊手好閒之徒。宋孟元老東京夢華錄飲食果子：「更有百姓入酒肆，見子弟少年輩飲酒，近前小心供過使令，買物命妓，取送錢物之類，謂之閑漢。」宋吳自牧夢粱錄閑人：「又調之『閑漢』，凡擎鷹、架鷂、調鵓鴿、鬥鵪鶉、鬥雞、賭撲落生之類。」

㉙ 提轄：官名。宋代州郡多設置提轄，或由守臣兼任，專管統轄軍隊，訓練教閱、以督捕盜賊，肅清境內。

是陳善的故友，曉得他在胡員外家教書，托他去借了三百兩銀子，湊辦衙門營幹，得陞冀州都監㉚之職。做了二年有餘，因與同僚不睦，改調青州赴任，順路帶家小家中看看，回家纔得兩日。當初借契㉛上曾有保人㉜陳學究花押㉝，今日胡員外雖然火燒沒了文契㉞，卻喜保人見在，況且是恩債，萬無不還之理。今日陳學究正去拜望，有他引進卻不兩便，所以胡員外欣然而去。到得門首，多少官身私身，一出一入，好不鬧熱。也有管門的門公，一見員外衣衫藍縷，分明像箇乞丐模樣，咄喝起來，誰肯放他進門。陳教授分說㉟，也不作准。只得把小傘與他，教他：「權且站在街頭，等我進去見了都監，必然相請。」眾人又道街頭上站立箇教化模樣的人，壞他官府體面，直趕得他在對門簷頭去了。卻說陳學究進廳去，和麋都監相見，敘了些寒溫賀喜的說話。茶罷，麋都監請陳學究到書房中寬坐。陳善道：「還有箇朋友在外面，特來奉拜。」麋都監道：「是甚人？」陳善道：「原與都監有往來的，叫做胡大洪。」麋都監道：「莫不是平安街上開解庫的胡員外麼？」陳善道：「然也。」麋都監快教請進，家僮即忙傳話出去，請胡員外進來相會。門公道：「從不見有甚麼胡員外到來！」胡員外在對門簷頭下聽得了，便走過來，說

㉚ 都監：官名。宋代諸路、州、府，皆置兵馬都監，省稱「都監」。各路都監，分掌本路禁軍、屯戍、邊防、訓練等；州府以下都監則掌本城屯駐、兵甲、訓練、差使之事，兼在城巡檢。

㉛ 借契：借用別人財物時所立的契約。

㉜ 保人：即「保證人」。擔保債務人履行債務的第三者。

㉝ 花押：舊時公文契約上的草書簽名或代替簽名的特定符號。

㉞ 文契：舊時買賣房地產、借貸等所立的契約。

㉟ 分說：此處應為「說分上」之意，說情。

道：「則我便是胡員外。」眾人笑道：「走盡了四百軍州㊱，也沒有你這箇員外。你這副嘴臉也叫員外時，像我們都該叫尚書㊲了！」門公把他攔住，不放進去，胡員外便高聲叫起陳學究來。只見宅裏走出一箇老漢，姓留，名義，是麋家的老蒼頭㊳。為人老實忠厚，向來跟在任上，近日方回。當初麋必達在胡員外家借銀，是他經手擔回，也往來了好幾遍。今日員外雖然改樣，面龐兀自認得，便喝住門公，上前迎住員外。胡員外便將遇難的大略，并今日來意對他說了。留義道：「家主相請，定有好情。」便引著員外到廳上來。陳學究望見慌忙起身。那麋都監看見是箇藍縷窮漢，便有欺他之意，竟自坐定。胡員外走近椅子邊，恭恭敬敬的作箇揖，道：「尊官，久違了！」麋都監就在椅上把手淺淺一兜，依舊坐下，問陳學究道：「此位何人？」陳善道：「就是胡大洪員外。」麋必達故意瞇著眼睛覷了一覷，便道：「一別三年，竟不相認了。」也不另作箇揖，口裏叫聲：「請坐。」又不看椅，到是陳學究半賓半主的拖把椅子在上面同坐了。胡員外見麋都監不言不語，只得先開口道：「在下有句不識進退的話奉告。」麋都監只做不知，問道：「有何見教？」胡員外道：「當初三年之前，在下還開解庫，家事頗裕，尊官曾立箇券約，與在下取銀三百兩，契上加二起利，尊官榮仕冀州，在下並不敢啟齒。近因在下命運窮苦，遭了一場天火，燒得罄盡，寸草不留，食缺衣單，實難度日。幸遇尊官高轉回府，特來叩謁。利錢已不敢

此轉更奇。

□做有錢員外□些請進□□藍縷窮□□坐定不起，□利小人眼皮，高下如此。

㊱ 軍州：古行政區劃的名稱。

㊲ 尚書：中國古代官名，執掌文書奏章。始置於戰國時，秦為少府屬官，漢武帝提高皇權，因尚書在皇帝左右辦事，地位逐漸重要。後各朝均有設置，明清兩代是政府各部的最高長官。

㊳ 蒼頭：古代稱私家奴隸為「蒼頭」。

計較，只見賜本銀，與在下為營生之資，恰似尊官見惠一般。」糜必達道：「下官初任提轄時，曾借過百金使用，也沒借許多。到冀州一年，本利都寄還了，那裏又欠甚麼銀兩？」胡員外道：「貴人多忘事。實是三百金，並不曾見還。」糜都監道：「既是未還，必有借券，取出來看便知。」胡員外道：「借券已被火焚了。」指陳學究道：「見有保人在此為證。」陳善道：「是學生經手的，果係未還，想都監錯記了。」糜必達就變了臉道：「閒說。常言道：『有文書不門口』，既無原券，有何憑據？你兩人口裏說三百就是三百，若說三千就是三千麼！」陳善還只道他偶然忘記了，便道：「都監休執意，天理人心，有則有，無則無，請自慢慢思量。」胡員外陪著笑說道：「如今在下也不敢說三百二百，但憑尊官齎發些便了。」糜必達大怒，立起身來說道：「你兩箇一吹一唱，同謀合夥，硬要人的錢鈔，好沒來由！你若有原契時，三千兩也還你，沒有原契，休想半文破錢到手。」說罷，一直走進內宅去了。老家人留義先前見家主口氣不好，只恐問他一句時，有無難好答應，預先躲過。到是有些良心的，卻在大門口相等。只見胡員外和陳學究氣忿忿地走將出來，留義道：「員外休要著急，容小人從容向家主再稟，定有處置。來了這半日，想饑餓了，若不嫌小人下賤，請到店上喫三杯。便屈教授同去走遭，何如？」陳善一肚子氣，那裏要喫留義的東西。見胡員外面有饑色，只恐自己辭了，連累他也沒得喫，只得到扯胡員外，勸他同走。留義引著胡員外、陳學究到左近處一箇僻靜酒店內來，胡員外這番，真箇是絕處逢生，死中得救。正是：飽食三餐非足貴，饑時一口果然難。畢竟胡員外怎地回家，且聽下回分解。

第十九回　陳善留義雙贈錢　聖姑永兒私傳法

近日廚中乏短供，嬰兒啼哭飯籮空。
母因附耳和兒語，爹有新詩謁相公❶。

話說麋都監倚富欺貧，見胡員外窮形窘狀，負債不還。胡員外冒雪而往，落得一場怠慢，肚裏又氣又苦。到是麋家老院子留義見員外饑寒之色，看他不過，拉他到僻靜處一箇小小酒店內，揀副乾淨座頭❷，請員外上坐，陳學究下面陪席。喚酒保分付打兩角酒，要煖得滾熱，卻不用小杯。有上好嗄飯，只顧搬來。酒保道：「只有新出籠的黃牛肉，別沒甚賣。」留義道：「有壯雞婆宰一箇卻不好。」胡員外道：「一味足矣，何勞過費。」留義道：「簡褻❸休笑。」留義親到甕邊，把酒嘗得好了，纔教酒保去煖。酒保滿滿的切一大盤牛肉，連小菜鹽醬楪一齊擺下，放著三箇大甌子❹，正待斟酒，留義奪了他

---

❶ 相公：相君，舊時對宰相的敬稱，也泛稱官吏。

❷ 座頭：舊時茶樓酒館等處桌椅配套的座位。

❸ 簡褻：怠慢不恭；輕慢。

壺瓶道：「待我們自便，你自去宰雞，快快煮來。」胡員外對留義道：「你老人家也請坐下。」留義道：「員外和教授在上，小人如何敢坐。」陳學究道：「你不坐時，連我與員外坐下的都不安了。」留義道：「既恁地分付時，小人傍坐斟酒，大膽休怪。」把大甌子滿斟，送與員外和學究喫。胡員外還是空心出門的，喫了兩甌熱酒，便覺面紅心跳，道：「在下不能飲了，有飯求一碗罷。」留義怕他肚饑，也不苦勸，便分付酒保：「等雞熟了，先看一位的飯來。我陪教授還喫壺酒。」酒保煮熟了雞，也剁做一盤，連酒送到，纔去取碗盛飯，將一喫一添捧來，問道：「那一位用飯？」留義教送在胡員外面前，叫聲「先請」。員外擎著飯碗在手，剛咽得一口，想著「家中妻女眼睜睜做指望，如今空手而回。我便有這碗飯喫了，他們的飯還不知在那裏，幾時到口？」不覺吊下雙行珠淚。陳學究已知其意，便道：「當初是我多嘴的不是，帶累員外將財買氣。也不信得麋家是這樣人。」對著留義道：「你家家主公幼年與我相交，如一箇人。百事與我商量，有仁有義。今日紗帽上了頭，叫聲『老爺』，就似閻羅王面前重換箇人身一般，肚裏心肝五臟都變過了。」留義道：「黃河尚有澄清日，豈可人無得運時❺。員外暫時落莫，終有好日。且請喫箇飽，卻又理會。若是我家主到底不認時，在小人身上，會也打一箇來，與員外經紀❻過活。」胡員外道：「如此多謝。」喫了兩碗飯，便放下箸。留義道：「再請用些。」胡員外道：「多了

往往有此。帶紗帽的切記莫要換了心肝五臟。

❹ 甌子：用於飲酒或喝茶的小容器。

❺ 黃河尚有澄清日二句：古人認為黃河百年清一次。黃河的澄清為祥瑞的徵兆，是極罕見難得之事。混濁的黃河水尚有澄清的日子，怎麼人會沒有走好運的時候。比喻人不會長窘久困，總會有時來運轉的時候。

❻ 經紀：料理；安排。

些酒，便喫不得了。」留義看著陳善道：「既不用飯，還勸杯酒麼。」陳善道：「員外從來節飲。」胡員外道：「自從患難之後，一發來不得，真箇是酒落快腸❼。今日領二位高情❽，已為過分了。」陳善與留義兩箇也喫完了酒飯。陳善便立起身來，在袖裏摸出二百文銅錢把與員外道：「這一串錢，胡亂❾拿回家去買頓點心，只恨窮教讀不能十分加厚。」留義喚酒保會過了鈔❿，還剩得一百多錢，也送與胡員外，說道：「小人卻輕褻了，聊當一茶之敬。」胡員外想著家中苦楚，又見他兩箇都出於至誠，只得受了，作揖稱謝。正是：著意種花花不發，無心栽柳柳成陰⓫。有詩為證：

欺心官長輸窮漢，有義家奴勝主人。
善惡俱從心上發，緜來不在富和貧。

常言道施不在多，要於當厄。東京城裏有名堆金積玉的胡員外，今日患難中見了三百多銅錢，便十分歡喜，百分感激。可見好人原是容易做的，越顯得糜都監人品反不如陳學究與留義了。話分兩頭。且

❼ 酒落快腸：指人心情歡快時飲酒，易放量多飲。
❽ 高情：盛情。
❾ 胡亂：馬虎；草率。
❿ 會過了鈔：會鈔，在飯館、酒館、茶館等處邂逅親朋而代為付帳。
⓫ 著意種花花不發二句：比喻特意去做某件事不成功，卻在無意之中成就了另一件事。

說張院君共女兒冷冷清清坐著，永兒道：「爹爹出去告人⓬，未知如何。」媽媽道：「世情看冷暖，人面逐高低⓭。爹爹沒奈何，擔著臉皮去告人，知道如何？」永兒又道：「媽媽，雪又下得大，風又冷，爹爹去告誰是？」媽媽道：「我兒，家中又沒錢，不教爹爹出去，終不成餓得過日子。我兒你且去牀頭邊尋幾文銅錢，出巷去買些點心來喫。待你的爹爹回來，卻又作道理。」當時永兒去牀頭番來倒去，止尋得八文銅錢。媽媽道：「我兒，都拿去買幾箇炊餅⓮來，你且胡亂喫幾箇充饑。」永兒拖著一雙破鞋，將衣襟兜著頭，踏著雪，走出不廝求院子來。那街市上不比深山曠野，這裏往來人眾，地下積雪不起，都踐做爛泥，十分難走。永兒纔轉箇灣，一腳踏箇高低，跌上一交，手中銅錢撒做一地，衣服都泥污了。永兒爬將起來，顧不得衣服，且在爛泥中簡起銅錢，只有七文，那一文不知拋向那裏去了。尋了一會，不見，只得罷了。行到大街賣炊餅處，永兒便與店小二道箇萬福，道：「叔叔，買七文錢炊餅。」小二哥接錢在手看時，一文錢又是破的，揀出不用。永兒把來繫在衣帶上，道：「只買六文錢罷。」小二哥把一片荷葉包了六箇炊餅，遞與永兒。永兒接了，取舊路回來，已是未牌時分。沿著屋簷正走之間，到一箇空處，只見一箇婆婆拄著一條竹杖，肐膊上掛著一箇籃兒，從背後趕上前來。那婆婆怎生模樣？但見：

⓬ 告人：請人幫忙。

⓭ 世情看冷暖二句：社會人情從人的態度的冷淡或熱情可以看出來，人的臉色好壞因對方的地位高低而不同。世情，社會人情。人面，人的臉色。

⓮ 炊餅：發麵夾油、芝麻醬等蒸成的餅。

腰跎背曲，面瘦皮寬。眉分兩道雪，髻挽一窩絲。眼如秋水微渾，髮似楚山雲淡。形如三月盡頭花，命似九秋霜後菊。

卻原來是箇教化婆子。看著永兒道箇萬福，永兒還了禮。婆婆道：「你買甚麼來？」永兒道：「家中母親教奴家買炊餅來。」那婆婆道：「我兒，好教你知道。我昨日沒晚飯，今日沒早飯，你肯請我喫箇炊餅麼？」永兒口中不道，心下思量：「我媽媽也昨日沒晚飯，今日沒早飯。這婆婆許多年紀，好不忍見。」解開荷葉包來，把一箇炊餅遞與婆婆。婆婆接得在手，看了炊餅道：「好卻好了，這一箇如何喫得我飽？何不都與了我。」永兒道：「告婆婆，奴家卻不敢都把與你。家中三口兒，兩日沒飯得喫。媽媽教爹爹出去告人，止留得八文銅錢，教奴家出來買炊餅。中途跌失了一文，又退子一箇破錢，只買得六箇炊餅。媽媽喫兩箇，奴奴喫兩箇，還留兩箇等爹爹回來，只怕他沒喫甚麼東西，要把與他救饑。因見婆婆年高，奴奴不忍，只得讓一箇與婆婆喫。」婆婆道：「你媽媽問炊餅如何買得少了，你卻說甚的？」永兒道：「媽媽問時，只說奴奴肚饑，就路上先喫了一箇就是。」婆婆道：「既然炊餅要將回去，把這文破錢捨我罷。」永兒全無難色，真箇就在衣帶上解下這文錢，遞與婆婆。婆婆道：「媽媽問起錢來，又是怎的回答？」永兒道：「只說街上泥濘跌失了兩文錢就是。」婆婆道：「難得我兒心好，且是聰明。實對你說，我不肚饑，不要喫這炊餅，還了你去。」永兒道：「我與婆婆喫的，如何還了奴奴？」婆婆道：「我試探你則箇。難得你這片慈悲孝順的心，我撩撥⑮你耍子。」將這文破錢在手心中顛一顛，

⑮ 撩撥：惹逗；挑逗。

呵一口氣，便變成周周正正的一文好錢。遞在永兒手裏，問道：「這法兒好麼？」永兒道：「什麼樣法兒，婆婆教會奴奴則箇。」婆婆道：「這小法不為希罕。你肯學時，還有許多好耍子的，一發教你。你識字麼？」永兒道：「奴奴識得幾箇字。」婆婆道：「我兒恁地卻有緣法⑯。」伸手去那籃兒內取出一箇紫羅袋兒來，外面細細一條蔴索兒纏緊，看著永兒道：「你好生收了。」永兒接了袋兒道：「婆婆這是甚麼物事？」婆婆道：「這箇喚做如意寶冊，許多好耍子法兒都在上面。你可牢收了，若有急難時，可解開索子來看，便有解法。倘不省得處，只暗暗地喚『聖姑姑』，我便來教你。切勿令他人知道。」永兒把冊兒揣在懷裏，把這文變的好錢直穿在裏頭裙帶上，謝了婆婆。先走不上幾步，回頭看時，那婆婆忽然不見。永兒心中好生驚怪。後人有詩云：

一枚炊餅見人心，羅袋天書報德深。
識得好心還好報，施恩何必吝千金。

永兒捧著炊餅還家，媽媽道：「我兒如何歸來得恁遲？衣服都泥污了，敢是跌了一交麼？」永兒道：「媽媽街上雪滑難行，又跌失了兩文錢，只買得六箇炊餅。」媽媽歎口氣道：「我兒，命苦的只是苦。多兩箇錢的炊餅也飽不得我們一世，只索罷了。這泥污處莫動撣他，等待乾時，擦去了就是。」娘兒兩箇把六箇炊餅各喫了兩箇，那兩箇仍把荷葉包了，放在一邊。不多時，只見員外歸來。媽媽見他臉紅，

⑯ 緣法：緣分。

問道：「你去這半日見甚人來？那裏得酒喫？」員外把途中遇了陳學究同到糜都監家這段話，述了一遍，「喜得天無絕人之路，虧了他家老院子，叫做留義，一片好心，請我到店上喫了酒飯，又與陳教授湊出三百多錢相助。」媽媽歡喜，教員外去糴些米，買些柴炭，且過三五日，又作區處。娘兒兩箇把剩下的炊餅又分喫了。等得米來，免不得做些飯喫。到晚去睡，永兒卻睡不著。思想：「日間那婆婆與我冊兒時，說道有急難便可解開來看。今日爹爹雖糴得些米，勾得幾日之用？少不得又是饑餓，也算做急難了。我且去開看，有救餓的法兒沒有。」永兒款款地起來，輕輕的穿了衣裳，走出房來。原來胡員外住下房屋，是一間一披，無非是些籬簽土砌，那側邊披屋又破了，只好將就做箇炊爨之所。把那一間屋隔斷做了兩箇臥房，前半段逼近了外街，自己老夫妻住著，後半段把與女兒做房。卻又在左邊抽出一條走路，通著廚下天井裏去。當夜永兒開門出去，雖不經繇爹媽牀邊，卻在緊貼壁，如何不知。驚覺了媽媽，問道：「我兒那裏去？」永兒道：「我肚疼起來，要去後則箇。」娘道：「我兒想是受寒了，你起身時，仔細避風，多穿件衣服，莫要重重做病。」永兒道：「不妨事。」下牀來，著了鞋兒，到側邊破屋內。只見雪光照耀，如同白日，廚下土竈砂鍋和那水缸面桶之類無物不見。永兒去懷中取出紫羅袋兒來，解開細蔴索兒，打一抖抖出這箇冊兒來看時，只因胡永兒看了這箇冊兒，有分教：少年閨女，變成作怪妖精；倒運乞兒，仍作多錢員外。直教三十六州年號改，五六七載戰塵飛。畢竟永兒怎麼樣變化，且聽下回分解。

第二十回　胡洪怒燒如意冊　永兒夜赴相國寺❶

九天秘冊好驚人，但恐於中傳不真。
若得善傳并善用，等閒疑鬼復疑神。

當夜胡永兒解開紫羅袋外面纏的蔴索，抖出那本冊兒來，走出披屋❷外，仔細看時，上面題道「如意寶冊」。揭開第一板看時，第一行就寫道：「變錢法：將一條索子穿著一文銅錢，要打箇肐膌，放在地上，用物掩蓋，舀一碗水在手，依咒語念七遍，含口水望下一噴，喝聲『疾』，揭起蓋時，就變成一貫銅錢。」永兒道：「原來如此方法。」便就把解下來的這條蔴索子，將日間婆婆變的一文好銅錢解下裙帶來，穿在索子上，打了肐膌，放在地上，將面桶來蓋了，去水缸內舀一碗水在手，依咒語念了七遍，含口水望下只一噴，喝聲「疾」，放下水碗，揭起面桶，打一看時，青碗也似一堆銅錢。永兒到喫了一驚，

舀，音咬。

❶ 相國寺：在今河南開封內。本名建國寺，北齊天保六年建。唐睿宗時改名相國寺。宋代高承事物紀原相國寺：「宋朝會要曰：至道中，太宗御題額易曰大相國寺。」

❷ 披屋：正屋旁依牆所搭的小屋。

沒做理會處❸，思量道：「若把去與爹爹媽媽，必問是那裏來的，如何回答？」永兒就心生一計，輕輕的開了後門，一撇撇在自家籬笆內雪地上，只說別人暗地裏捨施貧戶的。便把後門關上，入房裏來，把冊兒藏了。媽媽道：「女兒肚裏疼也不？」永兒道：「不疼了。」依然上牀再睡。到天曉，三口兒起來燒些面湯，媽媽開後門潑那殘湯，忽見雪地上有一貫錢，喫了一驚，慌忙提起，把與員外看了，道：「不知誰人撇這貫錢在後面雪地上，我拾得在此。」胡員外道：「媽媽，寧可清貧，不可濁富。我的女兒長成，恐有不三不四的後生來撩撥他，把這銅錢來調戲。我今又是沒運氣的時節，一時間取用了，引得後生們到家囉唕❹，沒法擺佈。」媽媽道：「你好沒見識。東京城內有多少財主做好事，濟貧拔苦，見老大雪下，可憐這院子裏有許多沒飯喫的，夜間撇在人家屋裏來捨貧，也不見得。」員外搖首道：「難說，難說。我也是做過財主的，幾曾有此事麼？」媽媽焦燥❺起來，罵道：「老無知，真箇是人貧智短了。自古道：『賢愚不等』，也有捨得的，也有不捨得的，那裏都要與你一樣。你被天火燒了，怎的別箇財主天火不燒？他們行好事的，到底好。自家女兒，你卻三心四意去疑他。我女兒又不曾出去一遍兩遍，認得甚麼人來？你卻這般胡說。」罵得員外頓口無言，點頭道：「也說得是。我昨日出去求人三二百錢，兀自不能勾得。如今有這一貫錢，且糴五百錢米，買三百錢柴，二百錢把來買些鹽醬菜蔬下飯。」且不煩惱雪下，三口兒歡歡喜喜過了一日。到晚去睡，到二更前後，永兒自思昨夜變得一貫錢也好，今夜再

❸ 沒做理會處：即「沒理會處」，無可奈何；沒有辦法。

❹ 囉唕：騷擾；糾纏。

❺ 焦燥：同「焦躁」。著急；煩躁；坐立不安的樣子。

去安排看。日裏便有這心，預先尋得一條索子藏在身邊了。永兒款款地起來，著了衣服，媽媽問道：「我兒做甚麼？」永兒道：「肚裏又疼，要去後則箇。」媽媽道：「苦呀！我兒先前那幾日有一頓沒一頓，這兩日有些柴米，不知饑飽，只顧喫多了。明日教爹爹出去贖貼藥喫。」永兒下牀來，到破披屋下，一似昨夜安排如法，用索穿錢，將面桶蓋了，念了咒，噴一口水，揭起桶來看時，和夜來一般，又有一貫錢。永兒開後門，把這錢又撇在雪地上。關了後門，入房裏睡到天曉。媽媽起來燒湯洗面，開後門潑湯，又看見一貫錢，好不歡喜，拿了回來。胡員外道：「好蹊蹺！這錢來得不明。」媽媽道：「莫胡說！我不怕。這是當方神道不忍見我們三口兒受苦，救濟我們，又把這一貫錢安在我家。」員外見媽媽昨日焦燥，今番再不敢說，只得含糊答應道：「媽媽說得是。安在家中，慢慢用度。」過了三五日後，雪卻消了，天晴得好，媽媽對員外道：「趁家中還有幾日糧食，你出去外面走一遭。儻撞見熟人，賺得一二百錢也好。」員外聽得說，只得走出去。媽媽心寬無事，出去鄰舍家喫茶閒話。永兒見媽媽出去，屋裏沒人，關了前門，取出冊兒，揭開第二板看時，上面寫著「變米法」。永兒道：「謝天地。既是變得米，憂他甚沒飯喫。」媽媽牀頭原有一隻米桶，一隻米缸，永兒去看時，都盛得有米。想了一回，把桶內的米并在那缸內，剩下的，把被單鋪在地下，都傾出了，止存十數粒米在空桶內。提在披屋內來，把件衣服蓋了，念了咒，噴一口水，喝聲道：「疾」，只見米從桶裏湧將出來。永兒心慌，不曾念得解咒，米突突地起來，桶箍長久卻是爛的，忽然一聲響，斷了桶箍，撒一地米。後人聽說變錢變米之事，戲作詩云：

錢滿索時米滿屋，何物咒語能神速。

有人肯把咒傳吾，生願事他死當哭。

永兒見了失聲叫苦。媽媽在隔壁聽得女兒叫苦，慌忙走過來看，這米被生人一衝，便不長了。只見披屋內一地都是米。媽媽喫了一驚道：「如何有這許多米？」永兒生一箇急計，喚做「脫空計」，道：「好教媽媽得知。一箇大漢馱一布袋米，把後門挃開來，傾下米在此便去了。喫他一驚，因此叫起來。」媽媽看見桶箍散了，問道：「這米桶是我房裏的，拿出來做甚？這桶裏米那裏去了？」永兒道：「是我傾在房裏，要出這空桶盛這披屋下的米，不想桶箍年深斷了。」媽媽道：「那大漢卻是甚人？是何意故？」正在絮叨，卻被隔壁張大嫂聽見了，不知高低，敲著壁兒叫道：「胡媽媽，你直恁地不曉得。是那有錢的員外財主，見雪雨下了多日，情知院子裏有萬千沒飯喫的，做這樣好事不教人知道。撇錢撇米在人家裏，這是陰騭。若明明的捨，怕人囉唕。這箇何足為道！」媽媽因張大嫂聽見了，便不言語，教女兒作急收拾，媽媽也來相幫。兩箇兀自收拾未了，胡員外卻好歸來，見娘兒兩箇在地下掃米，便焦燥起來道：「那見你娘兒兩箇的做作。纔有一兩頓飯米，便要作塌了。」媽媽道：「我如何肯作塌！教你看缸裏、甕裏、缾裏、桶裏都盛得滿了，這裏還有許多，兀自沒家火盛得哩。」員外看了喫驚道：「這米卻是那裏得來？」媽媽道：「你出去了，我在隔壁喫茶，只聽得女兒叫起苦來，我連忙趕將歸來，看見一地都是米。」員外道：「卻是作怪。這米從何而來？」媽媽道：「永兒說見一箇大漢，駝著一袋米，挃開後門，傾下米在家裏便去了。」那胡員外是箇曉事的人，開了後門，看籬笆裏外都沒有人來往的腳跡，心下疑惑，把後門關了，入來尋條棒在手裏，連叫永兒。永兒見勢頭不好，躲在自家房裏，不敢出

畢竟宋時風俗比今還厚，常有此事，所以婦人輩議論往往如此。今日雖婦人不作此夢矣！

來。員外扯將過來，媽媽道：「沒甚事，打孩兒做甚麼！」員外道：「且閉了口，這件事卻是利害。前日兩貫錢來得蹺蹊❻，今日米又來得不明，教這妮子實對我說，我便不打他。若一句不實，我一頓便打殺他。我問他，因何有這兩貫錢在雪地上？因何有這米在屋裏？這大漢的是何人？便做道財主家行好事的，難道偏照顧我家？其中必有緣故。」永兒初時抵賴，後來喫打不過，又逼他招稱那大漢來歷，這天大冤枉承當不起，只得實說道：「不瞞爹爹媽媽說，那一日初下雪時，爹爹出去了，媽媽教我出去買炊餅了。回來路上撞見一箇婆婆，看著我說肚饑，問我討炊餅喫。是奴不忍見，把一箇炊餅與那婆婆。他道：『我不要喫你的，試探你則箇。』便還了我，道：『是難得你慈悲孝順好心』，便把我一箇紫羅袋兒，內有一箇冊兒，說道：『你若要錢和米，看這冊兒上咒語，都變得出來。』我初時不信，一連兩夜，依那冊兒上咒語都變得有錢。今日媽媽在間壁人家去了，我把變米的法兒試用，果然又變得米來。」胡員外聽得說，跌腳❼叫苦道：「如今官司❽見今張掛榜文，要捉妖人。喫你連累我，我打殺這妮子，也免我本身之罪。」拿起棒來便打，永兒叫救人。只見隔壁張大嫂聽得打永兒，走過來勸時，卻關著門。大嫂就在門外叫道：「員外饒了孩兒則箇！閒常時不曾這般焦燥，為甚事打他？媽媽也不勸勸。」員外含著一口氣，答應道：「大嫂，可奈這妮子藏著一本冊兒。」說了半句，便住了口。大嫂道：「冊兒上寫著甚麼？」員外道：「都是些閒言閒語。」大嫂認錯了，只道是甚麼私情本兒，便叫道：「你女兒年

❻ 蹺蹊：奇怪；可疑；離奇。

❼ 跌腳：以足頓地；跺足。

❽ 官司：指官府。

紀小，又不理會得。須是街坊上浮浪子弟們撩撥他，論口辯舌。若不中看的，你只把這冊兒來燒了，諫他下次便是。何須動氣，把孩兒恁般狠打？」員外到被他提醒了，應道：「大嫂說得是。」看著永兒道：「你把冊兒來我看。」那永兒去懷中取出冊兒來，遞與爹爹。員外接了道：「你記得上面的言語也不？」永兒道：「告爹爹，記不得。若看上面時，便讀得出。」員外叫媽媽點一把柴火來，連紫羅袋兒一包的燒了，看著永兒道：「今日看間壁乾娘面皮，饒你這一遭。後番若再恁地，活打殺你。」永兒道：「告爹爹，再不敢了。」員外對媽媽道：「又是我夫妻福神重，只是自家得知。若還外人傳聞時，卻是老大利害。」媽媽被員外亂了一場，不知高低，只索繇他。有詩為證：

昔年媽媽燒仙畫，員外今將寶冊燒。
似此火攻能用慣，爭教天火肯相饒。

說話的，有一句話問你。這書第十三回上，說聖姑姑和蛋子和尚左黜三人鍊法，三年方就，何等煩難，今日胡永兒變錢變米，恁地容易，可不前後相背了？看官有所不知。當初鍊神鍊鬼，都是生手做事。今日是聖姑姑設法來度他女兒，陰空中暗暗佐助。若初次見得煩難時，永兒又不肯學了。這冊兒第一葉便是「變錢法」，第二葉便是「變米法」，也只揀永兒家中缺少的打動他心，這都是聖姑姑引誘入門處。閒話休題，且說胡永兒被父親打了一頓，逼取冊兒燒了，好不氣悶，自去流淚，是媽媽看見勸住了。過了一夜，到次日，員外又出去了，媽媽仍到間壁張大嫂家閒話。永兒把前後門都閉了，悶悶的坐在房中，若真燒了，又不見聖姑姑妙處。

思量：「這本冊兒千金難換，那婆婆一團美意把來與我，就是變些錢米來度日，也免得求人。卻被爹爹燒了，可惜後面都沒看得，不知是甚麼耍法。那婆婆分付不省得時，可叫『聖姑姑』，他便來教導我。今日雖沒了冊兒，我且喚一聲，看他來也不來。若肯來時，或者他還存留得有，再與他取討一本。只怕那婆婆來時，驚動了媽媽，卻不穩便。」走到天井中去，仰面看著天，低低喚一聲「聖姑姑」，只見那婆子手攜竹杖，從屋簷而下，逕入披屋，悄然無聲。永兒跟進屋去，道了萬福，把父親火燒冊兒之事告訴過了。婆婆道：「冊兒不曾燒，原是我收得在此。」袖裏摸出冊兒，依然紫羅袋包著，毫無傷損。永兒喫驚，連忙下拜相求。婆婆扶起道：「我兒，我原是你前世的親娘。今番憐你受苦，特來度你。你要這冊兒，家中不能施展也是無用。可依我言語，日裏睡眠，養息精神，夜間莫脫衣服，待黃昏人定後，但聞鶴唳之聲，便是我差來迎你的，你便悄悄出房，跨鶴而來，我與你相會，五鼓仍回。這冊兒上的術法，我一一傳授與你。得道之日，神通廣大，逍遙快活，不可盡說也。」永兒道：「如此甚好，只怕爹媽夜間覺察，尋覓起來，不見了奴奴，早晨回去，如何抵賴？」婆婆道：「這箇容易。」把手中竹杖遞與永兒，分付道：「我兒把這杖兒藏好，到夜間動身時，放在臥處，將被蓋著。你爹媽若來看時，便如你睡著一般。此乃仙家替身之法。」永兒接了竹杖在手，那婆婆飛上屋簷，忽地又不見了。永兒方纔歡喜，把杖兒藏在薦子底下，依著婆婆言語，不脫衣服到黃昏時候，果然聽得一聲鶴唳，永兒便在裏牀薦子下取出杖兒，覆於被內，悄悄步出庭中，只見一隻仙鶴舒頸迎接。永兒跨上鶴背，望空飛去，須臾到一箇所在歇腳。只見婆婆先在，又不是先前打扮了。頭戴星冠，身穿鶴氅，甚是齊整。那婆婆把手一招，那鶴便鑽進他衣袖裏去，取出看時，卻是一箇紙剪的仙鶴，慌得永兒又拜下去。婆婆扶起道：「我兒，休

淮西平而方士進，澶淵盟而天書起。安樂生事，往往有之。此言雖小，可以喻大。

得驚恐。」永兒覺得站身之地甚是高峻，問道：「此處是那裏？」婆婆道：「這是大相國寺中浮圖❾第一層，人跡不到，正好教導你。先教你箇飛形法，可以穿窗入隙，出入不用開門；次教你箇飛行法，跨在箇板櫈上，念箇咒語，這櫈隨意變化，騰空而起。你每夜自來自去，何等方便。」永兒會了這法，自此暮去晨歸，把這如意寶冊次第領會。一來永兒聰明見性，書符念咒一教便會；二來多分是聖姑姑見成鍊就的法物，交付與他，只須指點運用，甚是省力。不題永兒學法，再說胡員外燒冊的時節，米桶裏有米喫，牀頭邊有錢用，古人原說是「坐喫箱空，立喫地陷」，一日三，三日九，那裏過得半月十日。桶裏喫的漸漸淺了，牀頭錢漸漸的短了。再過幾時，米盡錢空，依然有 頓沒一頓。求告人，又沒求告處。依先沒飯得喫，媽媽重復思量起永兒變錢變米，冷痛熱疼埋怨老公道：「你卻把永兒來打，又燒了他的冊兒。今日你合該餓死，連累我和女兒受苦。你如何做這般人？靠米缸餓死，教我娘兒兩箇忍饑受餓。」員外道：「事到如今，也沒奈何。你只顧埋怨我怎的！」媽媽道：「纔有些飯喫，便生出許多事來。你既然大膽打他，須有用處置錢米。於今窮性命尚在，那冊兒卻把來燒了。」員外道：「是我一時沒思算❿，千不合，萬不合，燒了。早知留了那冊兒也好。」媽媽道：「你省口時，卻遲了。」員外道：「沒奈何，我陪些下情⓫，央我女兒，想他還記得，再變得些錢和米搭救我們則箇。你且去問他看。」媽媽道：「女兒自從喫你打了，再不到爹媽身邊來，只在自房裏住。日裏悶悶昏昏，只打瞌睡，夜裏上牀便

❾ 浮圖：指佛塔。

❿ 思算：思量籌劃。

⓫ 下情：猶言歉意，不是。

如一塊木頭相似，昏迷不醒。我前晚半夜裏起來解手，見後房門關得不緊，被風刮開了，我怕女兒傷了風，打箇燈火看時，他緊緊擁著被兒睡倒，隨你左搖右搖只是不醒。好端端一箇聰明孩子，被你一頓拳頭打呆了，還記得甚麼冊兒不冊兒？要問他時，你自進他房去問他，我沒這副嘴臉。」員外真箇走進房裏，陪著笑道：「我兒，爹爹問你則箇，冊兒上變錢米的法，你記得也不記得？」永兒道：「告爹爹，不記得。」員外道：「我兒搭救了爹媽又不搭救了別人，休得使性。是做爹的不是了。」永兒只不統口。媽媽跨進房門，把員外一摟，罵道：「死漢，走開。」娘的向前道：「我兒莫看爹面看娘面。好歹記得些法兒，便救娘的性命則箇。」員外道：「今後再不打你了。」永兒道：「前番因爹爹打了，都忘記了。暗暗也記得些兒，不知用得也不。爹爹你去欓子坐定，我教你看。」員外依著女兒口，在板欓上坐了。只見永兒念念有詞，喝聲道：「疾」，那欓子從空便起，嚇得媽媽呆了，員外頭頂著屋梁叫「救人」，下又下不來。若沒這屋，直起在半天裏去了。正是：未曾施展神通手，先把親爹耍一場。未知胡員外如何下來，且聽下回分解。

耍得趣。

第二十一回　平安街員外重興　胡永兒豆人紙馬

五雷正法❶少人知，左道❷流傳世亦稀。
不作欺心負天地，神通遊戲總仙機。

話說胡永兒耍著員外坐在板櫈上，櫈便飛起，直頂屋梁。那時員外好慌，看著女兒道：「這箇是甚麼法兒？且教我下來。」永兒道：「告爹爹知道，變錢米法兒都忘了，只記得這箇法兒，救不得饑，又濟不得急。」員外道：「好怕人子，且放我下來則箇。」永兒口中念念有詞，喝聲道：「疾」，櫈子便下來了。員外道：「好險！幾乎兒跌下來，便不死，也少不得青腫了幾處。」永兒道：「爹爹，你真箇要錢也不？」員外道：「我兒，你說癡話。爹媽兩三日沒有飽飯喫了，不要錢也罷，難道不要性命的。」永兒道：「既爹爹要錢時，去尋兩條索子來，且變一兩貫錢來使用。」員外口雖不語，心下想道：「有

❶ 五雷正法：亦名「掌心雷」、「五雷天心正法」，道教所說的迷信的法術的一種，據說可以降伏妖魔。
❷ 左道：亦作「左道旁門」。邪門旁道，多指非正統的巫蠱、方術等。禮記王制：「執左道以亂政，殺。」疏：「左道謂邪道，地道尊右，右為貴，故漢書云：右賢左愚，右貴左賤。故正道為右，不正道為左。」

心做我女兒著，一客不煩兩主，趁他心肯時節，多尋些索子，要他變幾百貫錢，教我快活則箇。事發到官卻又理會❸。」到牀頭簡看，只剩得三條索子。員外心上嫌少，一逕走出巷來，到大街相識的鄒大郎雜貨鋪內，問道：「大郎，細蔴索要大些一捆。」鄒大郎道：「什麼用的？」員外是老實人，便道：「穿錢用的。」鄒大郎笑道：「員外又發財了，有許多錢穿哩。索子儘有，數錢來便了。」員外纔省得身邊沒錢，便將身上舊布氅衣❹脫下，權時❺為當。鄒大郎想道：「他買索子的錢也沒有，那裏有錢要穿？眼見是虛話，他恁般貧困，口食不週，知道將蔴索子去做什麼把戲？明日弄出一場是非連累著我。」便道：「小店本少利微，見錢便買，這衣服休要脫下。」員外道：「寄下一時，少停❻便來取贖。」鄒大郎那裏肯依，員外只得下了堦頭，想著：「相熟的如此，別家定然也是不肯的。足見我命薄，且把三條索兒先變三貫錢再處。」急急跑回院子裏來，鑽進房裏，在床頭忙忙簡看，不見了索子。媽媽和永兒看了，忍不住笑。媽媽道：「老無知❼，你忙做什麼？」員外道：「我簡出三條索子在此，如何不見了？」媽媽道：「我把與女兒變得三貫錢在此。你又跑到那裏去來？」員外道：「我想著有心央女兒一遭，多尋百十條索兒，變些錢來，長遠受用。叵耐開雜舖的鄒大郎定要見錢來買，我脫這氅衣與他為當，他執

一路模寫逼真。

❸ 理會：料理；處置；應付。
❹ 氅衣：古代罩於衣服外的大衣，可以遮風寒，其形制不一。明代劉若愚酌中志內臣佩服紀略：「氅衣，有如道袍袖者，近年陋制也。舊制原不縫袖，故名曰氅也，彩素不拘。」
❺ 權時：暫時；臨時。
❻ 少停：過一會兒。
❼ 老無知：年老糊塗的人，亦用為詈詞。

意不肯。」媽媽道：「你莫要利心忒重。每日不脫有一二貫錢在家，也勾你下半世不求人了。」員外問：「錢在那裏？」媽媽道：「在被窩裏蓋著。」員外不勝歡喜，便取去糴米買柴，明日又同媽媽去求永兒變錢。自從這日為始，永兒不時變些錢來，缸裏米也常常有，員外自身邊也常有錢買酒食喫，衣服逐件置辦，身子比舊光鮮了。一日員外出去買些東西歸來，永兒道：「爹爹我教你看件東西。」去袖子裏摸出一錠銀子來。員外接得在手裏，顛一顛看，約有二十四五兩重。員外道：「這錠銀子那裏來的？」永兒道早起門前看見賣香紙❽的老兒過，車兒上有紙糊的金銀錠，被我把一文錢買他一錠，將來變成真的。」員外道：「變得百十貫錢值得什麼？若還變得金銀時，我三口兒依然富貴。」走到紙馬舖❾裏，買了三吊金銀錠歸來，看著女兒道：「若還變得一錠半錠，也不濟事。索性變得三二十錠，也快活下半世。」永兒接那金銀錠，安在地上，腰裏解下裙子來蓋了，口中念念有詞，噴上一口水，喝聲道：「疾」，揭起裙子看時，只見一堆金，一堆銀在地上。員外看見歡喜自不必說了，都是得女兒的氣力，變得許多金銀。員外看著媽媽，和永兒商議道：「如今有了金銀富貴了，終不成只在不斯求院子裏住。我思想要在熱鬧去處尋間房屋，開箇綵帛❿舖，你們道是如何？」媽媽道：「我們一冬沒飯得喫，終日裏去求人。如今猛可地去開箇綵帛舖，只怕被人猜疑。」員外道：「不妨。有一般一輩的相識們，我和他們說道：『近日有箇官人照顧我，借得些本錢，問牙人⓫見買一半、賒一半。』便不猜疑了。」媽媽道：

❽ 香紙：祭奠死者用的香和紙錢。
❾ 紙馬舖：舊時經營香燭紙馬的店舖。
❿ 綵帛：彩色絲綢。

「也說得是。」當日胡員外打扮得身上乾淨，出去見幾箇相識，說道：「我如今承一箇官人照顧，借得些本錢，要開箇小舖兒，你們眾位相識們肯扶助我麼？只是要賒一半，買一半，作成小子則箇。」眾人道：「不妨，不妨，都在我們身上。」眾相識一時說了，去那當坊市井賃得一所屋子，置些櫥櫃家火物件，揀箇吉日，開張舖面。雖說賒一半，買一半，其實只做箇媒兒⑫，能收得許多貨物？都虧了永兒在舖中，聽了要長要短，便到裏面去變將出來。因不費本錢，所以但是一貫貨物，只賣別人九百文，加一相饒。人人都是要便宜的，見買得賤，貨物又比別家的好，人便都來買，舖裏貨物件件賣得。員外不勝歡喜，家緣⑬漸漸的長。舖裏用一箇主管，兩箇當直，兩箇養娘。沒兩三年，一箇家計⑭甚是次第，把平安街火發場空地依先造起屋來，雖比不得舊時齊整，一般有廳堂、房室。後園種植些花草，正是：頓開新氣象，重整舊門風。東鄰西舍都來作賀，幾年斷絕來往的人家，到此仍舊送盤送盒，做相識來往。胡員外住在八角亭子上，和那不厮求院子裏將及二年，賃房子開舖又有三年，共是五年，還歸故里，依先是箇胡員外。這纔是黃河尚有澄清日，豈可人無得意時。有詩為證：

貧富升沉總運該，家貲攝去又還來。

金銀何處變不就，見火中偷去的。

---

⑪ 牙人：又稱「牙商」，指在買賣雙方中說合交易並抽取酬金的商人。

⑫ 做箇媒兒：此處指作為託詞。

⑬ 家緣：家業；家產。

⑭ 家計：家庭生計。即經濟狀況，家產。

憑誰寄語麼都監，財主於今復有財。

別家店裏見他有人來買，便疑道：「蹺蹊作怪⑮。一應貨物主人都從裏面取出來。」主管們又疑道：「貨物如何不安在櫥裏，都去裏面去取？」胡員外便理會⑯得他們疑忌的意兒，自忖道：「我家又不曾買，卻是女兒變將出來的，如今喫別人疑忌，如何是好？」過了一日，到晚收拾了鋪，進裏面教安排晚飯來喫。養娘們搬來，三口兒喫酒之間，員外分付養娘道：「你們自去歇息，我們要商量些家務事。」養娘得了言語，各自去了，不在話下。員外與永兒說道：「孩兒，　箇家緣家計皆出於你，有的是金銀段匹不計其數。外面有當直的，裏面有養娘，鋪裏有主管。人來買的段匹，他們疑道：『只見賣出去，不曾見上行⑰。』從今以後，你休在門前來聽了。賣得百十貫錢值得些甚麼？若是露出斧鑿痕來，喫人識破，倒是大利害，把家計都撇了，今後也休變出來了。」永兒道：「告爹爹，奴奴自在裏面，只不出來門前聽做買賣便了。」員外道：「若恁地甚好，叫將飯來喫罷。」女兒自歸房裏去了。自從當晚分付女兒以後，鋪中有的段匹便賣，沒的便交去別家買。先前沒的便變出來，如今女孩兒也不出鋪裏來聽了，胡員外甚是放心。隔過一月有餘，胡員外猛省起來這幾日只管得門前買賣，不曾管得家中女兒，若納得住定盤星⑱便好，倘是胡做胡為，教養娘得知卻是利害。當日胡員外起這箇念頭，來看女兒。來到中堂，

⑮ 作怪：離奇古怪。

⑯ 理會：此處指明白，理解。

⑰ 上行：宋代市肆，稱為行。上行，就是上市。

尋女兒不見，房裏亦尋不見，走到後花園中也尋不見。往從柴房門前過，見柴房門開著，員外道：「莫不在這裏面麼？」移身挺腳，入得柴房門，只見永兒在那空闊地上，坐著一條小櫈兒，面前放著一隻水碗，手裏拿箇朱紅葫蘆兒。員外自道：「一地裏沒尋他處，卻在此做甚麼？」又不敢驚動他，立住了腳，且看他如何。只見永兒把那朱紅葫蘆兒拔去了塞的，打一傾傾出二百來顆赤豆，并寸寸剪的稻草在地下，口中念念有詞，含口水一噴，喝聲道：「疾」，都變做三尺長的人馬，都是紅盔、紅甲、紅袍、紅纓、紅旗、紅號、赤馬，在地上團團的轉，擺一箇陣勢。員外自道：「那箇月的初十邊，被我叮嚀得緊，不敢變物事，卻在這裏舞弄法術，且看他怎地計結。」只見永兒又把一箇白葫蘆兒拔去了塞的，打一傾傾出二百來顆白豆，并寸寸剪的稻草在地下，口中念念有詞，含口水一噴，喝聲道：「疾」，都變做三尺長的人馬，都是白盔、白甲、白袍、白纓、白旗、白號、白馬，一似銀牆鐵壁一般，也排一箇陣勢。這柴房能有許多寬轉，卻容了四百多人馬，排下兩箇陣勢，還空得有戰場，並不覺一分兒狹窄。看得員外眼花撩亂，如在夢中光景。只見永兒去頭上拔下一條金篦兒⑲來，喝聲「變」，手中篦兒變成一把寶劍，指著兩邊軍馬，喝聲道：「交戰」，只見兩邊軍馬合將來，喊殺連天，驚得胡員外木呆了，道：「早是我見，若是別人見時，卻是老大的事。終久被這妮子連累。要無事時，不如早下手，顧不得父子之情。」員外看了十分焦燥，走出柴房門，去廚下尋了一把砍骨的鑾刀，復轉身來。卻說胡永兒執著劍，喝人馬左右好頑。

⑱ 定盤星：秤桿上標識零位的星，秤錘懸在這一點上，即和秤盤平衡，所以常用以比喻處理事務的正確方針或主意。俗語認錯定盤星，即打錯主意；拿不定定盤星，也就是拿不定主意的意思。

⑲ 篦兒：一種齒比梳子密的梳頭用具，稱「篦子」。

旋合，龍門交戰。只見左右混戰，不分勝敗，良久陣勢走開，赤白人馬分做兩下。永兒把劍一揮，喝聲「收」，只見赤白人馬依先變成赤豆、白豆、寸草。永兒收拾紅、白葫蘆兒內了。胡員外在背後提起刀，看得永兒分明，只一刀頭隨刀落，尸橫在地。有詩為證：

父子天親豈忍戕，只防妖法惹災殃。
可憐兩隊如雲騎，不救將軍一命亡。

員外看了永兒身首異處，心中又好苦，又好悶，又好慌。便把刀丟在一邊，拖那尸首僻靜處蓋了，出那柴房門，把鎖來鎖了。沒精沒彩⑳，走出彩帛舖裏來坐地，心中思忖道：「罪過！我女兒措辦許多家緣家計，適來一時之間，我見他做作不好，把他來壞了㉑，也怪不得我。若顧了他時，我須有分喫官司。寧可把他來壞了，我夫妻兩口兒倒得安跡。他的娘若知時，如何不氣。終不成一日不見，到晚如何不問？著甚麼道理殺了他？」胡員外坐立不安，走出走入，有百十遭。到晚收了舖，主管都去了，分付養娘：「安排酒來，我與媽媽對飲三盃。」員外與媽媽都不提起女兒，兩箇喫了五七盃酒。只見員外歎了一口氣，簌簌地兩行淚下。媽媽道：「沒甚事，如何這等哭？」員外道：「我有一件事，又是我的不是。我們夫妻兩箇方得快活，我看女兒做作不好，一時間見不到，把他來壞了，恐怕你怪。你不要煩

⑳ 沒精沒彩：即「無精打采」，形容精神不振，情緒低落。
㉑ 壞了：殺害了。

惱。」媽媽道：「員外怎的說這話？孩兒又做甚麼蹺蹊的事？」員外把那永兒變人馬之事，從頭至尾說了一遍。媽媽聽得說，搥胸攧腳，哭將起來，道：「你忘了三年前，在不廝求院子裏住時，忍饑受凍，不是我女兒如何有今日？你便下得手，把我孩兒來壞了？」員外道：「雖是我一時間焦燥，卻也是為著身家所係，萬不得已，你休怨我，且看日常夫妻之面。」媽媽道：「你殺了我女兒，我如何不煩惱？」媽媽又疑道：「適纔我見女兒好好地在房裏，如何說是壞了？」乃問道：「你是幾時殺的？」員外道：「是日間殺的。」媽媽道：「既是日間殺的，我教你看一箇人。」媽媽入去不多時，臂胳膊拖將出來。員外仔細看時，喫了一驚：「正是我女兒，日間我一刀剁了，如何卻活在這裏？」諕得員外肚裏慌張，想道：「終久被這作怪的妮子連累。不免略施小計，保我夫妻二人性命。」只因胡員外動了這念頭，有分教永兒弄出一段奇異姻緣，鬧遍了開封一府。正是：一味平安方是福，萬般怪異總非祥。畢竟員外設出甚麼計來，且聽下回分解。

第二十二回　胡員外尋媒議親　蠢憨哥洞房花燭

多言人惡少言癡，惡有憎嫌善又欺。
富遭嫉妒貧遭辱，思量那件合天機。

話說媽媽一隻手牽著永兒臂膊出來，永兒見了爹爹，背轉了臉，道箇萬福。對娘道：「爹爹沒甚事，叫孩兒出來做甚。」說罷，依舊進房去了。胡員外親眼見了女兒好生生在那裏，到是滿面羞慚，開了口合不得，又被媽媽搶白❶了一場，員外只得含糊過了一夜。次日早起，先去開柴房門看時，諕得員外呆了。只見刀在一邊，剁的尸首卻是一把株苕帚，砍做兩截。員外道：「哎呀，昨日明明是我下手的，如何卻是苕帚？似此成妖作怪，決留他不得了，只教他離了我家便了。」員外躊躕了一日，到晚來與媽媽喫夜飯，商議道：「常言道：『男大須婚，女大須嫁』，如今永兒年已長成，只管留他在家不是長久之計。他的終身也是不了❷。」媽媽道：「今日家計都是女兒掙的，何忍推他出去。況且你我膝下並無第

---

❶ 搶白：當面說責備、訓斥、諷刺與挖苦的話。

❷ 不了：謂不能了結。

說得圓穩。

二箇人，還是贅❸箇女壻在門，幫家過活，你我也得箇半子倚靠。」員外道：「媽媽，我初意亦是如此。只是女兒從幼嬌養慣了，好的是頑耍。」便提開養娘，把柴房中荳人草馬爭戰之事述與媽媽聽了。「似此弄手弄腳，倘然落在別人眼裏，說將出去，可不斷送了你我的性命？不如擇箇良姻，嫁他出去，在公婆身邊到底不比自家爹媽，少不得收歛些。過了三年五載，待他年長老成，連女壻收拾回來，可不兩得其便。」只這一席話，哄過了媽媽，便應道：「員外見得也是。」次日天明，便叫當直的去前街後巷叫兩箇媒人來。當直的去不多時，叫得兩箇媒婆。有一首小詞，名駐雲飛，單道那做媒婆的行徑：

堪歎媒婆，兩腳搬來疾似梭。八字❹全憑做，年紀傳來錯！嗏，舌上弄風波，將貧作富，撮合成交，那管終身悞。只要男家財禮多，只望花紅❺謝禮❻多。

那兩箇媒婆，一箇喚做快嘴張三嫂，一箇喚做老實李四嫂。兩箇來到堂前，叫了員外媽媽萬福。媽媽教坐了請茶。茶罷，安排酒來相款。張三嫂起身來，告媽媽和員外道：「叫媳婦❼們來，不知有何使

❸贅：招女婿。入贅，上門女婿，男子到女方家落戶。招贅，招人到自己家裏做女婿。

❹八字：舊時稱人出生的年、月、日、時為「四柱」，每項各有天干、地支一字相配；共得八個字，故稱「八字」。按迷信說法，根據這八個字可以推算一個人的命運。舊俗訂婚時須交換八字帖。

❺花紅：為慶賀喜事而贈送的插花掛紅的衣料禮品，也有賞金的意思。

❻謝禮：也叫「謝儀」。向人致謝送的禮物。

❼媳婦：泛指已婚婦女。

但嘴快手快。

令？」員外道：「且坐。你二人曾見我女兒麼？」張三嫂道：「前次曾見小娘子來。好箇小娘子！」員外道：「我家只養得這箇女兒，年方一十九歲，要與他說親，特請你二人來商議則箇。」張三嫂道：「謝員外媽媽照顧媳婦。既是小娘子要說親事，不知如今要入贅，卻是嫁出去？」胡員外道：「我只是嫁出去。」李四嫂道：「若要嫁出去時，這親事卻有。」員外取出二兩銀子來，道：「權與你二人做腳步錢。若親事成時，自當重重的相謝。」兩箇道：「媳婦們不曾出得分毫之力，如何先蒙厚賜？受之不當。」口裏雖恁般說，兩箇都伸手去接那銀子。是張三嫂先挼到手，作謝出來，到綵帛舖裏借等子❽、夾剪❾，把銀子平分了。兩箇於路上商量道：「那裏有門廝當戶廝對的好人家，趁熱就去說便好。」李四嫂道：「急切難得，只看我們造化。」張三嫂道：「今日講過了，你也不要瞞我，我也不要瞞你，大家分頭去尋訪。訪得一頭來，我兩箇有話同說，有錢同近，有酒同喫。」李四嫂道：「說得是。我尋得來，也對你說；你尋得來，也對我說。」兩箇約定了，分路而去。張三嫂想道：「西街上大桶張員外，單生得一箇兒子，年方一十七歲，只要說一箇好媳婦，我且去走一遭，只怕他嫌胡家年長。成不成喫三瓶，且去哄杯酒喫也好。」當下，張三嫂逕到張員外家。張員外見箇媒婆入來，便問道：「有何事到我家？」張三嫂道：「有一門好親，特地來說。」員外道：「有多少媒人來說過，都不成得。如今不知是誰家女兒？」張三嫂道：「是開綵帛舖胡員外的女兒，牛得花枝般好。」張員外道：「我曾在金明池❿上見來，

❽ 等子：也做「戥子」。用以稱量微量物品的小型桿秤，最大單位以兩計，最小以厘計。

❾ 夾剪：夾取對象的工具，鐵製，形似剪刀，但無鋒刃，頭寬而平。

❿ 金明池：池名。在北宋京城開封西鄭門西北，周圍約九里。宋史太宗紀一：「〔太平興國三年〕詔鑿金明池。」

真箇生得好，只不知多少年庚？」張三嫂道：「二十九歲，獨養女兒。」張員外道：「長兩歲也不妨，只怕他不願嫁出。我只有這箇兒子，我卻不肯入贅。」張三嫂道：「胡員外也情願嫁出來。」張員外見說，十分歡喜，教安排酒來，與張三嫂喫三杯，取出一兩銀子相送，說道：「若親事成時，別有重謝。」張三嫂收了銀子，作謝出來，喫了兩家的酒，醺醺的自言自語道：「今日是好日，都順溜，這頭親事管情要成。過了今夜，明日起箇黑早，到胡家去說，莫要通李老實知道。」卻說老實李四嫂這日因在金沙唐員外家門首經過，想著他有箇兒子，年方二十一歲，向來定下徐大戶家的女兒，因此女害了癆怯⑪，未曾完娶。二月間，女兒已死，那唐小官人是要緊⑫做親⑬的，若說胡員外宅裏女兒，必然樂從。走到唐家門首，恰好唐員外在門前閒坐，看見李四嫂前來，原是相熟的，便道：「四嫂那裏來？」李四嫂道：「有句話，特地到宅。」唐員外道：「既有話，請到裏面講。」李四嫂跟員外進去坐了，問道：「小官人在宅麼？」唐員外道：「出外去收些小貨未回。」李四嫂道：「徐家小娘子沒了，另扳得有好親麼？」唐員外道：「還不曾。你看見有好頭腦⑭，作成則箇。」李四嫂道：「有一頭在此，說來必定中意。」唐員外道：「是那一家？」李四嫂道：「是開綵帛舖的胡員外的女兒，年方一十九歲。」唐員外聽得說，

宋孟元老東京夢華錄三月一日開金明池瓊林苑：「三月一日，州西順天門外，開金明池、瓊林苑，每日教習車駕上池儀範」，為當時遊覽勝地。

⑪ 癆怯：虛癆。

⑫ 要緊：急著（做某件事）。

⑬ 做親：舉行婚禮；男婚女嫁。

⑭ 好頭腦：猶言好主兒。

□前語。

□利之門，其□□爭先。有□□於此。

□又快。

都會說。

笑道：「我知胡員外的女兒，且是生得好，又聰明伶俐。當初胡家開典舖的時節，我家便央人去說。胡員外要招贅在家，搖得頭落不肯，因此扳了徐家這頭親事。只不知胡員外有口風⑮沒有？你卻如何來說？」李四嫂道：「昨日胡員外叫將我去，與了我一兩銀子，又與了三杯酒喫，要說門當戶對的親，情願嫁出，故此媳婦特來宅上說。」唐員外見說，十分歡喜，即時叫安排酒來，教李四嫂喫了，也把一兩銀子相送，道：「若親事成時，另有重謝。有煩用心著力則箇。」李四嫂謝了唐員外出來，一路上歡歡喜喜，也打帳⑯瞞過了快嘴張三嫂，明日獨自箇去做這頭媒人。卻說次日胡員外家開了大門，是張三嫂先到，剛要進門，遠遠的望見東邊來的好似李四嫂模樣。張三嫂道：「這婆子清早趕那裏去？我且躲在一邊看他。」只見李四嫂到了胡家門首，兩頭打一看，逕鑽進門內來了，正與張三嫂打箇照面。正是：夜眠清早起，又有不眠人。兩下都喫了一驚，好生沒趣。張三嫂道：「你來有甚話說？」李四嫂道：「看見你在此，特地進來陪你。」張三嫂道：「我也想道你決然到這裏的，所以先來等候。」兩箇笑了一場，李四嫂道：「阿姆⑰，你實說，尋得頭好主兒麼？」張三嫂道：「不瞞你說，有一箇上好頭腦，管取十說九成。」李四嫂問那家，張三嫂道：「是大桶張員外家，一十七歲花枝般的小官人。」李四嫂道：「阿姆莫怪我說，男大女小，團圓到老。到是雌的大了兩歲，恐怕不中本宅的意。」張三嫂道：「你快閉了口。常言道：『妻大一，有飯喫；妻大二，多利市⑱；妻大三，屋角攤⑲。』如今剛大兩歲，正是利市，

⑮ 口風：談話中流露出自己的意思。

⑯ 打帳：亦作「打賬」。打算；準備。

⑰ 阿姆：通稱年長的女性。

發財旺夫，如何不好？你嫌我這主兒不好，有甚別箇主兒勝得這一頭的？」李四嫂道：「我這家卻勝得多哩！是金沙唐員外家兒子，長房長媳。目下⓴說成，就行聘就做親的。」張三嫂道：「便是那望門寡㉑的硬東西麼？誰家女兒是銅盆，肯去對那鐵掃帚？恁般頭腦不講得也罷，也省些後來抱怨。」李四嫂道：「我與你打箇掌，偏要員外成我這頭親事。」張三嫂道：「不須賭得，從今說過了，成了你的我也不來爭，成了我的你也休指望八刀，只喫杯喜酒便了。」鋪裏主管聽得了，便插口道：「這句話說得是。各人船底下有水，各人自行。拌乾了涎唾兒，也是沒用。正不知我家員外喜那一頭哩！姻緣是五百年前結下的，勉強不得。」兩箇方纔住了口，雙雙的走進客座裏來。有詩為證：

描寫兩媒婆口角，令人絕倒。

媒婆兩腳似船形，有水河中各自行。
空自相瞞爭起早，誰知員外不應承。

卻說胡員外正走出客座㉒來，兩箇媒人相見了。員外教坐，道：「難得你們用心。昨日說了，今日

⓲ 利市：本義是買賣所得的正當利潤，也含運氣好、吉利之意，即所謂「開門大吉，討個利市」；對辦喜慶事時贈給有關人員的錢物也稱「利市」。

⓳ 屋角攤：財物攤滿屋角之義。

⓴ 目下：目前；現在；在此時。

㉑ 望門寡：舊時謂女子未嫁而夫死。這裏指未娶而妻死。

㉒ 客座：招待客人的屋室、房間。

便有。」張三嫂不等李四嫂開言，便攙先答應道：「有一頭好親事，是小媳婦尋來的。西街上大桶張員外家，單生一子，年方十七，人才出眾，真箇十分伶俐，一手寫一手算。」胡員外聽說了道：「且放過這頭親事。」李四嫂道：「我說的又是一箇主兒，是金沙唐員外家。好箇小官人，年二十一歲了，百伶百俐，寫算俱精。五六年前曾在宅上求過親的，不曾成得，今番又來相求。」胡員外搖著頭道：「這頭親也且放過一邊。別有親時，再煩你二人來說。」兩箇媒人都道：「恁地好親事，如何教放過了？員外且與院君商議則箇。」胡員外道：「我心裏便是有些不在意，院君也十分做不得主。」便去衣袖裏摸出一兩銀子來，送與二位道：「天早不敢相留，權當一茶，有煩用心體訪一頭誠實小官人，直待我自心裏像意㉓方好。」兩箇媒人受了銀子，只得起身出來，說道：「雖然親事說不成，也不白折了這箇早起。想起來這頭媒人不是獨做得的，今後須是你吹我唱，大家攛掇慫恿，不怕他不聽。」兩箇又把一兩銀子分了，各自去訖。從此兩箇媒婆真箇和同水蜜㉔，一條跳板上走路。話休煩絮，但有好親去說，聽得說兒郎聰明伶俐便教放過了，如此也不知幾次。又隔了數日，兩箇媒人商量道：「難得胡員外，去時便是酒和銀子，不曾空過我兩箇。有七八頭好親事去說，只是不肯，不知是甚意故？」李四嫂道：「他說要尋箇誠實小官人，莫非到嫌忒聰俊了麼？」張三嫂道：「今日我們兩箇沒處去了，我和你去胡員外宅裏，騙他幾杯酒喫，有采騙得他兩把銀子，大家取一回笑耍。」李四嫂道：「你有甚親事去說？」張三嫂道：「你休管，只顧隨我來，教你喫酒便了。」兩箇來到胡員外家，卻好員外正在舖裏。兩箇坐定喫茶，員

㉓ 像意：愜意；滿意。

㉔ 和同水蜜：即河同水密，比喻彼此關係密切。

外問道：「有甚親事來說？」張三嫂道：「告員外，今有和宅上一般開綵帛鋪的焦員外。他有箇兒子甚是誠實，只怕太過分了些。」員外問道：「他兒子幾歲？諸事如何？」張三嫂道：「焦員外的兒子雖則也是一十九歲了，還是妳子㉕替他著衣裳，三頓喂他茶飯。口邊涎瀝瀝地，不十分曉人事㉖，滿門都稱他是『憨哥』。」胡員外聽了道：「這頭親事到稱我意，煩你二位用心說說則箇。院君面前莫說實話，只是褒獎罷了。」兩箇媒人聽得說，口中不說，心下思量：「千頭萬頭好親，花枝也似兒郎都放過了，卻將這箇好女兒嫁這箇瘋子。」兩箇又喫了數杯酒，每人又得了二兩銀子，謝了員外出來。對門是箇茶坊，兩箇人去喫了茶。李四嫂道：「你沒來繇，教我忍不住笑，捏著兩把汗。只怕胡員外焦燥起來，帶累㉗我，甚麼意思。」張三嫂：「我和你說這許多頭好親事，都教放過了。我自閒著耍他，若胡員外焦燥時，我只說取笑，誰想到成了事。」李四嫂道：「想是他中意了。若不中意時，今日如何把四兩銀子與我們，比往常更是加厚。」兩箇廝趕著一頭走，一頭笑，逕投國子門來見焦員外。焦員外教請坐喫茶，員外道：「你兩箇上門是喜蟲兒，有甚好話來說？」張三嫂道：「告員外，我兩箇特來討酒喫，與小員外說親。」焦員外道：「我的兒子是箇呆子，不曉人事的。誰家女兒肯把來嫁他？」李四嫂道：「與員外一般開綵帛鋪的胡員外宅裏。花枝也似一箇小娘子，年方一十九歲，多少人家去說親的都不肯，方纔媳婦們說起宅上來，胡員外便肯應承。特教我兩箇來說。」焦員外見說，好歡喜道：「你兩箇若說得成時，重重的

㉕ 妳子：方言，乳母。

㉖ 人事：人情事理。

㉗ 帶累：自己遭不幸牽連別人；使受損害；連累。

相謝。」兩箇喫了數杯酒，每人送了二兩銀子，出得焦員外家，逕來見胡員外。李四嫂道：「焦員外見說宅上小娘子，十分歡喜，教來稟覆員外，要揀吉日良辰，下財納禮。要甚安排，都依宅上分付。」胡員外聽說，不勝之喜，自教媒人去對張院君說。院君細問時，只說：「小官人生得豐厚，是箇有造化㉘的。只是從小嬌養慣了，穿衣服還要別人伏侍。生在這般富足人家，好不受用。」院君也允了。媒人去焦家回復。話休絮煩，回家少不得使媒人下財納禮，奠雁㉙傳書㉚。焦員外因是自家兒子不濟，每事從厚。不只一日，揀了吉日良時成那親事。卻說焦員外和媽媽叫妳子來分付道：「小官人成親，房中的事皆在你身上。若得夫妻和順，我卻重重賞你。」妳子道：「多謝員外媽媽，妳子自有道理。」媽媽道：「恁地時，慢慢教他好。」妳子與媽媽入房裏來，看著憨哥道：「憨哥，明日與你娶老婆也。」憨哥也道：「明日與你娶老婆也。」妳子又道：「且喜也。」憨哥道：「且喜也。」妳子口中不說，心下思量道：「我們員外好不曉事！這樣一箇瘋子，卻討媳婦與他做甚麼？苦害人家的女兒！那胡員外也沒分曉，聽得人說這箇女兒十分生得標致，又聰明智慧，書算皆能。卻把來嫁這箇瘋子，不知是何意故？」當夜過了。至次日，焦家打點迎娶，不在話下。晚間胡媽媽送新人進門，少不得要拜神講禮㉛，參筵拂塵。妳子扶那憨哥出來，胡媽媽看見，喫了一驚。但見：

㉘ 造化：福分；好運氣。

㉙ 奠雁：古代婚禮，新郎到女家迎親，獻雁為贄禮，取其順陰陽往來之意，稱「奠雁」。

㉚ 傳書：傳遞書信。

㉛ 講禮：敘禮；敘尊卑、長幼、賓主之禮。

面皮垢積，口角涎流。帽兒光歪罩雙丫，衫子新橫牽遍體。帚眉縮頞，反耳斜睛。靴穿歪腿，步踉蹌，六七人攙；涕掛掀唇，嘴腌臢，一雙袖抹。瞪目視人無一語，渾如扶出猙獰；短毛連鬢有千根，好似招來鬼魅。蠢軀難自立，窮崖怪樹搖風；陋臉對神前，深谷妖狐拜月。但見花燈，那解今宵合巹㉜；雖逢鴛侶，不知此夜成親。送客驚番，滿堂笑倒。洞房花燭，分明織女㉝遇那羅㉞；簾幙搖紅，宛似觀音㉟逢八戒㊱。便教嫫姆㊲也嫌憎，縱是無鹽㊳羞配合。

當晚妳子扶著憨哥行禮，揖不成揖，拜不成拜。平昔間慣隨人口裏說話，到此沒隨一頭處，口中只

㉜合巹：舊時結婚男女同杯飲酒之禮，後泛指結婚。

㉝織女：織女星的女神，中國神話中的天帝孫女（或女兒），排行第七，工作是編織雲彩，是紡織業者、情侶、婦女、兒童的保護神，是著名的牛郎織女故事的女主角。

㉞那羅：佛教天神「天龍八部」之一。因其頭上長角又被稱為「人非人」。有男女之分，男性長一馬頭，女性相貌端莊，聲音絕美。

㉟觀音：即觀世音菩薩，佛教大乘菩薩之一，唐人因避太宗李世民諱而稱「觀音」，佛經傳說這位菩薩大慈大悲，廣化眾生，故深受民間崇奉。中國漢族地區以農曆二月十九日為觀音節。

㊱八戒：古典小說西遊記中的人物。法名豬悟能。本是天篷元帥，因罪被謫，誤投豬胎而生，面貌醜陋。後隨唐僧往西天取經。身粗力大，很能幹活。但好吃懶做，貪圖女色，喜進讒言，好用小手段沾便宜。

㊲嫫姆：傳說中黃帝之妻，貌極醜。後為醜女代稱。

㊳無鹽：亦稱「無鹽女」，即戰國時齊宣王后鍾離春。因是無鹽人，故名。為人有德而貌醜。後常用為醜女的代稱。

是亂哼。胡媽媽看見新女壻這般模樣，不覺簌簌地淚下，暗地裏叫苦道：「老無知，卻將我這塊肉斷送㊴與這樣人！我女兒終身如何是了？」要叫兩箇媒人來發作時，那李老實已躲過一邊去了，張快嘴看見辭色不善，先把說話來迎住道：「老院君，這頭親事媳婦們也不敢斗膽，都依著老員外分付下來。老院君回去問老員外時自然明白。今日大喜之日，列位高親在此，望老院君凡百包荒，隱惡而揚善則箇。」只這幾句話，張院君到不好開得口了。正是：啞子慢嘗黃蘗味，難將苦口對人言。沒奈何，與許多親眷勸酬了一夜。次早只得撇了女兒，別了諸親回家。一見了員外，不覺怒氣衝天，掇下了髻兒，撞一箇滿懷，便叫天叫地介哭將起來。員外道：「好時好日，沒事為著甚的？」媽媽道：「只想你是一家之主，百事憑你。誰知是箇老禽獸，沒人心的！我這一箇成家立業的好女兒，千百頭親事來說，只是不允，偏揀這箇瘋子嫁他，是何道理？」胡員外道：「我女兒留在家中久後必然累及我家。便是嫁出別人家裏去，嫁了箇聰明伶俐的老公，壓不住定盤星，露出些斧鑿痕來，又是苦。我如今將他嫁箇木畜不曉人事的老公，便是有些泄漏，他也不理會得。」媽媽道：「這等一箇好女兒，嫁恁地一箇瘋呆子，豈不悞了我女兒一生！」員外道：「他離了我家，是天與之幸，你管他則甚。」媽媽只是哭親哭肉，罵一回，哭一回，整整的厮鬧了一夜，不在話下。卻說胡永兒見媽媽去了，眼淚不從一路落，苦不可言。陸續相送諸親出門，晚飯已畢，謝了婆婆，道了安置，隨奶子入房裏來。見憨哥坐在牀上，奶子道：「你和小娘子睡。」憨哥道：「你和小娘子睡。」奶子道：「你和小娘子睡休！」憨哥道：「你和小娘子睡休！」奶子心裏道：「只管隨我說時，幾時是了。不若我自安排小娘子睡便了。」奶子先替憨哥脫了衣服，扶他上牀，睡倒

㊴ 斷送：喪失；毀滅（生命、前途等）。

蓋了被，然後看著永兒道：「請小娘子寬衣睡了罷。」永兒見妳子請睡，包著兩行珠淚，思量道：「爹媽媽，我有甚虧負你處，你卻把我嫁箇瘋子。你都忘了在不廝求院子裏受苦時，如今富貴不知虧了誰人！休，休！我理會得爹爹意了。教我嫁一箇聰明的丈夫，怕我教他些甚麼，因此先識破了，卻把我嫁這箇瘋子。」抹著眼淚，叫了妳子安置。脫了外蓋衣裳，與憨哥同睡。妳子自歸房裏去了。永兒上得牀，把被緊緊的捲在身上，自在一邊睡，不與憨哥合被。心下想道：「我久有跟隨聖姑姑出門之意，只為爹媽難忘，一時撇他不下。他又無第二箇男女靠老，何忍將奴嫁出，又配著這箇歪貨！不知聖姑姑那邊知道也不知道？」歎了一回，不覺睡去了。夢見聖姑姑乘鶴而來，只因這一來，有分教：永兒安心息念，又過幾時。正是：夫妻本是前生定，莫怨東風當自嗟㊵。畢竟聖姑姑說出甚麼來，且聽下回分解。

㊵ 莫怨東風當自嗟：出自於宋代歐陽修明妃曲再和王介甫一詩，原文是：「紅顏勝人多薄命，莫怨東風當自嗟。」

第二十三回　蠢憨哥誤上城樓脊　費將仕❶撲碎遊仙枕

駿馬慣馱村漢❷走，巧妻常伴拙夫眠。
姻緣都是前生債，莫向東風怨老天。

話說胡永兒夢見聖姑姑騎鶴而至，叫聲：「我兒！聞得你嫁了新郎，特來看你。」永兒便把心中苦楚告訴了一遍。聖姑姑道：「你終身結果自在貝州，這裏原非你安身之處。」永兒道：「奴奴只今日跟了娘娘去休。」聖姑姑道：「宿債❸未畢，還不是脫身的時候。」永兒道：「奴奴與那瘋子有甚夙債？」聖姑姑道：「你前生做我的女兒時節，我同你到劍門山關王廟中避雪。有箇年少道士賈清風與你眉來眼去，雖則未曾成就，你卻也不曾決絕得他。那道士為思憶你，一病而亡。只為他情癡忒重，所以今生投胎變成癡子。但他的情根卻也種得深了，少不得今世要開花結果。今日與你做一場夫妻，也是還債。到

道破三生因果。

❶ 將仕：官名。「將仕郎」的簡稱，宋代從九品下為將仕郎，是低級的文散官。後也用以稱無官職的富豪。
❷ 村漢：村夫；鄉下人。
❸ 宿債：佛教指前生欠下的罪債。

種情根須先種慧根。

人皆知憨哥之憨，卻不知如今依老婆舌頭者大半皆憨哥也。

緣分了時，自有箇散場。你也須索忍耐，休得簸弄神通，惹人猜忌。若有急難，可到鄭州來尋我。」說罷，依舊乘鶴飛去了。永兒醒來，一句句都記得在心裏，曉得前緣宿業❹，到也心定了。張院君回家，到第二日，一心只牽掛女兒，不知這一夜如何過了，眼兒也一定哭得紅腫了。差兩箇養娘去看，回來說道：「歡歡喜喜在那裏。」媽媽不信，連看了幾遍，回報都是一般話兒。媽媽歎口氣，也放下了心，從此不和員外爭嚷。那焦員外夫妻兩口兒也只怕新婦心中不樂，見他兩箇孝順，十分歡喜，自不必說。焦員外又自到胡親家處來稱謝，從此兩家無話。再說永兒與憨哥雖為夫婦，實則同牀千里。憨哥從來不省人事，不來纏老婆，永兒也落得推開。閒常到懷箇可憐之意，冷冷熱熱常照顧他，恰像添了箇妳子一般。有時節閉上房門，演弄法術兒頑耍，憨哥呆呆的看，只不則聲，所以一向相安無事。荏苒光陰，不覺過了三載。時遇六月間，這一年天氣倍加炎熱。永兒到晚來，堂前叫了安置，與憨哥來天井內乘涼。永兒道：「憨哥，我們好熱麼？」憨哥道：「我們好熱麼？」永兒道：「我和你一處乘涼，你不要怕。」憨哥道：「我和你一處乘涼，你不要怕。」永兒見憨哥七顛八倒❺，心中好悶。當夜永兒和憨哥合坐著一條櫈子，永兒念念有詞，那櫈子變做一隻吊睛白額大蟲❻，背上載著永兒和憨哥從空便起，直到一座城樓上。這座城樓叫做安上大門樓。永兒喝聲：「住！」大蟲在屋脊上便住了。永兒與憨哥道：「這裏好涼麼？」憨哥道：「這裏好涼麼？」兩箇直乘涼到四更❼。永兒道：「我們歸去休！」憨哥道：「我們

❹ 宿業：前世的善惡因緣。佛教相信眾生有三世因果，認為過去世所作的善惡業因，可以產生今生的苦樂果報。

❺ 七顛八倒：失去常態；懵頭轉向。

❻ 大蟲：指老虎。

歸去休！」永兒念念有詞，只見大蟲從空而起，直到家中天井裏落下，依舊變做櫈子。永兒道：「憨哥，我們去睡休！」憨哥道：「我們去睡休！」自此夜為始，永兒和憨哥兩箇夜夜騎虎直到安上大門樓屋脊上乘涼，到四更❼便歸。有詩為證：

白雲洞法大神通，木櫈能令變大蟲。
不信試從吳地看，西山跳虎是遺踪。

忽一日，永兒道：「我們好去乘涼也。」憨哥道：「我們好去乘涼也。」永兒念念有詞，櫈子變做大蟲，從空便起，直到安上大門樓乘涼。當夜卻沒有風，永兒道：「今日好熱！」拿著一把月樣白紙扇兒在手裏，不住的搖。此時月卻有些朦朧，有兩箇上宿❽軍人出來巡城，少不得是張千李萬❾。兩箇巡了一遍，回到城門樓下。張千猛擡起頭來看月，喫了一驚，道：「李萬！你見麼，門樓屋脊上坐著兩箇人。」李萬道：「若是人，如何上得去？」張千定睛一看，道：「真是兩箇人。」李萬道：「據我看時，只是兩箇老鴉。」當夜兩箇在屋脊上不住手把扇兒搖，李萬道：「卻不是老鴉，如何在高處展翅？」張千眼快，道：「據我看，一箇像男子，一箇像婦人。如今我也不管他是人是鴉，教他喫我一箭！」去那

❼ 四更：指凌晨一時至三時。舊時夜間計時單位，一夜分為五更。
❽ 上宿：值夜。
❾ 張千李萬：舊時白話小說中常用的人名。

袋內拈弓取箭，搭上箭，拽滿弓，看清，只一箭射去，不偏不歪，不邪不正，射著憨哥大腿。憨哥大叫一聲，從屋脊上骨碌碌滾將下來，跌得就似爛冬瓜一般。張千李萬上前看時，卻是箇漢子，幸得不曾跌死。將他縛了，再看上面時，不見了那一箇。至次日早間，解到開封府來。正值知府陞廳❿，張千李萬押著憨哥跪下禀道：「小人兩箇是夜巡軍人。昨夜三更時分，巡到安上大門，猛地擡起頭來，見兩箇人坐在城樓屋脊上，搖著白紙扇子。彼時月色不甚明亮，約莫一箇像男子，一箇像婦人。小人等計算，這等高樓，又不見有梯子，如何上得去？必是飛簷走壁的歹人。隨即取弓箭射得這箇男子下來，再擡頭看時，那箇像婦人的卻不見了。今解這箇男子在臺下，請相公台旨⓫。」知府聽罷，對著憨哥問道：「你是甚麼樣人？」憨哥也道：「你是甚麼樣人？」知府道：「你從實說來，免得喫苦。」憨哥也道：「你從實說來，免得喫苦。」知府大怒，罵道：「這廝可惡，敢是假與我撒瘋⓬！」憨哥也瞪著眼道：「這廝可惡，敢是假與我撒瘋！」滿堂簇擁的人都忍不住笑。知府無可奈何，叫眾人都來廝認，看是那裏地方的人。眾人齊上認了一會，都道：「小人們並不曾認得這箇人。」知府存想道：「安上大門城樓壁斗樣高，這兩箇人如何上得去？就是上得去，那箇像婦人的如何不見下來，卻暗暗地走了。一定那箇像婦人的是箇妖精鬼怪，迷著這箇男子到那樓屋上。不隄防這廝們射了下來，他自一逕去了。如今看這箇人胡言胡語，兀自未醒。但不知這箇人姓名家鄉，如何就罷了這頭公事。」尋思了一會，喝道：「且把這

❿ 陞廳：（官員）登上廳堂。

⓫ 台旨：宋代以後稱太守以下官員的意旨為台旨。

⓬ 撒瘋：也作「撒風」，輕狂放肆，做出瘋瘋癲癲的樣子。

箇人枷號⑬在通衢⑭十字路口。」看著張千李萬道：「就著你兩箇看守，如有人來與他廝問的，即便拿來見我。」不多時，獄卒取面枷，將憨哥枷了，張千李萬攙扶到十字路口，鬨動了大街小巷的人，挨肩疊背爭著來看。卻說那焦員外家妳子和丫鬟侵晨送臉湯進房裏去，不見了憨哥永兒，喫了一驚，慌忙報與員外媽媽知道。員外和媽媽都驚呆了，道：「門不開，戶不開，去那裏去了？」焦員外走出走入，沒做理會處。忽聽得街上的人三三兩兩說道：「昨夜安上大門城樓屋脊上有兩箇人坐在上面，被巡軍射了一箇下來，一箇走了。」又有的說道：「如今不見枷在十字路口？」焦員外聽得說，卻似有人推他出門一般，逕走到十字路口，分開眾人，挨上前來看時，卻是自家兒子，便放聲大哭起來，問道：「你怎的去城樓上去？你的娘子在那裏？」張千李萬見焦員外來問，不由分說，橫拖倒扯捉進府門。知府問道：「你姓甚名誰？那枷的是你甚麼人？如何直上禁城樓上坐地，意欲幹何歹事？與那逃走的婦人有甚緣故？你實實說來，我便恕你。」焦員外躬身跪著道：「小人姓焦，名玉，木府人氏。這箇枷的是小人的兒子，枉自活了二十多年紀，一毫人事也不曉得，便是穿衣喫飯動輒要人。人若問他說話時，他便依人言語回答，因此取箇小名叫做『憨哥』，小人只是叫他小時伏侍的妳子看管。雖中門⑮外一步也不敢放他出來。三年前偶有媒人來與他議親，小人欲待娶妻與他，恐悞了人家女兒，欲待不娶與他，小人止生得這箇兒子，沒箇接續香火。感承本處有箇胡浩，不嫌小人兒子呆蠢，把一箇女兒叫做『胡永兒』嫁他。且是生

⑬ 枷號：舊時將犯人上枷標明罪狀示眾。
⑭ 通衢：四通八達的道路。
⑮ 中門：內、外室之間的門。

得美貌伶俐。不料昨晚喫了晚飯，雙雙進房去睡。今早門不開，戶不開，小人的兒子并媳婦都不見了。不知怎地出門，得到城樓高處，又不知媳婦如何不見下來，便走得去。」知府喝道：「休得胡說！既是你的兒子媳婦，如何不開門啟戶走得出來？媳婦以定是你藏在家中了，快叫他來見我。」焦員外道：「小人安分愚民，怎敢說謊。便拷打小人至死，端的屈殺小人。」知府聽他言語真實，更兼憨哥依人說話的模樣又是真的，再差兩箇人去拿胡永兒父親來審問便見下落。公差領了鈞牌⑯，飛也似趕到胡員外家裏來。卻說胡員外聽得街坊上喧傳⑰這件事，早已知是自家女兒做出來的勾當，害了憨哥。與媽媽正在家暗暗地叫苦，只見兩箇差人跑將入來，叫聲：「員外有麼？」員外驚得魂不附體，只得出來相見。問道：「有何見諭？」公差道：「奉知府相公嚴命呼喚⑱，請即那步⑲。」胡員外道：「在下並不曾閒管為非，不知有甚事，相煩二位喚我？」公差道：「知府相公立等，去則便知分曉。」員外就在鋪裏取銀十兩，送與二位：「權當酒飯，沒事回來，再當酬謝。」兩箇公差接了銀子，不容轉動⑳，推扯出門，逕到府裏。知府正等得心焦，見拿到了胡員外，便把城樓上射下憨哥，次後焦員外說出永兒，并憨哥對答不明，要永兒出來審問的情繇說了一遍。胡員外只推不知。知府道：「我聞你女兒極是聰明伶俐，女壻這般呆

---

⑯ 鈞牌：對長官令牌的敬稱。
⑰ 喧傳：哄傳；盛傳。
⑱ 呼喚：召喚；吩咐派遣。
⑲ 那步：移動步子。
⑳ 轉動：泛指行動。

會說。

蠢，必定別有姦夫，做甚不公不法的事。你怕我難為他，說出真情，一意藏在家中，反來遮掩。」焦員外跪在那邊，插口道：「若在你家，快把他出來救我兒子性命。」胡員外道：「世上只有男子拖帶女人做事。分明是你把我的女兒不知怎地緣故，斷送那裏去了。故意買囑巡軍，只說同在城樓屋脊上射下一箇，走了一箇。相公在上，城樓在半天中一般，又無梯子，難道這兩箇人插翅飛上去的？若果同在上面時，怎地瓦也不響，這般逃走得快？女人家須是鞋弓襪小，巡軍如何趕他不著，眼睜睜放他到小人家中來躲了？」知府聽他言語，句句說得有理，喝把憨哥的父親與張千李萬俱夾起來。指著焦員外道：「這事多是你家謀死了他的女兒，通同張千李萬設出這般計策，把這瘋癲的兒子做箇出門入戶。不打如何肯招！」喝將三人重重拷打。兩邊公人一齊動手，打得箇箇皮開肉綻，鮮血淋漓。焦員外受苦不過，哀告道：「望相公青天作主！原不曾謀死胡永兒，容小人圖畫永兒面貌，情願出三千貫賞錢，只要相公出箇海捕文書，關行各府州縣，懸掛面貌信賞。若永兒端的無消息時，小人情願抵罪。」知府見他三箇苦死不招，先自心軟。況兼胡員外也淡淡地不口緊要人，知府便道：「這也說得是。」一邊把三箇人放了，一面取憨哥進府，開了枷，併一干人俱討保㉑，暫且寧家㉒伺候。著令焦家圖畫永兒面貌，出了海捕文書㉓，各處張掛。有詩為證：

㉑ 討保：找人作保。

㉒ 寧家：回家。

㉓ 海捕文書：是封建時代官府通令各地捕獲逃犯的公文，猶後世之通緝令。海，喻地域之廣大。海捕，即在全國範圍內追捕。

自古公堂冤業多，無如訟口惑人何。
上官比及回心轉，一頓嚴刑已受過。

這四句詩是說聽訟之難。假如兩邊說來都似有理，少不得要看那一邊理勝一分的，聽他。及至有恁般理的，未必有恁般事。即如胡員外當堂一番說辯，何等可聽！知府為此將焦玉和巡兵一齊拷打，誰知都是冤枉。所以坐公堂的，切不可自恃聰察，輕易用刑。閒話休題，且說胡永兒見憨哥中箭跌下去了，口中念念有詞，從空便起獨自箇回到家中。想道：「失了憨哥，住在這裏不成了。爹爹媽媽家裏也不好去得，如何是好？」想起成親之夜，夢見聖姑姑與我說道：此非你安身之處，若有急難，可來鄭州尋我。見今無處著身，不若去鄭州投奔聖姑姑，看是如何。當下穿了幾件隨身衣服，帶了隨身法物，依舊跨著櫈子，從空而出，直到野地無人處漸漸下來，撇了櫈子，獨自一箇取路而行。此時天色方明，恰好遇見舊時從他讀書的陳學究先生陳善從鄉里趕早入城，有些事幹。認得是女學生胡永兒，喫了一驚，問道：「賢弟㉔為何獨行至此？爹爹媽媽何在？」永兒道了萬福，答道：「奴奴為夫家遭難，隻身逃出，不及對爹媽說知了。」身邊取出一箇白土做就，光光滑滑的小方枕兒，遞與陳學究道：「有煩師父將這枕兒寄與我家爹媽，聊表掛念。此乃九天遊仙枕，悅人魂夢，枕之百病俱除，師父是必寄去。」陳學究接得在手，問道：「賢弟如今往那裏去？」胡永兒指著前面道：「有箇親戚在前途，等我同到他家去。」陳學究擡頭向前瞭望時，永兒使箇隱身法，忽然不見了。陳善把眼睛抹一抹，噀了一口唾，叫聲「見鬼！」

此轉亦奇。又貼出陳學究一番。

㉔賢弟：對弟子或年歲較幼之友的敬稱。

莫非永兒已死，方纔精魂出現麼？這泥做的枕兒分明不是陽間用的。欲待拋棄了，又想道：「他特地寄與爹媽，再三叮囑，難道是鬼話？我也莫管他真假，便捎去問箇信兒，怕他怎地。」將衣袖裏著枕兒，忙忙的走入城來。忽然又想道：「我今日自家還有些緊要事件，不得工夫。況且平安街不是順路，帶著枕兒行走好不方便。」偶到費將仕門首經過，一箇小厮叫道：「陳師父那裏去？」原來陳善也曾在費家教授過來，這小厮正是舊時學童。陳學究便把枕兒遞與他，道：「這東西權寄你處，今日忙些箇，明日來取，就順便來看將仕。」說罷，自去了。學童看著這土做的枕兒也不在意，帶進宅裏，就撇在耳房中自家睡的鋪上。早飯後，費將仕出去拜客，書童沒些事，到鋪上去睡覺，見枕兒方便，就用著他。也是這小厮夙世有緣，好箇九天遊仙枕，多少王侯貴戚眼不曾見，耳不曾聞，到是他試法受用。正是：黃粱猶未熟㉕，一夢到華胥㉖。學童正在熟睡之際，有與他一般樣的兩箇小厮來尋。學童同打陞官圖㉗耍子，

㉕ 黃粱猶未熟：即「黃粱夢」典故。傳說呂洞賓上京趕考，在旅店裏憩息，等著旅店作黃粱飯吃，遇見仙人鍾離權度化他。他在那兒睡著了，夢見自己榮華富貴，歷盡各種境界，可是醒來，黃粱飯還沒煮熟。他從此就跟著鍾離權學道成仙去了。另唐代沈既濟枕中記也有類似故事，說盧生在夢中享盡了榮華富貴，醒來時，蒸的黃粱米飯尚未熟，只落得一場空。「黃粱夢」多比喻虛幻的夢想。

㉖ 華胥：傳說中的上古之國，指理想的安樂和平之境，或作夢境的代稱。典出列子黃帝：「〔黃帝〕晝寢，而夢游於華胥氏之國。華胥氏之國在弇州之西，台州之北，不知斯齊國幾千萬里。蓋非舟車足力之所及，神游而已。其國無師長，自然而已；其民無嗜欲，自然而已……黃帝既寤，怡然自得。」

㉗ 陞官圖：舊時博戲具的一種。紙上畫京外文武大小官位，以骰子擲之。以第一擲為進身之始，其後計點數彩色，以定升降。以四為德，以六為才，以二、三、五為功，以么為贓，遇德則超遷，才次之，功亦升轉，遇

搿，音□。

尋到耳房裏，見他鼾鼾的睡著。一箇便去抓腳心，一箇去撚箇細紙條兒弄進他鼻管底去。只見學童一連幾箇噴涕，似風邪般舞將起來，亂嚷道：「好快活！好快活！」兩箇小厮每人搿了一隻耳朵，喚他醒了，問道：「什麼好快活？」學童道：「纔睡去，忽見枕牆上兩扇門開，異香撲鼻。一班女樂吹彈而出，箇箇有月貌花容，迎我去仙界遊玩。轉步之間，果然仙山、仙水、仙花、仙鳥，景致非常。一箇仙女執壺，又一箇把盞，連勸我仙酒三盃。第三盃還不曾喫乾，被你們囉唣醒了。」一箇道：「我不信！我不信！」一箇便去搶那枕兒在手，看時只見一邊枕牆上泥金塗寫「九天遊仙枕」五字，那一邊畫成兩扇門兒，上面橫箇牌額，寫「仙界」二字。看得仔細，方知夢乃此枕之故。一箇道：「不知你是真是假，今夜把這枕兒我拿去也睡一夜，看有夢也沒有。」那一箇道：「不要偏枯㉘了，大家受用受用。上半夜是你，下半夜是我。」費將仕拜客方回，在耳房邊過去，聽得說要分上下半夜受用，只道商量什麼歹事，一腳踢開房門來。三箇小厮叢著一箇白土做就光光滑滑的小方枕兒，在那裏胡言亂道。費將仕一時怒起，雙手搶那枕兒在手，眼也不去瞧，高高的望空一撲，在青石街沿上打箇粉碎。可憐無價遊仙枕，化作堦前一片塵。難道這枕只與尋常枕頭一般，隨手而碎，別沒有什麼靈蹟顯示？一定不同。要知端的，且聽下回分解。

么則降罰。此法古稱彩選格，宋時又稱選官圖。

㉘ 偏枯：偏於一方面，照顧不均，失去平衡。

第二十四回 八角鎮永兒變異相 鄭州城卜吉討車錢

遊仙枕上遊仙夢，絕勝華胥太古❶天。
此枕有誰相贈我，一生情願只酣眠。

話說費將仕不由分說，將枕兒望空❷撲下。學童剛叫得一聲「阿呀！」那枕兒跌在青石堦前，打得粉碎。就那枕兒破碎之時，喤的一聲，只見一陣東西，又不是雀兒，又不是蝶兒，有影無形的，飛起屋簷上去了。費將仕走下堦頭看時，原來是三寸多長一班的仙女，手中執著樂器，笙簫弦索無所不具。也有執壺、執盞、執扇、執如意❸的，共二十餘人，如一棚木偶人兒相似。一箇箇艷質濃粧，美麗無比。那一班仙女做一字兒站在簷頭，向著費將仕齊齊的道箇萬福，啟鶯聲，開燕語，說道：「妾等原係前朝內班近侍❹宮人，被九天玄女娘娘符令拘禁在此。今叨恩庇，釋放逍遙，實乃萬分之幸也。」說罷把樂

此與漢武帝澡廉事相似。

❶ 太古：最古老的時代。
❷ 望空：向著空中。
❸ 如意：一種象徵祥瑞的器物，用金、玉、竹、骨等製作，頭靈芝形或雲形，柄微曲，供指劃用或玩賞。

真鬼工也。

器一齊動起，聲調和諧，淒婉可聽。徐徐從屋脊上行去，向北方即漸沒了。費將仕從來未見此異，呆呆的看了半日。再把破枕片兒細細檢起看時，裏面滑滑淨淨的，都畫著細山細水，亭臺樹木。這枕兒是一塊白土捻就的，外邊又無絲縫，不知裏面畫工如何動手，豈不是箇仙枕？費將仕纔把三箇小厮喝來跪下，問這枕兒的來歷。那兩箇小厮指著學童道：「是他說陳學究先生寄與他處，約明日來取的，小的們並不知情。只聽得他說枕著睡去時，便有許多快樂受用❺。看的是仙景，聽的是仙樂，喫的是仙酒，小的們見枕墻上寫著『九天遊仙枕』五箇金字，心下疑惑，正在此商量議論，不期老爹❻回來。」再問學童，果是如此。費將仕只是不信，將三箇小厮鎖禁一間空房裏頭，且待來朝陳學究來時問明是實，方纔饒恕。

再說陳善到次日身上空閒了，要去平安街胡員外家走遭，先來看費將仕，就便討那枕頭兒去。費將仕一聽得陳善到來，忙請進內書房相見。坐下，費將仕先問道：「教授曾有箇枕兒寄與小童來？」陳善道：「不曾教對將仕公說，將仕公何以知之？」費將仕道：「此枕有些怪異之處，教授實說，那裏來的，下官亦有言告訴。」陳善道：「小可❼舊時曾在平安街胡大洪家處館❽，那女學生叫做『永兒』，年長嫁人，已經三載。昨早忽然在城外相逢，說夫家遇難，故此潛逃。將此枕托小可寄與他爹媽，聊表情念。」

❹ 近侍：親近帝王的侍從之人。
❺ 受用：享受。
❻ 老爹：對老年男子或鄉紳、官吏或長者的尊稱。
❼ 小可：對自己的謙稱，多見於早期白話。
❽ 處館：在私塾中教書。

小可因昨日有些事忙，也不曾仔細看得，不知有何怪異？」費將仕道：「如此說，又是教授不曾替他寄得到好。」便把學童夢見這般這般，及自己撲碎了枕兒，又是如此如此恁樣怪異：「見今官府行文，出三千貫賞錢要拿妖人胡永兒。教授若將這枕頭去時，剛好做箇表證，須有分喫官司。又是下官撲碎了，妖物泯於無跡到好。」陳善諕得魂不附體，謝道：「小可因僻居鄉村，與城中吊遠，並不知官府事情。若非將仕公說明，小可險為所誤。只不知官府怎見得胡永兒是妖人？將仕公必知其詳。」費將仕又把張千李萬在安土門城樓屋脊上射下憨哥，并焦胡兩親家見官對證始末述了一遍，說得陳善毛骨悚然。當下費將仕留了酒飯，陳善再三作謝而別，竟自回去，也不到胡員外家去了。費將仕開了鎖，放出三箇小廝來，分付從今以後再不許題起枕兒一節，若有外人風聞時節，我便把你三箇奴狗當妖人解官。三箇小廝連聲「不敢」，自此無人題起遊仙枕之事。話分兩頭，再說胡永兒離了陳學究獨自行了一日，天色已晚，到一箇涼棚下，見箇點茶❾的婆婆。永兒入那茶坊裏坐了歇腳，那婆婆點盞茶來，與永兒喫罷，永兒問婆婆道：「此是何處？前面出那裏去？」婆婆道：「前面是板橋八角鎮，過去便是鄭州大路。小娘子無事，獨自箇往那裏去？」永兒道：「爹爹媽媽在鄭州，要去探望則箇。」婆婆道：「天色晚了，小娘子可只在八角鎮上客店裏歇一夜卻行。早是有這歇處，獨自一箇夜晚不便行走。」永兒變十數文錢還了茶錢，謝了婆婆，又行了二里路，見一箇後生：

---

❾點茶：即「泡茶」，將茶葉放入碗中，用沸水沖茶。宋人飲茶慣用「煎茶」，將茶葉搗碎放入沸水中煎煮。點茶則是一種簡便方法。

六尺以下身材，二十二三年紀。三牙掩口細髯，七分腰細膀闊。戴一頂木瓜心攢頂頭巾，穿一領銀絲似白紗衫子，繫一條蜘蛛班紅綠壓腰⑩，著一對土黃色多耳皮鞋。背著行李，挑著柄雨傘。

那後生正行之間，見永兒不戴花冠，綰著箇角兒，插兩隻金釵，隨身衣服，生得有些顏色。向前與永兒唱箇喏⑪道：「小娘子那裏去來？」永兒道：「哥哥，奴去鄭州投奔親戚則箇。」那廝卻是箇人家浮浪子弟，便道：「我也往鄭州那條路去，尚且獨自一箇難行。你是女人家，如何獨自一箇行得？我與小娘子一處行。」一面把些恐嚇的言語驚他。到一箇林子前，那廝道：「小娘子，這箇林子最惡，時常有大蟲出來。若兩箇行便不妨得，你若獨自一箇走，大蟲來便馱了你去。」永兒道：「哥哥，若如此時，須得你的氣力，拖帶⑫我則箇。」那廝一路上逢著酒店便買點心來，兩箇喫了，他便還錢。又走歇，又坐歇，看看天色晚來，永兒道：「哥哥，天晚了，前面有客店歇麼？」那廝道：「小娘子，好教你得知。一箇月前這裏捉了韃子⑬國裏兩箇細作⑭，官府行文書下來，客店裏不許容單身的人，我和你都討不得房兒。」永兒道：「若討不得房兒時，今夜那裏去宿歇？」那廝道：「若依得我口，便討得房兒。」永

⑩ 壓腰：緊身腰帶。一般為布製的長帶，中間有個袋，常束在腰間。
⑪ 唱箇喏：古人見尊長，一面雙手作揖，一面口裏喊喏，叫做唱喏或聲喏。
⑫ 拖帶：帶挈；提挈。
⑬ 韃子：舊時漢族對北方少數民族的統稱。
⑭ 細作：密探；間諜。

兒道：「只依哥哥口便了。」那厮道：「小娘子，如今不真箇，只假說我們兩箇是夫妻，便討得房兒。」永兒口中不道，心下思量：「這厮與我從無一面萍水相逢，並沒句好言語，只把鬼話謊我，要硬討人便宜。我胡永兒可是怕事的麼？」永兒道：「哥哥拖帶睡得一夜也好。」那厮道：「如此卻好。」來到八角鎮上，有幾箇好客店都過了，卻到市梢頭一箇客店。那厮入那客店門叫道：「店主人，有空房也沒？我夫妻二人討間房歇。」店小二道：「大郎莫怪，沒房了。」那厮道：「苦也！我上上落落，只在你家投歇，如何今日沒了房兒！」店小二道：「都歇滿了。只有一間房，鋪著兩張牀，方纔做皮鞋的鬍子歇了，怕你夫妻二人不穩便。」那厮道：「且引我去看一看。」店小二在前，那厮同永兒隨後。店小二推開房門，與那厮看了。那厮道：「怕甚麼事。他自在那邊，我夫妻兩箇在對牀。」店小二道：「恁地，你兩箇自入房裏去。」店小二交了房兒，永兒自道：「卻不叵耐⑮這厮！我又不認得你，卻教我做他老婆來討房兒，我只教他認一認老婆手段。」有詩為證：

堪笑浮華輕薄兒，偶逢女子認為妻。
黃金紅粉高樓酒，誰為三般事不迷。

豈不聞古人云：他妻莫愛，他馬莫騎。怎地路途中遇見箇有顏色的婦人，便生起邪心來。那厮看著店小二道：「討些腳湯洗腳。」店小二道：「有！有！」看著待詔說道：「他夫妻兩箇自東京來的，店

⑮ 叵耐：也作「叵奈」。即不可忍耐，可恨。叵，為「不可」二字的合音。

中房都歇滿了，只有這房裏還有一張牀，沒奈何，教他兩箇歇一夜。」待詔道：「我只睡得一張牀，有人來歇教他自穩便。」永兒進房來，叫了待詔萬福，待詔還了禮。那厮看著鬍子道：「蒿惱則箇。」待詔道：「請自便。」待詔肚裏自思量：「兩箇言語不似東京人，恁地箇孤調調地行，兩箇不像是夫妻，事不一心有些腳叉樣。干我甚事，繇他便了！」鬍子道：「你們自穩便。」那厮和永兒牀上坐了。店小二掇腳湯來，那厮洗了腳，討一盞油點起燈來。鬍子不做夜作⑯，喚了安置，朝著裏牀自睡了。那厮道：「姐姐，路上貪趕路，不曾打得火⑰，我出去買些酒食來喫。」轉身出房去了。永兒道：「卻不耐這厮無禮，他買酒去了，我且作弄他耍子則箇。」口中不知道些甚的，舒氣向鬍子牀上只一吹，又把自己臉上摸一摸，永兒就變做箇鬍子，帶些紫膛色，正像做皮鞋的待詔，待詔卻變做了永兒。假待詔也倒在牀上假睡著。卻說那厮沽些酒，買些炊餅，拿入店裏來，肚裏尋思道：「我今朝造化⑱好，遇著這等一箇好婦人。客店裏都知道我是他的丈夫了，今晚且快活睡他一夜。」那厮推開房門，放酒餅在桌子上，剔起燈來看那牀上時，卻是做皮鞋的待詔。疑惑道：「卻是甚麼意故？如何換過了來我牀上睡？」看那對面牀上時，卻睡著婦人。那厮道：「想是日裏走得辛苦，倒頭就睡著在這裏。」向前雙手搖那婦人，叫道：「姐姐，我買酒來了，你走起來，你走起來。」只見那做皮鞋的待詔跳將起來，劈頭⑲揪番⑳來

---

⑯ 夜作：晚上勞動和工作。
⑰ 打得火：即吃過飯。打火，旅途中吃飯。
⑱ 造化：福分；好運氣。
⑲ 劈頭：正衝著頭；迎頭。

便打。那廝叫道：「做甚麼便打老公？」鬍子喝道：「誰是你的老婆？」那廝定睛看時，卻是做皮鞋的待詔，慌忙叫道：「是我錯了，莫怪！莫怪！」店小二聽得大驚小怪，入房裏來問道：「做甚麼？」待詔道：「可奈這廝走將來，搖我，叫我做『姐姐』。」小二道：「你又不眼瞎，你的牀自在這邊。」店小二勸開了，待詔依舊上牀睡了。那廝喫了幾拳，道：「我的悔氣，眼睜睜是箇婦人，原來卻是待詔。」看這邊牀上女娘睡著，叫道：「小娘子起來喫酒。」定睛只一看時，卻是朱紅頭髮，碧綠眼睛，青臉獠牙的。叫聲有鬼，驀然倒地。店小二正在門前喫飯，只聽得房裏叫「有鬼」，入來看時，見那廝跌倒在地上，連忙扶起，驚得做皮鞋的待詔也起來。店裏歇的人都起來救他，也有噀噀吐的，也有咬中拇指的，那廝喫剗消了一夜，三魂再至，七魄重甦。那廝醒來道：「好怕人！有鬼！有鬼！」被店小二揪住，劈臉兩箇噀㉑吐，道：「我這裏是清淨去處，客店裏有甚鬼，是甚人教你來壞我的衣飯？」將燈過來，道：「鬼在那裏？」那廝道：「牀上那婦人是鬼。」店小二道：「這廝卻不弄人！這是你渾家，如何卻道是鬼。」那廝道：「他不是我渾家。我在路上撞見他，和我同到此討房兒，做假夫妻的。方纔我去買酒，來到房裏看他，卻是鬍子。我卻錯叫了待詔，喫他一頓拳頭。再去看他時，卻是朱紅頭髮，碧綠眼睛，青臉獠牙，原來是鬼。」眾人喫了一驚，燈光之下，看那婦人時，如花似玉一箇好婦人，都道：「你眼花了。這等一箇好婦人，你如何說他是鬼？」永兒道：「眾位在此，可奈這廝沒道理。我自要去鄭州投奔爹爹媽媽，這廝路上撞見了我，和我同行。一路上只把恐嚇的言語來驚我，又說捉了兩箇細作，店裏

---

⑳ 揪番：翻轉；推翻。

㉑ 噀：含在口中而噴出。

不容單身的歇，強要我做假夫妻，來討房兒。及至到了這裏，又只叫我是鬼，一晚胡言亂語，不知這廝懷著甚麼意故㉒。」眾人和店小二都罵道：「可奈這廝，情理難容。著他好生離了我店門，若不去時，眾人一發上打，教你粉骨碎身。」把這廝一時熱趕出去，把店門關了。那廝出到門外，黑洞洞地不敢行，又怕巡軍捉了喫官司，只得在門外僻靜處人家門前蹭了一夜。到天曉，那廝道：「我自去休。」離了店門，走了六七里路了，卻待要走過一林子去，只見林子裏走出胡永兒來。看著那廝道：「哥哥，昨夜罪過。你帶挈我客店裏歇了一夜，你卻如何道我是鬼？你今番青天白日裏看奴家是鬼不是鬼？」那廝看了永兒如花似玉，生得好，肚裏與決不下，道：「莫不昨晚我真箇眼花了？」那廝道：「姐姐待要和你同行，昨夜兩次喫你驚得我怕了。想你不是好人，你只自去休。」永兒道：「昨夜你要我做假夫妻也是你，如今卻又怕我。我有些怕冷靜，要哥哥同行則箇。」那廝道：「白日裏怕怎的？」永兒道：「哥哥昨日說有大蟲出來傷人。」那廝道：「說便是這等說，那裏真箇有大蟲。」永兒用手一指，道：「這不是大蟲來了。」說聲未絕，只見林子內跳出一隻吊睛白額大蟲來，看著那廝只一撲。那廝大叫一聲，撲地便倒。那廝閉著眼，肚裏道：「我性命今番休了！」多時沒些動靜，慢慢地閃開眼來看時，大蟲也不見了，婦人也不見了。那廝道我從來愛取笑人，昨日不合撩撥了這婦人，喫鬍子打了一頓拳頭，又喫他驚了，教我魂不附體。今朝他又叫大蟲出來，我道性命休了，原來是驚耍我。這婦人不知是妖是鬼，若是前面又撞見他卻了不得，我自不如回東京去休。」那廝依先轉身去了。後人有古風一篇為證：

㉒ 意故：緣故。

□是警醒人□。

美人顏色如嬌花，獨行踽踽時嗟呀。
路傍忽逢年少子，殷勤借問向誰家。
答言鄭州訪爹媽，客店不留鰥與寡。
假為夫婦望成真，誰道歡娛翻受耍。
交牀換面神難察，迷睽色眼真羞殺。
豈是美人曾變鬼，美人原是生羅剎。
老拳毒手橫遭楚，明日林中驚復睹。
何曾美人幻虎來，美人原是臙脂虎。
少年貪色不自量，乍逢思結野鴛鴦。
英雄難脫美人手，何況無知年少郎。

且說胡永兒變大蟲出來驚他，他再不敢巾這路來了。「我自向鄭州去，一路上好慢慢地行。」此時天氣炎熱，且行且住，將近巳牌時分，看見一株大樹下好歇，暫坐一回。正坐之間，只聽得車子碌碌刺刺地響，見一箇客人㉓，頭帶范陽氊笠㉔，身上著領打路布衫，手巾縛腰，行纏爪著褲子，腳穿八搭蔴

㉓ 客人：客商。

㉔ 范陽氊笠：氊笠，氈製的笠帽。范陽，中國古代的地名和行政區劃名，約在今北京市和河北保定北部。范陽氊笠為毛製品，可以防水和保暖，走長途的人們都將它作為必備的用品。

鞋㉕。推那車子到樹下，卻待要歇，只見永兒立起身來道：「客長㉖萬福。」那客人還了禮，問道：「小娘子那裏去？」永兒道：「要去鄭州投奔爹爹媽媽去，腳疼了，走不得，歇在這裏。客長販甚寶貨？推車子那裏去？」客人道：「我是鄭州人氏，販皂角㉗去東京賣了回來。」永兒道：「客長若從鄭州過時，車廂裏帶得奴奴家去，送你五百文錢買酒喫。」客人思量道：「我貨物又賣了，鄭州又是順路，落得趁他五百文錢。」客人道：「恁地不妨。」教永兒上車廂裏坐，那客人盡平生氣力推那車子。也不與永兒說話，也不把眼來看他，低著頭只顧推著車子而行。永兒自思量道：「這箇客人是箇朴實頭的人，難得難得！想昨夜那廝一路上把言語撩撥我，被我略用些小神通，雖不害他性命，卻也驚得他好。一似這等客人，正好度他，日後也有用他處。」那客人推那車子，直到鄭州東門外，問永兒道：「你爹爹媽媽家在那裏住？」永兒道：「客長，奴奴不識地名，到那裏奴奴自認得。」客人推著車子入東門來，到十字路口，永兒道：「這裏是我家了。」客人放下車子，見一所空屋子鎖著，客人道：「小娘子，這是鎖著的一所空屋子，如何說是你家？」永兒跳下車子，喝一聲道：「疾」，鎖便脫下來。用手推開一扇門，走入去了。客人卻在門前等了一箇多時辰，不見有人出來。天色將晚，只管舒著頭向裏面望。不隄防背後

只此便知卜吉到底無禍。

㉕ 八搭蔴鞋：亦作「八答麻鞋」，用麻編織、有耳絆可用帶繫在腳上的一種鞋，適合於行遠路。雲遊僧道常穿。亦稱「八踏鞵」。

㉖ 客長：對客人的敬稱，猶如客官。

㉗ 皂角：即皂莢。落葉喬木，枝幹上有刺，開淡黃色花，結莢果。莢果富胰皂質，可去污垢。莢果、樹皮和刺均可入藥，有祛痰功能。

一箇人喝道：「你只望著宅裏做甚麼？這宅門誰人打開的？」諕得客人回頭不迭，見是箇老兒，慌忙唱箇喏道：「好教公公知道。適間城外五十里路，見箇小娘子，說腳疼了，走不得，許我五百文錢，教我載到這裏，入去了，不出來，教我等了半日。」老兒道：「這宅是刁通判㉘廨宇㉙，我是看守的，原係封鎖在此，卻是誰人開了？」客人道：「恁地時，相煩公公去宅裏說一聲，教取銀子還我則箇。」老兒道：「啐！我問你，誰打開的宅門？」客人道：「是你小娘子自家開的。」老兒道：「鎖的空宅子，一向無人居住，那有甚麼小娘子？你卻說恁般鬼話，莫不害風㉚麼！」客人道：「好沒道理！我載你家小娘子來家，許我五百文錢，又不還我，到說白府話㉛兒。你只教我入去看，若小娘子不在時，我情願下情㉜陪禮。」老兒道：「你說了，若尋不見時，不要走了。」老兒大開了門，教客人入去。到前廳，過迴廊，直至後廳，遠遠的見永兒坐在廳上。客人指道：「這不是小娘子麼！」老院子心中正在疑慮：「這婦人那裏來的？」只見客人走上前，叫道：「小娘子如何不出來還我銀子，是何道理？」永兒見客人來，忙起身望後便走。客人大踏步走到後廳。永兒見他趕得緊，廳後有一眼八角井，走到井邊，看著井裏便跳下去了。客人見了，唬得只叫：「苦也！苦也！」卻待要走，被老院子一把捉住道：「這婦人我又不

㉘ 通判：官名。在知府下掌管糧運、家田、水利和訴訟等事項。

㉙ 廨宇：官舍。

㉚ 害風：得了瘋病。

㉛ 白府話：即鬼話，編造的不真實的謊話。

㉜ 下情：歉意；不是。

認得，你自同他來，卻又逼他下井去。清平世界，蕩蕩乾坤，逼死人命，你卻要脫身。儻或這婦人家屬知道，到此索命，那時那裏來尋你說話？今番罷休不得。」拖出宅前，叫起街坊人等，將客人一條索子縛了，直解到鄭州來。只因這番，有分教：老實客長卻打著沒影官司，貪墨㉝州官轉弄出欺心手段。直教：匹夫瞋目天開眼，草冠憑城地畫溝。畢竟客人解到州裏怎生決斷，且聽下回分解。

㉝ 貪墨：貪圖財利。

第二十五回　八角井眾水手撈屍　鄭州堂卜大郎獻鼎

偌大乾坤何事無，壺中天地井中區。
有人從此翻筋斗，便是人間大丈夫。

話說老院子和街坊人等將客人一條索子縛了，直解到鄭州來。正值大尹❶在廳上斷事，地方里甲❷人等解客人跪下，備說：「本人在刁通判府中，將不識姓名女子趕下八角井裏去了。」大尹將客人勘問，客人招稱：係本州人氏，姓卜名吉，因販皁角，前往東京貨賣回來。行到板橋八角鎮五十里外大樹下，遇見不識姓名女子，言說腳疼，行走不得，欲賃車子前到鄭州東門十字街爹爹媽媽家去則箇。情願出錢五伯，是吉載到本家，即開門入去，並不出來。吉等已久，只見老院子出來，言說我家是刁通判廨宇，無人居住，空房。不肯還銀，一時間同老院子進去尋看，不期女子見了，自跳在井中，即非相逼等情。

❶ 大尹：對知府、知縣的尊稱。

❷ 地方里甲：里甲，明州縣統治的基層單位，後轉為明三大徭役（里甲、均徭、雜泛）名稱之一。起初里長、甲首負責傳達公事、催徵稅糧，以後官府聚斂繁苛，凡祭祀、宴饗、營造、饋送等費，都要里甲供應。

大尹教且將卜吉押下牢裏，到來日押去刁通判宅裏井中打撈屍首。次日大尹委官❸一員，獄中取出卜吉，同鄰里人等，押到刁通判廨宇裏來。街上看的人挨肩疊背，人人都道：「刁通判府裏時常聽得裏面神歌鬼哭，人都不敢在裏面住。」有的人道：「看今日打撈屍首何如。」委官坐在交椅上，押卜吉在面前跪下。委官問老院子并四鄰人等，卜吉如何趕這女子落井。卜吉告道：「女子自跳落井，並不曾趕他下去。」委官叫打撈水手過來，水手唱了喏，著了水背心。委官道：「奉本州台旨，委我押你下井，你須仔細打撈。」水手道：「告郎中❹，方纔小人去井上看驗，約有三五十丈深淺。若只恁地下去，多不濟事。須用爪扎轆轤❺，有急事時，叫得應。」委官道：「要用甚物件，好教一面速即辦來。」水手道：「要爪縛轆轤架子，用三十丈索子，一箇大竹籠，一箇大銅鈴，人夫二十名。若有急事，便搖動鈴響，上面好拽起來。」不多時，都取辦完備。水手扎縛了轆轤、銅鈴、竹籠俱完了，水手道：「請郎中台旨，教下井去打撈。」委官道：「你眾水手中，著一箇會水了得的下去。」四五箇人扶著轆轤，一箇水手下竹籠坐了，兩三箇人掇那竹籠下井裏去，四箇人便放轆轤。約莫放下去有二十餘丈，只聽得鈴響得緊，委官教眾人退後，急把轆轤絞上籠來，眾人見了，一齊吶聲喊。看那籠裏時，亙古未聞，於今罕有。那水手當初下去，紅紅白白的一箇人，如今絞上來看時，一箇臉便如蠟皮也似黃的，手腳卻板僵，死在籠裏了。

---

❸ 委官：委派的官員。

❹ 郎中：職官名。秦、漢時，掌宮廷侍衛。隋代以後，為六部內各司之主管。宋時也稱職事人員或親隨。這裏指職事人員。

❺ 轆轤：安在井上絞起汲水斗的器具。

委官叫擡在一邊，一面叫水手老小扛回家去殯殮，不在話下。委官道：「終不成只一箇下去，了不得公事，便罷了。再別差一箇水手下去。」眾水手齊告道：「郎中在上，眾人家中都有老小，適纔見樣子麼！著甚來由把性命打水撇兒❻？斷然不敢下去。若是郎中定要小人等下去，情願押到知州❼相公面前，喫打也在岸上死，實是下去不得。」委官道：「這也怪不得你們。卻是如何得這婦人的屍首上來？你一干人都在此押著卜吉，等我去稟覆知州相公商議則箇。」委官上了轎，一直到州門前下了轎，逕到廳上，把上件事對那知州說了一遍。知州也沒做道理處❽。委官道：「地方人等都說刁通判府中白來不乾淨❾，今日又死了一箇水手，誰人再敢下去？只是打撈不得那婦人的屍首起來，如何斷得卜吉的公事！依卑職愚見，不若只做卜吉著。教卜吉下去打撈，便下井死了也可償命。」知州道：「也說得是，你自去處分。」委官辭了知州，再到井邊，押過卜吉來，委官道：「是你趕婦人下井，你自下去打撈屍首起來。我稟過知州相公，出豁❿你的罪。」卜吉道：「小人情願下去，只要一把短刀防身。」眾人道：「說得是。」隨即除了枷，去了木杻⓫，與他一把短刀，押那卜吉在籮裏坐了，放下轆轤。許多時不見到底，眾人發

---

❻ 打水撇兒：即「打水漂」，比喻白白投入而沒有收穫。

❼ 知州：官名。宋初鑒於五代藩鎮之亂，留居諸鎮節度於京師，而以朝臣出守列郡，稱「權知某軍州事」，意為暫行主管某軍州兵政、民政事務。省稱曰知州。明清因之，並定知州為官名。

❽ 沒做道理處：意即想不出辦法、沒了主意。做道理，就是想辦法。

❾ 不乾淨：指常鬧神鬧鬼。

❿ 出豁：出脫；有辦法；出息。這裏是逃脫、變化的意思。

⓫ 木杻：刑具名。木製手銬。

起喊來，道：「以前的水手下去時，只二十來丈索子便鈴響。這番索子在轆轤上看看放盡，卻不作怪。放許多長索，兀自未能勾到底。」正說未了，轆轤不轉，鈴也不響。且不說井上眾人，卻說卜吉到井底下，擡起頭來看時，見井口一點明亮。外面打一摸時，卻沒有水。把腳來踏時，是實落地，一面摸，一面行，約莫行了一二里路，見那明處，摸時卻有兩扇洞門。隨手推開，閃身人去看時，依然再見天日。卜吉道：「井底下如何有這箇所在？」提著刀正行之間，見一隻大蟲伏在當路。卜吉道：「傷人的想是這隻大蟲。譬如⑫你喫了我，我左右是死。」大跨步向前，看著大蟲便剁，喝聲「著」，一聲響亮，只見火光迸散，震得一隻手痲木了半晌。仔細看時，卻是一隻石虎。卜吉道：「裏面必然別有去處。」又行幾步，只見兩邊松樹，中間一條行路，都是鵝卵石砌嵌的。卜吉道：「既是有路，前面必有箇去處。」仗著刀，入那松徑裏，行了一二百步，閃出一箇去處，諕得卜吉不敢近前。定睛看時，但見：

金釘朱戶，碧瓦雕簷。飛龍盤柱戲明珠，雙鳳幃屏鳴曉日。紅泥墻壁，紛紛御柳間宮花；翠靄樓臺，淡淡祥光籠瑞影。窗横龜背，香風冉冉透黃紗；簾捲蝦鬚，皓月團團懸紫綺。若非天上神仙府，定是人間帝主家。

卜吉道：「這是甚麼去處？卻關著門，敢是神仙洞府？」欲推門，又不敢。欲待回去，又無些表證⑬。

---

⑫ 譬如：強似。
⑬ 表證：明證，後文「表正」意同。

終不成只說見隻石虎來，知州如何肯信我？」正躊躕之間，只見呀地門開，走出一箇青衣女童來。女童叫道：「卜大郎，聖姑姑等你多時了。」卜吉聽得說，想道：「這箇女童如何認得我？卻是甚麼姑姑姓聖？我三黨之親都沒有這箇姓，他卻又等我做甚的？」卜吉只得隨女童到一箇去處。見一所殿宇，殿上立著兩箇仙童，一箇青衣女童。當中交椅上坐著一箇婆婆，卜吉偷眼看時，但見那婆婆：

蒼形古貌，鶴髮童顏。眼昏似秋月籠煙，眉白如曉霜映日。繡衣玉帶，依稀紫府元君⑭；鳳髻龍簪，彷彿西池王母⑮。正大仙容描不就，威嚴形像畫難成。

卜吉想道：「必是箇神仙洞府，我必是有緣到得這裏。」卜吉便拜道：「告真仙，客人卜吉謹參拜。」拜了四拜，婆婆道：「我這裏非凡，你福緣有分得到此間，必是有功行之人，請上堦賜坐。」卜吉再三不肯坐。婆婆道：「你是有緣之人，請坐不妨。」卜吉方敢坐了。婆婆叫點茶來，女童獻茶已罷，婆婆道：「你來此間非同容易，因何至此？」卜吉道：「告姑姑，小客販皁角去東京賣了，推著空車子回來。路上見一箇婦人坐在樹下，道：『我要去鄭州投奔爹娘，腳疼了，行不得』，許我五百文錢，載他到東門裏刁通判宅前。婦人道：這是我家了，下車子，推門走入去了，不見出來。見我尋進去，他就跳

⑭ 紫府元君：紫府，道教稱仙人所居。元君，道教語。女子成仙者之美稱。

⑮ 西池王母：中國古代神話中的女神，住在昆侖山的瑤池，她園子裏的蟠桃，人吃了能長生不老。通稱「王母娘娘」。

誘人入夥。

在井裏。因此地方捉了我解送官司。差人下井打撈，又死了一箇水手。知州只得令小人下來，見井底有路無水，信步走到這裏。」婆婆道：「你下井來，曾見甚的？」卜吉道：「見一隻石虎。」婆婆道：「此物成器多年，壞人不少。凡人到此見此虎必被他喫了，你倒剁了他一刀，你後來必然發跡。卜吉我且教你看箇人。」看著青衣女童道：「叫他出來。」女童入去不多時，只見走出那箇跳在井裏的婦人來，看著卜吉道箇萬福，道：「客長昨日甚是起動⑯。」卜吉見那婦人，怒從心上起，惡向膽邊生，便罵道：「打脊賊賤人，卻不叵耐。見你說腳疼走不得，好意載你許多路，腳錢又不與我，自走入宅裏，跳在井中，教我被官司捉了，項上帶枷，臂上帶杻，牢獄中喫苦，這冤枉事如何分說！只道永世不見你了，你卻原來在這裏！讎人相見分外眼睜，且教你喫我一刀。」就身邊拔起刀來，向前劈胸揪住便剁。被胡永兒喝一聲，禁住了手。卜吉和身與腳都動不得了，胡永兒道：「看你這箇漢子一路上載我之面，若不時，把你剁做肉泥。因見你純善穩重，我待要度你，你卻如此無禮，敢把刀來剁我，卻又剁我不得。」婆婆起身勸道：「不要壞他，日後自有用他處，還要他們來助你。」婆婆看著卜吉臉上只一吹，腳便動得了。卜吉看著婆婆道：「小娘子是箇唅嚔⑰的人。」婆婆道：「若不是我在這裏，你的性命休了，再後休得無禮。」卜吉道：「小人有緣遇得姑姑，若救得卜吉牢獄之苦，出得井去無事時，回家每日焚香設位，禮拜姑姑。」婆婆道：「你有緣到這裏，且莫要去，隨我來飲數杯酒，送你回去。」卜吉隨到裏面，喫驚道：「我本是鄉村下人，那曾見這般好處，安排得甚是次第。」但見：

⑯ 起動：敬辭。麻煩；勞頓。

⑰ 唅嚔：利害；狠。

香焚寶鼎，花插金瓶。四壁張翠幙鮫綃，獨桌排金銀器皿。水晶壺內，盡是紫府瓊漿；琥珀杯中，滿泛瑤池玉液。玳瑁盤堆仙桃異菓，玻璃盞供熊掌駝蹄。鱗鱗膾切銀絲，細細茶烹玉蕊。

婆婆請卜吉坐，卜吉不敢坐。婆婆道：「卜大郎坐定，異日富貴俱各有分。」卜吉方纔坐了。只見酒來，又見飯來，他幾時見這般施設⑱。兩箇青衣女童在面前不住斟酒伏事，杯杯斟滿，盞盞飲乾。酒至半酣，卜吉思忖道：「我從井上來到這裏許多路，見恁地一箇去處，遇著仙姑，又見了這箇婦人，知他是神仙，是妖怪。在此不是久長之計。」便起身告姑姑和小娘子道：「我要去井上看車子錢物，恐被人捉了。」婆婆道：「錢物值得甚麼，我教你帶一件物事⑲上去，富貴不可說。不知你心下何如？」卜吉道：「感謝姑姑美意。休道是值錢的物事，便是不值錢的把去井上，做表正，也免得小人之罪。」婆婆叫永兒近前，附耳低聲。入去不多時，只見一箇青衣女童從裏面雙手掇一件物事出來，把與卜吉。卜吉接在手裏，覺有些沉重，思量：「這是甚麼東西，用黃羅袱包著。」卜吉道：「告姑姑，把與小人何用？」婆婆道：「你不可開，將上井去，不要與他人，但只言本州之神，收此物已千年，今當付與知州，可免你本身之罪。又有一件事分付你，你凡有急難之事，可高叫『聖姑姑』，我便來救你。」卜吉聽得說，一一都記了。婆婆教青衣女童送卜吉出來，復舊路，入土穴，行到竹籬邊，走入竹籬內坐了，搖動索子，那鈴便響，上面聽得，便把轆轤絞起。眾人看時，不見婦人的屍首，只見卜吉掇抱著一箇黃羅袱

---

⑱ 施設：陳設；設置。

⑲ 物事：吳方言，指東西，物品。

包來見委官。卜吉道：「眾人不要動，這件東西，是本州之神交付與知州的，直到知州面前開看。」委官上了轎，一干人簇擁圍定著卜吉，直入州衙裏來。正值知州陞廳，公吏人從擺開兩傍。委官上前稟說：「卜吉下井去大半日，續後聽得鈴響，即時絞他上來。只見卜吉抱著黃羅袱，包著一件東西，口稱是本州之神付與州官。卑職不敢擅動，取台旨。」知州叫押過卜吉來。知州問道：「黃袱中是何物件？因何得來？」卜吉道：「告相公，小人下井去，到井底，不見婦人的屍首，卻沒有水。有一條路徑約走二里，方見天日，見一隻虎，幾乎被他傷了性命。小人剁一刀去，只見火光迸散，仔細看時是隻石虎。有一條松徑路入去，見一座宮殿，外有青衣女童引小人至殿上，見一仙人。仙人言稱是本州之神，與小人酒食喫了，又將此物出來，教小人付與州官收受，不許泄漏天機。」知州捧過黃包袱，放在公案上，覺道沉重。知州想道：「一件寶物出世，合當遇我。」教手下人且退，親手打開黃袱包看時，道可知這般沉重，卻是一箇黃金三足兩耳鼎，上面鑄著九箇字道：「遇此物者必有大富貴」。知州看罷，再把黃袱來包了。叫出家裏親隨人拿入去，為鎮庫之寶。該吏向前稟道：「這卜吉候台旨發付。」知州尋思道：「欲待放了卜吉，一州人都知他趕一箇婦人落井，及至打撈，又壞了一箇水手性命。若只恁地放了，州裏人須要議我。我欲待把卜吉償那婦人的命，怎奈屍首又無獲處，倒將金鼎來獻我，如何是好？」驀然提起筆來斷這卜吉。有分教：知州登時死於非命，鄭州一城人都不得安寧。正是：沒興店中賒得酒，災來撞見有情人。畢竟知州惹出甚禍事來，且聽下回分解。

第二十六回　野林中張鸞救卜吉　山神廟公差賞雙月

君遠天高雨不靈，濫官污吏敢橫行。
腰間寶劍如秋水，要與人間斷不平。

話說知州心下躊躇了半晌，舉筆判道：卜吉不合逼取車腳錢，致不識姓氏婦人一名情慌走避，誤足入井。井在久閉空宅中，素多凶怪，撈屍不獲，亦一異事也。卜吉原無威逼之情，似難抵償。然誤死人命，不為無因。合應脊杖❶二十，刺配❷山東密州❸牢城營❹當軍。當下當廳斷了二十脊杖，喚箇文字匠人刺了兩行金印，押了文牒，差兩箇防送❺公人，一箇是董超，一箇是薛霸。當廳押了卜吉，領了文

---

❶ 脊杖：古時一種施於背部的杖刑。
❷ 刺配：古時處置犯人的一種刑罰，臉上刺字後發配邊遠地區充軍或服役。
❸ 密州：即現在的山東諸城。
❹ 牢城營：牢城，宋時囚禁流配罪犯之所。
❺ 防送：押解護送犯人。

牒，帶卜吉出州衙前來。卜吉到州衙外立住了腳，回頭向著衙裏道：「我卜吉好屈！婦人自跳在井中，我又不曾威逼他。他又不是別人，是本州土神，教我下去，獲得這件寶物獻你，你得了寶物，相應免我之罪，倒把我屈斷，刺配密州去。我若掙扎得性命回來，卻將你隱匿寶物事情敲皇城，打怨鼓，須要和你理論。」董超見他言語不好，只顧推著卜吉了行。薛霸道：「你在這裏出言語，累及我兩箇，卻是利害。」急急離了州衙，走到一箇酒店。三箇人同入來坐定，董超道：「取兩角❻酒來。」薛霸道：「卜吉，我兩箇雖然是奉公差遣，防送你到山東密州。路程許多遙遠，你路上也要盤纏，我們自不曾帶盤纏隨人走的。你有甚親戚相識去措置些銀兩，路上好使用，我兩箇不要你的。」卜吉道：「告二下❼，小人原有些錢本，為喫官司時，不知誰人連車子都推了去，如今教我問誰去討？小人單身獨自，別無親戚，盤纏實是無措辦處。」薛霸焦燥道：「我們押了多多少少兇頑罪人，不似你這般嘴臉。你道沒有盤纏，便是李天王❽也要留下甲仗，生薑也揑出汁來。在我們手裏的行貨不輕輕地放了。」說了一場，還了酒錢，兩箇押著卜吉出鄭州西門外來。正走之間，只聽得背後有人叫聲「董牌❾」。董超回頭看時，認得是本州的吳孔目，便教薛霸押著卜吉先行，自己落後一步，與他相見。吳孔目道：「在下奉知州相公所委。

❻ 角：古代的酒器最初是用牛角製的，後來酒器名稱遂多从角，酒店裏賣酒的數量單位也稱為角。一角的容量，古今不同，不能確指。
❼ 二下：這裏應為「上下」，本來是指父母，宋時也當作對公差的一種尊稱。
❽ 李天王：托塔天王李靖。
❾ 牌：即牌頭，舊時對差役或軍士的敬稱。

適間斷配卜吉出來，這廝在州衙前放刁，如今奉知州相公台旨，教你二人怎的做箇道理❿，就僻靜處結果⓫了他，揭他面上金印回話，重重賞你。」董超應承了，自趕上來，和薛霸知會⓬，只就前面林子裏結果了他休。兩箇押卜吉到一所空林子前，董超道：「我今日有些困倦，行不動，且就林子裏睡一睡則箇。」薛霸道：「纔離州衙行不得三十里路，如何便要歇？」董超道：「今日忒起得早了些，要歇一歇。只怕卜吉逃走了時，生藥鋪裏沒買處。你等我們縛一縛，便是睡也心穩。」卜吉道：「上下要縛便縛，我決不走。」董超將條長索把卜吉縛在樹梢上，提起索頭去那邊樹大枝梢上倒弔起來，手裏拿著水火棍⓭道：「卜吉，我們奉知州相公台旨，教害你，卻不干我們事。明年今月今日今時是你死忌。」卜吉慌得魂不附體，兩眼弔淚，哀告道：「二位，我與你日前無怨，往日無仇，便是知州相公我也並沒得罪於他，如何就要結果我性命？望二位開天地之心，保留殘命，生生世世當効犬馬之報。」一頭說，一頭淚如雨下。董超道：「你啼哭也沒用，知州相公怪你在州前放刁，要結果你。他是一州之主，誰敢違拗？你要性命，我回去倒替你受毒棒，不成。」薛霸道：「董大哥，有恁般閒氣力與這蠻子講話。早了早放，等他閻王面前快討箇好人身。」說罷，在董超手裏劈手奪過棒來，卻待舉起要打。卜吉道：「苦呀，苦呀！我命休矣！」猛然記得與我寶物的聖姑姑曾說，有急難時教我叫他，乃大叫「聖姑姑，救我則箇。」叫

❿ 做箇道理：做道理，找理由；想辦法；打主意。

⓫ 結果：殺死。

⓬ 知會：通知；告訴。

⓭ 水火棍：舊時衙門差役所使用的上黑下紅、上圓下略扁的木棍。

猶未絕，只見林子外面一箇人喝聲道：「防送公人，不要下手，我在此聽得多時了。」董薛二人喫了一驚，慌忙跑出林子外面看時，見一箇先生。怎生模樣？有西江月為證：

絛，音該。

奕奕丰神出眾，堂堂七尺身材。面如紫玉美髯腮，目若朗星堪怪。束髮鐵冠如意，紅袍腰繫黃絛。
天師張姓自天來，只少虎兒騎在。

那道士捧拳拽步，趕入林子裏來，看著兩箇公人道：「知州教你們押解他去，如何將他弔起，害他性命，是何道理？」兩箇公人慌了手腳道：「先生，我們奉知州相公台旨，並無私怨。」先生道：「你亂道。如今官司清明如鏡，緣何無罪要壞他性命？我是出家人，本當不管閒事。適間聽得林子裏高叫『聖姑姑』是何意故？你且放他下來，待我問他。」董超只得把卜吉解放了，卜吉道：「告先生聽。」卜吉說：「我因販皂角，去東京賣了回來。路上見一婦人，叫腳疼，走不得，許我五百文錢，賃我車子，載他到鄭州東門內一箇空宅子前。這婦人跳下車子，走入去。我不見他出來，入去看時，婦人自跳下井去。地方人道我逼他下井，捉了我解到官司。知州教我自下井打撈屍首，我下去時，原來井裏沒水，卻有一條路。見一所宮殿，遇著箇仙姑，與我一件寶物，教我送與知州免罪。臨上井時，分付我道：『若有急難時，便叫聖姑姑。』」先生聽得說了道：「原來恁地。」看著兩箇防送公人道：「這卜吉不當死。遇著貧道，可同來林子外村店裏喫三盃酒，更齎助[14]你們些盤纏，好看他到地頭則箇。」董超、薛霸道：「感

[14] 齎助：資助。

剭，音池。

謝先生。」四箇人同出林子外來。約行了半里路，見一箇酒店。四人進那酒店裏坐了，酒保來問道：「張先生，打多少酒？」先生道：「打四角酒來，有雞回一隻與我們喫。」酒保道：「街市遠，沒回處。」先生道：「又沒甚菜蔬，如何下得酒？」酒保拿酒來，四箇人一家喫了一碗。先生道：「有心請人，卻無下口⓯。」東觀西望，見壁邊一箇水缸，先生看時，是一缸乾淨水。先生袖內取出一箇葫蘆兒來，拔了屑兒，抖出一丸白藥來，放在水缸裏，依先去櫈上坐了，叫酒保來道：「我們四箇如何喫得淡酒？我方纔將下口放在你水缸裏，與我將去煮來。」酒保道：「張先生，你四箇空手進來，不曾見甚麼下口。」先生道：「你自去水缸裏看。」酒保去看時，只見水動，雙手去撈，撈出一尾三尺長鯉魚來，道：「卻不作怪！」只得替他剭了魚，落鍋煮熟了，用些鹽醬椒醋將盤子盛了，搬來與他。四箇一面喫酒，董超道：「感謝先生厚意。」薛霸道：「這魚滋味甚好，怎地再得一尾喫也好。」先生道：「這箇不足為禮。貧道平日好飲貪盃，難得相遇二位。四海之內皆相識也，若不棄嫌，同到貧道院中，盡醉方休，來日起程。不知二位尊意何如？」薛霸是後生⓰心性，道：「難得先生好意相請，今日也將晚了，我們就同往仙院借宿一宵，只是不當取擾。」董超終是年紀大，曉得事，叫薛霸到靜處說道：「這先生是箇作怪的人，著甚來繇，同他到道院中去。」薛霸道：「董大哥，你空活這許多年紀，不識得事。這酒店裏主人家也認得他，但有差遲，只問酒店裏要人。」董超道：「也說得是。」先生還了酒錢，四箇人離了酒店，一路說些閒話，不知行了多少路，只見那先生用手一指，道：「這箇便是貧道小庵。」董超看時，好座

⓯ 下口：指下酒飯的菜肴。

⓰ 後生：青年男子；小夥子。

茅庵！不甚大，蓋得團簇。庵前庵後沒一箇人家，兩箇便有些心疑。先生開了門，請三人就門前坐地。先生道：「你們三箇莫憂，這裏儘有宿歇處，今晚且快活歇一夜，來早便行。」此時是六月中旬，月兒早上，先生掇張棹子出來放在外面，入裏面去安排出葷腥菜蔬之類鋪在棹上。先生道：「方纔在酒店中請二位不足為禮，就此盡醉方休。」兩箇公人面面相覷，私議道：「這先生在酒店裏請我們喫了，如今來庵裏又安排許多酒食。欲待不喫，肚裏又饑，待喫他的，不知他主何意故。」薛霸道：「我兩箇押著這箇罪人，干繫不小。方離得鄭州一程路，就撞見這箇蹺蹊的先生。若是有些緩急⑰，都有老小在家裏，不是耍笑。」董超道：「不來由客，來時由主。既到這裏，且喫了他的，看他如何。」先生將酒出來，各人喫了十數盃，都飽了。兩箇公人道：「謝先生酒食，都喫不得了。我三箇借宿一宵，來早便行。」先生道：「淡酒不足為禮，何必致謝。你二位且請坐。」那先生起身進去，不多時拿出兩錠大銀子來，都有五十兩重，便道：「二位各收一錠，休嫌輕微。」薛霸不則一聲，董超道：「感謝先生賜了酒食，已為過擾，這銀兩決不敢受。」先生道：「你二位權且收了，表意而已。」二人被先生推不過，各收了一錠。先生道：「貧道有一件事奉告，不知你二位肯依麼？」兩箇思量道：「酒也喫了，銀子也收了，如何不依得。」便道：「先生休道一件事，十件事也依。先生但說不妨。」先生道：「你兩位各收了五十兩銀子，做了養家本。念卜吉是箇含冤負屈的人，貧道又不認得他，只是以慈悲好生為念。且聽卜吉說來，他是平白的人，卻教他喫這場屈官事，望二位怎地做箇方便，留他在庵裏相伴貧道。貧道姓張，名鸞。若知州問時，只說張鸞要救卜吉便了。不知二位意下何如？」董超不敢則聲，薛霸叫將起來道：

⑰緩急：指危急之事或發生變故之時。

「先生你好不曉事！普天之下皆屬王土，率土之民皆屬王民。你雖是出家人，住在鄭州界上，也屬知州所管。他是本官⑱問出來的罪人，甚人敢收留他？你道我們得了你的銀子，你便挾制著我們。你的銀子分毫不動在此，請自收去。」先生道：「不須焦燥。肯留時便留下，不肯留時你二位收下銀子，再告盃酒。」董超道：「擾了先生酒食，又賜了銀子，何須只顧勸酒。」先生道：「不只勸酒，貧道有箇小術，就呈二位看看。上至知州，下及庶民，都教他們賞箇雙月則箇。」先生就懷中取出一張紙來，將剪刀在手，把紙剪了一箇圓圓月兒，用酒滴在月上，喝聲「起」，只見那紙月望空吹將起去，三箇人齊喝采道：「好！」只見兩輪月在天上，有詩為證：

堪憐卜吉本無辜，獻鼎翻教陷害軀。
只為覆盆⑲難鑒察，故將雙月照糊塗。

先生道：「看貧道這輪明月面上，請一盃酒。」這裏四人自喫酒。卻說鄭州上至知州，下及百姓，哄動了城裏城外。居民都看空中有兩輪明月，有那曉事的道：「只有一輪月，如何有兩輪月？此必是箇妖月。」且不說哄動眾人，卻說這先生與三箇賞月喫酒，將散，先生道：「二位做箇人情，把卜吉與了

按宋史，天禧四年夏四月，有兩月並見，西南則此妖月

⑱ 本官：指本部門的主管官員。

⑲ 覆盆：語出晉葛洪抱朴子辨問「是責三光不照覆盆之內也」，意思是陽光照不到覆置的盆之下，後因以喻社會黑暗或無處申訴的沉冤。

。真宗時已有之矣。

貧道罷。」董薛二人道：「我們家中各有老小，比先生不得。知州知道，我兩箇實難分解⑳。」先生道：「知州分付你們要安排他死，其事甚容易。我教你兩箇帶一件表證與知州看。」只見先生將道袍袖結做一箇肐膪，揣在背後，雙手揪住卜吉，用索子將卜吉背剪綁了，縛在草廳上。薛霸道：「先生，你早辰要救他，緣何如今又要縛他？」先生道：「教你二人帶他一件物事去見知州。」董超道：「不知教我兩箇帶甚的物事去？」先生道：「知州既要壞他性命，如今貧道替你下手，剖腹取心帶去與知州，表你二人能事。」董超道：「使不得，這是斷了的罪人。知州要謀害他是知州的私意，如今將著心肝去，知道的便是先生殺了他，不知道的只說是我兩箇謀財害命。這一場屈官事教我兩箇喫不起！」先生笑道：「原來你們怕喫官事，我也取笑你們。」便把卜吉解了，就安排三箇人睡。先生道：「二位若回州裏去時，說我張鸞要救卜吉，可牢記取。」三箇叫了安置就在外面宿歇，先生自進裏面去了。董超薛霸一覺直睡到天明，閃開眼來看時，兩箇喫了一驚，身邊不見了卜吉，也不見了庵院先生。卻睡在山神廟內，紙錢堆裏。兩箇面面相覷，道：「苦也，苦也！我兩箇不曉事，走了罪人，如何是好？」董超道：「我們且不要慌，和你去告知州。」一逕直回到鄭州。正值知州午衙升廳，董超薛霸來廳前跪下。知州便問道：「你兩箇解卜吉往山東，如何今日便回？」董超薛霸道：「告相公，昨日押卜吉上路去，在三十里外撞見一箇道士，邀到庵中要奪卜吉。小人們和他爭執，那道士是箇異人，剪一輪紙月吹在空中，便見兩輪明月。」知州聽得說道：「作怪，昨晚因見兩輪月，鬧炒了州城一夜。後來卻是如何？」董超道：「那道士教小人們就庵裏歇睡了一夜，今日早起開眼打一看時，卻是箇山神廟的紙錢堆裏。正不知卜吉和道

⑳ 分解：分辯；解釋。

士那裏去了。那道士自稱：『我叫做張鸞。』」知州道：「既有姓名，這妖人好捉了。」當日即喚緝捕使臣㉑分付。言說未了，只見一箇道士鐵冠草履，皂沿緋袍，直上廳前，高聲道：「貧道張鸞在此。」喏也不唱。知州大怒道：「汝乃妖人，怎敢如此無禮？」張鸞道：「汝乃一州之主，如何屈斷平人？卜吉無罪，把他刺配山東，路上兀自教人殺害他性命，又取了他無價寶物，是何道理？」知州道：「休得胡說！他有甚麼無價的寶物？」張鸞道：「金鼎見在你庫中，我就叫他出來。」只見張鸞叫道：「金鼎，金鼎，我今相請，作速出來，眾人立等。」諕得知州并廳上廳下的人都呆了。只見金鼎從空中飛將下來，兩隻耳朵搧動如翅挈相似，直飛到廳上。知州見了道：「怪哉，怪哉！」說猶未了，金鼎內鑽出一箇人來，那人正是卜吉。一跳跳出金鼎外來，右手仗劍，左手揪住知州，就廳上把知州一劍剁為兩段。眾人見知州身死，俱各手足無措。廳上廳下人都道：「終不成殺了知州就恁地罷了。」一齊向前捉那張鸞卜吉。兩箇見眾人來捉，提著金鼎跳在馬臺石㉒上放下，兩箇齊把雙腳跨入鼎內，叫聲：「列位請了，我們去也。」將頭向下一縮，兩箇人都不見了。忽然起陣狂風，風過處連金鼎也都不見了。眾人面面相覷，都道自不曾見這般怪異的事。就請本州同知㉓管事㉔，六房吏典㉕買辦棺木，將知州身屍盛了。一面差

快暢。

都是這般叫得出來時，接黑錢的定少。

㉑ 緝捕使臣：宋代專管緝捕罪犯的低級武官。宋代制度，低級武官自三班借職至內殿承制，稱為使臣。並分三班借職（後改承信郎）至東頭供奉官（後改從義郎）為小使臣，內殿常班、內殿承制（後改訓武郎、修武郎）為大使臣。凡統領軍巡、防備火警、緝捕押解盜賊等職務，常以小使臣任之。

㉒ 馬臺石：指上下馬時腳踩的石頭。

㉓ 同知：官名。稱副職。宋代中央有同知閤門事、同知樞密院事，府州軍亦有同知府事、同知州軍事。元明因之。清代唯府州及鹽運使置同知，府同知即以同知為官稱，州同知稱州同，鹽同知稱鹽同。

緝捕公人四下裏搜捉張鸞卜吉，一面商議具表奏聞朝廷。只因此起，有分教：大鬧河北，鼎沸東京。朝廷起兵發馬，收捉不得。直惹出一位正直大臣治國安民。正是：聊將左道妖邪術，說誘如龍似虎人。畢竟表奏朝廷如何，且聽下回分解。

㉔ 管事：受雇管理家事或庶務的人，地位比一般僕人為高。

㉕ 六房吏典：指衙門中所有的吏役。州縣衙門都設有吏房、戶房、禮房、兵房、刑房、工房六房，由知州或知縣委派幕賓代管，具體辦事人員為胥吏，正式之名稱為典吏，故「六房」實際是泛指典吏。

第二十七回　包龍圖❶新治開封府　左瘸師大惱任吳張

君起早時臣起早，趕入朝門天未曉。
多少山中高臥人，不聽朝鐘直到老。

且說鄭州官吏具表上奏仁宗皇帝，仁宗皇帝就將表文在御案上展開看了，遂問兩班文武道：「鄭州知州被妖人殺害，卿等當以勦捕祛除。」道猶未了，忽見太史院官❷出班奏道：「夜來妖星出現，正照雙魚宮，下臨魏地，主有妖人作亂，乞我皇上聖鑒，早為准備。」仁宗皇帝曰：「鄭州新有此事，太史又奏妖星出現。事于利害，卿等當預為區處。」眾官具奏道：「目今南衙開封府❸缺知府，須得揀選清

❶包龍圖：即包拯。因他曾官龍圖閣直學士，故稱。包拯（西元九九九—一〇六二元），北宋廬州合肥（今安徽合肥）人，仁宗天聖年間進士。曾任監察御史、天章閣侍制、龍圖閣直學士，官至樞密副使。宋史卷三一六有傳。他為官清正，剛直不阿，執法嚴峻，不徇私情，被舊的史書和小說渲染為少有的「清官」、「包青天」。

❷太史院官：太史，官名。秦稱太史令，漢屬太常，掌天文曆法。魏晉以後太史僅掌管推算曆法。

❸南衙開封府：宋時稱開封府的官署為南衙。關於其來歷，有不同說法，據宋何薳春渚紀聞熙陵獎拔郭贄：「一日〔郭贄〕方與僧對弈，外傳南衙人王至，以太宗龍潛日嘗判開封府，故有南衙之稱。」而宋陸游渭南文集

廉明正之人任之，庶可表率四方，袪除妖佞。」仁宗皇帝問：「誰人可去任開封府？」眾官奏道：「龍圖閣待制❹包拯，字希仁，廬州合肥人也。為人剛正無私，不輕一笑。有人見他笑的，如見黃河清一般。必須此人可任此職。」仁宗准奏，教宣至殿前，起居❺畢，命即日到任。包拯謝了恩出來，開封府祗候❻人等迎至本府，免不得交割牌印，即日升廳。行文書下東京并所屬州縣，令百姓五家為一甲，五五二十五家為一保，不許安歇游手好閒之人在家宿歇。如有外方之人，須要詢問鄉貫來歷。各處客店，不許容留單身客人。東京大小有二十八座門，各門張掛榜文，明白曉諭。百姓們都燒香頂禮，道：「好箇龍圖包相公。」治得開封府一郡人民無不歡喜。真箇是：

兩行吏立春水上，一郡民居寶鏡中。

記太子親王尹京故事：「或問太宗：『以來尹京則謂之南衙，何也？』曰：『開封府治所本在正陽門南街東。然太宗為尹，乃就晉邸視事，晉邸又在大內乃府治之南，故曰南衙』。」

❹ 龍圖閣待制：龍圖閣，宋代閣名。在會慶殿西偏，北連禁中，閣東曰資政殿，西曰述古殿，閣上以奉太宗御書、御制文集及典籍、圖畫、寶瑞之物，及宗正寺所進屬籍、世譜。有學士、直學士、待制、直閣等官。待制，官名。唐置。太宗即位，命京官五品以上，更宿中書、門下兩省，以備訪問。宋因其制，於殿、閣均設待制之官，典守文物，位在學士、直學士之下。

❺ 起居：問安；問好。指每五日群臣隨宰相入見皇帝。其制始於後唐明宗，宋代沿襲之。

❻ 祗候：職官名。宋代祗候分置於東、西上閤門，與閤門宣贊舍人並稱閤職，祗候分佐舍人。元代各省、路、州、縣分別設祗候若干名，為供奔走驅使的衙役。元明亦指官府衙役，勢家僕從頭目。

鬼魅潛形愁洞照，皇親斂手避威風。

那行人讓路，鼓腹謳歌，路不拾遺，夜不閉戶，肅靜了一箇東京不在話下。卻說那後水巷裏有一箇經紀人❼，姓任名遷，排行第一，人都叫他做小大一哥，乃是五熟行裏人。何謂五熟行？

賣麪的喚做湯熟，賣燒餅的喚做火熟，

賣鮓❽的喚做醃熟，賣炊餅的喚做氣熟，

賣餶飿❾兒的喚做油熟。

這小大一哥是箇好經紀人，去在行販中爭強奪勝。在家裏做了一日，賣的行貨❿都裝在架子上，把炊餅、燒餅、饅頭、餕餡糕⓫裝停當了。那小大一哥挑著擔子，出到馬行街十字路口歇下擔子，把門面⓬鋪了，和一般的經紀人廝叫了，去架子後取一條三腳櫈子，方纔坐得下，只聽得廝郎郎地響一聲，一箇

❼ 經紀人：作買賣雙方的中間人、介紹人，叫做經紀。也作為買賣人的代稱。

❽ 鮓：用米粉、麵粉等加鹽和其它作料拌製的切碎的菜，可以貯存。

❾ 餶飿：古時的一種圓形、有餡、用油煎或水煮的麵食。

❿ 行貨：商品；貨物。

⓫ 餕餡糕：一種包餡的麵食。

⓬ 門面：商店房屋朝街的部分；店面。

人逕奔到架子邊來，卻不是買炊餅的。看那廝郎郎響的此物，喚做隨速殿家，又喚做法環⑬，是那解厭⑭法師搖著做招牌的。那法師搖著法環，走來任遷架子邊看著任遷道：「招財來，利市來，和合⑮來，把錢來。」任遷忍不住笑，看那解厭法師時，身材矮小，又瘸了一隻腿，一步高，一步低，頭巾沒額，頂上破了，露出頭髮來，一似亂草。披領破布衫，穿著舊布褲，一似獅子。腳穿破行纏斷耳蔴鞋，腰裏繫一條無鬚皂縧。任遷道：「厭師仔細照管地下，不要踏了老鼠尾巴。巳牌前後來解厭，好不知早晚。」瘸師道：「我也說出來得早了，只討得三文錢。」任遷道：「何不晚些出來？」瘸師道：「哥哥莫怪。我娘兒兩箇在破窯裏住，此時兀自沒早飯得喫。胡亂與我一文錢，轉糴些米，娘兒們煮粥充饑。」任遷見他說得苦惱子，要與他一文錢。去腰裏摸一摸看，卻不曾帶得出來。看著瘸師道：「我有錢也不爭這一文，今日未曾發市⑯。」瘸師見他說沒錢，便問道：「哥哥，炊餅怎的賣？」任遷道：「大的兩文錢一箇，小的一文錢一箇。」瘸師便去懷中取出三文錢來，攤在盤中，道：「哥哥賣箇炊餅與我娘喫。」任遷收了兩文錢，把一文錢還了瘸師，道：「我也只當發市，將這一文捨施你。」瘸師得了一文錢，藏在懷裏，任遷去蒸籠裏取一箇大一箇小，遞與瘸師，瘸師伸手來接。任遷看他的手腌腌臢臢，黑魆魆地，道不知他幾日不曾洗的。瘸師接那炊餅在手裏，看一看捻一捻，看著任遷道：「哥哥，我娘八十歲，如

⑬ 法環：就是串鈴，搖響了使人家知道幹什麼的來了，因為是降魔道士所用，所以稱為法環。

⑭ 解厭：驅鬼驅邪，解脫魔法。

⑮ 和合：順當；吉利。

⑯ 發市：商店一天中第一次交易。

何喫得這般硬餅？換箇饅頭與我。」任遷道：「弄得腌腌臢臢，別人看見須不要了。」安在前頭筐兒裏，再去蒸籠裏捉一箇饅頭與他。瘸師接得在手裏，又捻一捻，問任遷道：「哥哥，裏面有甚的？」任遷道：「一包精肉在裏面。」瘸師道：「哥哥，我娘喫長素，如何喫得？換一箇砂餡與我。」任遷道：「未曾發市，撞著這箇男女。待不換與他，只見架子邊有許多人熱鬧。」只得忍氣吞聲，又換一箇砂餡與他。瘸師又接在手裏，捻一捻道：「如何喫得他飽？只換箇炊餅與我罷。」任遷看了焦燥道：「可知教你忍饑受餓！只賣得你兩文錢，倒壞了三箇行貨，這番不換了。」瘸師道：「哥哥，休要焦燥，兩箇炊餅如何喫得我娘兒兩箇飽？不如只糴米煮粥喫罷。」去架子上捉了銅錢，看著架子上吹一口氣便走。任遷道：「叵耐這厮壞了我三箇行貨，你待走那裏去？」便來打那瘸師，忽然立住了腳，尋思道：「這等一箇模樣，喫得幾拳頭腳尖？若是有些一差二悮，倒打人命官司。只好饒他罷休。」回過身來，到架子邊定睛打一看時，任遷只叫得苦，一架子饅頭炊餅都變做浮炭也似黑的。有詩為證：

炊餅饅頭隨意換，弄得腌臢不好看。
鄉下老兒也憎嫌，要買除非是瞎漢。

任遷大怒道：「這厮蒿惱了我半日，又壞了一架子行貨，這一日道路罷了，正是和他性命相博。」分付一般經紀人看著架子，揎拳拽步，向前來趕瘸師。後生家心性，趕了半日不見，欲待回來。只聽得前頭厮郎郎響聲，任遷道：「莫非便是那厮麼？」望前頭直趕來看，又不見。番來覆去，直趕到安上大門樓下，見一夥人圍著一箇肉案子門前看。任遷道：「這是我相識張屠家裏，不知做甚的，有這許多人？」立住了腳，去人叢裏望一望，只見一箇婆婆倒在地上，一箇後生扶著，口裏不住叫「娘」，叫了半箇時辰醒來。婆婆緊緊地閉著眼不肯開。後生道：「娘！你放鬆爽些，開了眼。」婆婆道：「快扶我歸去。」後生道：「你開開眼。」婆婆道：「我怕了，開不得。」後生扶了婆婆自去了。任遷道：「不知這婆婆因甚倒在這裏？」只見張屠道：「眾人散開，沒甚好看。」任遷認得本人，姓張名琪，排行第一，任遷道：「一郎，多時不見。」張屠道：「任大哥那裏去來？」任遷道：「幹些閒事。」張屠道：「任大哥入來，我告訴你。」任遷入去問張屠道：「門首做甚麼，這等熱鬧？」張屠道：「不曾見這般蹺蹊作怪的事。方纔一箇瘸腳的道人，上裏破頭巾，身穿破布衫，手裏拿著法環，口裏道：『招財來，利市來，和合來，把錢來。』我道：『瘸師，你好不知早晚，想是你家沒有天窗。』瘸師聽了道：『沒錢便罷休，卻取笑我怎的？』不想看著掛在案子上的豬頭，摸一摸，口裏動動地不知說些甚的，搖著法環自去了。我也不把他為事，側首院子裏做花兒的翟二郎定下這箇豬頭，卻教他娘來取。我除下豬頭與他，這豬頭扎眉扎眼⑰，張開口把婆婆一口咬住，驚死那婆婆在地。我慌忙教小博士⑱叫他兒子來，早是救得他活，若是有些山高水低⑲，倒要喫他一場官事。他兒子提起這豬頭看時，又沒一些動靜。翟二郎道：『老人家自眼花了，何曾見死的豬頭扎眉扎眼？』方纔扶了娘去。」任遷聽了，把適間瘸師買炊餅的事

⑰ 扎眉扎眼：眉眼牽動。
⑱ 博士：宋元所謂博士，是對一般手藝人、小經紀人的稱呼，如油博士、茶博士、酒博士之類。
⑲ 山高水低：比喻意外的災禍或不幸的事情（多指死亡）。

任張吳三箇皆無用之人，不知瘸師要他做甚，直如此宛轉誘他。

從頭至尾對張屠說了一遍。張屠道：「作怪，作怪！」說猶未了，只聽得法環響。任遷道：「這廝兀自在前面。」張屠道：「壞了你炊餅不打緊，也不甚利害，爭些兒教我與婆婆償命。不須你動手，待我捉這廝打一頓好的。」任遷道：「我和你同去趕那廝。」兩箇拽開腳步，來趕瘸師。趕了半日不見，張屠看著任遷道：「如何是好？若還趕著，斷無干休，如今趕他不上回去了罷。」卻待要回，又聽得法環響。又趕了五六里，出安上大門，約有十餘里路了。聽得法環響，只是趕不著。兩箇卻待要回，只見市稍頭一箇素麪店，門前一箇人，拿著一條棒，打一箇漢子。張屠卻認得是賣素麪的吳三郎。張屠道：「三郎息怒，看我面，饒恕他罷。」吳三郎住了手道：「一店人要麪喫了趕路，教他去燒火，橫也燒不著，豎也燒不著，半日不能得鍋裏熱，人都走了去。似恁般做生意時，不如拆了店面罷，定教他皮開肉綻。」張屠道：「看我面罷休。」吳三郎道：「你今朝不是日分⑳，出來閒走？」張屠遂把適纔瘸師的事一一說了一遍。吳三郎聽罷，呆了，道：「恁地，我便錯打了他。你兩箇聽我說。我當著竈上，只見一箇瘸師搖著法環，到我門前叫道：『招財來，利市來，和合來，把錢來。』我手裏正忙，我道：『你也沒早晚，日中出來解厭。晚些出來，怕鬼捉了你去？我沒零碎錢，且空過這一遭。』只見他看著我鍋裏吹一口氣，便走了去。他轉得背，我叫小博士去燒火，卻如何燒得著？有兩頓飯間，只是燒不著。許多喫麪的人等不得，都走散了，我因此上打他。若不是你們說時，我那裏知道。叵耐這廝卻是毒害，壞了我一日買賣。」正說之間，只聽得法環響。吳三郎望一望，見瘸師在前面一路搖將去。吳三郎、任遷、張屠三箇一齊道：「我們去趕瘸師。」瘸師見三箇人來趕，急急便走。只因他三箇來趕瘸師，有分到一箇冷

⑳ 日分：日子；日期。

靜佛門，見一件蹺蹊作怪的事。正是：開天闢地不曾聞，從古至今希罕見。畢竟三人趕瘸師到何處，見甚事來，且聽下回分解。

第二十八回　莫坡寺瘸師入佛肚　任吳張夢授聖姑法

炊餅皆烏火不燒，豬頭扎眼術能高。
只因要捉瘸師去，致使三人遇女妖。

話說當下瘸師見任吳張三人趕來，急急便走。緊趕緊走，慢趕慢走，不趕不走。三人只是趕不上。張屠道：「且看他下落，卻和他理會❶不妨。」三人離了京城，行了一二十里，趕到一箇去處，叫做蛟虬莫坡。那條路真箇冷靜，有一座寺叫做莫坡寺。只見瘸師逕走入莫坡寺裏去了，張屠道：「好了！他走了死路了，看他那裏去。我們如今三路去趕。」任遷道：「說得是。」吳三郎從中間去趕，張屠從左廊入去趕，任遷從右廊入去趕。瘸師見三人分三路來趕，逕奔上佛殿，爬上供桌，踏著佛手，爬上佛肩，雙手捧著佛頭。三箇齊趕上佛殿，看著瘸師道：「你好好地下來。你若不下來，我們自上佛身拖你下來。」瘸師道：「苦也，佛救我則箇。」只見瘸師把佛頭只一攛，那佛頭骨碌碌滾將下來，瘸師便將身早鑽入佛肚子裏去了。張屠道：「卻不作怪！佛肚裏沒有路，你鑽入去則甚？終不成罷了。」張屠爬上

幻極。

❶ 理會：應付。

趣。

供桌，踏著佛手，盤上佛肩，雙手攀著佛腔子❷，望一望，裏面黑暗暗地。只見佛腔子中伸出一隻手來，把張屠劈角兒❸揪住，張屠倒跌入佛肚裏去了。吳三郎任遷叫聲苦，不知高低。兩箇計較道：「怎地好？」任遷道：「不妨事，我且上去看一看便知分曉。」吳三郎道：「小大一哥，放仔細些，休要也入去了。」任遷道：「我不比張一郎。」即時爬上供桌，踏著佛手，盤在佛肩上，攀著佛腔子望裏面時，只見黑暗暗地。叫道：「張一郎，你在那裏？」叫時不應。只見一隻手伸出來，一把揪住任遷。任遷喫了一驚，連聲叫道：「親爹爹，活爹爹！可憐見饒了我，再也不敢來趕你了！我特來問你，要炊餅，要饅頭沙餡，我便送將來與你喫。」只見任遷頭朝下，腳朝上，倒撞入佛肚裏去了。吳三郎看了道：「苦呀，苦呀！他兩箇都跌入佛肚裏去，我卻如何獨自歸去得？欲待上去望一望看，只怕也跌了入去，欲待自要回去，這兩箇性命如何，沒做道理處。」只得上去望一望，爬上供桌，手腳蘇麻，抖做一堆，不敢上去。尋思了半晌，沒奈何，只得踏著佛手，攀著佛腔子，欲待望一望，又怕跌了入去。欲進不得，欲退不得，吳三郎自思量道：「好沒運智❹。只消得去尋些硬的物事來打破了佛肚皮，便救得他兩箇出來。」正待要下供桌，卻似有箇人在背後攔腰抱住了，只一攛，把吳三郎也跌入佛肚子裏去了。一腳踏著任遷的頭，任遷叫道：「踏了我也！」吳三郎道：「你是兀誰？」任遷應道：「我是任遷。」吳三郎道：「張一郎在那裏？」只見張琪應道：「在這裏。」任遷道：「吳三郎，你如何也在這裏來了？」吳

❷ 腔子：軀體。

❸ 劈角兒：猶劈頭，當頭。角，頭頂兩側髮束。

❹ 運智：算計；打算。

三郎道：「我上佛腔子來望你們一望，卻似一箇人把我攛入佛肚裏來。」任遷道：「我也似一箇人伸隻手劈角兒揪我入來。」張屠道：「我也是如此。這揪我們的，必然是瘸師。他也耍得我們好了。四下裏摸看，若摸得他見時，我們且不要打他，只教他扶我們三箇出佛肚去。他若不肯扶我們出去時，不得不打他了。」當時三箇四下裏去摸，卻不見瘸師。任遷道：「原來佛肚裏這等寬大，我們行得一步是一步。」張屠道：「黑了如何行得？」任遷道：「我扶著你了行。」吳三郎道：「我也隨著你行。」迤邐行了半里來路，張屠道：「卻不作怪！莫坡寺殿裏能有得多少大？佛肚裏到行了許多路。」正說之間，忽見前面一點明亮，吳三郎道：「這裏原來有路。」又行幾步，看時，見一座石門參差❺，門縫裏射出一路亮來。張屠向前用手推開石門，佇目定睛。只一看，叫聲「好」，這裏山青水綠，樹密花繁，好一箇所在❻。吳三郎道：「誰知莫坡寺佛肚裏有此景致。」任遷道：「又無人煙，何路可歸？」張屠道：「不妨。既有路，必有人煙，我們且行。」又行了二三里路，見一所莊院。但見：

名花灼灼，嫩竹青青。泠泠溪水照人清，陣陣春風迎面煖。茆齋寂靜，銜泥燕子翻風；院宇蕭疎，弄舌流鶯穿日。騎犢黃頭稚子，吹來短笛無腔；荷鋤黑體耕夫，唱出長歌有韻。羸羸瘦犬，隔疎籬亂吠行人；兩兩山禽，藏古木聲催過客。

❺ 參差：不齊。

❻ 所在：處所；地方。

張屠道：「待我叫這箇莊院。」當時張屠來叫道：「我們是過往客人，迷蹤失路的。」只聽得裏面應道：「來也，來也。」門開處走出一箇婆婆來。三箇和婆婆厮叫了，婆婆還了禮，問道：「你三位是那裏來的？」張屠道：「我三箇是城中人，迷路到此。一來問路，二來問莊裏有飯食回些喫。」婆婆道：「我是村莊人家，如何有飯食得賣？若過往客人到此，便喫一頓飯何妨。你們隨我入來。」三箇隨婆婆直到草廳上木櫈子上坐定，婆婆掇張桌子放在三箇面前。婆婆道：「我看你們肚內饑了，一面安排飯食你們喫，你們若喫得酒時，一家先喫碗酒。」三箇道：「恁地感謝莊主。」婆婆進裏面不多時，拿出一壺酒，安了三隻碗，香噴噴地托出一盤鹿肉來。斟下三碗酒，婆婆道：「不比你們城市中酒好，這裏酒是杜醞⑦的，胡亂當茶。」三箇因趕瘸師走得又饑又渴，不曾喫得點心，聞得肉香，三箇道：「好喫。」一人喫了兩碗酒。婆婆搬出飯來，三箇都喫飽了。三箇道：「感謝莊主，依例納錢。」婆婆道：「些少酒飯，如何要錢？」一面收拾家火入去。三箇正要謝別婆婆，求他指引出路，只見莊門外一箇人走入來。三箇看時，不是別人，卻正是瘸師。張屠道：「被你這厮蒿惱了我們半日，你卻在這裏。」三箇急下草廳來，卻似鷹拿燕雀，捉住瘸師。正待要打，只見瘸師叫道：「娘娘，救我則箇。」那婆婆從莊裏走出來，叫道：「你三箇不得無禮！這是我的兒子！有事時，但看我面。」下草廳來，教三箇放了手，再請三箇入草廳坐了。婆婆道：「我適間好意辦酒食相待，如何見了我孩兒，卻要打他？你們好沒道理！」張屠道：「罪過！莊主辦酒相待，我們實不知這瘸師是莊主孩兒。奈他不近道理，若不看莊主面時，打教他粉骨碎身。」婆婆道：「我孩兒做甚麼了，你們要打他？」張屠、任遷、吳三郎都把早間的事對婆

⑦杜醞：謂家釀的酒。

婆說了一遍。婆婆道：「據三位大郎說時，都是我的兒子不是。待我叫他求告了三位則箇。」瘸師走到面前，婆婆道：「三位大郎，且看老拙之面，饒他則箇。」二人道：「告婆婆，我們也不願與他爭了，只教他送我們出去便了。」婆婆道：「且請少坐，我想你三位都是有緣的人，方到得這裏。既到這裏，終不成只恁地回去罷了。我們都有法術，教你們一人學一件，把去終身受用。」婆婆看著瘸師道：「你只除不出去，出去便要惹事，直教三位來到這裏，你有甚法術，教他三位看。」婆婆看著三箇道：「我孩兒學得些劇術❽，對你三位施呈則箇。」三箇道：「感謝婆婆。」瘸師道：「請娘娘法旨❾。」去腰間取出箇葫蘆兒來，口中念念有詞，喝聲道：「疾！」只見葫蘆兒口裏倒出一道水來，頃刻間波濤泛地。眾人都道：「好！」瘸師道：「我收與哥哥們看。」漸漸收那水入葫蘆裏去了。又口中念念有詞，喝聲道：「疾！」放出一道火來，頃刻間烈焰燒天。眾人又道：「好！」瘸師又漸漸收那火入葫蘆裏去了。張屠道：「告瘸師，肯與我這箇葫蘆兒麼？」婆婆道：「我兒，把這箇水火葫蘆兒與了這箇大郎。」瘸師不敢逆婆婆的意，就將這水火葫蘆兒與了張屠，張屠謝了。瘸師道：「我再有一件劇術，教你們看。」取出一張紙來，剪下一匹馬，安在地上，喝聲道：「疾！」那紙馬立起身來，尾搖一搖，頭擺一擺，變成通身雪練般一匹白馬，有西江月為證：

眼大頭高背穩，昂昂八尺身軀。渾身毛片似銀堆，照夜玉獅無比。雲錦隊中曾賽，每聞伯樂❿聲

❽ 劇術：即法術。

❾ 法旨：佛、道、神仙首領的命令。

嘶。登山渡嶺去如飛，真箇日行千里。

瘸師騎上那馬，喝一聲，只見曳曳地從空而起，良久，那馬漸漸下地。瘸師歇下馬來，依然是匹紙馬。瘸師道：「那箇大郎要？」吳三郎道：「我要覓這箇紙馬兒法術則箇。」瘸師就將這紙馬兒與了吳三郎，吳三郎謝了。婆婆看著瘸師道：「兩箇大郎皆有法術了，這箇大郎如何？」瘸師道：「娘娘法旨，本不敢違，但恐孩兒法力低小。」正說之間，只見一箇婦人走出來。那婦人不是別人，正是胡永兒。永兒與眾人道了萬福，向著婆婆道：「告娘娘，奴奴教這大郎一件法術，請娘娘法旨。」婆婆道：「願觀聖作。」胡永兒入去，掇一條板櫈出來，安在草廳前地上。永兒騎在櫈上，口中念念有詞，喝聲道：「疾！」只見那櫈子變做一隻吊睛白額大蟲。這大蟲怎生模樣？有西江月為證：

項短身圓耳小，吊睛白額雄威。爪蹄輕展疾如飛，跳澗如同平地。剪尾能驚麞鹿，咆哮嚇殺狐狸。
卞莊⑪雖勇怎生施，子路⑫也難當抵。

---

⑩ 伯樂：相傳春秋時秦國人，名孫陽，以善相馬著稱。

⑪ 卞莊：即卞莊子，春秋魯大夫，著名勇士，食邑於卞，謚莊。史記張儀列傳：「亦嘗有以夫卞莊子刺虎聞於王者乎？莊子欲刺虎，館豎子止之，曰：『兩虎方且食牛，食甘必爭，爭則必鬥，鬥則大者傷，小者死，從傷而刺之，一舉必有雙虎之名。』卞莊子以為然……一舉果有雙虎之功。」後用以指趁兩個敵人互相爭鬥而兩敗俱傷之機打擊敵人，將雙方一齊消滅。

⑫ 子路：即孔子的弟子仲由（西元前五四二－前四八〇年），字子路，又字季路，春秋時卞地人，性格直爽勇

胡永兒騎著大蟲，叫聲「起」，那大蟲便騰空而起，喝聲「住」，那大蟲漸漸地下來，喝聲「疾」，只見那大蟲依舊是條板櫈。婆婆道：「任大郎，你見麼？」任遷道：「告婆婆，已見了。」婆婆道：「吾女可傳這箇法術與了任大郎。」胡永兒傳法與任遷，任遷謝了。婆婆道：「你三人各演一遍。」三人演得都會了。婆婆道：「你三人既有了法術，我有一件事對你們說，不知你三人肯依麼？」張屠道：「告婆婆，不知教我們依甚的？但說不妨。」婆婆道：「你們可牢記取，他日貝州有事，你們可前來相助，同享富貴。」張屠道：「既蒙婆婆分付，他日定來貝州相助。今日乞指引一條歸路回去則箇。」婆婆道：「我教孩兒送你們入城中去。」瘸師道：「領法旨。」三箇拜謝了婆婆，婆婆看著三人道：「我今日教孩兒暫送三位大郎回去，明日可都來莫坡寺相等。」三人辭別了婆婆、永兒，當時瘸師引著路，約行了半里，只見一座高山。瘸師與三人同上山來，瘸師道：「大郎，你們望見京城麼？」張屠、吳三郎、任遷看時，見京城在咫尺之間。三人正看間，只見瘸師猛可地把三人一推，都跌下來。瞥然驚覺，卻在佛殿上。張屠正疑之間，只見吳三郎、任遷也醒來。張屠問道：「你兩箇曾見甚麼來？」吳三郎道：「瘸師教我們法術來。你的葫蘆兒在也不在？」張屠摸一摸看時，有在懷裏。吳三郎道：「我的紙馬兒也在這裏。」任遷道：「我學的是變大蟲的咒語。」張屠道：「我們似夢非夢，那瘸師和婆婆并那胡永兒想都是異人。只管說他日異時可來貝州相助，不知是何意故？」三人正沒做理會處，只見佛殿背後走出瘸師來道：「你們且回去，把本事法術記得明白，明日卻來寺中相等。」當時三人辭了瘸師，各自歸家。

有詩為證：

敢。曾與孔子出遊山間，為孔子取水，在水邊逢虎，與虎搏鬥而勝利，取水還。

逍遙蝴蝶真成幻⑬，富貴南柯亦偶然⑭。
何似夢中齊授法，等閒變化似神仙。

當日無話。次日喫早飯罷，三人來莫坡寺裏，上佛殿來，看佛頭端然不動。三人往後殿來尋婆婆和瘸師，卻沒尋處。張屠道：「我們回去罷。」正說之間，只聽得有人叫道：「你三人不得退心，我在這裏等你們多時了。」三箇回頭看時，只見佛殿背後走出來的正是昨日的婆婆。三箇見了，一齊躬身唱喏。婆婆道：「三位大郎何來甚晚？昨日傳與你們的法術，可與我施逞一遍，異日好用。」張屠道：「我是水火既濟⑮葫蘆兒。」口中念念有詞，喝聲道：「疾！」只見葫蘆兒口內倒出一道水來，叫聲「收」，那水漸漸收入葫蘆兒裏去。又喝聲「疾」，只見一道火光從葫蘆兒口內奔將出來，又叫聲「收」，那火漸漸收入葫蘆兒裏去了。張屠歡喜道：「會了！」吳三郎去懷中取出紙馬兒來，放在地上，口中念念有詞，喝聲道：「疾！」變做一匹白馬，四隻蹄兒巴巴地行。吳三郎騎了半晌，跳下馬來，依舊是紙馬。任遷去後殿掇出一條板櫈來，騎在櫈上，口中念念有詞，喝聲道：「疾！」只見那櫈子變做一隻大蟲，咆哮

⑬ 逍遙蝴蝶真成幻：即莊周夢蝶典故。典出莊子齊物論，莊周在夢中變為蝴蝶，夢醒後又由蝴蝶復化為己。比喻人生變幻無常。

⑭ 富貴南柯亦偶然：即南柯一夢典故。典出唐代李公佐南柯太守傳。淳于棼入大槐安國，與公主結婚，拜為太守，享盡榮華富貴。醒來後發現大槐安國就是他家大槐樹下的蟻穴。比喻一場空歡喜。

⑮ 水火既濟：「既濟」出自易經，是易經中的第六十三卦。「既濟卦」上坎下離相濟，所以叫「水火既濟」。坎為水，離為火，既濟則是水火相交為用。

而走。任遷喝聲「住」，那大蟲漸漸收來，依舊是條欖子。三人正逞法術之間，只聽得有人叫道：「清平世界，浪蕩乾坤，你們在此施逞妖法。見今官司明張榜文，要捉妖人。若官司得知，須連累我。」眾人聽得，慌忙回轉頭來看時，卻是一箇和尚，身披裂火袈裟，耳帶金環。那和尚道：「貧僧在廊下看你們多時了。」婆婆道：「吾師恕罪，我在此教他們些小法術。」和尚道：「教得他們好，便不枉了用心；教得他們不好，空勞心力。可對貧僧施逞則箇。」婆婆再教三人施逞法術，三人俱各做了。婆婆道：「吾師，我三箇徒弟何如？」和尚笑道：「依小僧看來，都不為好。」婆婆焦燥道：「你和尚家敢有驚天動地的本事？你會甚麼法術，也做與我們看一看則箇！」只見和尚伸出一隻手來，放開五箇指頭。指頭上放出五道金光，金光裏現出五尊佛來，任、吳、張三箇見了便拜。三箇正拜之間，只聽得有人叫道：「這座寺乃朝廷敕建⑯之寺，你們如何在此學金剛禪⑰邪法？」和尚即收了金光，眾人看時，卻是一箇道士，騎著一匹猛獸，望殿上來。見了婆婆，跳下猛獸，擎拳稽首道：「弟子特來拜揖⑱。」婆婆道：「先生少坐。」先生與和尚拜了揖，任、吳、張三箇也來與先生拜揖。先生問道：「這三位大郎皆有法術了麼？」婆婆道：「有了。」先生道：「貧道也度得一箇徒弟在此。」婆婆道：「在那裏？」只見先生看

---

⑯ 敕建：奉詔令建造。

⑰ 金剛禪：民間秘密宗教組織名。宋陸游渭南文集條對狀之七：「惟是妖幻邪人，平時誑惑良民，結連素定，待時而發，則其為害未易可測，伏思此色人處處皆有……江西謂之金剛禪，福建謂之明教。」這裏的金剛禪邪術是左道邪術的一種，只能背著人暗地裏進行。

⑱ 拜揖：打躬作揖。

此回是眾妖人大聚會。

著猛獸道：「可收了神通。」那猛獸把頭搖一搖，尾擺一擺，不見了猛獸，立起身來，卻是一箇人，眾人大驚。婆婆看時，不是別人，正是客人卜吉。卜吉與婆婆唱箇喏。婆婆道：「卜吉，你因何到此？」卜吉道：「告姑姑，若不是老師張先生救得我性命時，爭些兒不與姑姑相見。」婆婆問先生道：「你如何救得他？」先生道：「貧道在鄭州三十里外林子裏，聽得有人叫『聖姑姑，救我則箇！』貧道思忖道：『此乃婆婆之名，為何有人叫喚？』急趕入去看時，卻見卜吉被人吊在樹上，正欲謀害。貧道問起緣由，卜吉將前後事情對貧道說了，因此略施小術，救了他大難。」婆婆道：「原來如此。恁地時，先生也教得有法術了？」卜吉道：「有了。」婆婆道：「你們曾見我的法術麼？」和尚并道士道：「願觀聖作。」只見婆婆去頭上取下一隻金釵來，喝聲道：「疾！」變為一口寶劍，把胸前打一劃，放下寶劍，雙手把那皮只一拍，拍開來，眾人向前看時，但見：

金釘朱戶，碧瓦盈簷。交加翠柏當門，合抱青松遶殿。仙童擊鼓，一群白鶴聽經；玉女鳴鐘，數箇青猿煨藥。不異蓬萊仙境⑲，宛如紫府洞天⑳。

眾人都看了，失驚道：「好！」正看之間，只聽得門前發聲喊，一行人從外面走入來。眾人都慌道：「卻怎地好？」和尚道：「你們不要慌，都隨我入來。」掩映處背身藏了，看那一行，有二十餘人，都

⑲ 蓬萊仙境：傳說中東海上的仙山之一，為神仙居所。

⑳ 紫府洞天：洞中別有天地。紫府，道教稱天府、神仙的洞府為「紫府」。洞天，道教指神仙居住的地方。

腰帶著弓弩，手架著鷹鷂。也有五放家㉑，也有官身，也有私身，馬上坐著一箇中貴官人㉒，來到殿前下了馬，展開交椅㉓來坐了，隨從人分立兩傍。原來這箇中貴官叫做善王太尉㉔，是日卻不該他進內上班，因此得暇，帶著一行人出城來閒遊戲耍。信步直來，到莫坡寺中，與眾人踢一回氣毬了，又射一回箭，賞了各人酒食，自己在殿中飲了數杯，便上馬，一行人眾隨從自去了。眾人再到佛殿上來，婆婆道：「我只道做甚麼的，卻原來一行人來作樂耍子，也教我們喫他一驚。」張屠、任遷、吳三郎道：「我們認得他是中貴官，在白鐵班住，喚做善王太尉。如法好善，齋僧布施。」和尚聽得說道：「看我明日去蒿惱他則箇。」眾人各自散了。只因和尚要去惱善王太尉，直使那開封府三十來箇眼明手快的公人，伶俐了得的觀察使臣㉕不得安跡。見了也捉他不得，惱亂了東京城，鼎沸了汴州郡。真所謂：白身㉖經紀，

㉑ 五放家：就是餵養和教習放鷹的人。「放」是訓練鷹的一個專門名辭。鷹類大別有五種，稱為鷹、隼、鶻、鸇、鷂，故稱「五放」。

㉒ 中貴官人：帝王所寵倖的近臣，後指顯貴的侍從宦官。

㉓ 交椅：一種椅子，容坐處用繩或帶子穿成，腳交叉，可以折疊。

㉔ 太尉：官名。秦至西漢設置，為全國軍政首腦，與丞相、御史大夫並稱三公。漢武帝時改稱大司馬。東漢時太尉與司徒、司空並稱三公。歷代亦多曾沿置，但漸變為加官，無實權。至宋徽宗時，定為武官官階的最高一級，但本身並不表示任何職務。一般常用作武官的尊稱。

㉕ 觀察使臣：觀察使，官名。唐代和宋代都設有觀察使；宋代習俗也稱緝捕武官為觀察。

㉖ 白身：白身人，舊指平民。亦指無功名無官職的士人或已仕而未通朝籍的官員。這裏也指清白之人。

番為二會子之人27；清秀愚人，變做金剛禪之客。正是：只因學會妖邪法，斷送堂堂六尺軀。畢竟和尚怎地去惱人，且聽下回分解。

27 二會子：宗教名，舊時流行於淮南地區。宋陸游渭南文集條對狀之七：「惟是妖幻邪人，平時誑惑良民，結連素定，待時而發，則其為害未易可測，伏思此色人處處皆有，淮南謂之二會子，兩浙謂之牟尼教，江東謂之四果。」

第二十九回　王太尉大捨募緣錢　杜七聖狠行續頭法

九天玄女法多端，要學之時事豁然。
戒得貪嗔淫慾事，分明世上小神仙。

話說善王太尉那日在城外閒遊回歸府中，當日無事，眾人都自散了。次日官身、私身、閒漢都來唱喏。太尉道：「昨日出城閒走了一日，今日不出去了，只在後花園安排飲酒。教眾人都休散去，且來園裏看戲文❶耍子。」原來這座花園不則一座亭子，閒玩處甚多。今日來到這座亭子謂之四望亭。眾人去那亭子裏安排著太尉的飲饌，太尉獨自一箇坐在亭子上。上自官身、私身，下及跟隨伏事的，各自去施逞本事。正飲酒之間，只聽得那四望亭子的亭柱上一聲響。上至太尉，下至手下的人都喫一驚。看時，不知是甚人打這一箇彈子❷來花園裏來。太尉道：「叵耐這廝！早是打在亭柱上，若打著我時，卻不利

❶ 戲文：南戲，即南曲戲文。宋元時用南曲演唱的戲曲形式。和北方的雜劇、院本相對稱。一般認為是中國戲曲最早的成熟形式。始於宋光宗朝，永嘉人所作趙貞女、王魁二種實首之，號曰「永嘉雜劇」。

❷ 彈子：供遊戲的人用手指彈的小球。

會喫食、會講話的和尚自然布施得

害。」叫眾人看是誰人打入來的。眾人四下裏看時，老大一箇花園，週圍墻垣又高，如何打得入來？正說之間，只見那彈子滾在亭子地上托托地跳了幾跳，一似碾線兒也似團團地轉，轉了千百遭。太尉道：「卻不作怪！」只見一聲響，爆出一箇小的人兒來。初時小，被凡風只一吹，漸漸長大，變做一箇六尺來長的和尚，身披烈火袈裟，耳墜金環。太尉并眾人見了，都喫一驚。只見那和尚走向前來，看著太尉道：「拜揖。」太尉見了，口中不說，心下思量道：「好箇僧家！不可慢❸他。」擡起身來還禮，問道：「聖僧因何至此？」和尚道：「貧僧是代州雁門縣五臺山文殊院行腳僧，特來拜見太尉，欲求一齋。」這太尉從來敬重佛法，時常拜禮三寶❹，見了這般的和尚來求齋，又來得蹺蹊，如何不驚喜？太尉教請坐，和尚對著太尉坐了，道：「有妨太尉飲宴。」太尉命廚下一面辦齋，向著和尚道：「吾師肯相伴先飲數杯酒麼？」和尚道：「多感。」面前鋪下一應玩器食饌等物，盡是御賜金盞、金盤。和尚道：「有心齋僧，這等小盞子如何喫得貧僧快活？」太尉見說，即時教取箇大金鍾子來，放在和尚面前。太尉只是盞子喫，和尚用大鍾子喫。太尉教只顧斟酒，和尚也不推故，喫上三十來大金鍾。太尉歡喜道：「不是聖僧，如何喫得許多酒？」廚下稟道：「素食辦了。」太尉道：「齋食既完，請吾師齋。」教搬將來，放在和尚面前，太尉面前些少相陪。和尚見了素食，拿起來喫，只不放下碗和箸。太尉教從人入去添來，這和尚飯來、羹來、酒來盡數盡喫，教供給的做手腳❺不迭，手下人都呆了。太尉見他喫得，也呆了，

❸ 慢：怠慢。
❹ 三寶：佛教稱佛、法、僧為「三寶」。佛指佛祖釋迦牟尼，法指佛教教義，僧指佛教徒眾僧。
❺ 做手腳：施展手段。

來。

道：「這箇和尚必是聖僧，喫酒喫食都不知喫去那裏去了！」只見和尚放下碗和箸，手下人道：「慚愧，也有喫了的日子。」和尚道：「纔飽了，收拾過齋器，點將茶來。」茶罷，和尚起身謝了太尉。太尉喜歡道：「吾師，麤齋不必致謝。敢問吾師齋罷往甚處去？」和尚道：「貧僧乃是五臺山文殊院化主❻長老法旨，教貧僧來募緣。文殊院山門崩損，用得三千貫錢修蓋山門。貧僧今日遭際❼太尉，蒙賜一齋。太尉若捨得三千貫錢，成就這山門盛事，願太尉增福延壽，廣種福田❽。」太尉道：「這是小緣事，不知吾師幾時來勾疏❾？」和尚道：「不必勾疏，便得更好，山門多幸。」太尉道：「吾師，我把金銀與你如何？」和尚道：「把金銀與貧僧，不便去買料物，若得三千貫銅錢甚好。」太尉暗笑道：「吾師，你獨自一箇在這裏，三千貫銅錢也須得許多人搬挑。」和尚道：「告太尉，貧僧自有道理。」太尉即時叫主管開庫，教官身、私身、虞候❿輪番去搬銅錢來，堆在亭子外地上，一百貫一堆，共三十堆。太尉道：「吾師，三千貫銅錢在這裏了。路途遙遠，要使許多人夫腳錢，怎地能勾得到五臺山？」和尚道：「不妨。」起身下亭子來，謝了太尉喜捨：「不須太尉費力，貧僧自有人夫搬挑去。」袖中取出一卷經來。太尉口中不道，心下思量：「且看他怎地。」和尚道：「僧家佛力浩大。」自把經卷看了一遍，教

---

❻ 化主：佛家指掌管化緣的僧徒。

❼ 遭際：遭遇時機，指受到達官貴人的提拔、賞識。

❽ 福田：佛教語。佛教以為供養布施，行善修德，能受福報，猶如播種田畝，有秋收之利，故稱。

❾ 勾疏：溝通；疏導。

❿ 虞候：宋代禁軍中比軍士稍為高一些的小校的名目，正式的名稱是將虞候。宋制，高級的文武官員都有所謂「隨身」和「傔人」，武職或管軍的官員是以虞候一級的小校作為祗從的。

如此無礙，錢□多布施些，強如造萬人緣簿，只難得□和尚手段。

一行人且開。只見那和尚眨眼把那卷經去虛空中打一撒，變成一條金橋，那和尚望空中招手叫道：「五臺山眾行者[11]、火工[12]、人夫[13]，我問善王太尉抄化得三千貫銅錢，你眾人可來搬去則箇。」無移時，只見空中經上，眾行者，并火工、人夫滾滾攘攘下來，都到四望亭子下，將這三千貫銅錢馱的馱，挑的挑，搬的搬，交又往復，霎時間都運了去。和尚向前道：「感謝太尉賜了齋，又喜捨三千貫銅錢。異日如到五臺山，貧僧當會眾僧撞鐘擊鼓，幢幡寶蓋接引太尉。貧僧歸五臺山去也。」和尚與太尉相辭了，也走上那金橋去，漸漸的去得遠，不見了，空中起一陣風，那金橋依舊化作一卷經典，隨風吹入空中去了。太尉甚是喜歡，教從人焚香禮拜，道：「小官齋僧布施五十餘年，今日遇得這箇聖僧羅漢。」眾人都來與太尉賀喜。後人有詩云：

布施空門種福田，片言曾不吝三千。
長安多少饑寒者，何不分些救命錢。

自此善王太尉一家人人都稱讚聖僧彈子和尚，把彈子和尚一箇名頭霎時傳播京師，並不知有舊名「蛋子」二字。當日無事，次日是上直日期，太尉早起梳洗，廳下祇應人從跟隨直到內前，下轎入內來。太

⑪ 行者：未削髮的僧人，多在寺院內從事雜役。
⑫ 火工：舊時稱幹雜活的人。
⑬ 人夫：舊時指受雇用或被徵發服差役的人。

尉當日卻來得早些箇，往從待班閣子前過，遇著一箇官人相揖。這官人正是開封府包待制。這包待制自從治了開封府，那一府百姓無不喜歡，因見他：

平生正直，稟性賢明。常懷忠孝之心，每存仁慈之念。戶口增，田野闢，黎民頌德滿街衢；詞訟減，盜賊潛，父老謳歌喧市井。攀轅截★，名標青史播千年；勒石鐫碑，聲振黃堂⑭傳萬古。果然是慷慨文章欺李杜⑮，賢良方正勝龔黃⑯。

當日包待制伺候早朝，見了太尉，請少坐。太尉是箇正直的人，包待制是箇清廉的官，彼此耳內各聞清德。雖然太尉是箇中貴官，心裏喜歡這包待制，包待制亦喜歡這王太尉。兩箇在閣子裏坐下，太尉道：「凡為人在世，善惡皆有報應。」包待制道：「包某受職亦然。如包某在開封府，斷了多少公事。那犯事的人，必待斷治方能悔過遷善。比如太尉平常好善，不知有甚報應？」王太尉道：「且不說別事。如王某昨日在後花園內亭子上賞玩，從空中打下一箇彈子，彈子內爆出一員聖僧來，口稱是五臺山文殊院化主，問某求齋。某齋了他，又問某化三千貫銅錢。不使一箇人搬去，把一卷經從空中打一撒，化成一座金橋，叫下五臺山行者、火工、人大，無片時，都搬了去。和尚也上金橋去了。凡間豈無諸佛羅漢？

⑭ 黃堂：古代太守衙中的正堂。
⑮ 李杜：指唐代大詩人李白、杜甫。
⑯ 龔黃：指漢代循吏龔遂、黃霸。

王某一世齋僧供佛，果然有此感應。」包待制道：「難得，難得！」雖然是恁般順口答應，口中不道，心下思量：「這件事又作怪。世上那有此理？」漸漸天曉，文武俱入內朝罷，百官各自回了衙門。包待制回府，不來打斷⑰公事，問當日聽差應捕人役是誰。只見堦下一人唱喏，卻是緝捕使臣溫殿直⑱。包待制道：「今日早朝間，在待班閤子裏坐，見善王太尉說，昨日他在後花園亭子上飲酒，外面打一箇彈子入來。彈子裏爆出一箇和尚，口稱是五臺山文殊院募緣僧，抄化他三千貫銅錢去了。那太尉道他是聖僧羅漢，我想他既是聖僧羅漢要錢何用？據我見識，必是妖僧。見今鄭州知州被妖人張鸞卜吉所殺，出榜捉拿，至今未獲。怎麼京城禁地，容得這般妖人？」指著溫殿直道：「你即今就要捉這妖僧赴廳見我。」溫殿直只得應喏，領了台旨出府門，由甘泉坊⑲逕入使臣房⑳來。廳上坐定，兩邊擺著做公的。眾人見溫殿直眉頭不展，面帶憂容，低著頭，不則聲。內有一箇做公的，常時溫殿直最喜他，其人姓冉名貴，叫做冉土宿。一隻眼常閉，天下世界上人做不得的事，他便做得。與溫殿直捉了許多疑難公事，因此溫殿直喜他。當時冉貴向前道：「告長官，不知有甚事，恁地煩惱？」溫殿直道：「冉大，說起來，教你也煩惱。卻纔大尹叫我上廳去，說早朝時，白鐵班善王太尉說道，昨日在後花園亭子上飲酒，見外面打一箇彈子入來，爆出一箇和尚，問善王太尉布施了三千貫銅錢去。善王太尉說他是聖僧羅漢，大尹卓見。

---

⑰ 打斷：判決；處理。

⑱ 殿直：皇帝的侍從官。五代時名殿前承旨，後晉改稱殿直。宋熙寧以前指左右兩班小使臣寄祿官。

⑲ 甘泉坊：即今之蟬街，宋代時，在開封今東起五馬街，西至解放劇院處有一條橫街，取名「甘泉坊」。

⑳ 使臣房：宋代緝捕武官的公事房。

道：他既是聖僧羅漢，如何要錢，必然是箇妖僧，限我今日要捉這箇和尚。我想他既有恁般好本事，定然有箇藏身之處。他覓了三千貫銅錢，自往他州外府受用去了，教我那裏去捉他？包大尹又不比別的官員，且是難伏事，只得應承了出來。終不成和尚自家來出首？沒計奈何，因此煩惱。」冉貴道：「這件事何難。於今分付許多做公的，各自用心分路去，遶京城二十八門去捉。若是遲了，只怕他分散去了。」溫殿直道：「說得有理。你年紀大，終是有見識。」看著做公的道：「你們分投去幹辦，各要用心。」眾人應允去了。溫殿直自帶著冉貴和兩箇了得的心腹人，也出使臣房，離了甘泉坊，奔東京大路來。溫殿直用煖帽㉑遮了臉，冉貴扮做當直的模樣，眼也不閉，看那往來的人。茶坊酒店舖內略有些又色㉒的人，即便去捱查審問。溫殿直對冉貴說道：「他投東洋大海中去，那裏去尋？」冉貴道：「觀察不要輸了志氣，走到晚，卻又理會。」兩箇走到相國寺前，只見靠墻邊簇擁著一夥人在那裏。冉貴道：「觀察少等，待我去看一看。」掂起腳來，人叢裏見一二百人，中間圍著一箇人，頭上裹頂頭巾，戴一朵羅帛做的牡丹花，腦後盆來大一對金環。拽著半衣，繫條綉裏肚，著一雙多耳蔴鞋，露出一身錦片也似文字。後面插一條銀鎗，豎幾面落旗兒，放一對金漆竹籠。卻是一箇行法的，引著這一叢人在那裏看。原來這箇人在京有名，叫做杜七聖。那杜七聖拱著手道：「我是東京人氏，這裏是諸路軍州官員客旅往來去處。有認得杜七聖的，有不認得杜七聖的。不識也聞名。年年上朝東嶽，與人賭賽，只是奪頭籌㉓。有人問

㉑ 煖帽：冬天所戴的帽子。

㉒ 又色：可疑。

㉓ 頭籌：第一。

道：『杜七聖，你會甚本事？』我道：「兩輪日月，一合乾坤，天之上，地之下，除了我師父，不曾撞見箇對手，與我鬪這家法術。」回頭叫聲：「壽壽我兒，你出來！」看那小厮脫剝了上截衣服，玉碾也似白肉。那夥人喝聲采道：「好箇孩兒！」杜七聖道：「我在東京上上下下有幾箇一年，也有曾見的，也有不曾見的。我這家法術是祖師留下焰火燉油，熱鍋煆碗，喚做續頭法。把我孩兒臥在櫈上，用刀割下頭來，把這布袱來蓋了，依先接上這孩兒的頭。眾位看官在此，先教我賣了這一百道符，然後施逞自家法術。我這符，只要賣五箇銅錢一道。」打起鑼兒來，那看的人時刻間挨擠不開。約有二三百人，只賣得四十道符。杜七聖焦燥，不賣得符，看著一夥人道：「莫不眾位看官中有會事的，敢下場來鬪法麼？」問了三聲，又問三聲，沒人下來。杜七聖道：「我這家法術，教孩兒臥在板櫈上，作法念了咒語，卻像睡著的一般。」正要施逞法術解數，卻恨人叢裏一箇和尚會得這家法術。因見他出了大言，被和尚先念了咒，道聲「疾」把孩兒的魂魄先收了，安在衣裳袖裏，看見對門有一箇麵店，和尚道：「我正肚饑，且去喫碗麵了來，卻還他兒子的魂魄未遲。」和尚走入麵店樓上，靠著街窗，看著杜七聖坐了。過賣㉔的來放下箸子，鋪下小菜，問了麪，自不去了。和尚把孩兒的魂魄取出來用楪兒蓋了，安在桌子上，一邊自等麪喫。有詩為證：

莫向人前誇大口，強中更有強中手。
續頭神術世間無，誰料妖僧竊魂走。

㉔ 過賣：舊稱飯館、茶館、酒店中的管行菜的夥計。

小兒如玉得人憐，魂去魂來不值錢。
戲耍萬般皆可做，何須走馬打鞦韆。

話分兩頭。卻說杜七聖念了咒，拿起刀來剁那孩兒的頭落了。看的人越多了，杜七聖放下刀，把臥單來蓋了。提起符來，去那孩兒身上盤幾遭，念了咒。杜七聖道：「看官休怪，我久佔獨角案㉕，此舟過去，想無舟趁了。這家法賣這一百道符。」雙手揭起被單來看時，只見孩兒的頭接不上，眾人發聲喊道：「每常揭起臥單，那孩兒便跳起來，今日接不上，決撒㉖了。」杜七聖慌忙再把臥單來蓋定，用言語瞞著那看的人道：「看官只道容易，管取這番接上。」再叩齒作法念咒語，揭起臥單來看時，又接不上。杜七聖慌了，看著那看的人道：「眾位看官在上，道路雖然各別，養家總是一般。只因家火相逼，適間言語不到處，望看官們恕罪則箇。這番教我接了頭下來，喫杯酒，四海之內皆相識也。」杜七聖伏罪道：「是我不是了，這番接上了。」只顧口中念咒，揭起臥單看時，又接不上。杜七聖焦燥道：「你教我孩兒接不上頭，我又求告你，再三認自己的不是，要你恕饒，你卻直恁地無理。」便去後面籠兒裏取出一箇紙包兒來，就打開撮出一顆葫蘆子，去那地上，把土來掘鬆了，把那顆葫蘆子埋在地下，口中念念有詞，噴上一口水，喝聲「疾」。可霎作怪㉗，只見地下生出一條藤兒來，漸漸的長大，便生枝葉。

□之戲法已□出□符水□□□頭。

㉕獨角案：意為沒有對手。

㉖決撒：有敗露、被識破、戳穿等意思。

㉗可霎作怪：可霎，又做「可煞」。表示極甚之辭，猶言非常。作怪，離奇古怪。

幻極。

然後開花，便見花謝，結一箇小葫蘆兒。一夥人見了都喝采道：「好！」杜七聖把那葫蘆兒摘下來，左手提著葫蘆兒，右手拿著刀，道：「你先不近道理，收了我孩兒的魂魄，教我接不上頭，你也休想在世上活了。」看著葫蘆兒攔腰一刀，剁下半箇葫蘆兒來。卻說那和尚在樓上拿起麪來，卻待要喫，只見那和尚的頭從腔子上骨碌碌滾將下來，一樓上喫麪的人都喫一驚。小膽的丟了麪，跑下樓去了，大膽的立住了腳看。只見那和尚慌忙放下碗和箸，起身去那樓板上摸一摸，摸著了頭，雙手捉住兩隻耳朵，掇那頭安在腔子上，安得端正，把手去摸一摸。和尚道：「我只顧喫麪，忘還了他的兒子魂魄。」伸手去揭起楪兒來。這裏卻好揭得起楪兒，那裏杜七聖的孩兒早跳起來。看的人發聲喊。杜七聖道：「我從來行這家法術，今日撞著師父了。」卻說麪店裏喫麪的人沸沸地說出來。有多口的與杜七聖說道：「破了你法的，卻是麪店樓上一箇和尚。」內中有溫殿直和冉貴在那裏聽得這話，冉貴道：「觀察，這和尚莫不便是騙了善王太尉銅錢的麼？」溫殿直道：「我也有些疑惑。」冉貴道：「見兔不放鷹㉘，豈可空過？」冉貴把那頭巾只一掀，招一行做公的，大喊一聲，都搶入麪店裏來。見那和尚正走下樓，眾人都去捉那和尚。那和尚用手一指，有分教：鼎沸了東京城，大鬧了開封府。惱得做公的看了妖僧，捉他不得，惹出一箇貪財的後生來，死於非命。正是：是非只為多開口，煩惱皆因強出頭。畢竟當下捉得和尚麼，且聽下回分解。

㉘ 見兔不放鷹：見兔放鷹，看見兔多就放出獵鷹去捉。比喻不看到實際利益，就不採取行動。鷹，獵鷹。

第三十回　彈子僧變化惱龍圖　李二哥首妖遭跌死

為人本分守清貧，非義之財不可親。
命裏有時當自至，不然好處反遭迍。

話說溫殿直帶著一行做公的搶入麪店裏，只見和尚下樓來。溫殿直便把鐵鞭一指，教做公的捉這和尚。那和尚見人來捉，用手一指。可霎作怪，櫃上主人、攛掇的小博士、并店裏喫麪的許多人都變做和尚。溫殿直與做公的也是和尚。若十人你看我，我看你，都呆了。做公的看了，不知捉那箇是得。麪店裏熱鬧一場，喫麪的都自散了。溫殿直看那主人家，并眾人依舊面貌一般。看那店裏不見了和尚。溫殿直即時教做公的分投去趕，發報子❶到各門上去，如有和尚出門便教捉住。即時溫殿直回府，正值大尹晚衙❷陞廳，打斷公事。溫殿直當廳唱喏，龍圖大尹道：「我要你捉拿妖僧，事體若何？」溫殿直稟覆

❶ 報子：報告消息的人；探子。

❷ 晚衙：舊時官署長官一日早晚兩次坐衙，受屬吏參拜治事。清晨辰時坐衙稱為早堂或早衙，傍晚申時坐衙稱晚衙。

不就著杜七聖去拏妖，此是包公大算處。

道：「使臣領相公台旨，緝捕彈子和尚。適來大相國寺前見一箇行法的，叫做杜七聖。一刀剁下了孩兒的頭，對門麪店樓上有箇和尚，把那孩兒的魂魄來收了，教他接不上頭。杜七聖不勝焦燥，就地上種出一箇葫蘆兒來，把葫蘆兒一刀剁下半箇，那麪店樓上喫麪的和尚便滾下頭來。和尚去樓板上摸那頭來接上了，下面孩兒的頭也接上了。使臣見這般作怪，教人去捉。只見那和尚把手一指，店裏人都變做和尚，連使臣并手下做公的也變做和尚，教使臣沒做道理處。告相公，這等妖人實難捕捉，望相公台旨主裁。」龍圖大尹道：「我乃開封一府之主，似此妖人在國❸之內恐生別事，朝廷見罪於我。」即時分付該吏寫押榜文，各門張掛。一應諸處庵堂寺院人等，若有拿獲彈子和尚者，官給賞錢一千貫。如有容留來歷不明僧人及窩藏隱匿不首者，鄰佑❹一體連坐❺。因此京城內外說得沸沸的。卻說東京市心裏有一箇賣青果的李二哥，夫妻兩口兒在客店裏住。方纔害病了起來，沒本錢做買賣，出來求見相識們，要借三二百文錢做盤纏。當日出去借不得，歸來悶悶不已。渾家❻道：「二哥，你今日出去借錢如何？」李二道：「好教你得知，今日出去借不得錢。街上人鬧哄哄地，經紀人都做不得買賣。說昨日一箇和尚在麪店樓上喫麪，只見他的頭骨碌碌滾落地來，他把手去摸著了頭，雙手捉住耳朵，安在腔子上依舊接好了。做公的見他作怪，一齊去捉他，被那和尚用手一指，滿店裏人都變做了和尚一般模樣。如今開封府出一千

❸ 國：指都城。
❹ 鄰佑：亦作「鄰右」。鄰居。
❺ 連坐：舊時一人犯法，其家屬、親族、鄰居等連帶受罰。
❻ 渾家：本是合門，全家的意思，也用以專指妻子。

貫賞錢，要捉這和尚。原來這和尚三五日前，曾騙了善王太尉三千貫銅錢，叫做彈子和尚。」渾家道：「二哥，真箇有這話麼？」李二道：「我方纔看了榜來，如何與你說謊？」渾家道：「二哥，我如今和你沒飯得喫。若有采時，捉得這箇和尚，請得一千貫錢來，把我們做買賣，卻不是好。」李二道：「胡說。官府得知，不是耍處。」渾家道：「我包你請得一千貫錢便了。」李二道：「你怎地教我請得一千貫錢？」渾家道：「二哥，好教你得知。這和尚不在別處，遠便十萬八千里，近便只在目前。」李二哥道：「在那裏？」渾家道：「在間壁❼房裏。」李二哥道：「你見他甚麼破綻來？」渾家道：「間壁這箇和尚來這裏住有三箇月了，不曾見他出去抄化，也不曾見他與人看經。每日睡到喫飯前後，纔起來出去。未到黃昏後，喫得醉醺醺地歸來。我半月前，因喫了些冷物事，脾胃不好，肚疼了，要去後。怕房裏窄狹，有臭氣，只得去店後面去上坑。卻打從他房門前過，那時有巳牌時候，只見他房裏放出些燈光來。我道這早晚❽兀自有燈。望破壁裏張一張時，只見那和尚睡在牀上，渾身迸出火來。和尚把頭擡一擡，離床直頂著屋樑，諕得我不敢東廁❾上去，便歸房裏來了。這和尚必然就是妖僧。」李二哥道：「這事實麼？」渾家道：「我與你說甚麼脫空❿！」李二哥道：「你且低聲，不要走漏了消息。」分付了渾家出門，一地裏逕到使臣房來。卻又不敢入去，只在門前走來走去。做公的看見，喝聲道：「李二，你

□見□
便□沉
□懷。

---

❼ 間壁：隔壁。

❽ 早晚：時候。

❾ 東廁：即廁所。古代因風水之說，廁所多建於屋宇之東側，故稱「東廁」或「東圊」、「東淨」、「東司」等等。

❿ 脫空：沒有著落；落空。

忽而謁貴人可乎？

有甚事，不住在此走來走去？」李二道：「告上下，男女⓫有件機密事，特來見觀察。」做公的應道：「你在門首伺候，待我稟過，方可入去。」適值溫殿直正在廳上，做公的稟道：「告觀察，賣果子的李二在門外走來走去，我問他，他道有機密事，要見觀察。」溫殿直道：「叫他進來。」做公的出來，引李二到廳下唱了喏。溫殿直見了，不敢驚他，笑吟吟地問道：「李二哥，有甚事來見我？」李二道：「告觀察，男女近日因病了，不曾做得道路。早間出來幹些閒事，只見張掛榜文。男女也識幾箇字，見寫著出一千貫賞錢捉妖僧，歸去和渾家說。渾家道，隔壁歇的和尚是妖僧。」溫殿直不敢大驚小怪，笑著道：「李二哥，這件事卻要仔細。你夫妻兩箇見他甚麼破綻來？」李二把渾家的言語說了一遍，溫殿直道：「這事卻要實落⓬，你去補一紙首狀⓭來。」李二應了出來，央做公的草了稿兒，討一張紙，親筆謄了真，入來當廳遞了。溫殿直道：「如今這和尚在店裏麼？」李二道：「每日早飯後出外，到黃昏便歸。」溫殿直道：「你且在這裏坐下，待我教人去買些酒來與你喫。」不多時，買將酒來，教李二喫了。溫殿直叫過做公的來，教李二做眼⓮，帶一行人離了使臣房，取路來客店左側一箇開茶坊的舖裏坐了。教李二走來走去，看那和尚。當日未有黃昏時候，只見那和尚喫得醉醺醺地，踉踉蹌蹌撞將來。李二慌忙入茶坊裏，見溫殿直道：「告觀察，和尚來了。」卻好和尚走到茶坊門前，溫殿直指著一行做公的道：「捉

⓫ 男女：地位低下者或奴僕的自稱。
⓬ 實落：確切；準確。
⓭ 首狀：訴狀。
⓮ 做眼：做耳目；做眼線；暗中打探消息；做抓捕犯人的嚮導。

這妖僧。」眾人發聲喊，正似皁鵰追紫燕，猛虎啖羊羔，一發都上，把那和尚橫拖倒拽，把條繩索綁縛了，眾人前後簇擁押著，逕奔甘泉坊使臣房裏來。有詩為證：

世間誤事無如酒，一醉能令萬事忘。
試看神通蛋和尚，何曾醉裏脫災殃。

溫殿直道：「慚愧！幹辦得這場公事，且教龍圖相公安心。」眾人把那和尚細縛做餛飩兒一般。那和尚醉了不醒，齁齁地睡著。溫殿直即時進府，中覆大尹道：「妖僧已拿下了，本合押赴廳前。因這和尚大醉，不省人事，見在使臣房裏。稟領相公台旨。」龍圖大尹見說，教且牢固看守，待來日早衙解來。溫殿直出府，到使臣房裏，看那和尚酒還未醒，分付眾做公的小心看守。卻說那和尚到半夜酒醒，覺道好不自在。開眼看見燈燭照耀，如同白日，兩邊坐著都是做公的。和尚問道：「這是那裏？」做公的道：「這是使臣房裏。」和尚喫驚道：「貧僧做甚麼罪過，將我來縛在這裏？」眾做公的情知這和尚是箇妖僧，不敢惡他，內中有一箇年紀老成的做公的道：「和尚你不要錯怪我們，這是我們的職事。我們家中各有老小，不去惹空頭禍⑮。因你客店裏隔壁賣果子的李二，說你住了三箇月，不曾與人看經，又不出去抄化，每日喫得醉醺醺地，說你來歷不明。因此我們來捉你。」和尚道：「我自有官員府院宅裏齋我，這也不干他事。」做公的道：「和尚，沒奈何，等到天明你自去大尹面前和李二分辯。」將有五更，溫

⑮ 空頭禍：沒來由引出的禍事。

殿直教做公的簇擁著和尚，入開封府的廊下，伺候大尹陞廳。四司六局⑯立在廳前，只見大尹出來，公座⑰甚是次第⑱。一似水晶燈籠，卻如照天臘燭。皁隸喝：「低聲！」溫殿直押那和尚到廳下唱了喏。大尹看了李二的首狀，看著和尚焦燥道：「叵耐你出家為僧，不守本分，輒敢惑騙人錢財。教獄卒取面長枷⑲來，把和尚枷了。叫兩箇有氣力的獄卒過來，與我把這和尚先打一百棍，卻再審問他。」獄卒唱了喏，將和尚腿上打不得兩三棍，眾人發聲喊，門子喝低聲，喝他們不住。大尹見枷窟裏不見了和尚，卻縛著一把苕箒。大尹道：「怎有這般妖人？方纔捉那和尚枷在這裏，卻如何是把苕箒。」正說之間，只聽得府衙門外有人發喊。大尹驚問：「有甚事？」把門的來報道：「告相公，有一僧人，在門外拍手大笑道：『好箇包龍圖，無奈貧僧何！』」包大尹聽得說，大怒道：「這廝敢如此無禮！」即時教人下手去捉。這番捉著妖僧，依例賞錢一千貫。當時做公的奔出府門，逕來捉這妖僧。和尚見人來捉他，連忙走到街市上，不慌不忙，擺著褊衫袖子去了。做公的見了，緊趕他緊走，慢趕他慢走，不趕他不走。做公的趕得沒氣力了，立住了腳。只爭得十數步，只是趕他不著。眾人將趕到相國寺前，那和尚在延安橋上，望見眾人趕來，和尚連忙走入相國寺山門去了。溫殿直道：「這和尚走了死路，好歹被我們捉了。」

---

⑯ 四司六局：宋代官府貴家設四司六局，為盛大宴會供役。四司指帳設司、廚司、茶酒司、台盤司，六局指果子局、蜜煎局、菜蔬局、油燭局、香藥局、排辦局。見宋耐得翁都城紀勝四司六局、宋吳自牧夢粱錄四司六局筵會假賃。

⑰ 公座：舊指官吏辦公的坐席。

⑱ 次第：講排場；有氣派。

⑲ 長枷：一種連犯人頭部和上肢一起枷住的刑具。因其較一般的枷長、寬、重，故稱。

分付一半做公的圍住了前後寺門，一半向佛殿兩廊分投趕捉。只見本寺長老出來，與溫殿直相見了，道：「告觀察，本寺是朝廷香火院⑳。觀察為甚事，將著一行人手執器械，來寺中大驚小怪？」溫殿直道：「我奉大尹相公台旨，趕捉一箇妖僧，到你寺中。你莫隱藏了，會事的即便縛將出來。」長老道：「敝寺有百十眾僧，都是有度牒㉑的。但有掛搭僧㉒到寺中，知客㉓不曾敢留過夜。若是觀察趕到寺中，必然認得此僧，何不便捉了，卻來這裏討人。」溫殿直道：「這妖僧騙了善王太尉三千貫錢，蒿惱得一府人不得安跡。若不送出來時，我稟過大尹，教你寺中受累。」諕得長老慌了，道：「告觀察，本寺僧都是明白的，不是妖僧。若不信時，都叫出來，教觀察一一點過。」溫殿直道：「最好。」長老即時鳴鐘聚集本寺百來僧眾，教溫殿直點視。溫殿直同做公的看時，都叫不是。溫殿直道：「長老，我親自趕入你寺裏來，如何便不見了？須是教我們搜一搜看。」長老道：「貧僧引路，任從觀察搜看便了。」從僧房裏到廚下，淨頭庫堂都搜不見。轉身到佛殿上，見塑著一尊六神佛。三箇頭，一似三座青山，六隻臂膊，一似六條峻嶺，托著六件法寶。溫殿直道：「寺內不塑佛像，卻緣何塑哪吒太子㉔？」長老道：「哪吒太子是不動尊王佛，以善惡化人。」溫殿直與眾人見殿上空蕩蕩地，只見哪吒。一行人正出殿門，只

⑳ 香火院：私人建造廟宇，供奉香火，替自己求神佛保佑，近於家廟性質，叫做香火院。

㉑ 度牒：也叫「戒牒」。舊時官府發給僧尼的證明身分的文件。

㉒ 掛搭僧：指到寺院歇住留居的遊方和尚。

㉓ 知客：佛寺中專管接待賓客的僧人，又稱「典客」、「典賓」。

㉔ 哪吒太子：佛教故事中的神仙。演化於小說中，有折骨肉還父母，現身為父母說法的故事。

聽得佛殿上有人叫道：「溫殿直，包大尹教你來捉貧僧。見了貧僧如何不捉？」溫殿直與眾人回頭看時，卻是那哪吒太子則聲。眾人看那哪吒，泥龕塑就，五采粧成。約有一丈五尺來高，六隻臂膊旱旱地動，三顆頭中間這顆頭張開口，血潑潑地露出四箇獠牙叫道：「溫殿直，你來捉我去。」諕得長老和眾人大驚道：「作怪，作怪！」眾人要來捉哪吒，卻又是泥塑的，如何捉得他去。那哪吒又叫道：「怎的不教人來捉我去！」眾人商議道：「莫不是泥塑的哪吒成了器㉕，出來惱人麼？如今去稟覆大尹，須把哪吒來打壞了，便不出來惱人。」長老道：「觀察，這箇使不得。那有泥神會說話？無過是妖物憑借作怪，不干法身㉖之事。粧塑的工本大，將他壞了，日後難得成就。」溫殿直道：「既有妖物憑借作怪，合該毀除了，免成後患。」眾僧中一箇有德行的和尚，合掌向佛前道：「龍天㉗三寶可以護法，逐遣妖僧出來，不則恐妄壞了神像。」禱祝已畢，只聽得外面有人拍著手，呵呵大笑道：「觀察，我在這裏，何勞費力。」一行做公的見了，正是和尚。發聲喊，都來捉妖僧，只爭得十來步遠，只是趕不上。那和尚引著一行人出了相國寺，逕奔出大街來。經紀人都做不得買賣，推番了架子，撞倒了擡床，看的人越多了，趕來趕去，直趕出了城。過了接官廳，將到市梢頭㉘。那和尚叫道：「你眾人不要來趕了，我貧僧自歸去了罷。」看著汴河裏湧身一跳，只聽得騰地一聲響，和尚攛入水裏去了。眾做公的道：「今番好了，

㉕ 成了器：成精。
㉖ 法身：佛教語。謂證得清淨自性，成就一切功德之身。「法身」不生不滅，無形而隨處現形，也稱為佛身。
㉗ 龍天：佛教語。即天龍八部，皆為護法神。
㉘ 市梢頭：街市盡頭。

得他自死在水裏，也省了許多氣力。」那汴河水滴溜溜也似緊的，眾人都道：「他的尸首不知涺到那裏做住？」溫殿直只得回去稟覆大尹。正值大尹在廳上打斷公事，溫殿直唱了喏，把捉妖僧的事從頭說了一遍。包大尹聽了道：「叵耐這廝，惱得我也沒奈他何，得他自跳在水裏死了也罷。」說猶未了，只聽得階下有婦人聲叫屈。大尹問道：「為甚事叫屈？」婦人道：「告相公，丈夫李二，為因首告妖僧，已經捉獲到官，反將我丈夫拘禁。於今婦人也不願支賞錢，只要放丈夫回家趁口渡日，出賜相公台旨。」大尹道：「李二首告得實，合給賞錢與他，如何把他監禁了？」溫殿直道：「不曾監禁他，朝夕管待他酒飯，留在使臣房裏，伺候相公台旨。」大尹教叫他出來。溫殿直即時到使臣房裏叫出李二到廳下，大尹道：「既出榜文在先，合給賞錢一千貫與他。」當時東京一貫錢值銀一兩，李二是箇窮經紀人，平白得了一千貫錢，非細的好了。李二夫妻兩箇當廳領了賞錢，謝了大尹，出府門，回到店裏。有詩為證：

誰近龍圖手內錢，當時李二賴妻賢。
妖僧不怕千金子，受用浮財得幾年。

古往今來說話的總是一般。沒錢便罷休，有了錢，便有沈待詔來攛掇，張博士來相幫。李二去相國寺前典了一所屋子，門前開一箇大果子鋪，夫妻兩箇豐衣足食。時遇冬天，當日有晌午前後，生著一爐栗炭，安排了幾杯酒。夫妻兩箇正向火㉙喫酒之間，只見一箇人走入來，叫聲：「李二郎，有細果買些

㉙向火：烤火；取暖。

做了財主便會呼幺喝六，李二何獨不然？

箇。」夫妻二人卻認得是和尚，驚得木呆了。和尚道：「李二郎，你不因貧僧，如何得有今日快活？我特來問你求一齋。」他夫妻兩箇，有一箇會事㉚的，就出來拜謝了這和尚，便齋他一齋，打甚麼緊。終不成他真箇要你的齋喫？他來試探你也未見得。或者把幾句好言語指斷他，求他離了我家便了。李二夫妻卻沒有這般見識，千不合萬不合，起箇念頭道：「你這妖僧，說你被做公的趕捉跳在汴河水裏死了，你卻因何又來我家引惹是非？你若會事，快快走去。若少遲延，我這裏叫一聲，當地巡軍來捉你去喫官司，不要怨我。」和尚道：「若奈何得我時？捉了我多日了，你首我喫官司，我又周全你請了一千貫賞錢，教你夫妻二人快活受用。我來見你，你合當謝我，倒發惡念頭，要叫做公的捉我。你這漢子甚不近道理，且教你受些疼痛。」用手一指，喝聲道：「疾」，只見那李二向的火盆飛起來，望李二臉上只一掀，李二大叫一聲，忽然倒地。渾家慌忙來救，扶起看時，栗炭火燒得臉上都是潦漿泡。看那和尚時不見了。李二被火燒得疼痛不可當。沒錢時也只得自受休了，因有了這幾貫錢，便請醫人救治。敷上藥越疼得緊，叫了三日三夜，煩惱得渾家沒措置㉛處。只見門前一箇道人，青巾黃袍，走到櫃邊叫聲：「抄化！」李二嫂道：「我家沒事時，便與你兩三箇錢，打甚麼緊？這裏人命交加，卻沒工夫與你。」先生道：「娘子，你家中有甚事？」李二嫂道：「好教先生得知，被一箇妖僧把我丈夫潑了一臉火，燒起許多潦漿泡。敷上藥越疼，叫了三日三夜，只怕要死。」先生道：「娘子，貧道收得些湯火藥，敷上便不疼，瘡靨便脫落，屢試屢驗，救了許多人。」李二嫂道：「休言便好，只止得疼痛時，自當重重相謝。」

㉚ 會事：明白道理。

㉛ 措置：安排；料理。

先生道：「你去請他出來，就取些水來。」李二嫂入去扶出李二，把碗水遞與先生。先生把一箇藥包兒抖些藥放在水裏，用鵝毛蘸了，敷在瘡上。李二喜歡道：「好妙藥！就是鋪冰散雪的，便不疼了。」先生道：「這箇不為奇妙。即時下落瘡靨，教你無事，你意下如何？」李二道：「若得恁地，感謝先生。」先生道：「此乃熱毒之氣，你可出外面風涼處吹著，瘡靨即便脫落。」李二依先生口，出街上來。先生教李二坐在欖上，先生看著李二道：「你叫三聲『瘡靨落』，這瘡靨便落下來。」李二聽得好喜歡，盡性命叫了三聲。只見那李二坐的欖子望空便起，去那相國寺十丈長的旛竿頂上，不歪不偏端端正正閣一箇住。街上人見了，發起喊來。李二嫂出來看見，喫了一驚，道：「苦也，苦也！先生，我丈夫如何得下來？」先生道：「不要慌，我教他下來，教你認得我則箇。」那先生脫了黃袍，除下青巾，李二嫂仔細看了一看，諕得叫聲苦，不知高低㉜。原來卻是妖僧。那和尚道：「你丈夫不近道理。一心只要害我，卻又害我不得。我且教他在旛竿上受些驚恐。」街上人鬧鬧烘烘，都來看。內中有做公的，看見道：「見今官司明張榜文，堆垛賞錢，要捉妖人。這和尚又在這裏逞妖作怪，須要帶累我們。」做公的與當坊里甲一齊來捉這和尚。那和尚望人叢裏一躲，便不見了。眾人道：「自不曾見這般蹊蹺作怪的事。」那李二緊緊地坐在旛竿頂上，下又下來不得。眾人商議救他，又沒有這般長的梯子，驚動了滿城軍民，都道這和尚卻也利害，這箇人如何得下來。卻說當坊巡軍㉝飛也似來報包大尹。包大尹即時坐轎，來到相國寺裏下轎，排開交椅，坐在殿前。擡起頭來看時，見李二坐在旛竿頂上欖子上，高聲叫「救人」。包大尹

㉜ 不知高低：指說話、做事不知深淺、輕重，不懂規矩。形容失聲之狀。叫苦或叫好，脫口而出，不假思索。

㉝ 巡軍：巡查、捕盜的士卒。

尋思，沒箇道理救他下來，教叫他妻子來問他。李二嫂向前拜了，包大尹問道：「你丈夫為何緣故得在上頭，可對我實說。」李二嫂把和尚投齋潑火的事，道人敷藥的話，一一說了。包大尹道：「叵耐妖僧恁般無理！若今次捉住，斷然不與干休。」說猶未了，佛殿上一壁廂走出一箇和尚來，到大尹面前唱箇喏。包大尹睜著眼問道：「和尚，你有甚事來見我？」和尚道：「貧僧有箇道理，教李二下來。」包大尹道：「吾師若救得李二下來，當以齋供相謝。」只見這和尚輕輕地溜上旛竿，雙手抱著李二，高叫道：「包龍圖，你是清正的官，我貧僧不敢來惱你。我自問善王太尉化得三千貫錢，干你甚事，你卻要來捉我？我無可報答你，還你一箇李二。」從空中把李二直攛下來。眾人發聲喊，看那李二時，正是：身如五鼓銜山月，命似三更油盡燈。畢竟李二性命如何，且聽下回分解。

也說得是。

第三十一回　胡永兒賣泥蠟燭　王都排會聖姑姑

妖邪法術果通靈，賽過仙家智略精。
且看永兒泥蠟燭，黃昏直點到天明。

話說這李二不合為這一千貫錢首告那和尚。既得了賞錢做資本開箇菓子店，和尚來投齋，理合將恩報恩，反把言語來惡了他。當日被那和尚從旛竿頂上直攛下來，正在包龍圖面前。龍圖看時，只見李二頭在下，腳在上，把頭直撞入腔子裏去，嗚呼哀哉，伏惟尚饗❶。李二嫂大哭起來，免不得教人扛擡屍首回去殯殮，不在話下。卻說那和尚在旛竿頂上欖了高處坐著。看的人，人山人海越多了。許多人喧嚷起來，手下人禁約不住。龍圖看了，沒箇意志❷捉他，待要使刀斧砍斷這旛竿，諸處寺院裏旛竿都是木頭做的，惟有這相國寺旛竿是銅鑄的，不知當初怎地鑄得這十丈長的？原來相國寺裏有三件勝跡：佛殿

❶ 嗚呼哀哉，伏惟尚饗：古時祭奠死人的祭文裏，末尾多用這兩句話作結。這裏指死亡的意思。尚饗，亦作「尚享」。意謂請死者享用祭品。

❷ 意志：決定達到某種目的而產生的心理狀態，常以語言或行動表現出來。

前一口井，有三十丈深，頭髮打成的索子，黑漆弔桶，硃紅字寫著「大相國寺公用」。忽一日斷了索子，沒尋弔桶處。以後有人泛海回來，到相國寺說道：「我為客在東洋大海船上，只見水面上浮著一箇弔桶，水手撈起來看時，硃紅字寫著『大相國寺公用』。正看之間，風浪大作，幾乎覆船。隨即許了送還弔桶，風浪即時平息，因此來還弔桶愿心。」方知那口井直通著東洋大海。相國寺門前有條橋，叫做延安橋。在橋上看著那座寺，如在井裏一般。及至佛殿上看著那條橋，比寺基又低十數丈。併這條旛竿是銅鑄的，截不得，鋸不得，共是三件勝跡。只見那和尚在旛竿頂上將言語調戲著包大尹，包大尹甚是焦燥，沒奈何他處。猛然思量一計，教去營中喚一百名弓弩手來。聽差的即時叫到，包大尹教圍了旛竿射上去，那弓弩手內中有射得好的，射到和尚身邊。和尚將褊衫袖子遮了。包大尹正沒做理會處，只見溫殿直手下做公的冉貴跪上稟道：「小人有一愚計獻上，可捉妖僧。」包大尹道：「你有何道理？」冉貴道：「他是妖僧，可將豬羊二血、馬尿大蒜蘸在箭頭上射去，那妖僧的邪法便使不得了。」包大尹聽說大喜，命取豬羊二血及馬尿大蒜。手下人分頭取來。包大尹教將來攪和了，教一百弓弩手蘸在箭頭上，一聲梆子響，眾弩齊發。不射時，萬事俱休。一百箭齊射上去，只見寺內寺外有一二千人發聲喊，見這和尚從虛空裏連欖子跌將下來。眾人都道：「這和尚不死也殘疾了。」那佛殿西邊卻有一箇水池，這和尚不偏不側，不歪不斜，跌在水池裏。眾做公的即時拖扯起來，就池子邊將一桶豬羊血望和尚光頭上便澆，把條索子綁縛了。包大尹便坐轎回府陞廳，教押那和尚過來當面。包大尹道：「叵耐你這妖僧，敢來帝輦之下❸使妖術，攪害軍民。今日被吾捉獲，有何理說？」叫取第一等枷過來，將和尚枷了，教押下右軍巡

❸帝輦之下：皇帝所在的地方。用指京都。

院❹勘問鄉貫姓氏，恐有餘黨，須要審究明白，一併拿治。大尹分付了，自去歇息。這和尚滿身都是尿血搪住了，使不得法術，被一行做公的押出府門，到右軍巡院裏，將大尹的話對推官❺說了。推官道：「我奉大尹台旨，勘問你這妖僧蹤跡。你必有寺院安歇，同行共有幾人，卻也好問你。」不得，教獄卒拖番拷打。獄卒把和尚兩腳弔在枷稍上，且是鬧閧不得，著實打了三百棍子。和尚不則一聲，也不叫疼。推官低頭仔細看時，只見和尚齁齁地睡著。推官道：「卻不作怪！」教獄卒且監在獄中，少停再帶出來勘問。一日三次拷打，獄卒打得無氣力，這和尚一如無物，只是不則聲。若打他時，他便睡著了。推官勘問了十來日，無可奈何，只得來稟大尹道：「蒙旨旨勘問妖僧，今經數日，每日三次拷打，但打時便睡著了。這般妖僧實難勘問，若停留獄中，恐有後患，謹取台旨。」包大尹道：「似此妖僧停留則甚。即時文書下來，將妖僧擬定條法，推出市曹❻處斬。」推官教押那和尚出來，逕奔市曹，犯由牌❼上寫道：「不合故殺李二，又不合於東京興妖作怪，擾害軍民。依律處斬。犯人一名彈子和尚。」京城內外住的人聽得說出妖僧，經紀人不做買賣，都來看。只見犯由牌前引，棍棒後隨，劊子手押著妖僧離了右

❹ 右軍巡院：開封府除本身設立監獄外，還設有右軍巡司和左軍巡司，也稱右軍巡院和左軍巡院，配有司使和判官，分管地方上刑事案件的偵訊和審理，並設立監獄，稱為右軍巡司獄和左軍巡司獄，或稱「右軍院獄」和「左軍院獄」。

❺ 推官：官名。唐朝開始設置，為節度使、觀察使、團練使、防禦使、採訪處置使等的屬官，位次於判官、掌書記，掌理刑獄。

❻ 市曹：市內商業集中之處。古代常於此處決人犯。

❼ 犯由牌：古代處決罪犯時，公布罪狀的牌子或告示，叫做犯由牌。犯由，就是罪狀。

軍巡院。看的人挨擠不開。且說一行人押那和尚，看看來到市心裏不遠，和尚立住了腳。劊子手道：「前頭去做好人，如何不行？」和尚道：「眾位在上，貧僧一時不合攪擾大尹，有此果報。告上下，前面酒店裏有酒，討一碗與貧僧喫了，棄世也罷。」劊子手料得沒事，可憐他是將死之人，只得去酒店裏討了一碗酒，把木杓盛了，教他喫。和尚將口去木杓內喫了大半。眾人擁著了行，將次到法場上。原來和尚噙著一口酒，望空一噴，只見青天白日，風雨不知從何處而來。一陣風起，黑氣罩了法場，瓦石從人頭上打將來。看的人都走了。不多時風過，黑氣散了，獄卒、劊子手并監斬官一行人看那和尚時，迸斷了索子，不見了。四下裏搜尋，那有箇影兒。正是：鰲魚脫卻金鈎去，擺尾搖頭再不來❽。有詩為證：

和尚生來忒怪異，捉時煩難去時易。
縱教勺酒不容吞，未必光頭便落地。

上至監斬官，下至獄卒、劊子手，都煩惱走了這和尚，恐怕大尹見罪。「我們這一行人都要受苦，免不得回開封府報知大尹。」龍圖聞報，即時陞廳，監斬官帶著一行人請罪。此時龍圖明知道妖人出見，朝廷要動刀兵，不肯教人胡亂喫官事，發放一行人自去。星夜寫表申奏朝廷，教就小時還好治理，若日久妖人聚得多時，恐難勦捕。「朝廷降下聖旨，遍行諸路鄉村巡檢，可用心緝訪。勦捕文書行到河北貝州，州衙前懸掛榜文。那箇去處甚是熱鬧，有一箇婦人戴著孝，手內提箇籃兒，在州衙前走來走去五七

❽ 鰲魚脫卻金鈎去二句：鰲魚，傳說中海裏的大龜或大鱉。比喻人一旦脫離險境而去，便不再回返。

遭。這婦人若還生得不好時，也沒人跟著看他。不十分打扮，人有顏色。到處有這般閒漢問道：「姐姐，我見你走來走去有五七遭，為著甚事？」婦人道：「實不相瞞哥哥說，媳婦因歿❾了丈夫，無可度日。有一件本事，要賣三五百錢，把來做盤纏。」那人又問道：「姐姐，你有甚本事得賣？」婦人道：「無甚空地，賣不得，若有箇空地纔好賣。」那人與他捍起了眾人，吹的撲的，道：「這裏好，也曾有人在這裏打野火❿兒過。在這裏做好。」那婦人盤膝在地上坐了。看的人一來看見這婦人生得好，二來見婦人打野火兒的，便有二三十人圍住著，都道：「不知他賣甚麼？」只見婦人去籃裏取出一隻碗來，看著一夥人道：「眾位在上，媳婦不是路岐⓫，也不會賣藥打卦。因歿了丈夫，無計奈何，只得自出來賺三二十文錢使。那箇哥哥替我將碗去討碗水來？」有箇小廝道：「我替你去討。」不多時，討將一碗水來。看的人道：「不知他賣甚東西，討水何用？」婦人揭起籃兒，明晃晃拿出一把刀來，看的人道：「莫不這婦人會行法？」只見婦人把刀尖去地上掘些土起來，搜得鬆鬆地，傾下半碗水在土內，用水和成一塊，籃內取幾條竹棒兒出來。捏一塊泥，把一條竹棒兒捏成一枝蠟燭，安在地上。又捏一塊泥，再把一條竹棒兒捏成一枝蠟燭。霎時間做了十來枝，都安在地上。看的人相挨相擠，冷笑道：「沒來由⓬！我們倒

---

❾ 歿：死亡。

❿ 打野火：即露天賣藝，謂之「打野呵」。宋周密武林舊事瓦子勾欄云：「或有路歧，不入勾欄，只在耍鬧寬闊之處做場者，謂之『打野呵』。」

⓫ 路岐：舊時對民間藝人的俗稱，見「打野火」注釋。

⓬ 沒來由：沒有原因；沒有理由。

喫這婦人家耍了。引了這半日，又沒甚花巧⑬，裂裂缺缺的捏這幾枝泥蠟燭要他何用？」有的人道：「你們且閉嘴，看他必有箇道理。」只見婦人將剩的半碗水洗了手，揩乾淨了，看著一夥人道：「媳婦因無了丈夫，無可度日。不敢貪多，只要賣三文錢一枝。這裏十枝，要賣三十文足錢。每一枝燭就上燈前點起，直點到天明。」看的人都笑道：「這姐姐把我貝州人取笑。泥做的蠟燭，方纔做的，兀自未乾，如何點得著，分明是取笑人。」沒箇人來買。婦人見沒人來買，又道：「你貝州人好不信事！難道媳婦脫空騙你三文錢？那箇哥哥替我取些火來。」有一箇沒安死屍處，專一幫閒的沈待詔替他去茶坊裏討些火種，把與婦人。那婦人去籃兒內取出一片硫黃發燭兒⑭，在火上焠著，去泥蠟燭上從頭點著。一夥看的人都喝采道：「好妙劇術！一枝濕的泥蠟燭便點得著，又只要得三文錢一枝，那裏不使了三文錢？」有好事的取三文錢把與婦人，婦人收了錢，拿一枝過來，吹滅了，遞與買的。霎時間，十枝燭都賣了。婦人擡起身來，收拾了刀和碗入籃內，與眾人道箇萬福便去了。到明日，婦人又來空地上來，人都簇著了。看婦人道：「昨日生受，賣得三十文錢過了一日，今日又來相惱。」眾人道：「真箇作怪！昨日三文錢買了一枝泥蠟燭，卻好點了一夜，比點燈又明亮，倒省了十文錢油。」婦人在場子上討些水，掘些泥，又做了十枝泥蠟燭。眾人道：「不須點了。」都爭著買了去。婦人又賣得三十文錢，自收拾去了。已後逐日來賣，做不落手，便有人買去了。每日只賣十枝，賣了半箇月，鬧動了貝州一州人，都說道：「有一箇婦人在州衙前賣泥蠟燭，且是耐點，又明亮。」當日這婦人正攤場⑮，做得一半，州衙裏走出一箇

---

⑬ 花巧：靈巧好看。

⑭ 發燭兒：古代類似火柴的引火物。

人來，眾人看時，卻是箇有請有分⑯的人，姓王，名則，見做本衙排軍⑰。那人怎生模樣？

鳳眼濃眉如畫，黃鬚白面高顴。手垂過膝闊雙肩，六尺身材壯健。善會開弓發弩，更兼使棒牽拳。
一生志氣在人前，王則都排出見。

這王則的父親，原是本州一箇大富戶，因信了箇風水先生⑱的說話，看中了一塊陰地，當出大貴之子。這塊地就是鄰近人家葬過的，王大戶欺他家貧，掗放些債負，故意好幾年不筭，累積無償，逼要了他的地，掘起屍棺，把自家爹娘靈柩葬在上面。自葬過之後，媽媽劉氏一連懷八遍胎，只第一胎是箇女，其餘七胎都是男，那王則是第五胎生的。臨產這一夜，王大戶夢見唐朝武則天娘娘特來他家借住，說道：「你家合生有福之男，興基立業，昌大門閭⑲。」醒來時，恰好媽媽生下孩兒。王大戶大喜，取名王則，小名叫做五福兒，以記夢中之兆。從小伶俐，五歲時便會讀書。一日外祖劉太公⑳到來，看見大小挨肩的七箇甥兒，甚是歡喜。只有五福兒聰俊，出一對㉑，道：「小孩兒五歲聰明冠世。」王則應聲道：「大

禍福相倚，如漆指使。一帆風者，誰肯轉念？

⑮ 攤場：有步驟的；慢慢的。
⑯ 有分：有職分。
⑰ 排軍：排就是牌，也就是盾。排軍原指排手，一手使用盾，一手執武器的軍兵，後來使用以泛稱一般軍兵了。
⑱ 風水先生：指專為人看住宅基地和墳地等地理形勢的人。
⑲ 門閭：家門；家庭；門庭。
⑳ 太公：對老者的尊稱。

丈夫一朝富貴驚人。」劉太公誇好，又出一對道：「一母八胎生七子，小者如虎，大者如龍。」王則又對道：「單鎗獨馬領三軍，成則為王，敗則為賊。」劉太公大驚道：「此兒雖然穎異㉒，必非安穩保家之人。」囑付女壻道：「五福兒若長成，休得教他拳棒，恐怕他不學本分，為家門之累。」又一日，王則在街上頑耍，遇一箇過往㉓的相士，立住腳，定睛看了他一回，說道：「此兒骨法㉔非常，將近三旬必然大有際遇㉕。只是刑剋太重，須剋盡六親，蕩盡祖基方纔發福。」又看一看道：「只可惜有始無終。」妳子進去傳與王大戶聽了，王大戶正走出來，要細問時，那相士已自去了。果然王則到七歲時，父親一病而亡。以後六箇弟兄接連患病，死箇乾淨。母親劉媽媽不勝痛苦，也病死了。單單剩得一身，有詩為證：

不料多男盡喪亡，獨留五福敗門牆。
形家未必全無准，陰地何如心地良。

㉑ 對：對子；對聯。
㉒ 穎異：才能出眾。
㉓ 過往：（人物）經過；來去。
㉔ 骨法：指人或其它動物的骨相特徵。
㉕ 際遇：機遇；時運。

尚是好漢本色。若拔而用之，未必非朝廷得力人矣。

此時劉太公也故了，並無親族尊長拘管。到十五六歲，生得身雄力大，不去讀書，專好鬥雞走馬，使鎗輪棒，供養多少教師在家。又喚巧手匠人在背上刺五箇福字。還有一件，喜的是百般術法，逢著就學，只是小小戲耍法兒，不曾遇得箇明師傳授什麼大本領。然雖如此，這裏頭也不知費了多少錢鈔。還有一件，從小好的是女色。若見了箇標致婦人，寧可使百來兩銀子，一定要刮他上手。其他娼家窠婦自不必說。又有一班閒漢幫他使錢，這裏頭又不知費了多少錢鈔。過了十來年，把箇家業費得罄盡，房子田地也都賣來花費了，單靠著一身本事，在本州充做箇排軍頭兒，任州衙後巷賃下一所小小民房居住。從幼娶得一房媳婦，並無生育，前二年也被他剋了，依舊剩箇單身。他只在娼樓妓館及落腳人家走動，不曾娶得老婆。人家見他無賴，也沒箇肯把老婆與他。偶然有肯與他的，他偏又嫌好道歉㉖。正是：志高難滿意，運晚未逢時。說起來，他也有一節好處：為人慷慨結交，沒錢時寧可束了肚皮過日，一有錢鈔在手，三兄四弟，終日大酒大肉價同喫。若是有些不如意時節，拽出拳頭就打。所以眾人又畏懼他，又喜歡他。閒話休敘，這一日，王則五更入衙畫卯㉗，幹辦㉘完了執事，出來見州衙前一夥人圍著了看。王則掂起腳來望一望，見一箇著孝的婦人坐在地上。仔細看時，但見：

身穿縞素，腰繫麻裙。不施脂粉，自然體態妖嬈；懶染鉛華，生定天姿秀麗。雲鬟半整，如西子㉙

㉖ 嫌好道歉：說好道壞。謂挑剔苛求。

㉗ 畫卯：舊時官署每晨於卯時（晨五至七時）升廳理事，吏員皂役都要前去參謁畫到，叫做畫卯。

㉘ 幹辦：經辦；辦理。

初病捧心；星眼微波，若文君含愁聽曲。恰似嫦娥㉚離月殿，渾如織女㉛下瑤池。

王則便問跟隨的人道：「這婦人在此做甚的？」跟隨人道：「告都排，這婦人在此賣泥蠟燭。」王則道：「我日逐在官府忙，也聽得說多日了，道是一箇婦人賣泥蠟燭。我那一般當官執事的人說，也曾買來點，且是明亮。我便是要問怎地喚做泥蠟燭？」跟隨人道：「說起來且是驚人。那婦人在地上掘起泥來，把水和了，捏在竹棒上，似蠟燭一般。焠著燈便著，從上燈時點起，直點到天明。」王則聽了心裏思忖道：「卻也作怪！我從來好些劇法術，這一件卻又驚人。」乃挨身入人叢中，看那婦人都做完了，把水洗了手道：「我這蠟燭，賣三文錢一枝。」人人都爭搶要買。王則道：「且住！你們都不要買。」人都認得王則是有請的人，他叫聲不要買，人都不敢買。婦人擡起頭來，看見王則便起身來叫聲萬福，王則還了禮。王則道：「你把泥來做蠟燭，如何點得著？」婦人道：「都排在上，媳婦在此賣了半箇月日了。若點不著時，人卻不來問我買。每日做十枝，只是沒得賣。」王則道：「不要耍我。」扯起衣襟，在便袋內取出三十文錢都買了。婦人將蠟燭遞與王則，王則道：「且住。買將去點不著時，枉費了錢。不是我不信事，真箇不曾見。且點一枝教我看看。」婦人道：「這箇容易。都排教人去討火種來。」王

㉙ 西子：即西施，春秋末年越國苧羅（今浙江諸暨南）人，為春秋時越王勾踐獻給吳王夫差的美女，後人用以代稱美女。

㉚ 嫦娥：又作「姮娥」。傳說中后羿的妻子，後從人間飛升到月亮。後比喻美女。

㉛ 織女：織女星的古俗稱，傳說中巧於織造的仙女。後比喻美女。

則教跟隨的去討箇火種，遞與婦人。婦人炙著發燭兒，將十枝泥蠟燭都點與王則看。王則看了喝采道：「好！果然真箇驚人。這十枝蠟燭我又不要，你們要的，都將了去。」眾人都拿了去。婦人起身，收拾了刀碗，安在籃裏，向眾人道箇萬福，自去了。王則打發了跟隨人先回，自己信步隨著那婦人。王則口裏不說，心下思量道：「這婦人不是我貝州人，想是在草市裏住的。且隨到他家，用些錢，學得這件法術也好。」只見那婦人出了西門，過了草市㉜，只顧行去。王則道：「這婦人既不在草市裏，不知在那裏住？」又行了十來里，不認得這箇去處。王則道：「這婦人是箇蹺蹊作怪的人。我且回去，待明日看那婦人來賣時，問他住處便了。」轉身卻待取路回來，看時不是來時的舊路。只見漫天峭壁峰巒，高山當住來路，歸去不得。又沒人行走，正慌之間，只見那婦人在前頭高聲叫道：「王都排，不容易得你到這裏，如何便要回去？」諕得王則戰戰兢兢，向前道：「娘子，你是誰？」婦人道：「都排，聖姑姑使我來請你議論大事。你不要疑忌，我和你同去則箇。」王則道：「卻不作怪！欲要回去，叵耐迷失了路，只得且隨他去。」同行入松林裏。良久，轉過林子，見一座莊院。王則問道：「這裏是甚麼去處？」婦人道：「這裏是聖姑姑所在，等都排久矣。」王則到得莊前，莊裏走出兩箇青衣女童來，叫道：「此位是王都排麼？」婦人道：「便是。」青衣女童道：「仙姑等你久矣。」引著王則逕到廳下，稟道：「王都排請到了。」王則見一箇婆婆，頭戴星冠，身穿鶴氅，坐在廳上。婦人道：「此乃聖姑，何不施禮？」王則就廳下參拜了。聖姑姑教請王則上廳，三位坐定，教點茶來。茶罷，聖姑姑教女童置酒，管待王都排。王則心局志氣甚是歡喜，對聖姑姑道：「干則有緣，今日得遇仙姑。不知仙姑有何見教？」聖姑姑

㉜ 草市：鄉村集市。相對城市而言。

道：「且一面飲酒，與你商議。如今氣數到了，你應著天數，合當發跡。河北三十六州，有分教你獨霸。」王則道：「仙姑莫出此言，宮中耳目較近。王則是貝州一箇軍健㉝，豈敢為三十六州之主？」聖姑姑道：「你若無這福分時，我須不著人來請你。只恐你挫過了機會，可惜了。更有一事，恐你隻身，無人相助成事。」指著賣泥蠟燭的婦人道：「吾有此女，小字永兒，尚是女身。與你是五百年姻眷，今嫁此女與你為妻，助你成事，你意下如何？」王則心中不勝歡喜，思忖道：「我今年二十八歲，渾家去年死了，尚不曾繼娶。今日仙姑把這美婦人與我，豈不是天緣奇遇！」王則道：「感謝仙姑厚意，焉敢推阻。王則幼小時曾遇著一箇異人，相我道：『年近三旬，必然發跡。』今日蒙仙姑擡舉，果應其言。只是一件，叵耐貝州知州央及王則取辦一應金銀綵帛物件，俱不肯還鋪行錢鈔，害盡諸行百業，那一箇不怨恨唾罵？近日本州兩營官軍，過了三箇月，要關支㉞一箇月請受，他也不肯。欲待與他爭競，他朝中勢力大，和他爭競不得。與王則一般一輩的人，不知喫他苦害了多少。我們要袪除一箇虐民官尚且無力量，如何幹得大事？」聖姑姑笑道：「你獨自一箇，如何行得？必須仗你的渾家。他手下有十萬人馬相助你，你須反得成。」王則笑道：「我聞行軍一日，日費千金。暫歇暫停，江湖絕溜。若有這許多軍馬，須用若干糧食草料。莊院能有多少大，這十萬人馬安在那裏？」聖姑姑笑道：「我這裏人馬不用糧草，亦不須屯劄。有急用便用，不用便收了。」王則道：「恁地時卻好。」聖姑姑道：「我且教你看我的人馬則箇。」聖姑姑教永兒入去，掇出兩隻小籠兒來。一籠兒是荳，一籠兒是剪的稻草。永兒撮一把

若無此等贓官，天下安得生亂？

㉝ 軍健：兵卒。

㉞ 關支：領取。

荳，撮一把稻草，把來一撒，喝聲道：「疾！」就變做二百來騎軍馬在廳前。王則看了，喝采道：「既有這剪草為馬，撒荳成兵的本事，何憂大事不成！」正說之間，只聽得莊外有人高聲叫道：「你們在這裏好做作㉟！官司見今出榜捕捉妖人，你們卻在此剪草為馬，撒荳成兵，待要舉事謀反！」諕得王則大驚，如分開八片頂陽骨㊱，傾下半桶冰雪來，真所謂：機謀未就，怎知窗外人聽；計策纔施，卻早蕭牆禍起㊲。正是：會施天上無窮計，難避隔窗人竊聽。畢竟那裏來的是誰，且聽下回分解。

㉟ 做作：從事某種活動；製作。

㊱ 頂陽骨：頂骨；頭蓋骨。

㊲ 蕭牆禍起：即「禍起蕭牆」，禍亂產生於家中，比喻災禍、變亂皆由內部原因所致。

第三十二回　夙姻緣永兒招夫　散錢米王則買軍

人言左道非真術，只恐其中未得傳。
若是得傳心地正，何須方外❶學神仙。

話說王則正在艸廳上看軍馬，說話之間，只聽得有人高叫道：「你們在此舉事謀反麼？」王則驚得心慌膽落，擡頭看時，只見一箇人，生得清奇古怪。頭戴鐵冠，腳穿艸履，身上著皂沿緋袍。面如噀血❷，目似怪星，騎著一匹大蟲逕入莊來。聖姑姑道：「張先生，我與王都排在此議事，你來便來，何須大驚小怪！」先生跳下大蟲，喝聲：「退！」那大蟲望門外去了。先生與聖姑姑施禮，王則向先生唱了喏，先生還了禮。坐定，聖姑姑道：「張先生，這箇便是貝州王都排。後五日，你們皆為他輔助。」先生對王則道：「貧道姓張名鸞，常與聖姑說都排可以獨霸一方。貧道幾次欲要與都排相見，恐不領諾❸，不敢拜問。聖姑如何得王都排到此？」聖姑姑道：「我使永兒去貝州衙前用些小術，引得都排到

❶ 方外：世俗之外，舊時指神仙居住的地方。
❷ 噀血：噴血，形容紫紅色。

此。方欲議事，卻遇你來。」先生道：「不知都排幾時舉事？」聖姑姑道：「只在旦夕。待等軍心變動，一時發作，你們都來相助舉事。」道猶未了，只見莊門外走一箇異獸入來。王則看時，卻是一箇獅子，直至艸廳上盤旋哮吼。王則見了，又驚又喜道：「此乃天獸，如何凡間也有？必定是我有緣得見。」方欲動問，聖姑姑喝道：「這廝既來相助都排，何必作怪？可收了神通。」獅子將頭搖一搖，不見了獅子，卻是箇人。王則問聖姑姑道：「此人是誰？」聖姑姑道：「這人姓卜，名吉。」教卜吉與王則相見禮畢，就在艸廳上坐定。聖姑姑道：「王都排，你見張鸞卜吉的本事麼？」王則道：「二人如此奢遮，不怕大事不成。」聖姑姑道：「須更得一人來，教你成事。」王則道：「又有何人？」正說之間，只見從空中飛下一隻仙鶴來，到艸廳立地了，背上跳下一箇人來。張鸞、卜吉和永兒都起身來與那人施禮。王則看那人時，瘸了一隻腿，身材不過四尺，戴一頂破頭巾，著領麤布衫，行纏❹碎破，穿一雙斷耳蔴鞋，將些皁帶繫著腰。王則見了他這般模樣，也不動身，心裏道：「不知是甚人？」聖姑姑道：「王都排，這是吾兒左黜。得他來時，你的大事濟矣，如何不起身迎接？」王則聽得說，慌忙起身施禮。左黜上艸廳來，與聖姑姑唱箇喏，便坐在眾人肩下，問聖姑姑道：「告娘娘，王都排的事成也未？」聖姑姑道：「孩兒，論事非早即晚，專待你來，這事便成。」左黜道：「既然商議停當，難得都排到此，即今晚便可屈留，與妹子永兒完成親事。就煩張先生為媒，卻不好麼？」聖姑姑道：「正合吾意。」便分付女童引王都排到香水浴堂洗澡。王則洗了箇淨浴，女童將一身新衣與他通身換過了。聖姑姑教捧出龍袍、玉帶、

❸ 領諾：允諾；承諾。

❹ 行纏：裹足布；綁腿布。古時男女都用。後惟兵士或遠行者用。

衝天巾、無憂履❺，請他穿著。王則從不曾見這般行頭❻，那裏敢接。只見瘸師拐將過來，叫道：「都排，休懷謙遜。你若疑慮時，我引你到三生❼池上去，照你今世的出身。」王則跟了瘸師，走出莊院來，到一箇清水池邊。瘸子教王則向水中自家照看，王則看了，大驚。只見本身影子照在水裏，頭帶衝天冠，身穿滾龍袍，腰繫白玉帶，足穿無憂履，相貌堂堂，儼然是一朝天子。瘸師道：「都排，你見麼，天數已定，謙讓不得。」王則方纔信了，當時就裝扮起來。只見艸廳上鼓樂喧天，八箇女童紗燈宮扇伏侍永兒出來，珠冠繡襖，別是一般粧束，就如皇宮妃子一般。兩箇在艸廳上行了夫婦之禮，但見：

名香滿爇，異綵高懸。百歲姻緣，笑語攝成花燭；一場歡喜，笙歌擁入蘭房。何處來風流帝子，分明巫山夢裏襄王❽；誰得似窈窕仙娘，除非天寶宮中妃子。恩山義海歡娛足，錦地花天富貴多。

當晚洞房花燭鋪設得十分齊整。王則想道：「莫非是夢麼？不是夢，難道是真？」又道：「便不是真，也是箇好夢了。我且落得受用。」只因王則和胡永兒兩箇，一箇是武則天娘娘托生，轉女作男，一

□來妖人起□都用此術。

此是王則一生受用處。猶千金記中之霸王夜宴，浣紗記中之吳王採蓮

❺衝天巾、無憂履：古時帝王所戴的帽子，所穿的鞋子。

❻行頭：戲曲演員演出時用的服裝道具，泛指服裝、行裝。

❼三生：佛家語，指過去世、現在世、未來世，即前生、今生、來生。

❽襄王：楚襄王，楚懷王之子，羋姓，熊氏，名橫。「神女有心，襄王無夢」說的是楚襄王與巫山神女戀愛故事，見宋玉高唐賦序、神女賦序。唐沈佺期巫山高詩之二：「神女向高唐，巫山下夕陽；裴回作行雨，婉孌逐荊王。」

也。

箇是張昌宗托生，轉男作女。他先前在百花亭上罰了真願，願生生世世永為夫婦，到今四百年來，重諧舊約，再結新歡，夫婦恩情不須題起。一連的住了三日，真箇是玉軟香溫❾迷晝夜，花堆錦簇❿送時光。這也不在話下。到第四日，聖姑姑請王都排議事，說道：「氣運已至，宜作急相機而動，休得貪戀新婚，忘其大事。」瘸師道：「都排且回，我明日和張先生等入貝州來替你舉事。」王則心上巴不得再住幾日，一來被眾人催逼，二來三日不曾到家中看得，生怕州裏有事，只得謝了聖姑姑，別了胡永兒，依舊做來時打扮，瘸師引他離了莊院，出林子來，指一條路教他回去。王則回頭看時，不見了瘸師。行不多幾步，早到貝州城門頭。王則喫了一驚，道：「卻不作怪！前番行了半日，到得仙姑莊上。如今行不得數十步，早到了城門頭。原來這一班都是異人，都會法術，來扶助我。我必是有分發跡。」王則當日進城，尚是未牌時分。先打從州前走一遍，看其動靜。只見兩三箇做公的，見了王則，便道：「王都排那裏去了好幾日？知州相公喚你不到，好不心焦哩。」王則聽說，慌忙跑進州裏見了知州。知州問道：「王則，你這幾日在那裏？」王則道：「小人往鄉里看箇親戚，原想一日轉回，不道路上冒了些風寒，睡倒了三日，今早纔起得身。聞知相公呼喚小人，特來參見，還不曾到家裏。」知州道：「既是有病，不計較了。五日前差你到舖中取下綵帛，奶奶嫌顏色不鮮明，尺頭⓫又短，用不著。你可領去，照數作速換來，限你明日交割。小姐吉期近了，專等裁衣，休得遲悞。」當下喚箇心腹親隨，到私衙裏討出綵帛來，共是十

❾ 玉軟香溫：舊小說形容女子的身體。軟，柔和。玉、香，女子的代稱。溫，溫和。

❿ 花堆錦簇：形容五色繽紛，豔麗多彩。

⓫ 尺頭：綢緞綾錦等類絲織品的代稱。

三疋，教王則點清了數目，收去。王則答應了，兩手抱出州衙。一直到自家屋裏坐下，想道：「我王則好悔氣！纔快活得三日回來，沒討鍾茶喫，這賍官又來歪纏⑫了。你自要嫁女兒，干我貝州人甚事？鋪家銀又不肯發還，教人硬賠。取著東西還要嫌好道歉，弄得亂亂的，又去倒換。你做官府的，直恁強橫。」一頭說，一頭把綵帛展開，待要重新摺好，提起看時，喫了一驚。先前送進去是箇整疋，如今一頭剪動了。逐疋展看，都是如此。取尺來量著，每疋短了五尺。王則道：「少了疋把，到是小事，可惜都剪殘了。既不是原物，鋪家如何肯換？一定是手下人作弊，官府那裏曉得？少不得去稟明，看他如何說。」連忙摺起，重抱到州裏來，知州已自退堂了。王則道：「且拿回去，明早來稟他未遲。」次日起箇早伺候知州上廳，王則捧著十三疋綵帛跪在下面。知州見了，喜道：「王則，還是你會幹事。昨晚分付得你，今早就換來了。」王則稟道：「還不曾換來。昨日相公發出這些綵帛來，不是原物了，不知何人每疋剪去了五尺，教小人如何好換？乞相公台旨。」知州道：「昨日當堂教你驗收，既然剪動，當時就該說了。」王則道：「小人當堂只點得疋數，到家去仔細簡看，方知短少。連忙來稟知相公，其時相公已散衙了，天色已晚，小人不敢傳報，今早特來伺候。」知州大怒，道：「胡說！昨日驗收明白就該發還鋪家，你又拿回家裏。自不小心，被家中甚麼人剪動了，今早反來我這裏胡稟。若不念你平日效勞之力，就該打你一頓毒棒。快去，立等換來，再休多口！」罵得王則頓口無言，只得依舊抱回，悶悶的坐在家裏。正在尋思無計，只見三箇人從外面入來。王則看時，不是別人，正是左黜和張鸞、卜吉。四箇敘禮已畢，三箇人見桌兒上堆著許多綵帛，問道：「那裏來的？」王則道：「一言難盡！」便將知州

□賍官偏會說話。

⑫ 歪纏：無理取鬧；胡攪蠻纏。

剪壞了原物，要他舖中換取事情備細說了。左黜道：「這箇何難，在貧道身上包換還你。」當下把十三疋綵帛做一堆兒堆在地下，脫下麤布衫蓋了，口中念念有詞，喝聲道：「疾！」揭起布衫來看時，變了十三疋鮮明綵段。王則大喜道：「有煩三位少坐，待小可送去州裏，再來陪話。」三人道：「我等正有話商議，快去快來。」王則笑容可掬，捧著綵帛去了。有詩為證：

任所如何辨嫁裝，剪殘綵帛要人償。
有官望使千年勢，沒理天教一旦亡。

知州還未退衙，見換到鮮色綵帛，歡喜自不必說。王則如數點明，交付私衙去訖，火速轉回家裏，那三箇人正在那裏相待。王則道：「有失陪侍，休得見罪。」又道：「三位至此合當拜茶，奈王則家下乏人，三位請到間壁酒肆中飲數杯麼？」張鸞笑道：「還不曾擾都排一杯喜酒。」指著瘸師道：「莫說這位大舅⑬，今日只當請媒麼。」左黜跳起來道：「休論親道故。既然相遇，少不得盡醉方休。」卜吉道：「還是瘸師說得爽利。」王則道：「今日是箇下班日分，那綵帛又交付過了，正好久坐。」四箇入酒店樓上，靠窗坐定。正飲酒熱鬧，只見樓下官旗成群拽隊走過。王則道：「今日不是該操日分，如何兩營官軍盡數出來？」左黜道：「王都排，你下去問看，是何緣故？」王則下樓來，出門前看時，人人都認得王則，齊來唱喏。王則道：「你們眾人去那裏去來？」管營⑭的道：「都排，知州苦殺我們有請點綴。

⑬ 大舅：妻兄。

的也。我們役過了三箇月日，如今一箇月錢米也不肯關與我們。我們今日到倉前，管倉的吏只顧趕打我們回來。」王則道：「若是恁地，卻怎的好？」管營的道：「如明日再不肯關支，眾人須要反也。」管營的和眾人自去。王則上樓來，把管營的說話對左黜說了一遍。左黜起身來道：「你快去趕上管營，教他們回來，請支一箇月錢米與他們，教這兩營軍心都歸順你。」王則道：「先生，那裏有許多錢米？」左黜道：「你只叫他們回來，我自有措置。」王則當時來趕見管營，教他叫住許多人：「且不要行，都轉來與你們一箇月錢米。」管營聽得說，叫轉許多人，都到王則門首。只見王則家裏山也似堆起米來。王則肚裏想道：「如何家裏桌櫈都不見了，這一屋米從何而至？」只見瘸子把手招道：「你們有請的眾人，如有氣力的，搬一石兩石不打緊，只是不要囉唣。」那有請的三三五五來搬，也有馱得一石的，也有馱得兩石的，儘著氣力搬運。王則道：「這米只有百來石，兩營共有六千人，如何支散得遍？」左黜道：「你休管，我包你都教他有米便了。」眾人從午牌時候搬起，直搬至酉牌時，何止搬有一萬餘石，家中尚剩下四五石。管營和若干人都來謝王則。左黜道：「王都排，一客不犯兩主，有心賣箇人情。今夜有月亮的，你和管營說，教他去營裏告報眾人，就今晚來請一箇月錢，省得到明日一件事兩截做。」管營見說，不勝歡喜，飛也似去報眾人來領錢。王則道：「先生散了許多米了，如今錢在那裏？」左黜道：「我自有。」張鸞道：「貧道有一千貫，寄在博平縣城隍處，今早取得來了，見在都排牀下。」王則進去看時，果然牀下都塞得滿滿的，不知如何運來的。正驚訝間，只覺得腳底下踏著箇錢索頭兒，恰像埋在地下的一般。王則曲身下去，將手一扯，那索子隨手而出，索上密密的都穿得有上好官錢，似紡

從來兵變未有不因剋剝軍糧起者。

⑭ 管營：古代邊遠地區管理徒流充軍罪犯服役的官吏。

博平縣一千貫、善王太尉三千貫，不如此消豁，全無用處。少不得卜吉也效一臂。

車兒一般。抽箇不了，王則倒慌了手腳，卻待放手，只聽得大笑一聲，驀地錢索上鑽出一箇和尚來。耳帶金環，身披烈火袈裟，諕得王則魂不附體，撇了手，望外便走。只見和尚也隨身出來，叫道：「貧僧今日來遲了，都排休怪。」張鸞等見了，都認得是彈子和尚。對王則道：「此位是彈師，也是我們一家，來幫都排舉大事的。」王則道：「莫非在開封府惱了包龍圖相公的就是？」瘸師道：「然也。」王則方纔心穩，上前相見。彈子和尚道：「貧僧向年化得善王太尉三千貫文，沒處花消，早間聞得張先生往博平縣取錢，與都排賞軍。貧僧也把這三千貫運來相助。」瘸師道：「六千人，每人與他一貫，有了四千貫，還少二千貫。」張鸞道：「貧道也包足三千貫。」卜吉道：「不勞吾師神力，徒弟已辦下了。」五箇人同入裏面馱將出來。一千貫做一堆，堆得滿屋裏都是錢。堆尚未了，只見有請的都在門前。王則教他們入來搬去，每人只許搬一貫。這夥人出自望外，也沒箇敢多要的。乘著月色，約莫搬了兩箇更次，恰好兩營人都有了。這六千人和老小，那一箇不稱讚道：「好箇王都排！誰人肯將自己的錢米任意教人搬去。但有手腳快，有氣力的，關了三箇月錢米安在家裏，煩惱甚的。」當日左黜等四人散完了錢米，別了王則自去，約到明日又來。王則次日正該上班日分，五更三點，入州衙前伺候知州陞廳。這箇知州，姓張名德，滿郡人罵道：

綺羅裏定真禽獸，百味珍羞養畜生。
堪歎地方都悔氣，何時拔出眼中釘。

這知州每日不理正事，只是要錢。當日坐在廳上便喚軍健王則。王則在廳下唱喏道：「請相公台旨。」知州道：「王則，我聞你直恁地豪富，昨日替我散了六千人請受錢米。似此要散與他們，何不先來稟我，待我發放。」王則不敢說是甚人變化出來的，正待支吾答應，尚未出口，只見堦下兩箇人，身穿紫襖，腰繫勒帛，唱箇喏稟道：「告相公，倉裏不動封鎖，不見了十數廒米。」那知州喫了一驚，正沒理會處，只見管庫的出來稟道：「告相公，庫裏不動封鎖，不見了二千貫錢。」原來瘸師的米，卜吉的錢都是本州倉庫中運來的。知州道：「是了，是了！王則，我倉裏失去了米，庫裏失去了錢。你家又沒倉庫，如何散得六千人錢米？分明是你使箇搬運妖法盜去了。」王則被他道著，無言回答。知州教獄卒取一面長枷來，當廳把王則枷了，教送下獄去，與司理院⑮好生勘問。這張大尹只因把王則下獄，有分教自己身首異處，連累一家老小，死於非命。貝州百姓不得安生，直待朝廷起兵發馬，剪除妖孽，克復州郡。正是：貪污酷吏當刑戮，假手妖人早滅亡。畢竟知州惹出甚禍事來，且聽下回分解。

---

⑮ 司理院：五代時各州都設馬步院，專掌刑法。宋太祖開寶六年改馬步院為司理院。但宋代司理院，習俗仍稱馬步院。這裏的司理院，實際上是指馬步院。

第三十三回　左瘸師顯神驚眾　王都排糾夥報讎

劉寵❶清名舉世傳，至今遺廟在江邊。
近來仕路多能者，也學先生揀大錢。

這首詩是箇有名才子王叔能所作。那紹興錢清鎮，有箇一錢太守廟。這太守姓劉，名寵。在西漢桓帝❷時，為會稽太守，一清如水，絲毫不染。陞任臨行之日，山陰縣許多父老號泣相送，每人齎百文錢贈為行資。劉寵感其來意，揀一文大錢受了。後人思其清德，立廟祀之，號為一錢太守廟，這鎮就喚做錢清鎮。王叔能偶然在此鎮經過，拜了一錢太守遺像。因想近來仕路貪污，只揀大主錢兒便取，所以題

❶ 劉寵：字祖榮，東漢牟平人。曾因「明經」被推薦為孝廉，出仕濟南郡東平陵縣令，有仁惠之政。後升任豫章、會稽太守。在會稽郡時，簡除煩苛政令，禁察官吏的非法行為，政績卓著。後被升職入京，山陰縣（會稽郡的首縣，即今浙江紹興）有五六位鬚眉皓白的老人，特意從鄉下遠來給他送行，每人帶了百文錢贈送他。他不肯接受，只是從許多錢中挑選一個收下。因此，後人稱他為「一錢太守」。

❷ 西漢桓帝：劉志（西元一三二－一六七年），東漢第十位皇帝，西元一四六－一六七年在位，死後諡號孝桓皇帝，廟號為威宗。

這四句詩，寫在廟中壁上，借意譏誚。又有人說這四句詩雖然做得好，可惜還未盡其意。如今做官的，若單揀大主錢兒方纔上索，就算做有志氣的了。他的算計恰像歸乘法兒，分毫不漏。他的取錢，恰像做土磚的，地皮也墾下了三分，那管你大主兒小主兒。好像爬灰掃地的，畚得來簸箕裏頭就是。只說揀大錢，可不是未盡其意了。另有詩云：

當初只揀大錢裝，近日分毫也入囊。
若是取錢能舍小，喚為廉吏亦何妨。

那貪官也有箇計較。他取得錢來，將十分中捹著幾分在上面打點使用，一般得箇美陞。便做道萬一公論❸穿了，犯著對頭，罷職家居，也做箇大大財主，落得下半世豐足受用，子孫肥田美宅，鮮衣怒馬，何等奢華。任他地方百姓咒罵，我耳朵裏又不聽得。比如做清官的，沒人扶持，沒人歡喜，一筆勾了回去。地方上許多鼻涕眼淚，又帶不回家，累及妻子不免饑寒，六親無不抱怨。便有聖明帝主，他在九重❹之上，那裏曉得外邊備細❺。恁般說將起來，可不到是做貪官的便宜。說話的，據你說，人人該做貪官了？雖則如此，那百姓們千萬張口咒咀祝頌，難道全然沒用？或者生下子孫賢愚不等，後來家道消長不□說得□骨。

❸ 公論：人在做事後所留下的公眾輿論。
❹ 九重：宮禁；朝廷。
❺ 備細：詳細情況。

補論。

齊，暗暗裏報應，天道自然不爽，只目前人不知道。還有一件，假如朝廷洪福齊天，地方平靜，且算做僥倖。若是氣運適然，地方合當有事，定然是箇貪官惹出禍來，這禍依還是他自家先當。前一回說那貝州知州張德，若不是恁般胡做，如何激變了軍心，弄成大禍？這便是貪官的樣子。且說當日知州見倉裏失了米，庫裏失了錢，不勝焦燥。將王則枷了，送司理院如法勘問❻報來。這勘官姓王，名槳。問王則道：「說你昨日散了兩營請受，你家能有多少大，如何堆放得六千人錢米？今日州庫裏不見了許多錢，倉裏不見了許多米，你且說如何將出來的？」王則初時抵賴，後來喫拷打不過，只得供稱道：「昨日是王則下班日期，在家裏閒坐。只見那許多有請的，從王則門前過，都怨悵道：『役了三箇月，要關支一箇月錢米也不能得。』又有四箇人，不知從何處來，不由王則分辯，借王則屋裏散了六千人錢米，那四箇人自去了，實不知是甚人。」勘官道：「豈有不識姓名的人，你不詢問他來歷，便容他在家裏散請受？」教獄卒拖番王則，著力好生夾起再打。王則受不過苦楚，只得供說：「一箇姓張名鸞，一箇姓卜名吉，一箇喚做瘸師左黜，一箇喚做蛋師，又名彈子和尚。」勘官把紙筆教王則開將出來，見了大驚，想道：「張鸞、卜吉是殺了鄭州知州，逃走去的；彈子和尚是騙了善王太尉三千貫錢，包龍圖三番兩次奈何他不得，見今兩處都行得有文書緝捕。那瘸師左黜不知何人，一定也不是善良之輩。如何這班人都合做一夥聚在貝州？此事非同小可！」當下教王則押了招狀，依舊監禁獄中，即時回覆知州，細細的陳其利害。諕得知州面如土色，欲待認真搜捕，誠恐這夥妖人等閒的拿不到手，反惹其禍。欲待隱瞞過去，連王則都寬了他罷，奈倉庫中錢米失散，王則明明裏招出四箇人來，眾人共知，怎好丟手？恁般大事，

壓服軍民處全

❻ 勘問：查問；審問。

不在此。

虎頭蛇尾，如何壓服得軍民，做得一州之主？」左思右量，只得出箇榜文。榜云：

貝州知州張　為緝捕事：據排軍王則招稱同盜倉庫妖賊張鸞等未獲，如有擒捕真賊來獻者，每名官給賞錢一千貫。知情不首，一體治罪，故示。

一名張鸞，係遊方道人，頭戴鐵如意冠，身穿皁沿緋袍。

一名卜吉，客人粧扮。

一名瘸師左黜，係瘸腳，頭戴破巾，身穿麤布衫。

一名蛋師，又名彈子和尚，耳帶金環，身穿烈火袈裟。

慶曆四年❼　月　日

知州分付書手，將榜文一樣寫十來張，懸掛各門，及州前并城內外衝要❽去處。一面喚緝捕使臣，立限捱獲不在話下。卻說兩營六千人和老小都得知王則借支錢米與我們，知州將他罪過，把他送下獄中受苦。人人都在茶坊酒店裏說，沒一箇不罵知州贓狗，不近道理。說猶未了，只見瘸師走來營前，拍手高叫道：「營中有請的官人們聽者。王都排不合把錢米散與你們眾人，你們都看見他在自屋裏搬出來的。知州卻把倉中的米，庫中的錢隱匿過了，反陷王都排偷盜。即今要差人來押著兩箇管營的追取你們錢米

❼ 慶曆四年：即西元一〇四四年。慶曆指宋仁宗趙禎的年號，從西元一〇四一－一〇四八年。

❽ 衝要：同「要衝」。軍事上或交通上重要的地方。

還倉還庫。我想你們窮漢的買賣，米是喫了，錢是用了，那裏賠出去還官？」眾人聽了，都亂嚷起來，道：「我們喫的用的，又不是官物。見在該支的錢糧不肯關與我們，到要追奪我們的。恁地時，真箇逼我們反了。」瘸師道：「王都排好意支散錢米與你們，如今被知州打得皮開肉綻，禁在獄中，性命不保。你們知恩報恩，肯出力救他出來麼？」眾人道：「我們也有此心，只是力量不加，又沒一箇頭腦❾，如何救得他出來？」左黜道：「官人們也說得是。必須要一箇為首的，我與你們為首，眾官人肯相助也不？」眾人看了左黜，口裏不說，心下思量道：「看他這一些兒大，又瘸著腳，便跳入人的咽喉裏也刺不殺人，隨他去恐不了事，倒粧謊子❿。」左黜見眾人不則聲，問眾人道：「你們因甚不則聲？莫不是欺我身小力微，奈何不得人？我變箇奈何得人的，教你們看看。」左黜口中念念有詞，喝聲道：「疾！」將身顯出神通。不見了那四尺來長的瘸師，只見身長一丈，腰大十圍，頭似車輪，眼如燈盞，手中執兩把潑風刀⓫，如兩扇板門相似。眾人見了大驚，忙忙的拜道：「我們有眼不識泰山，原來是天神！可知道昨日王都排家裏不甚寬大，散了六千人錢米。」眾人拜罷起來看時，端的只是箇瘸師。瘸師道：「眾人休三心兩意，因是你貝州人合當有難，天遣我來提拔你們。你們從與不從，只在今日。」說聲未絕，營裏跳出兩箇鎗棒教師來，一箇姓張名成，一箇姓竇名文玉。那兩箇各提一條棍棒在手，叫道：「王都排是好人，合當救他那箇。不肯去的，我先與他鬥一百合。」眾人齊聲道：「都去，都去！」瘸師道：

❾ 沒一箇頭腦：即「沒頭緒」。
❿ 倒粧謊子：即倒裝幌子，謂出醜。
⓫ 潑風刀：異常鋒利的刀。

「難得兩位恁般義氣，就煩你做箇頭領，教他們在此整頓器械。我如今獨自一箇先去救王都排，壞了貝州知州，你們就來接應，輔助得王都排做了貝州之主，教你們豐衣足食，快活下半世。」眾人聽得說都應道：「我們就來相助。」有詩為證：

重瞳⓬吝賞終亡國，吳起⓭同甘便勒勳。
只為米錢私散去，一朝反了六千軍。

左黜離了營前，迤邐逕奔入州衙裏來。正值知州陞廳，坐在虎皮交椅上，胡言亂道。左黜入去時，使箇隱身法，並無一箇人看見。左黜一閃，閃在知州背後，捉箇空兒將交椅望後一退，知州撲地的跌了一交。眾人慌忙扶起。知州道：「想是這交椅日久，腳損壞了，另換一把坐罷。」左黜暗暗的笑道：「這賊贓狗知道我瘸腳，也來借名嘲我，我再耍他一耍。」眾人將交椅換過，鋪上虎皮坐褥，安放得穩穩的。知州方纔坐定，左黜在背後將他紗帽猛打一下，撲的一聲響，那紗帽離頭，似箭一般去了，直到廳下落地。眾人只道：「知州相公袖裏放出一隻鵓鴿子來了。」只見知州捧著頭，叫道：「快拾取紗帽來戴！」眾人方纔曉得是知州的紗帽。正待去拾取，卻被左黜影在下面又先拾得在手，大盼盼⓮的拐上廳來，對

猫捕鼠必先戲弄。若進門便殺，不見瘸子趣處。

⓬ 重瞳：兩眸子，這裏指項羽。漢司馬遷史記項羽本紀云：「項羽亦重瞳子。」

⓭ 吳起：戰國初期著名的政治改革家，軍事家。衛國左氏（今山東定陶，一說曹縣東北）人。吳起治軍號令嚴明，軍紀森嚴，賞罰嚴明，任賢用能，處處以身作則，為人表率，和普通士兵同甘共苦。

趣。

趣。

發禍。

著知州叫道：「大尹，你今日沒了冠也，你今日沒了頭也。」把紗帽撿起，又道：「大尹，你的頭兒已被左黜取得在此。」眾人聽得「左黜」二字，便道：「這裏正出榜捉他，他卻來將頭套枷。」知州見他身材短小，不將他為意，乃問道：「你便是那瘸師麼？」左黜將左腿一拍，說道：「這隻腿可是假得的？」知州道：「我正要拿你，你如何敢來？」左黜道：「曉得大尹見怪，待來拜見領罪。」知州大怒，罵道：「從不曾見恁般大膽的妖賊！」喝教左右拿下，取長枷來，將左黜枷了，送到司理院去，與王則對證錢米。獄卒把左黜押到勘事廳前，就獄中拽出王則來。王則見了左黜，大驚道：「你為何也來在這裏？」左黜道：「不是我進來，如何救得你出去？」司理院王漿問道：「你這漢子，從實供說。倉裏米，庫裏錢怎的樣攝了去？」左黜道：「勘官，連你也不理會得。知州愚蠢，月錢月米俱不肯放支與他們，教兩營人切齒怨恨，我到賠著四千貫錢，替知州散了，他不感激謝我，反欲加罪，是何道理？」王漿焦燥，喝令獄卒著力拷打。獄卒提起杖子，拖番左黜便打。有這般作怪的事，纔打一下去，左黜全然不覺，到是行杖的叫疼恰似打在自家身上一般。換幾箇獄卒行杖都是如此，但是打一下，便叫起疼來，撇著杖子躲向一邊去了。王漿不信，走下來自提杖子去打，這棒不像打左黜，到像打勘官，也撇了杖，把手掩著屁股便走，連叫「作怪」。只見左黜呵呵大笑，喝聲「疾」，把自己身上和王則身上的索子就如爛蔥也似都斷了，枷也開了，嚇得王漿道：「這漢子真是箇妖人！」忙教獄卒并眾人一齊向前來捉，被左黜用手一指，禁住了許多人的腳，一似生根的一般，一步也移不動。左黜和王則直到廳下。知州正在廳上，依先戴了紗帽，坐著虎皮交椅，比較錢糧。只見左黜喝道：「張大尹，你害盡貝州人，報應只在今日。

⑭ 大盼盼：即大剌剌，形容舉止隨便，滿不在乎的樣子。

我今日不為貝州人除害，非大丈夫也！」知州見他兩箇來得惡，掇身望屏風背後便走。忽地後堂內搶出兩箇人來，那兩箇非別，正是張鸞、卜吉，各仗一口刀。卜吉向前揪住知州，張鸞向知州一刀，連肩卸臂，斷頦分屍，把知州殺了。唬得廳上廳下的人都痳木了，轉動不得。王則道：「你眾人聽我說，你們內中有一大半是被他害的，今日我替你們去了禍胎，教一州人都得快活。你們喫他苦的，隨我入衙裏來，搶擄些金銀，教你們富貴。」眾人見說，都來幫助王則。兩營教師張成、竇文玉率領著六千軍卒卻好都到州衙前，聽得說王則殺了知州，一齊搶入來。正遇著司理院王獴引著一家老小出衙逃避，張成棍起，先把王獴打倒。眾人齊上，踹做肉泥，一家老小都結果了性命。胡永兒已自到了州衙裏面，和左黜等將知州滿門殺盡。又訪問知州平素心腹用事之人，都搜尋來殺了。打開獄門，把罪人都放了。到知州宅裏，搬出金銀錢寶，綾羅段疋，在堦下堆積如山。連這十三疋綵帛剪下來的五尺零頭做一包兒包著，也在奶奶房裏搜將出來。王則道：「這許多財物都是貝州人的骨髓，今分做三分。把一分散與營中有請的，一分給還舖行欠帳及知州詐錢被害之家，一分散與窮經紀人，教他安心做道路⑮。」王則據住州衙，出榜撫安百姓，令兩營軍人整齊兵器，頂盔掛甲，分布四門，緊守城池。兩箇教師就充做統領使，分領兩營軍馬。如今做一回話兒說過去。那其間老大一場事，當時只走了兩箇官。一箇是通判董元春，一箇是提點⑯田京。兩箇收了印信⑰，棄了老小，奔上東京，奏知朝廷，要請兵與知州報讎。只因這番，有分教：

該殺！該殺！何如？這一出處分證是。

⑮ 做道路：做沿路叫賣的小買賣。
⑯ 提點：官名。宋始置，寓提舉、檢點之意。掌司法、刑獄及河渠等事。
⑰ 印信：政府機關的各種印章、公私印章的總稱。

討賊將軍，空費一番心力；謀王術士，大施萬種妖邪。正是：一燈能發千家焰，尺水翻成萬丈波。畢竟朝廷遣甚人來勦捕，且聽下回分解。

第三十四回 劉彥威三敗貝州城 胡永兒大掠河北地

從來叛亂數應然，也是朝廷政未全。
試看聖明全盛日，放牛歸馬❶任安眠。

話說大宋慶曆年間，仁宗皇帝雖然聖明，卻被奸臣夏竦❷蒙蔽，引用王拱辰❸、魚周詢❹等一班小

❶放牛歸馬：把作戰用的牛馬牧放。比喻戰爭結束，不再用兵。

❷夏竦：字子喬（西元九八五－一〇五一年），北宋江州德安（今屬江西）人，初以父蔭為潤州丹陽縣主簿，後舉賢良方正，通判台州。召直集賢院，編修國史，遷右正言。仁宗初遷知制誥，為樞密副使、參知政事。明道二年（西元一〇三三年）罷知襄州。歷知黃、鄧、壽、安、洪、潁、青等州及永興軍。慶曆七年（西元一〇四七年）為宰相，旋改樞密使，封英國公。罷知河南府，徙武寧軍節度使，進鄭國公。皇祐三年卒，年六十七。諡文莊。宋史卷二八三有傳。夏竦以文學起家，造詣很深，但人品極差，宋史評價：「竦材術過人，急于進取，喜交結，任數術，傾側反復，世以為奸邪。」

❸王拱辰：原名王拱壽（西元一〇一二－一〇八五年），字君貺，北宋開封府咸平（今河南通許）人。北宋仁宗天聖八年（西元一〇三〇年）十七歲舉進士，累官武汝軍節度使。宋史卷三一八有傳。數論事，頗強直。嘗

窮源之論。

人，造言生事，謀孽忠良，一連罷去了六箇賢臣。那六箇？文彥博❺、韓琦❻、富弼❼、范仲淹❽、歐陽修❾、包拯。他六箇都是老成練達，肯替國家做好事的。自六箇人去後，夏竦受樞密使之職，專一妬賢嫉能，招權納賄，所以州縣多有貪官，天下不得太平。西夏反了趙元昊❿，廣南反了儂智高⓫，都未

論夏竦不宜官樞密，帝未省遽起。至前引帝裾，竦遂罷。因逐王益柔、蘇舜欽以傾范仲淹，為公議所薄。文學成就很高，為北宋仁宗、英宗、神宗時期著名詩人。

❹ 魚周詢：字裕之，開封雍丘人。少年時為孤兒，好學。進士及第，授大理評事，歷官南華、分宜、靜海縣令。又遷太常博士。宋史卷三〇二有傳。

❺ 文彥博：字寬夫（西元一〇〇六—一〇九七年），汾州介休（今屬山西）人，北宋時期政治家。宋史卷三一三有傳。

❻ 韓琦：字稚圭（西元一〇〇八—一〇七五年），自號贛叟，安陽（今屬河南）人，北宋政治家、名將。宋史卷三一二有傳。

❼ 富弼：字彥國（西元一〇〇四—一〇八三年），洛陽（今河南洛陽東）人。天聖八年（西元一〇三〇年）以茂才異等科及第，歷知縣，簽書河陽（今河南孟州南）節度判官廳公事，通判絳州、鄆州，召為開封府推官，知諫院。宋史卷三一三有傳。

❽ 范仲淹：字希文（西元九八九—一〇五二年），北宋政治家，文學家，軍事家，諡號「文正」，祖籍陝西彬州（今陝西咸陽），生於蘇州吳縣（今江蘇蘇州）。真宗大中祥符八年（西元一〇一五年）進士，恢復范姓，後官至參知政事（副宰相）。宋史卷三一四有傳。

❾ 歐陽修：字永叔（西元一〇〇七—一〇七三年），號醉翁，又號六一居士，吉州廬陵（今江西吉安）人。諡號文忠，世稱歐陽文忠公，北宋卓越的文學家、史學家。宋史卷三一九有傳。

❿ 趙元昊：即李元昊（西元一〇〇三—一〇四八年），夏國第一代皇帝。夏國王李德明子，衛慕氏生。性雄毅大

收復。今日貝州反了王則，也為著貪官而起。當時貝州一州的官，只走得通判董元春，提點田京兩箇，逕至京師，把反情奏知朝廷。仁宗天子聞奏，便召樞密院官商議。夏竦奏道：「此乃知州張德不放錢米，一時激變軍心，非地方之反叛也。不勞聖慮，臣保一人，乃冀州太守劉彥威。此人將門之子，文武雙全。只消此人，領著本部人馬前去相機勦撫，可保無虞。」仁宗准奏，即忙傳下聖旨，令冀州太守速領本部人馬，逕往貝州。或撫或勦，一任便宜行事⑫。事平之後，論功陞賞。這太守姓劉名彥威，雖然是文科⑬出身，家世將門，精通韜略。使一柄大桿刀，有萬夫不當之勇。當日接了敕書⑭，便請都監茹剛商議。茹剛道：「聞得貝州一夥妖人作耗，廣有神通，須當量力而進，不可輕敵。」劉彥威大笑道：「劉某曾讀詩書，自古道：『邪不勝正』。吾仗天威，討反賊，有何懼哉！」當下擇箇吉日，點起本部五千人馬，

略，熟習兵書、法律，曉佛學，通蕃漢文字。西元一〇三八年十月，正式稱帝建國，國號大夏，改元天授禮法延祚，定都興慶府（今寧夏銀川）。天授禮法延祚二年，遣使向宋上表，請求承認合法帝位，遭拒，被宋削奪官爵，懸賞捉拿。繼立後，開始對宋發動攻擊，屢攻宋境，終元昊之世，宋夏大小戰鬥四十餘次。西元一〇四四年與宋朝和議，元昊對宋保持名義上的稱臣，宋朝「歲賜」夏國銀七萬兩、絹十五萬匹，茶三萬斤。西元一〇四八年被其子寧令哥刺殺身亡。諡武烈皇帝。廟號景宗，墓號泰陵。

⑪ 儂智高：北宋中期廣西廣源州（今靖西、田東一帶）壯族首領（西元一〇二五—一〇五五年），儂智高起事的發動者。在壯族歷史上，儂智高是受壯族人民世代尊崇的英雄。在當今壯族地區，紀念儂智高的神廟、頌揚儂智高的傳說、追悼儂智高的活動比比皆是。

⑫ 便宜行事：指根據情況，自行決定適當的措施或辦法。便宜，方便；適宜。

⑬ 文科：科舉制時以經學考選文士之科。別於武舉而言。

⑭ 敕書：皇帝慰諭公卿、誡約朝臣的文書之一。

是。

使茹剛領一千人為前部先鋒，牙將段雷領一千人為合後⑮，自己統三千人為中軍，一齊進發，殺奔貝州來。卻說貝州報子探聽得劉彥威起兵，飛馬來報王則，貝州一州人都慌了。王則雖然學得些武藝，從不曾經過戰陣，也不免驚惶，急請左黜、張鸞、卜吉三箇人來商議。說話的，問你彈子和尚那裏去了？看官有箇緣故。那和尚三遍到白雲洞袁公處盜法時節，曾到白玉香爐前誠心禱告，發願替天行道，不敢為非。只為不識天書，虧了聖姑姑辨認，就同聖姑姑和左黜三箇一齊修鍊。因是聖姑姑說河北三十六州合當換主，眾人該得輔助王則，除滅貪官污吏，這都是天數。彈子和尚信了這般言語，所以把善王太尉三千貫文相助王則散與兩營軍士。以後眾人去殺州官，和尚就躲過一邊，不曾同去。為何的？一來是佛門中出身，又是慈長老手下長大的，終帶三分慈悲之意。二來他心靈性巧，既設過誓願，嘗把「替天行道」四箇字存在胸中，就是蒿惱包龍圖，也是包龍圖先要去拿他，卻不是他惹禍。今日雖然信道天數，也要觀其動靜，不肯出身露體，生事造業。這裏王則據了貝州城，那和尚自在城外甘泉寺裏居住，只有左黜等三人朝夕共事。故此今日王則只請他三箇商議。𤢖師道：「打聽得他那裏有多少人馬？」王則道：「有五千人馬。」左黜道：「便是五萬亦不足慮！這裏兩營共有六千人，留一半守城，一半迎敵。看我左黜本事。」王則親到教場⑯點軍。只見軍中走出兩箇新參統領使的教師來，一箇是張成，一箇是竇文玉。參拜過了，稟道：「兩營軍士受了主帥大恩，並無寸報。某等情願各分本部一千五百人出城，乘他安營未定，殺他一陣，挫他銳氣，使他不敢正眼覷俺貝州。」王則大喜，各人賞了披掛⑰一副，戰馬一匹，

---

⑮ 合後：後援或斷後掩護。

⑯ 教場：舊時操練和檢閱軍隊的場地。

點了三千人馬。犒賞已畢，分付來日出軍，小心在意。過了一日，次日兩箇統領使全身披掛，整頓軍馬，大開城門，分兩路殺將出去。瘸師見他去得雄猛，且教他探試來兵虛實，也不阻攩。且說張成引著一千五百軍先行，約離城三十餘里，地名傅家疃，恰好遇著冀州先鋒茹剛軍馬。兩下正欲排開陣勢，准備廝殺，竇文玉軍馬又到了。茹剛領這一千軍，喘息未定，怎當這裏兩支生力軍⑱驀地衝來。況且寡不敵眾，立腳不牢，四散奔走。茹剛連斬數人，只是按納不住。張成、竇文玉見敵軍亂竄，兩匹馬一齊拍動，上前來擒茹剛。茹剛力敵二將，全無懼怯。鬥了二十餘合，見貝州軍泰山般圍裹將來。回顧手下，單剩得一人一騎。無心戀戰，殺開條路而走。張、竇二將恰待追趕，報馬⑲到來，冀州大軍到了，相距十里之外。二將不敢進逼，慌忙收軍轉回貝州。把軍馬扎住城外，二將入城，見了王則，稟道：「冀州前部先鋒已被小將殺得大敗虧輸。正欲追趕，爭奈劉太守大軍已到，小將只得收兵，見屯城外，專候主帥鈞旨。」王則道：「聞得劉彥威這廝手段高強，今前部失利，已滅威風，二位將軍便算第一功了。乘此銳氣，便可住扎城外，防他攻城。明日交戰，當令軍師們相助。」二將得令，連夜離城十里下了兩箇大寨，各守一寨，倘有敵軍來攻，互相救援。卻說茹都監收拾敗殘軍卒，來見劉太守謝罪。劉太守大怒道：「凡行軍者，須要遠其哨探。一有風聞，預作准備。你全不用心，致被賊人出其不意，衝動⑳官軍，紀律何在？

---

⑰ 披掛：盔甲。
⑱ 生力軍：指新投入作戰的戰鬥力很強的隊伍。
⑲ 報馬：報告消息的人。
⑳ 衝動：衝擊撼動。

本當斬首號令，今交戰在邇，誠恐於軍不利。」喝教綑打一百，罰在後隊催趲糧草。倒換後隊段雷為先鋒之職，到傳家疃下寨。探子打聽得張成、竇文玉率領賊軍，離城十里分為二寨住扎。劉太守大笑道：「我知賊人無能為也。這傳家疃乃是貝州咽喉之路，若賊人乘勝就此扎寨，截住來路，雖有十萬之師，安能窺其城下哉？今乃捨此不守，依城立營，吾破之必矣。」分付段雷：「打劉字旗號先行，約至來日平明到彼寨前索戰，只要輸不要贏，引他到傳家疃一路來，我自有計。」段雷領計去了。又差帳下兩箇較尉各領三百步軍，連夜潛行伏在他柵寨近側左右，等待他們出寨迎敵便去奪寨放火。又分付茹剛准備雲梯、火砲攻城之具，來日午時，在貝州城下取齊。處分已畢，自己中軍少不得拔寨都起，別有號令不題。卻說張成、竇文玉雖是鎗棒教師，不通兵略。偶然初次出軍得勝，自誇其能，便看得不在意了。次日聞得官軍搦戰，旗號上打著劉字，張成和竇文玉都要建功，爭先出陣。各使一根鑌鐵鎗，騎著戰馬，耀武揚威。望見官軍早已排成陣勢，門旗開處，擁出一員將來。頭戴銀盔，身穿繡鎧，手中擔一柄宣花大斧。二將道：「這不是劉彥威是誰？」二將更不打話，挺鎗直取那將。那將握斧相迎，鬥上三十餘合，那將賣箇破綻，叫聲「暫歇」，撥回馬頭便走。張竇二將招動人馬，儘力趕殺。那將且戰且走，約有十餘里。那將回身又鬥上十餘合，又走。二將不捨，只顧追趕。官軍撇下金鼓旗鎗滿地，賊人亂搶。只見後馬如飛報來，叫道：「將軍休趕了！後面寨中兩路火起。」張成竇文玉知道中計，著了忙，急引眾軍退後，部伍早已亂了。行不多路，只聽得連珠砲響，刺斜一支軍橫衝出來，為首一員大將，橫刀躍馬，大喝：「反賊休走！劉彥威在此等候多時了！」二將從不曾見恁般威容，先自心慌。措手不及，被劉彥威手起刀落，先斬竇文玉于馬下。張成料走不脫，只得舞鎗來鬥。不上三合，劉彥威瞋目大呼，諕得張成手軟，輪鎗不動。劉彥威馬頭早到，一手提下雕鞍，擲於馬下，眾軍齊上結果了性命。劉彥威麾兵掩殺，三千軍折其大半。有詩為證：

兵家料敵最先機，輕敵須知定喪師。
堪歎教師矜小勝，一朝墮計盡輿屍。

再說王則聽得城外廝殺，急請左黜等一同登城幫助。只見敗軍紛紛而至，叫道：「張寶二統領已被殺了，劉太守兵隨後便到，快開城門則箇。」王則教守門的放進，問其備細，大驚。對左黜等道：「劉彥威英雄，名不虛傳。列位有何退敵之法？」左黜道：「貧道已算下了。且教敗殘軍士守城，替出一千五百人來，貧道與張鸞卜吉各領五百，在我們三箇身上，大家殺他一陣，教他片甲不回。」王則道：「每位五百人恐太少。」左黜道：「自有天兵鬼卒，這五百人只將來擺樣助陣而已。」王則道：「全仗列位扶持，同享富貴。」王則便傳下號令，挑選一千五百精壯軍人，分為三隊。正在選軍未畢，只聽得城外喊殺連天，官軍已到。劉彥威分付段雷、茹剛一面准備攻城，自己跨一匹追風好馬，立於陣前，將刀頭指著城內大叫道：「貝州有會事的，將王則綁縛出來獻與朝廷，免你一城人屠戮。」王則見他軍容雄壯，不敢則聲。左黜穿領布衫，仗一口劍，領著五百軍，未行出城。將劍尖兒指著劉彥威道：「你會事時，領了人馬速回冀州，免納首級。若少遲延，教你一行人都死於吾手。」劉彥威道：「你這廝是助王則的逆黨，看你身上衣甲皆無，又沒馬匹，敢和我廝殺？可惜你殘疾之人，還不勾我一刀哩！」左黜道：「我不與你門口，教你看我手段則箇。」劉彥威在陣前施逞刀法，欺敵左黜。左黜用劍尖一指，喝聲「疾」，只見面前捲起一陣狂風，吹向官軍。陣裏黃沙撲面，一軍都開眼不得。劉彥威叫聲：「罷了！」撥回馬頭便走，被左黜領軍大殺一陣，方纔轉去。劉彥威直走到二十里外方纔風息，計點軍馬，三停損了一停。不多時，段雷、茹剛引軍都到。問其緣故，稟道：「小將正欲攻城，只見大風飛砂走石，料得賊人妖法，恐有挫折，收軍而回。」劉彥威道：「吾不知賊人伎倆，悞墮其術。且退在傅家疃，休息三日，吾自有計破之。」分付軍中每人預備青紗眼罩一箇聽用。到第四日，四更造飯，五更起身，只選五百匹好馬，五百名長鎗手，都帶眼罩在身邊，以備風沙。一遇賊軍，不論好歹，便直衝過去，用長鎗刺之。段雷、茹剛領軍為左右翼，一等中軍殺入賊軍，兩翼便圍裹將來，務要殺他箇盡絕，休容走脫一箇。卻說左黜勝了一陣，王則心下稍安。連日哨探㉑，雖然不見動靜，守城的也不敢懈怠。到第四日，報道：「官軍又到。」張鸞道：「前日瘸師建功，今番輪該貧道了。」卜吉道：「徒弟替吾師去一遭。」也引了五百步軍飛奔出城。你道卜吉怎生模樣？

頭挽雙丫髻，身穿綠錦袍。
兇睛眉打結，橫肉臉生毛。
仗劍諸神伏，揚聲百獸嗥。
鄭州無運客，天下有名妖。

㉑ 哨探：探聽偵察敵方的情報、動向等。

劉彥威只道原是這瘸子出陣，今番換了一箇，又不知什麼妖貨。莫等他做手腳，只管衝突前去便了。只見卜吉不慌不忙，口中念念有詞，喝聲「疾」，把兩箇衣袖望前張開，袖裏奔出千千萬萬豺狼虎豹之屬，張牙舞爪，齊向官軍陣上衝去。劉彥威的馬見了，驚得直跳起來，將劉彥威掀番在地。卜吉大踏步正待向前，卻被左右兩翼一齊攏來，急救上馬。官軍見了異獸，都拋戈棄鼓，各自逃生。卜吉乘勢追殺，奪了二百餘匹好馬，軍器不計其數。劉彥威又折了一陣，軍士損傷者極多，仍退在傅家疃寨內。想道：「我一生未嘗見此妖人。欲待收兵回去心下不甘，欲待再戰又無良策。況且五千人馬折了一半，若再挫折，豈不恥笑。」正躊躇未決，分付軍中牢守柵寨，不得妄動。過了一日，只見冀州有文書到。原來僉判㉒夏有守招募壯勇軍一千，戰馬三百匹，差統領使陶必顯押來助戰。陶必顯遞了軍冊，參見過了，劉彥威大喜道：「天使我成功也。」打發回文去了，就教陶必顯領新到一千軍另立一營，為犄角之勢。分付軍中畫匠，將棉布畫成獅子圖形三百具，限十日內報完。教陶必顯引新到軍為前部衝鋒，將畫成獅衣披在三百戰馬身上，倘賊軍作起妖法，虎豹突至，放出三百獅衣馬，軍士篩鑼㉓隨後。獅為百獸之尊，篩鑼以象其聲，虎豹見之必退矣，自己引大軍隨後而進。再教段雷、茹剛各引三百弓弩手預先埋伏左右，只等賊兵出城，抄出背後，亂箭射之。雖有風沙虎豹，只能向前，不能向後。劉彥威分撥已定，自謂必勝之策。再說王則正和左黜等三人議事，探子報：「官軍又到。」張鸞道：「這番少不得貧道行了。」也引本部五百人出城迎敵。卻是馬軍卜吉道：「劉彥威這厮連敗不退，歇了許多時又來，其中必有計謀。

劉彥威儘有智略，但其對付妖人如庸醫，頭痛醫頭，腳痛醫腳。未免

㉒ 僉判：即簽判。簽書判官廳公事的簡稱。為宋代各州幕職，協助州長官處理政務，總理諸案文牘。

㉓ 篩鑼：敲鑼。

相左致敗。此言良是。

不才願隨師父同往一看。」左黜跳將起來道：「說得是！今日我們都去，索性結果了他，省得終日來攪得俺們不自在。」王則道：「貝州成敗決於今日，全賴列位用心。」瘸子和卜吉都引軍去了。王則親上城樓擂鼓助戰。且說陶必顯初到，不知高低，使著一根狼牙棒，抖擻精神，大呼搦戰。只見弔橋下處，飛也似一隊人馬出來。為首一箇道人，頭戴鐵冠，身穿緋袍，面如噀血，目若朗星。手持鼈殼扇一把，背上背一口松紋古劍。陶必顯暗暗稱奇，想道：「這廝手中不拿軍器，一定靠著妖法了。已有准備，何足懼哉！」喝教眾軍一齊衝突上去。對面張鸞口中念念有詞，將鼈殼扇一揮，喝聲「疾」，只見平白地起陣冷風，吹得人毛骨凜冽，如冬天相似。半空中一朵黑雲正罩在官軍陣上，冰雹亂下，都打得破頭傷腦，馬俱股慄，不容不亂竄，倒把劉彥威大軍衝動，弄得七斷八續。急急鳴金收軍，點兵時，不見了陶必顯。原來陶必顯諕得昏了，倒撞入賊人隊裏去，被眾軍綁縛去了。再說段雷、茹剛兩路伏兵聽得喊殺連天，已知交戰，急忙引軍殺出。分明看見左黜、卜吉在前，用力追趕。須臾天色昏暗，不辨人形，兩軍恰好相撞，各認做賊軍，六百弓弩手一齊發箭，都是自射自軍。少停天氣清朗，六百人止剩得有百餘箇活的，其餘都射死了。此乃左黜、卜吉行法之功也。段雷先伏在土窟中，不曾傷損。脫去盔甲，混在殘兵中逃去。茹剛身中五六箭，倒在地下，不能行動。望見賊兵來到，拔出身邊佩劍自刎而亡。後人有詩贊云：

不是將軍無智武，熠熠妖星如眾虎。
甘陵城畔弔忠魂，白日清霜共千古。

劉彥威見段雷引殘兵逃回，曉得茹剛身死，痛惜不已。又打聽得陶必顯被擒，方知妖人如此利害。夜間秉燭而坐，正思去住之策，忽然營中發喊起來。劉彥威安坐不動，差人問時，說道營前密布鹿角㉔一時都不見了。劉彥威大怒，按住軍中不許喧譁妄動。綽刀在手，教點起火把，自出營前來看，果然周圍鹿角全然失去。正驚訝間，只聽得東邊鼓角㉕齊鳴，殺聲震地，正不知何處兵來。劉彥威教段雷引軍向東邊迎敵去了。須臾，東邊寂然，西邊鼓角又起，火光燭天，如在一二里之近。劉彥威大怒，提刀上馬，自引數百人往西迎去。約行了三四里，鼓角不聞，火光也漸息了，劉彥威只得轉回。纔到營前，只見南邊鼓角又起，殺聲至近。劉彥威分付段雷後營巡視，自己在前營立馬而看，也不去迎他了。軍中點得火把通紅，如同白日。不多時，南邊聲響又絕，殺聲又從北邊而來。劉彥威一夜不睡，正沒理會處。約莫五更時分，只聽得營中又發起喊來，說道：「司更㉖的被大蟲咬去了。」劉彥威大喝道：「此地那得有大蟲到來？」說猶未了，只見營裏面一箇美貌婦人手中仗劍，騎著一匹大蟲，直衝出來。劉彥威連忙跳下雕鞍，那馬早已驚倒，婦人和大蟲都不見了。軍中一夜不得安息，到天明看時，滿營都是虎跡。巡風㉗的報道：「夜來失去鹿角只在里許之外，做一堆兒堆著。」劉彥威歎口氣道：「天生此輩妖人，教劉某亦無奈何矣。」即時拔寨奔回冀州，連夜中文到樞密院去，說妖人如此作耗，乞添兵遣將，廣求

㉔ 鹿角：雄鹿的角。亦指為阻止敵軍前進而設置的樹枝、荊棘之類的障礙物。

㉕ 鼓角：戰鼓和號角的總稱。古代軍隊中為了發號施令而製作的吹擂之物。

㉖ 司更：即更夫。司，管理。

㉗ 巡風：來回偵望監視。

壽數未絕的妖法亦無如之何。明勸英雄放膽做事。

智謀之士，速行勦除，以絕後患。原來宋朝一款，但凡舉薦邊將失機誤事者，薦主一同罪罰。因此樞密使夏竦瞞過朝廷，不行舉奏。話分兩頭，且說騎大蟲的婦人是誰？正是胡永兒。他見官軍屢戰不退，今番又一場大厮殺，也到陣前觀看。已知張鸞等得勝，還不了事，直到傳家疃劉彥威寨前布散鬼兵，惱他一夜。只為劉彥威壽數未絕，所以結果他不得，只逼迫得他逃走。且說當晚張鸞等收兵入城，眾軍解到陶必顯請功。陶必顯磕頭願降，王則准了，就封為統領使之職，領著張寶二將的軍馬。點兵時並不損一箇，王則大喜，連夜殺牛宰馬，大賞三軍，一面分付守城軍士小心在意，自己和張鸞等三人排宴在州廳上，喫箇盡醉方休。看看五更將絕，只見廳前一聲響亮，踱箇胡永兒進來。眾人大驚，連忙起身迎接。胡永兒道：「你們眾人喫酒快活，誰知我一夜辛苦。劉彥威這廝已被我趕回冀州去了。」把夜間惱他事情說了一遍。王則拱手稱謝道：「貝州方有泰山之安也。」胡永兒道：「堅守孤城不成大事。趁此目下軍威，便可收伏附近州縣。」眾人都道：「說得是。」當下再點人馬，王則同左黜引軍打東南一路，胡永兒同卜吉引軍打西北一路，只留張鸞守城。不上半年，連得了曲安、肥鄉、邯鄲、廣平等十數縣城池，招降人馬，多得錢糧，變得勢力大了。東京賣肉的張琪、賣炊餅的任遷、賣麪的吳三郎打聽得胡永兒是王則的渾家，都到貝州投奔王則。王則見人心歸順，乃自立為東平郡王，冊封胡永兒為皇后，左黜為國舅軍師，張鸞為丞相，卜吉為大將軍，彈子和尚雖不曾出力，眾人推他手段高強，封為國師㉘，月送錢米在甘泉寺供養，只怕日後有用他之處。以下張琪等都掛印封官，其勢越大，分兵四出抄掠。各處聞得他妖術通神，無不望風而靡，河北州郡大半為王則所有。王則役起人夫，就州廳改造王府宮殿，與

㉘ 國師：帝王封賜僧人的尊號，始於北齊法常。

朝廷制度一般。又左黜、張鸞、卜吉都造得有衙門，費耗錢糧無算。又尊聖姑姑為聖母娘娘，創造行宮一所，以備他不時來往。百姓晝夜并作，無不嗟怨。又遍訪民間有顏色閨女納入王宮，上等的立為妃嬪，次者做宮娥伏侍，又選美女三十人，分賜左黜等三人。張鸞原是天閹㉙，近不得女色，辭而不受。卜吉見張鸞辭了，也不敢用。只左黜原為調戲婦人上，被趙大郎一箭射傷左腿，做了瘸子，今日雖然學得一身法術，淫心不改，收納了十箇美女，日夕取樂，又各處自行選取，與王則賭賽的受用。只因這般，有分教：草頭㉚天子，坐不成一面山河，瘸腳妖人，做不徹千般鬼怪。正是：奢淫無度終遭禍，變詐多端久必窮。畢竟王則後來如何，且聽下回分解。

㉙ 天閹：指男子性器官發育不全，無生殖能力。

㉚ 草頭：草寇的頭領。

第三十五回　趙無瑕拚生紿❶賊　包龍圖應詔推賢

學些伶俐學些獃，伶俐兼獃是大才。
獃無伶俐難成事，伶俐無獃做出來。

話說胡永兒先前引兵攻打州縣之時，軍中擄掠得人口，內中有箇小廝，生得十分清秀。永兒一見便喜，問他來歷，答道：「姓王名俊，年方一十三歲。父母雙亡，隨著外公出來避兵，不意中途失散，被擒到此，望娘娘饒命。」永兒見他言語敏給❷，容色可憐，又且與王則同姓，收在帳下為養子，出入不離，甚是憐愛。王則見了，也自歡喜，教外人都稱他做小王子。不覺過了二年，那小廝一十五歲，越長成得好了。怎見得：

面如傅粉，體似凝脂。脣若塗朱，日如點漆。身材秀溜，是未經嗃被的幸童❸；態度妖嬈，像不

---

❶ 紿：古同「詒」。欺騙；欺詐。

❷ 敏給：即敏捷。

曾戴髻的美女。賦性清揚真自喜，出詞儇利得人憐。馬上共驚挾彈子❹，主家重見賣珠兒❺。

胡永兒朝夕相傍，到看上了他，與他私下成就了好事。原來婦人家只是初次廉恥要緊，難好破例壞事。到得開手時，一不做二不休，連自家也息不得念頭了。永兒初時跟著聖姑姑行動，風雲作伴，山水為家，半像箇出家人樣子，這箇道兒是不想著的。如今住在曲房深院，錦衣玉食，合著了俗語飽煖思淫慾這句了。眼見得宮中翠袖成群，蛾眉作隊，自己只守著一箇王則。況且他有三妃六嬪，不得夜夜相聚。看了粉粧玉琢這般箇小廝，能不動情？這小廝竭力奉承，爭奈永兒淫心蕩漾，不滿所欲。這小廝乖巧，但出外見箇美男子便訪問他姓名，進與永兒。永兒自會法術，便攝他到偽宮中行樂。中意時，多住幾日，不中意時，就放他去了。自古道：若要不知，除非莫為；若要不聞，除非莫說。王則與永兒同窩居住，便道不曾親眼看見，難道沒些風聲吹在耳朵裏面？一夜間，喫得爛醉，猛然想起這事，怒氣勃發，提了一把青鋒寶劍到中宮來殺永兒。步至偽宮門前，忽然轉箇念頭道：「事不三思，終有後悔。這一套富貴都是永兒作成的，怎好負他？況且他神通廣大，若殺他不得，反破了面皮❻，不好相處。」轉到別院，

□□□大惡□□時都是如此。

❸ 幸童：貼身的童僕。

❹ 彈子：供遊戲的人用手指彈的小球。

❺ 賣珠兒：指漢代董偃事。董偃幼時，與母以賣珠為事。隨母出入武帝姑館陶公主家，為館陶公主所近幸，貴寵無比。

❻ 面皮：面子；情面。

雖非正理，亦自成一段議論。所以先輩有云：男子有德便是才，婦人無才便是德。

將寶劍擲在地下，歎了口氣自去睡了。恰好這幾日，聖姑姑正在聖母行宮，王則次日早起，一逕來見聖姑姑。敘了些閒話，王則便道：「近來仗托洪庇，地方到也寧靜。只是訪得民間婦女多有私下養著漢子的，敗壞風俗，今如何處置他？」聖姑姑道：「凡男女相悅，都是夙世姻緣。假如做夫婦的，是正緣。私合的，也是旁緣。還有一節，七情六慾，男女總則一般。女當為節婦，男亦當為義夫。男子三妻九妾兀自嫌少，如何偏怪得婦人？況且婦人讓著男子，只為男子治外，一應事體都是他做作。婦人靠著他見成喫著，所以守男子的法度，從一不亂。若是有才有智的，賽過男子，他也不受人制，人也制他不得。你且說漢帝劉邦❼誅秦滅項，何等英雄，任著呂太后❽在宮中胡作亂為，全然不管。他也不把呂后當箇尋常女子看成也。人生世上，得意難逢，趁著好時好運，得便宜處且便宜，得快活處且快活。此等閒事，非達者所當經心也。」只這一席話，說得王則嘿嘿無言，辭別回府，想著：「聖姑姑說話，亦自有理。從今以後，我也莫管他，他也莫管我，各盡其樂，豈不美哉？」當下召張琪、任遷等，教他三路察訪民間美色，不拘有夫無夫，只要出色標致。不一日，張琪訪得本州闞家莊闞疑之妻趙無瑕，年方二十歲，姿色無雙。王則就教張琪領兵取來，觀其顏色如何。張琪領三百軍人圍住闞家莊，立要趙氏。闞疑又不

❼ 劉邦：即漢高祖（西元前二五六－前一九五年）。沛郡豐邑中陽里（今江蘇豐縣）人。秦朝時曾擔任泗水亭長，起兵於沛（今江蘇沛縣），稱沛公。秦亡後被封為漢王。後於楚漢戰爭中打敗西楚霸王項羽，成為漢朝開國皇帝，廟號為高祖。

❽ 呂太后：即呂雉（西元前二四一－前一八〇年），字娥姁，單父（今山東單縣）人。漢高祖劉邦的皇后（西元前二〇二－前一九五年在位）高祖死後，被尊為皇太后（西元前一九五－前一八〇年），是中國歷史上有記載的第一位皇后和皇太后。又稱為漢高后、呂后、呂太后。

目中便有箇□□。

在家，慌得他一門老小都躲了。趙氏道：「賊徒慕我之色而來，我若不挺身出去，倘被進門搜索，反為不美。」乃取解手刀❾一把，藏在身邊，自出中堂來見張琪。張琪見他，果然天姿國色，心中大喜，便欲扯他上馬。趙氏大喝道：「將軍不得無禮！將軍此來取妾去者，還是自要，還是郡王要？」張琪道：「王府聞娘子美色，特遣小將相迎，此去富貴非常，切勿遲疑。」趙氏道：「既是郡王要妾，須郡王自來，妾有話相對。若郡王不來，妾雖死亦不去也。」張琪單馬去飛報王則，王則乘了一匹五花驄❿，引著偽府中親軍，親自到闞家莊來。看了趙無瑕，真箇比花解語，比玉生香⓫，吳宮西子⓬不如，楚國南威⓭遠遜。王則大驚道：「原來世上有這般女子！可上前與寡人攀話。」趙無瑕口稱萬福，不慌不忙的說道：「大王為一方之主，侍巾櫛⓮者，必須香閨淑質，繡閣嬌姿。如妾陋貌殘軀不足以辱後宮。願大王以綱常⓯為重，恕妾一身，大王陰德必當享年千歲。」王則道：「寡人所愛是你的顏色，即當立為次

❾ 解手刀：一種刺刀，長一尺，背厚，刃薄，柄短。軍中佩帶，臨陣用以割取首級，所以也稱解首刀。

❿ 五花驄：即五花馬。唐人喜將駿馬鬃毛修剪成瓣以為飾，分成五瓣者，稱「五花馬」，亦稱「五花」。一說，「五花馬，謂馬之毛色作五花文者。」（清王琦李太白集注卷三）

⓫ 比花解語二句：比作花，則這朵花還能理解人意；比作玉，則這塊玉還會生發芳香。形容美人豔麗多俏、肌細體香。

⓬ 吳宮西子：即西施。

⓭ 楚國南威：即南之威，春秋時代的一個美女。後泛指美人。

⓮ 侍巾櫛：古代以服侍夫君飲食起居為妻妾本分，故用作為人妻妾的謙詞。巾，手巾之類。櫛，梳篦之類。

⓯ 綱常：三綱五常的簡稱。封建禮教的道德準則。三綱為父為子綱、君為臣綱、夫為妻綱；五常為仁、義、禮、

后，休得閒話。」趙氏再三求告，王則只是不允。趙氏料道不免，大罵道：「你這反叛賊徒，如魚遊釜中，不久亡滅，還要污人妻子。我恨不得一刀砍下賊人之頭，豈肯從汝哉！」身邊拔出解手刀來便欲自刎。眾人搶得快，做不成手腳。趙氏罵不絕口，只求速死。王則心中不忍，分付張琪散了眾軍，只留五十名壯士環守著他，務要勸他隨順，如執意不從，滿門斬首。王則自回偽府中去了。卻說趙氏被張琪同壯士看守，一日一夜，求死不得，心生一計，紿道：「大王既真心要妾，妾何敢執迷，以害全家之命。但妾頗讀書知禮，若以威相逼，有死不從。妾有老姑⑯在堂，丈夫在外，須待他一面而別。另居他室，擇日禮聘，庶妾無苟合之羞，大王亦免強婚之議。望將軍善言傳達。」張琪又將這班說話飛馬傳去，王則依允，著他婆婆看守，只不許他夫婦相會，來日便要聘娶入宮。張琪喚他婆婆出來，把媳婦交付他身上，倘有差池全家不保。五十名壯士分守著前後門，不容他丈夫回家相見。原來闞疑已自回了，見說家中有這一節事，不敢進門，只在左近人家住下，含著眼淚打聽消息。那婆婆也只怕兒子回來被眾軍人所害，悄地寄信，教他不要回來。當晚婆媳兩箇割捨不得，抱頭而哭。趙氏收淚對婆婆說道：「媳婦今日不難一死，只恐連累婆婆。但媳婦到彼偽府必然自盡，以全節操。婆婆可預先收拾細軟家私，約會了丈夫，待妾起身之後，作速逃竄東京，以避賊人之害。媳婦與丈夫雖做兩年夫婦，並無生育，丈夫年紀正小，前程萬里，自然別有良姻。只恨媳婦薄福，奉侍婆婆不了。到今生死之際又被強徒隔絕，不得與丈夫一面，指上金戒指二枚，煩婆婆寄與丈夫做箇憶念⑰。」說罷放聲又哭。正是：

智、信。

⑯ 姑：指婆婆。

世上萬般哀苦事，無過死別與生離。
縱教鐵漢應腸斷，便是泥人也淚垂。

婆媳兩箇這一夜眼淚不乾，泣聲不絕。捱到天明，婆婆真箇分付養娘收拾得兩包細軟金珠，又寄信與兒子，教他預先遠遠地覓一輛小車兒，准備走路⑱。且說王則將聘娶的事都托在張琪身上，張琪侵早先到闞家莊巡哨了一遍，打聽得夜來無事，歡喜不勝。少停，聘禮已到，黃金白金各四錠。黃的，每錠重十兩。白的，每錠重五十兩。綵帛二十端，雙羊雙酒，大吹大擂，送上門來，擺設在中堂。婆媳兩箇重新哭起，婆婆道：「這些東西分明是買我身上的肉，我何忍要他！」趙氏道：「今日雖買婆婆的肉，他日好買那賊徒的肉。」婆婆道：「怎麼說？」趙氏道：「這賊徒少不得天兵到來，拿住解去東京，千刀萬剮。你把這金銀留著，到那時送與劊子手，在刀頭上買他一塊來祭你媳婦，我在泉下也得快活。」

莫說婆媳二人悲傷之事，再說張琪催那婆婆收了禮物，自己又去催攢取親人從。一百名偽府親軍金鼓旗鎗前導，二十來箇宮人都乘著寶馬，捧的是金冠繡蟒，玉帶紅袍。一般有偽內臣⑲執了龍鳳掌扇，引著香車細輦。十來隊樂人吹打，只要奉承趙氏歡喜，所以儀從極盛。趙氏別了闞氏祠堂，又拜了婆婆四拜，又望空拜了丈夫四拜，哭了一場，登車下簾，眾人一擁而去。那婆婆哭倒在地，養娘喚醒。闞疑知道妻

⑰ 憶念：紀念。
⑱ 走路：逃走；逃跑。
⑲ 內臣：宦官。

子起身方敢回家，已自哭得不耐煩了，忙忙的收拾行李，棄了家私⑳，同養娘扶著婆婆潛地逃入東京去訖。再說王則聞張琪報道新人已娶來了，喜從天降，慌忙大排儀仗，親出府門迎接。軍士們人人望賞，箇箇生歡。做兩行擺列，讓香車進府，王則親自開簾，不見動撣，抱將出來看時，頸上繫著羅帛。原來在車中密地自縊，真烈婦也。史官有詩贊云：

罵賊非難絕賊難，夫家免禍九泉安。
似茲賢智從來少，不但芳心一寸丹。

後人又有詩云：

罵賊曾聞元楷妻，從容就義更稱奇。
衣冠多少偷生者，不及清河趙與崔。

清河就是貝州之地。隋末時，有箇崔元楷。元楷之妻罵賊而死，此詩是表二烈婦之大節，男子不及也。王則這晚一場掃興，想這婦人烈性，不干眾人之事。將屍首著張琪給歸原夫，追還聘禮。到次日，張琪聞知闞家逃走去了，稟過王則，藁葬於城外。王則出榜，但是民間美色，或父母獻女，或丈夫獻妻

⑳ 家私：家庭財產。

者，俟選中日，官給聘禮百兩。倘藏匿不獻，致被他人首出，即治本家之罪。於是奪民間妻女不計其數。百姓討了箇有姿色的老婆，便道是不祥之物。若討得醜的，反生歡喜。當時有箇口語道：

莫貪顏色好，醜婦良家寶。
私嫌官不要，夫妻直到老。

至今說醜婦良家之寶，語起於此。胡永兒明知王則貪色恣慾，到也由他。但是自己有些私事，不要王則進宮，把一隻金簪插在檻外，繞屋便像千團烈火，把一隻銀簪插在檻外，繞屋卻似一派大水，外人寸步難進。閒常沒事時，收了法術，或是請王則到宮相聚，或是王則自來，夫婦依然歡好。虧殺他夫婦貪戀荒淫，墮了進取之志，也是氣數只到得如此。彈子和尚見王則所為不合天理，久後必敗無成，竟自不辭而去了。左黜自恃國舅，凡事恣意施為。張鸞、卜吉雖在其位，全無權柄，到落得清閒受用。吳三郎改名吳旺，和張琪、任遷都討箇地方，做了知州之職，享用富貴。時常領兵寇掠鄰境，搶擄些子女財帛貢與王則。只為奸臣夏竦蒙蔽朝廷，養成了這般大勢，任那一方百姓受苦，只是隱匿不奏。一日仁宗皇帝御駕往西太乙宮㉑行香，禮畢，正欲還朝，忽然百官隊裏走出箇新參御史。那人姓何名郯㉒，上前

㉑ 西太乙宮：太乙宮亦作「太一宮」，祭祀太一神的宮殿。此處指北宋都城汴京之西太一宮。

㉒ 姓何名郯：何郯（西元一〇〇五－一〇七三年），字聖從，陵州（今四川眉山市）人，徙成都。仁宗景祐元年（西元一〇三四年）進士。累官至龍圖閣直學士，歷知州府。神宗熙寧三年（西元一〇七〇年），以尚書右丞

若非面對，安得有此快事？

快走幾步，一手扯住御衣，伏地大哭。仁宗道：「卿有何屈事，奏與朕聽，朕當為卿申理。」何郯奏道：「臣沒甚屈事，只可惜太祖皇帝四百軍州，看看侵削。陛下枉有堯舜㉓之資，將來不免桀紂㉔之禍也。」仁宗大驚道：「卿何出此言？可細剖之。」何郯奏道：「西夏反了趙元昊，邕州反了儂智高，無人收伏。今貝州又反了王則，河北一路皆為賊巢。陛下不思選求良將，討賊安民，竊恐輿圖㉕日蹙，天下非復趙家之有矣。」仁宗道：「朕已命范雍㉖征討元昊，楊畋征討儂智高，未見次第㉗。貝州兵變，當時便遣冀州太守劉彥威平定。卿言從何而來？」何郯又奏道：「范雍年老，為元昊所輕；楊畋久出無功，虛耗糧草；貝州反賊王則，殺得劉彥威片甲不回，稱王僭號，連河東地方都震動了。告急文書雪片到京，都被樞密院使夏竦隱匿不奏。陛下不誅夏竦，天下不得太平。」此時夏竦也在駕前，諕得面如土色，支吾不得。仁宗大罵夏竦奸臣：「朕委你執掌兵權，不思報效，欺君誤國，本當斬首，姑且革職為民。」夏竦滿面羞慚，只得謝恩去了。仁宗又問道：「方今何人可任樞密使之職？」何郯奏道：「只今天下聞名剛正無私的，無如包拯。此人昔年曾任開封府尹，治得一清如水，只為不肯奉承夏竦，棄官而歸。陛下

致仕。六年卒，年六十九。有廬江文集二十卷，已佚。宋史卷三二二有傳。

㉓ 堯舜：堯和舜，都是上古的賢明君主。後泛指聖明君主。

㉔ 桀紂：桀和紂，相傳都是暴君。後泛指暴君。

㉕ 輿圖：地圖，大多指疆域圖。

㉖ 范雍：字伯純（西元九八一－一〇四六年），北宋河南（今河南洛陽）人。真宗咸平初進士。諡忠獻。著有明道集三十卷、後集十卷，彌綸集十卷。事見范文正公集卷一三范公墓誌銘，宋史卷二八八有傳。

㉗ 次第：條理；頭緒。

若欲選求良將，削平三處大寇，只消起用包拯。他所薦舉無有不當。」仁宗大喜，准奏，即日起召包龍圖陞為樞密使之職。包拯在家聞召，連忙起身到東京面君。謝恩已畢，仁宗問道：「今西夏、廣南、河北三處反叛，卿有何良策定國安民？」包拯奏道：「以臣愚見，范仲淹可專任西夏；狄青㉘可專任廣南；文彥博可專任河北。陛下要天下太平，除非委此三人可責成功。」仁宗道：「河北只是一箇軍卒鼓噪，如何恁地利害？」包拯奏道：「王則不足道。他有一班妖賊幫助，能興妖法。」仁宗道：「彥博年已八旬，卿如何獨舉薦他？」包拯奏道：「臣聞得童謠有云：『八隻眼兒嗔，嵬然三教尊。天神為將鬼為軍，不怕武，只怕文。』王則則字旁是貝字，又貝州，俱有八隻眼之義。妖人中僧道俱有，獨奉王則為王，故說『嵬然三教尊』。神將鬼軍，乃妖術也。這一班人，武有餘而文不足，故說『不怕武，只怕文』。今差文彥博去，正合著這句讖語㉙。又貝字著一文字，是箇敗字。臣所以不薦他人，獨舉彥博。且彥博雖然年老，精力不衰，才智過人，老成持重，若此人一去，王則必敗無疑矣。」仁宗天子聞奏甚喜，連降三道詔書，令使命分頭召取三人，連夜赴京擢用。有詩為證：

夏竦奸邪太不仁，欲將一網盡賢臣。
但看忠佞分明日，便是邊疆息戰塵。

㉘狄青：字漢臣（西元一〇〇八—一〇五七年），北宋汾州西河（即今山西汾陽）人。面有刺字，善騎射。在宋夏戰爭中，他每戰披頭散髮，戴銅面具，衝鋒陷陣，立下了累累戰功。宋史卷二九〇有傳。

㉙讖語：即迷信的人指事後會得到應驗的話語。

不說范仲淹、狄青二人之事，就中單表文彥博。此人乃河東汾州人氏，少年曾討西番[30]有功，累官做到首相。因與夏竦不合，固求去任，罷為西京留守[31]。年已七十九歲，精力勝如二三十歲的後生。使命領敕，星夜到了西京。文彥博并本州大小官員出郭迎接聖旨，至州衙裏開讀罷，各官望闕[32]起居謝恩。文彥博領了詔令，別了家眷，兼程而行。不一日到了東京，官員都在接官廳伺候，迎接入城。次日早朝，隨班見帝。怎見得早朝？但見：

祥雲迷鳳閣，瑞氣罩龍樓。含煙御柳拂旌旗，帶露宮花迎劍戟。天香影裏，玉簪珠履聚丹墀；仙樂聲中，繡襖錦衣扶御駕。珍珠簾捲，黃金殿上現金輿；鳳羽扇開，白玉階前停玉輦。隱隱淨鞭[33]三下響，層層文武兩班齊。

當日仁宗天子宣文彥博至面前，聖旨道：「河北貝州王則造反，今命卿為元帥，收伏妖賊。當用人馬幾何，副將幾人，任卿便宜酌處。」文彥博奏道：「臣聞王則一黨盡是妖人，若人馬少恐不能取勝。臣願保舉一人為副將，請十萬人馬，可以克敵。」仁宗道：「軍馬依卿所奏，但不知卿保舉何人為副將？」

[30] 西番：中國古代對西域一帶及西部邊境地區的泛稱。

[31] 留守：宋制，在陪都（即西南北三京）所在的地方，設立留守司。

[32] 望闕：仰望宮闕。

[33] 淨鞭：中國古代朝廷舉行重大典禮，接受群臣朝拜時禮儀中的一個環節，稱為「鳴鞭」，俗稱「響淨鞭」。

文彥博奏道：「臣乞曹偉為副將。」仁宗道：「這曹偉莫非是下江南第一有功封王的曹彬㉞的子孫麼？」文彥博奏道：「正是曹彬嫡孫。」仁宗聞奏，龍顏大喜，命宣曹偉見駕。仁宗當殿封文彥博為統兵招討使㉟，曹偉為副招討，撥賜內帑㊱金銀錢帛犒賞三軍。二人謝恩出朝，便去各營點兵發馬。樞密使包拯具酒送行，私對文招討說道：「老相國此行定成大功。但賊人中有一妖僧，叫做彈子和尚。此僧變化多端，相國可以預備。」文招討道：「多承指教。」三杯酒罷，包拯別去。文招討即日離京上路，渡黃河，直抵河北界上，軍馬就於冀州駐劄㊲。真箇是：人人欲建封侯績，箇箇思成邊寇功。畢竟文招討征討貝州勝負如何，且聽下回分解。

㉞ 曹彬：北宋開國名將（西元九三一—九九九年），字國華，真定靈壽（今屬河北）人，以敗契丹、北漢功，任樞密承旨，滅後蜀任都監。宋真宗趙恆即位後，召拜樞密使。咸平二年（西元九九九年）病死，終年六十九歲。宋史卷二五八有傳。

㉟ 招討使：討使，是中國古代官名。置於唐貞元年間。後遇戰時臨時設置，常以大臣、將帥或節度使等地方軍政長官兼任。宋沿襲，亦不常置，掌鎮壓人民起義及招降討叛，軍中急事不及奏報，可便宜行事。

㊱ 內帑：皇室內府的庫金。帑，指庫金。

㊲ 駐劄：即駐紮，軍隊在某地安營紮寨。

第三十六回　文相國三路興師　曹招討唧筒❶破賊

勝敗兵家雖不常，從邪從正判殃祥。
若知邪正殃祥理，及早回頭不用商。

話說文招討大兵到冀州駐劄，冀州太守劉彥威迎接二招討入城，備說王則妖法難敵。文彥博與曹偉商議道：「王則占據州郡，身住貝州。目今進兵，還是合兵逕打貝州，還是分兵四下攻取？招討必有奇謀神策。」曹偉道：「曹某係副將，安敢僭越計謀。主帥有命，一聽指揮。」文招討道：「不然。招討乃名將之子孫，曾與先王建立邊功。彥博雖為主將，終是書生，全仗招討共成王事，不必謙遜。」曹招討應諾道：「河北州縣雖歸王則，皆因懼勢，非為心服。今聞大兵到此，自顧不暇，何暇出兵助賊？仗主帥神威，直擣貝州。若貝州攻破，餘者不消加兵，自然服矣。」文招討道：「招討所見極明。打聽他城中兵不滿萬，我這裏有大兵十萬，更得招討奇謀，破賊如反掌矣。」曹招討道：「曹某亦探聽得王則

❶ 唧筒：即水泵。軍事上的唧筒有拉杆和活塞。將其竹筒端放進水中，並將裏絜（即活塞）水杆（即拉杆）往上抽起，水就通過竅（閥）進入水筒中。

等輩雖不能用武施文，盡行妖法。日前劉太守去收伏時，被王則用了妖法，是以損兵折將而回。據曹某愚意，主帥將三萬人作中軍，以二萬人與曹某作左輔，以二萬人與總管王信為右弼，分為三路，作長蛇之陣。以二萬人與轉運使明鎬為押後，以五千人令先鋒孫輔各營巡視，以五千人與劉彥威幫助孫輔，就為向導。今王則兵不滿萬，止可敵我一路。我軍若勝，則三路並進，若有少虧，則兩路必來救應，此萬全之策也。」文招討見說，大喜道：「招討如此用兵，何愁貝州不破！」次日文招討分三路人馬來取貝州。先打箇榜文前去，榜上數王則十般大罪：一不合激變軍心；二不合擅殺州官；三不合擅據城池；四不合聚集妖黨，殺傷官兵；五不合稱王立后；六不合擅封官職；七不合縱兵侵掠州縣；八不合私役人夫起造王宮偽府；九不合姦淫民間婦女；十不合叛國害民。長惡不悔，今天兵十萬前來征討，只要首惡王則一人，餘黨悉赦不問。如有擒斬王則來獻者，一體敘功。倘王則自知其罪，束手歸降，當奏聞朝廷，待以不死。如仍前執迷抗拒，兵臨城下，悔之無及。王則見了這榜文，驚得手足無措，急聚左黜等一班兒計議。左黜道：「前日冀州劉彥威殺得片甲不回，今文彥博年已八旬，自來送死。雖有雄兵十萬，能奈我何？」張鸞道：「貧道在東京時，多聞文彥博之名。曾有異人推他八字，說他一生出將入相❷，富貴無比。年近八旬，再為朝廷建大功勞，安邦定國，壽近百歲而終。此乃天下福神，不可輕也。又童謠有云：『貝州一群虎，怕文不怕武。』今文招討正應此讖，凶吉難保。依貧道愚見，不若把知州張德貪污激變緣由委曲訴明，卑詞謝罪。煩文招討轉奏天子，願自具軍糧，替國家出力，或征西夏，或討廣南。那時功成奏凱，仍不失侯王之位。不知軍師意下如何？」左黜道：「做大的難為小。仗我等法力，便趙

得大體。

❷出將入相：謂文武雙全，出戰領兵為將，入閣理事為相。亦泛指官居高位。

要緊一著。

官家❸自來也不怕，何怕一老頭兒哉？丞相奈何自損志氣。」張鸞道：「當初舉事，本為貪官害民，人心共憤。恰遇奸臣在朝，隱匿不奏，使我輩得成其事。今朝政清明，去邪用賢，命大臣統重兵而來，大非往時可比。我等單恃些法術，安知彼處無會事之人？軍師請三思之。」卜吉在傍，只不開口。王則見二人議論不一，抽身便起，眾人俱散。王則逕入偽宮，來見胡永兒，把兩般說話都述一遍。永兒道：「大王奈何棄已成之業而束手受制於人乎？千金擔子，自有我哥妹二人承當。再不放心，再請母親聖姑姑到，萬無一失。張鸞之言不可聽也。」王則聽了大喜道：「王后之言是也。」是晚飲宴盡歡，就宿於永兒宮中。卻說卜吉這日口雖不言，心下想道：「我本是做客生理❹，為胡永兒跳井事撞了贓官，幾送殘生。幸遇我師父救取，跟隨王則，得報此讎。誰知王則做事比那贓官更狠，民心離怨，彈子和尚不辭而去，也只為看不上眼。我等若不見幾，又與文招討作對，誠為逆理罪過。」遂連夜來見張鸞，說道：「適間瘸子甚有不然❺師父之意，師父在此，有損無益。為今之計，不若見幾而作，跳出是非門為上。」張鸞道：「汝所言正合吾機。我有箇師父在天台玉霄峰隱居修道，你我不若同到彼處尋訪，采藥鍊丹，圖箇神仙正果❻，豈不為美？」二人商議已定，當夜便離了貝州城，望天台山而去。有詩為證：

❸ 趙官家：指宋代趙姓皇帝。官家，對皇帝的一種稱呼。宋曾慥類說卷四五云：「太宗嘗問徐鉉：『官家之稱，其義安在？』鉉曰：『三王官天下，五帝家天下。』」

❹ 生理：活計；職業。

❺ 不然：不以為是。

❻ 正果：佛教指修行得道。

一念貞邪轉吉凶，奸雄回首即英雄。
今朝雙翮⑦沖霄去，不問洛州舊戰烽。

後來道君皇帝⑧蓋萬歲山，差十制使⑨往江南運花石綱⑩，一箇制使在天台玉京洞看好了一株金松。原來金松不比凡松，垂條如細柳，結子如碧珠，只有台州生產。這株松更生得瓕瓏可愛，根株盤旋在一塊巧石上。制使將御用字樣黃旗插著，擇日起夫⑪，連石擡去。忽然洞中走出箇老道者，說道：「此樹乃先師沖霄處士手植，貧道在此看守七十多年了，乞留方便，莫動他罷。」制使道：「松石圖樣已打在

⑦翮：鳥的翅膀。

⑧道君皇帝：即宋徽宗趙佶，趙佶自號「教主道君皇帝」。

⑨制使：皇帝派遣的使者。

⑩花石綱：歷史上專運送奇花異石以滿足皇帝喜好的特殊運輸交通名稱。在北宋徽宗時，稱大宗遠輸的貨物為「綱」，往往是十艘船稱一「綱」；當時指揮花石綱的有蘇州「應奉局」等，奉皇上之命對東南地區的珍奇文物進行搜刮。由於花石船隊所過之處，當地的百姓，要供應錢穀和民役；有的地方甚至為了讓船隊通過，拆毀橋樑，鑿壞城郭。因此往往讓江南百姓苦不堪言，宋史有記載花石綱之役，朱勔傳云：「徽宗頗垂意花石，京諷勔語其父，密取浙中珍異以進。初致黃楊三本，帝嘉之。後歲歲增加，然歲率不過再三貢，貢物裁五七品。至政和中始極盛，舳艫相銜于淮、汴，號『花石綱』，置應奉局於蘇，指取內帑如囊中物，每取以數十百萬計。延福宮、艮岳成，奇卉異植充牣其中」；食貨志云：「歲運花石綱，一石之費，民間至用三十萬緡。奸吏旁緣，牟取無藝，民不勝弊。」

⑪起夫：徵集人夫。

煬帝之威不能行於楊之瓊花，朱勔之力不能加於松之雙檜。艸木自是有靈，不獨天台金松而已。

御前去了，怎罷得？」老道者道：「若萬歲問時，但說鄭州卜道人求來作伴。」制使不聽，喝教人夫將鐵鍬來掘。纔下鍬時，只聽得一聲響亮，石倒根扶，這金松一時枯死。制使喫了一驚，老道者又再三求告，制使依允。老道者將手輕輕的扶起那巧石，這金松依舊茂盛。制使回朝，奏與道君。時朝中有曉得仁宗朝故事的，說道：「沖霄處士乃張鸞，卜道人是卜吉。」仁宗到道君時將近百年，卜吉尚存，疑其得仙矣。此是後話。再說王則次早聽得有人報道：「張鸞、卜吉都不知那裏去了。」急召左黜問之，左黜道：「張鸞原與我們不同支派，昨因議論不合，懷慚而去。卜吉是他徒弟，一同去了。我們也不靠著他，可召張琪、任遷、吳旺三人回來聽用。」張琪等正在各地方為官享福，聞得貝州信到，各率本處軍馬齊來助戰。王則打聽得文招討大軍已到，大開城門，引軍靠城擺列陣勢，瘸子緊緊相幫，左手吳旺，右手任遷，留張琪和陶必顯在城頭擂鼓吶喊，胡永兒親自領兵遶城巡警。文招討將兵分作三路，出於陣前，與王則打話⓬。王則見文招討出馬，唱個喏道：「王則因州官貪濫，挺身為百姓除害，眾人推我暫領一隅之地。又不侵犯別郡，朝廷何必興兵到此？」文招討大喝道：「汝造下十大迷天罪惡，今天兵到來，理合開門投降，輒敢拒敵不知死活！」王則道：「久聞招討大名高壽，宜知進退，以享餘齡。若必欲交鋒，誠恐手下不相饒讓。勿罪，勿罪。」文招討大怒，喝教擂鼓，先鋒孫輔挺鎗，指人馬搶城捉王則。王則見人馬搶來，望後一退，讓左黜馬頭在前。劉彥威在文招討身邊指著瘸子道：「這賊道慣使妖法，元帥宜防之。」說猶未了，只見左黜在陣前叩齒作法。烏風猛雨，雷聲閃電，火塊亂滾，就兵馬隊裏捲起一陣黃砂來，罩得天昏地暗。黃砂內盡是神頭鬼臉之人，引著許多豺狼虎豹前來衝陣，眾軍只鬥

⓬ 打話：交談；聊天。

得人，如何鬥得能神鬼猛獸？戰馬驚得亂攛，把鞍上將都攧將下來。王則見文招討陣腳亂動，乘機趁勢，驅人馬一掩，文招討同先鋒孫輔大敗而走。王則領人馬隨後追趕，副招討曹偉、總管王信見文招討兵敗，各引本部軍馬前來救應。王則見兩路軍馬齊來，唯恐有失，急下令收軍馬入城。文招討引軍離城三十里傳家疃下寨，計點人馬殺傷，併自相踐踏死者無數。文、曹二招討及總管王信聚集眾將，共議攻城之策。文招討道：「我與西番戎兵大小也曾戰數百陣，不曾見王則這般妖勢，可知道劉太守輸與這賊。」劉彥威道：「小將初時被妖賊刮起風砂，敗了一陣。小將分付軍中各備眼罩，第二陣卻趕出猛獸來，又折一陣。小將又分付軍中將布畫成獅形，覆於馬背，此孔明⑬破南蠻⑭之計。不料第三陣卻是冷風冰雹，人馬大半凍死。這夥妖人真箇變化不測，必須破其妖法方可取勝。」曹招討道：「聞得貝州會妖邪術者不過四五人，餘者俱不會。然這妖邪術法曹某有箇道理，可以破得。」文招討聽了，歡喜道：「敢問招討有何妙計可破妖法？」曹招討道：「王則這家法術，和尚家喚做金剛禪，道士家喚做左道術。若是兩家法術都會，喚做二會子，皆是邪法。只怕的是豬羊二血，及馬尿、犬糞、大蒜。若滴一點在他身上，就變不成神鬼，弄不得邪法。」文招討大喜，分付軍士，但交戰時，刀鎗頭上都要蘸血。曹招討教做五百箇唧筒，都盛豬羊二血，選五百箇身長力大的軍人做唧筒手，配著五百箇弓弩手。交戰時，若見神鬼異

---

⑬ 孔明：即諸葛亮（西元一八一－二三四年），字孔明，號臥龍，琅琊陽都（今山東臨沂）人，蜀漢丞相，三國時期傑出的政治家、戰略家、發明家、軍事家。在世時被封為武鄉侯，諡曰忠武侯。民間故事對他的智慧謀略多所渲染。

⑭ 南蠻：古稱南方的民族及其居住的地方。

獸，唧筒弓弩一齊發作。有詩為證：

邪不勝正從來有，識破之時豈能久。
任你妖群變化多，今朝難免唧筒手。

文招討犒賞了軍士。至次日擺布軍馬，留明鎬守傳家疃大寨，其餘都起。依先分作三隊，離城三里排列陣勢，鼓聲振地，喊殺連天。原來王則手下無甚英雄好漢厮殺，全仗妖法，屢屢取勝，不把文招討在意。當日聞得軍馬臨城，張琪和任遷、吳旺商議道：「我等三人自到貝州從無尺寸之功，枉學得道術在身，今日何不施展？」三人一齊來稟王則，情願領本部兵出戰。王則道：「前日文彥博大敗，被他左右兩路兵夾攻救去。今日吳旺可引一支兵東去，邀住他右軍；任遷可領一支兵西去，邀住他左軍；張琪作先鋒，與孫輔交戰；寡人同國舅軍師攻取中軍，務要擒此老翁，以絕後患。」三人得令，引兵出城，分路而去。卻說先鋒孫輔領著五千人直逼城下搦戰⑮，正撞著張琪軍馬。張琪不知武藝，只靠著水火葫蘆。當下忙忙的念咒，雙手把那葫蘆口向前擎起。只見葫蘆中左邊噴出一道水來，如高巖瀑布。右邊噴出一道火來，如野燄燒空。遇水的淋頭澆面，遇火的燎髮焦眉。孫輔抵當不住，恐怕衝動大軍，撥馬刺斜望東而走，張琪指揮人馬追趕去了。王則見前軍得利，大驅人馬而進，與文招討大軍相遇。門旗開處，左黜披髮仗劍，又驅出許多神鬼異獸出來。文招討喝開陣門，放出五百箇唧筒手，五百箇弓弩手。唧的、

⑮ 搦戰：挑戰。

射的一齊發作，箭上都有穢物⑯。那些神鬼異獸被穢物豬羊二血破了邪法，形消影滅。左黜出其不意，喫了一驚。再要擺布時，卻被文招討人馬乘勢掩殺將來，大敗落荒而走。王則急急引兵入城，拽起吊橋，將城門緊閉不出。再說吳旺一支兵東去，正迎著曹招討前部驍將董忠，挺鎗直取吳旺。吳旺從幼也曾習過鎗棒，兩箇鬥起鎗來。一來一往約二十餘合，曹招討後隊已到。曹偉雙刀法神出鬼沒，親出陣前助戰。吳旺料不能敵，把馬一拍，騰空而起，其去如飛，曹招討追之不及。再說孫輔引著敗軍東走，忽見空中一將躍馬而過，離地有數丈，料是妖人，慌忙攀起弓來望空一箭，正中在馬上。那箭頭都蘸得有惡血，吳旺騎的是妖馬，本是紙剪就的，著了箭仍變做紙，吳旺從半空中倒攧下來。孫輔帶轉馬正待擒人，張琪軍恰好追到，看見空中墜下一人，認得是吳旺，連忙救了。曹招討大軍都到，張琪不敢戀戰，保著吳旺而走，到吊橋邊叫開城門，城中接應進去了。吳旺這一支兵隔絕在後，盡數投降在曹招討麾下。再說任遷將木櫈變成大蟲，騎著搖頭擺尾，自謂無敵，領一支軍西去。王總管前部驍將柳春生原是獵戶出身，使一柄渾鐵⑰鋼叉，部下都是步軍。柳春生認是真虎，提起鋼叉便搠。任遷見勢頭來得兇猛，把大蟲一拍。那大蟲跳起有二丈多高，張牙舞爪望柳春生身上撲將下來。柳春生一閃閃過，把鋼叉向大蟲尾後盡力一搠，喝聲「著！」扢擦一聲，只見大蟲倒地，看時不是大蟲，卻是一條板櫈。這板櫈屬木，鋼叉是渾鐵打就的，金能剋木，況鋼叉頭上也蘸得有惡血，著了一些，其妖法便解。任遷腳跟著地，早落慌了。被柳春生肩胛上一叉搠倒，活活綁縛。眾軍無主，各自逃生。文招討這一陣廝殺三路得勝，就逼著貝州

倚著假虎且然，何況倚著真虎。

⑯ 穢物：骯髒的東西，多指各類排泄物或被排泄物污染了的東西。

⑰ 渾鐵：純鐵。

城下寨。劉彥威在城下拾得無數的怪物來獻，都是紙剪艸做的，及赤荳白荳之類，但是粘著穢氣，都收不去了。先鋒孫輔收得吳旺的紙馬來獻，曹招討招降軍士千餘人，王信部下柳春生解到正賊一名任遷及變虎板櫈一條，文招討一一記在功勞簿上。文招討將任遷親自細細的審問，方知起手連王則共是六人，以後又有張琪等三人。彈子和尚先去了，張鸞、卜吉與左黜不合，也去了。今城中只有胡永兒和左黜、張琪、吳旺四箇。還有胡永兒的母親叫聖姑姑，往來不常。文招討臨行時，聽包龍圖說得彈子和尚恁地利害，今聞說不在城中，又放下了一頭憂慮。當下審畢，喝教上了囚車，送在大寨中明鎬處看守。等待捉了王則，一同解京。每早，用一碗豬羊血淋頭。正是：從前作過事，沒興一齊來。有詩為證：

紙馬形消木虎瘻，數年妖法頓成灰。
何如餅麪生涯穩，無是無非不喫虧。

王則輸了這陣，折了許多人馬，又失了任遷，正是刀添三箇缺，人減七分威。這裏文招討十萬大軍倍增意氣，河北州縣先被王則侵占的，聞得天兵得勝，都潛地差人送款，虎視貝州，指日可得。文招討下令，差五百軍上山砍伐木植做造攻城器械。雲梯、砲石⑱、天橋⑲、火箭⑳數日之內俱各齊備。文招

不出曹招討所料。

⑱ 砲石：古代用炮拋射的石頭。
⑲ 天橋：古代軍隊攻城用的橋形木架。
⑳ 火箭：古代用引火物附在箭頭上射到敵陣引起焚燒的一種箭矢。

討令傍城勦戰，眾軍士直到城濠邊攻打。只見貝州烏雲黑霧罩了城子，虛空中隱隱現出神頭鬼臉、毒蛇猛獸。軍士都打不得城，反傷了許多人馬。一連打了兩三日，只打不下。文招討在帳中納悶，夜間秉燭隱几而臥。忽然一陣冷風過處，見一妖嬈美婦人將白羅帕擁頸冉冉而來，到文招討前跪下。文招討大喝道：「我奉王命引大兵到此，是何妖精，敢來衝突㉑？」婦人道：「妾非妖精，乃本州闕疑之婦趙無瑕也。王則愛妾之色，強妾成婚。妾守志不從，自經㉒而死。今藁葬在城外淺土，正在老相國軍營之內，被軍人囉唣不安。乞老相國憐憫，遷骨於十里之外，九泉銜感。」文招討道：「原來小娘子是位烈婦㉓，下官失敬了。小娘子精靈不泯，必知此賊何時可滅。」婦人道：「賊人魔運將盡，但老相國三日之內主有大厄，須當謹慎。」文招討大驚，只因這番，有分教：鬼怪魔君，盡被雷霆碎首；妖邪逆黨，俱遭刀劍分屍。正是：不泯貞魂終作厲，無知逆黨定遭殃。要知結末，且聽下回分解。

㉑ 衝突：指冒犯。
㉒ 自經：上吊自殺。
㉓ 烈婦：古指重義守節的婦女。

第三十七回　白猿神信香❶求玄女　小狐妖飛磨打潞公❷

人生本是三更夢，世事渾如一局棋。
但願心田存得正，平時亂世總相宜。

話說文招討夢見這美婦人對他說，三日之內主有大厄，喫了一驚，醒將轉來，恍惚還見這婦人的身影，冉冉而去。聽軍中更鼓正打三更，文招討一夜不睡。到天明，分付軍較在營中查訪烈婦趙無瑕的葬處。不多時，軍較來報：有軍士李十八適間坎地埋鍋，因土鬆，掘將下去，獲一婦人屍首，外邊稻草包裹。那婦人顏色如生，頸上緊繫著白羅帕子，像箇新縊死的。文招討便教軍中用棺盛殮，備下三牲祭禮❸，親到靈前奠酒，離營十里外擇箇高阜處安葬，親題「貝州趙烈女之墓」七箇字於石上，令石工鐫石，立於墓上，以記之。這趙氏冤抑三年，虧得文招討與他改葬立碑，表他是烈婦，分明受了一道封號，如今只要子孫富貴便得封號。孤寒。

❶ 信香：中國佛教等宗教謂香為信心之使，虔敬燒香，神佛即知其願望，因稱信香。
❷ 潞公：即文彥博，見第三十四回注釋❺。因平叛有功，宋神宗封其為潞國公。
❸ 三牲祭禮：古代以牛、羊、豬為供品，稱三牲；後來也以雞、魚、豬肉為三牲。

把這烈婦的精神洗發出來。有詩為證：

北邙山❹下冢纍纍，誰似清陽一土堆。
記得潞公題石處，年年只有子規啼。

烈婦精神不經□□者多矣□□。

有承天門天書之妖，遂有白雲洞天書之妖。可謂窮原之論。文補出

文招討想那烈婦所言大厄之事，只怕有刺客奸人潛入營中，分付小心巡警。攻城將士暫時休息，待三日之後再議攻取。話分兩頭，卻說貝州城中一班妖人驅神役鬼，不論日子的作弄妖法，妖氣直透天庭，驚動了玉皇大帝，遣太白星李長庚查看。李星君把王則等一班妖人反叛始末奏聞玉帝。玉帝道：「天書秘冊在白雲洞中，有白猿神看守。今被人盜法，生事害民，合當一體治罪。」李星君奏道：「臣聞妖不自作，皆由人興。只因趙宋真宗聽信奸臣王欽若引誘，三遍偽造天書，矯誣上天，欺誑百姓，以此民間競尚妖誣，釀成妖釁。那時宮闈中便有野狐之異，必主妖狐作亂，天下不得太平。司天監失於推詳。恰遇白雲洞天書出現，妖法流傳，延至今日。狐黨猖獗，正應其禍。此乃天數，非關白猿神之咎也。況盜法乃是蛋子和尚，其人曾設大誓，合有道法因緣，白猿神原無私授之罪。」玉帝道：「蛋子和尚何人也？」李星君奏道：「昔年有優婆❺夷，十二歲出家，修行三十餘年，不曾破戒。偶於蓮花塘中，見鵝鴨交感，忽動欲心，從此懷孕。一十三箇月不產，一日在迎暉山下經過，腹中作癢，產下一蛋，棄之水潭而去。

❹北邙山：即邙山，因在洛陽之北，故名。東漢、魏、晉的王侯公卿多葬於此。

❺優婆：梵語。佛徒；僧尼。

蛋子根因。

確論。

有迎暉寺僧拾得此蛋，送雞窠中，抱出一小兒來，從幼剃度為僧，是名蛋子和尚。長成勇猛精進，一心好道。聞白雲洞有天書秘法，三年辛苦，剛摹得地煞變化七十二條，央老牝狐精聖姑姑辯識其字，因而同他母子修鍊。只因狐女胡永兒與王則有夙世姻緣，所以狐黨輔助為亂。蛋子和尚見機而作，並不與事。」玉帝點頭，便命老金星於福祿壽三司查取王則命數。就同善惡司查勘王則行過罪惡，詳議來奏。說話的，你又作謊了。普天下人如恆河沙無數，若是一箇箇人的命數，天上都像算命先生流年般細細開載在那簿籍上，得幾間屋裝這簿籍？每日生生死死，開除添造，幾千萬箇書手也弄不來，福祿壽三位星官好不忙哩！就是人生一日間，百善百惡，善惡司那裏記得許多？看官有所不知。假如平民百姓，無祿無位，亦無大善惡，此輩萬千相等。他的窮通❻壽夭隨著世亂世治、年豐年歉，大小劫數❼內總來總去，不計其數了。若是低低裏一箇前程，小小的一箇財主，上界便都有箇注錄。有善則升，有惡則降。又民間極善極惡之人，也是上天間氣所鍾，其姓名亦須入善惡簿內。況且草頭天子，他的命數修短，大則關係天下，小則關係一方，天庭如何沒有箇紀錄？閒話休題，原來王則原是人趣修羅❽中多欲魔王轉劫❾，五百年一出世，或男或女，妖淫好殺，應人間魔運而起。遇著昏君無道，攪亂乾坤。若撞了治世明王，其魔亦

❻ 窮通：困厄與顯達。

❼ 劫數：原為佛教語，指極漫長的時間。後亦指命中註定的厄運，大難，大限。

❽ 修羅：「阿修羅」的省稱，是古印度神話中的一種惡神，住在海底，常與天神戰鬥。佛教採用其名，把它列為天龍八部之一，又列為輪迴六道之一。

❾ 轉劫：猶轉世。

不能逞也。因是真宗皇帝偽造天書，裝神說鬼，醞釀妖氣深重，所以生下王則，湊著魔運。幸是赤腳大仙治世，文曲⑩、武曲⑪諸星皆為輔佐，不能成其大害。前劫武則天娘娘福壽忒過分了。這一劫雖轉男身，事事減損，命中合居王位一十二年，遇天壽星而絕，享年四十。那天壽星是誰？就是招討使文彥博了。他在唐朝姓張，名柬之。一生抱文武全才，年近八旬不得際遇。虧了梁國公狄仁傑⑫薦為丞相，領羽林軍⑬勦滅了武氏，建立了李家。後因中宗皇帝不明，枉受貶死。上帝哀憐，使配天壽星之位，世享富貴遐齡⑭。在五代為馮瀛王⑮，在今日為文彥博，都是位極人臣，壽將百歲。當初則天之亂是他平定了，今日王則之亂仍要做他的功勞，天數注定，非偶然也。據說王則有十二年王位之分，今方五年有餘，還該一半。因他五年內害殺了生靈十萬，又強占有夫婦女多人，逼死烈婦一名，作孽太重，善惡司議將

⑩ 文曲：星名，即文昌星，又名文星。舊時傳說主文運。亦以指重要的文職官員及文才蓋世的人。

⑪ 武曲：星名。舊時迷信說法，人間諸事均有上天星宿分別執掌。武曲星主管武事。

⑫ 梁國公狄仁傑：狄仁傑（西元六三〇—七〇〇年）字懷英，唐代并州太原（今山西太原）人，唐（武周）時傑出的政治家，武則天當政時期宰相，被封為梁國公。舊唐書卷八九、新唐書卷一一五有傳。

⑬ 羽林軍：禁衛軍名。中國古代最為著名並且歷史悠久的皇帝禁軍。

⑭ 遐齡：老年人高壽的敬語。

⑮ 馮瀛王：即五代時馮道（西元八八二—九五四年），字可道，自號長樂老，瀛州景城（今河北泊頭）人。後唐、後晉時任宰相。契丹滅後晉，到契丹任太傅。後漢時任太師。後周時任太師、中書令。曾著長樂老自敘。曾倡議國子監校定「九經」，組工雕印，中國官府大規模刻書自此開始。馮死後，後周世宗追封為瀛王，故稱馮瀛王。舊五代史卷一二六、新五代史卷五四有傳。

王則兩年折做一年。只今三箇月內仍受國刑⑯誅死，以警萬眾。李星君同天曹各司覆奏，玉帝道：「王則處分極當，只是一班妖人恐文彥博不能料理。」李星君奏道：「從來妖法易破，但此乃天書秘冊，七十二般變化無窮。既從白猿神白雲洞中盜出，臣願領帝旨，仍責成白猿神，令收伏妖黨以贖漏法之罪。」玉帝准奏。當下李星君領了帝旨，出了天門，撥開雲頭，望白玉爐中香煙而下。卻說袁公正在洞中修真養性，忽見太白老金星下降，喫了一驚，慌忙跪接，問道：「星君降臨凡洞，不知何諭？」李星君雙手扶起，便道：「我在上帝前保奏，把一件大大功績與你幹去。」袁公道：「諒小神幹得甚麼功績？」李星君便敘起貝州之事：「這一班妖人舞弄的術法，都是白雲洞壁傳出去的，玉帝要問你箇監守不嚴。是老夫保奏下來，要你平妖贖罪。」袁公慌得手足無措，道：「小神粗知劍術，曾無伏妖盪魔力量，恐誤大事，實不敢任。」李星君道：「我說與你一箇門路：除非去求九天玄女娘娘便有箇裁處。」袁公叩首謝教，送了金星起身，便把師門信香焚起，望空參拜，連呼師父九天玄女娘娘三聲。只見旌幢焜耀，干羽繽紛，那娘娘聖駕在半空中駐扎。原來娘娘是九天道法之祖，但是徒弟都有箇信香分授。倘有急難，焚起香時，即來救護。當下袁公叩見了娘娘，將李長庚傳來帝旨告訴了一遍，拜求師父聖力裁處。娘娘笑道：「原來如此。文招討與我平日有恩，我合當助他成功。但此事是蛋子和尚開端，還須要他來出力。目今他在大名府紫金山結菴，我今同你到彼，你可便引他來見我。」說罷，乘雲而起，袁公隨著雲車，逕到紫金山高峰之上。這紫金山是上古玉女修真之處，滿山都是翠石，絕無撮土。蛋師愛他秀麗，自離了甘泉寺便在此山結菴而住。正是：

⑯ 國刑：城中施行的刑罰。

山古仙留跡，菴幽石作鄰。
一聲天際籟，不惹世間塵。

蛋師正在菴前閒玩，擡頭忽見一老者，認得是舊時指引他到白雲洞去的，慌忙問訊道：「向日多蒙老翁指教，無門叩謝。今日幸得再遇，請到小菴攀話⑰則箇。」老者道：「老漢非別，只白猿神的就是。奉玉帝命，看守白雲洞天書石壁，不敢輕傳。向年因見吾師三遍哀求，真心設誓，為此指點吾師到洞摹法。誰知老狐精倚賴吾師，成其變化，卻去幫扶王則造反稱王，殺人十萬。今妖氣騰天，玉帝查出盜法之由，欲將吾師與老漢一同治罪，天譴難逃，如之奈何？」蛋子和尚終是本分，早已心慌，便道：「動問老翁，如今有何解救？」老者道：「老漢請得九天玄女娘娘聖駕到此，吾師若同去求他，此事可解。」和尚變憂作喜，拱手道：「全賴老翁引見。」當下兩箇同上高峰。蛋師見了娘娘，慌忙拜倒，自陳：「貧僧雖叨法緣，獲遇白雲洞左壁天書，並不曾欺天背誓，生事害民。今聞得上帝震怒，望娘娘解救則箇。」娘娘便教袁公扶起，對他說道：「白雲洞中右壁乃天罡正法，左壁乃地煞邪法。今妖狐仗此邪法，生事害民。推究這法從何來，豈能無罪？目今文招討大兵征討，若能助正除邪，將功掩罪，此萬全之福也。」蛋子和尚道：「貧僧與他們本事也只相等，如何勝得他？」娘娘道：「我把天罡破邪法傳授與你，他的邪法自不能施。雖則如此，那狐精多年老魅，況有左道變化無窮，急切收他不得，必須請天庭照妖鏡照破原形方纔了手。」蛋子和尚當拜玄女娘娘為師，傳受了天罡破邪法。娘娘分付道：「你先在貝州，住

⑰ 攀話：互相閒談；交談。

居城內城外？」和尚道：「弟子見王則不仁，便在城外甘泉寺中著腳⑱，從不入城。」娘娘道：「你今仍到甘泉寺中住下，我自指引文招討來相會，以成三遂之事。」蛋子和尚不知三遂是何語，也不敢問，領了法旨，辭別出山，再望貝州而去。路上想道：「我當初住在甘泉寺時，一寺中僧眾都知我名號，那箇不說我是妖人一黨。今番又去，好沒嘴臉⑲。」又想一想道：「我有計了。他寺中有箇老和尚，姓諸葛，名遂智。出外朝山⑳，十五年不回，杳無音信。眾僧疑他已死，替他排下靈位。我曾見他掛的小像，又知他生年該七十一歲，何不變他形貌，也好棲身。」少不得仍把地煞七十二變中的換形法來使，口中念咒，將臉一抹，就變做諸葛老僧。纔進得甘泉寺，眾僧接見，認得是本寺師父，又驚又喜，將靈位悄地撤去，大大小小盡來敘寒溫，問起居㉑。蛋子和尚因話答話，大盻盻的看他掃舍安牀，供茶敬飯，受他叫師公、師父，全不在意。看官牢記話頭，蛋子和尚自在甘泉寺中，且做老僧諸葛遂智住著。再說玄女娘娘引白猿神天庭見帝謝罪，遂請得照妖鏡來。同哀公到河北界內，雲居霧宿，專等時候到時平妖定亂。話分兩頭，再說貝州城中見官軍連打了三日城，雲梯、砲石、天橋、火箭逼近城下，雖然攻打不破，好生慌迫。降將陶必顯與手下幾箇心腹商議：「城破之日性命難保。」謀要獻門贖罪，寫下密書縛在箭頭上，等明日官軍打城緊急時，捉空射去。不期第四口文招討收兵回營，不曾射得。有同謀軍士只道官

---

⑱ 著腳：立足；涉足。

⑲ 嘴臉：面貌；面目。

⑳ 朝山：到名山大寺進香參拜。

㉑ 敘寒溫，問起居：指問候冷暖起居。

軍退了，要在王則面前獻功，偷了密書出首㉒。王則大怒，即將陶必顯並同謀諸人一齊捆來城上，梟首示眾，出首軍士賞了千戶㉓之職。後人有詩云：

從王從賊兩無成，反覆偷生竟不生。
何似茹剛同死節，甘陵城下表雙貞。

又有詩單道軍士先見事急同謀，後因兵退出首，真小人也。詩云：

獻門救死本同謀，兵退旋為媚賊圖。
世上勢交皆若此，幾人心腹可無虞。

王則見人心變了，心內越慌，急請左黜和老婆胡永兒到點軍教場，一起商議。胡永兒道：「大王且不必憂慮，奴有一計，只教文招討在城外死於非命。他十萬軍馬沒了主將，不戰而自散好麼？」王則道：「賢后有甚妙術安排得他死，散得他十萬人馬，解吾貝州之圍？」永兒向左黜耳邊說道：「如此如此好麼？」左黜拍手大笑道：「要得官軍解散，除非此計。」便分付手下人去磨坊裏取一塊大磨盤來。不多

㉒出首：檢舉；告發。
㉓千戶：古代武官名。

時，只見十來箇人，扛一塊大磨盤來到廳下。胡永兒走下廳來，將硃砂筆書一道符在磨盤上，右手仗一口劍，左手持一鉢盂水，口中念念有詞，噙一口水，看著磨盤上只一噴，喝聲道：「疾！」只見磨盤在地下左旋右旋，忽地漾漾的望空便起，如風吹紙鳶兒相似，逕往城外飛將去了。王則和眾人見了無不喝采，想著這塊大磨盤邊傍擦過，也須去一層厚皮。若是看得准，打將下去，料不是箇小小肐膌。莫說近八十歲一箇老文招討，就是精壯後生，一連攛他十來箇在那裏，怕他不都做箇肉餅兒。這一番必然了事。正是：急將妖法使，呆等好音來。不在話下。卻說文招討正陞帳，請副招討曹偉、總管王信、先鋒孫輔等到帳中議論攻城之策，只見狂風驟起，空中飛下一箇磨盤來，望著文招討頂門㉔上便落。一聲響，振天動地。眾人驚得面如土色，只道打死了文招討。卻說文招討正坐在交椅上，驀被一人攔腰抱過一邊，離交椅有五七步路。那磨盤下來，打不著文招討，卻把交椅打做粉碎，地上打一二尺一箇深凹。眾將見文招討無事，俱各大喜。文招討喫那一驚不小，別取交椅坐定，問道：「適來抱我者是何人？」說猶未了，只見一箇人來到面前唱喏。其人生得身材長大，面貌醜陋。眾人看時都不認得，又不是親隨人，又不是帳前士卒。文招討問道：「你是何人？來救我一命，乞道其詳，自當重報。」那箇人道：「某不是軍中人。今貝州王則使妖法將磨盤來壓死相公，某特來救相公之命，報相公向日一飯之恩，方便之德。」文招討見說，大喜道：「感謝你來救我，不知我文彥博施恩在於何處？願求姓名。」那人說出姓名來，真箇百家小說㉕未見其名，廿一史㉖中從無此事。正是：神聖有靈扶正直，妖邪無術害公卿。畢竟說出

㉔ 頂門：指頭頂的前部。因其中央有囟門，故稱。

㉕ 百家小說：原指諸子百家中的小說家。這裏指小說。

甚姓名來，且聽下回分解。

㉖ 廿一史：即二十一史。明萬曆國子監刊行的正史，將宋時所稱的十七史增加宋遼金元四史，稱為二十一史，包括史記、漢書、後漢書、三國志、晉書、宋書、南齊書、梁書、陳書、魏書、北齊書、周書、隋書、南史、北史、新唐書、新五代史、宋史、遼史、金史、元史。

第三十八回　多目神報德寫銀盆　文招討失路逢諸葛

一飯千金❶信有之，鬼神亦自報恩私。
試看多目銀盆事，陰德從來豈受虧。

話說文招討若不是一代福人，險些兒被磨盤壓死，虧得那人救了性命。問其姓名，那人道：「口說，恐相公失忘了，可借銀盆筆硯來。」手下人取銀盆筆硯，排列桌上。那人道：「乞退左右。」文招討喝退了左右，那人提起筆來寫罷，將銀盆覆在地上，大跨步走出帳外去了。文招討即時使人追趕，便不見了。文招討道：「卻又作怪。」教人揭起銀盆來看時，中間寫著「多目神」三箇大字，眾人皆不曉其意。文招討沉吟了半晌，方纔想得起來。原來文彥博幼年未及第❷時，曾在九天玄女娘娘廟中祈夢，夢見娘

❶ 一飯千金：指漢代韓信事，見史記淮陰侯列傳。漢韓信少貧，在淮陰城釣魚，有漂母見其飢，飯之。後信為楚王，召所從食漂母，賜千金。比喻受恩厚報。

❷ 及第：科舉應試中選。因榜上題名有甲乙次第，故名。隋唐只用於考中進士，明清殿試之一甲三名稱賜進士及第，亦省稱及第。

娘贈他十箇字，道是：人間名宰相，天上老人星。彥博從此央箇高手畫工，畫成娘娘聖像，裱軸供養。每月朔❸，親自展開，拈香拜禱。又一日出路❹到一館驛中借宿，驛吏❺告道：「此處有鬼魅。在此房宿者，常多損人。」此時文彥博不信此言，乃明點燈燭，置酒驛房獨酌。夜至三更，忽然起一陣狂風。風過處見一人披髮至案前，低頭呼彥博為相公，覓其酒食。文彥博問道：「你是人是鬼？實說，當賜你一醉飽。」那人道：「相公不聞九天玄女娘娘部下有順風耳、千里眼二神乎？千里眼即某是也。娘娘差委瞭望一事，因貪酒醉擔誤，觸了玄女娘娘之怒，貶在此地忍餓三月。限期未滿，今見相公貴人特來相求。」文彥博道：「你何以知吾為貴人也？」那人道：「凡大貴人所至，地方神道必先時替他驅逐野鬼妖魅之屬，是以知之。某係娘娘屬吏，故容留居此耳。」文彥博道：「你既被罰在此，如何敢損害居人？」那人道：「某因生來面醜，受罰之時，又被娘娘法旨將神刀在臉上刺成多目，益增兇怪。人見某乞食，便自驚死。亦繇祿薄命絕，非某之罪也。」文彥博道：「你將面貌我看。」那人道：「恐怕驚了貴人。」文彥博必要相認。那人分開頭髮，只見青臉上霍霍眨眨，有八隻兇睛閃爍可畏。文彥博見了，也自駭然，遂把酒飯儘他飲啖。文彥博又問道：「我平日敬奉玄女娘娘聖像，明早替你拜求方便，何如？」那人道：「若得相公一言，某罪即脫，異日相公有難，某必來相救。」言訖，隱然而去。次日，文彥博備下香燭，在神輔前拜告，求寬千里眼之罰。是夜，又夢那人來謝道：「承相公方便，已銷了罰限矣。相公福壽非

❸ 月朔：每月的朔日。指舊曆初一。

❹ 出路：猶出門。

❺ 驛吏：驛站的官吏。

常，記取他時換眼相見。」文彥博從此深自抱負，後來身榮及第出將入相，益信玄女娘娘之靈。月朔禮拜，到老恭敬不衰，雖在軍中未嘗間斷。因當初館驛中見的蓬頭垢面，臉上四對兇睛，今日雖然醜陋，衣冠整飾，只有一雙光眼，所以文招討一時想不起來。見了「多目神」三字，轉起他時換眼相見之語，方知此人即娘娘部下千里眼之神也。文招討把這些事跡對眾將說了，眾將一齊拱手稱賀，心中並皆駭然。都去看那銀盆時，只見邊傍又有六箇小字，寫道：「逢三遂，妖魔退。」文招討仔細看了，問眾人時，都不解其意。曹偉道：「主帥福分齊天，神靈護祐。據曹某看來，此賊不日可平矣。」文招討道：「何以見之？」曹偉道：「神名多目，又八箇兇睛，乃貝字之義。今日換眼相見，八睛俱滅，此示貝州亡滅之徵也。因主帥敬事玄女娘娘，所以遣神預報徵兆。三遂雖然不明，後必有驗，只顧進兵便了。」文招討道：「夢中趙烈婦所言大厄，此可應矣。既有令，休兵三日，待日滿進兵未遲。諸公且去細想三遂之意。」眾將應諾而退，各歸本寨細想，不在話下。卻說貝州一班妖人滿望磨盤成功，置酒作賀，一面差人打聽官軍寨內動靜來報。只見探事的來報道：「文招討軍容嚴肅，隊伍整齊，依然無事。」王則與眾人說道：「若那邊沒了主將，便不整齊，無心戀戰。今文彥博陣上沒一些動靜，不知磨盤曾害得他也不？」左黜道：「這家法術百發百中，沒人解得，必然壓死了。」王則道：「若是要知虛實，可教人去下戰書便知端的。」眾人道：「大王見得是。」即時寫下戰書，差一箇的當❻的軍士，直至文招討帳前去下。文招討見說是下戰書的，教喚至帳下。左右接了書，安在桌上。文招討展開看了，便解王則之意。思忖道：「他只道使妖法，把磨盤壓死了我，誰知我安然無事。見我這裏沒些動靜，故以下戰書為由，

❻ 的當：恰當；穩妥。

來看虛實。」當時文招討當面批迴，來日交戰，與下書人回來。王則看了批迴，問下書人道：「你曾到文招討帳下麼？」下書人道：「告大王，文招討並無疑忌，直喚小人到帳下，親自寫了批迴，打發小人回來。」王則聽說文招討無事，心下憂慌，連夜請左黜到偽宮中與胡永兒商議對敵之策。左黜和胡永兒見說磨盤壓文招討不死，心下也有三分著忙。正在躊躇，忽報聖姑姑到來，眾人慌忙迎接上坐。王則告訴文彥博血筒破法，及磨盤壓他不死，目今刻期交戰之事。聖姑姑對左黜道：「何不行白馬迷軍之法？」左黜道：「男女們兩次用法皆是上等利害的，都被他解了。只恐行之無驗，反折軍馬，所以躊躇未決。」聖姑姑道：「我這家法術千變萬化，但不可輕試，豈有試而不驗之理？只因行法之人，貪酒戀色，七情六欲耗散精神，所以存想不定，取氣不的。自己力量不能相配，靈氣既薄，自然易解。譬如向空吹毛，或五六尺而墜，或一二尺而墜，皆由神氣有足不足之故。明日上陣，看老拙❼做作，他們破得破不得？」左黜和永兒低頭無語。王則道：「全仗聖母娘娘神力。」當日計議已定，次日天曉，王則整點一萬人馬，大開城門，放下吊橋，排成陣勢。良久，兩陣對圓。文招討依舊帶了唧筒手，并豬羊二血，使人高叫王則打話。王則陣裏並無一人出來。卻說左瘸師裸體跣足，不穿衣甲，領了張琪、吳旺一班人，擁著聖姑姑看他作法。聖姑姑披髮仗劍，牽著一疋白馬在陣中，叩齒作法。腳下步魁罡，口中念念有詞，喝聲道：「疾！」把劍尖刺著白馬的頭刺出血來，噙口血水，出到陣前一噴。不噴時，天清日朗，噴了時，只見烏風猛雨，霹靂交加，飛砂走石。那陣風吹得黑魆魆地，對面不相見，伸手不見掌。這班血筒手和弓箭手不知東西南北，黑暗裏如何施展？眾軍士們被砂石亂打，人人喪膽，箇箇銷魂，棄甲拋戈，各自去尋

聖姑姑畢竟有些本領，所以為天狐。黃公赤刀制虎，後卻不能，亦是此意。

❼ 老拙：老人的自謙之詞。

生路。文招討在亂軍中，左一撞，右一衝，不知高低，幾乎跌下馬來。忽見馬前又起一陣旋風，風去處吹開一道毫光，淡如寒月。文招討趁著這點光兒落陣逃走。回頭看時，並沒一箇人跟隨，獨自騎著疋馬，好生荒張愁悶。正似：

鳳落荒坡，脫盡渾身錦羽；龍居淺水，失卻頷下明珠。蜀王春恨啼紅❽，宋玉悲秋怨綠❾。呂虔亡腰下之刀❿，雷煥失匣中之劍⓫。孤客夜行燈又熄，破舟風溫雨還來。

當日文招討正行之間，只見前面是山林樹木，不知是那裏去處。勒馬轉過山嘴⓬，天氣卻明朗了。

❽ 蜀王春恨啼紅：指古蜀帝杜宇，也稱望帝。傳說他禪位退隱，隱於西山修道，不幸國亡身死，魂化為杜鵑鳥，暮春啼叫，其聲哀怨淒悲，以致口中流血，動人心腑，名為杜鵑，事見晉張華禽經。

❾ 宋玉悲秋怨綠：宋玉，又名子淵，相傳是屈原的學生，戰國時鄢（今襄樊宜城）人。好辭賦，為屈原之後辭賦家。作品九辯：「悲哉！秋之為氣也。蕭瑟兮，草木搖落而變衰。」開悲秋之始。

❿ 呂虔亡腰下之刀：呂虔，字子恪，任城國（今山東濟寧）人。生卒年不詳。三國志魏書有傳。亡，丟失。相傳呂虔有一寶刀，鑄工相之，以為必三公始可佩帶。虔以贈王祥，祥後位列三公。祥臨終，復以刀授弟王覽，覽後仕至大中大夫。

⓫ 雷煥失匣中之劍：雷煥，字孔章，博物士也，東晉鄱陽人，善星曆卜占。生卒年不可詳考，曾為豐城縣令。晉書張華列傳記述豐城令雷煥掘土得寶劍龍泉太阿，傳其子雷華。後雷華渡河，「劍忽于腰間躍出墮水。使人沒水取之，不見劍。」

⓬ 山嘴：指山口。

見一條旛竿，又聽得鐘聲響，駐馬看時，是一座寺院。文招討道：「到此無奈，只得到寺裏尋人問條歸寨的路，又作區處。」來到寺前下馬，入寺裏來，見一箇行者。文招討對行者說要見長老。行者道：「老將軍可姓文麼？」文招討道：「你那裏便曉得我姓文？」行者道：「老師父說，今日有箇姓文的將軍到此，分付我伺候迎接。」文招討口雖不語，心下想道：「他師父預知我到此，必非等閒人也。」便對行者說：「正要見你老師父。」行者牽了馬，前行引導。那老和尚早在方丈⑬門首相迎，慌忙請入。問訊了，分賓而坐。長老道：「將軍必然饑渴了。」忙教徒弟們分付廚下辦齋，將這馬牽在院後餵草，先教行者討茶來喫。茶罷，長老問道：「將軍可是曾入中書拜相，見今領十萬大軍來討王則的文招討麼？」文招討道：「吾師何以知之？」長老道：「昨夜伽藍神⑭夢中見報，所以知之。聞名久矣，今日山門⑮多幸，得招討到此，如何無隨從之人？」文招討道：「今早與賊對陣，不意大敗，單騎逃難至此。」長老見說，大驚道：「莫說招討大才，就是十萬大兵對付不易。貝州乃一窪之地，能有多少人馬，如何卻輸與他？」文招討道：「若論對陣，必不能取勝於我。今王則一班賊黨皆會妖法，但交戰之時，他陣內便放出神頭鬼臉、猛獸怪物來。軍馬見了，俱各驚走。副招討曹偉獻計，用豬羊二血、馬尿大蒜唧筒，贏得他一陣，賊兵數日不敢出城。日前下官陞帳與諸將議攻城之策，不期妖人使邪法，將磨盤從空壓將

---

⑬ 方丈：此指寺院中長老或住持居住的地方。

⑭ 伽藍神：佛教寺院中的護法神。佛典原謂有美音、梵音、雷音、師子等十八神護伽藍。禪宗寺院則供當山土地等為守護神。後世又以智顗建玉泉寺時見關羽幻象的傳說而將關羽列為伽藍神。

⑮ 山門：佛寺的大門，代指寺院。

下來，幸得多目神救了性命。早間與賊兵見陣，不隄防王則陣裏起一陣惡風，忽然天昏地暗，疾雷驟雨，飛砂走石，打得陣勢散亂。下官獨自迷路至此，望乞吾師指引歸途，到寨卻當重謝。」長老聽說罷，離坐拍手大怒道：「當今乃堯舜之世，君聖臣賢。此一等妖人輒敢惱亂朝廷，請招討免憂，看老僧與招討出力，破其邪法，掃除逆黨！」文招討聞言大喜，道：「不敢拜問吾師高姓？」長老道：「老僧覆姓諸葛，名遂智。」文招討聽罷，歡喜道：「多目神曾寫六箇字，道：『逢三遂，妖魔退。』」眾人曉夜⑯參詳，全然不解其意。今日天教遇著吾師，若吾師肯去，破得貝州，下官奏過朝廷，官賞功勞不小。」長老道：「老僧是空門⑰中人，豈貪富貴爵賞？但今清平世界，不可容此妖人。老僧當效犬馬微勞，助招討蕩平妖逆。今晚請招討寺中權宿一宵，明早五更同往大寨。」文招討卸了衣甲，喫了晚齋，和長老講論了半夜，睡到五更，起來洗嗽罷，喫些飯食，長老教行者寺中有馬牽一疋來：「我同招討去破賊。」眾僧們一齊都叫起師公、師父來，說道：「你老人家出外一十五年，方纔回家，還沒數日。閒常日裏只是打瞌睡，幾曾曉得廝殺事情？卻跟這位老將軍去，好沒來頭。」那長老嘻嘻的笑道：「你們不須見阻，我自有破賊之法，替朝廷幹場功勞，也與寺中增光。待事畢還歸寺中，與你們相聚。」眾僧只得備馬，文招討與長老都騎上馬，帶三箇行者，明點火把，離寺，迤邐來到寨前。眾將與軍士見了文招討，不勝歡喜，迎接至中軍。曹招討等都來動問道：「主帥一夜不回，眾將皆憂慌無措，不知落陣走到那裏，緣何同這箇老師父回來？」文招討道：「昨日被王則使邪法，一陣惡風吹得我迷蹤失路。到一寺中，偶遇

⑯ 曉夜：即日夜。

⑰ 空門：佛教教義認為世界一切都是空的，因指佛教。

此聖僧，說能破邪法。我想正應多目神之言。」乃去曹招討耳邊低低說道：「這箇和尚叫做諸葛遂智。」曹招討大喜，屏退左右，問長老道：「吾師有何神術能破妖邪？」諸葛遂智道：「老僧遊方一十五年，曾遇異人傳授五雷天心正法。凡遇金剛禪左道一應邪術，老僧見了，念動真言，即能反邪從正。招討如不信，來日對陣，便見分曉。」當日文招討留長老與行者在中軍即修戰書一封，教軍士去貝州投下，約在來日交戰。一面傳家曈老營內挑選生兵一萬，來補中軍損折人數，及替中傷軍士，退回後寨將息⑱。且說王則見了批迴戰書，打發軍士自回，乃對眾妖人商議道：「前日一陣，被我殺得大敗而走。今日尚敢又來勒戰，必須求聖母娘娘，再用前日之法，直殺到界分⑲，教他十萬人馬不留一箇。」話休煩絮，兩邊各自整點人馬，只等來日廝殺。次日王則領軍馬出貝州城，排一箇陣勢，兩陣對衝，旗鼓相望。門旗影裏，又見眾妖人簇擁著聖姑姑披髮仗劍，牽著白馬在前，口中念念有詞，把劍尖刺著白馬，噙口血水只一噴。只見王則陣上惡風急起，砂石雨雹看看來到文招討陣前。諸葛遂智在軍中見了，搖動鈴杵，口念真言，把鈴杵一指。可霎作怪，那陣惡風、砂石、雨雹轉風望王則陣裏打將入來。王則剛叫聲「阿呀」，看那一班妖人都不見了。情知風勢不好，忙招軍馬，急急轉身。文招討鞭梢一指，大小三軍一齊掩殺過去。王則人亡馬倒，折其大半，趕落城濠死者不計其數。王則急急收拾些少敗殘人馬，奔入貝州，拽起吊橋，關上城門，緊守不出。卻說文招討三軍殺到城下，割人頭耳鼻，奪金鼓旗旛。文招討令鳴金收軍，離貝州城不遠下寨。文招討請諸葛遂智上坐，躬身謝道：「這一陣皆吾師之力也。若如此，賊兵

⑱ 將息：調養休息；保養。
⑲ 界分：境界；地界。

指日可破。」諸葛遂智道：「老僧以正破邪，無往不利。若是有老僧在陣中，何懼王則一行妖法之人。」文招討聞言甚喜，道：「王則今日輸了一陣，越守得城子緊了。」傳令教軍士併力攻城。只見貝州一股青黑之氣，罩定城頭，內中或時見萬團烈火，或時見一派洪水，種種鬼怪，無計布擺。文招討教三路人馬，團團圍了貝州城，周圍如鐵桶相似。擂鼓發喊，只等城中軍馬出來，這裏諸葛遂智以正破邪，乘勢就殺將進去。不期王則仗著妖法，死守只不出來。文招討只得教軍士離了貝州城下寨，依先提鈴喝號⑳，遞箭傳更。與曹招討計議道：「下官同招討領十萬人馬，一日費了朝廷許多錢糧。到此將及有兩箇月日。破不得貝州，如何是好？」曹招討道：「主帥且請寬心，容曹偉再思良策。」當日曹招討別了，自歸本營。文招討在帳中憂慮，不覺天色夜深。但見：

銀河耿耿，玉漏迢迢。穿營斜月映寒光，透帳凉風吹夜氣。雁聲嘹喨，孤眠才子夢魂驚；蛩㉑韻淒凉，獨宿佳人情緒苦。軍中戰鼓，一更未盡一更敲；遠處寒砧㉒，千搗將殘千搗起。畫簷間叮噹鐵馬，敲碎士女情懷；旗旛上閃爍青燈，偏照征人長歎。妖邪賊侶心如蝎，忠義英雄氣似虹。

當夜文招討在帳中番來覆去睡不著，至三更前後，聽寨外時靜悄悄地。文招討起來，離了寨房聽時，

⑳ 提鈴喝號：指夜間警戒之事。

㉑ 蛩：古書上指蟋蟀。

㉒ 寒砧：亦作「寒碪」，指寒秋的擣衣聲。砧，擣衣石。詩詞中常用以描寫秋景的冷落蕭條。

正打三更。見一箇軍士打著梆子來交更，口裏低低唱隻曲兒，只因這隻曲兒，有分教：司更小卒，同為討賊之人；仗鉞㉓元戎㉔，早定平妖之策。真箇是：兵在精而不在多，將在謀而不在勇。畢竟唱甚曲兒生出甚事端來，且聽下回分解。

㉓ 仗鉞：手持黃鉞，表示將帥的權威。引申指統帥軍隊。

㉔ 元戎：主將；統帥。

第三十九回　文招討聽曲用馬遂　李魚羹直諫怒王則

小齋長夏一爐燒，窗几生涼竹樹交。
午睡起來無別事，聽人鼓掌說平妖。

話說文招討三更時分，寢不能寐，起來離了寨房，悄地巡行。只聽得唱曲之聲，上前窺看，原來是箇打更❶的軍士。把那梆子按著板，唱箇曲兒。唱道：

恨妖人麤心大膽，不怕朝廷的法令。從你據了這貝州城，不知殺了千萬軍民的生命。只為你一箇人兒，害我十萬大軍，背井離鄉，操戈帶甲，受這般的危困。更有俺巡更的軍士們，擋著風，冒著露，整夜的行來步去，步去行來，喝號而提鈴。恁般辛辛苦苦，何曾有人道箇可憐的一聲。想將來只是不公道的閻君❷，一般樣生，一般樣長，如何偏派我做軍人。若是有功的時節，大將算

當今草
澤英雄
，懷奇
槁死，

❶打更：舊時打梆子或敲鑼巡夜報時。
❷閻君：佛教稱主管地獄的神。通稱閻王。

而不肯為朝廷用者，弊正在此非實心為□之人。大破常格必不可。

大功，小將算小功，何曾派到我小軍。只有陣上的鎗刀，營中的細打，是我們做軍的本分裏，應受應承。不合做了小軍呵，你便有張良❸般智，韓信❹般才，有誰倸睬❺，那裏去討箇出身？笑殺那文招討、曹招討，兩箇有名的招討，到如今招得幾人，討得幾人？眼盼盼看這手掌大的城兒，粧妖作怪，何日得太平？酸辛！俺做小軍的，到有三分主意兒，只恨不在其位了，有忠難進，有志難伸。酸辛！若是有箇築壇拜將的蕭何❻，俺這副忠肝義膽，情願報效了朝廷。

文招討聽得明白，便回帳房，喚身邊心腹之人：「悄悄去喚那唱曲打更的軍士進來，我有話說。」須臾喚到，直至榻前。文招討問道：「方纔說有張良般智，韓信般才的就是你麼？」軍士跪著磕頭道：「小人信口胡謅，不期招討聞知，小人該死。」文招討道：「你休要慌張，目今攻城無策，正是用人之

❸ 張良：字子房（？—西元前一八六年），傳為漢初城父（今安徽亳州）人。漢高祖劉邦的謀臣，秦末漢初時期傑出的政治家、軍事家，漢王朝的開國元勳之一，「漢初三傑」（張良、韓信、蕭何）之一。見史記留侯世家。

❹ 韓信：古淮陰（今江蘇淮安）人（約西元前二三一—前一九六年），西漢開國功臣，傑出的大軍事家、大戰略家。見史記淮陰侯列傳。

❺ 倸睬：理睬。

❻ 築壇拜將的蕭何：蕭何（？—西元前一九三年），漢沛縣（今屬江蘇）人，跟從漢高祖起兵，高祖為漢王時為丞相。高祖即帝位，論功第一，封蕭侯。漢之典制律令，多是蕭何制定。惠帝時卒，諡文終。見史記蕭相國世家。築壇拜將，史記淮陰侯列傳載，蕭何薦韓信為將，劉邦欲用之，蕭何說：「王必欲拜之，擇良日，齋戒，設壇場；具禮，乃可耳。」後因以「築壇拜將」指仰仗賢能。

際，你的三分主意兒是怎麼樣？若說來可聽，要我築壇拜你亦有何難！」軍士道：「不是小人誇口，小人能斬王則之首，獻與招討。」文招討慌忙親手扶起，問道：「你有何計策，恁地方便？」軍士道：「不瞞招討說，王則與小人同鄉，自小同堂上學，結為兄弟。」原來這軍士也是貝州人，與王則相交最厚。因跟隨一箇房分❼叔叔到東京做客，消折本錢，叔叔死了，他就流落在東京占了軍籍❽。文招討問道：「你姓甚名誰？」那軍士道：「小人姓馬名遂。」文招討聽了，暗喜道：「想其人必應多目神之言，這漢子去必能了事。」文招討道：「你且說如何用計？」馬遂直走到文招討身邊，附耳低言說道：「小人如此去，如此行事，必斬王則。」文招討聽罷，大喜道：「若事成之日，必當一力舉薦，管你出身不小。不可洩漏於人。」馬遂應諾，悄地出了帳房自去交更安息去了。到次日天明，文招討陞帳，眾將官都到帳下聲喏過了，擺立兩邊。文招討發放軍事已畢，叫左右喚昨夜打三更的軍士來。不多時，左右捱問是馬遂，喚到帳前跪下。文招討問道：「你便是昨夜打二更唱怨詞的麼？」馬遂道：「告招討，小人恐怕打瞌睡，悞了更次，把箇小曲兒唱著消遣，其實不曾唱甚麼怨詞。」文招討大怒道：「你說背井離鄉，攛風冒露，捆打有分，功勞無分。不是怨詞麼？這廝揑造謗語，怠慢軍心，即當斬首。」喝教刀斧手推出轅門❾，斬訖報來。馬遂道：「告招討，饒小人之罪，小人情願去招降王則。」文招討教且押過來，問道：「你這廝亂道，有甚本事招降王則？」馬遂道：「小人與王則曾有一面相識。今日賊兵連敗，困

❼ 房分：亦作「房份」。舊指家族的分支。

❽ 軍籍：原指登記軍人姓名等的簿冊，後指入伍後取得的軍人身分。

❾ 轅門：古時軍營的門或官署的外門。

於一城之中，勢在危急。小人用詞說之，必使他不戰而降也。」文招討道：「我今寫一封密書與你，你若送得此書，招得王則來降，必當紀功重賞。如其不然，你的死自在後面。」文招討當時寫了書信，封固了，交與馬遂。馬遂慌忙出帳，逕到貝州城下，隔著城河，高聲叫道：「城上人，我有機密大事，來報你大王，可開城門放我入城。」那守城軍聽說，稟了守門官，開了城門，用小船過河來渡馬遂上岸，少不得細細搜簡，並無夾帶寸鐵。眾軍人見有文招討書信，只道下戰書的，押來見王則。王則認得馬遂是同鄉兄弟，便道：「多時不見你，原來在文彥博軍中。今日有何事卻來見我？」馬遂道：「告大王，馬遂不才❿，失身在軍伍之中，不敢來見大王。因前日夜間，該馬遂巡三更，恐怕打瞌睡，不合唱箇曲兒。文招討道我攪亂軍心，要斬我。幸我轉口得快，稟道：『我有本事招降大王。』文招討信了，親筆寫下一封書信，教不才來遞送。不才僥倖脫身，特來投順大王。不才盡知文招討軍中虛實，望大王收留在帳下，做一走卒，當以犬馬相報。」就把文招討書信遞與王則。王則看了，書中有許多大話，即便扯碎。便教馬遂改換衣服，請到便室同坐。馬遂道：「大王是三十六州之主，小人得蒙大王收留，執鞭隨鐙足矣，安敢預坐！」王則道：「寡人與卿乃同鄉，又是從小兄弟，與別人不同。」馬遂只得坐了。王則教安排酒來，一面請馬遂喫酒，一面問文招討軍中虛實。馬遂道：「文招討只有五萬人馬，詐稱十萬。前日又輸了幾陣，折了一萬多人馬。又傳家疃明鎬寨中存下一萬老弱中傷之人，如今不上三萬實數。昨日計點糧艸，聽得說只可關支十餘日。今大王用心守把，不過數日，文招討之軍不戰而自退矣。」王則聽馬遂說了，十分歡喜，當日直飲酒到晚。王則對馬遂道：「曾記得少時同鄉，在書館中做對吟詩。自

❿ 不才：不成才；無能力或一技之長；沒有才能的人。對自己的謙稱。

從愛了鎗棒，不攻文墨，今日故人相見，可各題詩一首，以表衷曲⓫。」馬遂道：「小人從幼愚魯，趕大王腳跟不上，何況今日。大王請先吟，小人效顰而已。」王則教取文房四寶，帶醉寫出四句道：

脫卻軍裝換袞袍⓬，六千人內逞英豪。
他時破敵功成日，敢為貧交吝節旄⓭。

口氣便小。

王則道：「我為散了六千軍士的錢米，知州見怪，因而起手。第四句示不忘舊之意。」馬遂道：「大王制作甚妙，小人如何敢和？」王則道：「正欲觀卿賡和⓮，以占學問消長耳。」馬遂依前韻也寫四句道：

交情僅見說綈袍⓯，何幸今逢天挺豪。

⓫ 衷曲：衷腸；心事。

⓬ 袞袍：古代皇帝的朝服，上有龍紋，故稱。

⓭ 節旄：符節上裝飾的牦牛尾。

⓮ 賡和：續用他人原韻或題意唱和。

⓯ 綈袍：戰國時魏人范雎先事魏中大夫須賈，遭其毀謗，笞辱幾死。後逃秦改名張祿，仕秦為相，權勢顯赫。魏聞秦將東伐，命須賈使秦，范雎喬裝，敝衣往見。須賈不知，憐其寒而贈一綈袍。迨後知雎即秦相張祿，乃惶恐請罪。雎以賈尚有贈袍念舊之情，終寬釋之。見史記范雎蔡澤列傳。後多用為眷念故舊之典。

佐命願隨諸將後，敢言功績望旌旄。

說的仔細。

王則看詩大笑道：「卿立意甚美，不獨辭章也！」兩箇喫得盡醉而散。次日，馬遂來謝，王則封為親軍指揮使之職，就留他在偽府中，與張琪一同直宿，時時請他談論。馬遂進些諛語，王則甚喜，並不疑他是行詐降計來的。馬遂要殺王則，又下不得手。忽一夜，與張琪同坐喫酒，各談胸臆。說到忘懷之際，馬遂道：「聞大王部下人人都有道術，不知老哥有甚神通？」張琪便把水火葫蘆來歷妙用都說出來。馬遂見他醉了，定要求來一觀。張琪揭起衣服，只見貼肉汗衫上繫著一條軟絛兒，絛上掛著一箇小小葫蘆，提與馬遂看了，不解下來。馬遂看在眼裏，是夜只推酒醉，就張琪同宿。馬遂有心，半夜只說解手，起來叫聲「張大哥」，張琪酒醉，熟睡去了，馬遂要去解他腰間的法物，見縛得緊緊的，恐怕驚醒他。自己身邊皮袋內帶得有穢血蒜汁，輕輕的將他葫蘆塞去了，滴幾滴臟水在內，照舊塞好。天明起來，張琪全不知覺。正是：高興事成沒興事，無心人對有心人。不在話下。再說文招討見馬遂去了許多時，沒些動靜，傳下令來，教眾將引兵四面攻城。孫輔攻打西門，董忠攻打東門，柳春生攻打南門，劉彥威攻打北門。各各近城，擂鼓吶喊勒戰。王則急請眾人計議。只有瘸子恰遇中酒⑯，叫喚不醒，其餘都到齊上城巡看，一面差人報聖姑姑、胡永兒得知。王則喚馬遂問道：「你說文招討軍中缺糧，緣何又來攻城？」馬遂道：「他只趁這幾日糧艸，如何不并力來攻！只道大王折過一陣，決不敢出兵迎敵。若出其不意，必然破之，破得他一支軍，其他安身不牢，必盡退矣。」馬遂的意兒，只要哄開王則身邊一班妖人，他

⑯ 中酒：醉酒。

好於中取事。王則不解其意，點頭道是，問何人敢去衝陣。張琪自恃水火葫蘆，前番只他有功，挺身出來應道：「孫輔是某手下敗將，某識破他手段，情願引一枝兵出西門迎敵。」說罷，飛馬下城去了。王則道：「再得一人接應方好。」看著吳旺。吳旺喫過驚嚇，本不願行，出於無奈了，只得應承，怏怏而去。王則靠著懸空板，按住木欄杆，在西門城上觀戰。卻說先鋒孫輔正在率眾打城，忽見城門開處，一彪軍飛奔出來。孫輔慌忙約退軍士，挺鎗立馬，等待廝殺。張琪不持兵器，手中擎著葫蘆，約莫官軍相近，念起神火咒，把葫蘆去了塞口，喝聲「疾！」不見火光透出。再念聖水咒，連喝：「疾！疾！」把葫蘆籤筒般搖了幾搖，也沒見涓滴兒倘將出來。把眼張那葫蘆口內，只聞得一股血腥蒜臭之氣，情知法破，撥回馬頭便走。孫輔引兵飛馬來趕。原來王則與胡永兒做了夫婦，只學得兩箇法兒，一箇是禁人法，一箇隱身法。行起禁人法時，隨你千軍萬馬，追趕如飛，能令登時禁住兩腳，動移不得，直待一箇時辰後方解。王則在城上望見張琪兵敗，後軍來趕，正要念禁人咒語。馬遂立在身邊，思量道：「此時不下手，更待何時？」兩傍左右都執著刀斧器械，馬遂欲奪刀來殺王則，又怕被人知覺，乃捏得拳頭沒縫，說時遲，那時快，王則咒語還未念完，被馬遂狠的一拳，打中嘴上，打落當門兩箇牙齒來，綻了嘴唇，跌倒在城樓上。馬遂就奪左右的刀來砍，卻被王則身邊一箇心腹賊將，喚做石慶，腰裏早拔出刀來，手起刀落，把馬遂剁落一隻肐膊來。眾人一齊向前捉了馬遂，救起王則。王則大怒，教左右斬訖報來。馬遂大罵道：「我為無刀在手，不能斬妖賊之頭，與萬民除害，我死必為厲鬼殺你矣。」眾人推馬遂去斬了。後人有詩贊之云：

葫蘆水火已成空，又見妖王折齒凶。
卻笑荊卿名劍客，祖龍遶柱竟何庸⑰。

卻說張琪走到吊橋邊，眾軍爭先逃命，先把吊橋踏斷。背後孫輔趕來，張琪遶濠而走，遇泥濘處，馬前腳陷下，被孫輔趕上一鎗搠下馬來，跌入濠中溺死。可憐張琪賣肉為生，不安本分，今日做了水中之鬼。孫輔教軍士將撓鉤拖起屍首，割了首級，到中軍帳下獻功去了。吳旺只推橋斷，竟不來救應，引軍而回。再說王則被馬遂打綻了嘴唇，聲也則不得。恰好聖姑姑和胡永兒都到，見王則恁般模樣，又損折了張琪，深恨馬遂之事。忙教人將煖輿擡王則到偽府中，一面教醫人調治。左黜酒醒來，知道此事，也來問安。胡永兒埋怨瘸子喫酒誤事，瘸子笑道：「我嘴唇又不綻，如何禁我飲酒？」胡永兒道：「且莫說笑話，則今攻城緊急，必須從長計較，斬得他正將一二員，方纔肯退。」聖姑姑道：「他既有破法之人，別無甚計，除非行烏龍斬將法。此法急切難破，但如意寶冊上寫道：『此乃至惡之術，萬萬不可

⑰ 卻笑荊卿名劍客二句：指荊軻刺秦王事。荊卿（？—西元前二二七年），即荊軻，中國戰國末年刺客。衛國人。好讀書擊劍，結交名人。至燕國後，由田光介紹，被燕國太子丹拜為上卿。祖龍，指秦始皇嬴政，（西元前二五九—前二一〇年）。秦王朝的建立者。西元前二四六—前二一〇年在位。滅六國後，建立中國歷史上第一個統一的中央集權的封建國家——秦朝，自稱為「始皇帝」。西元前二二七年，秦軍滅亡韓國，趙國兵臨燕國南境，燕太子丹十分恐懼，決定派荊軻去秦國，以進獻燕國督亢（今河北涿州、定興、新城、固安一帶）地圖和秦逃將樊於期人頭晉見秦王嬴政。秦王命令在咸陽舉行隆重接見儀式。獻圖時，圖窮而匕首見，秦始皇繞柱躲避，荊軻刺殺秦王不中，被當場殺死。

這便是絕好平話。

輕用，用之必有陰禍。』如今也說不得了。」原來這法用五金之精，聚於六甲壇下，鍊七七四十九日，鑄成鬼頭刀一口，名曰神刀，自能鳴躍。用石匣盛之，藏於水底，金水相得，方不躍去。如遇至危之際，將純黑雄犬一隻，朱書斬將符三道，并開欲斬之人姓名一同焚化，念斬將咒三遍，吸西方金炁一口，存想人頭落地光景，將神刀猛力砍落犬頭，所焚姓名人頭伺時並落。若把軍冊焚化，雖千萬人，亦皆落頭。此所以為至惡之術也。當初聖姑姑等三箇鍊法之時，亦為此法利害，總只鑄得神刀一口，藏於天柱山頂池中。聖姑姑要去取來斬取文、曹二招討，及有名諸將之首。左黜和胡永兒都喜歡道：「必須如此，方保無虞。」聖姑姑飛身去了。左黜自和吳旺巡城守禦。胡永兒也回偽府中行樂。王則疼得煩悶，酒食不進，無可消遣。平日最喜歡一箇扮副淨⑱的樂人，叫做李魚羹，彈得好琵琶，唱得好曲，又會說平話⑲，嘲笑耍子。王則教喚他來解悶。當日李魚羹來到王則面前，也不彈，也不唱，閉著口，只不則聲。王則問道：「李魚羹，你為何不則聲，心下有甚煩惱？」李魚羹道：「大王尚且煩惱，小人怎地不煩惱。小人與大王都是做私的。大王所靠者，只幾箇興妖作法之人。如今彈子國師去了，張鸞丞相避了，卜吉將軍走了，左黜軍師輸了，任遷捉了，張琪死了，聖姑姑尋事兒躲了。今日在圍城之中，城外軍馬越添得多了，併力攻打，雙日不著單日著，終久被他捉了，如今煩惱也算遲了。」王則道：「你的意思要如何？」李魚羹道：「不如及早受了招降，反禍為福。」王則大怒道：「叵耐這廝不伏事我，反把言語來傷觸我！」

⑱ 副淨：又稱「架子花臉」。戲劇中角色之一，以工架（動作、造型）表演為主。

⑲ 平話：話本體裁之一。與詩話、詞話相對而言，平話是只說不唱的平鋪直敘的話本。現存的中國宋元平話多為長篇，題材主要是歷史故事。

喝教左右拿下。手下人把李魚羹捉了，王則教把他縛了手腳，吊在砲梢上，就城上打出去，跌做骨醬肉泥。眾人縛了李魚羹吊在砲梢上，拽動砲架，一聲砲響，把李魚羹打出城外。正是：酒逢知己千鍾少，話不投機半句多。畢竟李魚羹性命如何，且聽下回分解。

第四十回　潞國公奏凱汴京城　白猿神重掌修文院

神器從來不可干，僭王稱制詎能安。
潞公當日擒王則，留與妖邪做樣看。

話說王則怪李魚羹直言傷觸，吊他在砲稍上打出城外。可煞作怪，不前不後，恰好打落在城濠邊河裏。有攻城的軍士們見城上砲打出一箇人來，即時去看，將撓鉤搭上岸來，還是活的。隨即解了索子，押到文招討帳下。文招討問道：「你這漢子是甚麼樣人，姓甚名誰，為甚事打出城來？」李魚羹道：「告招討，小人是貝州樂人，名喚做李魚羹。一時不合勸諫王則歸順招討，王則大怒，把小人做砲稍打出城來，要跌小人做骨醬肉泥。天幸不死，得見招討。」文招討道：「你是箇樂人，如何的勸諫王則？」李魚羹道：「王則被一箇馬遂一拳打落了當門兩箇牙齒，綻了嘴唇，念不得咒語，叫小人解悶。小人乘著燥頭❶勸他歸順，不然時旦夕之間，必被招討捉了。豈知此賊不悟，反怪小人。」文招討見說，喜不自勝，道：「你雖然是箇樂人，卻識進退。」教左右賞他酒飯。李魚羹喫了酒飯，文招討又問道：「你既

❶ 燥頭：即「躁心」，心情浮躁。

是箇樂人，必然有貝州久了，定知城內虛實。」李魚羹道：「告招討，賊首王則被打綻了嘴唇，念不得咒語，已無用了。先前有國師蛋子和尚、丞相張鸞、大將軍卜吉，都有本事的。因見王則不仁，前後都去了。如今出力的只有瘸腳軍師，喚做左黜，善使妖術。還有王則的渾家胡永兒，也會興妖作法。胡永兒的母親叫聖姑姑，更是利害。王則全靠這幾箇妖人，其餘都不足道。近日被官軍破了妖法，連輸幾陣，也都著忙了。聖姑姑今往天柱山去，取什麼神刀，只怕也是脫身之計。」文招討道：「城中兵糧還有多少？」李魚羹道：「他們靠的是豆人紙鬼。若軍士在先也不過萬餘，連次損折大半，今僉百姓頂補，都是烏合❷，不諳戰陣的。錢糧府庫中原少，全是左黜等妖法攝來費用，所以時時不缺。」文招討又問：「城中有多少百姓？坊巷、河道、衙門怎地模樣？」李魚羹一一都說了。文招討道：「天使此人泄漏虛實，王則可斬矣。」文招討正說之間，只見帳下走出一員將官來道：「告招討，小將能生擒王則來見招討。」文招討見這箇人出來，甚喜道：「正應多目神之言，逢三遂可破貝州。」原來這箇將官姓李名遂。先前諸葛遂智曾破法殺了一陣。次後馬遂打綻了嘴唇，念不得咒語，行不得妖法。今又逢李遂，卻好三遂。因此文招討喜歡。文招討問李遂道：「你有何計策可擒王則？」李遂道：「小將手下見管著五百名掘子軍❸。今得李魚羹說破城裏虛實，地里坊巷，一應去處，圖畫闊狹，容小將再一一仔細問他端的，對圖本度量地面遠近相同。只須帶五百名掘子手，在城北打一箇地洞，直入貝州城內，到王則帳前，捉了一行妖人，然後開城門，放大軍入城，有何不可？」文招討大喜，賞李魚羹、李遂各人衣服一套，就

❷ 烏合：形容人群沒有嚴密組織而臨時湊合，如群烏暫時聚合。

❸ 掘子軍：挖地道的士兵。

僉補李魚羹為帳前虞候，教李魚羹細說城內衙門地面坊巷虛實。即令浮寨官相度，畫了箇圖本，把與李遂。李遂看了，計筭遠近虛實，闊狹方向，稟覆文招討道：「這事須密切，亦不是一時一霎之事。望招討整頓軍旅，時刻打通，就好接應。就要帶李魚羹去做眼。」文招討道：「你可仔細用心，如拿得王則，克復貝州，奏聞朝廷，你的功勞不小。」隨喚五百掘子軍，都賞賜發放了。李遂正要起身，只見諸葛遂智向前道：「告招討，李將軍雖打得地洞入城，恐不能擒捉王則。」文招討道：「吾師何以知之？」諸葛遂智道：「那貝州城中王則左右，一班俱是妖人。若李將軍打地洞入去，他那裏知覺了，行起妖法，非但不能擒捉王則，李將軍反為他所害。」文招討道：「若如此，何時能滅此賊？」諸葛遂智道：「不必招討憂心，老僧當同去，以正破邪，教他使不得妖法，盡皆擒捉便了。」文招討大喜道：「若吾師肯去，大事濟矣。」諸葛遂智先辭出帳，去見九天玄女娘娘告知其事，求他空中祐助，好歹這番要擒王則。玄女娘娘已知王則數盡，教他放心前去。這邊李遂領了將令，分付五百掘子手，教備下豬羊二血，馬尿大蒜之類。即同李魚羹看了圖本，只有城北地面土寬濠淺，計筭了地理，和諸葛遂智指揮掘子手穿地洞，打入貝州來。有詩為證：

平妖一事十分難，喜得今朝有孔鑽。
縱使瞞天妖術狠，管教立地欠平安。

話分兩頭。再說聖姑姑到天柱山頂池中石匣內取了神刀回來。早有千里眼看見，報知玄女娘娘。娘娘仍變做處女模樣，中途迎住，問道：「婆婆何來？幸少住請教。」聖姑姑道：「老拙有些政務，不得伴話。」處女道：「婆婆有何政務？」聖姑姑道：「兒女們有急難，要去救他則箇。」處女道：「婆婆有甚本事，去救得人？」聖姑姑道：「老拙粗知道術。」處女道：「我最好的是道術，幸教一二。」聖姑姑道：「小娘子好的是那一家道術？」處女道：「我好的是天罡三十六變化法，略曉得些本領，未曾鍊就。」聖姑姑暗暗的喫驚道：「他學的法更勝似我。」便道：「老拙會的是七十二般地煞變化。」處女道：「這地煞法乃是左道，學之無益。」又問：「婆婆手中抱的是甚麼刀？」聖姑姑道：「此乃神刀。」有詩為證：

金精百煉號神刀，仗此能令神鬼號。
時刻自鳴還自躍，等閒斬將不須勞。

處女道：「此刀如何鳴躍？乞試一觀。」聖姑姑將手向刀鞘上拍三拍，只聽得嘯聲大振，慘如冤鬼哀號，猛似兇神叱喝，撲的一聲響，忽然躍起空中，有一丈之高，仍落鞘內。處女道：「我亦有神劍，把與婆婆一看。」袖中摸出一箇鉛彈丸兒，在手掌中旋了兩轉，一抛抛起，約有三丈，化成雪霜似白的寶劍，光芒四射，如長虹而下，直至於地，重復躍起，墜於手掌中，仍是一箇彈丸兒。處女道：「我這劍能飛行千里，斬人之頭，還自飛回。又且能舒能斂，變化無窮，比婆婆的刀不勝麼？」聖姑姑暗想道：「若得此劍，斬文招討之頭，有何難哉？」便道：「老拙欲將神刀與小娘子換取神劍，不知肯否？」處女道：「但憑尊命。」處女接得鬼頭刀在手，拔出來看了一看，暗暗念了伏魔咒，攝去了他的神光，其刀便不能鳴躍。處女道：「你的神刀神氣已竭，全無用處，我不換了。」聖姑姑道：「那有此理？」接過神刀來，把刀鞘左一拍右一拍，全不動撣。聖姑姑想道：「這神刀也是服善的，他見神劍威力勝他，害羞不敢出頭了。」聖姑姑就起不良之意，撇了神刀，拿了神劍便走。處女道：「婆婆要換便換了罷，只是還有訣兒，一發傳你。」聖姑姑不信，暗暗的道：「我且自家試看。」把彈丸兒抛向空中。這裏處女手掌中又托出一箇彈丸兒，那空中的彈丸兒如長虹而下，撲地跳起，逕到處女手掌中去了。原來兩箇彈丸正是雌雄二劍，留了雌的，這雄的自來就他。聖姑姑還不覺著，只道抛向地下，看時不見。擡起頭來，連處女也不見了。聖姑姑不得神劍，又失了神刀，好沒巴鼻❹，攛身在雲端瞭望，要尋那處女。只見前邊一箇白鬚老叟坐於山巖之上，手中正弄著兩箇鉛彈丸兒。聖姑姑走到山前，向老叟稽首道：「我翁手中弄的何物？」老叟道：「此乃神劍。」有詩為證：

雌雄二劍合陰陽，不用鋒鋩只用光。
飛去飛來隨意便，千軍萬馬不能當。

聖姑姑道：「這分明兩箇彈丸兒，如何作用？」老叟道：「老漢舞一回你看。」便把兩箇丸兒抛起，須臾之間，左一跳，右一躍，如兩條金蛇，纏繞盤旋，不離這婆子左右。一往一來，迸出萬道寒光，冷

❹ 沒巴鼻：沒來由；無端。

洌刺骨，耳中如聞千刀萬刃擊刺之聲，驚得這婆子戰戰兢兢，捏著避兵訣，口念避兵咒，牢牢站定在魁罡❺位上。老叟看見害不得這婆子，收了劍術，暗叫：「師父九天玄女娘娘。」只見處女又在前面。聖姑姑一見了，大怒，搖身一變，變做普賢菩薩聖像，身騎白象，望空來蹴踏處女。處女便把天庭照妖寶鏡扯出錦囊，一道金光射去，那紙剪的白象空中墜下，聖姑姑倒跌下來，把衣袖蒙頭，緊閉雙眼，只是搕頭告饒。原來萬物精靈都聚在兩箇瞳神裏面，隨你千變萬化，瞳神不改。這天鏡照著了瞳神，原形便現。聖姑姑多年修鍊，已到了天狐地位，素聞得天鏡的利害。見處女取出天孫❻機杼上織就的無縫錦裏，情知是那件法物，只恐現了本相，所以雙眸緊閉，束手受縛。玄女娘娘收過了寶鏡，叫袁公將老狐精解上天庭，以贖漏法之罪。袁公進了天門，剛跪在淩霄殿下，啟奏其事。早有天宮十萬八千聽差的天狐，齊來殿下叩頭，都替聖姑姑認罪求饒。聖姑姑聞得眾天狐聲息，纔敢開眼，見了玉帝，喘做一團，哀求不已。玉帝降旨，許他不死，權且發下天獄，等妖黨盡平之日，玄女娘娘來時發落。眾天狐俱散了，袁公仍下天門，跟隨玄女娘娘。話分兩頭，卻說貝州城被文招討困住了三月有餘。初時城中糧草都是左黜四處攝來支費，如今被玄女娘娘下了天羅地網，一切妖邪符咒都行開去不得。六丁、六甲、城隍、土地諸神都來聽娘娘法旨，不被妖邪驅遣了。糧草也都竭了，只好括取城內百姓的東西來用。其時百姓的苦楚自不必說。左黜、胡永兒自恃千變萬化，到底自己一身不得喫虧，且自及時行樂，耑等聖姑姑取神刀來，看是如何。那邊老狐精已在天獄中坐下，這邊那裏得知，呆呆的靠這一著，全不在意。再說李遂和

❺ 魁罡：指北斗星的斗魁、天罡二星。陰陽家謂每年十月，北斗魁星之氣在戌，是為魁罡，不利修造。

❻ 天孫：星名。即織女星。

諸葛遂智、李魚羹引著五百掘子手掘了多時，到一箇去處。李遂約莫是王則偽府左側，教掘子手從這裏打出去。掘子手打通了，問李魚羹道：「這是那裏？」李魚羹看時，正是偽府中後堂。此時有四更時分，李魚羹前面引路，李遂和眾人發一聲喊，逕奔入王則養病的臥房裏來。卻說王則因齒痛未痊，睡在牀上，閉著眼便見烈婦趙無瑕領著萬千眾鬼前來索命。王則整夜不寐，心中害怕，只教多點蠟燭，教姬妾輩做箇肉圍屏兒圍著。又心下煩燥，不許他們說話，靜悄悄地守著箇活屍靈兒。忽聽得喊聲大起，軍士蜂擁入來，驚得眾姬妾們先走散了，單剩王則一箇倘在牀上。因打綻了嘴唇，落了當門兩齒，念不得咒語，只學得一箇禁人法，一箇隱身法，都靠不著了。李遂上前，教軍士一條蔴索兒掤縛箇四馬攢蹄❼，就打入胡永兒偽宮中來。只見一派汪洋大水，並無門路。眾人都慌了，諸葛遂智搖動鈴杵，念起破邪神咒，登時不見了水。李遂只聽得腳頭下踢著鐺的一響，抬起來原來是一股銀釵。此是胡永兒邪法。卻說胡永兒正與小王子王俊在牀上快活，行雲雨之事，眾軍士猝然打進。胡永兒不知高低，剛扯得一件小衣服穿了，還不曾下得牀來，眾軍士那管三七廿一，把豬羊二血，馬尿大蒜望著牀上亂潑。諸葛遂智又念動咒語，胡永兒沒做手腳處，和王俊一齊綁了。李遂使群刀手簇擁著王則、胡永兒、王俊，軍士就偽宮放起火來。因是諸葛遂智使了道術，外面人全然不覺。吳旺見火起，只道失火，引著守府親軍，拿著撓鉤水桶入來撲救。正遇了李魚羹指點與李遂看了，并心腹石慶等，一齊都被擒拿綁縛。不管會妖法不會妖法，但是拿到的，都用豬羊二血、馬尿蒜汁劈頭澆過。文招討大軍在外，准備接應。看見城中火起，已知掘子軍於中發作，一齊併力來攻，也有從地洞入城來的。眾軍將將守城軍亂砍，大開了貝州城，放下吊橋，

❼ 四馬攢蹄：比喻兩手兩腳捆在一起。

文招討即時入城。向偽府中偏廳坐定，一面教人救滅了火，李遂解王則、胡永兒一班人到面前。文招討教上了囚車，并吊老寨中先擒賊犯任遷一同監候，分付先鋒孫輔牢固看守。再說諸葛遂智領著眾兵將圍住軍師府，要拿左黜搜到中堂。一箇軍士喊道：「在這裏了！」眾軍撲入看時，分明見瘸子靠在壁上，眨眼之間，走入壁裏去了。眾軍一齊把壁推倒，並無蹤影。正在四下搜尋，只見總管王信處差人來報道：「有人看見左黜走入一家碓坊❽裏去了。特請諸葛老師父去擒拿則箇。」原來左黜立心要走，爭奈天羅地網，密密布置，脫不得身。偶然躲在碓坊裏去，被人看見了。諸葛遂智當同眾人逕奔入碓坊人家，總管王信親自引軍到來，教軍士把前後門圍了，入去搜捉。這箇人家喫了一驚，問道：「我家有甚麼事，如此大驚小怪？」眾軍道：「有妖人左黜走入你家，會事時，放他出來，免得遭累。」這主人家道：「告將軍，自不曾有人入來，躲在我家。」王信教軍士屋裏細細搜尋，諸葛遂智入碓房週圍看了，指著一箇碓嘴❾，叫主人家問道：「這箇可是你家物也不是？」主人家看了道：「我家不曾有這箇閒碓嘴。」諸葛遂智道：「這箇正是左黜，他兩箇瞳神❿，分明在碓嘴上，不是老僧無人認得。快教取穢物來澆。」說猶未了，已不見了碓嘴，重複搜尋，並無蹤跡。忽聽得青天上一連數聲霹靂，如山崩地裂。眾軍士發起喊來，王信親去看時，卻是一箇瘸腳雄狐震死在地。原來左黜變了碓嘴，指望瞞過眾人，卻被和尚識破。又復隱身而去，要變做諸葛遂智模樣，去害文招討。被玄女娘娘將照妖寶鏡空中懸起，照破了他的

照應處滴水不漏。

❽ 碓坊：舂米作坊。

❾ 碓嘴：舂米的杵。末梢略尖如鳥嘴，故名。

❿ 瞳神：猶瞳人。瞳孔中有看它的人的像，故稱瞳孔為「瞳人」。

原形，變化不得。就差雷部登時震死，以全白猿神石壁之誓。可憐左黜多年做了有法的癘妖，一朝做了無靈的狐鬼。正是：會施天上無窮計，難免酆都永劫災。不在話下。再說諸葛遂智看了死狐，認得是左黜，已知玄女娘娘神力，歡喜不勝。便教軍士擡到偽府門前，文招討和眾將看驗過了。文招討大喜道：「若非吾師以正破邪，妖人一黨如何平靜⓫？」諸葛遂智向文招討耳邊道：「此乃朝廷有道，去奸用賢，感動天庭。有九天玄女娘娘空中祐助，非老僧之功也。」正說間，有先鋒孫輔差人稟話，方知妖犯胡永兒適纔亦被天雷震死，益信生事害民，天誅難免，非虛誓也。文招討見兩箇魔頭都死方纔放心，即忙出榜安民：凡貝州軍士不會妖法者，俱係脅從⓬，一概免究。王則左黜採取民間美婦，有夫者給還原夫，無夫者聽憑父母領回擇配。其富戶之家，被賊搜括⓭受害，就將餘下軍餉計戶分給，以贍窮民。合城歡呼載道。文招討一面在府堂上置酒慶賀，并請明鎬赴席。大小三軍札營城外，俱有犒賞。一面具表申奏朝廷，敘明功次，并一行妖賊，或解京或本州發落，專等聖旨定奪。功勞簿上，諸葛遂智第一。諸葛遂智道：「老僧出世⓮之人，要敘功何用？乞分派與效勞將士名下，只還老僧原來馬匹，到甘泉寺去回復徒弟們，以全老僧之信，吾願畢矣。」文招討再三勸留不從，贈以金帛，無所取受。原領著三箇小行者，別了眾將，騎馬出城而去。文招討潛地差人隨去打探他下落。卻說甘泉寺中老和尚叫做諸葛遂智的，出

⓫ 平靜：安寧；沒有騷擾動盪。

⓬ 脅從：被迫相從者，脅迫別人相從。

⓭ 搜括：調用各種方法掠奪財物。

⓮ 出世：指出家。

此事更奇，不奇不成話。

回頭是路。

外一十五年，恰好這幾日真箇回了。眾徒弟徒孫們只道他征戰回來，問起文招討事情，全然不知，眾僧也委決不下。忽一日，只見遠遠的三箇行者控馬⑮而回，馬上坐的又是一箇諸葛遂智，與寺中的全然無異。眾僧大驚，商量道：「我們不須費嘴，竟去請裏邊的老和尚出來，待他兩箇自辨真假。」卻說外邊的長老下了馬，一逕走入佛堂中去。裏邊的長老出來，一見了，便罵道：「什麼怪物，假老僧的面貌？」氣忿忿的，正要發作。眾僧都兩傍跕著冷看，只見外邊的長老聽得箇假字，連忙搖手道：「老菩薩，莫要開口，貧僧已悟了，還你箇明白去也。」取筆研，就經桌上寫下一偈，云：

假你本非真，真我亦是假。
撇卻假你我，自有真爹媽。
咦！虧你今朝肯認真，笑我十年空作耍。

又寫四句道：

貝州城下霹靂吼，白雲洞裏翻筋斗。
萬法皆空歸去來，蛋子如今不出醜。

⑮ 控馬：駕馭馬匹；騎馬。

寫完投筆，盤膝坐下，瞑目而逝。眾僧上前看時，已換了形像。只見穠眉隆準，闊口方頤，分明是蛋子和尚模樣了。方知蛋子和尚是箇聖僧，各各驚訝不已。卻說文招討差人來看下落的，知道此事，慌忙回報。文招討大驚，即同曹招討、王信三匹馬，領了隨身軍士，親到甘泉寺來。眾僧正待商量盛殮之時，報道文招討到了，諕得他顛之倒之，連老僧諸葛遂智也出來迎接，見了文招討一齊下跪。文招討還在疑信之間，慌忙扶住道：「吾師何行此禮？」眾和尚稟道：「這是本寺住持。前番隨招討去的，乃是蛋師假托，見今坐化⑯在佛堂之內，已復原形。」文招討方纔信了。眾僧引至佛堂中，文招討看了蛻體，見他威容凜凜，儼然如生，對曹招討說道：「包待制曾說此僧利害，教老夫仔細防備。今反助我成功，乃知此僧非凡人也。」眾僧將二偈呈與文招討看了，讚歎不已，同眾將一齊拈香下拜。拜畢，分付訪取高手匠人，就將他肉身漆好，造龕供養。又於軍中支取千兩銀子，以為眾僧修菴香火之費。至今蛋子和尚真身，還在甘泉寺中，做了本寺伽藍，士人稱為彈子菩薩，或稱蛋頭菩薩，香火不絕。後人有詩題甘泉寺壁云：

三遍盜書都是假，一朝破假即成真。
若從得意中間破，便是竿頭進步人。

文招討再修一道表章，奏上朝廷，單表九天玄女娘娘及蛋子和尚靈蹟。卻說樞密院將兩次表章盡呈

⑯ 坐化：佛教徒盤膝端坐，安然而死。

御覽，仁宗皇帝龍顏大喜，即時聖旨行下貝州，將妖賊王則即於本州市曹凌遲⑰碎剮，從賊任遷、吳旺、王俊、石慶等盡行處斬。胡永兒雖已受天誅，仍行梟首，俱傳首京師，告廟後遞送各府州縣號令。左黜狐屍，燒灰風化。貝州百姓遭王則暴虐，准留兵餉若干，計戶給散，以贍窮民。其王則所造違禁偽府，即改作九天玄女娘娘廟，賜號聖佑。本州廳治另行相地起建。彈子和尚棄邪歸正，平妖有功，追贈護國禪師之號。馬遂、茹剛忠節可嘉，俱從厚贈蔭。烈婦趙無瑕准立貞烈碑坊，貝州知州久缺，就著文彥博於附近官僚量才推補。河北各州縣官多有先行被賊脅從，以後歸正者，都著分別事情輕重，便宜處分。其征討有功偏正將佐，俱俟還朝之日，論功陞賞。文招討與各官接了聖旨，一一奉行。次日早起，監中取出一行妖人，寫了犯由牌，打開囚車，推上木驢⑱。文招討判了剮字，斬字，擁出市曹。王則和任遷、吳旺等，都各眼中流淚，面面相覷，做聲不得。貝州看的人，壓肩疊背，也有唾罵的，也有嗟歎的，但見：

> 兩聲破鼓響，一棒碎鑼鳴，皂纛旗招展如雲，柳葉鎗交加似雪。犯繇牌高貼，人言此去幾時回；白紙花雙搖，都道這番難再活。長休飯喉內難吞，永別酒日中怎嚥。高頭馬上，監斬官勝以活閻羅；刀劍林中，劊子手猶如追命鬼。請看當日凌遲者，盡是興妖叛逆人。

---

⑰ 凌遲：亦稱「凌持」。零割碎剮的一種酷刑。

⑱ 木驢：刑具。為裝有輪軸的木架，載犯人示眾並處死。

劊子手叫起惡殺都來⑲，恰好午時三刻，將王則等押到十字路口，讀罷犯繇，盡行如法淩遲處死。可憐王則剛剛反了五年零六箇月，今日受了極刑，絕了王大戶的後代。當時第五胎生的背上刺五箇福字，小名五福，此乃五年之讖也。監斬官正坐在蘆蓆棚裏面看劊子手行刑，只見人叢中一箇人扶著箇老婆婆捱擠上來，跪在案桌前，擺著八錠金銀，放聲大哭。問其緣故，那人正是闞疑，這老婆婆是他母親，妻房就是趙烈婦了。因被王則逼娶不從，自縊而死，他母子逃在東京。今日聞王則已擒，聖旨就在貝州發落，兩口兒復回故鄉，這金銀便是王則聘財，情願將來納官公用，買王則幾塊肉去祭奠亡妻。監斬官不敢擅便，稟知文招討。文招討分付教劊子手將王則心肝把與闞疑母子，其金銀聽他自造烈婦祠堂費用。又將闞疑補了州學⑳秀才，後來闞疑讀書登第，終身不立正妻，人謂義夫節婦出於一門，此是後話，當日文招討將各犯梟首，傳送京師，處分地方官吏，安撫軍民了當，修整了玄女娘娘行宮，并塑多目神像，供養在內，招集有行道流主持香火。文招討又在廟中打了七日七夜醮事㉑，超度陣亡軍將及貝州屈死冤魂。事畢，擇日班師回京，真箇是：喜孜孜鞭敲金鐙響，笑吟吟齊唱凱歌回。一路行軍都有紀律，與民秋毫無犯。百姓們聞得文招討年已八旬，今日平妖定亂，成了大功，人人要爭先，箇箇怕落後，都來識認文招討容顏。文招討恐怕擠壞了百姓，每日只是騎馬，不乘煖轎，儘人觀看。看的人無不喝采，都道：「當初太公呂尚㉒八十遇文王，興師滅紂，後來更無第二箇人。今日文招討恁般精神丰采，可不是朝廷

⑲ 惡殺都來：宋、元、明時劊子手行刑前的叫喊聲。

⑳ 州學：州中設立的學校。

㉑ 醮事：道士所做齋醮祈禱之事。

有道，生此福神治世，我等百姓都有造化。」閒話休題，不一日到了東京面君，仁宗天子玉音慰勞了。文彥博仍為首相，封潞國公。包拯舉薦得人，就拜次相，同平章事。曹偉封樞密使之職。其餘王信以下各各加官進級。李魚羹也陞做統制之職。劉彥威就陞河北總管。不多時，狄青也平了邕州儂智高，差官獻捷。范仲淹威震西夏，趙元昊害怕，遣人納了降書，年年進貢。正是：朝廷有道民安樂，四海無虞國太平。不在話下。再說九天玄女娘娘除了貝州妖亂，同袁公回復天庭。玉帝獎白猿神之功，釋其前罪，復了白雲洞君之號，仍在修文院掌九天秘書。蛋子和尚已證了菩薩正果，自不必說。老牝狐精雖有眾天狐保奏，罪業不小，罰在白雲洞替白猿神看守天書。聖姑姑聽說，雖說折了一雙兒女，且喜出了天獄，又撥到這箇好去處，喜不自勝，想道：「我到那裏落得飽看天書，連天罡變化都是有分。」比到白雲洞石室之中，忽然一聲響亮，那安放白玉爐的山峰崩將下來，恰好塞了洞門。霧幪白玉爐，仍收回天上，從此白雲洞再無人到。此是玉帝杜絕後患之意。仁宗皇帝聖明有道，能任用賢良，安民定國，天賜享國長久。後來坐了四十三年天下，一生有一件不可解之事：不肯冊立太子。百官為此事上了許多章奏，只不依允。忽一日，召翰林學士王珪㉓作詔，立宗實為皇子。是夜，仁宗到福寧殿中沐浴坐定，躧脫雙履，奄然而崩。此乃預知生死之期。滿宮中都聽得仙樂嘹亮，異香馥郁，仍歸赤腳大仙之位矣。

□□禁于此□。

好收拾。

㉒ 太公呂尚：姜姓，字子牙（約西元前一一二八—前一〇一五年），被尊稱為太公望，後人多稱其為姜子牙、姜太公。中國歷史上最享盛名的政治家、軍事家和謀略家。

㉓ 王珪：字禹玉（西元一〇一九年—一〇八五年），舒州（今安徽潛山縣）人，祖籍華陽（今四川成都），宋神宗熙寧年間宰相，著名的詩詞家、文學家。封岐國公，卒年六十七，謚曰文恭。宋史卷三一二有傳。

詩曰：

一盞清茶一炷香，閒將往事細商量。
萬般氣數難逃避，一片精神可主張。
天子昏明分治亂，人心邪正判災祥。
但能行素終無愧，養得真君勝假王。

第四十回終

世俗人情類

紅樓夢　曹雪芹撰　饒彬校注
脂評本紅樓夢　曹雪芹原著　脂硯齋重評　馬美信校注
金瓶梅　笑笑生原作　劉本棟校注　繆天華校閱
老殘遊記　劉鶚撰　田素蘭校注　繆天華校閱
平山冷燕　天花藏主人編次　張國風校注　謝德瑩校閱
品花寶鑑　陳森著　徐德明校注
野叟曝言　夏敬渠著　黃珅校注
綠野仙踪　李百川著　葉經柱校注
禪真逸史　方汝浩撰　黃珅校注
海上花列傳　韓邦慶著　姜漢椿校注
九尾龜　張春帆著　楊子堅校注
醒世姻緣傳　西周生輯著　袁世碩、鄒宗良校注
三門街　清・無名氏撰　嚴文儒校注
花月痕　魏秀仁著　趙乃增校注
孽海花　曾樸撰　葉經柱校注　繆天華校閱
魯男子　曾樸著　黃珅校注
遊仙窟　玉梨魂（合刊）　張鷟、徐枕亞著　黃瑚、黃珅校注
筆生花　心如女史著　黃明校注　亓婷婷校閱
浮生六記　沈三白著　陶恂若校注　王關仕校閱
玉嬌梨　天藏花主人編撰　石昌渝校注
好逑傳　名教中人編撰　石昌渝校注
啼笑因緣　張恨水著　束忱校注
歧路燈　李綠園撰　侯忠義校注

公案俠義類

水滸傳　施耐庵撰　羅貫中纂修　金聖嘆批　繆天華校注

兒女英雄傳　文康撰　饒彬標點　繆天華校注
三俠五義　石玉崑著　張虹校注　楊宗瑩校閱
七俠五義　石玉崑原著　俞樾改編
楊宗瑩校注　繆天華校閱
小五義　清・無名氏編著　李宗為校注
續小五義　清・無名氏編著　文斌校注
蕩寇志　俞萬春撰　侯忠義校注
綠牡丹　清・無名氏著　劉倩校注
羅通掃北　鴛湖漁叟較訂　劉倩校注
楊家將演義　紀振倫撰　楊子堅校注　葉經柱校閱
萬花樓演義　李雨堂撰　陳大康校注
粉妝樓全傳　竹溪山人編撰　陳大康校注
七劍十三俠　唐芸洲著　張建一校注
包公案　明・無名氏撰　顧宏義校注
謝士楷、繆天華校閱
海公大紅袍全傳　清・無名氏撰
楊同甫校注　葉經柱校閱
施公案　清・無名氏編撰　黃珅校注
乾隆下江南　清・無名氏著　姜榮剛校注

歷史演義類

三國演義　羅貫中撰　毛宗崗批　饒彬校注
東周列國志　馮夢龍原著　蔡元放改撰
劉本棟校注　繆天華校閱
東西漢演義　甄偉、謝詔編著　朱恒夫校注
劉本棟校閱
隋唐演義　褚人穫著　嚴文儒校注　劉本棟校閱
說岳全傳　錢彩編次　金豐增訂　平慧善校注
大明英烈傳　楊宗瑩校注　繆天華校閱

神魔志怪類

西遊記　吳承恩撰　繆天華校注
封神演義　陸西星撰　鍾伯敬評
楊宗瑩校注　繆天華校閱
濟公傳　王夢吉等著　楊宗瑩校注　繆天華校閱
三遂平妖傳　羅貫中編　馮夢龍增補　楊東方校注
南海觀音全傳　達磨出身傳燈傳（合刊）
西大午辰走人、朱開泰著　沈傳鳳校注

諷刺譴責類

儒林外史　吳敬梓撰　繆天華校注
官場現形記　李伯元撰　張素貞校注　繆天華校閱

文明小史　李伯元撰　張素貞校注　繆天華校閱

鏡花緣　李汝珍撰　尤信雄校注　繆天華校閱

二十年目睹之怪現狀　吳趼人著　石昌渝校注

何典　斬鬼傳　唐鍾馗平鬼傳（合刊）　張南莊等著　鄔國平校注　繆天華校閱

擬話本類

拍案驚奇　凌濛初撰　劉本棟校注　繆天華校閱

二刻拍案驚奇　凌濛初原著　徐文助校注　繆天華校閱

喻世明言　馮夢龍編撰　徐文助校注　繆天華校閱

警世通言　馮夢龍編撰　徐文助校注　繆天華校閱

醒世恒言　馮夢龍編撰　廖吉郎校注　繆天華校閱

今古奇觀　抱甕老人編　李平校注　陳文華校閱

豆棚閒話　照世盃（合刊）　艾衲居士、酌元亭主人編撰　陳大康校注　王關仕校閱

石點頭　天然癡叟著　李忠明校注　王關仕校閱

十二樓　李漁著　陶恂若校注　葉經柱校閱

西湖佳話　墨浪子編撰　陳美林、喬光輝校注

西湖二集　周楫纂　陳美林校注

型世言　陸人龍著　侯忠義校注

著名戲曲選

竇娥冤　關漢卿著　王星琦校注

漢宮秋　馬致遠撰　王星琦校注

梧桐雨　白樸撰　王星琦校注

琵琶記　高明著　江巨榮校注　謝德瑩校閱

第六才子書西廂記　王實甫原著　金聖嘆批點　張建一校注

牡丹亭　湯顯祖著　邵海清校注

荊釵記　柯丹邱著　趙山林校注

荔鏡記　明・無名氏著　趙山林等校注

長生殿　洪昇著　樓含松、江興祐校注

桃花扇　孔尚任著　陳美林、皋于厚校注

雷峰塔　方成培編撰　俞為民校注

倩女離魂　鄭光祖著　王星琦校注